技工系列工具书

电工实用技术手册

（第 2 版）

沙振舜　**主编**

凤凰出版传媒集团
江苏科学技术出版社

图书在版编目(CIP)数据

电工实用技术手册／沙振舜主编．—2版．— 南京：江苏科学技术出版社，2008.6

(技工系列工具书)

ISBN 978-7-5345-5961-7

Ⅰ.电… Ⅱ.沙… Ⅲ.电工技术-技术手册Ⅳ.TM-62

中国版本图书馆CIP数据核字(2008)第039073号

电工实用技术手册(第2版)

主　　编	沙振舜
责任编辑	宋　平
责任校对	李　峻
责任监制	曹叶平
出版发行	江苏科学技术出版社(南京市湖南路47号，邮编：210009)
网　　址	http://www.pspress.cn
集团地址	凤凰出版传媒集团(南京市中央路165号，邮编：210009)
集团网址	凤凰出版传媒网http://www.ppm.cn
经　　销	江苏省新华发行集团有限公司
照　　排	南京紫藤制版印务中心
印　　刷	扬中市印刷有限公司
开　　本	850 mm×1 168 mm　1/32
印　　张	25.625
字　　数	632 000
版　　次	2008年6月第2版
印　　次	2008年6月第1次印刷
标准书号	ISBN 978-7-5345-5961-7
定　　价	58.00元

图书如有印装质量问题，可随时向我社出版科调换。

第2版前言

本手册初版问世已有7年，这7年里我国国民经济在改革开放的道路上大踏步前进，祖国面貌日新月异，科技事业蒸蒸日上，一日千里。同时，我国的电力工业也发展迅猛，新产品、新技术层出不穷，为跟上时代与科技前进的步伐，我们决定对《电工实用技术手册》进行一次全面的修订，力求以新的面貌呈现在读者面前。

该手册这次修订，有如下重要变化：

一、推陈出新：删去了原版中“常用机械电气控制及设备”、“电加热元件”两章，增加了可编程序控制器(PLC)和通用变频器等现代电工技术，使手册内容更加全面、先进和实用。另外，其他各章也增加了一些最新电工技术和产品的介绍，并积极贯彻最新的国家标准。

二、删繁就简：对原章节的结构字数做了适当调整，既满足电工的日常工作需求，保证技术的先进性，又使价格控制在一般读者能接受的程度。

三、作者队伍发生变化：由于工作变动等原因，原作者队伍中有人不再参加修订，修订工作由沙振舜(二、三、六、十二章)、王君(一、八、九、十章)、叶猛(四、五、七、十一章)完成，沙振舜任主编并统稿。

我们感谢初版各位作者所作的贡献，并且感谢江苏科学技术出版社及责任编辑宋平先生为本手册再版给予的巨大支持。

由于编者水平有限，手册中难免有不妥和不足之处，欢迎读者批评指正。

编者

2008.5

初版前言

人类社会已进入 21 世纪，科学技术发展突飞猛进，电力工业也在发生日新月异的变化，产品不断更新，新技术层出不穷。为适应经济和科学技术迅速发展的形势，满足广大电工、工程技术人员以及其他行业有关人员对电工技术新知识和新的应用技术的迫切需求，我们编写了这本《实用电工技术手册》，奉献给广大读者。

本手册取材针对一般工矿企业常用的电气设备与电工技术，主要介绍我国生产的电器产品的技术数据、型号、性能、安装与操作技术，为选用、维护与维修提供必要的技术资料。

本手册力图做到内容新颖，简明实用，反映现代电气技术，因此，编写中对原理的阐述和计算尽量简略，通过图表介绍电气设备的技术资料，使之一目了然。

在编写过程中积极采用我国制定的最新相关标准，着重介绍贯彻这些新标准的电气设备，但考虑到有些老产品还在使用，为维护维修方便，必要时也稍作介绍。

本手册共 12 章，内容包括：电工基础知识、电机、变压器、低压电器、电工材料、变配电、机械控制设备、电子技术、照明设备、电热元件与设备、安全用电与节约用电。

本手册可供电气工程技术人员、电工、非电工专业技术人员与工人以及高等与中等专业院校教师与学生参考。

参加本手册编写的有：沙振舜（第六章、第十一章、第十二章）、仲凯（第一章、第二章、第五章、第十章）、万红（第四章）、高志一、孙广能（第三章）、贡成雄（第七章、第八章）、王君（第九章），由沙振舜主编。

在本手册编写过程中，参考过国内外有关电工标准或资料，在此向有关单位或作者一并致谢。同时对给予我们支持和帮助的同行专家及有关部门，谨在此深表谢意。

由于电技术发展极为迅速，涉及面广，加上我们水平有限，手册中难免有错误、不妥之处，真诚希望专家和读者批评指正。

编者

2001.12

目　　录

第一章　电工常用图形符号及文字符号

第一节　电工常用图形符号

表 1.1－1　电工常用图形符号

图　形　符　号	说　　　明
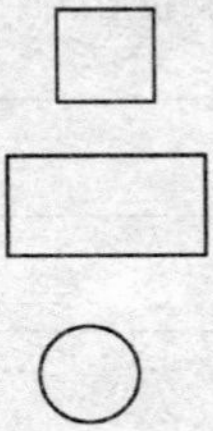	元件 装置 功能单元 注：填入或加上适当的符号或代号于轮廓符号内以表示元件、装置或功能
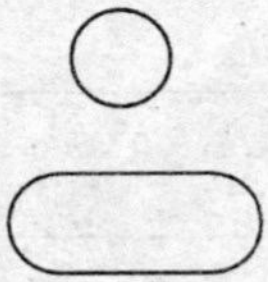	外壳(容器)、管壳 注：① 可使用其他形状的轮廓 ② 若外壳具有特殊的防护性能可加注以引起注意 ③ 使用外壳符号是非强制性的，若不致引起混乱，外壳符号可省略。但若外壳与其他物件有连接，则必须示出外壳符号，必要时，外壳可以分开画出
 —·—·—	边界线 注：用于表示在边界线内的元件、装置等是实际地、机械地或功能地相互联系在一起
	屏蔽(防罩) 注：屏蔽可画成任何方便的形状
——	直流 注：电压可标注在符号右边，系统类型可标注在左边
2 M——220/110 V	示例：直流，带中间线的三线制 220 V(两根导线与中间线之间为 110 V)2 M 可用 2＋M 代表

（续表）

图形符号	说明
$\overline{}$ ‒ ‒ ‒	直流 注：若直流电符号——可能引起混乱，也可用本符号
～	交流 频率或频率范围以及电压的数值应标注在符号的右边，系统类型应标注在符号的左边
3 N～50Hz 380/220 V	示例：交流，三相带中性线，50 Hz，380 V（中性线与相线之间为 220 V）。3 N 可用 3 ＋N 代替
3 N～50 Hz/ TN－S	示例：交流、三相、50 Hz、具有一个直接接地点且中性线与保护导线全部分开的系统
～	低频（工频或亚音频）
≈	中频（音频）
≋	高频（超音频、载频或射频）
$\overline{\sim}$	交直流
$\underset{---}{\sim}$	具有交流分量的整流电流 注：当需要与稳定直流相区别时使用
N	中性（中性线）
M	中间线
＋	正极
－	负极
⟋	预调、微调 注：有关允许的调整条件，应标注于符号附近
$I=0$ ⟋	示例：仅在电流等于零时允许预调

（续表）

图 形 符 号	说 明
	自动控制（内在的） 注：被控量可示于符号附近 示例：自动增益控制放大器 dB
	按箭头方向的直线运动或力
	双向直线的运动或力 示例：当 3 从 1 向 2 移动时，频率增加 频率 减少 增加 3 1 2
	两个方向均有限制的双向旋转
	未规定类型的材料
	固体材料
	液体材料
	气体材料
	驻极体材料
	半导体材料
	绝缘材料
	热效应
	电磁效应
	磁滞伸缩效应
	正脉冲

(续表)

图形符号	说明
	负脉冲
	交流脉冲
	正阶跃函数
	负阶跃函数
	锯齿波
	制动器
M	示例:带制动器并已制动的电动机
M	示例:带制动器未制动的电动机
	过电流保护的电磁操作
	电磁执行器操作
	热执行器操作(如热继电器、热过电流保护)
M	电动机操作
	接地一般符号 注:如表示接地的状况或作用不够明显,可补充说明
	无噪声接地(抗干扰接地)
	保护接地 注:本符号可用于代替接地一般符号,以表示具有保护作用,例如在故障情况下防止触电的接地
形式 1 形式 2	接机壳或接底板
	等电位

（续表）

图形符号	说明
	故障(用以表示假定故障位置)
	闪络、击穿
	导线间绝缘击穿
形式 1 形式2	导线对机壳绝缘击穿
	导线对地绝缘击穿
	永久磁铁
	动触点 注:如滑动触点
	测试点指示 示例:
	变换器一般符号 转换器一般符号 注:① 若变换方向不明显,可用箭头表示在符号轮廓上 ② 表示输入、输出和波形等的符号或代号,可以写进一般符号的每半部分内,以表示变换性质。见 GB 4728.6—84《电气图用图形符号　电能的发生和转换》和 GB 4728.10—85《电气图用图形符号　电信:传输》 ③ 以对角线即斜线分隔符号表示转换功能。见 GB 4728.12—85《电气图用图形符号　二进制逻辑单元》和 GB 4728.13—85《电气图用图形符号　模拟单元》

(续表)

图形符号	说明
X/Y	电流隔离器 注:若有需要,隔离方法在限定符号下面示出 示例:X/Y 用光耦合的电流隔离器
	导线、导线组、电线、电缆、电路、传输通路(如微波技术)、线路、母线(总线)一般符号 注:当用单线表示一组导线时,若需示出导线数可加小短斜线或画一条短斜线加数字表示
	示例:三根导线
3	示例:三根导线 更多的情况可按下列方法表示: 在横线上面注出:电流种类、配电系统、频率和电压等 在横线下面注出:电路的导线数乘以每根导线的截面积,若导线的截面不同时,应用加号将其分开 导线材料可用其化学元素符号表示
—110 V $2\times120\ mm^2$ Al	示例:直流电路,110 V,两根铝导线,导线截面积为 120 mm^2
3 N~50 Hz 380 V $3\times120+1\times50$	示例:三相交流电路,50 Hz, 380 V, 三根导线,截面积均为 120 mm^2,中性线截面积为 50 mm^2
	柔软导线
	屏蔽导线
	绞合导线(示出二股)

（续表）

图 形 符 号	说 明
形式 1 形式2 3	电缆中的导线(示出三股) 注:若几根导线组成一根电缆(或绞合在一起或在一个屏蔽内)但在图上代表它们的线条彼此又不接近,可用下面的方法表示
	示例:五根导线中箭头所指的两根导线在一根电缆中
	同轴对、同轴电缆 注:若只有部分是同轴结构,切线仅画在同轴的这一边 示例:同轴对连接到端子
	屏蔽同轴电缆、屏蔽同轴对
	导线的连接
	端子 注:必要时圆圈可画成圆黑点
形式 1 形式 2	导线的连接

（续表）

图 形 符 号	说 明
形式1 形式2	导线的多线连接 示例：导线的交叉连接（点）单线表示法 示例：导线的交叉连接（点）多线表示法
	可拆卸的端子
	导线或电缆的分支和合并
	导线的不连接（跨越） 示例：单线表示法 示例：多线表示法
	导线直接连接 导线接头

（续表）

图形符号	说明
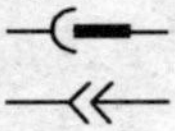	插头和插座（凸头和内孔的）
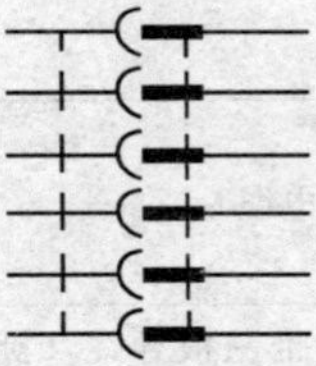  6	多极插头插座（示出带六个极） 多线表示形式 单线表示形式
形式 1 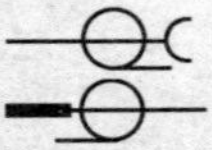 形式2 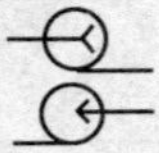	同轴的插头和插座 注：若同轴的插头插座连接于同轴对时，切线应朝反向适当延长
形式 1 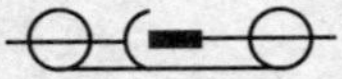 形式2 	同轴插接器
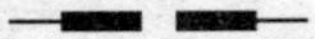	对接连接器
形式 1  形式2	接通的连接片
	断开的连接片
 	插头插座式连接器（如 U 形连接） 插头-插头 插头-插座 带插座通路的插头-插头

(续表)

图形符号	说明
	电缆密封终端头(示出带一根三心电缆) 多线表示 单线表示
	电缆密封终端头(示出带三根单心电缆)
3 3 3	电缆连接盒,电缆分线盒(示出带三根导线 T 形连接) 多线表示 单线表示
优选形 其他形	电阻器一般符号
	可变电阻器 可调电阻器
U	压敏电阻器 变阻器 注:U 可以用 V 代替
θ	热敏电阻器 注:θ 可以用 t° 代替
	0.125 W 电阻器
	0.25 W 电阻器

（续表）

图形符号	说明
	0.5 W 电阻器
	1 W 电阻器 注：大于 1 W 电阻器都用阿拉伯数字表示
	熔断电阻器
	滑线式可变电阻器
	带滑动触点和断开位置的电阻器
	两个固定抽头的电阻器 注：可增加或减少抽头数目
	两个固定抽头的可变电阻器 注：可增加或减少抽头数目
	分路器 带分流和分压接线头的电阻器
	碳堆电阻器
	加热元件
	滑动触点电位器
	带开关的滑动触点电位器
	预调电位器
	电容器一般符号 注：如果必须分辨同一电容器的电极时，弧形的极板表示： ① 在固定的纸介质和陶瓷介质电容器中表示外电极 ② 在可调和可变的电容器中表示动片电极 ③ 在穿心电容器中表示低电位电极

（续表）

图形符号	说明
	穿心电容器
	极性电容器
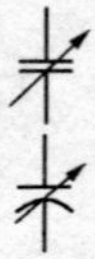	可变电容器 可调电容器
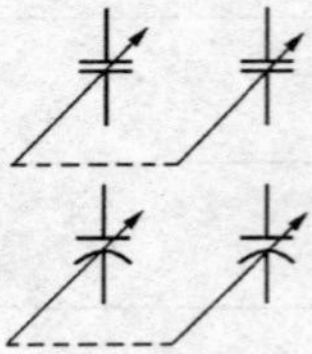	双联同调可变电容器 注:可增加同调联数
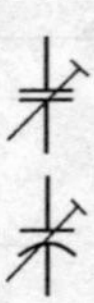	微调电容器
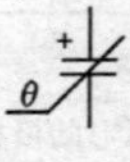	热敏极性电容器 注:θ可以用$t°$代替
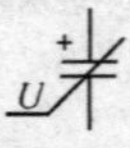	压敏极性电容器 注:U可以用V代表

（续表）

图形符号	说明
  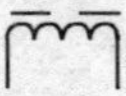	电感器 线　圈 绕　组 扼流圈 注：① 变压器绕组见 GB 4728.6－84《电气图用图形符号 电能的发生和转换》 ② 如果要表示带磁芯的电感器，可以在该符号上加一条线。这条线可以带注释，用以指出非磁性材料。并且这条线可以断开画，表示磁芯有间隙 ③ 符号中半圆数目不作规定，但不得少于三个 示例：带磁芯的电感器 磁芯有间隙的电感器
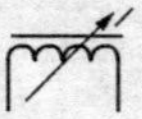	带磁芯连续可调的电感器
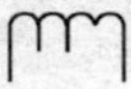	有两个抽头的电感器 注：① 可增加或减少抽头数目 ② 抽头可在外侧两半圆交点处引出
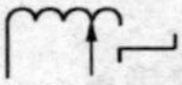	步进移动触点的可变电感器
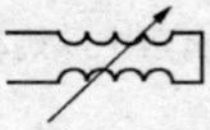	可变电感器
	带磁芯的同轴扼流圈
	铁氧体磁芯

（续表）

图形符号	说明
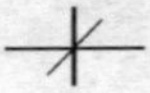	一个绕组的铁氧体磁芯 斜线可以被认为是反射器，显示出电流与磁通方向的关系，如下图所示： 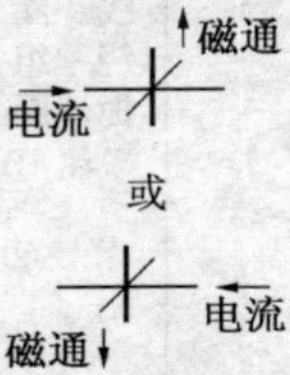 磁通 电流 或 电流 磁通 为绘图方便，即使磁路上没有绕组，也往往把表示导体的符号绘成穿过磁芯符号。除了平面表示外，在所有情况下，当直线通过磁芯符号表示绕组时，斜线必须画出 示例： 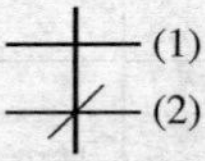 (1) (2) (1) 穿过磁芯符号的导体 (2) 绕在磁芯上的绕组
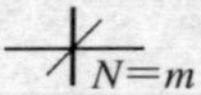 $N=m$	一个 m 匝线圈绕组的铁氧体磁芯
	具有一处欧姆接触的半导体区 水平线表示半导体区，垂直线表示欧姆接触
形式 1  形式 2  形式 3	具有多处欧姆接触的半导体区（示出两个欧姆接触）

（续表）

图 形 符 号	说 明
	耗尽型器件的导电沟道
	增强型器件的导电沟道
优选形 其他形	整流结
	用电场影响半导体层的结，例如结型场效应半导体管的结 P区影响N层 N区影响P层
	半导体二极管一般符号
	发光二极管一般符号
θ	利用温度效应的二极管 注：θ可以用$t°$代替
	用作电容性器件的二极管（变容二极管）
	隧道二极管
	单向击穿二极管 电压调整二极管 江崎二极管

（续表）

图 形 符 号	说 明
	双向击穿二极管
	反向二极管(单隧道二极管)
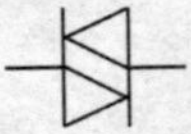	双向二极管 交流开关二极管
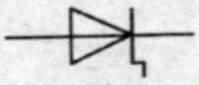	阶跃恢复二极管
	体效应二极管
	反向阻断二极晶体闸流管
	反向导通二极晶体闸流管
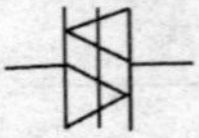	双向二极晶体闸流管
	三极晶体闸流管 注:当没有必要规定控制极的类型时,这个符号用于表示反向阻断三极晶体闸流管
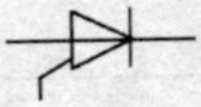	反向阻断三极晶体闸流管,N型控制极 (阳极侧受控)
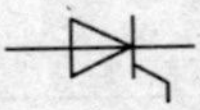	反向阻断三极晶体闸流管,P型控制极 (阴极侧受控)
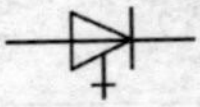	可关断三极晶体闸流管,未规定控制极
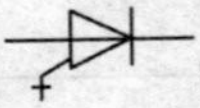	可关断三极晶体闸流管,N型控制极 (阳极侧受控)
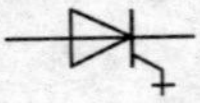	可关断三极晶体闸流管,P型控制极 (阴极侧受控)

（续表）

图形符号	说　　明
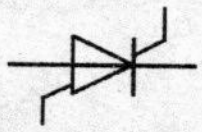	反向阻断四极晶体闸流管
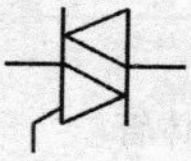	双向三极晶体闸流管 三端双向晶体闸流管
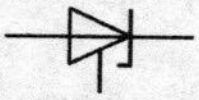	反向导通三极晶体闸流管，未规定控制极
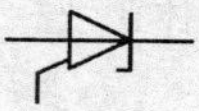	反向导通三极晶体闸流管，N型控制极 （阳极侧受控）
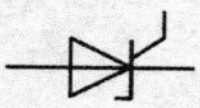	反向导通三极晶体闸流管，P型控制极 （阴极侧受控）
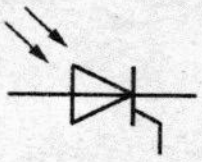	光控晶体闸流管
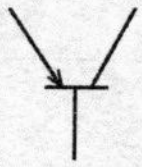	PNP型半导体管
	NPN型半导体管，集电极接管壳
	NPN型雪崩半导体管
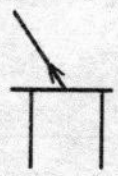	具有P型基极单结型半导体管
	具有N型基极单结型半导体管

(续表)

图 形 符 号	说 明
	有横向偏压基极的 NPN 型半导体管
	与本征区有欧姆接触的 PNIP 型半导体管
	与本征区有欧姆接触的 PNIN 型半导体管
	N 型沟道结型场效应半导体管 注:栅极与源极的引线应绘在一直线上 栅极 源极 漏极
	P 型沟道结型场效应半导体管
	增强型、单栅、P 沟道和衬底无引出线的绝缘栅场效应半导体管
	增强型、单栅、N 沟道和衬底无引出线的绝缘栅场效应半导体管
	增强型、单栅、P 沟道和衬底有引出线的绝缘栅场效应半导体管

（续表）

图 形 符 号	说 明
	增强型、单栅、N沟道和衬底与源极在内部连接的绝缘栅场效应半导体管
	耗尽型、单栅、N沟道和衬底无引出线的绝缘栅场效应半导体管
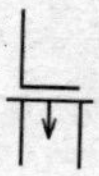	耗尽型、单栅、P沟道和衬底无引出线的绝缘栅场效应半导体管
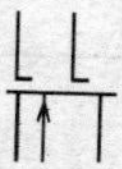	耗尽型、双栅、N沟道和衬底有引出线的绝缘栅场效应半导体管 注：在多栅的情况下，主栅极与源极的引线应在一条直线上
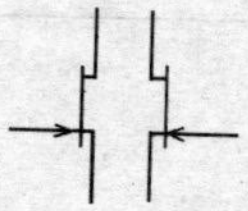	N沟道结型场效应半导体对管
	光敏电阻 具有对称导电性的光电器件
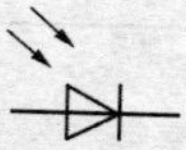	光电二极管 具有非对称导电性的光电器件
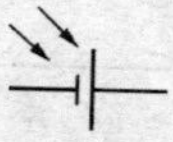	光电池
	光电半导体管（示出PNP型）
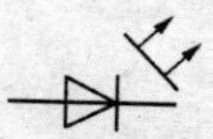	半导体激光器

(续表)

图形符号	说明
	发光数码管
	有四个欧姆接触的霍尔发生器
	磁敏电阻器(示出线性型)
	磁敏二极管
	NPN 型磁敏半导体管
	光电二极管型光耦合器
	达林顿型光耦合器
	光电三极管型光耦合器
	光电二极管和半导体管(NPN 型)光耦合器
	集成电路光耦合器

(续表)

图 形 符 号	说 明
	磁耦合器 磁隔离器
	光耦合器 光隔离器 (示出发光二极管和光电半导体管)
| ||| | 6 |||3～ | m m～	一个绕组 注:① 独立绕组的个数应用短线的数目或在符号上加数字表示出来 示例:三个独立绕组 六个独立绕组 ② 符号|也可用于表示各种外部连接的绕组 示例:互不连接的三相绕组 m 个互不连接的 m 相绕组
	两相四端绕组
L	两相绕组
V	两个绕组 V 形(60°)连接的三相绕组
	中性点引出的四相绕组
T	T 形连接的三相绕组
△	三角形连接的三相绕组 注:本符号用加注数码以表示相数,可用于代表多边形连接的多相绕组
	开口三角形连接的三相绕组

(续表)

图　形　符　号	说　　　明
	星形连接的三相绕组 注：本符号用加注数码以表示相数，可用于代表星形连接的多相绕组
	中性点引出的星形连接的三相绕组
	曲折形或双星形互相连接的三相绕组
	双三角连接的六相绕组
	多边形连接的六相绕组
	星形连接的六相绕组
	中性点引出的叉形连结的六相绕组
	换向绕组或补偿绕组 串励绕组 并励或他励绕组
	集电环或换向器上的电刷 注：仅在必要时标出电刷
*	电机一般符号 符号内的星号必须用下述字母代替： C　同步变流机 G　发电机 GS　同步发电机 M　电动机 MG　能作为发电机或电动机使用的电机 MS　同步电动机 SM　伺服电机 TG　测速发电机 TM　力矩电动机 IS　感应同步器
G	直流发电机

（续表）

图形符号	说明
M —	直流电动机
G ~	交流发电机
M ~	交流电动机
~ C —	交直流变流机
SM ~	交流伺服电动机
SM —	直流伺服电动机
TG ~	交流测速发电机
TG —	直流测速发电机
TM ~	交流力矩电动机
TM —	直流力矩电动机
IS	圆感应同步器
IS	直线感应同步器
M	直线电动机一般符号

（续表）

图形符号	说明
(M)	步进电动机一般符号
(✱)	自整角机，旋转变压器一般符号
(G)	手摇发电机
(M)	串励直流电动机
(M)	并励直流电动机
(M)	他励直流电动机
(G)	短分路复励直流发电机 示出接线端子和电刷
(G)	短分路复励直流发电机 示出换向绕组和补偿绕组，以及接线端子和电刷

（续表）

图 形 符 号	说 明
	永磁直流电动机
	单相交流串励电动机
	单相推斥电动机
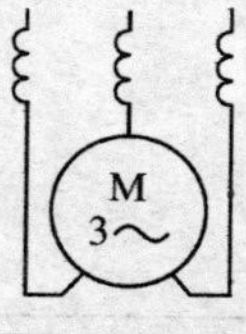	三相交流串励电动机
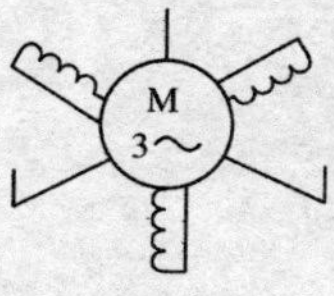	三相交流并励电动机
	三相永磁同步发电机

（续表）

图形符号	说明
 MS 1～	单相同步电动机
 GS	中性点引出的星形连接的三相同步发电机
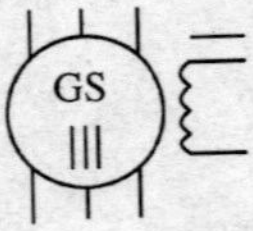 GS	每相的两端都引出的三相同步发电机
 MS 1～	单相永磁同步电动机
 MS 3～	三相永磁同步电动机
 MS 1～	单相磁滞同步电动机

（续表）

图形符号	说明
MS 2～	两相磁滞同步电动机
MS 3～	三相磁滞同步电动机
M 3～	三相鼠笼式异步电动机
M 1～	单相鼠笼式有分相端子的异步电动机
M 3～	三相线绕转子异步电动机
M	转子上有自动启动器的三相星形连接异步电动机
M 3～	限于一个方向运动的三相直线异步电动机

（续表）

图 形 符 号	说　　明
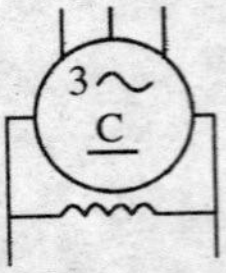	并励三相同步变流机
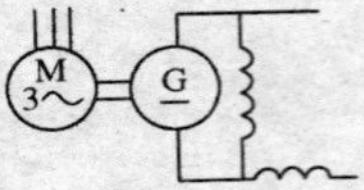	变流机组
	具有公共永久磁铁的直流到直流旋转变流机 （d·c·/d. c. 电动发电机）
	具有公共磁场绕组的直流到直流旋转变流机 （d·c·/d. c. 电动发电机）
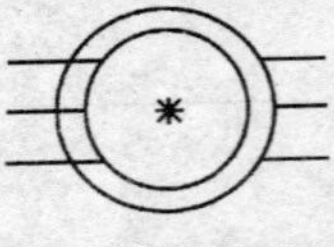	符号内的星号必须用下列字母代替： CDX　控制式差动自整角发送机 TDX　力矩式差动自整角发送机 TDR　力矩式差动自整角接收机
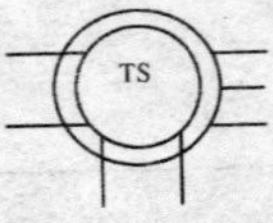	传输解算器
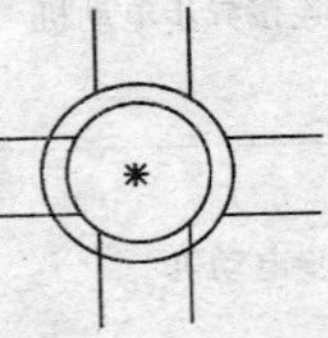	符号内的星号必须用下列字母代替： R　旋转变压器（正余弦旋转变压器、线性旋转变压器） RX　旋转变压器发送机 RT　旋转变压器变压器 RDX　旋转变压器差动发送机 Ph　感应移相器

（续表）

图 形 符 号	说　　明
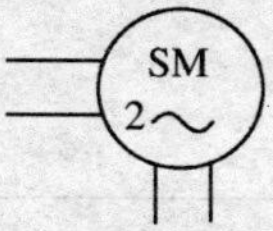 SM 2～	两相伺服电动机
 SM —	电磁式直流伺服电动机
 SM —	永磁式直流伺服电动机
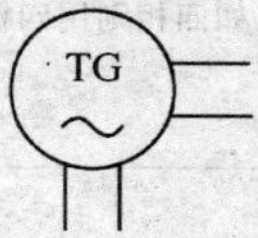 TG ～	交流测速发电机
 TG —	电磁式直流测速发电机
 TG —	永磁式直流测速发电机
 TG	脉冲测速发电机

（续表）

图 形 符 号	说 明
SM ~ TG ~	交流伺服测速机组
SM — TG —	直流伺服测速机组
M	永磁步进电动机
M	三相步进电动机 注：对多相步进电动机用多根出线表示，如四相则用四根线表示，以此类推
TM —	永磁式直流力矩电动机
TM ~	交流力矩电动机
	电机扩大机

（续表）

图形符号	说明
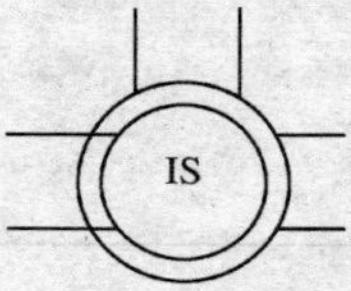 IS	圆感应同步器
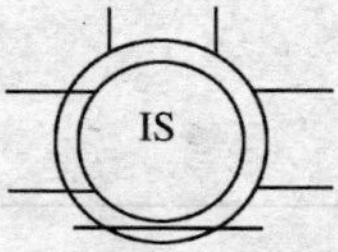 IS	直线感应同步器
	铁芯 带间隙的铁芯
	双绕组变压器 示例：示出瞬时电压极性标记的双绕组变压器 流入绕组标记端的瞬时电流产生辅助磁通
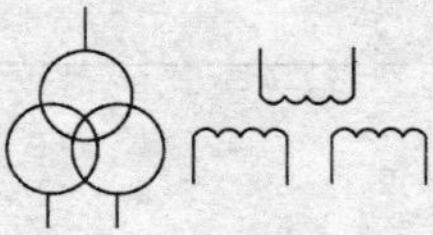	三绕组变压器
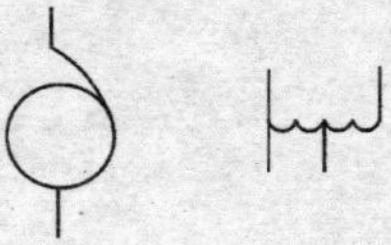	自耦变压器

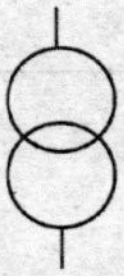

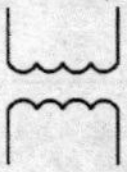

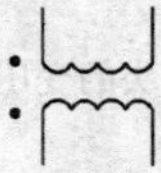

（续表）

图形符号	说明
	电抗器、扼流圈
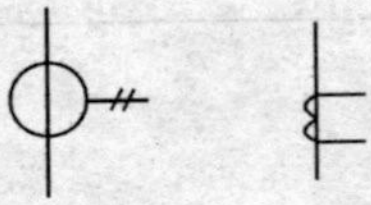	电流互感器 脉冲变压器
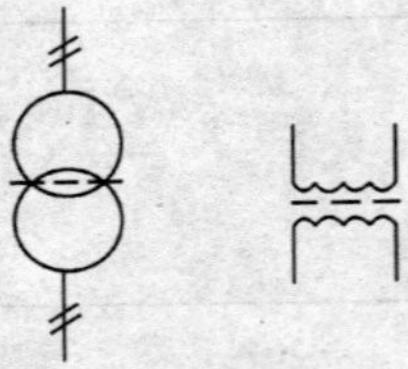	绕组间有屏蔽的双绕组 单相变压器
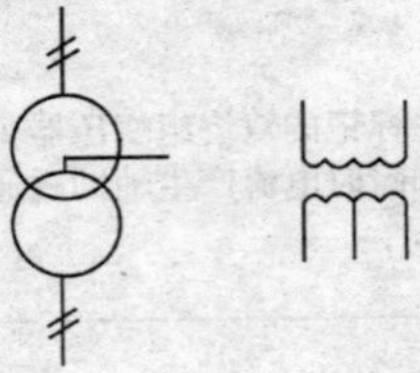	在一个绕组上有中心点抽头的变压器
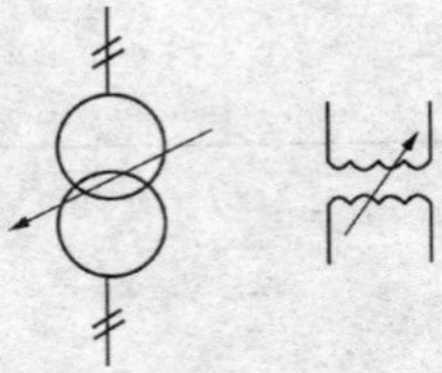	耦合可变的变压器

（续表）

图形符号	说明
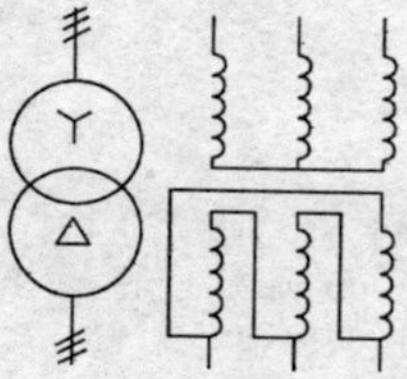	三相变压器 星形-三角形联结
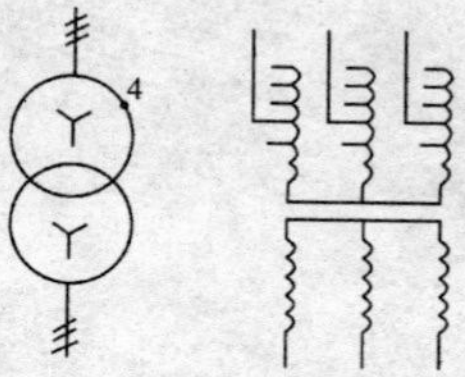 4	具有四个抽头(不包括主抽头)的三相变压器 星形-星形连接
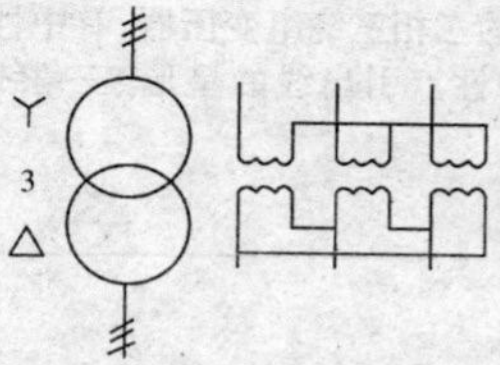 3	单相变压器组成的三相变压器 星形-三角形连接
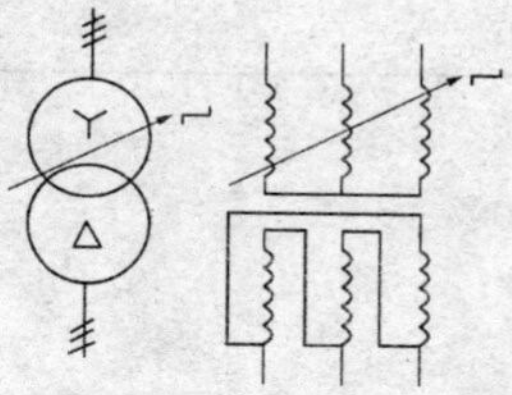	具有有载分接开关的三相变压器 星形-三角形连接

（续表）

图形符号	说明
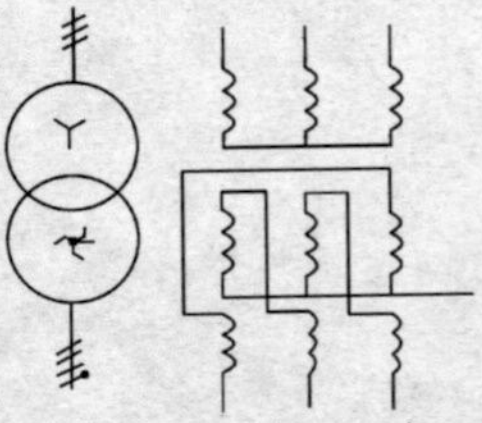	三相变压器 星形-曲折形连接
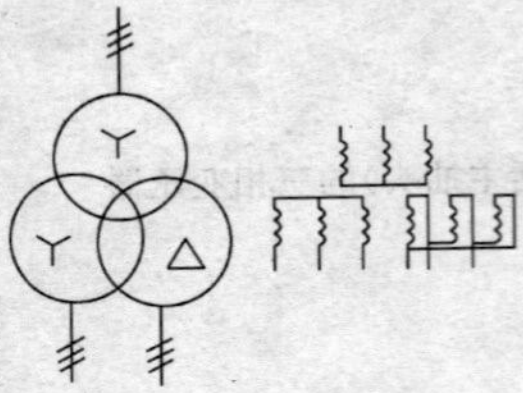	三相变压器 星形-星形-三角形连接
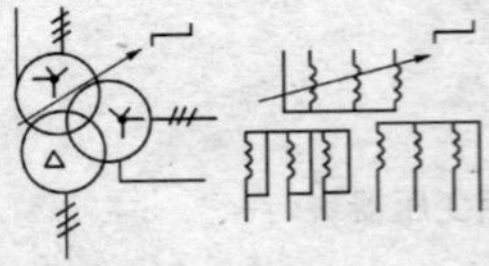	具有有载分接开关的三相三绕组变压器，有中性点引出线的星形-有中性点引出线的星形-三角线连接
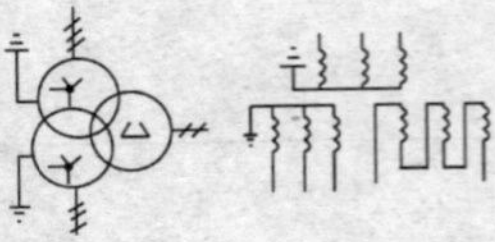	三相三绕组变压器，两个绕组为有中性点引出线的星形，中性点接地，第三绕组为开口三角形连接
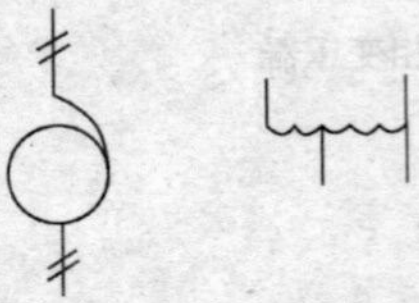	单相自耦变压器

（续表）

图形符号	说明
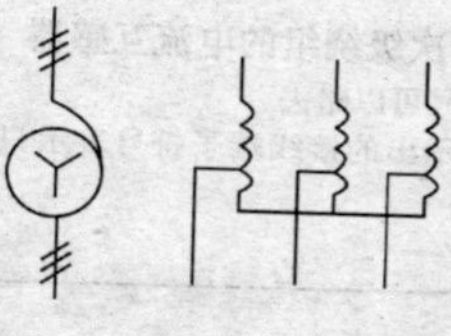	三相自耦变压器 星形连接
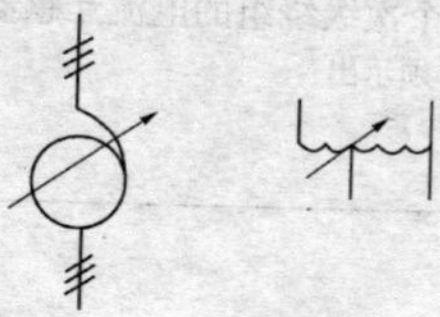	可调压的单相自耦变压器
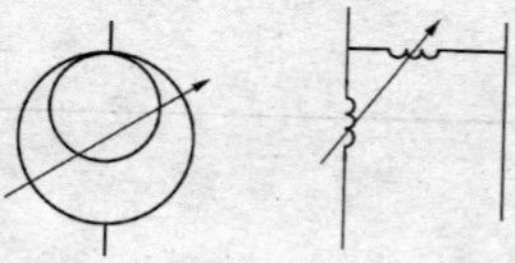	单相感应调压器
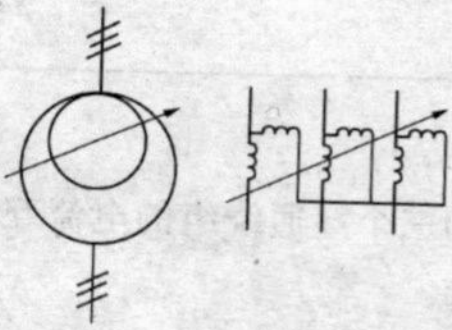	三相感应调压器
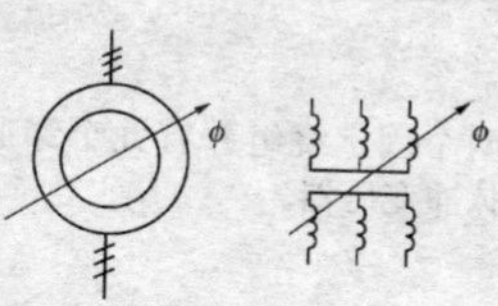	三相移相器

（续表）

图形符号	说明
形式1 形式2	具有两个铁芯和两个次级绕组的电流互感器 注：① 形式 2 中铁芯符号可以略去 ② 在初级电路每端示出的接线端子符号表示只画出一个器件
形式1 形式2	在一个铁芯上具有两个次级绕组的电流互感器 注：形式 2 的铁芯符号必须示出
	次级绕组有三个抽头（包括主抽头）的电流互感器
N=5 N=5	初级绕组为五匝的电流互感器
3	具有一个固定绕组和三个穿通绕组的电流互感器或脉冲变压器
9 9	在同一个铁芯上有两个固定绕组并有九个穿通绕组的电流互感器或脉冲变压器

（续表）

图形符号	说明
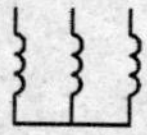	频敏变阻器
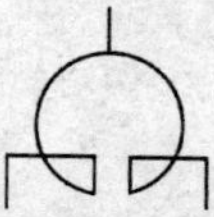	分裂电抗器
	直流变流器
	整流器
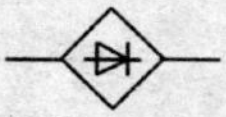	桥式全波整流器
	逆变器
	整流器/逆变器
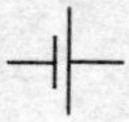	原电池或蓄电池 注：长线代表阳极短线代表阴极，为了强调短线可画粗些
形式1  形式2 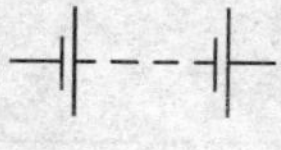	蓄电池组或原电池组 注：如不会引起混乱，原电池或蓄电池符号也可用以表示电池组，但其电压或电池的类型和数量应标明
	带抽头的原电池组或蓄电池组

（续表）

图 形 符 号	说 明
形式1 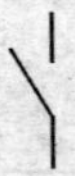 形式2 	动合（常开）触点 注：本符号也可以用作开关一般符号
	动断（常闭）触点
	先断后合的转换触点
	中间断开的双向触点
形式1 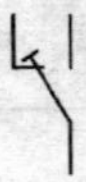 形式2 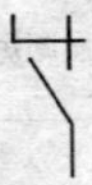	先合后断的转换触点（桥接）
	双动合触点
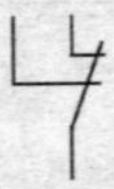	双动断触点

（续表）

图形符号	说明
	当操作器件被吸合时，暂时闭合的过渡动合触点
	当操作器件被释放时，暂时闭合的过渡动合触点
	当操作器件被吸合或释放时，暂时闭合的过渡动合触点
	多触点组中比其他触点提前吸合的动合触点
	多触点组中比其他触点滞后吸合的动合触点
	多触点组中比其他触点滞后释放的动断触点
	多触点组中比其他触点提前释放的动断触点
形式1 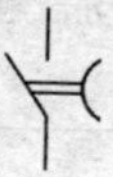 形式2 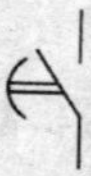	当操作器件被吸合时延时闭合的动合触点

（续表）

图形符号	说　明
形式1  形式2 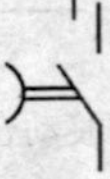	当操作器件被释放时延时断开的动合触点
形式1 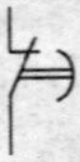 形式2 	当操作器件被释放时延时闭合的动断触点
形式1  形式2 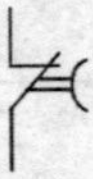	当操作器件被吸合时延时断开的动断触点
	吸合时延时闭合和释放时延时断开的动合触点
	由一个不延时的动合触点，一个吸合时延时断开的动断触点和一个释放时延时断开的动合触点组成的触点组
	有弹性返回的动合触点

（续表）

图 形 符 号	说 明
	无弹性返回的动合触点
	有弹性返回的动断触点
	左边弹性返回，右边无弹性返回的中间断开的双向触点
	手动开关的一般符号
	按钮开关（不闭锁）
	拉拔开关（不闭锁）
	旋钮开关、旋转开关（闭锁）
	位置开关，动合触点 限制开关，动合触点
	位置开关，动断触点 限制开关，动断触点

（续表）

图形符号	说明
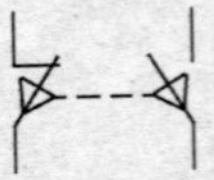	对两个独立电路作双向机械操作的位置或限制开关
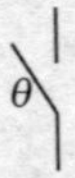	热敏开关，动合触点 注：θ可用动作温度代替
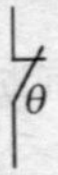	热敏开关，动断触点 注：θ可用动作温度代替
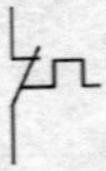	热敏自动开关，动断触点 注：注意区别此触点和下图所示热继电器的触点 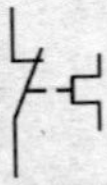
	具有热元件的气体放电管荧光灯启动器
	惯性开关（突然减速而动作的）
	三端水银开关 三端液位开关
	四端水银开关 四端液位开关

(续表)

图　形　符　号	说　　明
	多极开关一般符号 单线表示
	多线表示
	接触器(在非动作位置触点断开)
	具有自动释放的接触器
	接触器(在非动作位置触点闭合)
	断路器
	隔离开关
	具有中间断开位置的双向隔离开关

(续表)

图 形 符 号	说 明
	负荷开关(负荷隔离开关)
	具有自动释放的负荷开关
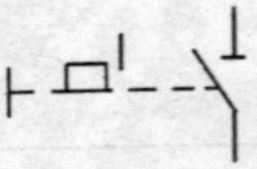	手工操作带有阻塞器件的隔离开关
	电动机启动器一般符号
	星-三角启动器
	自耦变压器式启动器
	带可控整流器的调节-启动器
形式1 形式2	操作器件一般符号
	示例:具有两个绕组的操作器件组合表示法

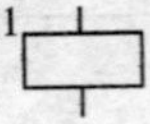

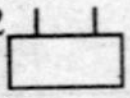

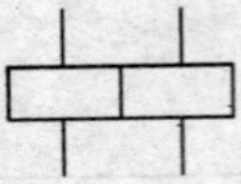

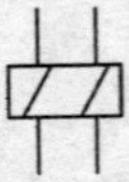

（续表）

图形符号	说明
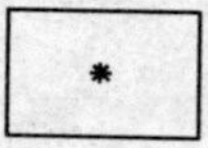	测量继电器或有关器件 星号 * 必须由表示这个器件参数的一个或多个字母或限定符号按下述顺序代替： 特性量和其变化方式、能量流动方向、整定范围、重整定比(复位比)、延时作用、延时值
	接近传感器
	接触传感器
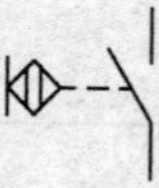	接触敏感开关动合触点
	接近开关动合触点
	磁铁接近时动作的接近开关，动合触点
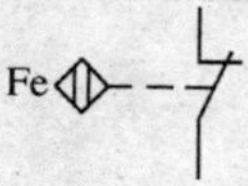 Fe	铁接近时动作的接近开关，动断触点
	熔断器一般符号

（续表）

图 形 符 号	说 明
	供电端由粗线表示的熔断器
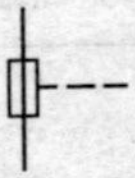	带机械连杆的熔断器（撞击器式熔断器）
	具有报警触点的三端熔断器
	具有独立报警电路的熔断器
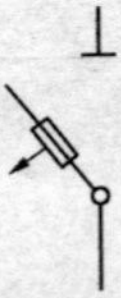	跌开式熔断器
	熔断器式开关
	熔断器式隔离开关
	熔断器式负荷开关

（续表）

图形符号	说明
	任何一个撞击器式熔断器熔断而自动释放的三相开关
✱	指示仪表 星号由下列标志之一代替： 被测量单位的文字符号或其倍数、约数 被测量的文字符号 化学分子式 图形符号
✱	记录仪表 星号意义同上
✱	积算仪表、电能表 星号意义同上
形式1 +	热电偶(示出极性符号)
形式2	带直接指示极性的热电偶，负极用粗线表示
	带有非隔离加热元件的热电偶

（续表）

图 形 符 号	说 明
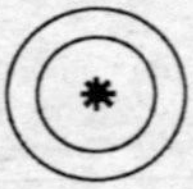	自整角机一般符号 注：① 对于特定的自整角机其星号必须用适当的字母代替，根据自整角机的功能使用下列字母： 第一位字母　功能 C　控制式 T　力矩式 R　旋转变压器(解算器) 第二位字母　功能 D　差动 R　接收机 T　变压器 X　发送机 ② 在有第二位字母 D 的情况下，其余第二位字母均放在 D 之后成为第三位字母，例如，CDX，TDR 在符号内，内圆表示转子，外圆表示定子或在一定情况下，表示一个可转的外绕组
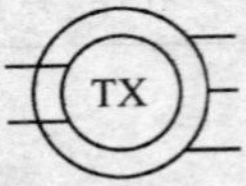 TX	力矩式自整角发送机
	灯一般符号 信号灯一般符号
	机电型指示器 信号元件
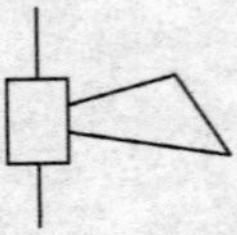	电喇叭
	电铃

（续表）

图形符号	说明
	蜂鸣器
	永磁式
	动圈式或带式
	动铁式
	传声器一般符号
	受话器一般符号
	扬声器一般符号
	换能头一般符号
	唱针式立体声头
	单音光敏播放(读出、放音)头
	消抹头

（续表）

图形符号	说明
简化形	n 道磁迹头 注：n 应换成实际磁迹数目，如果 $n=1$ 时可以省略
	线路连接设备
A f	幅-频变换器
f A	频-幅变换器
	天线一般符号
	变换器一般符号
f_1 f_2	变频器，频率由 f_1 变到 f_2
f nf	倍频器
f $\frac{f}{n}$	分频器
	脉冲倒相器

（续表）

图形符号	说明
形式1 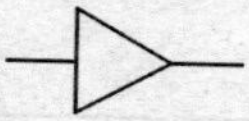 形式2 	放大器一般符号 中继器一般符号 （示出输入和输出） 注：三角形指向传输方向
形式1 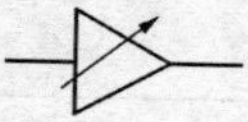 形式2 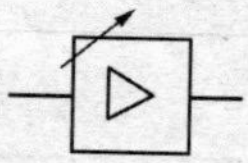	可调放大器
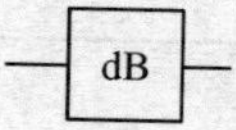 dB	固定衰减器
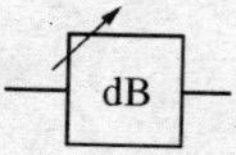 dB	可变衰减器
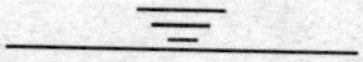	地下线路
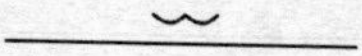	水下（海底）线路
	架空线路
	管道线路 示例：6孔管道的线路

（续表）

图形符号	说明
	具有埋入地下连接点的线路
	母线一般符号 当需要区别交直流时： (1) 交流母线 (2) 直流母线
	装在支柱上的封闭式母线
	装在吊钩上的封闭式母线
	中性线
	保护线
	带配线的用户端
	配电中心(示出五根导线管)
	连接盒或接线盒
A-B C	电杆的一般符号(单杆、中间杆) 注:可加注文字符号表示: A——杆材或所属部门 B——杆长 C——杆号
	单接腿杆(单接杆)

（续表）

图形符号	说明
	双接腿杆(品接杆)
	动力或动力-照明配电箱 注:需要时符号内可标示电流种类符号
	信号板、信号箱(屏)
	照明配电箱(屏) 注:需要时允许涂红
	事故照明配电箱(屏)
	多种电源配电箱(屏)
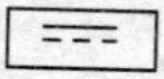	直流配电盘(屏) 注:若不混淆,直流符号可用符号——
	交流配电盘(屏)
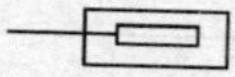	电阻加热装置
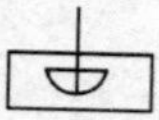	电弧炉
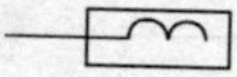	感应加热炉
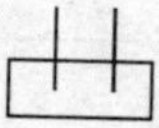	电解槽或电镀槽
	直流电焊机
	交流电焊机
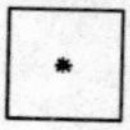	探伤设备一般符号 注:星号 * 必须用不同的字母代替,以表示不同的探伤设备

（续表）

图形符号	说明
	单相插座 暗装 密闭(防水) 防爆
	带保护接点插座 带接地插孔的单相插座
	带接地插孔的三相插座
	电信插座的一般符号 注:可用文字或符号加以区别
	带熔断器的插座
	开关一般符号
	单极开关 暗装 密闭(防水) 防爆

(续表)

图形符号	说明
	双极开关
	三极开关
	单极拉线开关
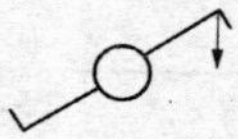	单极双控拉线开关
	单极限时开关
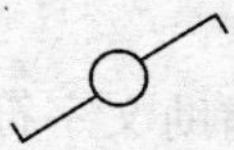	双控开关(单极三线)
	具有指示灯的开关
	投光灯一般符号
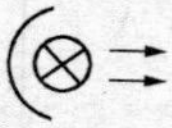	聚光灯
	泛光灯
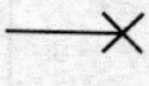	示出配线的照明引出线位置
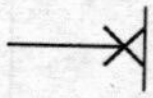	在墙上的照明引出线(示出配线向左边)

（续表）

图形符号	说明
	荧光灯一般符号 三管荧光灯 五管荧光灯
5	
	防爆荧光灯
	在专用电路上的事故照明灯
	自带电源的事故照明灯装置（应急灯）

第二节 电工常用文字符号

电工常用文字符号见表1.2－1。电工常用辅助文字符号见表1.2－2。测量仪表常用文字符号见表1.2－3。

表1.2－1 电工常用文字符号

设备、装置和元器件种类	举例	基本文字符号	
		单字母	双字母
组件部件	分离元件放大器 激光器 调节器	A	
	本表其他地方未提及的组件、部件		
	电桥		AB
	晶体管放大器		AD
	集成电路放大器		AJ
	磁放大器		AM
	电子管放大器		AV
	印制电路板		AP
	抽屉柜		AT
	支架盘		AR

（续表）

设备、装置和元器件种类	举　例	基本文字符号	
		单字母	双字母
非电量到电量变换器或电量到非电量变换器	热电传感器 热电池 光电池 测功计 晶体换能器 送话器 拾音器 扬声器 耳机 自整角机 旋转变压器 模拟和多级数字 变换器或传感器 （用作指示和测量）	B	
	压力变换器		BP
	位置变换器		BQ
	旋转变换器 （测速发电机）		BR
	温度变换器		BT
	速度变换器		BV
电容器	电容器	C	
二进制元件 延迟器件 存储器件	数字集成电路和器件： 延迟线 双稳态元件 单稳态元件 磁芯存储器 寄存器 磁带记录机 盘式记录机	D	
其他元器件	本表其他地方未规定的器件	E	
	发热器件		EH
	照明灯		EL
	空气调节器		EV

（续表）

设备、装置和元器件种类	举例	基本文字符号	
		单字母	双字母
保护器件	过电压放电器件避雷器	F	
	具有瞬时动作的限流保护器件		FA
	具有延时动作的限流保护器件		FR
	具有延时和瞬时动作的限流保护器件		FS
	熔断器		FU
	限压保护器件		FV
发生器 发电机 电源	旋转发电机 振荡器	G	
	发生器		GS
	同步发电机		
	异步发电机		GA
	蓄电池		GB
	旋转式或固定式变频机		GF
信号器件	声响指示器	H	HA
	光指示器		HL
	指示灯		HL
继电器 接触器	瞬时接触继电器	K	KA
	瞬时有或无继电器		KA
	交流继电器		KA
	闭锁接触继电器（机械闭锁或永磁铁式有或无继电器）		KL
	双稳态继电器		KL
	接触器		KM
	极化继电器		KP
	簧片继电器		KR
	延时有或无继电器		KT
	逆流继电器		KR
电感器 电抗器	感应线圈 线路陷波器 电抗器 （并联和串联）	L	

（续表）

设备、装置和元器件种类	举例	基本文字符号 单字母	双字母
电动机	电动机	M	
	同步电动机		MS
	可做发电机或电动机用的电机		MG
	力矩电动机		MT
模拟元件	运算放大器 混合模拟/数字器件	N	
测量设备 试验设备	指示器件 记录器件 积算测量器件 信号发生器	P	
	电流表		PA
	(脉冲)计数器		PC
	电度表		PJ
	记录仪器		PS
	时钟、操作时间表		PT
	电压表		PV
电力电路的开关器件	断路器	Q	QF
	电动机保护开关		QM
	隔离开关		QS
电阻器	电阻器	R	
	变阻器		
	电位器		RP
	测量分路表		RS
	热敏电阻器		RT
	压敏电阻器		RV
控制、记忆、信号电路的开关器件选择器	拨号接触器 连接级	S	
	控制开关		SA

（续表）

设备、装置和元器件种类	举例	基本文字符号	
		单字母	双字母
控制、记忆、信号电路的开关器件选择器	选择开关	S	SA
	按钮开关		SB
	机电式有或无传感器 （单级数字传感器）		
	液体标高传感器		SL
	压力传感器		SP
	位置传感器（包括接近传感器）		SQ
	转数传感器		SR
	温度传感器		ST
变压器	电流互感器	T	TA
	控制电路电源用变压器		TC
	电力变压器		TM
	磁稳压器		TS
	电压互感器		TV
调制器 变换器	鉴频器 解调器 变频器 编码器 变流器 逆变器 整流器 电板译码器	U	
电子管 晶体管	气体放电管 二极管 晶体管 晶闸管	V	
	电子管		VE
	控制电路用电源的整流器		VC

（续表）

设备、装置和元器件种类	举　　例	基本文字符号	
		单字母	双字母
传输通道 波导 天线	导线 电缆 母线 波导 波导定向耦合器 偶极天线 抛物天线	W	
端子 插头 插座	连接插头和插座 接线柱 电缆封端和接头 焊接端子板	X	
	连接片		XB
	测试插孔		XJ
	插头		XP
	插座		XS
	端子板		XT
电气操作的 机械器件	气阀	Y	
	电磁铁		YA
	电磁制动器		YB
电气操作的 机械器件	电磁离合器	Y	YC
	电磁吸盘		YH
	电动阀		YM
	电磁阀		YV
终端设备 混合变压器 滤波器 均衡器 限幅器	电缆平衡网络 压缩扩展器 晶体滤波器 网络	Z	

表 1.2-2　电工常用辅助文字符号

文字符号	名称	文字符号	名称	文字符号	名称
A	电流	A	模拟	AC	交流
A AUT	自动	ACC	加速	ADD	附加
ADJ	可调	AUX	辅助	ASY	异步
B BRK	制动	BK	黑	BL	蓝
BW	向后	C	控制	CW	顺时针
CCW	逆时针	D	延时(延迟)	D	差动
D	数字	D	降	DC	直流
DEC	减	E	接地	EM	紧急
F	快速	FB	反馈	FW	正,向前
GN	绿	H	高	IN	输入
INC	增	IND	感应	L	左
L	限制	L	低	LA	闭锁
M	主	M	中	M	中间线
M MAN	手动	N	中性线	OFF	断开
ON	闭合	OUT	输出	P	压力
P	保护	PE	保护接地	PEN	保护接地与中性线共用
PU	不接地保护	R	记录	R	右
R	反	RD	红	R RST	复位
RES	备用	RUN	运转	S	信号
ST	启动	S SET	置位,定位	SAT	饱和

（续表）

文字符号	名 称	文字符号	名 称	文字符号	名 称
STE	步 进	STP	停 止	SYN	同 步
T	温 度	T	时 间	TE	无噪声（防干扰）接地
V	真 空	V	速 度	V	电 压
WH	白	YE	黄		

表 1.2-3 测量仪表常用文字符号

文 字 符 号	名 称	文 字 符 号	名 称
A	安培表	Hz	频率表
mA	毫安表	λ	波长表
μA	微安表	cosφ	功率因数表
kA	千安表	φ	相位表
Ah	安培小时表	Ω	欧姆表
V	伏特表	MΩ	兆欧表
mV	毫伏表	n	转速表
kV	千伏表	h	小时表
W	瓦特表（功率表）	$\theta(t^{\circ})$	温度表（计）
kW	千瓦表	±	极性表
var	乏表（无功功率表）	$\sum$A	和量仪表（例：电量和量表）
Wh	瓦时表（电度表）		
varh	乏时表		

第二章　常用电工仪表仪器

第一节　基本知识

一、常用电工仪表仪器的分类

电工仪表仪器有各种各样的分类方法，按读数方法或显示方法分类见表2.1－1，指示仪表的分类见表2.1－2。

表2.1－1　电工仪表仪器按读数或显示方法分类

分　类	特　点
指示仪表	直读法仪表，采用指针、光点或计数机构在仪表标尺或表盘上读出测量结果，例如电压表、电流表等
比较仪表	将被测量与标准量进行比较的仪表，例如各种电桥
数字仪表	采用逻辑电路、用数码显示被测量的仪表，例如数字电压表、数字万用表、数字频率表、数字转速表等
图示、记录仪表	用图形表示被测量，例如示波器、记录仪等

表2.1－2　指示仪表的分类

分类方法	仪　表　系　列
按作用原理分	磁电系、电磁系、电动系、感应系、铁磁电动系、整流系、静电系、热电系和电子系等
按测量对象分	电流表、电压表、电能表、功率表、欧姆表、高阻计（兆欧表）、相位表、频率表、万用表和电桥等
按外壳防护性能分	普通、防尘、防溅、防水、水密和防爆等
按使用方法（或场合）分	固定安装式（板式）、携带式（现场测量式）、实验室式
按使用条件分	A、A_1、B、B_1、C共五组

（续表）

分类方法	仪 表 系 列
按准确度等级分	0.05*、0.1、0.2、0.5、1.0、1.5、2.5、5.0
按测量电流种类分	直流电表、交流电表、交直流两用电表

* 0.05级系新生产仪表。

二、电工指示仪表的标志符号（表2.1-3）

表2.1-3 电工指示仪表的标志符号

序号	项 目	符 号
1	被测量的性质	
1.1	直流线路或直流响应的测量机构	—
1.2	交流线路或交流响应的测量机构	～
1.3	直流或交流线路和(或)直流或交流响应的测量机构	～
1.4	三相交流线路(通用符号)	3～
2	安 全	
2.1	试验电压500 V	☆
2.2	试验电压高于500 V(例如2 kV)	☆(2)
2.3	不经受电压试验的装置	☆(0)
2.4	高压闪络	ϟ
2.5	在仪表或附件上有高压(例如伏特表)	ϟ(V)
3	使 用 位 置	
3.1	标度盘垂直使用的仪表	⊥
3.2	标度盘水平使用的仪表	⊓

(续表)

序号	项　　目	符　　号
3	使用位置	
3.3	标度盘相对水平面倾斜(例 60°)的仪表	∠60°
3.4	仪表按序号 3.1 使用的例子，标称使用范围从 80°～100°	⊥ 80°…90°…100°
3.5	仪表按序号 3.2 使用的例子，标称使用范围从 −1°～＋1°	⊓ −1°…0°…＋1°
3.6	仪表按序号 3.3 使用的例子，标称使用范围从 45°～75°	∠ 45°…60°…75°
4	准确度等级	
4.1	等级指数(例如 1)，除基准值为标度尺长、指示值或量程者外	1
4.2	等级指数(例如 1)，基准值为标度尺长(新设计不用)	∨1
4.3	等级指数(例如 1)，基准值为指示值	⓵
4.4	等级指数(例如 1)，基准值为量程(新设计不用)	|1|
5	通用符号	
5.1	磁电系仪表	
5.2	磁电系比率表(商值表)	
5.3	动磁系仪表	
5.4	动磁系比率表(商值表)	
5.5	电磁系仪表	

(续表)

序号	项　　目	符　　号
5	通 用 符 号	
5.6	电磁系比率表(商值表)	
5.7	电动系仪表	
5.8	铁磁电动系(铁芯电动系)仪表	
5.9	电动系比率表(商值表)	
5.10	铁磁电动系比率表(商值表)	
5.11	感应系仪表	
5.12	双金属系仪表	
5.13	静电系仪表	
5.14	振簧系仪表	
5.15	直热式热电偶(热电变换器)	
5.16	间热式热电偶(热电变换器)	
5.17	测量线路中的电子器件	
5.18	整流器	
5.19	电屏蔽	
5.20	磁屏蔽	
5.21	接地端	

（续表）

序号	项　　目	符　　号
5	通　用　符　号	
5.22	零(量程)调节器	
5.23	支架或底板接线端	
5.24	保护接地端	
5.25	无噪声接地端	
5.26	正端	+
5.27	负端	—

注：1. 序号 1.1 的“直流”符号，按新标准 GB/T 4728.2—1998 规定为“- -”。

三、常用电工仪表型号意义(表 2.1－4)

表 2.1－4　常用电工仪表型号意义

序号	项　目	说　　明
1	型　号　格　式	
1.1	便携式指示仪表	□ □ — □ 系列代号　设计序号　用途代号
1.2	安装式指示仪表	□ □ □ □ — □ 形状第一位代号　形状第二位代号　系列代号　设计序号　用途代号
1.3	电能表(电度表)	□ □ □ □ — □ 电能表代号(D)　类别代号　设计序号　派生代号　产品规格代号

（续表）

序号	项目	说明							
2	代号含义								
2.1	系列代号(结构型式组别)	B	C	D	E	L	Q	T	Z
		谐振系	磁电系	电动系	热电系	整流系	静电系	电磁系	电子系
2.2	用途代号(产品名称代号)	A	V	W	var	cosφ	Hz	S	
		电流表	电压表	有功功率表	无功功率表	功率因数表	频率表	同步表	
2.3	电能表类别代号	D	S	T	X	J	Z		
		单相	三相三线	三相四线	无功	直流	最高需量		
2.4	安装仪表形状代号 第一位	按仪表面板形状的最大尺寸编号,用数字 1～9 表示							
	安装仪表形状代号 第二位	按仪表外壳形状特征编号,用数字 0～9 表示,但 0 可省略							
3	型号示例								
3.1	便携式指示仪表	T 19 — V T：电磁系；19：设计序号；V：电压表							
3.2	安装式指示仪表	1 T 1 — A 1：形状代号；T：电磁系；1：设计序号；A：电流表							
3.3	电能表(电度表)	D X 865 — 2 D：电能表；X：无功；865：设计系列序号(86系列)；2：产品规格代号							
3.4	专用仪表(补充)	M F — 30 M：专用仪表；F：万用电表(复用表)；30：设计序号							

四、常用电工指示仪表的工作原理与特点(表 2.1－5)

表 2.1－5　常用电工指示仪表的工作原理与特点

系　列	工作原理	优　点	缺　点	用　途
磁电系	利用永久磁铁与载流线圈相互作用而产生转矩	准确度及灵敏度高,自身功耗小,线性刻度,受外磁场温度影响小	过载能力小,结构复杂,造价高,只适用于直流	实验室用仪表和高精度的直流标准表,如电流表、电压表、万用表、检流计等
电磁系	由载流的固定线圈使能动的铁片磁化而产生转矩	结构简单,价格低,过载能力大,交直流、非正弦均适用,能直接测量大电流,受温度影响小	灵敏度及准确度低,本身功耗大,刻度不均匀,防外磁场能力差,不适应测量高频	应用广泛,主要用于安装式电流表、电压表、功率因数表
电动系	固定线圈和活动线圈分别通过电流并产生相互作用的磁场而形成转矩	准确度高,交直流、非正弦均适用	防外磁场能力差,本身功耗大,过载能力小,刻度不均匀,价格昂贵	一般作实验室交直流两用仪表和交流标准表
铁磁电动系	由电动系的定圈固定在铁芯上构成	转矩大,功耗小,结构牢固,受外磁场影响小	非线性,准确度低	用于安装式有功功率表、无功功率表、功率因数表
感应系	由通有交流电流的固定线圈与在可动铝盘中感应的涡流相互作用而产生转矩	转矩大,过载能力大,防外磁场能力强,工艺简单,结构牢固,价格低廉	精度低,本身功耗大,只适用于一定频率的交流	主要用于交流电能表

（续表）

系列	工作原理	优点	缺点	用途
静电系	由电场对带电导体的作用力而产生转动力矩	灵敏度较高，无功耗，可测交直流及高压，输入阻抗高，受温度影响小	非线性标尺，受外电场的影响大	用于静电计或静电电压表作高压测量
比率式（流比计）	在同一转轴上装有两个交叉的动圈，它们在磁场（磁电系为永久磁铁，电动系的由定圈建立）的作用下产生的转动力矩，转角由两动圈中电流比值决定	保留了磁电系、电动系的一些特点		用于兆欧表、相位表、频率表、同步表

第二节　常用电工仪表的型号及规格

随着科学技术的飞速发展和自动化程度的不断提高，我国仪器仪表行业发生了新的变化并获得新的发展。仪器仪表产品的高科技化，成为仪器仪表科技与产业的发展主流。在电工仪器仪表领域，数字式已占据半壁江山，并有进一步扩大之势。因此，在介绍常用电工仪表时，我们将着重数字式仪表、电子式电能表。但考虑到有些电气设备上还使用指示仪表，所以对其典型的产品也适当加以介绍。

一、安装式电流表和电压表

1. 直流电流表与直流电压表

常用的直流电流表多为磁电系仪表，在使用时与负载串联。

直流电流表允许流过的电流很小，一般都须并联分流器来扩大电流表量限。分流器上已注明其额定电压和额定电流。分流器应与电流表匹配，此时分流器上的额定电流即为电流表的量限。

在磁电系测量机构上串联高阻值的附加电阻，即构成磁电系直流电压表，改变附加电阻的阻值，就可以构成不同量程的电压表。在测量时，电压表应与负载并联。

2. 交流电流表与交流电压表

常用交流电流表多采用电磁系或电动系测量机构。被测负载电流通过仪表的固定线圈，量程越大，线圈匝数越少，导线越粗。在大电流或高压系统中要用电流互感器来扩大量程和隔离高压。

交流电压表是在电流表上串接附加电阻后构成的。在测量高压时，要用电压互感器扩大量程。

常用的安装式电流表与电压表的技术数据见表 2.2－1。

表 2.2－1　常用安装式电流表、电压表技术数据

<table>
<tr><th>名称</th><th>型　号</th><th>量　　程</th><th>精度/级</th><th>使用说明</th></tr>
<tr><td rowspan="2">直流电流表</td><td>69C1－A</td><td>50，100，200，500 μA
±25，±50，±100，±500 μA
1，5，10，15，30 mA
±1，±5，±10 mA</td><td rowspan="3">2.5</td><td rowspan="3">有单指针及双指针两种，属小型电表，用于电动单元组合仪表、巡回检测装置及电子仪器配套。外形尺寸（宽×高×深：mm）：
60×20×90
测量机构：
高 47（单）
77（双）</td></tr>
<tr><td>69CA－A</td><td>50，100，200，300，500 μA
±25，±50，±100，±250，±500 μA
1，5，10，15，20，30，50，100，150，200，300，500 mV
±200，±300，±500 mA</td></tr>
<tr><td>直流电压表</td><td>69C4－V</td><td>75，100，200，300，500 mV
1，1.5，2.5，3，5，7.5，10，15，20，30，50，75，100，150 V</td></tr>
</table>

（续表）

名称	型号	量程	精度/级	使用说明
直流电流表	99C2-A	50，100，200，300，500 μA 1，3，5，10，30 mA	2.5	有单指针及双指针两种，供电子仪器配套。外形尺寸（宽×高×深：mm）： 70×26×99
	99C3-A 99C4-A	10 mA		
	99C12-A	5，10，15，20，30，50，75，100，150 mA		
	99C2-1-A	50，100，200，500 μA ±25，±50，±100，±500 μA 1，5，10，15，30 mA	2.5	微型电表，供电子仪器配套用。外形尺寸（宽×高×深：mm）： 45×15×62
调谐指示电表	99C9-μA 99C10-μA 99C11-μA	200，300，400，500，1 000 μA ±100，±150，±200，±250，±500 μA	5.0	超微型电表，在仪器上做指示器
直流电流电压表	1C2-A/V	电流：1～500 mA 1～10 000 A 电压：3～3 000 V	1.5	电流自75 A 起，外附分流器，电压自1 000 V起带专用附加电阻
	42C3-A/V	电流：1～500 mA 1～50 A 75～10 000 A	1.5	电流在75～1 000 A外附定值分流器
	42C3-A/V	电压：1.5～600 V 0.75～1.5 kV	1.5	电压在0.75～1.5 kV外附定值附加电阻

（续表）

名称	型号	量程	精度/级	使用说明
交流电流电压表	6L2－$\frac{A}{V}$	电流：0.5～50 A 5～10 000 A 电压：3～600 V 1～380 kV	1.5	电流5～10 000 A经电流互感器接通，电压1～380 kV经电压互感器接通
	42L6－$\frac{A}{V}$	电流：0.5～50 A 5～10 000 A 电压：3～600 V 1～380 kV	1.5	电流5～10 000 A经电流互感器接通，电压1～380 kV经电压互感器接通
直流电流电压表	6C2－$\frac{A}{V}$	电流：1～500 mA 1～50 A 75～10 000 A 电压：1.5～600 V 0.75～1.5 kV	1.5	电流在75～10 000 A外附定值分流器，电压在0.75～1.5 kV外附定值附加电阻
	C19－$\frac{A}{V}$	电流：25～580 mA 2.5～30 A 电压：0.75～600 V	0.5	
直流电流表	44C2－A 59C2 12C1	μA：50～500 mA：1～500 A：1～10	1.5	直接接通
		A：15～750 kA：1～1.5		外附定值分流器
直流电压表	44C2－V 59C2 12C1	V：1.5～600	1.5	直接接通
		kV：0.75～1.5		外附定值分压器
交流电流电压表	1T1－$\frac{A}{V}$	电流：0.5～200 A 5～10 000 A 电压：1.5～600 V 1～380 kV	2.5	电流5～10 000 A经电流互感器接通，电压1～380 kV经电压互感器接通

二、常用功率表、功率因数表

常用的安装式功率表多数采用电动系和铁磁电动系测量机构，现在还有一种采用电子线路的变换器式功率表。

根据测量的对象不同，可分为单相有功功率表、单相无功功率表，三相有功功率表、三相无功功率表和低功率因数功率表等。

选用功率表时，要正确选择功率表中的电流量限和电压量限，应使功率表中的电流量限能容许通过负载电流，电压量限能承受负载电压。当被测电路的功率因数低于 0.3 时，要选用低功率因数交流功率表。

功率表的读数：多量限功率表的表面标尺标有分格数，而不标明瓦特数，使用时，必须根据所选用的电压量限和电流量限，算出每一分格所代表的瓦特数（或从功率表所附说明书上查找），再乘以测量时指针的偏转格数，就是被测功率的数值。

功率因数表又称相位表，是用来测量交流电路的功率因数或电流与电压之间的相位差的一种仪表，有单相功率因数表和三相功率因数表之分。它的结构有两种：一种是采用电动系比率计或铁磁电动系比率计的测量机构；另一种采用电子变换器式测量机构。

常用功率表、功率因数表的技术数据见表 2.2－2。

表 2.2－2　常用功率表、功率因数表的型号及规格

名称	型号	量程	精度/级	使用说明
单相有功功率表	D26－W	U_N：75、150、300 125、250、500 150、300、600 V I_N：0.5～1 A 1～2 A 2.5～5 A 5～10 A 10～20 A	0.5	

(续表)

名称	型号	量程	精度/级	使用说明
	D44-W	U_N：30、75、150 300、450 V I_N：0.5～1 A 1～2 A 2.5～5 A 5～10 A	0.5	
三相有功功率表	1D5-W	U_N：127、220 V I_N：5 A	2.5	
	19D1-W	U_N：127、220、380 V I_N：5 A		
单相有功功率表	42L10-W 42L20-W	U_N：50、100、200、380 V I_N：5 A	2.5	61L13-W功率变换器外附，配用电流、电压互感器，量程由变比决定
三相有功功率表	51L4-W 61L13-W 51L8-W			
单相功率因数表	59L1-cosϕ 59L2-cosϕ 44L1-cosϕ	0.5～1～0.5 U_N：100、220 V I_N：5 A	2.5	外附功率因数变换器
三相功率因数表	59L1-cosϕ 44L1-cosϕ 59L2-cosϕ 59L4-cosϕ 59L9-cosϕ 85L1-cosϕ	0.5～1～0.5 U_N：100、380 V I_N：5 A	2.5	
单相有功功率表	59L1-W 59L2-W 44L1-W 69L9-W 85L1-W	U_N：100、220、380 V I_N：5 A	2.5	外附功率变换器，配用电流、电压互感器，量程由变比决定
三相有功功率表	59L1-W 59L2-W 69L9-W 44L1-W 85L1-W			

（续表）

名称	型　号	量　程	精度/级	使用说明
单相功率因数表	42L10 - cosϕ 42L20 - cosϕ	0.5～1～0.5 U_N：50、100、220、380 V I_N：5 A	2.5	U_N 是功率因数表的额定电压 I_N 是功率因数表的额定电流
三相功率因数表	51L4 - cosϕ 61L13 - cosϕ 51L8 - cosϕ	0.5～1～0.5 U_N：50、100、220、380 V I_N：5 A		

三、频率表

频率表是用来测量电力系统中电源频率的一种测试仪表。现在常用的有电动系频率表、铁磁电动系频率表、电子变换器系频率表。安装式频率表多采用后两种结构形式。使用频率表时要注意它的电压量限。其接线方法与电压表相似。

常用频率表的技术数据见表 2.2 - 3。

表 2.2 - 3　常用频率表的型号及规格

型　号	系　列	级别	测量范围/Hz	额定电压/V	备注
1D1 - Hz	铁磁电动流比计	1.0	45～55、55～65	50、100、127、220、380	
19D1 - Hz	铁磁电动流比计	0.5	45～50～55、55～60～65、180 ～ 200 ～ 220、450～500～550	100、127、220、380	
59L2 - Hz	半导体整流	5.0	45～55、55～65	50、100、220、380	外附频率变换器
16L1 - Hz 46L1 - Hz	半导体整流	5.0	45～55、55～65、350～450、450～550	50、100、220、380	
1D6 - Hz 41D3 - Hz	铁磁电动流比计	5.0	45～55、55～65	100、220	广角，外附阻抗器
63L1 - Hz	半导体整流	5.0	45～55、55～65	50、100、127、220	广角

四、电能表

电能表有多种，按其结构分为机电式和电子式两大类。按功能分有单相电能表、三相电能表、有功电能表、无功电能表、分时电能表(复费率电能表)、最大需量表以及预付费电能表等。其中，分时电能表主要用来计量“高峰”、“低谷”和“平时”三种不同时间内所消耗的有功电能，且高峰与低谷时段可按规定或要求整定，主要用来对用户实行峰谷不同电价政策和计划用电的控制需要；最大需量表通常由有功电能表和最大需量指示器两部分组成，它除能计量有功电能外，还可指示一个月中每 15 min 用电平均功率(负载)最大的一次读数。主要用于实行两部制电价的大用户。

国产电能表的型号一般由文字符号与数字两部分组成。文字符号的含义分别为：“D”表示电能表(在第 2 位则表示单相)；“S”表示三相三线有功表；“T”表示三相四线有功表；“X”表示无功表；“Z”表示最大需量表；“B”表示标准表。数字的含义为：短横线前的数字通常表示该产品的设计定型序号；短横线后的数字表明最大量测电流为额定电流的倍数。

常用交流电能表技术规格见表 2.2－4。常用电子式电能表技术规格见表 2.2－5。

安装电能表时，电能表中的电压线圈应与负载并联；电流线圈应与负载串联，并且要接在火线上。电压线圈与电流线圈的发电机端“ * ”应该接在一起，避免电能表反转。接线时，要根据说明书上的要求和接线图，把进线与出线接到接线盒的相应接线片上。另外，对三相电能表，尤其无功电能表，更要注意电源的相序。在使用配用互感器的电能表时，应该尽量配用电能表上标明的互感器。否则，读数要进行换算。

表 2.2-4　常用交流电能表的技术数据

名称	型号	准确度等级	参比电压/V	标定电流（最大电流）/A
单相电能表	DD862-2	2.0	220	3(6)
	DD862-4			1.5(6)，2(8)，2.5(10)，3(12)，5(20)，10(40)，15(60)，20(80)，30(100)，40(100)
单相长寿命电能表	DD58	2.0	220	5(6)，2.5(10)，5(20)，10(40)，15(60)，20(80)，30(100)，2.5(15)，5(30)，10(60)，15(100)
	DD406	2.0	220	1.5(6)，2.5(10)，3(12)，5(20)，10(40)，15(60)，20(80)　5(30)，10(60)，15(90)
三相三线有功电能表	DS864-2	1.0	100	3(6)
	DS864-4			1.5(6)
	DS862-2	2.0	100，380	3(6)
	DS862-4		100	1.5(6)
			380	1.5(6)，5(20)，10(40)，15(60)，20(80)，30(100)
三相四线有功电能表	DT864-2	1.0	220/380 57.7/100	3(6)
	DT864-4		220/380 57.7/100	1.5(6)
	DT862-2	2.0	220/380	3(6)
	DT862-4		220/380	1.5(6)，5(20)，10(40)，15(60)，20(80)，30(100)
三相三线无功电能表	DX863-2	2.0	100	3(6)
	DX863-4			1.5(6)

（续表）

名称	型号	准确度等级	参比电压/V	标定电流(最大电流)/A
三相三线无功电能表	DX865－2	3.0	100，380	3(6)
	DX865－4			1.5(6)
三相四线无功电能表	DX864－2	2.0	380	3(6)
	DX864－4			1.5(6)
	DX862－2	3.0	380	3(6)
	DX862－4			1.5(6)
单相电能表	DD861－4	2.0	220	1.5(6)，2.5(10)，10(40)，15(60)，30(100)
三相三线有功电能表	DS863－4	1.0	100	0.3(1.2)，1.5(6)
			380	1.5(6)
	DS861－4	2.0	380	1.5(6),2.5(20),10(40),15(60)
三相四线有功电能表	DT863－4	1.0	220/380	1.5(6)
	DT861－4	2.0	220/380	1.5(6)，5(20)，10(40)，15(60)，30(100)
三相三线有功电能表	DX863－4	2.0	100	0.3(1.2)，1.5(6)
			380	1.5(6)
三相三线无功电能表	DX861－4	3.0	380	1.5(6)，5(20)，10(40)，15(60)，30(100)
三相三线双向无功电能表	DXT863	2.0	100，380	3(6)
	DXT865	3.0		
	DX863－2S	2.0	100	3(6)
	DX863－4S			1.5(6)
	DX865－2S	3.0	100，380	3(6)
	DX865－4S			1.5(6)

（续表）

名称	型号	准确度等级	参比电压/V	标定电流(最大电流)/A
三相四线双向无功电能表	DX864-2S	2.0	380	3(6)
	DX864-4S			1.5(6)
	DX862-2S	3.0	380	3(6)
	DX862-4S			1.5(6)

表 2.2-5 常用电子式电能表技术规格

名称	型号	准确度等级	参比电压/V	标定电流(最大电流)/A	备注
单相电子式电能表	DDS63	1.0/2.0	220	1.5(6), 2.5(10), 5(20), 10(40), 15(60), 20(80), 25(100)	带 485 接口电力线载波功能
单相电子式多费率电能表	DDSF63	1.0/2.0	220	10(40)	
单相电子式预付费电能表	DDSY63	1.0/2.0	220	5(20), 5(30) 10(40), 15(60)	IC 卡预付费功能
单相电子式防窃电电能表	DDSJ63	1.0/2.0	220	1.5(6), 2.5(10), 5(20), 10(40), 15(60) 20(80), 25(100)	防窃电
三相四线电子式电能表	DTS63	1.0	3×220/380	1.5(6), 5(20), 10(40), 10(60), 15(60), 20(100)	带 485 接口电力线载波功能
三相三线电子式电能表	DSS63	1.0	3×100, 3×57.7	1.5(6)	带 485 接口电力线载波功能
三相四线电子式多费率电能表	DTSF63	1.0	3×220/380	1.5(6), 5(20) 10(40), 15(60), 20(100)	
三相三线电子式预付费电能表	DSSY63（互感器式）	1.0/2.0	3×100	1.5(6)	

（续表）

名　称	型　号	准确度等级	参比电压/V	标定电流（最大电流）/A	备　注
三相四线电子式预付费电能表	DTSY63（互感器式）	1.0/2.0	3×220/380	1.5(6)	
	DTSY63（直通式）	1.0/2.0	3×220/380	3×5(20)，10(40) 15(60)，20(80) 20(100)，30(100)	
三相四线电子式多功能电能表	DTSD63	有功 0.2S，0.5S 1.0 无功 2 级	3× 57.5/100 3× 220/380	1.5（6），5（6） 10(100)，20(80)	
三相三线电子式多功能电能表	DSS63	有功 0.2S，0.5S 1.0 无功 2 级	3×100	3×1(2)，1.5(6)， 5(6) 5(30)，20(80)	

五、绝缘电阻表

绝缘电阻表是用来测量绝缘电阻等高电阻的仪表，曾被称为“兆欧表”，有指针式和数字式，指针式绝缘电阻表由直流电源和磁电系比率计构成。较早的绝缘电阻表直流电源是一台手摇发电机，所以这种表俗称摇表。绝缘电阻表的电源除了采用手摇发电机外，还有采用 220 V 工频交流电经变压整流后得到的直流电源。

晶体管绝缘电阻表使高电阻的测量从兆欧表的 5 000 MΩ 扩展到 10^{15} Ω。

一般绝缘电阻表上有三个接线柱。“线”接线柱“L”，测量时和被测物的与大地绝缘的导体部分连接；“地”接线柱“E”，测量时与被测物的外壳或其他相关导体部分相接；“保护”接线柱“G”只在被测物表面漏电严重时才与被测物的保护环或不用部分连接，一般不用它。接线用导线一般要用独立的分开导线。

手摇发电机式绝缘电阻表的发电机电压一般有 500 V、1 kV、2.5 kV、5 kV 几种。要根据被测对象内部所能承受的电压及对绝缘电阻大小的要求选择合适的绝缘电阻表。

使用绝缘电阻表时应注意：测量前，必须切断被测设备的电源，并要接地短路放电，还要清洁被测物的表面。要将绝缘电阻表放在平稳的地方。测量时应均匀转动绝缘电阻表手柄，转速应保持在 120 r/min 左右，持续 1 min，待指针稳定后读数。

常用绝缘电阻表的技术数据见表 2.2-6。

表 2.2-6　常用绝缘电阻表的技术数据

产品名称	型　号	额定电压/V	量程/MΩ	准确度等级
绝缘电阻表	ZC7	100	0～200	1.0
		250	0～500	1.0
		500	0～1 000	1.0
		1 000	2～1 000	1.0
		2 500	5～5 000	1.0
绝缘电阻表	ZC11D-1	100	0～500	1.0
	ZC11D-2	250	0～1 000	1.0
	ZC11D-3	500	0～2 000	1.0
	ZC11D-4	1 000	0～5 000	1.0
	ZC11D-5	2 500	0～10 000	1.5
	ZC11D-6	100	0～20	1.0
	ZC11D-7	250	0～50	1.0
	ZC11D-8	500	0～100	1.0
	ZC11D-9	500	0～200	1.0
	ZC11D-10	2 500	0～2 500	1.5
绝缘电阻表	ZC25-1	100	0～100	1.0
	ZC25-2	250	0～250	1.0
	ZC25-3	500	0～500	1.0
	ZC25-4	1 000	0～1 000	1.0

（续表）

产品名称	型　号	额定电压/V	量程/MΩ	准确度等级
高压绝缘电阻表	ZC48-1	2 500	0～50 000	1.5
	ZC48-2	5 000	0～100 000	1.5
	ZC37	2 500	0.5～1 000	2.5
晶体管绝缘电阻表	ZC26-1	100	0～100	1.0
	ZC26-2	250	0～250	1.0
	ZC26-3	500	0～500	1.0
	ZC26-4	1 000	0～1 000	1.0
	ZC30-1	2 500	0～20 000	1.5
	ZC30-2	5 000	0～50 000	1.5
	ZC44-1	50	0～50	1.5
	ZC44-2	100	0～100	1.5
	ZC44-3	250	0～200	1.5
	ZC44-4	500	0～500	1.5
数字式自动量程绝缘电阻表	PC27-1	500,1 000	0～2 000	—
	PC27-1H	500,1 000	0～10 000	—
	PC27-2	1 000,2 500	0～2 000	—
	PC27-2H	1 000,2 500	0～20 000	—
	PC27-3	250,500	0～2 000	—
	PC27-3H	250,500	0～5 000	—
	PC27-4	100,250	0～2 000	—

六、钳形表

钳形表可以在不断开电路的情况下测量电流。一般由电流互感器和交流电流表构成，或者由电流互感器和万用电表组成。有测量交流电流和测量交、直流电流两种类型。有的钳形表还可测量电压。钳形表使用方便，但测量精度不高。其技术数据见表2.2-7。

表 2.2-7 常用钳形表型号及规格

仪表种类	型　号	量　限	准确度	使用说明
钳形表	MG20 MG21	交、直流电流(A)：0～100～200～300 交、直流电流(A)：0～400～500～600 交、直流电流(A)：0～750～1 000～1 500	5.0	测量交、直流电流
	MG25	交流电流(A)：0～5～25～100，0～5～50～250 交流电压(V)：0～300～600 直流电阻：0～5 kΩ	2.5	测量交流电流、电压和直流电阻
	MG4-AV	交流电压(V)：0～150～300～600 交流电流(A)：0～10～30～100～300～1 000	2.5	测量交流电流和电压
	MG4-1	交流电流(A)：0～10～30～100～300～1 000 交流电压(V)：0～150～300～600 功率(kW)：1～3～10～30～100	2.5	测量交流电流和电压
	T301-A	交流电流(A)：0～10～25～50～100～250 交流电流(A)：0～10～25～100～300～600 交流电流(A)：0～10～30～100～300～1 000	2.5	测量交流电流
	T302-AV	交流电流(A)：0～10～50～250～1 000 交流电压(V)：0～250～500，0～300～600	2.5	测量交流电流和电压
袖珍式钳形表	MG33	交流电流(A)：0～5～50，0～25～100，0～50～250 交流电压(V)：0～150～300～600 电阻：300 Ω	5	测量交流电流、电压和电阻
袖珍式多用钳形表	MG36	交流电流(A)：0～50～100～250～500～1 000 交流电压(V)：0～50～250～500 直流电流(mA)：0～0.5～10～100 直流电压(V)：0～50～250～500 电阻：0～10 Ω～100 kΩ～1 MΩ 晶体管放大系数：0～250	5	测量交、直流电流、电压和电阻，晶体管放大系数

（续表）

仪表种类	型　号	量　限	准确度	使用说明
电压、电流、功率三用钳形表	MG41 - VAW	交流电流(A)：0～10～30～100～300～1 000 交流电压(V)：0～150～300～600	2.5	测量交流电流、电压和功率
		交流功率(kW)：0～1～3～10～100	5	

七、万用表

万用表是常用的多功能、多量程的电工仪表，一般可以测量直流电流、直流电压、交流电压、电阻、电平等。有的还可以测量交流电流、电感、电容和晶体管参数等，具有较高的灵敏度。按测量原理和显示方式的不同，分为数字式万用表和模拟式万用表。模拟式又分为机电式和电子式两种。

机电式万用表通常由磁电系微安表头、选择开关和测量电路组成。选择开关的作用是用来选择测量对象和量程，测量线路用来把被测量对象转化为磁电系表头能够接受的直流电流，磁电系微安表头用来显示相应的测量结果。

常用万用表的技术数据见表 2.2 - 8；新型万用表的典型型号和技术数据见表 2.2 - 9；数字万用表的技术数据见表 2.2 - 10。

表 2.2 - 8　常用万用表的技术数据

型　号	测　量　范　围		灵敏度或压降	准确度等级
500 型	直流电压	0～2.5～10～50～250～500 V	20 000 Ω/V	2.5
		2 500 V	4 000 Ω/V	4.0
	交流电压	0～10～50～250～500 V	4 000 Ω/V	4.0
		2 500 V	4 000 Ω/V	5.0
	直流电流	0～50 μA～1～10～100～500 mA	≤0.75 V	2.5
	直流电阻	0～2～20～200 kΩ～2～20 MΩ	10 Ω 中心	2.5
	音频电平	−10～+22 dB(45～1 000 Hz)	—	—

（续表）

型号	测量范围		灵敏度或压降	准确度等级
MF-10型高灵敏度	直流电压	0～0.5～1～2.5～10～50～100 V	100 000 Ω/V	2.5
		0～250～500 V	20 000 Ω/V	
	交流电压	0～10～50～250～500 V	20 000 Ω/V	4.0
	直流电流	0～10～50～100 μA～1～10～100～1 000 mA	＜0.5 V	2.5
	直流电阻	0～2～20～200 kΩ～2～20～200 MΩ	10 Ω中心	2.5
	音频电平	－10～＋22 dB	—	4.0
MF-47型袖珍式	直流电压	0～250 mV～1～2.5～10～50～250～500～1 000～2 500 V	20 000 Ω/V	2.5
	交流电压	0～10～50～250～500～1 000～2 500 V	4 000 Ω/V	5.0
	直流电流	0～50～500 μA～5～50～500 mA～5 A	≤0.3 V	2.5
	直流电阻	Ω×1、Ω×10、Ω×100、Ω×1 k、Ω×10 k	22 Ω中心	2.5
	音频电平	－10～＋22 dB	—	—
	放大系数	h_{FE}：0～300	—	—
	电　容	0.000 1～0.03 μF	—	—
	电　感	20～1 000 H	—	—
MF-41型袖珍式	直流电压	0～0.5～2.5～10～50～250～500～1 000 V	20 000 Ω/V	2.5
	交流电压	0～10～50～250～500～1 000 V	4 000 Ω/V	4.0
	直流电流	0～50 μA～0.5～5～50～500 mA	≤0.5 V	2.5
	直流电阻	Ω×1、Ω×10、Ω×100、Ω×1 k、Ω×10 k	—	2.5
	音频电平	－10～＋22 dB	—	—
	放大系数	h_{FE}：0～250	—	—
	电　容	0.005～0.5 μF	—	—
	电　感	20～1 000 H	—	—

（续表）

型　号	测　量　范　围		灵敏度或压降	准确度等级
MF－35型精密级	直流电压	75 mV(50 μA)	—	1.5
		0～1～2.5～10～25～100～250～500～1 000 V	—	1.0
	交流电压	0～2.5 V	—	2.5
		0～10～50～250～500～1 000 V	—	1.5
	直流电流	0～50～250 μA～1～5～25～100 mA～1～5 A	—	1.0
	交流电流	0～2.5 mA	—	2.5
		0～25～250 mA～1～5 A	—	1.5
	直流电阻	0.1～10 Ω(低电阻)	2.4 Ω 中心	1.5
		Ω×1、Ω×10、Ω×100、Ω×1 k、Ω×10 k	15 Ω 中心	1.0
	音频电平	－10～＋10 dB	—	—
MF－30型袖珍式	直流电压	0～1～5～25 V	20 000 Ω/V	2.5
		0～100～500 V	5 000 Ω/V	2.5
	交流电压	0～10～100～500 V	5 000 Ω/V	4.0
	直流电流	0～50～500 μA～5～50～500 mA	＜0.75 V	2.5
	直流电阻	0～4～40～400 kΩ～4～40 MΩ	25 Ω 中心	2.5
	音频电平	－10～＋22 dB	—	4.0

表 2.2－9　新型万用表的典型型号和技术数据

型　号	种　类	量　限	灵敏度或压降	准确度等级
MF64 型	$\underline{A}$	50 μA～0.25～2.5～12.5～25～125～500 mA～2.5 A	≤0.6 V	2.5
	$\underline{V}$	0.5 V	20 kΩ/V	5.0
		2～10～50～200 V		2.5
		500～1 000 V	8 kΩ/V	
	$\underset{\sim}{A}$	0.5～5～25～50～250 mA～1 A	≤1.2 V	5.0
	$\underset{\sim}{V}$	10～50～250～500～1 000 V	4 kΩ/V	
	Ω	2～20～200 kΩ～2～20 MΩ	25 Ω 中心	2.5
	h_{FE}	0～400(NPN、PNP)	—	—
	dB	0～＋56 dB(四挡)		

（续表）

型　号	种　类	量　　限	灵敏度或压降	准确度等级
MF72 型袖珍式	$\underline{A}$	100 μA	0.25 V	2.5
		0.5～5～50～500 mA～2.5 A	0.5 V	
	$\underline{V}$	250 mV	10 kΩ/V	5.0
		1～2.5～12.5～50～250～500 V		2.5
		1 000 V	5 kΩ/V	
	$\underset{\sim}{V}$	10～50～250～500 V	3 kΩ/V	5.0
	Ω	2～10～100 kΩ～1 MΩ	25 Ω 125 Ω 中心	2.5
	h_{FE}	0～400(NPN、PNP)	—	—
	dB	0～＋22～＋56 dB		
	输出功率	0～12～24 W		
MF368 型高灵敏度袖珍式	$\underline{A}$	50 μA 2.5～25 mA～0.25～2.5 A	≤0.15 V ≤0.6 V	2.5
	$\underline{V}$	0.5 V	20 kΩ/V	5.0
		2.5～10～50～250 V		2.5
		500 V	9 kΩ/V	
		1 500 V		5.0
	$\underset{\sim}{V}$	2.5～10～50～250～500～1 500 V	9 kΩ/V	5.0
	Ω	2～20～200 kΩ～2～20 MΩ	20 Ω 中心	2.5
	h_{FE}	0～1 000(NPN、PNP)	—	—
	LED V	0～3 V		
	LED A	0～0.15～1.5～15～150 mA		
	dB	−22～＋66 dB(六挡)		
MF96 CX 型高灵敏度全功能	$\underline{A}$	20 μA(表头直接外接)	60 mA	2.5
		25 μA	170 mA	
		0.1～1～10～100 mA～1～5 A	≤0.6 V	
	$\underline{V}$	1～5～12.5～50～125 V	50 kΩ/V	2.5
		500 V	10 kΩ/V	5.0
		2 500 V		
	$\tilde{A}$	5 A	≤1 V	5.0
	$\underset{\sim}{V}$	10～50～250～500～2 500 V	≤10 kΩ/V	
	Ω	5～50～500 kΩ～5～100 MΩ	20 Ω 中心	2.5

（续表）

型　号	种　类	量　　限	灵敏度或压降	准确度等级
MF96CX型高灵敏度全功能	CX	0～1 μF～1 000 μF(阻尼<8 s)	10 μF中心	10.0
		0～10 nF～10 μF(阻尼<4 s)	10 nF中心	5.0
		0～100 pF～0.1 μF(阻尼<4 s)	1 nF中心	
	蜂鸣器	供电电源 9 V,外电阻 0～150 Ω	—	—
	输出功率	0～0.1～10 W		
	dB	−10～+22 dB		

表2.2-10　数字万用表的技术数据

名　称	型　号	测量范围	分辨率	准确度	备　注
袖珍式数字万用表	DT860	AC 0～1 000 V	100 μV	0.5%	可检查二极管和测晶体管放大倍数 自动量程切换 外形尺寸(mm)：145 × 82 × 28，质量：0.18 kg
		DC 0～750 V	1 mV	0.75%	
		AC 0～10 A	1 μA	1%	
		DC 0～10 A	1 μA	1.2%	
		R 0～20 MΩ	0.1 Ω	0.75%	
袖珍式数字万用表	DT890	AC 0～1 000 V	100 μV	0.5%	可检查二极管和测试晶体管; 外形尺寸(mm)：40 × 65 × 320，质量：0.7 kg
		DC 0～70 V	100 μV	0.8%	
		AC 0～10 A	0.1 μA	0.8%	
		DC 0～10 A	1 μA	1%	
		R 0～20 MΩ	0.1 Ω	0.8%	
		C 0～20 μF	1 pF	2.5%	
自动量程数字/模拟式万用表	DT960	AC 200 mV～1 000 V	—	0.7%	数字$\left(3\frac{1}{2}位\right)$模拟双重显示,手持式,自动/手动量程切换,相对值测量,数据保持等;可检查二极管,DT960T测量有效值
		DC 2～700 V	—	0.8%	
		AC 30 mA～20 A	—	1%	
		DC 30 mA～20 A	—	1.8%	
		R 200 Ω～30 MΩ	—	0.8%	
		f 10～20 000 Hz	—	0.5%	

（续表）

名　称	型　号	测量范围	分辨率	准确度	备　注
自动量程数字万用表	DT990	AC 0～1 000 V	10 μV	0.05%	$4\frac{1}{2}$位，手持式，自动切换量程，数据保持；可检查二极管等，DT990T测量有效值
		DC 0～750 V	10 μV	0.8%	
		AC 20 mA～20 A	—	0.5%	
		DC 20 mA～20 A	—	1%	
		R 0～20 MΩ	0.1 Ω	0.2%	
		CX 0～20 μF	0.1 pF	2%	
		f 0～200 kHz	0.1 Hz	0.5%	
		G 0～10 nS	0.1 nS	1%	
袖珍式数字万用表	DT4600	AC 0～1 000 V	10 μV	0.05%	可检查二极管和进行dB测量 外形尺寸(mm)：177 × 88 × 43，质量：0.36 kg
		DC 0～1 000 V	10 μV	0.5%	
		AC 0～10 A	10 μA	0.25%	
		DC 0～10 A	10 μA	0.75%	
		R 0～25 MΩ	0.01 Ω	0.07%	
		f 0～100 kHz	0.001 Hz	0.05%	
数字万用表	PF33	AC 0～1 000 V	10 μV	0.25%	外形尺寸(mm)：191 × 83 × 51，质量：0.4 kg
		DC 0～750 V	100 μV	0.5%	
		AC 0～2 A	1 μA	0.75%	
		DC 0～2 A	1 μA	1.5%	
		R 0～20 MΩ	0.1 Ω	0.25%	
	SB930F	AC 0～1 000 V	10 μV	0.05%	$4\frac{1}{2}$位，手持式，能自动显示被测极性；可测量电容、频率、晶体管的h_{FE}和判别二极管的极性；外形尺寸(mm)：162×88×36
		DC 0～700 V	100 μV	0.8%	
		AC 0～10 A	0.01 μA	0.5%	
		DC 0～10 A	0.1 μA	0.8%	
		R 0～20 MΩ	10 mΩ	0.5%	

（续表）

名 称	型 号	测量范围	分辨率	准确度	备 注
数字万用表	PF51	AC 0～1 000 V	10 μV	0.03%*rd* +0.02%*fs*	4 $\frac{1}{2}$ 位；具有运算（加、减、除、求均值）、存储、显示、越限报警、自校、自动选择量程等功能；结果可以 BCD 码输出；*rd*：读数，*fs*：满度
		DC 0～700 V	10 μV	0.5%*rd* +0.2%*fs*	
		AC 0～2 A	10 μA	0.5%*rd* +0.03%*fs*	
		DC 0～2 A	10 μA	1.0%*rd* +0.2%*fs*	
		R 0～10 MΩ	10 mΩ	1.0%*rd* +0.03%*fs*	

第三节　常用电工电子仪器

一、电桥

电桥是一种精确测量电阻、电容、电感等元件参数的比较式仪器，分为直流电桥和交流电桥。直流电桥主要用来测量电阻等，交流电桥主要用来测量电容、电感等交流元件。

根据结构的不同，直流电桥又分为单电桥和双电桥。单电桥适用于测量 $0\sim10^5$ Ω 的中值电阻；双电桥适用于测量 1 Ω 以下的低值电阻。

直流电桥的原理：四臂结构是直流电桥的基本形式。电桥由直流电源供电，平衡时，相邻两桥臂电阻的比值等于另外两相邻桥臂电阻的比值。若一对相邻桥臂分别为标准电阻器和被测电阻器，它们的电阻有一定的比值，则为使电桥平衡，另一对相邻桥臂的电阻必须有相同的比值。根据这一比值和标准电阻器的电阻值可求得被测电阻器的电阻值。

随着科技的进步，电桥也不断发展，出现了以电桥线路为基础、以精密合金线绕电阻为基准的数字电桥，以及以单片机为基础的数字式电桥。常用电桥的技术数据见表 2.3-1。

表 2.3-1　常用电桥的技术数据

名　称	型　号	精度	测量范围	用　途
直流单、双两用桥	QJ36	0.02	单桥 100 Ω～1 MΩ 双桥 1 μΩ～100 Ω	测量电阻；作为0.02级精密电阻箱
直流单电桥	QJ57	0.05	0.01 μΩ～1.111 10 kΩ	测量电阻
直流单、双两用桥	QJ49a	0.05	1 Ω～1.111 10 MΩ	测量电阻
直流双电桥	QJ44	0.2	0.1 mΩ～11 Ω	测量低电阻
携带式直流双桥	QJ31	0.2	单桥 10 Ω～1 MΩ 双桥 0.001 Ω～1 Ω	测量电阻
直流单双桥	QJ32	0.05	单桥 50 Ω～1 MΩ 双桥 10^{-5}～100 Ω	精密测量电阻
高阻电桥	QJ38	0.05	10^{5}～10^{16} Ω	测量高阻元件、绝缘电阻
数显电桥	SB2233	±0.2	1 mΩ～1.999 kΩ	测变压器和电机绕组阻值；数字显示
数字单臂直流电桥	QJ83	0.1	0～20 MΩ	测量电阻
数字双臂直流电桥	QJ84	0.05～0.5	0～20 kΩ	测量低电阻
线路测试仪	QJ43	0.1	10～999 900 Ω 保证精度范围：10～9 999 Ω	测量电阻；检测电缆故障点
变压比电桥	QJ35	0.2	K：1.02～111.12	测变压器的变压比
感性负载直流电阻速测仪	SB2230-1	0.1±5 字	1 μΩ～19.999 kΩ	电机和变压器绕组阻值；数字式仪器

（续表）

名　称	型　号	精度	测量范围	用　途
LCR数字电桥	CY2693	基本精度 0.1	L：0.000 01 mH～9 999.9 H C：0.01 pF～99 999 MF R：0.000 01 Ω～99.999 MΩ	自动测量电感L、电容C、电阻R、品质因数Q、损耗角正切

二、信号发生器

信号发生器是可产生各种频率、波形、幅度的信号源，常用于电子设备的检修、调试。

信号发生器按所产生的信号频率可分为六类：超低频、低频、视频、高频、甚高频和超高频信号发生器；按输出波形可分为四种：正弦波、脉冲、函数和噪声信号发生器。表2.3-2列出部分常用信号发生器的技术规格。

表2.3-2　部分常用信号发生器技术规格

型号类型	主要特性	电　源	备　注
NF1033 (XD-22) 低频信号发生器	频率范围：1 Hz～1 MHz，6波段 频率误差： 1～5波段　<±(1.5%f+1 Hz) 6波段　<±2%f 输出信号： 正弦波幅度≥6 V 频率响应：<±1 dB 失真度： <0.1%，10 Hz～200 kHz 电压表误差(满刻度)：<±5% 输出阻抗：600 Ω±10%	220 V±10% (50±2)Hz	1. 外壳接地要良好 2. 先将“输出微调”旋至最小处，再接通电源开机 3. 负载阻抗和仪器输出阻抗匹配 4. 信号电缆长度以1 m±10%为宜

（续表）

型号类型	主要特性	电源	备注
CA101 低频信号发生器	频率范围：10 Hz～1 MHz，分 5 挡 频率误差：±5% 输出信号： 正弦波 5～6 V_{eff} 频率响应<1.5 dB 失真度： ≤0.1%，400 Hz～20 kHz ≤0.5%，50 Hz～500 kHz 方波输出：10 $V_{p\text{-}p}$ 上升时间：≤0.25 μs 外同步特性： 频率范围：±3% 输入阻抗：10 kΩ	110/220 V 50/60 Hz 8 W	
YB1631 功率函数发生器	频率范围：1 Hz～100 kHz （配合占空比调节，下限可达 0.1 Hz） 频率误差：±1% f±1 Hz 输出波形：方波、正弦波、三角波、锯齿波、矩形波 正弦波频率范围： 1 Hz～100 kHz 其余波频率范围： 1 Hz～10 kHz 正弦失真： 2%，f<20 kHz 3%，f>20 kHz 幅度频率响应： ≤0.3 dB， 1 Hz～20 kHz ≤0.5 dB，20 kHz～100 kHz 功率输出：30 V/2 A， 50 V/1 A 信号幅度：30 V，50 V 占空比：0.1～0.9	220 V 50 Hz	

（续表）

型号类型	主要特性	电源	备注
AS1053A 高频信号发生器	10个存储单元和呼出功能 RF范围：0.1～150 MHz，分三个波段，数字锁定射频频率 五位数码显示频率精度 $1\times10^{-4}\pm1$ 个字 RF输出电平：≥110 dB或（1 Vrms）50 Ω（选购） 调制方式：AM、FM、立体声 调制深度：30%，外调制深度0～90%可调，载波稳幅 频幅特性：±1.0 dB（50 Ω负载匹配时） 单片微处理器控制，采用轻触键和数码调谐盘	220 V 50 Hz	

三、示波器

电子示波器是一种能够观测各种电信号随时间变化的仪器，可测量信号电压、电流、功率、频率、周期、相位差、调幅度、脉冲上升和下降时间，若配上各种传感器，还可以测量压力、温度、声、光、磁等非电量。

示波器大致可分为通用示波器、多束示波器、取样示波器、存储示波器和特殊示波器等几类，现在，由于采用了微处理机，示波器正向着自动化、智能化方向发展，它不但能显示波形，而且还具有自动运算、数据处理、自动调节、自动校准、自动打印等多种功能，下面着重介绍应用比较广泛的通用示波器。

1. 通用电子示波器组成原理

通用电子示波器的组成如图2.3－1所示。它主要由垂直（Y轴）放大系统、水平（X轴）放大系统、触发扫描系统、电子开关、示波管系统及电源部分组成。Y轴放大系统放大由Y轴输入的被观测信号，包括衰减和放大两部分。放大后的信号加到示波管的 Y 偏转板上。

X 轴放大系统一般通过开关连接到 X 轴输入信号或连接到扫描电路。连接到 X 轴输入信号时，放大 X 轴输入的信号，然后把放大的信号送至示波管的 X 偏转板上；连接到触发扫描发生器电路时，则把扫描信号放大后送到示波管的 X 偏转板上。

扫描发生器产生线性扫描电压，通过 X 放大器放大后加到 X 偏转板，实现再现被观察信号的波形。同步触发电路的作用是使波形稳定，便于观察与测量。

示波管是示波器的核心部件，被观测的信号显示在示波器的荧光屏上。

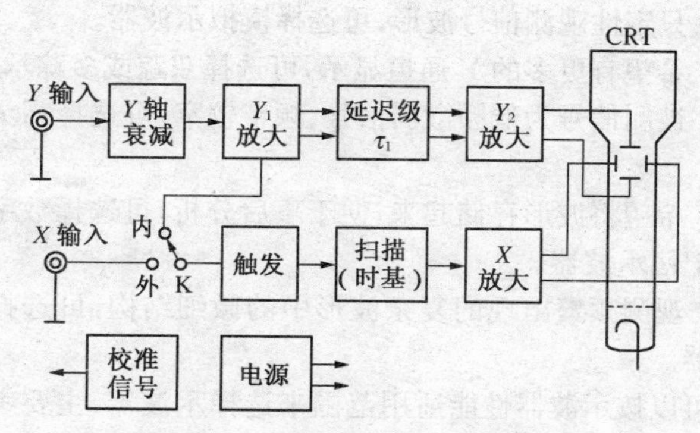

图 2.3－1　通用示波器原理方框图

部分通用示波器型号及主要技术数据见表 2.3－3。

表 2.3－3　通用示波器技术数据

示波器名称	型　号	频带宽度	灵敏度	扫描速度	输入阻抗
通用示波器	ST－16	DC～5 MHz	20 mV/div～10 V/div	0.1～10 μs/div	1 MΩ，35pF
小型通用示波器	YB4243	DC～10 MHz	10 mV/div～5 V/div	0.5 μs/div～200 ms/div	1 MΩ，35pF

（续表）

示波器名称	型　号	频带宽度	灵敏度	扫描速度	输入阻抗
二踪模拟示波器	UC4320	DC～20 MHz	5 mV/div～5 V/div	0.2 μs/div～0.2 s/div	1 MΩ,25pF
双踪示波器	DF4328	DC～20 MHz	5 mV/div～5 V/div	0.5 μs/div～0.2 s/div	1 MΩ,20pF
带频率显示双踪示波器	CA9060F	DC～60 MHz	1 mV/div～5 V/div	0.1 μs/div～0.1 s/div	1 MΩ,20pF
数字示波器	DS5062CE	DC～60 MHz	2 mV/div～5 V/div	1 ns/div～50 s/div	1 MΩ,13pF
数字存储示波器	CA2102	DC～100 MHz	5 mV/div～5 V/div	5 ns/div～5 s/div	1 MΩ,20pF

2. 示波器选择方法

选用示波器，可根据被观测信号的特点来选择：

（1）只定性观测信号波形，可选择模拟示波器。

（2）希望有更多的 Y 通道显示，可选择双踪或多踪示波器。

（3）被测信号为低频微弱信号、频带较窄，可选择高灵敏度示波器。

（4）希望将波形存储起来，便于事后分析，可选择数字存储示波器或记忆示波器。

（5）观测频繁出现的复杂波形中的微细结构，可选择数字荧光示波器。

也可以按示波器性能适用范围来选择示波器，主要考虑以下三项指标：

（1）频带宽度：它决定示波器可观察周期性连续信号的最高频率。

（2）Y 轴灵敏度：它反映在 Y 方向对被观测信号展开能力。

（3）扫描速度：它反映在 X 方向对被观测信号展开能力。

四、接地电阻测试仪

接地电阻测试仪是检验测量接地电阻的常用仪表，也是电气安全检查、接地工程竣工验收和防雷检测不可缺少的工具。随着科学技术的进步，接地电阻测试仪由早期俗称“摇表”的机械手摇指针式，到电子指针式、电子液晶数码显示式。20 世纪 70 年代国产接地电阻测试仪问世，如：ZC－28、ZC－29 系列，在结构、体积、重量、测量范围、分度值、准确性等方面都要胜过 E 型摇表。但是，由于手摇发电机的关系，精度也不高。80 年代数字接地电阻仪的投入使用给接地电阻测试带来了生机，虽然测试的接线方式同 ZC 系列没什么两样，但是其稳定性远比摇表指针式高得多。而接地电阻测试仪的一个创举是在 90 年代，钳口式接地电阻测试仪的诞生打破了传统测试方法。从单钳口接地电阻测试仪，到双钳口接地电阻测试仪，精度不断提高，操作更加简便。近年来，由于计算机技术的飞速发展，接地电阻测试仪也渗透了大量的微处理机技术，其测量功能、内容与精度是一般仪器所不能相比的。目前先进的电阻测试仪能满足所有接地测量要求。运用新式钳口法，无需打地桩放线，可进行在线直接测量。功能强大的接地电阻测试仪均由微处理器控制，可自动检测各接口连接状况及地网的干扰电压、干扰频率，并具有数值保持及智能提示等独特功能。

下面介绍几种常用的接地电阻测试仪。

（一）CY2512 型接地电阻测试仪

1. 特点

三位数字显示，采用四端测量法。

2. 技术规格

（1）测试电流：工作电流分 10 A、25 A 两挡，误差为±(3%+1 个字)。

（2）电阻测量范围：0.001～0.600 Ω(10 A·h)；0.001～0.300 Ω(25 A·h)，误差为±(3%+1 个字)。

（3）电阻预置值：0.001～0.999 Ω，三位拨盘开关。

（4）定时器：0～100 s 时间继电器，误差为±5%*FS*(满量程)。

(5) 功能：具有合格与不合格判别功能，具有复原与启动功能。

(6) 持续工作时间为16 h，预热时间为15 min。

(7) 电源：220 V±10%、50 Hz±5%，空载消耗功率约90 VA，最大功率约700 VA。

(二) SGT-11A型单钳口接地电阻测试仪

1. 特点

打破传统测试范围的限制，不必打辅助地极，测试简单快捷。重复测试时，结果一致性好。配备标准测试环，可进行精度自检。智能全自动测量，保证安全。

2. 技术规格

(1) 电阻测量范围：0.01～1 000 Ω，精度：±(1%+0.01 Ω)～±(15%+20 Ω)。

(2) 显示屏：4位LCD数字显示，高28 mm、宽47 mm。

(3) 钳口尺寸：长形钳口33 mm×66 mm。

(4) 电源：4节5号碱性干电池(6 V)。

(5) 仪器尺寸：长形钳口长290 mm、宽90 mm、厚65 mm。

(6) 保护等级：双重绝缘。

(7) 结构特点：钳口方式。

(三) SGT-12B双钳口接地电阻测试仪

SGT-12B仪表适用于各种设备及建筑物的接地装置的接地电阻的测试，还可测量土壤电阻率及接地系统泄漏电流。

SGT-12B仪表除了具有传统打辅助地极测接地电阻的功能外，还具备了无辅助地极测量的独特功能，改变了测试接地电阻传统的测量原理和手段。采用二电极测量原理和利用双钳口测量技术，无需打辅助地极、无需将接地体与设备隔离，实现了在线测量。

1. 特点

(1) 采用钳表式测量方法，无需打辅助地桩，适应各种条件下接地电阻测试的需要。

(2) 可在线测量，无需将接地体与设备隔离。

(3) 智能化测试。

(4) 可在不断开接地系统的条件下测试泄漏电流真有效值。

(5) 具有自校准功能，避免接触电阻及线阻对测试结果造成的影响。

(6) 精度高，误差小，解决了小电阻测量的准确性问题。

(7) 测量功能转换，采用电子开关进行切换以提高系统可靠性。

(8) 与上位 PC 机进行通信，实现测量数据上传，便于保存打印。

(9) 操作简单，使用方便，范围大，量程宽，具有背光照明系统。

(10) 塑胶护套，抗震性好。

2. 技术规格

(1) 四线法接地电阻测量范围：0.00 Ω～19.99 kΩ。

误差：0.00 Ω～1.99 kΩ，≤±3%+3 个字；20.0 Ω～19.99 kΩ，≤±5%+3 个字。

双钳口　测量范围：0.0～100 Ω。

误差：0.0～19.9 Ω，≤±10%+2 个字；

误差：20～100 Ω，≤±20%+2 个字。

(2) 地阻率　测量范围：0.00～1 999 kΩm。

误差：0.01 Ωm～199.9 kΩm，≤±3%+3 个字；

误差：2.00 kΩm～1 999 kΩm，≤±5%+3 个字。

(3) 泄漏电流(真有效值)　测量范围：0.0 mA～19.9 A。

误差：0.0～99.9 mA，≤±3%+3 个字；

误差：10.0～19.9 A，≤±5%+3 个字。

(4) 存储容量：250 组数据。

(5) 电源：6 V DC(4×1.5 V 电池 5 号 AA)或 4.8 V DC(4×1.2 V 镍氢充电电池 5 号 AA)。

(四) MS2301 型高性能钳型接地电阻测试仪

该产品在测量时不必使用辅助接地棒，也不需中断待测设备的接地，只需钳夹住接地线或棒，就能完全、快速测量出对地电阻。另外，该产品还能作电流测量，其高感度的钳表能测量泄漏电流至 1 mA，而中性电流可至 30 A_{RMS}。此功能在待测接地回路含有较大噪声及谐波时，显得尤为重要。

1. 特点

(1) 0.01 Ω 低电阻高精度测量。

(2) 0.001 Ω 高分辨率。

(3) 可储存电阻测量数据 99 组。

(4) 可在 1～100 Ω 范围内设置报警值。

(5) 可测量泄漏电流和中性线电流。

(6) 大口径 45 mm×32 mm 精密测量探头。

(7) 数字测量、自动换挡、操作方便。

(8) 钳表头具有双层保护绝缘，强化了抗干扰性。

(9) 非接触式测量，提高了测量安全性。

(10) 单次测量时间 1 s，体现了测量快速性。

(11) LCD 数字显示。

(12) 钳头口径：32 mm×45 mm。

2. 技术规格(表 2.3-4)

表 2.3-4　MS2301 型高性能钳型接地电阻测试仪技术规格

测量项目	测量范围	准确度	分辨率
电阻测量	0.01 Ω～0.999 Ω	±(1.5%+0.01 Ω)	0.001 Ω
	1 Ω～9.99 Ω	±(1.5%+0.1 Ω)	0.01 Ω
	10 Ω～99.9 Ω	±(2.0%+0.3 Ω)	0.1 Ω
	100 Ω～199.9 Ω	±(3.0%+1 Ω)	1 Ω
	200 Ω～400 Ω	±(6.0%+5 Ω)	5 Ω
	400 Ω～600 Ω	±(10%+10 Ω)	10 Ω
	600 Ω～1 200 Ω	—	—
电流测量	100 mA	±(2.5%+1 mA)	0.1 mA
	300 mA	±(2.5%+2 mA)	0.3 mA
	1 A	±(2.5%+3 mA)	0.001 mA
	3 A	±(2.5%+0.03 mA)	0.003 mA
	10 A	±(2.5%+0.03 A)	0.01 A
	30 A	±(2.5%+0.05 A)	0.03 A

五、耐压泄漏测试仪

耐压泄漏测试仪是用来测量各种电气产品的交流耐压及其泄漏电流的仪器，它可以直观、准确、快速、可靠地测试各种被测对象的击穿电压、漏电流等电气安全性能指标。因该仪器产生高压，必须绝对注意安全。不允许将高压电接入外部电源，以免发生危险。使用时仪器的接地端必须可靠地接入大地，操作者需戴上绝缘手套，脚下垫橡胶垫，只有在测试灯熄灭状态，无高压输出状态时，才能进行被试品连接或拆卸操作。

部分耐压测试仪的技术性能见表 2.3-5。

表 2.3-5 耐压测试仪的技术性能

型号名称	CY2674A (CY2663D) 型耐压测试仪	CY2674D 型耐压泄漏测试仪	CS2675 型耐压泄漏测试仪	CS9920 型程控耐压泄漏测试仪
功能	AC 耐压	AC 耐压、耐压、动态耐压、大功率(2 kVA)、泄漏测试	泄漏、耐压二合一	耐压、泄漏、电弧侦测功能
耐压测试电压误差	0～2.5 kV～5 kV，±4%*FS*	AC：0～5 kV，±3%*FS* AC：0～250 kV，±3%*FS*	耐压：0～5 kV，±(3%+3 个字) 泄漏：0～250 V 泄漏电流：0～20 mA	耐压：AC：0～5 kV ±2%+2 个字 泄漏：80～300 V 泄漏电流：0～20 mA ±2%+2 个字
时间控制	0～99 s 及手控 ±0.5 s	0～100 s 及手控	0～99 s	0～999.9 s
备注	不合格报警	符合 GB 6587.7 标准要求，机内带隔离变压器 2 kVA，具不合格报警及电流表指示电流	符合 GB 4706.1 标准要求，机内带隔离变压器 300 VA，不合格报警，漏电流、电压、时间同时显示	测试结果表达方式：蜂鸣器、指示灯、显示器等，液晶 240×128 点阵大字符显示

第三章 电动机

第一节 旋转电动机概述

一、电动机的分类

电动机种类繁多，一般分类如下：

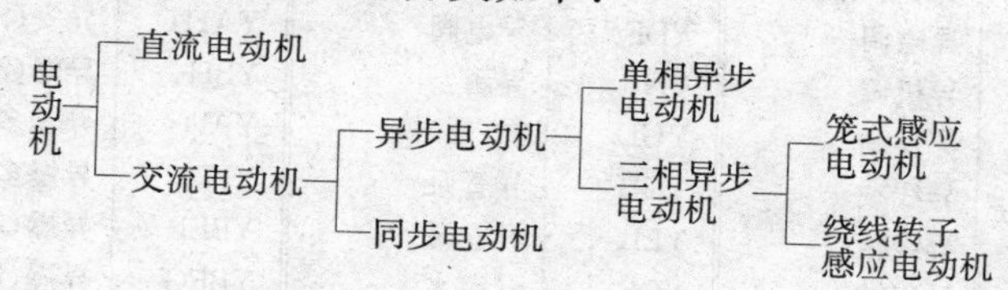

二、电动机的型号

根据 GB 4831—1984《电动机产品型号编制方法》，电动机型号的构成部分及其内容的规定，按下列顺序排列：

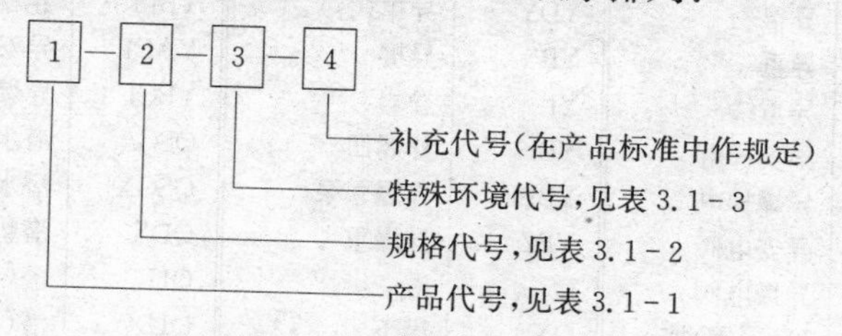

表 3.1-1 电动机产品代号

电动机代号	代号汉字意义	电动机代号	代号汉字意义	电动机代号	代号汉字意义
Y	异	YK	异(快)	YQ	异起
YR	异绕	YRK	异绕(快)	YH	异(滑)

（续表）

电动机代号	代号汉字意义	电动机代号	代号汉字意义	电动机代号	代号汉字意义
YD	异多	YZRG	异重绕管	YT	异(通)
YL	异立	YZRF	异重绕风	YA	异安
YRL	异绕立	YZE	异重(制)	YB	异爆
YJ	异精	YZJ	异重减	YF	异风
YEP	异(制)傍	YZRJ	异重绕减	YAQ	异安起
YEG	异(制)杠	YTD	异梯电	YBR	异爆绕
YEJ	异(制)加	YM	异木	YAQ	异安起
YEZ	异(制)锥	YZP	异中频	YBQ	异爆起
YCT	异磁调	YDF	异电阀	YAH	异安(滑)
YJT	异机调	YN	异耐	YBH	异爆(滑)
YHT	异换调	YUD	异(震)捣	YAD	异安多
YXJ	异线减	YGB	异管泵	YBD	异爆多
YXJ	异线减	YLB	异立泵	YBEP	异爆(制)傍
YHJ	异行减	YQS	异潜水	YBEG	异爆(制)杠
YLJ	异力矩	YQSY	异潜水油	YBEJ	异爆(制)加
YUR	异(装)入	YQY	异潜油	YACT	异安磁调
YGT	异滚筒	YQL	异潜卤	YBCT	异爆磁调
YPQ	异频起	YTZ	异探	YAJT	异安机调
YG	异辊	YDY	异单(容)	YBJT	异爆机调
YZ	异重	YP	异屏	YACJ	异安齿减
YZR	异重绕	YI	异岩	YBCJ	异爆齿减
YATD	异安梯电	YBH	异爆回	QSG	潜水高
YBTD	异爆梯电	YBLB	异爆立泵	QSGX	潜水高下
YADF	异安电阀	YBZ	异爆重	QDX	潜垫下
YBDF	异爆电阀	Q	潜	QU	潜(半)
YAUD	异安(震)捣	QX	潜下	QUX	潜(半)下
YBGB	异爆(管)泵	QY	潜油	T	同
YBP	异爆屏	QYX	潜油下	Z	直
YBI	异爆(岩)	QYG	潜油高	C	测
YBT	异爆(通)	QYGX	潜油高下	F	纺
YBY	异爆运	QS	潜水		
YBJ	异爆绞	QSX	潜水下		

表 3.1-2　电动机规格代号

产品名称	产品型号构成部分及其内容
小型异步电动机	中心高(mm)—机座长度(字母代号)—铁芯长度(数字代号)—极数
大、中型异步电动机	中心高(mm)—铁芯长度(数字代号)—极数
小同步电动机	中心高(mm)—机座长度(字母代号)—铁芯长度(数字代号)—极数
大、中型同步电动机	中心高(mm)—铁芯长度(数字代号)—极数
小型直流电动机	中心高(mm)—机座长度(数字代号)
中型直流电动机	中心高(mm)或机座号(数字代号)—铁芯长度(数字代号)—电流等级(数字代号)
大型直流电动机	电枢铁芯外径(mm)—铁芯长度(mm)
分马力电动机(小功率电动机)	中心高(mm)或外壳外径(mm)(或)机座长度(字母代号)—铁芯长度、电压、转速(均用数字代号)
交流换向器电动机	中心高或机壳外径(mm)—(或)铁芯长度、转速(均用数字代号)

表 3.1-3　电动机特殊环境代号

汉字意义	"热"带用	"湿热"带用	"干热"带用	"高"原用	"船"(海)用	化工防"腐"用	户"外"用
汉语拼音代号	T	TH	TA	G	H	F	W

三、电动机常用计算公式

1. 额定电流 I

$$I = \frac{1\,000P}{1.73U\eta\cos\varphi}$$

式中　P——额定功率(kW)；

U——额定电压(V)；

$\cos\varphi$——功率因数；

η——电动机效率。

2. 同步转速 n

$$n = \frac{f}{p} \times 60$$

式中 f——频率(Hz)；

p——磁极对数，如两极，$p=1$；四极，$p=2$。

3. 转差率 S

$$S = \frac{n - n_{N}}{n} \times 100\%$$

式中 n——电动机同步转速(r/min)；

n_{N}——电动机额定转速(r/min)。

常用的三相异步电动机在额定负载时，其转差率为2%～5%。

4. 转矩 M

$$M = \frac{9\ 555N}{n}$$

$$M = F\frac{D}{2}$$

$$F = \frac{19\ 110N}{nD}$$

式中 M——电动机的转矩(N·m)；

N——工作机械的负荷(kW)；

n——转速(r/min)；

F——皮带拉力(N)；

D——皮带轮直径(mm)。

第二节　三相异步电动机

异步电动机是交流电机的一种，由于负载时转速与供电电网频率之间没有固定不变关系，故称为“异步”电动机（相对“同步”电动机而言）。

三相异步电动机具有结构简单、制造维护方便、运行可靠、重量轻、价格低等优点，应用广泛，是目前驱动各种机械和家用电器的主要动力，在各种电力传动系统中约占90%。

Y系列三相异步电动机是我国在20世纪80年代设计生产的新型电动机。其性能指标、规格参数、安装尺寸等完全符合国际电工委员会（IEC）标准。老型号的J2、JO2系列电动机已被淘汰，均由Y系列电动机基本系列所取代。Y系列异步电动机的派生和专用系列电动机，也将逐步全面取代J2和JO2系列电动机中相应的派生系列和专用系列电动机。

Y2系列电动机是全封闭、自扇冷式笼式三相异步电动机，是取代Y系列电动机的更新换代产品。Y2系列电动机与Y系列电动机比较，其效率高、启动转矩大，且提高了防护等级（IP54），提高了绝缘等级（F级），降低了噪声。其结构更加合理，外形新颖美观。电动机冷却方式为IC411，其功率等级和安装尺寸符合国际电工委员会IEC标准及国家标准GB/T 4772。

Y2系列电动机为一般用途电动机，适用于无特殊要求的各种机械设备。

3 kW及以下的电动机定子绕组为Y形接法，4 kW及以上为△形接法。工作方式为S1，即连续工作制。

Y3系列三相异步电动机是采用新技术，新材料最新开发的新产品，是Y系列电机的更新换代产品。

Y3系列电机是为了贯彻国家“以冷代热”产业政策而开发出来

的国内第一个完整的全系列采用冷轧硅钢片为导磁材料的基本系列电机，其效率指标完全达到了 GB 18613—2002《中小型三相异步电动机能效限定值及节能评价》中的能效限定值，也达到了欧洲 EFF2 标准，全系列温升按 B 级考核，从而大大提高了安全可靠性。

Y3 系列电动机系全封闭，外扇冷式笼式结构，具有设计新颖、外形美观、结构紧凑、噪音低、效率高、转矩高、启动性能好、使用维护方便的特点。该电动机整机采用 F 级绝缘，且按国际惯例的绝缘结构评定方法设计，从而达到 20 世纪 90 年代国外同类产品的先进水平。

限于篇幅，本节仅介绍 Y2 和 Y3 型三相异步电动机。

一、三相异步电动机分类

三相异步电动机一般按转子结构形式、防护形式、尺寸大小、安装方式、使用环境及冷却方式进行分类，见表 3.2－1。

表 3.2－1　三相异步电动机分类

分类	转子结构形式	防护形式	冷却方式	安装方式	工作定额	尺寸大小 中心高 H/mm 定子铁芯外径 D/mm	使用环境
类别	笼式 线绕式	封闭式	自冷式	B3 B5 B5/B3	连续 断续 短时	$H>630$、$D>1\,000$ 大型	普通 干热 湿热 船用 化工 防爆 户外 高原
		防护式	自扇冷式			$H\leqslant350\sim630$ $D=500\sim1\,000$ 中型	
		开启式	他扇冷式			$H=80\sim315$ $D=120\sim500$ 小型	

注：B3—卧式，机座带底脚，端盖上无凸缘；B5—卧式，机座不带底脚，端盖上有凸缘。

B5/B3—卧式，机座带底脚，端盖上有凸缘。

二、三相异步电动机型号

三相异步电动机型号、结构特征及用途见表3.2-2。

表3.2-2　三相异步电动机型号、结构特征及用途

名称	型号		型号的汉字意义	结构特征	用途
	新型号	旧型号			
异步电动机	Y	J、JO、JQ、JQO、J_2、JO_2、JQ_2、JK、JL、JS	异	铸铁外壳，小机座上有散热筋，大机座采用管道通风，铸铝笼型转子，大机座采用双笼型转子，有防护式及封闭式之分	用于一般机器及设备上，如水泵、鼓风机、机床等
绕线转子异步电动机	YR	JR JRO YR	异绕	防护式，铸铁外壳，绕线型转子	用于电源容量不足以启动笼型电动机及要求启动电流小、启动转矩高等场合
高启动转矩异步电动机	YQ	JQ JQO JGO	异启	同Y型	用于启动静止负荷或惯性较大负荷的机械。如压缩机、粉碎机等
高转差率(滑率)异步电动机	YH	JH JHO	异滑	结构同Y型，转子一般采用合金铝浇铸	用于传动较大飞轮转动惯量和不均匀冲击负荷的金属加工机械。如锤击机、剪切机、冲压机、压缩机、绞车等
多速异步电动机	YD	JD JDO	异多	结构同Y型	同Y型，使用于要求有2～4种转速的机械
精密机床用异步电动机	YJ	JJO	异精	结构同Y型	同Y型，使用于要求振动小、噪音低的精密机床

（续表）

名称	型号		型号的汉字意义	结构特征	用途
	新型号	旧型号			
制动异步电动机（傍磁式）	YEP	JPE	异（制）傍	定子同Y型，转子上有旁磁路结构	用于要求快速制动的机械。如电动葫芦卷扬机、行车、电动阀等机械
制动异步电动机（杠杆式）	YEG	JZD	异（制）杠	定子同Y型，转子上带杠杆式制动机构	
制动异步电动机（附加制动器式）	YEJ	JZD	异（制）加	定子同Y型，转子非出轴端带有制动器	
锥形转子制动异步电动机	YEZ	ZD ZDY JZZ	异（制）锥	定、转子均采用锥形结构，防护式或封闭式，铸铁外壳上有散热筋，自扇吹冷	
电磁调速异步电动机	YCT	JZT	异磁调	封闭式异步电动机与电磁滑差离合器组成	用于纺织、印染、化工、造纸、船舶及要求变速的机械
换向器式（整流子）调速异步电动机	YHT	JZS	异换调	防护式，铸铁外壳，手动及电动遥控调速两种，有换向器转子	同上，但效率与功率因数比YCT高
齿轮减速异步电动机	YCJ	JTC	异齿减	由封闭式异步电动机与减速器组成	用于要求低速，大转矩的机械。如运输机械、矿山机械、炼钢机械、造纸机械及其他要求低转速的机械
摆线针轮减速异步电动机	YXJ	JXJ	异线减	由封闭式异步电动机与摆线针轮减速器组成	用于要求低速，大转矩的机械。如运输机械、矿山机械、炼钢机械、造纸机械及其他要求低转速的机械
力矩异步电动机	YLJ	JLJ JN	异力减	强迫通风式，铸铁外壳，笼型转子，导条采用高电阻材料	用于纺织、印染、造纸、电线、电缆、橡胶、冶金等具有软特性及恒转矩的机械
起重冶金用异步电动机	YZ	JZ	异重	封闭式，铸铁外壳上有散热筋，自扇吹冷，笼型铜条转子	用于起重机械及冶金辅助机械
起重冶金用绕线转子异步电动机	YZR	JZR	异重绕	同上。转子为绕线式	

（续表）

名称	型号		型号的汉字意义	结构特征	用途
	新型号	旧型号			
隔爆型异步电动机	YB	JB JBS	异爆	防爆式，钢板外壳，铸铝转子，小机座上有散热筋	用于有爆炸性气体的场合
电动阀门用异步电动机	YDF		异电阀	同Y型	用于启动转矩与最大转矩高的场合。如电动阀门
化工防腐用异步电动机	Y-F	JO-F JO2-F	异腐	结构同Y型，采取密封及防腐措施	用于化肥、氯碱系统等化工厂的腐蚀环境中
船用异步电动机	Y-H	JO2-H	异船	结构同Y型，机座由钢板焊成或由高强度具有韧性铸铁制造	用于船舰
浅水排灌异步电动机	YQB	JQB	异潜泵	由水泵、电动机及整体密封盒等三大部分组成	用于农业排灌及消防等场合

三、Y2系列三相异步电动机

1. Y2系列三相异步电动机性能数据(表3.2-3)

表3.2-3　Y2系列电动机性能数据

型号	额定功率/kW	满载时				堵转电流/额定电流	堵转转矩/额定转矩	最大转矩/额定转矩	转动惯量/($kg \cdot m^2$)	质量/kg
		电流/A	转速/(r/min)	效率(%)	功率因数					
Y2-801-2	0.75	1.8	2 830	75	0.83	6.1	2.2	2.3	0.000 75	16
Y2-802-2	1.1	2.5	2 830	77	0.84	7.0	2.2	2.3	0.000 90	17
Y2-90S-2	1.5	3.4	2 840	79	0.84	7.0	2.2	2.3	0.001 2	22
Y2-90L-2	2.2	4.8	2 840	81	0.85	7.0	2.2	2.3	0.001 4	25
Y2-100L-2	3.0	6.3	2 870	83	0.87	7.5	2.2	2.3	0.002 9	33
Y2-112M-2	4.0	8.2	2 890	85	0.88	7.5	2.2	2.3	0.005 5	45
Y2-132S1-2	5.5	11.1	2 900	86	0.88	7.5	2.2	2.3	0.010 9	64
Y2-132S2-2	7.5	15.0	2 900	87	0.88	7.5	2.2	2.3	0.012 6	70
Y2-160M1-2	11	21.3	2 930	88	0.89	7.5	2.2	2.3	0.037 7	117
Y2-160M2-2	15	28.7	2 930	89	0.89	7.5	2.2	2.3	0.044 9	125

（续表）

型　号	额定功率/kW	满载时				堵转电流/额定电流	堵转转矩/额定转矩	最大转矩/额定转矩	转动惯量/(kg·m²)	质量/kg
		电流/A	转速/(r/min)	效率(%)	功率因数					
Y2-160L-2	18.5	34.7	2 930	90	0.9	7.5	2.2	2.3	0.055 0	147
Y2-180M-2	22	41.2	2 940	90.5			2.0		0.075	180
Y2-200L1-2	30	55.3	2 950	91.2					0.124	240
Y2-200L2-2	37	67.9		92					0.139	255
Y2-225M-2	45	82.1	2 970	92.3					0.233	309
Y2-250M-2	55	100.1		92.5					0.312	403
Y2-280S-2	75	134		93.2	0.91				0.597	544
Y2-280M-2	90	160.2		93.8					0.675	620
Y2-315S-2	110	195.4	2 980	94		7.1	1.8	2.2	1.18	980
Y2-315M-2	132	233.3		94.5					1.82	1 080
Y2-315L1-2	160	279.4		94.6	0.92				2.08	1 160
Y2-315L2-2	200	347.8		94.8					2.41	1 190
Y2-355M-2	250	432.5		95.3			1.6		3.56	1 760
Y2-355L-2	315	543.2		95.6					4.16	1 850
Y2-801-4	0.55	1.5	1 390	71	0.75	5.2	2.4	2.3	0.001 8	17
Y2-802-4	0.75	2.0		73	0.77	6.0	2.3		0.002 1	18
Y2-90S-4	1.1	2.8	1 400	75		7.0			0.002 1	22
Y2-90L-4	1.5	3.7		78	0.79				0.002 7	27
Y2-100L1-4	2.2	5.1	1 430	80	0.81				0.005 4	34
Y2-100L2-4	3.0	6.7		82	0.82				0.006 7	38
Y2-112M-4	4.0	8.8	1 440	84					0.009 5	43
Y2-132S-4	5.5	11.7		85	0.83				0.021 4	68
Y2-132M-4	7.5	15.6		87	0.84		2.2		0.029 6	81
Y2-160M-4	11	22.3	1 460	88	0.85	7.5			0.074 7	123
Y2-160L-4	15	30.1		89					0.091 8	144
Y2-180M-4	18.5	36.4	1 470	90.5		7.2			0.139	182
Y2-180L-4	22	43.1		91					0.158	190
Y2-200L-4	30	57.6		92	0.86				0.262	270

（续表）

型　号	额定功率/kW	满　载　时				堵转电流/额定电流	堵转转矩/额定转矩	最大转矩/额定转矩	转动惯量/(kg·m²)	质量/kg
		电流/A	转速/(r/min)	效率(%)	功率因数					
Y2-225S-4	37	69.8	1 480	92.5	0.87	7.2	2.2	2.3	0.406	284
Y2-225M-4	45	84.5		92.8					0.469	320
Y2-250M-4	55	103.1		93					0.66	427
Y2-280S-4	75	139.7		93.8					1.12	562
Y2-280M-4	90	166.9	1 490	94.2		6.9	2.1	2.2	1.46	667
Y2-315S-4	110	201.0		94.5	0.88				3.11	1 000
Y2-315M-4	132	240.5		94.8					3.62	1 100
Y2-315L1-4	160	287.9		94.9	0.89				4.13	1 160
Y2-315L2-4	200	358.8		95					4.94	1 270
Y2-355M-4	250	442.1		95.3	0.90				5.67	1 700
Y2-355L-4	315	555.3		95.6					6.66	1 850
Y2-801-6	0.37	1.3	890	62	0.70	4.7	1.9	2.0	0.001 58	17
Y2-802-6	0.55	1.7		65	0.72				0.002 1	19
Y2-90S-6	0.75	2.2	910	69	0.72	5.5	2.0	2.1	0.002 9	23
Y2-90L-6	1.1	3.1		72	0.73				0.003 5	25
Y2-100L-6	1.5	3.9	940	76	0.75				0.006 9	33
Y2-112M-6	2.2	5.5		79	0.76	6.5			0.013 8	45
Y2-132S-6	3.0	7.4	960	81			2.1		0.028 6	63
Y2-132M1-6	4.0	9.6		82					0.035 7	73
Y2-132M2-6	5.5	12.9		84	0.77				0.044 9	84
Y2-160M-6	7.5	17.0	970	86			2.0		0.088 1	119
Y2-160L-6	11	24.2		87.5	0.78				0.116	147
Y2-180L-6	15	31.6		89	0.81	7.0			0.207	195
Y2-200L1-6	18.5	38.1		90			2.1		0.315	220
Y2-200L2-6	22	44.5		90	0.83				0.360	250
Y2-225M-6	30	58.6	980	91.5	0.84		2.0		0.547	292
Y2-250M-6	37	71.0		92	0.86		2.1		0.83	408

（续表）

<table>
<tr><th rowspan="2">型　号</th><th rowspan="2">额定功率/kW</th><th colspan="4">满　载　时</th><th rowspan="2">堵转电流/额定电流</th><th rowspan="2">堵转转矩/额定转矩</th><th rowspan="2">最大转矩/额定转矩</th><th rowspan="2">转动惯量/(kg・m²)</th><th rowspan="2">质量/kg</th></tr>
<tr><th>电流/A</th><th>转速/(r/min)</th><th>效率(%)</th><th>功率因数</th></tr>
<tr><td>Y2-280S-6</td><td>45</td><td>85.9</td><td rowspan="2">980</td><td>92.5</td><td rowspan="5">0.86</td><td rowspan="4">7.0</td><td rowspan="2">2.1</td><td rowspan="9">2.0</td><td>1.39</td><td>536</td></tr>
<tr><td>Y2-280M-6</td><td>55</td><td>104.7</td><td>92.8</td><td>1.65</td><td>595</td></tr>
<tr><td>Y2-315S-6</td><td>75</td><td>141.7</td><td rowspan="7">990</td><td>93.5</td><td rowspan="4">2.0</td><td>4.11</td><td>990</td></tr>
<tr><td>Y2-315M-6</td><td>90</td><td>169.5</td><td>93.8</td><td>4.28</td><td>1 080</td></tr>
<tr><td>Y2-315L1-6</td><td>110</td><td>206.8</td><td>94</td><td rowspan="5">6.7</td><td>5.45</td><td>1 150</td></tr>
<tr><td>Y2-315L2-6</td><td>132</td><td>244.8</td><td>94.2</td><td>0.87</td><td>6.12</td><td>1 210</td></tr>
<tr><td>Y2-355M1-6</td><td>160</td><td>291.5</td><td>94.5</td><td rowspan="3">0.88</td><td rowspan="3">1.9</td><td>8.85</td><td>1 600</td></tr>
<tr><td>Y2-355M2-6</td><td>200</td><td>363.6</td><td>94.7</td><td>9.55</td><td>1 700</td></tr>
<tr><td>Y2-355L-6</td><td>250</td><td>455</td><td>94.9</td><td>10.63</td><td>1 800</td></tr>
<tr><td>Y2-801-8</td><td>0.18</td><td>0.8</td><td>630</td><td>51</td><td rowspan="4">0.61</td><td rowspan="2">3.3</td><td rowspan="5">1.8</td><td rowspan="3">1.9</td><td>0.001 58</td><td>17</td></tr>
<tr><td>Y2-802-8</td><td>0.25</td><td>1.1</td><td>640</td><td>54</td><td>0.002 1</td><td>19</td></tr>
<tr><td>Y2-90S-8</td><td>0.37</td><td>1.4</td><td rowspan="2">660</td><td>62</td><td rowspan="3">4.0</td><td>0.002 9</td><td>23</td></tr>
<tr><td>Y2-90L-8</td><td>0.55</td><td>2.1</td><td>63</td><td rowspan="2">2.0</td><td>0.003 5</td><td>25</td></tr>
<tr><td>Y2-100L1-8</td><td>0.75</td><td>2.4</td><td>690</td><td>71</td><td>0.67</td><td>0.006 9</td><td>33</td></tr>
<tr><td>Y2-110L2-8</td><td>1.1</td><td>3.4</td><td>690</td><td>73</td><td rowspan="2">0.69</td><td rowspan="2">5.0</td><td rowspan="4">1.8</td><td rowspan="14">2.0</td><td>0.010 7</td><td>38</td></tr>
<tr><td>Y2-112M-8</td><td>1.5</td><td>4.4</td><td>680</td><td>75</td><td>0.014 9</td><td>50</td></tr>
<tr><td>Y2-132S-8</td><td>2.2</td><td>6.0</td><td rowspan="2">710</td><td>78</td><td>0.71</td><td rowspan="5">6.0</td><td>0.031 4</td><td>63</td></tr>
<tr><td>Y2-132M-8</td><td>3.0</td><td>7.9</td><td>79</td><td>0.73</td><td>0.039 5</td><td>79</td></tr>
<tr><td>Y2-160M1-8</td><td>4.0</td><td>10.2</td><td rowspan="3">720</td><td>81</td><td>0.73</td><td>1.9</td><td>0.075 3</td><td>118</td></tr>
<tr><td>Y2-160M2-8</td><td>5.5</td><td>13.6</td><td>83</td><td>0.74</td><td rowspan="2">2.0</td><td>0.093 1</td><td>119</td></tr>
<tr><td>Y2-160L-8</td><td>7.5</td><td>17.8</td><td>85.5</td><td>0.75</td><td>0.126</td><td>145</td></tr>
<tr><td>Y2-180L-8</td><td>11</td><td>25.2</td><td rowspan="3">730</td><td>87.5</td><td rowspan="3">0.76</td><td rowspan="7">6.6</td><td rowspan="2">2.0</td><td>0.203</td><td>184</td></tr>
<tr><td>Y2-200L-8</td><td>15</td><td>34.0</td><td>88</td><td>0.339</td><td>750</td></tr>
<tr><td>Y2-225S-8</td><td>18.5</td><td>40.5</td><td>90</td><td rowspan="5">1.9</td><td>0.491</td><td>266</td></tr>
<tr><td>Y2-225M-8</td><td>22</td><td>47.3</td><td rowspan="4">740</td><td>90.5</td><td>0.78</td><td>0.547</td><td>292</td></tr>
<tr><td>Y2-250M-8</td><td>30</td><td>63.4</td><td>91.0</td><td rowspan="3">0.79</td><td>0.834</td><td>405</td></tr>
<tr><td>Y2-280S-8</td><td>37</td><td>76.8</td><td>91.5</td><td>1.39</td><td>520</td></tr>
<tr><td>Y2-280M-8</td><td>45</td><td>92.9</td><td>92</td><td>1.65</td><td>592</td></tr>
</table>

（续表）

型　号	额定功率/kW	满　载　时 电流/A	转速/(r/min)	效率(%)	功率因数	堵转电流/额定电流	堵转转矩/额定转矩	最大转矩/额定转矩	转动惯量/(kg·m²)	质量/kg
Y2-315-8	55	112.9		92.8	0.81				4.79	1 000
Y2-315M-8	75	151.3		93		6.6			5.58	1 100
Y2-315L1-8	90	178		93.8					6.37	1 160
Y2-315L2-8	110	216.9	740	94			1.8	2.0	7.23	1 230
Y2-355M1-8	132	260.3		93.7	0.82				10.55	1 600
Y2-355M2-8	160	310.0		94.2		6.4			11.73	1 700
Y2-355L-8	200	386.3		94.5	0.83				12.86	1 800
Y2-315S-10	45	99.67		91.5	0.75				4.79	810
Y2-315M-10	55	121.16		92	0.75				6.37	930
Y2-315L1-10	75	162.16		92.5	0.76	6.2	1.5		7.0	1 045
Y2-315L2-10	90	191.03	590	93	0.77			2.0	7.15	1 115
Y2-355M1-10	110	230		93.2					12.55	1 500
Y2-335M2-10	132	275.11		93.5	0.78	6.0	1.3		13.75	1 600
Y2-335L-10	160	333.47		93.5					14.86	1 700

2. Y2 系列三相异步电动机外形及安装尺寸

Y2 系列电动机外形及安装尺寸见图 3.2-1～3、表 3.2-4～6。

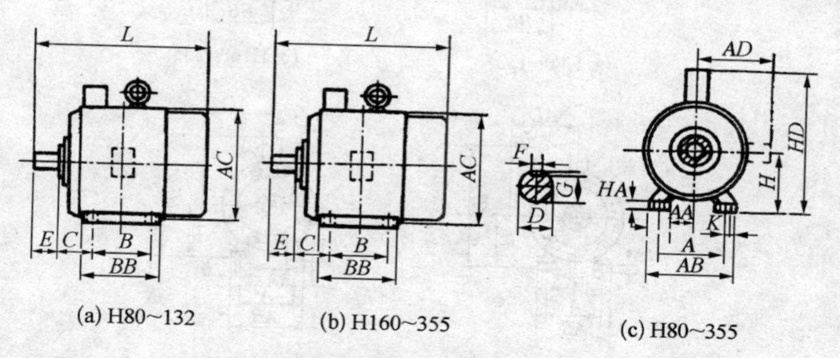

(a) H80~132　(b) H160~355　(c) H80~355

图 3.2-1　Y2 系列电动机外形及安装尺寸　安装结构形式 IMB3

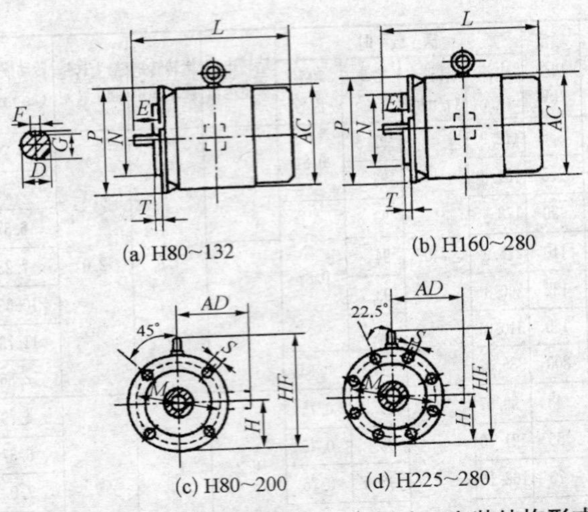

图 3.2-2　Y2 系列电动机外形及安装尺寸　安装结构形式 IMB5

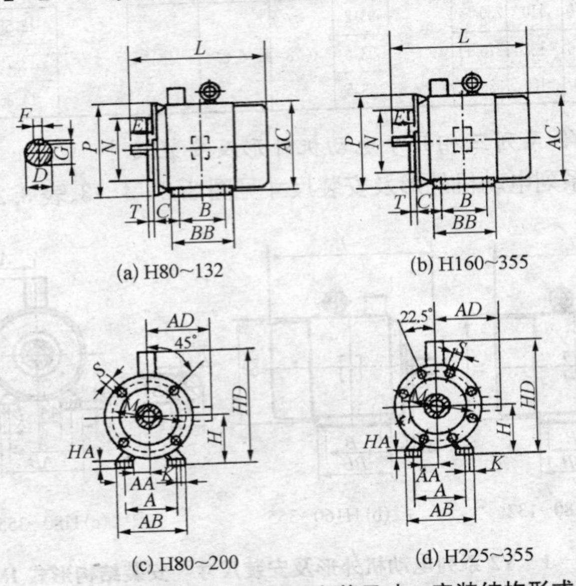

图 3.2-3　Y2 系列电动机外形及安装尺寸　安装结构形式 IMB35

表 3.2-4 Y2 系列电动机外形及安装尺寸 安装结构形式 IMB3

机座号	极数	安装尺寸/mm											外形尺寸/mm					
		A	*AA*	*B*	*BB*	*C*	*D*	*E*	*F*	*G*	*H*	*K*	*AB*	*AC*	*AD*	*HA*	*HD*	*L*
80		125	34	100	130	50	19	40	6	15.5	80		165	175	145	10	214	295
90S		140	36	100	130	56	24	50		20	90	10	180	195	155	12	250	320
90L				125	155													345
100L		160	40	140	176	63	28	60	8	24	100		205	215	180	14	270	385
112M		190	45	140	180	70					112		230	240	190	15	300	400
132S	2、4、6、8	216	55	140	186	89	38	80	10	33	132	12	270	275	210	18	345	470
132M				178	224													510
160M		254	65	210	250	108	42		12	37	160		320	330	255	20	420	615
160L				254	294													670
180M		279		241	311	121	48	110	14	42.5	180	15	355	380	280	22	455	700
180L			70	279	349													740
200L		318		305	369	133	55		16	49	200	19	395	420	305	25	505	770
225S	4、8			286	368		60	140	18	53								815
225M	2	356	75			149	55	110	16	49	225	19	435	470	335	28	560	820
	4、6、8			311	393													845
250M	2	406	80	349	445	168	60		18	53	250		490	510	370	30	615	910
	4、6、8						65			58								
280S	2							140										
	4、6、8			368	485		75		20	67.5		24						985
280M	2	457	85			190	65		18	58	280		550	580	410	35	680	
	4、6、8			419	536		75		20	67.5								1 035

（续表）

机座号	极数	安装尺寸/mm											外形尺寸/mm					
		A	*AA*	*B*	*BB*	*C*	*D*	*E*	*F*	*G*	*H*	*K*	*AB*	*AC*	*AD*	*HA*	*HD*	*L*
315S	2	508	120	406	616	216	65	140	18	58	315	28	635	645	530	45	845	1 160
	4、6、8、10						80	170	22	71								1 270
315M	2			457	676		65	140	18	58								1 190
	4、6、8、10						80	170	22	71								1 300
315L	2	508	120	508	726	216	65	140	18	58	315	28	635	645	530	45	845	1 190
	4、6、8、10						80	170	22	71								1 300
355M	2	610	116	560	820	254	75	140	20	67.5	355		730	710	655	52	1 010	1 500
	4、6、8、10						95	170	25	86								1 530
355L	2			630			75	140	20	67.5								1 500
	4、6、8、10						95	170	25	86								1 530

表 3.2-5　Y2 系列电动机外形及安装尺寸　安装结构形式 IMB5

机座号	凸缘号	极数	安装尺寸/mm										外形尺寸/mm			
			D	*E*	*F*	*G*	*H*	*M*	*N*	*P*	*S*	*T*	*AC*	*AD*	*HF*	*L*
80	FF165	2、4、6、8	19	40	6	15.5	80	165	130	200	4－ϕ12	3.5	175	145	185	295
90S			24	50	8	20	90						195	155	195	315
90L							90									340
100L	FF215		28	60		24	100	215	180	250	4－ϕ15	4	215	180	245	385
112M							112						240	190	265	400
132S	FF265		38	80	10	33	132	265	230	300			275	210	315	470
132M							132									510
160M	FF300		42	110	12	37	160	300	250	350	4－ϕ19	5	330	255	385	615
160L																670
180M			48		14	42.5	180						380	280	430	700
180L								350	300	400						740

（续表）

机座号	凸缘号	极数	安装尺寸/mm										外形尺寸/mm			
			D	*E*	*F*	*G*	*H*	*M*	*N*	*P*	*S*	*T*	*AC*	*AD*	*HF*	*L*
200L	FF350	2、4、6、8	55	110	16	49	200	350	300	400	4 - ϕ19	5	420	305	480	770
225S	FF400	4、8	60	140	18	53	225	400	350	450	8 - ϕ19	5	470	335	535	820
225M	FF400	2	55	110	16	49	225	400	350	450	8 - ϕ19	5	470	335	535	815
225M	FF400	4、6、8	60	140	18	53	225	400	350	450	8 - ϕ19	5	470	335	535	845
250M	FF500	2	60	140	18	53	250	400	350	450	8 - ϕ19	5	510	370	595	910
250M	FF500	4、6、8	65	140	18	58	250	500	450	550	8 - ϕ19	5	510	370	595	910
280S	FF500	2	65	140	18	58	280	500	450	550	8 - ϕ19	5	580	410	650	985
280S	FF500	4、6、8	75	140	20	67.5	280	500	450	550	8 - ϕ19	5	580	410	650	985
280M	FF500	2	65	140	18	58	280	500	450	550	8 - ϕ19	5	580	410	650	1035
280M	FF500	4、6、8	75	140	20	67.5	280	500	450	550	8 - ϕ19	5	580	410	650	1035

表 3.2-6 Y2 系列电动机外形及安装尺寸 安装结构形式 IMB35

<table>
<tr><th rowspan="2">机座号</th><th rowspan="2">凸缘号</th><th rowspan="2">极数</th><th colspan="16">安 装 尺 寸/mm</th><th colspan="6">外形尺寸/mm</th></tr>
<tr><th>A</th><th>AA</th><th>B</th><th>BB</th><th>C</th><th>D</th><th>E</th><th>F</th><th>G</th><th>H</th><th>K</th><th>M</th><th>N</th><th>P</th><th>S</th><th>T</th><th>AB</th><th>AC</th><th>AD</th><th>HA</th><th>HD</th><th>L</th></tr>
<tr><td>80</td><td rowspan="3">FF165</td><td rowspan="12">2、4、6、8</td><td>125</td><td>34</td><td>100</td><td>130</td><td>50</td><td>19</td><td>40</td><td>6</td><td>15.5</td><td>80</td><td rowspan="3">10</td><td rowspan="3">165</td><td rowspan="3">130</td><td rowspan="3">200</td><td rowspan="3">4-φ12</td><td rowspan="3">3.5</td><td>165</td><td>175</td><td>145</td><td>10</td><td>214</td><td>295</td></tr>
<tr><td>90S</td><td rowspan="2">140</td><td rowspan="2">36</td><td>100</td><td>130</td><td rowspan="2">56</td><td rowspan="2">24</td><td rowspan="2">50</td><td rowspan="4">8</td><td rowspan="2">20</td><td rowspan="2">90</td><td rowspan="2">180</td><td rowspan="2">195</td><td rowspan="2">155</td><td rowspan="2">12</td><td rowspan="2">250</td><td>315</td></tr>
<tr><td>90L</td><td>125</td><td>155</td><td>340</td></tr>
<tr><td>100L</td><td rowspan="2">FF215</td><td>160</td><td>40</td><td>140</td><td>176</td><td>63</td><td rowspan="2">28</td><td rowspan="2">60</td><td rowspan="2">24</td><td>100</td><td rowspan="4">12</td><td rowspan="2">215</td><td rowspan="2">160</td><td rowspan="2">250</td><td rowspan="4">4-φ15</td><td rowspan="4">4</td><td>205</td><td>215</td><td>180</td><td>14</td><td>270</td><td>385</td></tr>
<tr><td>112M</td><td>190</td><td>45</td><td>140</td><td>180</td><td>70</td><td>112</td><td>230</td><td>240</td><td>190</td><td>15</td><td>300</td><td>400</td></tr>
<tr><td>132S</td><td rowspan="2">FF265</td><td rowspan="2">216</td><td rowspan="2">55</td><td>140</td><td>186</td><td rowspan="2">89</td><td rowspan="2">38</td><td rowspan="2">80</td><td rowspan="2">10</td><td rowspan="2">33</td><td rowspan="2">132</td><td rowspan="2">265</td><td rowspan="2">230</td><td rowspan="2">300</td><td rowspan="2">270</td><td rowspan="2">275</td><td rowspan="2">210</td><td rowspan="2">18</td><td rowspan="2">345</td><td>470</td></tr>
<tr><td>132M</td><td>178</td><td>224</td><td>510</td></tr>
<tr><td>160M</td><td rowspan="4">FF300</td><td rowspan="2">254</td><td rowspan="2">65</td><td>210</td><td>250</td><td rowspan="2">108</td><td rowspan="2">42</td><td rowspan="5">110</td><td rowspan="2">12</td><td rowspan="2">37</td><td rowspan="2">160</td><td rowspan="4">15</td><td rowspan="4">300</td><td rowspan="4">250</td><td rowspan="4">350</td><td rowspan="5">4-φ19</td><td rowspan="5">5</td><td rowspan="2">320</td><td rowspan="2">330</td><td rowspan="2">255</td><td rowspan="2">20</td><td rowspan="2">420</td><td>615</td></tr>
<tr><td>160L</td><td>254</td><td>294</td><td>670</td></tr>
<tr><td>180M</td><td rowspan="2">279</td><td rowspan="3">70</td><td>241</td><td>311</td><td rowspan="2">121</td><td rowspan="2">48</td><td rowspan="2">14</td><td rowspan="2">42.5</td><td rowspan="2">180</td><td rowspan="2">355</td><td rowspan="2">380</td><td rowspan="2">280</td><td rowspan="2">22</td><td rowspan="2">455</td><td>700</td></tr>
<tr><td>180L</td><td>279</td><td>349</td><td>740</td></tr>
<tr><td>200L</td><td>FF350</td><td>318</td><td>305</td><td>369</td><td>133</td><td>55</td><td>16</td><td>49</td><td>200</td><td rowspan="4">19</td><td>350</td><td>300</td><td>400</td><td>395</td><td>420</td><td>305</td><td>25</td><td>505</td><td>770</td></tr>
<tr><td>225S</td><td rowspan="3">FF400</td><td>4、8</td><td rowspan="3">356</td><td rowspan="3">75</td><td>286</td><td>368</td><td rowspan="3">149</td><td>60</td><td>140</td><td>18</td><td>53</td><td rowspan="3">225</td><td rowspan="3">400</td><td rowspan="3">350</td><td rowspan="3">450</td><td rowspan="5">8-φ19</td><td rowspan="5">5</td><td rowspan="3">435</td><td rowspan="3">470</td><td rowspan="3">335</td><td rowspan="3">28</td><td rowspan="3">555</td><td>820</td></tr>
<tr><td rowspan="2">225M</td><td>2</td><td rowspan="2">311</td><td rowspan="2">393</td><td>55</td><td>110</td><td>16</td><td>49</td><td>815</td></tr>
<tr><td>4、6、8</td><td rowspan="2">60</td><td rowspan="3">140</td><td rowspan="3">18</td><td rowspan="2">53</td><td>845</td></tr>
<tr><td rowspan="2">250M</td><td rowspan="2">FF500</td><td>2</td><td rowspan="2">406</td><td rowspan="2">80</td><td rowspan="2">349</td><td rowspan="2">445</td><td rowspan="2">168</td><td rowspan="2">250</td><td rowspan="2">24</td><td rowspan="2">500</td><td rowspan="2">450</td><td rowspan="2">550</td><td rowspan="2">490</td><td rowspan="2">510</td><td rowspan="2">370</td><td rowspan="2">30</td><td rowspan="2">615</td><td rowspan="2">910</td></tr>
<tr><td>4、6、8</td><td>65</td><td>58</td></tr>
</table>

（续表）

机座号	凸缘号	极数	安装尺寸/mm																外形尺寸/mm					
			A	*AA*	*B*	*BB*	*C*	*D*	*E*	*F*	*G*	*H*	*K*	*M*	*N*	*P*	*S*	*T*	*AB*	*AC*	*AD*	*HA*	*HD*	*L*
280S	FF500	2	457	85	368	485	190	65	140	18	58	280	24	500	450	550	8－ϕ19	5	550	580	410	35	680	985
		4、6、8						75		20	67.5													
280M		2			419	536		65		18	58													1 035
		4、6、8						75		20	67.5													
315S	FF600	2	508	120	406	616	216	65		18	58	315	28	600	550	660	8－ϕ24	6	635	645	530	45	845	1 160
		4、6、8、10						80	170	22	71													1 270
315M		2			457	676		65	140	18	58													1 190
		4、6、8、10						80	170	22	71													1 300
315L		2			508	726		65	140	18	58													1 190
		4、6、8、10						80	170	22	71													1 300
355M	FF740	2	610	116	560	820	254	75	140	20	67.5	355		740	680	800			730	710	650	52	1 010	1 500
		4、6、8、10						95	170	25	86													1 530
355L		2			630			75	140	20	67.5													1 500
		4、6、8、10						95	170	25	86													1 330

四、Y3系列三相异步电动机

1. Y3 系列三相异步电动机性能数据(表 3.2-7)

表 3.2-7　Y3 系列三相异步电动机性能数据

型　号	功率/kW	电流/A	转速/(r/min)	效率(%)	功率因数 cos φ	堵转转矩/额定转矩	堵转电流/额定电流	最大转矩/额定转矩
同步转速 3 000 r/min (2p)50 Hz								
Y3-631-2	0.18	0.52	2 825	65	0.80	2.3	5.5	2.2
Y3-632-2	0.25	0.69	2 840	68	0.81	2.3	5.5	2.2
Y3-711-2	0.37	0.99	2 840	70	0.81	2.3	6.1	2.2
Y3-712-2	0.55	1.4	2 880	73	0.82	2.3	6.1	2.3
Y3-801-2	0.75	1.8	2 890	75	0.83	2.2	6.1	2.3
Y3-802-2	1.1	2.6	2 900	77	0.84	2.2	6.9	2.3
Y3-90S-2	1.5	3.4	2 900	79	0.84	2.2	7.0	2.3
Y3-90L-2	2.2	4.8	2 930	81	0.85	2.2	7.0	2.3
Y3-100L-2	3.0	6.3	2 930	83	0.87	2.2	7.5	2.3
Y3-112M-2	4.0	8.1	2 930	85	0.88	2.2	7.5	2.3
Y3-132S1-2	5.5	11	2 940	86	0.88	2.2	7.5	2.3
Y3-132S2-2	7.5	15	2 950	87	0.88	2.2	7.5	2.3
Y3-160M1-2	11.0	21.3	2 950	88	0.88	2.2	7.5	2.3
Y3-160M2-2	15.0	28.7	2 970	89	0.89	2.2	7.5	2.3
Y3-160L-2	18.5	34.6	2 970	90	0.90	2.2	7.5	2.3
Y3-180M-2	22.0	40.9	2 970	90.5	0.90	2.0	7.5	2.3
Y3-200L1-2	30.0	55.4	2 970	91.2	0.90	2.0	7.5	2.3
Y3-200L2-2	37.0	67.7	2 980	92	0.90	2.0	7.5	2.3
Y3-225M-2	45.0	82.3	2 980	92.3	0.90	2.0	7.5	2.3
Y3-250M-2	55	101	2 980	92.5	0.90	2.0	7.5	2.3
Y3-280S-2	75	134	2 980	93.0	0.90	2.0	7.0	2.3

（续表）

型　　号	功率/kW	电流/A	转速/(r/min)	效率(%)	功率因数 $\cos\varphi$	$\frac{堵转转矩}{额定转矩}$	$\frac{堵转电流}{额定电流}$	$\frac{最大转矩}{额定转矩}$
同步转速 3 000 r/min (2p)50 Hz								
Y3-280M-2	90	160	2 980	93.8	0.91	2.0	7.1	2.3
Y3-315S-2	110	195	2 980	94.0	0.91	1.8	7.1	2.2
Y3-315M-2	132	233	2 980	94.5	0.91	1.8	7.1	2.2
Y3-315L1-2	160	279	2 980	94.6	0.91	1.8	7.1	2.2
Y3-315L2-2	200	348	2 980	94.8	0.92	1.8	7.1	2.2
Y3-355M-2	250	433	2 980	95.3	0.92	1.6	7.1	2.2
Y3-355L-2	315	544	2 980	95.6	0.92	1.6	7.1	2.2
同步转速 1 500 r/min (4p)50 Hz								
Y3-631-4	0.12	0.44	1 400	57	0.72	2.1	4.4	2.2
Y3-632-4	0.18	0.62	1 400	60	0.73	2.1	4.4	2.2
Y3-711-4	0.25	0.79	1 400	65	0.74	2.1	5.2	2.2
Y3-712-4	0.37	1.12	1 400	67	0.75	2.1	5.2	2.2
Y3-801-4	0.55	1.6	1 400	71	0.75	2.4	5.2	2.3
Y3-802-4	0.75	2.0	1 400	73	0.76	2.3	6.0	2.3
Y3-90S-4	1.1	2.9	1 400	76.2	0.77	2.3	6.0	2.3
Y3-90L-4	1.5	3.7	1 400	78.5	0.78	2.3	6.0	2.3
Y3-100L1-4	2.2	5.1	1 420	81	0.81	2.3	7.0	2.3
Y3-100L2-4	3.0	6.8	1 420	82.6	0.82	2.3	7.0	2.3
Y3-112M-4	4.0	8.8	1 440	84.2	0.82	2.3	7.0	2.3
Y3-132S-4	5.5	11.8	1 440	85.7	0.83	2.3	7.0	2.3
Y3-132M-4	7.5	15.5	1 440	87	0.84	2.3	7.0	2.3
Y3-160M-4	11.0	22.3	1 460	88.4	0.84	2.2	7.0	2.3
Y3-160L-4	15.0	30.0	1 460	89.4	0.85	2.2	7.5	2.3
Y3-180M-4	18.5	36.4	1 470	90.0	0.86	2.2	7.5	2.3
Y3-180L-4	22.0	43.1	1 470	90.5	0.86	2.2	7.5	2.3
Y3-200L-4	30.0	57.4	1 470	91.4	0.86	2.2	7.2	2.3

（续表）

型　号	功率/kW	电流/A	转速/(r/min)	效率(%)	功率因数 cos φ	堵转转矩/额定转矩	堵转电流/额定电流	最大转矩/额定转矩
同步转速 1 500 r/min (4p)50 Hz								
Y3-225S-4	37.0	69.9	1 480	92.0	0.87	2.2	7.2	2.3
Y3-225M-4	45.0	84.7	1 480	92.5	0.87	2.2	7.2	2.3
Y3-250M-4	55	103	1 480	93.0	0.87	2.2	7.2	2.3
Y3-280S-4	75	140	1 480	93.6	0.88	2.2	6.8	2.3
Y3-280M-4	90	167	1 490	93.9	0.88	2.2	6.8	2.3
Y3-315S-4	110	201	1 490	94.5	0.88	2.1	6.9	2.2
Y3-315M-4	132	240	1 490	94.8	0.88	2.1	6.9	2.2
Y3-315L1-4	160	287	1 490	94.9	0.89	2.1	6.9	2.2
Y3-315L2-4	200	359	1 490	94.9	0.89	2.1	6.9	2.2
Y3-355M-4	250	443	1 485	95.2	0.90	2.1	6.9	2.2
Y3-355L-4	315	556	1 485	95.2	0.90	2.1	6.9	2.2
同步转速 1 000 r/min (6p)50 Hz								
Y3-711-6	0.18	0.74	900	56	0.66	2.2	4.0	2.0
Y3-712-6	0.25	0.94	900	59	0.68	2.0	4.0	2.0
Y3-801-6	0.37	1.3	900	62	0.70	2.0	5.0	2.0
Y3-802-6	0.55	1.8	900	65	0.72	2.0	5.0	2.1
Y3-90S-6	0.75	2.3	910	69	0.72	2.0	5.5	2.1
Y3-90L-6	1.1	3.2	910	72	0.73	2.0	5.5	2.1
Y3-100L-6	1.5	3.9	940	76	0.76	2.0	5.5	2.1
Y3-112M-6	2.2	5.6	940	79	0.76	2.0	6.5	2.1
Y3-132S-6	3.0	7.4	960	81	0.76	2.0	6.5	2.1
Y3-132M1-6	4.0	9.7	960	82	0.76	2.0	6.5	2.1
Y3-132M2-6	5.5	12.9	960	84	0.77	2.0	6.5	2.1
Y3-160M	7.5	16.5	970	86	0.80	2.0	6.5	2.1
Y3-160L-6	11.0	24.1	970	87.5	0.79	2.0	6.5	2.1
Y3-180L-6	15.0	31.5	970	89	0.81	2.0	7.0	2.1

（续表）

型　号	功率/kW	电流/A	转速/(r/min)	效率(%)	功率因数 cos φ	堵转转矩/额定转矩	堵转电流/额定电流	最大转矩/额定转矩
同步转速 1 000 r/min (6p)50 Hz								
Y3-200L1-6	18.5	38.5	970	90.0	0.81	2.0	7.0	2.1
Y3-200L2-6	22.0	44.6	970	90.0	0.83	2.0	7.0	2.1
Y3-225M-6	30.0	59.3	980	91.5	0.84	2.0	7.0	2.1
Y3-250M-6	37.0	71.0	980	92.0	0.86	2.0	7.0	2.1
Y3-280S-6	45.0	86.0	980	92.5	0.86	2.0	7.0	2.0
Y3-280M-6	55	105	980	92.8	0.86	2.0	7.0	2.0
Y3-315S-6	75	141	990	93.5	0.86	2.0	7.0	2.0
Y3-315M-6	90	169	990	93.8	0.86	2.0	7.0	2.0
Y3-315L1-6	110	206	990	94.0	0.86	2.0	6.7	2.0
Y3-315L2-6	132	244	990	94.2	0.87	2.0	6.7	2.0
Y3-355M1-6	160	292	990	94.5	0.88	1.9	6.7	2.0
Y3-355M2-6	200	365	990	94.7	0.88	1.9	6.7	2.0
Y3-355L-6	250	455	990	94.9	0.88	1.9	6.7	2.0
同步转速 750 r/min (8p)50 Hz								
Y3-801-8	0.18	0.88	680	51	0.61	1.8	3.3	1.9
Y3-802-8	0.25	1.15	680	54	0.61	1.8	3.3	1.9
Y3-90S-8	0.37	1.5	680	62	0.61	1.8	4.0	1.9
Y3-90L-8	0.55	2.2	700	63	0.61	1.8	4.0	2.0
Y3-100L1-8	0.75	2.4	700	71	0.67	1.8	4.0	2.0
Y3-100L2-8	1.1	3.3	700	73	0.69	1.8	5.0	2.0
Y3-112M-8	1.5	4.5	700	75	0.70	1.8	5.0	2.0
Y3-132S-8	2.2	6.0	710	78	0.71	1.8	6.0	2.0
Y3-132M-8	3	7.9	710	79	0.73	1.9	6.0	2.0
Y3-160M1-8	4	10.2	720	81	0.73	1.9	6.0	2.0
Y3-160M2-8	5.5	13.6	720	83	0.74	1.9	6.0	2.0

（续表）

型　号	功率/kW	电流/A	转速/(r/min)	效率(%)	功率因数 cos φ	堵转转矩/额定转矩	堵转电流/额定电流	最大转矩/额定转矩
同步转速 750 r/min (8p)50 Hz								
Y3-160L-8	7.5	17.7	720	85.5	0.75	1.9	6.0	2.0
Y3-180L-8	11.0	25.1	730	87.5	0.75	2.0	6.5	2.0
Y3-200L-8	15.0	34.0	730	88.0	0.76	2.0	6.5	2.0
Y3-225S-8	18.5	40.6	740	90.0	0.76	2.0	6.6	2.0
Y3-225M-8	22.0	47.4	740	90.5	0.78	1.9	6.6	2.0
Y3-250M-8	30.0	64.0	740	91.0	0.79	1.9	6.5	2.0
Y3-280S-8	37.0	78.0	740	91.5	0.79	1.9	6.6	2.0
Y3-280M-4	45.0	94.0	740	92.0	0.79	1.9	6.6	2.0
Y3-315S-8	55.0	111	740	92.8	0.81	1.8	6.6	2.0
Y3-315M-8	75.0	151	740	93.0	0.81	1.8	6.2	2.0
Y3-315L1-8	90.0	178	740	93.8	0.82	1.8	6.4	2.0
Y3-315L2-8	110	217	740	94.0	0.82	1.8	6.4	2.0
Y3-355M1-8	132	261	740	93.7	0.82	1.8	6.4	2.0
Y3-355M2-8	160	313	740	94.2	0.82	1.8	6.4	2.0
Y3-355L-8	200	388	740	94.5	0.83	1.8	6.4	2.0
同步转速 600 r/min(10p)50 Hz								
Y3-315S-10	45	100	590	91.5	0.75	1.5	6.2	2.0
Y3-315M-10	55	121	590	92	0.75	1.5	6.2	2.0
Y3-315L1-10	75	162	590	92.5	0.76	1.5	5.8	2.0
Y3-315L2-10	90	191	590	93	0.77	1.5	5.9	2.0
Y3-355M1-10	110	230	590	93.2	0.78	1.3	6.0	2.0
Y3-355M2-10	132	275	590	93.5	0.78	1.3	6.0	2.0
Y3-355L-10	160	334	590	93.5	0.78	1.3	6.0	2.0

2. Y3 系列三相异步电动机外形及安装尺寸

Y3 系列三相异步电动机外形如图 3.2-4 所示。

Y3 系列三相异步电动机安装尺寸及外形尺寸见表 3.2-8。

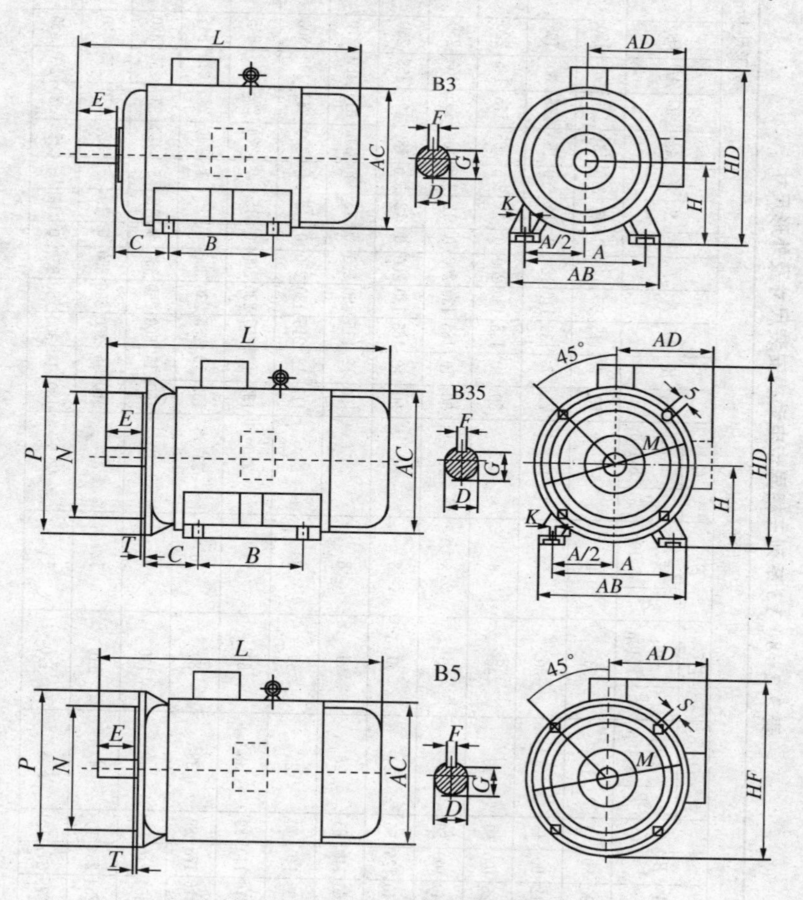

图 3.2-4　Y3 系列三相异步电动机外形

表 3.2-8 Y3 系列三相异步电动机安装尺寸及外形尺寸

<table>
<tr><th rowspan="3">机座号</th><th colspan="19">安装尺寸/mm</th><th colspan="6">外形尺寸/mm</th></tr>
<tr><th rowspan="2">A</th><th rowspan="2">B</th><th rowspan="2">C</th><th colspan="2">D</th><th colspan="2">E</th><th colspan="2">F</th><th colspan="2">G</th><th rowspan="2">H</th><th rowspan="2">K</th><th rowspan="2">M</th><th rowspan="2">N</th><th rowspan="2">P</th><th rowspan="2">R</th><th rowspan="2">S</th><th rowspan="2">T</th><th rowspan="2">AB</th><th rowspan="2">AC</th><th rowspan="2">AD</th><th rowspan="2">HD</th><th colspan="2">L</th></tr>
<tr><th>2p</th><th>4,6,8,10p</th><th>2p</th><th>4,6,8,10p</th><th>2p</th><th>4,6,8,10p</th><th>2p</th><th>4,6,8,10p</th><th>2p</th><th>4,6,8,10p</th></tr>
<tr><td>Y3-63</td><td>100</td><td>80</td><td>40</td><td colspan="2">11</td><td colspan="2">23</td><td colspan="2">4</td><td colspan="2">8.5</td><td>63</td><td>7</td><td>115</td><td>95</td><td>140</td><td>0</td><td>10</td><td>3.0</td><td>135</td><td>130</td><td>70</td><td>180</td><td colspan="2">230</td></tr>
<tr><td>Y3-71</td><td>112</td><td>90</td><td>45</td><td colspan="2">14</td><td colspan="2">30</td><td colspan="2">5</td><td colspan="2">11</td><td>71</td><td>7</td><td>130</td><td>110</td><td>160</td><td>0</td><td>10</td><td>3.0</td><td>150</td><td>145</td><td>80</td><td>195</td><td colspan="2">255</td></tr>
<tr><td>Y3-80</td><td>125</td><td>100</td><td>50</td><td colspan="2">19</td><td colspan="2">40</td><td colspan="2">6</td><td colspan="2">15.5</td><td>80</td><td>10</td><td>165</td><td>130</td><td>200</td><td>0</td><td>12</td><td>3.5</td><td>165</td><td>175</td><td>145</td><td>220</td><td colspan="2">295</td></tr>
<tr><td>Y3-90S</td><td>140</td><td>100</td><td>56</td><td colspan="2">24</td><td colspan="2">50</td><td colspan="2">8</td><td colspan="2">20</td><td>90</td><td>10</td><td>165</td><td>130</td><td>200</td><td>0</td><td>12</td><td>3.5</td><td>180</td><td>195</td><td>155</td><td>250</td><td colspan="2">320</td></tr>
<tr><td>Y3-90L</td><td>140</td><td>125</td><td>56</td><td colspan="2">24</td><td colspan="2">50</td><td colspan="2">8</td><td colspan="2">20</td><td>90</td><td>10</td><td>165</td><td>130</td><td>200</td><td>0</td><td>12</td><td>3.5</td><td>180</td><td>195</td><td>155</td><td>250</td><td colspan="2">345</td></tr>
<tr><td>Y3-100L</td><td>160</td><td>140</td><td>63</td><td colspan="2">28</td><td colspan="2">60</td><td colspan="2">8</td><td colspan="2">24</td><td>100</td><td>12</td><td>215</td><td>180</td><td>250</td><td>0</td><td>15</td><td>4</td><td>205</td><td>215</td><td>180</td><td>270</td><td colspan="2">385</td></tr>
<tr><td>Y3-112M</td><td>190</td><td>140</td><td>70</td><td colspan="2">28</td><td colspan="2">60</td><td colspan="2">8</td><td colspan="2">24</td><td>112</td><td>12</td><td>215</td><td>180</td><td>250</td><td>0</td><td>15</td><td>4</td><td>230</td><td>240</td><td>190</td><td>300</td><td colspan="2">400</td></tr>
<tr><td>Y3-132S</td><td>216</td><td>140</td><td>89</td><td colspan="2">38</td><td colspan="2">80</td><td colspan="2">10</td><td colspan="2">33</td><td>132</td><td>12</td><td>265</td><td>230</td><td>300</td><td>0</td><td>15</td><td>4</td><td>270</td><td>275</td><td>210</td><td>345</td><td colspan="2">470</td></tr>
<tr><td>Y3-132M</td><td>216</td><td>178</td><td>89</td><td colspan="2">38</td><td colspan="2">80</td><td colspan="2">10</td><td colspan="2">33</td><td>132</td><td>12</td><td>265</td><td>230</td><td>300</td><td>0</td><td>15</td><td>4</td><td>240</td><td>275</td><td>210</td><td>345</td><td colspan="2">510</td></tr>
<tr><td>Y3-160M</td><td>254</td><td>210</td><td>108</td><td colspan="2">42</td><td colspan="2">110</td><td colspan="2">12</td><td colspan="2">37</td><td>160</td><td>15</td><td>300</td><td>250</td><td>350</td><td>0</td><td>19</td><td>5</td><td>320</td><td>330</td><td>255</td><td>420</td><td colspan="2">615</td></tr>
<tr><td>Y3-160L</td><td>254</td><td>254</td><td>108</td><td colspan="2">42</td><td colspan="2">110</td><td colspan="2">12</td><td colspan="2">37</td><td>160</td><td>15</td><td>300</td><td>250</td><td>350</td><td>0</td><td>19</td><td>5</td><td>320</td><td>330</td><td>255</td><td>420</td><td colspan="2">670</td></tr>
<tr><td>Y3-180M</td><td>279</td><td>241</td><td>121</td><td colspan="2">48</td><td colspan="2">110</td><td colspan="2">14</td><td colspan="2">42.5</td><td>180</td><td>15</td><td>300</td><td>250</td><td>350</td><td>0</td><td>19</td><td>5</td><td>355</td><td>380</td><td>280</td><td>455</td><td colspan="2">700</td></tr>
</table>

（续表）

机座号	安装尺寸/mm																			外形尺寸/mm					
	A	B	C	D		E		F		G		H	K	M	N	P	R	S	T	AB	AC	AD	HD	L	
				2p	4,6,8,10p	2p	4,6,8,10p	2p	4,6,8,10p	2p	4,6,8,10p													2p	4,6,8,10p
Y3-180L	279	279	121	48		110		14		42.5		180	15	300	250	350	0	19	5	355	380	280	455	740	
Y3-200L	318	305	133	55		110		16		49		200	19	350	300	400	0	19	5	395	420	305	505	770	
Y3-225S	356	286	149	—	60	—	140	—	18	—	53	225	19	400	350	450	0	19	5	435	470	335	560	—	820
Y3-225M	356	311	149	55	60	110	140	16	18	49	53	225	19	400	350	450	0	19	5	435	470	335	560	815	845
Y3-250M	406	349	168	60	65	140		18		53	58	250	24	500	450	550	0	19	5	490	510	370	615	910	
Y3-280S	457	368	190	65	75	140		18	20	58	67.5	280	24	500	450	550	0	19	5	550	580	410	680	985	
Y3-280M	457	419	190	65	75	140		18	20	58	67.5	280	24	500	450	550	0	19	5	550	580	410	680	1 035	
Y3-315S	508	406	216	65	80	140	170	18	22	58	71	315	28	600	550	660	0	24	6	635	645	630	845	1 185	1 215
Y3-315M	508	457	216	65	80	140	170	18	22	58	71	315	28	600	550	660	0	24	6	635	645	630	845	1 295	1 325
Y3-315L	508	508	216	65	80	140	170	18	22	58	71	315	28	600	550	660	0	24	6	635	645	630	845	1 295	1 325
Y3-355M	610	560	254	75	95	140	170	20	25	67.5	86	355	28	740	680	800	0	24	6	730	710	655	1 010	1 500	1 530
Y3-355L	610	630	254	75	95	140	170	20	25	67.5	86	355	28	740	680	800	0	24	6	730	710	655	1 010	1 500	1 530

五、三相异步电动机的启动、运行和维护

（一）启动前的检查

1. 新安装或长期停用的电动机启动前的检查

(1) 用兆欧表检查三相异步电动机绕组间和绕组对地的绝缘电阻，见图 3.2－5。测试前应拆去电动机接线盒的连接片。通常对 500 V 以下电动机用 500 V 兆欧表测量，对 500～3 000 V 电动机用 1 000 V 兆欧表测量。一般三相电机的绝缘电阻应大于 0.50 MΩ 方可使用。

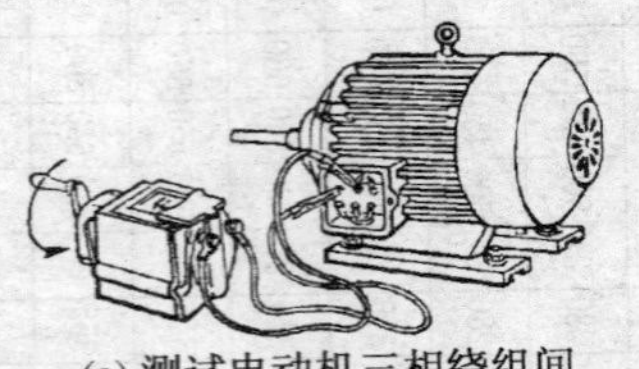

(a) 测试电动机三相绕组间的绝缘电阻

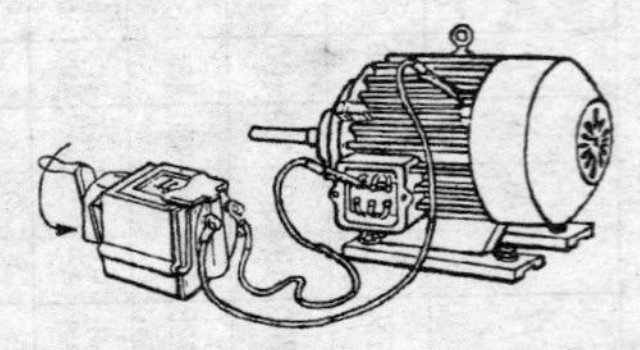

(b) 测试电动机绕组对地（机壳）的绝缘电阻

图 3.2－5 用兆欧表测试电动机的绝缘电阻

(2) 检查电动机铭牌所示电压、频率与电源电压、频率是否相符，接法是否与铭牌所示相同。

(3) 检查电动机轴承是否有油。若缺油应补足。一般电动机采用钙钠基 1 号润滑脂，以充满轴承室的 2/3 为宜。

(4) 检查电动机的基础是否稳固，固定螺栓是否已拧紧。

(5) 检查电动机及启动设备接地装置是否可靠，接线是否正确，接触是否良好。

(6) 检查电动机转轴转动是否灵活。

2. 正常运行的电动机启动前的检查

(1) 检查电动机周围有无妨碍运行的杂物和易燃易爆物品。

(2) 检查电动机转动是否灵活或有杂音。

(3) 检查电源电压是否正常。对于 380 V 异步电动机，电源

电压不宜高于 400 V，也不能低于 360 V。

(4) 检查电动机所带动的设备是否正常，电动机与设备之间的传动是否正常。

（二）启动方式分类

三相异步电动机启动方式分类见表 3.2-9。

表 3.2-9 三相异步电动机启动方式分类

<table>
<tr><th>电动机类别</th><th colspan="2">启动方式</th></tr>
<tr><td rowspan="2">三相笼型异步电动机</td><td colspan="2">直接启动，最大功率不大于变压器容量的 20%～30%</td></tr>
<tr><td>降压启动</td><td>1. 在定子电路中串联电阻或电抗启动
2. 自耦减压启动器启动
3. 星三角(Y-△)启动器启动
4. 延边三角形启动器启动</td></tr>
<tr><td>三相线绕型异步电动机</td><td colspan="2">转子电路串联电阻或电抗启动
1. 串联启动变阻器启动
2. 串联频敏变阻器启动</td></tr>
</table>

（三）启动时的注意事项

(1) 电动机传动部分附近不应有其他人员。

(2) 使用直接启动方式的电动机应空载启动。由于启动电流大，拉合闸动作应迅速果断。

(3) 使用星三角启动器和自耦减压启动器时，必须遵守操作程序启动。

(4) 一台电动机的连续启动次数不宜超过 3～5 次，以防止启动设备和电动机过热。

(5) 电动机启动后不转、转动不正常或有异常声音时，应迅速停机检查。

（四）运行时的监视、维护

(1) 注意电动机的运行电流不能超过额定电流。

(2) 注意电源电压是否正常。一般电源电压应在 360～400 V 之间。

(3) 注意电动机的温升是否正常。三相异步电动机的最高容许温度和最大容许温升见表 3.2－10。

表 3.2－10　三相异步电动机的最高容许温度

（周围环境温度为＋40℃）

绝缘等级	测试项目	测试方法	定子绕组	转子绕组		定子铁芯	滑环	滑动轴承	滚动轴承
				绕线式	笼式				
A	最高容许温度/℃		95 100	95 100	— —	100 —	100 —	80 —	95 —
	最大容许温升/℃	温度计法 电阻法	55 60	55 60	— —	60 —	60 —	40 —	55 —
E	最高容许温度/℃		105 115	105 115	— —	115 —	110 —	80 —	95 —
	最大容许温升/℃	温度计法 电阻法	65 75	65 75	— —	75 —	70 —	40 —	55 —
B	最高容许温度/℃		110 120	110 120	— —	120 —	120 —	80 —	95 —
	最大容许温升/℃	温度计法 电阻法	70 80	70 80	— —	80 —	80 —	40 —	55 —
F	最高容许温度/℃		125 140	125 140	— —	140 —	130 —	80 —	95 —
	最大容许温升/℃	温度计法 电阻法	85 100	85 100	— —	100 —	90 —	40 —	55 —
H	最高容许温度/℃		145 165	145 165	— —	165 —	140 —	80 —	95 —
	最大容许温升/℃	温度计法 电阻法	105 125	105 125	— —	125 —	100 —	40 —	55 —

(4) 用电笔检查电动机外壳是否漏电和接地不良。

(5) 检查电动机运行时的声音是否正常，有无冒烟和焦味。

(6) 应保持电动机的清洁，不允许有水、油和杂物落入电动机内部。

（五）定期检查

对于一般工作环境中使用的电动机，定期检查每年应不少于

1 次；对于工作环境灰尘多、潮湿、经常使用的电动机，每年应进行2～3 次定期检查。检查的主要内容有：

(1) 清除电动机外壳的灰尘、积垢，检查外壳有无裂纹、破损。测量绝缘电阻。

(2) 检查接线盒内螺栓有无松动、烧损，接头有无损坏，引线有无断裂。

(3) 检查主轴转动是否灵活，转子与定子之间有无碰擦。

(4) 拆下轴承外盖，检查润滑脂是否不足或脏污。一般电动机轴承内的润滑脂，半年更换一次。检查轴承磨损情况，有无杂音。

(5) 检查电动机接地装置是否完好。

(6) 检查各固定部分螺钉是否紧固。

六、三相异步电动机常见故障及处理方法

三相异步电动机在运行时，会发生各种各样的故障。要对其故障原因进行多方面的分析才能找到发生故障的原因。除了检查分析电动机本身可能产生的故障外，还要检查分析电动机的负载、辅助设备以及供电线路上的故障。三相异步电动机的常见故障、产生故障的可能原因及处理方法，见表 3.2－11。

表 3.2－11　三相异步电动机的常见故障

序号	故障现象	可能原因（处理方法）
1	不能启动	1. 电源未接通 2. 控制设备接线错误 3. 熔丝烧断 4. 电压过低(检查电网电压，在降压启动情况下，如启动电压太低，可适当提高) 5. 定子绕组相间短路或接线错误，以及定、转子绕组断路 6. 负载过大或传动机械有故障

（续表）

序号	故障现象	可能原因（处理方法）
2	电动机有异常噪音或振动过大	1. 机械摩擦或定、转子相擦 2. 单相运行（断电再合闸，如不能启动，则有可能一相断电，检查电源及电动机，并加以修复） 3. 滚动轴承缺油或损坏 4. 电动机接线错误 5. 绕线型转子电动机转子线圈断路 6. 转轴弯曲或转子铁芯变形 7. 转子、风扇或皮带盘不平衡 8. 联轴器或地脚螺钉连接松动 9. 安装基础不平或有缺陷 10. 转子开焊、短路或断路
3	电动机温升过高或冒烟	1. 过载（减轻负载或更换较大功率的电动机） 2. 两相运行或单相运行 3. 电压过低、过高或电动机接法错误 4. 定子绕组接地或匝间、或相间短路 5. 绕线型转子电动机转子线圈接头松脱或笼型转子断条（对铜条转子焊补或更换铜条，对铸铝转子更换转子或改为铜条转子） 6. 定、转子相擦（检查轴承、轴承座及轴承有无松动，定、转子装配有无不良情况） 7. 风扇故障或通风不畅（移开妨碍通风的物件，清除通风道污垢、灰尘及杂物，使通风道畅通） 8. 频繁启动或正反转次数过多
4	轴承过热	1. 轴承损坏 2. 滚动轴承润滑脂过多、过少或有杂质 3. 滑动轴承润滑油不够，有杂质或油环卡住 4. 轴与轴承配合过松或过紧（过松时可将轴喷涂金属，过紧时重新磨削） 5. 轴承与端盖配合过松或过紧（过松时可在端盖内镶钢套，过紧时加工轴承室） 6. 电动机两端端盖或轴承盖装配不良 7. 皮带过紧或联轴器装配不良
5	绕线型转子集电环火花过大	1. 电刷牌号或尺寸不符合要求 2. 集电环表面有污垢、杂物（清除污垢，烧灼严重时应重新金加工） 3. 电刷压力太小，或电刷在刷握内卡住或放置不正
6	电动机运行时电流表指针来回摆动	1. 绕线型转子电动机一相电刷接触不良 2. 绕线型转子电动机集电环的短路装置接触不良 3. 笼型转子断条或绕线转子一相断路

（续表）

序号	故障现象	可能原因（处理方法）
7	电动机机壳带电	1. 接地不良 2. 绕组受潮绝缘损坏或接线板上有污垢 3. 引出线绝缘磨破 4. 电源线与接地线搞错
8	电动机带负载运行时转速低于额定值	1. 电源电压过低 2. 笼型转子断条 3. 绕线型转子一相断路 4. 绕线型转子电动机启动变阻器接触不良 5. 电刷与滑环接触不良（调整电刷压力及改善电刷与滑环接触面） 6. 负载过大

第三节 直流电动机

一、直流电机的分类与型号

直流电机为直流发电机和直流电动机的总称，有基本系列、派生系列和专用系列，它们的主要型号及用途见表3.3-1。

表3.3-1 直流电机及其派生、专用产品的用途和分类

序号	产品名称	主要用途	型号	原用型号
1	直流电动机	一般用途、基本系列	Z	Z、ZD、ZJD
2	直流发电机	一般用途、基本系列	ZF	Z、ZF、ZJF
3	广调速直流电动机	用于恒功率调速范围较大的传动机械	ZT	ZT
4	冶金起重直流电动机	冶金辅助传动机械等用	ZZJ	ZZ、ZZK、ZZY
5	直流牵引电动机	电力传动机车，工矿电动机车和蓄电池供电车等用	ZQ、ZQX	ZQ

（续表）

序号	产品名称	主要用途	型号	原用型号
6	船用直流电动机	船舶上各种辅助机械用	Z-H	Z2C、ZH
7	船用直流发电机	作船舶上电源用	ZF-H	Z2C、ZH
8	精密机床用直流电动机	磨床、坐标镗床等精密机床用	ZJ	ZJD
9	汽车启动机	汽车、拖拉机内燃机等用	ST	ST
10	汽车发电机	汽车、拖拉机内燃机等用	F	F
11	挖掘机用直流电动机	冶金、矿山挖掘机用	ZKJ	ZZC
12	龙门刨床用直流电动机	龙门刨床用	ZU	ZBD
13	防爆安全型直流电动机	矿井和有易爆气体场所用	ZA	Z
14	无槽直流电动机	快速动作伺服系统中用	ZW	ZWC

二、Z3系列直流电动机

Z3系列直流电动机是在Z2系列电动机的基础上，为满足出口配套要求按IEC国际电工标准设计制造的。

Z3系列直流电动机设计的额定电压有110 V、160 V、220 V、440 V四种，定子绕组采用铝线，串励绕组采用铜线。Z3系列电动机的外壳防护等级为IP21，冷却方式为IC01、IC06或IC07。功率和安装尺寸与国际电工委员会(IEC)的标准一致。Z3系列电动机的工作方式为S_1连续工作制。电动机励磁方式有并励和他励两种，但额定电压为160 V和440 V的电动机仅有他励一种。

Z3系列采用了新标准，功率、安装尺寸及外壳防护型均与国际电工委员会(IEC)的标准一致。电动机的轴伸、振动和噪声则采用最新国家标准。Z3系列比Z2系列直流电动机转动惯量小、调整范围广、体积小、重量轻。适用于可控硅整流电源供电。技术经济指标和调速性能均有提高。

1. 性能参数(表 3.3-2、表 3.3-3)

表 3.3-2 Z3 系列 1～6 号直流电动机性能数据 (电枢换向器)

机座号	序号	功率/kW	电压/V	额定转速/(r/min)	电流/A	励磁方式	电枢						换向器			
							每元件匝数	总导体数	支路数	线规牌号QZ-2直径/mm	槽节距	绕组铜重/kg	长/mm	换向片数	换向器节距	每杆电刷数
Z3-11	1	0.55	110	3 000	7.14	并	30/4	840	2	0.77	1-8	0.57	32	56	1-2	1
	2		160	3 000	4.5	他	11	1 232		0.63		0.64				
	3		220	3 000	3.52	并	15	1 680		0.53		0.54				
	4	0.25	110	1 500	3.7	并	14	1 568		0.56		0.56				
	5		160	1 500	2.3	他	81/4	2 268		0.47		0.57				
	6		220	1 500	1.85	并	28	3 136		0.40		0.58				
Z3-12	1	0.75	110	3 000	9.2	并	23/4	644	2	0.90	1-8	0.68	32	56	1-2	1
	2		160	3 000	5.9	他	33/4	924		0.71		0.61				
	3		220	3 000	4.55	并	46/4	1 288		0.63		0.66				
	4	0.37	110	1 500	5.05	并	42/4	1 176		0.67		0.69				
	5		160	1 500	3.2	他	16	1 792		0.53		0.65				
	6		220	1 500	2.51	并	21	2 352		0.47		0.68				
Z3-21	1	1.1	110	3 000	13.2	并	4	576	2	1.12	1-10	0.97	32	72	1-2	1
	2		160	3 000	8.65	他	23/4	828		0.95		0.91				
	3		220	3 000	6.5	并	8	1 152		0.8		0.9				
	4	0.55	110	1 500	7.1	并	29/4	1 044		0.83		0.86				
	5		160	1 500	4.5	他	43/4	1 548		0.69		1.1				
	6		220	1 500	3.52	并	58/4	2 088		0.56		0.88				

（续表）

机座号	序号	功率/kW	电压/V	额定转速/(r/min)	电流/A	励磁方式	电枢						换向器			
							每元件匝数	总导体数	支路数	线规牌号QZ-2直径/mm	槽节距	绕组铜重/kg	长/mm	换向片数	换向器节距	每杆电刷数
Z3-22	1	1.5	110	3 000	17.7	并	3	432	2	1.3	1-10	1.12	32	72	1-2	1
	2		160	3 000	11.6	他	18/4	648		1.06		1.18				
	3		220	3 000	8.74	并	6	864		0.93		1.14				
	4	0.75	110	1 500	9.34	并	22/4	792		0.95		1.2				
	5		160	1 500	5.85	他	8	1 152		0.8		1.58				
	6		220	1 500	4.64	并	11	1 584		0.67		1.37				
	7	0.37	110	1 000	5.17	并	8	1 152		0.77		1.1				
	8		160	1 000	3	他	46/4	1 656		0.63		1.12				
	9		220	1 000	2.55	并	16	2 304		0.53		1.1				
Z3-31	1	2.2	110	3 000	25.3	并	3	432	2	1.56	1-10	1.71	50	72	1-2	2
	2		160	3 000	16.8	他	18/4	648		1.25		1.65				
	3		220	3 000	12.5	并	6	864		1.12		1.76				
	4	1.1	110	1 500	13.15	并	22/4	792		1.18		1.79				
	5		160	1 500	8.6	他	8	1 152		0.95		1.7				
	6		220	1 500	6.54	并	46/4	1 656		0.8		1.72				
	7	0.55	110	1 000	7.04	并	33/4	1 188		0.95		1.74				
	8		160	1 000	4.5	他	49/4	1 764		0.77		1.7				
	9		220	1 000	3.5	并	66/4	2 376		0.67		1.73				

（续表）

机座号	序号	功率/kW	电压/V	额定转速/(r/min)	电流/A	励磁方式	电枢						换向器			
							每元件匝数	总导体数	支路数	线规牌号QZ-2直径/mm	槽节距	绕组铜重/kg	长/mm	换向片数	换向器节距	每杆电刷数
Z3-32	1	3	110	3 000	34.7	并	9/4	324	2	2-ϕ1.25	1-10	1.84	70	72	1-2	3
	2		160		23	他	13/4	468		ϕ1.45		1.79	50			2
	3		220		17.1	并	18/4	648		ϕ1.25		1.84				
	4	1.5	110	1 500	17.6	并	17/4	612		ϕ1.3		1.88				
	5		160		11.6	他	25/4	900		ϕ1.06		1.84				
	6		220		8.68	并	35/4	1 260		ϕ0.9		1.86				
	7	0.75	110	1 000	9.4	并	26/4	936		ϕ1.06		1.91				
	8		160		6	他	37/4	1 332		ϕ0.9		1.96				
	9		220		4.64	并	50/4	1 800		ϕ0.75		1.84				
	10	0.55	110	750	7.25	并	8	1 152		ϕ0.95		1.89				
	11		160		4.55	他	47/4	1 692		ϕ0.77		1.82				
	12		220		3.57	并	65/4	2 340		ϕ0.67		1.91				
Z3-33	1	4	110	3 000	45.4	并	6/4	216	2	2-ϕ1.45	1-10	1.9	70	72	1-2	3
	2		160		30.3	他	9/4	324		2-ϕ1.25		2.11				
	3		220		22.4	并	13/4	468		ϕ1.45		2.05	50			2
	4	2.2	110	1 500	25	并	3	432		ϕ1.56		2.2				
	5		160		16.5	他	18/4	648		ϕ1.3		2.3				
	6		220		12.3	并	25/4	900		ϕ1.06		2.11				
	7	1.1	110	1 000	13.3	并	18/4	648		ϕ1.25		2.11				
	8		160		8.46	他	26/4	936		ϕ1.06		2.2				
	9		220		6.6	并	37/4	1 332		ϕ0.85		2.0				
	10	0.75	110	750	9.4	并	6	864		ϕ1.12		2.26				
	11		160		5.84	他	34/4	1 224		ϕ0.93		2.21				
	12		220		4.64	并	12	1 728		ϕ0.77		2.14				

（续表）

机座号	序号	功率/kW	电压/V	额定转速/(r/min)	电流/A	励磁方式	电枢							换向器			
							每元件匝数	总导体数	支路数	线规牌号QZ-2直径/mm	槽节距	绕组铜重/kg	长/mm	换向片数	换向器节距	每杆电刷数
Z3-41	1	5.5	110	3 000	61.3	并	5/3	250	2	3-ϕ1.4	1-7	2.16	70	75	1-38	3
	2		220		30.5	并	10/3	500		2-ϕ1.18		2.05	50			2
	3	3	110	1 500	34.3	并	3	450		2-ϕ1.25		2.06				
	4		160		22.1	他	13/3	650		ϕ1.45		2.01	32			1
	5		220		17	并	19/3	950		ϕ1.25		2.18				
	6	1.5	110	1 000	18	并	14/3	700		ϕ1.4		2.02				
	7		160		11.5	他	7	1 050		ϕ1.18		2.05				
	8		220		8.9	并	28/3	1 400		ϕ1		1.9				
	9	1.1	110	750	14.2	并	6	900		ϕ1.25		2.07				
	10		160		8.9	他	26/3	1 300		ϕ1		1.91				
	11		220		7	并	12	1 800		ϕ0.85		1.91				
	12	2.2	115	1 450	19.2	复	13/3	650		ϕ1.45		2.01				
	13		230		9.6	复	26/3	1 300		ϕ1		1.91				
Z3-42	1	7.5	110	3 000	83	并	4/3	200	2	3-ϕ1.56	1-7	2.46	70	75	1-38	3
	2		220		41.3	并	8/3	400		2-ϕ1.35		2.46	50			2
	3	4	110	1 500	44.9	并	7/3	350		2-ϕ1.45		2.48				
	4		160		29	他	10/3	500		2-ϕ1.18		2.35	32			1
	5		220		22.3	并	14/3	700		ϕ1.45		2.48				
	6	2.2	110	1 000	25.8	并	11/3	550		ϕ1.6		2.37				
	7		160		6.7	他	16/3	800		ϕ1.35		2.46				
	8		220		12.8	并	22/3	1 100		ϕ1.12		2.46				
	9	1.5	110	750	18.8	并	14/3	700		ϕ1.45		2.48				
	10		160		11.8	他	20/3	1 000		ϕ1.18		2.35				
	11		220		9.3	并	28/3	1 400		ϕ1		2.36				
	12	3	115	1 450	26.1	复	10/3	500		2-ϕ1.18		2.35				
	13		230		13.1	复	20/3	1 000		ϕ1.18		2.35				

（续表）

机座号	序号	功率/kW	电压/V	额定转速/(r/min)	电流/A	励磁方式	电枢：每元件匝数	电枢：总导体数	电枢：支路数	电枢：线规牌号QZ-2直径/mm	电枢：槽节距	电枢：绕组铜重/kg	换向器：长/mm	换向器：换向片数	换向器：换向器节距	换向器：每杆电刷数
Z3-51	1	10	220	3 000	54.8	并	7/3	378	2	2-ϕ1.5	1-8	2.75	50	81	1-41	2
	2	5.5	110	1 500	61	并	7/3	378		2-ϕ1.56		2.97	70	81		3
	3		220		30.3	并	13/3	702		2-ϕ1.12		2.84	32	81		1
	4		440		14.4	他	26/5	1 404		ϕ1.12		2.84	32	135	1-68	1
	5	3	110	1 000	34.5	并	10/3	540		2-ϕ1.25		2.73	50	81	1-41	2
	6		160		22.4	他	5	810		ϕ1.5		2.94	32			1
	7		220		17.2	并	20/3	1 080		ϕ1.25		2.73	32			
	8	2.2	110	750	26.2	并	13/3	702		2-ϕ1.12		2.84	32			
	9		160		17.2	他	19/3	1 026		ϕ1.3		2.8	32			
	10		220		13	并	26/3	1 404		ϕ1.12		2.84	32			
	11	4.2	115	1 450	36.5	复	3	486		2-ϕ1.3		2.65	50			2
	12		230		18.3	复	6	972		ϕ1.3		2.65	32			1
Z3-52	1	13	220	3 000	70.8	并	2	324	2	2-ϕ1.7	1-8	3.3	70	81	1-41	3
	2	7.5	110	1 500	82.1	并	5/3	270		3-ϕ1.5		3.41	70	81		3
	3		220		40.8	并	10/3	540		2-ϕ1.3		3.42	50	81		2
	4		440		19.5	他	4	1 080		ϕ1.3		3.42	32	135	1-68	1
	5	4	110	1 000	45.2	并	8/3	432		2-ϕ1.45		3.4	50	81	1-41	2
	6		160		29.6	他	4	648		2-ϕ1.18		3.4	32			1
	7		220		22.3	并	16/3	864		ϕ1.45		3.4	32			1
	8	3	110	750	35.2	并	10/3	540		2-ϕ1.3		3.42	50			2
	9		160		22.7	他	14/3	756		ϕ1.56		3.44	50			2
	10		220		17.4	并	20/3	1 080		ϕ1.3		3.42	32			1
	11	2.2	110	600	26.7	并	4	648		2-ϕ1.18		3.4	32			1
	12		160		16.8	他	17/3	918		ϕ1.4		3.37	32			1
	13		220		13.3	并	8	1 296		ϕ1.18		3.38	32			1
	14	6	115	1 450	52.2	复	7/3	378		2-ϕ1.56		3.44	50			2
	15		230		26.1	复	14/3	756		ϕ1.56		3.44	50			2

（续表）

机座号	序号	功率/kW	电压/V	额定转速/(r/min)	电流/A	励磁方式	电枢						换向器			
							每元件匝数	总导体数	支路数	线规牌号QZ-2直径/mm	槽节距	绕组铜重/kg	长/mm	换向片数	换向器节距	每杆电刷数
Z3-61	1	17	220	3 000	92	并	4/3	248	2	4-ϕ1.45	1-9	4	80	93	1-47	3
	2	10	110	1 500	108.2	并	4/3	248		4-ϕ1.5		4.26				
	3		220		53.8	并	8/3	496		2-ϕ1.5		4.26	60	93		2
	4		440		26	他	16/5	992		2-ϕ1.06		4.26	50	155	1-78	1
	5	5.5	110	1 000	61.4	并	2	372		2-ϕ1.7		4.1	60	93	1-47	2
	6		220		30.3	并	4	744		1-ϕ1.7		4.1	40	93		1
	7		440		14.4	他	24/5	1 488		1-ϕ1.18		3.95	50	155	1-78	1
	8	4	110	750	46.6	并	8/3	496		2-ϕ1.15		4.26	40	93	1-47	1
	9		160		30.3	他	11/3	682		2-ϕ1.25		4.07				
	10		220		23	并	5	930		1-ϕ1.56		44.32				
	11	3	110	600	35.9	并	3	558		2-ϕ1.4		4.2				
	12		160		23	他	13/3	806		2-ϕ1.12		3.9				
	13		220		17.8	并	19/3	1 178		1-ϕ1.35		4.1				
	14	8.5	115	1 450	74	复	5/3	310		4-ϕ1.3		4	60	93		2
	15		230		37	复	10/3	620		2-ϕ1.3		4	40			1

（续表）

机座号	序号	功率/kW	电压/V	额定转速/(r/min)	电流/A	励磁方式	电枢						换向器			
							每元件匝数	总导体数	支路数	线规牌号QZ-2直径/mm	槽节距	绕组铜重/kg	长/mm	换向片数	换向器节距	每杆电刷数
	1	22	220	3 000	117.6	并	1	186		4-ϕ1.7		4.81	80			3
	2		110		139.8	并	1	186		4-ϕ1.7		4.81	80	93	1-47	3
	3	13	220	1 500	69.5	并	2	372		2-ϕ1.7		4.81	60			2
	4		440		33.5	他	12/5	744		2-ϕ1.18		4.81	50	155	1-78	1
	5		110		83	并	4/3	248		4-ϕ1.45		4.67	60	93	1-47	2
	6	7.5	220	1 000	41.3	并	3	558		2-ϕ1.4		4.9	40			1
	7		440		19.8	他	18/5	1 116		1-ϕ1.4		4.9	50	155	1-78	1
Z3-62	8		110		62.8	并	2	372	2	3-ϕ1.4	1-9	4.9	60	93	1-47	2
	9	5.5	220	750	31.2	并	11/3	682		1-ϕ1.8		4.95	40			1
	10		440		14.7	他	22/5	1 364		1-ϕ1.25		4.77	50	155	1-78	1
	11		110		47.5	并	7/3	434		2-ϕ1.56		4.73	40			1
	12	4	160	600	30.8	他	10/3	620		2-ϕ1.3		4.69	40			1
	13		220		23.6	并	14/3	868		1-ϕ1.56		4.73	40	93	1-47	1
	14	11	115	1 450	95.7	复	4/3	248		4-ϕ1.5		5	80			3
	15		230		47.8	复	8/3	496		2-ϕ1.5		5	60			2

表 3.3-3　Z3 系列 1～6 号直流电动机技术数据(主极、换向极)

机座号	序号	主极							换向极	
		每极匝数		线规牌号 QZ-2 或 QZB 或 TBR/mm		并(他)励绕组额定电流/A	并(他)励绕组铜重/kg	每极匝数	线规牌号 QZ-2 或 QZB 或 TBR/mm	绕组铜重/kg
		串	并	串	并					
Z3-11	1		2 000		ϕ0.38	0.50	1.06	152	ϕ1.30	0.32
	2		3 500		ϕ0.28	0.28	1	220	ϕ1.06	0.3
	3		4 000		ϕ0.27	0.25	1.08	294	ϕ0.93	0.33
	4		2 200		ϕ0.35	0.40	0.98	292	ϕ0.90	0.29
	5		3 100		ϕ0.27	0.30	0.8	420	ϕ0.80	0.35
	6		4 000		ϕ0.25	0.23	0.9	554	ϕ0.63	0.28
Z3-12	1		1 800		ϕ0.38	0.52	1.08	116	ϕ1.50	0.40
	2		2 900		ϕ0.31	0.34	1.19	164	ϕ1.25	0.39
	3		3 400		ϕ0.27	0.29	1.03	222	ϕ1.06	0.38
	4		1 800		ϕ0.38	0.52	1.08	212	ϕ1.06	0.36
	5		3 000		ϕ0.27	0.27	0.9	315	ϕ0.90	0.39
	6		3 800		ϕ0.28	0.28	1.28	410	ϕ0.77	0.37
Z3-21	1		2 000		ϕ0.40	0.525	1.3	100	ϕ1.8	0.48
	2		2 900		ϕ0.33	0.39	1.35	141	ϕ1.5	0.49
	3		4 000		ϕ0.29	0.27	1.2	194	ϕ1.3	0.50
	4		2 200		ϕ0.42	0.5	1.6	183	ϕ1.3	0.49
	5		3 000		ϕ0.33	0.365	1.2	263	ϕ1.12	0.50
	6		4 000		ϕ0.29	0.277	1.4	353	ϕ0.93	0.45
Z3-22	1		1 600		ϕ0.45	0.68	1.28	74	ϕ2.12	0.57
	2		2 700		ϕ0.33	0.379	1.43	109	ϕ1.8	0.63
	3		3 000		ϕ0.31	0.365	1.4	144	ϕ1.45	0.51
	4		1 600		ϕ0.45	0.712	1.56	137	ϕ1.5	0.54
	5		2 700		ϕ0.38	0.437	1.56	195	ϕ1.25	0.5
	6		3 400		ϕ0.33	0.344	1.5	264	ϕ1.06	0.51
	7		1 700		ϕ0.45	0.638	1.5	204	ϕ1.12	0.6
	8		2 700		ϕ0.35	0.42	1.55	286	ϕ0.9	0.38
	9		3 700		ϕ0.33	0.301	1.6	389	ϕ0.8	0.41

（续表）

机座号	序号	主极							换向极	
		每极匝数		线规牌号 QZ-2 或 QZB 或 TBR/mm		并(他)励绕组额定电流/A	并(他)励绕组铜重/kg	每极匝数	线规牌号 QZ-2 或 QZB 或 TBR/mm	绕组铜重/kg
		串	并	串	并					
Z3-31	1		1 600		ϕ0.47	0.772	1.72	75	1.12×4.75	0.92
	2		2 300		ϕ0.35	0.496	1.35	108	ϕ2.12	0.89
	3		3 200		ϕ0.35	0.4	1.97	143	ϕ1.8	0.84
	4		2 000		ϕ0.5	0.655	2.57	130	ϕ2	0.97
	5		3 100		ϕ0.4	0.435	2.6	190	ϕ1.7	1.06
	6		4 200		ϕ0.33	0.281	2.34	270	ϕ1.45	1.08
	7		2 400		ϕ0.47	0.475	2.76	200	ϕ1.5	0.82
	8		3 700		ϕ0.35	0.292	2.33	300	ϕ1.3	0.94
	9		4 300		ϕ0.33	0.271	2.4	400	ϕ1.06	0.81
Z3-32	1		1 500		ϕ0.5	0.8	2.1	55	1.25×5.6	
	2		2 400		ϕ0.4	0.525	2.2	80	ϕ2.5	
	3		3 400		ϕ0.38	0.371	2.93	110	ϕ2.12	
	4		1 500		ϕ0.5	0.8	2.1	105	ϕ2.24	
	5		3 000		ϕ0.4	0.393	2.85	150	ϕ1.9	
	6		3 900		ϕ0.35	0.29	2.85	210	ϕ1.5	
	7		2 000		ϕ0.47	0.515	2.56	160	ϕ1.7	
	8		2 800		ϕ0.38	0.404	2.34	225	ϕ1.45	
	9		3 400		ϕ0.35	0.341	2.42	300	ϕ1.18	
	10		2 100		ϕ0.5	0.548	3.1	200	ϕ1.56	
	11		3 000		ϕ0.38	0.37	2.53	285	ϕ1.3	
	12		3 900		ϕ0.35	0.29	2.84	390	ϕ1.18	
Z3-33	1		1 200		ϕ0.67	1.39	3.77	37	1.6×5.6	
	2		2 000		ϕ0.5	0.78	3.45	55	1.4×4.75	
	3		2 500		ϕ0.42	0.544	3	80	1.25×4	
	4		1 400		ϕ0.63	1.05	3.9	73	1.25×45	
	5		2 300		ϕ0.47	0.596	3.54	108	ϕ2.24	
	6		2 900		ϕ0.42	0.459	3.56	150	ϕ1.9	
	7		1 500		ϕ0.6	0.88	3.8	110	ϕ2.12	
	8		2 400		ϕ0.47	0.567	3.71	160	ϕ1.7	
	9		3 000		ϕ0.4	0.407	3.34	220	ϕ1.45	
	10		1 700		ϕ0.56	0.712	3.73	150	ϕ1.9	
	11		2 500		ϕ0.45	0.528	3.52	210	ϕ1.5	
	12		3 100		ϕ0.4	0.4	3.47	285	ϕ1.35	

(续表)

机座号	序号	主极						换向极		
		每极匝数		线规牌号 QZ-2或QZB或TBR/mm		并(他)励绕组额定电流/A	并(他)励绕组铜重/kg	每极匝数	线规牌号 QZ-2或QZB或TBR/mm	绕组铜重/kg
		串	并	串	并					
Z3-41	1		660		ϕ0.67	2	2.72	19	1.7×6.3	
	2		1 350		ϕ0.47	1	2.74	37	1.25×4.5	
	3		800		ϕ0.75	1.94	4.33	34	1.6×4.75	
	4		1 200		ϕ0.6	1.33	4.12	49	1.12×4	
	5		1 450		ϕ0.5	0.95	3.4	70	ϕ2.12	
	6		1 000		ϕ0.67	1.27	4.34	54	1.12×4	
	7		1 500		ϕ0.5	0.79	3.52	79	ϕ1.8	
	8		1 800		ϕ0.5	0.74	4.31	104	ϕ1.7	
	9		900		ϕ0.67	1.45	3.85	69	ϕ2.12	
	10		1 500		ϕ0.53	0.87	4.04	98	ϕ1.7	
	11		2 000		ϕ0.47	0.65	4.25	134	ϕ1.45	
	12	20	820	1.12×4	ϕ0.63	1.21	3.18	49	1.12×4	
	13	36	1 500	ϕ1.7	ϕ0.47	0.67	3.2	96	ϕ1.7	
Z3-42	1		600		ϕ0.69	2	3.111	15	2.24×6.3	2.2
	2		1 160		ϕ0.5	1.06	3.163	29	1.18×6.3	2.2
	3		650		ϕ0.8	2.35	4.64	26	1.25×6.3	2.15
	4		1 010		ϕ0.67	1.62	5.15	37	1.32×4.5	2.27
	5		1 300		ϕ0.6	1.21	5.34	52	0.95×4.5	2.26
	6		780		ϕ0.71	1.56	4.4	41	1.32×4.5	2.52
	7		1 230		ϕ0.56	1	4.335	60	1×4	2.44
	8		1 630		ϕ0.53	0.77	5.21	81	ϕ2	2.77
	9		750		ϕ0.75	1.72	4.76	53	1.18×4	2.56
	10		1 240		ϕ0.6	1.1	5.08	75	ϕ2	2.51
	11		1 630		ϕ0.53	0.81	5.21	103	ϕ1.7	2.51
	12	14	670	1.4×4	ϕ0.69	1.53	3.63	37	1.4×4	2.14
	13	25	1 290	ϕ1.9	ϕ0.5	0.785	3.68	73	ϕ1.9	2.45

（续表）

机座号	序号	主极 每极匝数 串	主极 每极匝数 并	主极 线规牌号 QZ-2或QZB或TBR/mm 串	主极 线规牌号 QZ-2或QZB或TBR/mm 并	主极 并（他）励绕组额定电流/A	主极 并（他）励绕组铜重/kg	换向极 每极匝数	换向极 线规牌号 QZ-2或QZB或TBR/mm	换向极 绕组铜重/kg
Z3-51	1		1 250		φ0.6	1.42	4.4	27	1.8×5	2.08
	2		700		φ0.75	2.2	3.79	28	2.12×5.6	2.91
	3		1 520		φ0.6	1.236	5.45	51	1.18×5	2.62
	4		1 200		φ0.67	1.65	5.38	100	φ1.9	2.58
	5		950		φ0.77	1.66	5.65	40	1.6×5	2.8
	6		1 500		φ0.6	1	5.38	59	1.12×5	2.8
	7		1 750		φ0.56	0.917	5.49	78	φ2.12	2.5
	8		1 080		φ0.77	1.42	6.5	52	1.32×5	3.06
	9		1 600		φ0.6	0.956	5.8	75	1×4.5	2.93
	10		2 040		φ0.56	0.79	6.54	102	φ2	2.93
	11	14	650	1.5×5.6	φ0.75	1.95	3.63	36	1.6×5	2.53
	12	28	1 250	0.95×4.5	φ0.53	1	3.52	70	0.95×4.5	2.56
Z3-52	1		1 000		φ0.53	1.3	3.34	23	2×5.6	2.92
	2		540		φ0.9	3.3	5.36	20	2.5×6.3	3.63
	3		1 150		φ0.67	1.61	6.44	39	1.6×5	3.56
	4		940		φ0.71	1.99	5.87	77	φ2.24	3.64
	5		760		φ0.8	1.82	6.03	32	2×5	3.61
	6		1 100		φ0.6	1.21	4.8	47	1.4×5	3.76
	7		1 450		φ0.56	0.975	5.6	62	1.12×4.5	3.51
	8		780		φ0.83	1.94	6.7	40	1.7×5	3.83
	9		1 400		φ0.69	1.23	8.57	55	1.18×5	3.68
	10		1 600		φ0.6	0.98	7.28	78	0.95×4.5	3.78
	11		820		φ0.85	1.95	7.48	48	1.4×5	3.84
	12		1 450		φ0.71	1.23	9.48	67	1.12×4.5	3.84
	13		1 700		φ0.63	0.97	8.66	94	φ2.12	3.96
	14	7	600	2×5.6	φ0.8	2.03	4.82	27	2×5.6	3.42
	15	14	1 350	1.12×5	φ0.56	0.89	5.26	54	1.12×5	3.41

（续表）

机座号	序号	主极						换向极		
		每极匝数		线规牌号 QZ-2 或 QZB 或 TBR/mm		并(他)励绕组额定电流/A	并(他)励绕组铜重/kg	每极匝数	线规牌号 QZ-2 或 QZB 或 TBR/mm	绕组铜重/kg
		串	并	串	并					
	1	1	1 000	1.5×12.5	ϕ0.69	2.12	5.7	19	1.5×12.5	
	2	1	620	1.7×12.5	ϕ0.9	3.02	6.0	19	1.7×12.5	
	3	2	1 320	1.7×6.3	ϕ0.67	1.48	7.1	37	1.7×6.3	
	4	3	1 050	ϕ2.5	ϕ0.75	1.94	7.21	72	ϕ2.5	
	5	2	800	2.5×6.3	ϕ0.9	2.12	5.78	28	2.5×6.3	
	6	4	1 420	1.32×6.3	ϕ0.63	1.23	6.63	56	1.32×6.3	
	7	5	1 280	ϕ2.24	ϕ0.71	1.38	6.74	108	ϕ2.24	
Z3-61	8		760		ϕ0.85	2.16	6.08	37	1.8×6.3	
	9		1 150		ϕ0.75	1.74	7.9	50	1.4×5.6	
	10		1 450		ϕ0.71	1.5	9.1	69	1.06×5.6	
	11		900		ϕ1.06	2.49	12.3	42	1.5×6.3	
	12		1 450		ϕ0.83	1.572	13	60	1.18×5.6	
	13		1 600		ϕ0.67	1.175	8.95	88	ϕ2.5	
	14	9	600	1.25×12.5	ϕ0.9	2.62	5.8	23	1.25×1.25	
	15	16	1 100	1.4×6.3	ϕ0.63	1.42	5.35	46	1.4×6.3	
	1	2	880	1.6×12.5	ϕ0.71	2.08	6.5	14	1.6×12.5	
	2	1	550	1.9×12.5	ϕ0.95	3.45	6.6	14	1.9×12.5	
	3	2	1 100	2.12×5.6	ϕ0.71	1.63	8.3	27	1.9×6.3	
	4	5	780	1.25×6.3	ϕ0.77	2.27	6.8	56	1.25×6.3	
	5	1	640	1.4×12.5	ϕ1.18	3.78	13.78	18	2.8×6.3	
	6	2	1 060	1.4×6.3	ϕ0.69	1.6	7.5	41	1.4×6.3	
	7	4	940	0.8×5.6	ϕ0.75	1.79	7.82	82	0.8×5.6	
Z3-62	8		710		ϕ0.93	2.24	9.1	28	2.12×6.3	
	9		1 170		ϕ0.77	1.812	10.4	51	1.12×5.6	
	10		940		ϕ0.85	2.28	10.1	102	ϕ2.12	
	11		650		ϕ1.0	2.8	9.7	33	1.9×6.3	
	12		1 080		ϕ0.8	1.8	10.3	46	1.32×6.3	
	13		1 350		ϕ0.71	1.39	10.2	64	1.0×5.6	
	14	4	620	3.35×6.3	ϕ0.9	2.19	7.43	18	1.6×12.5	
	15	9	850	1.7×6.3	ϕ0.63	1.48	4.86	36	1.9×6.3	

注：电枢导线牌号为 QZ-2，主极及换向极导线牌号为 QZ-2 或 QZB 或 TBR。

2. Z3 系列直流电动机技术数据(3.3-4)

表 3.3-4　Z3 系列直流电动机技术数据

机座号	电枢				换向器外径/mm	电刷 $b_b \times l_b$ /mm	主极				换向极			
	外径/mm	内径/mm	长度/mm	槽数			极数	极身宽度/mm	极长/mm	气隙 $\delta_{min}/\delta_{max}$ /mm	极数	极身长度/mm	极宽/mm	气隙/mm
Z3-11	70	20	55	14	60/66	8×16	2	30	55	0.6/1.8	1	45	15	1.2
Z3-12			75						75			60		
Z3-21	83	22	70	18	60/82	8×16	2	38	70	0.6/2.4	1	55	18	1.2
Z3-22			95						95			75		
Z3-31	106	32	70	18	85/96	10×12.5	2	56	70	0.6/2.4	1	60	22	1.5
Z3-32			95						95			80		
Z3-33			130						130			105		
Z3-41	120	40	95	25	100 或 100/115	10×12.5	4	35	95	0.7/3.5	4	75	18	2
Z3-42			125						125			100		
Z3-51	138	45	100	27	100 或 100/135	10×12.5	4	43	100	0.8/4.0	4	80	20	2
Z3-52			135						135			110		
Z3-61	162	55	120	31	125	12.5×16	4	54	120	0.9/3.6	4	105	20	2.5
Z3-62			165						165			150		

注：1. Z3 系列电动机主磁极为偏心气隙，故以 $\delta_{min}/\delta_{max}$ 表示。

2. 换向器和升高片为一体的通常称为大外圆换向器，例如上表中 100/135 表示，换向器外径为 ϕ100 mm，升高片处外径为 ϕ135 mm。

3. 电刷牌号：一般均采用 D-172。

4. Z3 系列电动机安装尺寸与 IEC 一致。

三、Z4 系列直流电动机

Z4 系列直流电动机是新产品，其性能和技术要求、外形和安装尺寸(除两底脚孔间轴向尺寸)等符合 IEC 标准。

Z4 系列直流电动机定子磁轭为叠片式，外壳结构为多角形，适用于整流电源供电，能承受脉冲电流与负载电流急剧变化的工况。Z4 系列直流电动机适用于晶闸管三相桥式可控整流调速装置，并可不接平波电抗器而长期工作。其性能数据见表 3.3－5。

Z4 系列直流电动机安装尺寸及外形尺寸见表 3.3－6 和表 3.3－7。

表 3.3－5　Z4 系列直流电动机的性能数据

型号	功率 P_N	电压 U_N	电流 I_N	转速 n_N/n_f	励磁 U_fP_f		电枢回路电阻	电枢电感	磁场电感	外接电感	效率	GD^2
	kW	V	A	r/min	V	W	Ω (20℃)	mH	H	mH	%	N·m²
Z4－100－1	2.2	160	18	1 500/3 000	180	315	1.22	11.5	18	22	67.6	0.44
	1.5	160	13.5	1 000/2 000	180	315	2.26	22	18	15	59.2	
	4	440	11	3 000/3 600	180	315	3.0	27	18		80.1	
	2.2	440	7	1 500/3 000	180	315	10.0	90	18		70.6	
	1.5	440	5	1 000/2 000	180	315	18	170	18		63.2	
Z4－112/2－1	5	440	15	3 000/3 600	180	320	2	20	27		81.1	0.76
	3	440	9.5	1 500/3 000	180	320	6.4	64	35		72.9	
Z4－112/2－1	2.2	440	8	1 000/2 000	180	320	11.6	110	15		63.6	0.76
	3	160	26.5	1 500/3 000	180	320	8.5	16	14	20	65.8	
	2.2	160	19.5	1 000/2 000	180	320	16.5	8.5	14	20	62.1	
Z4－112/2－2	7.5	440	20	3 000/3 600	180	350	1.6	15	14		83.5	0.93
	4	440	11.5	1 500/3 000	180	350	4.7	45	45		76	
	3	440	9.5	1 000/2 000	180	350	8	85	14		67.3	
	4	160	30.5	1 500/3 000	180	350	6.8	6	14	8	72.8	
	3	160	25.5	1 000/2 000	180	350	11	11	14	16	66.8	

（续表）

型号	功率 P_N	电压 U_N	电流 I_N	转速 n_N/n_f	励磁 $U_f P_f$		电枢回路电阻	电枢电感	磁场电感	外接电感	效率	GD^2
	kW	V	A	r/min	V	W	Ω (20℃)	mH	H	mH	%	N·m²
Z4－112/4－1	5.5	160	43	1 500/3 000	180	500	0.41	4	7	6.5	73.4	
	4	160	34	1 000/2 000	180	500	0.76	8	7	4.5	65.4	1.28
	11	440	29	3 000/4 000	180	500	1.0	10	7		83.4	
	5.5	440	15.5	1 500/3 000	180	500	3.0	30.5	7		76.7	1.28
	4	440	12.5	1 000/2 000	180	500	6.0	63	7		68.8	
Z4－112/4－2	5.5	160	43.6	1 000/2 000	180	570	0.46	5.5	6	6	70	
	15	440	38.6	3 000/4 000	180	570	0.6	7.5	6		85.5	
	7.5	440	21	1 500/3 000	180	570	2.2	25	8		78.7	1.56
	5.5	440	16.2	1 000/2 000	180	570	4.0	46	6		72	
Z4－132－1	18.5	440	47.5	3 000/3 600	180	650	0.43	6	10		85.4	
	11	440	30	1 500/3 000	180	650	1.37	20	10		80.8	3.2
	7.5	440	21.5	1 000/2 000	180	650	2.69	39	10		74.5	
Z4－132－2	22	440	55.5	3 000/3 600	180	730	0.24	4.5	11		88.2	
	15	440	39.5	1 500/3 000	180	730	0.85	15	11		83.3	4
	11	440	31	1 000/2 000	180	730	1.7	29	11		77.6	

（续表）

型号	功率 P_N	电压 U_N	电流 I_N	转速 n_N/n_f	励磁 U_fP_f		电枢回路电阻	电枢电感	磁场电感	外接电感	效率	GD^2
	kW	V	A	r/min	V	W	Ω（20℃）	mH	H	mH	%	N·m²
Z4－132－3	30	440	75	3 000/3 600	180	800	0.175	3	8		88.6	4.8
	18.5	440	48	1 500/3 000	180	800	0.59	10.5	8		84.7	
	15	440	41	1 000/2 000	180	800	1.07	20.5	8		80.5	
Z4－160－11	37	440	93.4	3 000/3 500	180	780	0.183 8	3.1	1.2		88.86	6.4
	22	440	58.1	1 500/3 000			0.599 9	10.4	7.7		83.59	
Z4－160－21	45	440	112.5	3 000/3 500	180	830	0.130 9	2.7	13.6		89.94	7.6
	18.5	440	50.3	1 000/2 000			0.869 5	17.7	8		79.57	
Z4－160－31	55	440	136.3	3 000/3 500	180	930	0.090 4	2	8.2		90.4	8.8
	30	440	76.4	1 500/3 000			0.305 5	7.1	6.4		86.6	
	22	440	58.7	1 000/2 000			0.675 9	15.2	8.2		82.4	
Z4－180－11	37	440	95	1 500/3 000	180	1 050	0.263 4	4.9	7.67		86.51	15.2
	18.5	440	51.2	750/1 900			0.912	16.2	6.36		78.06	
	15	440	43.8	600/2 000			1.405	22.7	7.85		74.06	

（续表）

型号	功率 P_N	电压 U_N	电流 I_N	转速 n_N/n_f	励磁 $U_f P_f$		电枢回路电阻	电枢电感	磁场电感	外接电感	效率	GD^2
	kW	V	A	r/min	V	W	Ω（20℃）	mH	H	mH	%	N·m²
Z4-180-22	75	440	185	3 000/3 400	180	1 200	0.064	1.2	6.67		90.67	17.2
Z4-180-21	45	440	115	1 500/2 800	180		0.217	4.7	6.3		86.97	
Z4-180-21	30	440	79	1 000/2 000	180		0.423	9.2	7.96		83.73	
Z4-180-21	22	440	60.3	750/1 400	180		0.766	16.3	7.76		79.7	
Z4-180-21	18.5	440	52	600/1 600	180		0.973	19.9	6.96		76.8	
Z4-180-31	37	440	97.5	1 000/2 000	180	1 430	0.346	6.8	6.34		83.58	19.2
	22	440	62.1	600/1 250			0.87	18.3	6.18		76.63	
Z4-180-42	90	440	221	3 000/3 200	180	1 670	0.050 4	0.82	8.16		91.33	22
Z4-180-41	55	440	140	1 500/3 000			0.142	2.7	6.01		87.06	
Z4-180-41	30	440	80.6	750/2 250			0.495	11.3	5.61		81.13	
Z4-200-12	110	440	270	3 000/3 000	180	1 100	0.037 3	0.78	7.91		91.64	36.8
Z4-200-11	45	440	117	1 000/2 000			0.267 2	7.9	7.07		85.46	
Z4-200-11	37	440	97.8	750/2 000			0.354	9.9	8.12		83.54	
Z4-200-11	32	440	61.6	500/1 350			0.839	23.3	12		78.64	

（续表）

型号	功率 P_N	电压 U_N	电流 I_N	转速 n_N/n_f	励磁 $U_f P_f$		电枢回路电阻	电枢电感	磁场电感	外接电感	效率	GD^2
	kW	V	A	r/min	V	W	Ω (20℃)	mH	H	mH	%	N·m^2
Z4-200-21	75	440	188	1 500/3 000	180	1 200	0.094	2.6	9.84		89.6	42
	30	440	82.1	600/1 000			0.563	15.3	9.3		80.42	
Z4-200-32	132	440	332	3 000/3 200	180	1 300	0.031 8	0.74	7.79		92.37	48
Z4-200-31	90	440	225	1 500/2 800	180	1 300	0.075 4	1.9	9.01		89.78	48
Z4-200-31	55	440	140	1 000/2 000			0.173 1	4.5	8.7		87.09	
Z4-200-31	45	440	118	750/1 400			0.295	8.0	8.53		84.14	
Z4-200-31	37	440	99.5	600/1 600			0.403	11.4	8.67		81.96	
Z4-200-31	30	446	82.7	500/750			0.575	16.5	8.44		79.46	
Z4-225-11	110	440	275	1 500/3 000	180	2 080	0.065	1.9	6.15		89.44	50
	75	440	194	1 000/2 000			0.151 1	4.6	11.3		86.51	
	55	440	145	750/1 600			0.239	8.1	5.9		84.02	
	45	440	122	600/1 800			0.362	11.3	5.93		80.76	
	37	440	102	500/1 600			0.472	14.1	6.24		78.81	

（续表）

型号	功率 P_N	电压 U_N	电流 I_N	转速 n_N/n_f	励磁 U_fP_f		电枢回路电阻	电枢电感	磁场电感	外接电感	效率	GD^2
	kW	V	A	r/min	V	W	Ω (20℃)	mH	H	mH	%	N·m²
Z4-225-21	55	440	147	600/1 200	180	2 320	0.262 2	8.9	5.66		82.39	56
	45	440	125	500/1 400			0.397	12.8	5.49		78.94	
Z4-225-31	132	440	326	1 500/2 400	180	2 520	0.043 6	1.4	7.22		89.66	62
	90	440	227	1 000/2 000			0.096	3.2	5.27		88	
	75	440	195	750/2 250			0.153 4	4.8	5.56		85.09	
Z4-12	160	440	399	1 500/2 100	180	2 420	0.039 2	0.83	11		89.93	88
250-11	110	440	280	1 000/2 000			0.086 6	2.3	5.7		88.09	
Z4-250-21	185	440	459	1 500/2 000	180	2 680	0.032 5	0.86	5.73		90.5	100
	90	440	227	750/2 250			0.128 7	3.6	5.63		86.27	
	75	440	197	600/2 000			0.170 8	4.0	6.18		84.08	
	55	440	147	500/1 000			0.255 6	5.8	6.08		82.24	
Z4-250-31	200	440	492	1 500/2 400	180	2 820	0.027 4	0.82	7.22		91.48	112

表 3.3－6　Z4 系列直流电动机安装尺寸及外形尺寸

（卧式、机座带底脚）　　mm

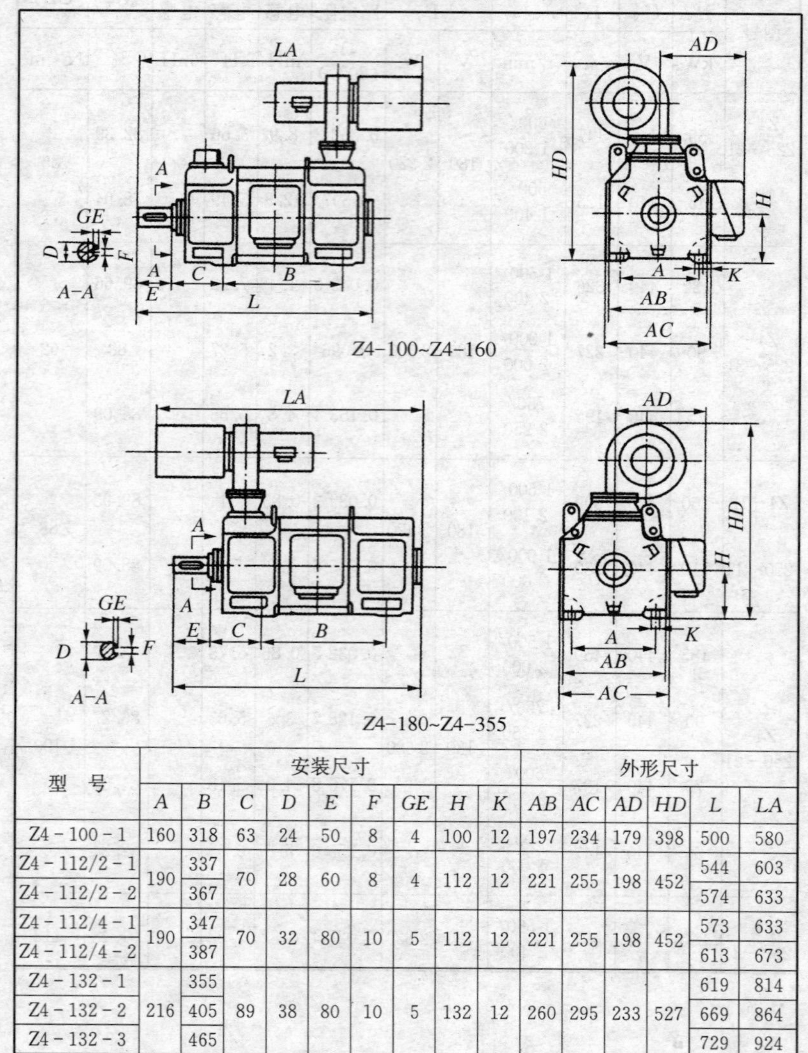

Z4–100~Z4–160

Z4–180~Z4–355

型　号	安装尺寸									外形尺寸					
	A	B	C	D	E	F	GE	H	K	AB	AC	AD	HD	L	LA
Z4－100－1	160	318	63	24	50	8	4	100	12	197	234	179	398	500	580
Z4－112/2－1	190	337	70	28	60	8	4	112	12	221	255	198	452	544	603
Z4－112/2－2		367												574	633
Z4－112/4－1	190	347	70	32	80	10	5	112	12	221	255	198	452	573	633
Z4－112/4－2		387												613	673
Z4－132－1	216	355	89	38	80	10	5	132	12	260	295	233	527	619	814
Z4－132－2		405												669	864
Z4－132－3		465												729	924

（续表）

型　号	安装尺寸									外形尺寸					
	A	*B*	*C*	*D*	*E*	*F*	*GE*	*H*	*K*	*AB*	*AC*	*AD*	*HD*	*L*	*LA*
Z4－160－11	254	411	108	48	110	14	5.5	160	15	316	346	283	618	744	953
Z4－160－12		476												809	986
Z4－160－21		451												784	993
Z4－160－22		516												849	1 026
Z4－160－31		501												834	1 043
Z4－160－32		566												899	1 076
Z4－180－11	279	436	121	55	110	16	6	180	15	356	390	298	696	794	1 022
Z4－180－12		501												859	1 087
Z4－180－21		476												834	1 062
Z4－180－22		541												899	1 127
Z4－180－31		526												884	1 112
Z4－180－32		591												949	1 177
Z4－180－41		586												944	1 172
Z4－180－42		651												1 009	1 237
Z4－200－11	318	566	133	65	140	18	7	200	19	396	430	355	736	977	1 158
Z4－200－12		614												1 025	1 206
Z4－200－21		606												1 017	1 198
Z4－200－22		654												1 065	1 246
Z4－200－31		686												1 097	1 278
Z4－200－32		734												1 145	1 326
Z4－225－11	356	701	149	75	140	20	7.5	225	19	440	474	398	925	1 140	1 605
Z4－225－12		761												1 200	1 665
Z4－225－21		751												1 190	1 655
Z4－225－22		811												1 250	1 715
Z4－225－31		811												1 250	1 715
Z4－225－32		871												1 310	1 775

（续表）

型号	安装尺寸									外形尺寸					
	A	*B*	*C*	*D*	*E*	*F*	*GE*	*H*	*K*	*AB*	*AC*	*AD*	*HD*	*L*	*LA*
Z4－250－11	406	715	168	85	170	22	9	250	24	490	524	430	975	1 225	1 636
Z4－250－12		775												1 285	1 696
Z4－250－21		765												1 275	1 686
Z4－250－22		825												1 335	1 746
Z4－250－31		825												1 335	1 746
Z4－250－32		885												1 395	1 806
Z4－250－41		895												1 405	1 816
Z4－250－42		955												1 465	1 876
Z4－280－11	457	762	190	95	170	25	9	280	24	550	584	455	1 113	1 315	1 727
Z4－280－12		852												1 405	1 817
Z4－280－21		822												1 375	1 787
Z4－280－22		912												1 465	1 877
Z4－280－31		892												1 455	1 857
Z4－280－32		982												1 535	1 947
Z4－280－41		972												1 525	1 937
Z4－280－42		1 062												1 615	2 027
Z4－315－11	508	887	216	100	210	28	10	315	28	620	654	488	1 125	1 532	1 890
Z4－315－12		977												1 622	1 980
Z4－315－21		967												1 612	1 970
Z4－315－22		1 057												1 702	2 060
Z4－315－31		1 057												1 702	2 060
Z4－315－32		1 147												1 792	2 150
Z4－315－41		1 157												1 802	2 160
Z4－315－42		1 247												1 892	2 250
Z4－355－11	610	968	254	110	210	28	10	355	28	700	734	701	1 205	1 689	2 002
Z4－355－12		1 058												1 779	2 092
Z4－355－21		1 058												1 779	2 092
Z4－355－22		1 148												1 869	2 182
Z4－355－31		1 158												1 879	2 192
Z4－355－32		1 248												1 969	2 282
Z4－355－41		1 268												1 989	2 302
Z4－355－42		1 358												2 079	2 392

表 3.3－7　Z4 系列直流电动机安装尺寸及外形尺寸

（卧式、机座带底脚、端盖带凸缘）

mm

LA T A P N A E C B K L D GE F A-A S AD M HD H A AB AC

Z4-100~Z4-160

LA T A P N A E C B K L D GE F A-A S AD M HD H A AB AC

Z4-180~Z4-355

型　号	安装尺寸													外形尺寸							
	A	B	C	D	E	F	GE	H	K	M	N	S	孔数	T	P	AB	AC	AD	HD	L	LA
Z4－100－1	160	318	63	24	50	8	4	100	12	215	180	15	4	4	250	197	234	179	398	500	580
Z4－112/2－1	190	337	70	28	60	8	4	112	12	215	180	15	4	4	250	221	255	198	452	544	603
Z4－112/2－2		367																		574	633
Z4－112/4－1	190	347	70	32	80	10	5	112	12	215	180	15	4	4	250	221	255	198	452	573	633
Z4－112/4－2		387																		613	673
Z4－132－1	216	355	89	38	80	10	5	132	12	265	230	15	4	4	300	260	295	233	527	619	814
Z4－132－2		405																		669	864
Z4－132－3		465																		729	924

（续表）

型号	安装尺寸														外形尺寸					
	A	B	C	D	E	F	GE	H	K	M	N	S	孔数	T	P	AB	AC	AD	HD	L	LA
Z4-160-11		411																		744	953
Z4-160-12		476																		809	986
Z4-160-21	254	451	108	48	110	14	5.5	160	15	300	250	19	4	5	350	316	346	283	618	784	993
Z4-160-22		516																		849	1 026
Z4-160-31		501																		834	1 043
Z4-160-32		566																		899	1 076
Z4-180-11		436																		794	1 022
Z4-180-12		501																		859	1 087
Z4-180-21		476																		834	1 062
Z4-180-22	279	541	121	55	110	16	6	180	15	350	300	19	4	5	400	356	390	298①	696	899	1 127
Z4-180-31		526																		884	1 112
Z4-180-32		591																		949	1 177
Z4-180-41		586																		944	1 172
Z4-180-42		651																		1 009	1 237
Z4-200-11		566																		977	1 158
Z4-200-12		614																		1 025	1 206
Z4-200-21	318	606	133	65	140	18	7	200	19	400	350	19	8	5	450	396	430	355	736	1 017	1 198
Z4-200-22		654																		1 065	1 246
Z4-200-31		686																		1 097	1 278
Z4-200-32		734																		1 145	1 326
Z4-225-11		701																		1 140	1 605
Z4-225-12		761																		1 200	1 665
Z4-225-21	356	751	149	75	140	20	7.5	225	19	500	450	19	8	5	550	440	474	398	925	1 190	1 655
Z4-225-22		811																		1 250	1 715
Z4-225-31		811																		1 250	1 715
Z4-225-32		871																		1 310	1 775

（续表）

型号	安装尺寸													外形尺寸						
	A	B	C	D	E	F	GE	H	K	M	N	S	孔数	T	P	AB	AC	AD	HD	L	LA
Z4-250-11	406	715	168	85	170	22	9	250	24	600	550	24	8	6	660	490	524	430	975	1 225	1 636
Z4-250-12		775																		1 285	1 696
Z4-250-21		765																		1 275	1 686
Z4-250-22		825																		1 335	1 746
Z4-250-31		825																		1 335	1 746
Z4-250-32		885																		1 395	1 806
Z4-250-41		895																		1 405	1 816
Z4-250-42		955																		1 465	1 876
Z4-280-11	457	762	190	95	170	25	9	280	24	600	550	24	8	6	660	550	584	455	1 113	1 315	1 727
Z4-280-12		852																		1 405	1 817
Z4-280-21		822																		1 375	1 787
Z4-280-22		912																		1 465	1 877
Z4-280-31		892																		1 455	1 857
Z4-280-32		982																		1 535	1 947
Z4-280-41		972																		1 525	1 937
Z4-280-42		1 062																		1 615	2 027
Z4-315-11	508	887	216	100	210	28	10	315	28	740	680	24	8	6	800	620	654	488	1 125	1 532	1 890
Z4-315-12		977																		1 622	1 980
Z4-315-21		967																		1 612	1 970
Z4-315-22		1 057																		1 702	2 060
Z4-315-31		1 057																		1 702	2 060
Z4-315-32		1 147																		1 792	2 150
Z4-315-41		1 157																		1 802	2 160
Z4-315-42		1 247																		1 892	2 250

注：型号 Z-180 的 AD 尺寸为机座垂直中心线至鼓风机边缘的最大距离。

四、直流电动机的运行和维护

（一）启动

直流电动机有三种启动方式。

1. 直接启动

直流电动机直接启动结构简单、操作方便，适用于功率不大于 1 kW 电动机。如果电动机功率大于 1 kW，则直接启动电流大，对电源冲击并使电动机换向困难。

2. 电枢回路串联启动

电枢回路串联启动可以限制启动电流，广泛应用于各种直流电动机上。缺点是能量消耗较大，因此不适合用于频繁启动的大中型直流电动机。

3. 降压启动

降压启动消耗能量少，启动平滑，适用于励磁方式采用他励的电动机。

（二）调速和制动

直流电动机调速方法、特点及适用范围见表 3.3－8。

表 3.3－8　直流电动机调速方法、特点及适用范围

调速方法	调节电枢端电压	调节励磁电流	调节电枢回路电阻
线路图及特性曲线	U; n; $U_3 < U_2 < U_1$; U_1; U_2; U_3; I	$\Phi_3 < \Phi_2 < \Phi_1$; n; Φ_3; Φ_2; Φ_1; I	r; n; $r_3 > r_2 > r_1$; r_1; r_2; r_3; I

（续表）

调速方法	调节电枢端电压	调节励磁电流	调节电枢回路电阻
主要特点	1. 有较大的调速范围 2. 通常保持磁通 Φ 不变 3. 有较好的低速稳定性 4. 功率随电压的下降而下降	1. 转速的上升使换向困难，电枢反应去磁作用使电机运行稳定性差 2. 保持端电压 U 不变，在磁场回路中串可变电阻减小磁场电流和 Φ 使转速 n 上升 3. 由于电枢电流 I_a 不变，U 不变，故功率 P 不变	1. 电机机械特性软 2. 保持 U 不变，Φ 不变，转速随 r 增加而降低 3. 当电枢电流 I_a 不变时，可作恒转矩调速，但低速时，输出功率随 n 的降低而减小，而输入功率不变，因此效率低，不经济
适用范围	1. 适用励磁方式为他励的电动机 2. 适用于额定转速下的恒转矩调速	1. 适用于额定转速以上的调速 2. 恒功率调速	这种调速方法只适用于额定转速以下，不需要经常调速，且机械特性要求较软的调速

直流电动机不同制动方式的原理和特点见表 3.3－9。

表 3.3－9　直流电动机不同制动方式的原理和特点

制动方式	能　耗　制　动	反　接　制　动	回　馈　制　动
原理图	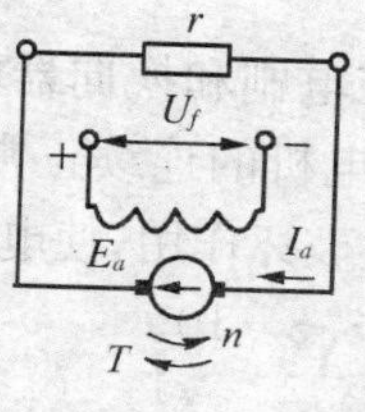 $I_a=\dfrac{E_a}{R_a+r}$	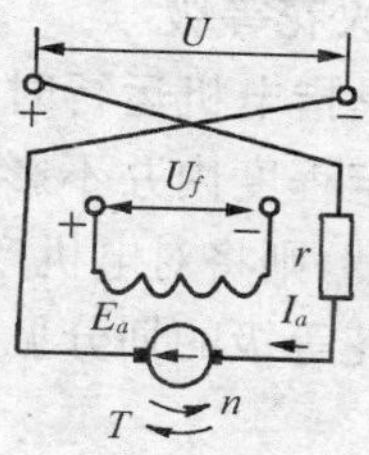 $I_a=\dfrac{U+E_a}{R_a+r}$	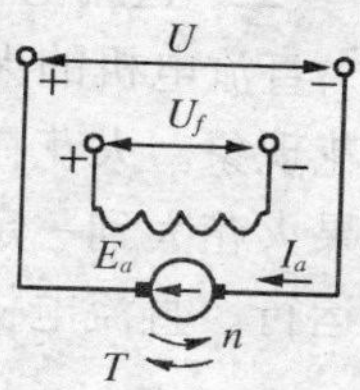 $I_a=\dfrac{E_a-U}{R_a}$

（续表）

制动方式	能耗制动	反接制动	回馈制动
制动过程与原理	1. 保持励磁不变，电动机的电枢回路从电网断开，并立即将开关反投接入制动电阻，电枢电流反向，电磁转矩与电机的转向相反 2. 电机作发电机运行，向制动电阻供电，能量消耗于电阻 r 中 3. 因发电机的电磁转矩总是与转向相反，电机处于制动状态	1. 改变电枢电流 I_a 或励磁电流 I_f 的方向，即能产生与电机转向相反的转矩 M 2. 不能同时改变电枢电流 I_a 与励磁电流的方向，否则将起不到制动的作用 3. 制动时在电枢回路需串联一电阻 r，以限制制动电流 4. 采用此法，在机组停转时，应及时切断电源以防止发生反向再启动 5. 对于复励电动机制动时，并励、串励两绕组中电流方向应保持一致	1. 保持励磁不变，当转速 n 上升到一定程度 $U<E_a$，电枢电流反向，电磁转矩与转向相反 2. 制动时，电机作发电机运行 3. 制动过程中，向电网馈电
适用范围	用于使机组停转	用于要求迅速制动停转并反转	只能用于限制转速过分升高

（三）直流电机的火花等级

直流电机的火花是指电机运行时，在电刷和换向器间产生的火花现象。火花在一定程度内并不影响电机的连续正常工作，但如果火花大到一定程度，则将对电机产生破坏作用，使电机无法正常运行。直流电机火花等级的划分见表 3.3－10。

表 3.3-10　电刷下火花的等级

火花等级	电刷下的火花程度	换向器及电刷的状态	允许的运行方式
1	无火花	换向器上没有黑痕及电刷上没有灼痕	允许长期连续运行
$1\frac{1}{4}$	电刷边缘仅小部分(约 1/5 至 1/4 刷边长)有断续的几点点状火花		
$1\frac{1}{2}$	电刷边缘大部分(大于 1/2 刷边长)有断续的较稀的颗粒状火花	换向器上有黑痕,但不发展,用汽油擦其表面即能除去,同时在电刷上有轻微灼痕	
2	电刷边缘大部分或全部有连续的较密的颗粒状火花,开始有断续的舌状火花	换向器上有黑痕,用汽油不能擦除,同时电刷上有灼痕。如短时出现这一级火花,换向器上不出现灼痕,电刷不烧焦或损坏	仅在短时过载或短时冲击负载时允许出现
3	电刷整个边缘有强烈的舌状火花,伴着爆裂声音	换向器上黑痕相当严重,用汽油不能擦除,同时电刷上有灼痕。如在这一火花等级下短时运行,则换向器上将出现灼痕,同时电刷将被烧焦或损坏	仅在直接启动或逆转的瞬间允许存在,但不得损坏换向器及电刷

(四) 停车

(1) 如为变速电动机,先将转速降到最低。

(2) 卸去负载(除串励电机外)。

(3) 切断线路开关,此时启动器的转动臂应立即被弹到断开位置。

(五) 维护与保养

1. 拆装

中小型直流电机的拆卸步骤如下:

(1) 拆除所有的外部连接线。

(2) 拆除换向器端的端盖螺钉和轴承盖螺钉,并取下轴承外盖。

(3) 打开端盖的通风窗,从刷握中取出电刷,再拆下接到刷杆上的连接线。

(4) 拆卸换向器端的端盖,取出刷架。

(5) 用厚纸或布将换向器包好,以保持清洁及防止碰伤。

(6) 拆除轴伸端的端盖螺钉,将连同端盖的电枢从定子内抽出或吊出;

(7) 拆除轴伸端的轴承盖螺钉,取下轴承外盖及端盖轴承,若轴承无损坏则不必拆卸。

电机的装配可按与拆卸相反的顺序进行。

直流电机拆装时应注意如下事项:

(1) 在拆卸时必须把电刷提起,以避免在取出电枢时把电刷碰断,然后把电枢连同底盖一起取出,取出时要防止碰毛换向器和碰坏绕组。

(2) 拆风叶时应注意事先要做好记号,装配时按原位置装上。

(3) 在拆卸换向极和主极时,要注意磁极与机座之间的垫片数量及规格,也就是电机修好后仍要把垫片如数垫上,否则将会造成气隙不对称,产生单面磁拉力或造成换向变坏。另外换向极、主极及连接线要按原样安装,否则将会造成反转甚至电动机转动不起来,发电机发不出电及换向恶化等问题。

2. 换向器的维修

换向器表面应保持光洁圆整,不得有机械损伤或火花灼痕。如有轻微的灼痕时,可用 00 号或 N320 细砂布在旋转着的换向器上细细研磨。如果换向器表面出现严重灼痕或粗糙不平,表面不圆或有局部凹凸现象时,应拆下电枢重新加工。通常要求换向器表面的粗糙度 $R_a = 0.8 \sim 1.6\ \mu m$。越光滑越好。车削时,速度不大于 1.5 m/s,最后一刀切削深度进刀量不大于 0.1 mm。车完后,用挖沟工具将片间云母拉槽 0.5～1.5 mm,见表 3.3－11。换向片的边缘应倒角 $0.5 \times 45°$。清除换向器表面的切屑及毛刺等杂物，最后将整个电枢吹净装配。若换向器表面沾有炭粉、油污等杂物，应用干净柔软的白布蘸酒精擦去。

表 3.3-11　不同直径的换向器拉槽深度

换向器直径/mm	云母拉槽深度 K/mm
50 以下	0.5
50～150	0.8
151～300	1.2
300 以上	1.5

第四节　微电机

微电机广泛应用于自动控制和计算装置中，在仪表、工业自动化方面得到广泛应用，并逐步用于日常生活中。微电机品种规格繁多，主要分为驱动微电机和控制微电机两大类。

驱动微电机主要作直接驱动负载的电机，通常是指电机外壳在 ϕ160 mm 以下、转轴中心高度在 90 mm 以下、输出功率小于 750 W 的小功率电机。如微型单相、三相异步电动机、同步电动机、直流电动机及交流换向器电动机等。

控制微电机主要在自动控制和计算装置中，用作检测、放大、执行和解算的电机，通常是指机壳外径在 ϕ130 mm 以下的电机。如自整角机、旋转变压器、伺服电动机、测速发电机和伺服步进电机等。

一、微型异步电动机

微型异步电动机结构简单，使用可靠，广泛用于小型机床、鼓风机、压缩机、电冰箱、电风扇等一般负载较轻的机械中。按电源类型分为三相和单相两种。

1. 微型异步电动机的型号

下面以AO2系列微型电动机型号为例。

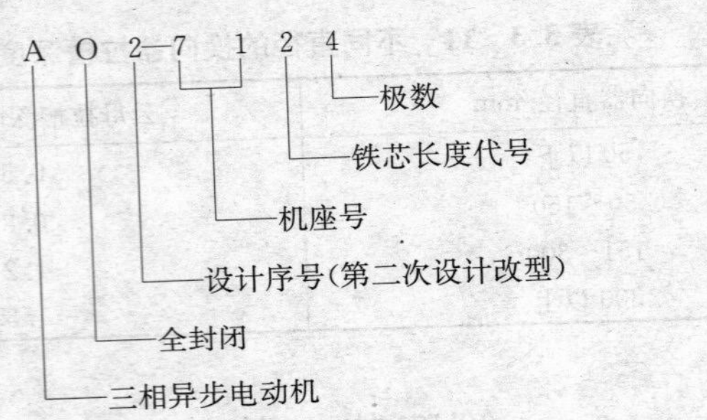

2. 微型异步电动机的基本系列代号

微型异步电动机的基本系列代号如表3.4-1所示。

表3.4-1 微型异步电动机基本系列代号

类　别	推广使用的系列代号	被取代的系列产品代号	Y系列新型号
三相异步电动机	AO2	AO,JW,JLO	YS(异、三)
单相电阻启动异步电动机	BO2	BO,JW,JLOE	YU(异、阻)
单相电容启动异步电动机	CO2	CO,JY,JLOR,JDX	YC(异、容)
单相电容运转异步电动机	DO2	DO,JX,JLOY	YY(异、运)
单相双值电容异步电动机	YL	—	YL

3. 微型异步电动机的结构、性能及应用范围

三相微型异步电动机结构、性能及工作原理与中小型电动机相同;单相常用的微型异步电动机如表3.4-2所示。

表 3.4-2　微型异步电动机结构、性能及应用

类别	系列代号	结构特点	性能特点和应用范围
三相异步电动机	AO2	结构与小型封闭式三相异步电动机相似	需用三相电源，比单相异步电动机有较高的力能指标，相同体积时有较大的出力。适用于小型机床、泵、电钻、风机等一般的机械
单相分相启动	BO2	定子有两个空间位置互差 90°电角的绕组：工作绕组和启动绕组。电阻值较大的启动绕组经启动开关与工作绕组并接于电源上。转子为笼型。电动机除启动绕组不接电容器外，其余和单相电容启动电动机相似。当转速达额定值 80%左右时，离心开关使启动绕组与电源切断	具有中等启动转矩和过载能力。适用于小型车床、鼓风机、医疗机械等
单相电容启动	CO2	定子的结构同单相分相启动式，但启动绕组与一个容量较大的电容器串接后经离心开关与工作绕组并接于电源。启动绕组中电流移相较大，当启动达到一定转速后，离心开关使启动绕组与电源切断；正常运转时只有工作绕组工作。改变启动绕组与工作绕组并接的两端，可使转向改变	启动转矩较高。适用于小型空气压缩机、电冰箱、磨粉机、医疗机械、水泵及满载启动的机械
单相电容运转	DO2	定子有两个绕组（主绕组和副绕组），它们空间位置互差 90°电角。副绕组串接一电容器后与主绕组并接于电源。电容器将副绕组电流移相使电动机近似为两相电动机状态工作。换接任一相绕组在电源上的接线，可使转向改变	启动转矩较低，但功率因数较高；电机效率高，体积小，重量轻。适用于电风扇、通风机、录音机、电子仪表、仪器、医疗器械及各种空载或轻载启动的机械
单相罩极式		有凸极定子和集中形式的主绕组。此外在定子极靴表面的一角套上所谓罩极绕组的短路铜环。当主绕组通电后，罩极绕组感应一个滞后主绕组的电流，起了移相作用，形成旋转磁场使电机运转	启动转矩、功率因数和效率均较低。但结构简单，成本低。适用于小型风扇、电动模型及各种轻载启动的小功率电动设备

4. 微型异步电动机规格、安装尺寸及技术数据

微型异步电动机的主要系列产品规格如表 3.4-3 所示。AO2、BO2、DO2 系列电动机安装尺寸如表 3.4-4 所示。微型电动机的技术数据如表 3.4-5～8 所示。

表 3.4－3　微型异步电动机主要系列产品规格

新系列①			三相异步电动机		单相电阻启动异步电动机		单相电容启动异步电动机		单相电容运转异步电动机		单相双值电容异步电动机		老系列①		
机座号	冲片外径/mm	铁芯号	同步转速/(r/min)										铁芯号	冲片外径/mm	机座号
			3 000	1 500	3 000	1 500	3 000	1 500	3 000	1 500	3 000	1 500			
			电动机额定功率/W												
45	71	1 2	16 25	10 16/15②					10 16/15	6 10/8			1 2	71	45
50	80	1 2	40 60	25 40					25 40	16/15 25			1 2	80	50
56	90	1 2	90 120	60 90					60 90	40 60			1 2	90	56
63	96	1 2	180 250	120 180	90 120	60 90			120 180	90 120			1 2 3	102	63
71	110	1 2	370 550	250 370	180 250	120 180	180 250	120 180	250	180 250	370 550	250 370			
80	128	1 2	750	550 750	370	250 370	370 550	250 370			750 1 100	550 750	1 2	120	71
90 S/L	145						750 1 100	550 750			1 500 2 200	1 100 1 500	2 1	138	80
100L 1/2	155						1 500 2 200	1 100 1 500			3 000	2 200 3 000			

注：① 新系列指相应的 AO2、BO2、CO2、DO2 及 YL 系列；老系列指 AO、BO、CO、DO 系列，无双值电容系列。

② 斜线之上指新系列电机功率，之下指老系列电机功率。

表 3.4－4　AO2、BO2、DO2 系列电动机安装尺寸及外形尺寸

mm

机座号	B3安装尺寸										B14、B34安装尺寸						B5安装尺寸						B3、B34、B14外形尺寸不大于						B5外形尺寸不大于		
	A	A/2	B	C	D	E	F	G	H	K	M	N	P	R	S	T	M	N	P	R	S	T	AB	AC	AD	AE①	HD	L	AC	L	AE①
45	71	35.5	56	28	9	20	3	7.2	45	4.8	45	32	60	0	M5	2.5							90	100	70		115	150			
50	80	40	63	32	9	20	3	7.2	50	5.8	55	40	70	0	M5	2.5							100	110	75		125	155			
56	90	45	71	36	9	20	3	7.2	56	5.8	65	50	80	0	M5	2.5							115	120	80		135	170			
63	100	50	80	40	11	23	4	8.5	63	7	75	60	90	0	M5	2.5	115	95	140	0	10	3	130	130	100		165	230	130	250	
71	112	56	90	45	14	30	5	11	71	7	85	70	105	0	M6	2.5	130	110	160	0	10	3.5	145	145	110	95	180	255	145	275	95
80	125	62.5	100	50	19	40	6	15.5	80	10	100	80	125	0	M6	3	165	130	200	0	12	3.5	160	165	120	110	200	295	175	300	110
90 S/L	140	70	100/125	56	24	50	8	20	90	10	115	95	140	0	M8	3	165	130	200	0	12	3.5	180	185	130	120	200	310/335	185	335/360	120

注：1. 尺寸 AE 仅 CO2 系列有。

2. 尺寸公差 D(j6)、F(N9)、K(H14)、W(j6)。

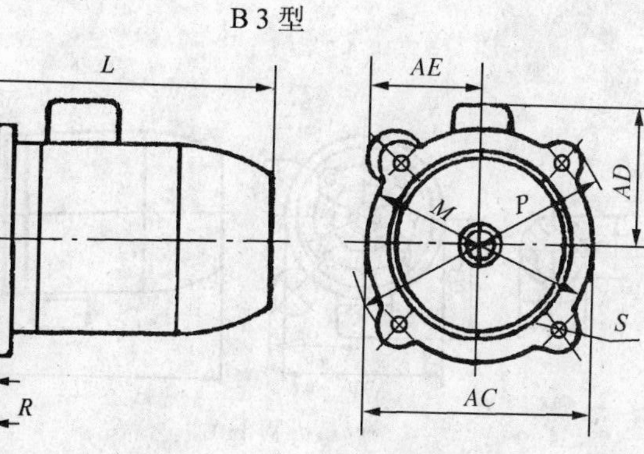

B 3 型

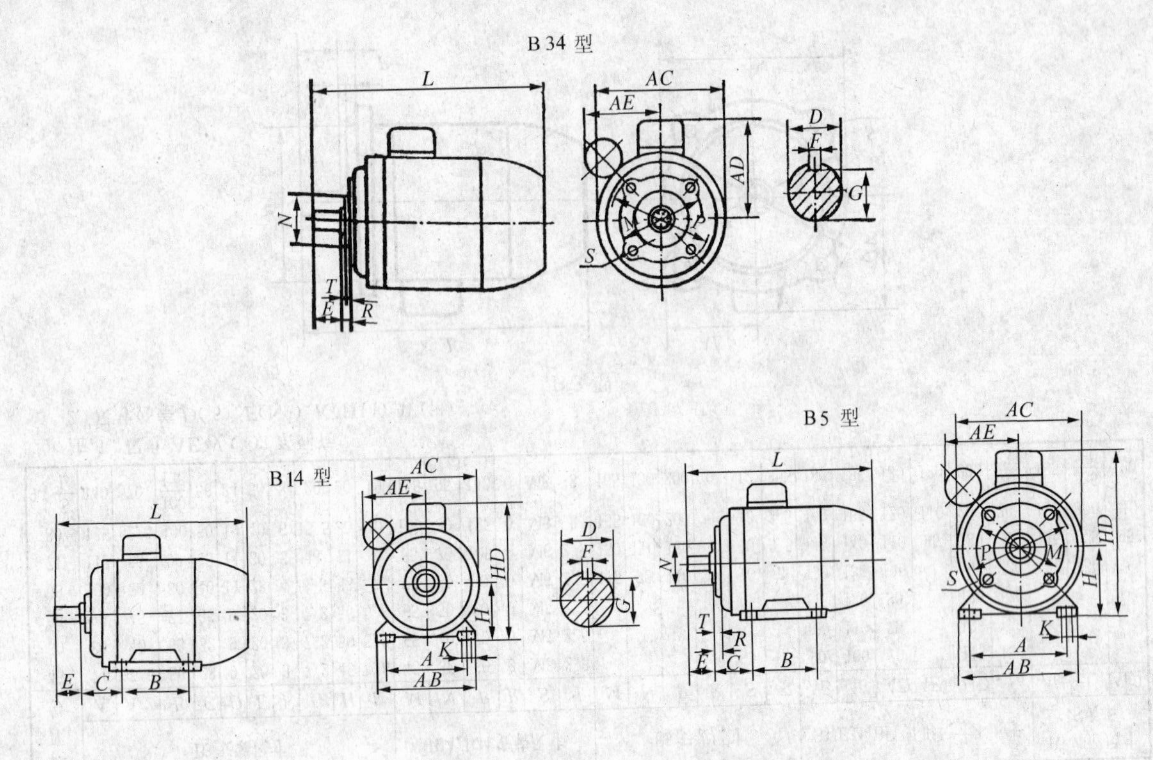
B 34 型
L
N
T
E
R
AC
AE
AD
S
M
P
D
F
G
B 14 型
L
E
C
B
AC
AE
HD
H
A
K
AB
D
F
G
B 5 型
L
N
T
R
E
C
B
AC
AE
HD
P
M
S
H
K
A
AB

表 3.4-5　AO2 系列三相异步电动机技术数据

型　号	额定功率 /W	额定电压 /V	定子铁芯 外径 /mm	定子铁芯 内径 /mm	定子铁芯 长度 /mm	气隙长度 /mm	槽数 定子	槽数 转子	定子绕组 线规（根-mm）	定子绕组 每槽匝数	定子绕组 每相串联匝数	定子绕组 节距
AO2-4512	16	380	71	38	45	0.2	12	18	1-0.15	710	2 840	1-6
AO2-4522	25								1-0.17	615	2 460	
AO2-5012	40		80	44	45				1-0.21	480	1 920	
AO2-5022	60								1-0.33	435	1 740	
AO2-5612	90		90	48	50	0.25	24	18	1-0.28	185	1 480	1-12 2-11
AO2-5622	120								1-0.31	180	1 440	
AO2-6312	180		96	50	45				1-0.35	165	1 320	
AO2-6322	250								1-0.38	140	1 120	
AO2-7112	370		110	58	50	0.25	24	18	1-0.45	116	928	1-12 2-11
AO2-7122	550				62				1-0.50	93	744	
AO2-8012	750		128	67	58				1-0.6	84	672	
AO2-4514	10		71	38	45	0.2	12	18	1-0.14	1 100	4 400	1-4
AO2-4524	16								1-0.16	950	3 800	
AO2-5014	25		80	44				18	1-0.18	800	3 200	
AO2-5024	40								1-0.21	670	2 680	
AO2-5614	60		90	54	40	0.25	24	18	1-0.25	310	2 480	
AO2-5624	90								1-0.28	275	2 200	
AO2-6314	120		96	58	45	0.25	24	30	1-0.31	270	2 160	1-8 2-7
AO2-6324	180				54				1-0.35	220	1 760	
AO2-7114	250		110	67	50			30	1-0.4	188	1 504	
AO2-7124	370				62				1-0.45	150	1 200	
AO2-8014	550		128	77	58	0.25	24	30	1-0.56	134	1 072	
AO2-8024	750				75				1-0.63	105	840	

注：63 及以上机座亦可制成 220/380 V。

表 3.4-6　BO2 系列单相电阻分相异步电动机技术数据

型　号	额定功率/W	额定电压/V	定子铁芯 外径/mm	定子铁芯 内径/mm	定子铁芯 长度/mm	气隙长度/mm	槽数 定子	槽数 转子	主绕组 线规	主绕组 每极匝数	主绕组 平均半匝长/mm	副绕组 线规	副绕组 每极匝数	副绕组 平均半匝长/mm
BO2-6312	90	220	96	50	45	0.25	24	18	1-0.45	436	132	1-0.33	192	132
BO2-6322	120				54				1-0.50	357	141	1-0.35	182	140
BO2-7112	180		110	58	50				1-0.56	297	148.2	1-0.38	167	148.5
BO2-7122	250				62				1-0.63	235	160.2	1-0.40	156	160.6
BO2-8012	370		128	67	58				1-0.71	206	170.4	1-0.45	136	171.3
BO2-6314	60		96	58	45			30	1-0.42	315	97.3	1-0.31	127	93.5
BO2-6324	90				54				1-0.45	270	166.3	1-0.35	117	103
BO2-7114	120		110	67	50				1-0.53	224	109.4	1-0.33	124	109.4
BO2-7324	180				62				1-0.60	183	121.4	1-0.35	102	121.4
BO2-8014	250		128	77	58				1-0.71	158	126.4	1-0.40	104	126.4
BO2-8024	370				75				1-0.85	124	143.9	1-0.47	89	143.4

表 3.4-7 CO2 系列单相电容启动异步电动机技术数据

型号	额定功率/W	额定电压/V	定子铁芯 外径/mm	定子铁芯 内径/mm	定子铁芯 长度/mm	气隙长度/mm	槽数 定子	槽数 转子	主绕组 线规(根-mm)	主绕组 每极匝数	主绕组 平均半匝长/mm	副绕组 线规(根-mm)	副绕组 每极匝数	副绕组 平均半匝长/mm
CO2-7112	180	220	110	58	50	0.25	24	18	1-0.56	297	148.2	1-0.38	247	158.3
CO2-7122	250				62				1-0.63	235	160.2	1-0.47	204	170.3
CO2-8012	370		128	67	58		24		1-0.71	206	170.4	1-0.53	206	182
CO2-8022	550				75				1-0.85	159	187.6	1-0.56	154	192
CO2-90S2	750		145	77	70	0.30			1-1.0	147	198.2	1-0.63	133	211.2
CO2-7114	120		110	67	50	0.25		30	1-0.53	224	109.4	1-0.35	145	120.2
CO2-7124	180				62				1-0.60	183	121.4	1-0.38	124	132.2
CO2-8014	250		128	77	58		24		1-0.71	158	126.4	1-0.47	133	139
CO2-8024	370				75				1-0.85	124	143.4	1-0.50	134	155.8
CO2-90S4	550		145	87	70		36	42	1-0.95	127	144.6	1-0.60	108	157.2
CO2-90L4	750				90				1-1.06	96	165	1-0.63	120	177

注:电容器为 CDJ 型电解电容,工作电压 220 V。

表 3.4-8　DO2 系列单相电容运转异步电动机技术数据

型号	额定功率/W	额定电压/V	定子铁芯			气隙长度	槽数		主绕组			副绕组		
			外径	内径	长度		定子	转子	线规（根-mm）	每极匝数	平均半匝长/mm	线规（根-mm）	每极匝数	平均半匝长/mm
			/mm											
DO2-4512	10	220	71	38	45	0.2	12	18	1-0.18	868	106	1-0.16	971	106
DO2-4022	16								1-0.20	750		1-0.19	796	
DO2-5012	25	220	80	44					1-0.25	519	125.7	1-0.23	819	125.7
DO2-5022	40									489		1-0.25	698	
DO2-5612	60		90	48	50	0.25	24	18	1-0.28	454	131.6	1-0.31	527	131.6
DO2-5622	90								1-0.33	363			467	
DO2-6312	120	220	96	50	45				1-0.40	415	132		593	132
DO2-6322	180				54				1-0.45	320	140.7	1-0.33	427	140.7
DO2-7112	250		110	58	50			18	1-0.50	271	148.1	1-0.45	382	148.1
DO2-4514	6	220	71	38	45	0.2	12		1-0.18	700	83.3	1-0.16	675	83.3
DO2-4524	10								1-0.20	600			620	
DO2-5014	16		80	44					1-0.21	560	85.4	1-0.21	455	85.4
DO2-5024	25	220	80	44	45	0.2	12	18	1-0.25	436	85.4	1-0.21	435	85.4
DO2-5614	40		90	54	50	0.25	24		1-0.28	356	98.7	1-0.23	508	98.7
DO2-5624	60								1-0.31	348		1-0.28	339	
DO2-6314	90	220	96	58	45	0.25	24		1-0.35	302	93.7	1-0.31	374	93.7
DO2-6324	120				54			30	1-0.40	259	106.3		365	106.3
DO2-7114	180		110	67	50	0.25	24		1-0.42	206	109.4	1-0.38	330	109.4
DO2-7124	250				62				1-0.47	165	121.4	1-0.42	268	121.4

5. 微型异步电动机的选用

选用微型异步电动机见表 3.4-9。

表 3.4-9　选用微型异步电动机参考表

系列代号	电压/V	频率/Hz	功率范围/W	堵转转矩/额定转矩	最大转矩/额定转矩	堵转电流/A	应用范围
AO2	三相 380	50	10～750	2.2	2.4	6倍额定电流	一般机械，需用三相电源
BO2	单相 220	50	60～370	1.1～1.7	1.8	9～30	小型机床、鼓风机、医疗器械等
CO2	单相 220	50	120～750	2.5～3	1.8	9～37	空气压缩泵、冰箱、磨粉机、医疗器械等
DO2	单相 220	50	6～250	0.35～1	1.8	0.5～10	电子仪器、仪表、风扇、医疗器械等
YL	单相 220	50	250～3 000	1.7～1.8	1.6～1.8	12～110	小型机具、食品机械、小型机床、农业机械等

二、微型同步电动机

微型同步电动机常用的有磁阻式(反应式)、磁滞式和永磁式。近年来又发展了电磁减速式及混合式结构。

1. 磁阻同步电动机

磁阻同步电动机又称反应式同步电动机。国产三相及单相磁阻同步电动机的规格如表 3.4-10 所示。TC、TUC、TUL 系列磁阻同步电动机的性能数据如表 3.4-11 所示。

表 3.4-10　磁阻同步电动机规格

中心高/mm	铁芯代号	三相磁阻同步电动机	单相电容启动磁阻同步电动机	单相双值电容磁阻同步电动机
		TC 系列	TUC 系列	TUL 系列
		1 500 r/min	1 500 r/min	1 500 r/min
80	2	550 W	250W	—
	1	370 W	180 W	—
71	2	250 W	120W	180 W
	1	180 W	90 W	120 W
63	2	120 W	—	90 W
	1	90 W	—	60 W

表 3.4-11　磁阻同步电动机性能数据

项　　目	功　　率/W	三相磁阻同步电动机 TC 系列	单相电容启动磁阻同步电动机 TUC 系列	单相双值电容磁阻同步电动机 TUL 系列
堵转转矩/额定转矩	全部规格	2.5	3	1.2
堵转电流/额定电流	全部规格	6		
堵转电流　　/A	250		25	
	180		19	13
	120		15	9
	90		12	7
	60			5
最大同步转矩/额定转矩	全部规格	1.6	1.4	1.4
牵入转矩/额定转矩①	全部规格	1.2	1.2	1.2
效　　率　　(%)	550	72		
	370	68		
	250	60	50	
	180	58	48	53
	120	52	40	48
	90	50	37	45
	60			40

（续表）

项　　目	功　　率/W	三相磁阻同步电动机 TC 系列	单相电容启动磁阻同步电动机 TUC 系列	单相双值电容磁阻同步电动机 TUL 系列
功率因数	550	0.50		
	370	0.48		
	250	0.46	0.48	
	180	0.45	0.47	0.80
	120	0.43	0.45	0.79
	90	0.42	0.43	0.78
	60			0.77
振　　动/(mm/s)	全部规格	1.8	2.8	2.8
噪　　声/dB	250～550	70	70	70
	60～180	65	65	65

注：① 牵入转矩与转动惯量有关，技术标准中规定的牵入转矩的保证值，是电动机在额定电压下带上具有标称转动惯量的负载，能将负载牵入同步运行时所承受的最大负载转矩。标称转动惯量 J_B 与电动机额定功率 P_N(W)、同步转速 n_s(r/min)有关，并由下式计算出：

$$J_B=7.98\frac{P_N^{1.15}}{n_s^2}(N\cdot m^2)$$

2. 磁滞同步电动机

磁滞同步电动机的型号及技术数据如表 3.4-12 所示。

表 3.4-12　磁滞同步电动机型号及技术数据

型　号	额定电压/V	频　率/Hz	相数	转　速/(r/min)	额定功率/W	外径×长度/mm
28TZ01	36	400	2	24 000	3	ϕ28×45
28TZ02				12 000	2	
28TZ03			1	24 000	2.4	
28TZ04				12 000	1.6	
28TZ51	12	50		3 000	0.4	

（续表）

型　号	额定电压/V	频　率/Hz	相数	转　速/(r/min)	额定功率/W	外径×长度/mm
36TZ01	115	400	2	12 000	4	ϕ36×55
36TZ02				8 000	3	
36TZ03			1	12 000	3	
36TZ04				8 000	2.5	
36TZ51	110	50		3 000	1.5	
36TZ52				1 500	0.7	
45TZ01	115	400	2	12 000	12	ϕ45×65
45TZ02				8 000	9	
45TZ03			1	12 000	8	
45TZ04				8 000	6	
45TZ51	220	50		3 000	4	
45TZ52	110			1 500	2	
55TZ51	380		3	3 000	12	ϕ55×92
55TZ52			3	1 500	6	
55TZ53	220		1	3 000	10	
55TZ54			1	1 500	5	
70TZ51	380		3	3 000	26	ϕ70×109
70TZ52				1 500	13	
70TZ53	220		1	3 000	20	
70TZ54				1 500	10	

注：长度是指机壳实际尺寸不大于此值。

3. 永磁同步电动机

根据启动方式的不同，永磁同步电动机分为异步启动（笼型转子）和自启动（爪极式）两类。其型号及技术数据见表3.4-13～15。

表 3.4-13 FTY 及 FTW* 三相异步启动永磁式同步电动机主要技术数据

型号	频率范围/Hz	50 Hz 额定数据								牵入同步转矩	
		功率/W	电压/V	转速/(r/min)	效率(%)	功率因数	启动电流/额定电流	启动转矩/额定转矩	最大转矩/额定转矩	牵入同步转矩/额定转矩	当一定的负载惯量时转矩比
FTY-90-4	40-110	90	110	1 500	72	0.72	7	1.4	1.4	$\frac{0.5}{0.25}$	$\frac{0.03}{0.07}$
FTY-120-4	40-110	120	110	1 500	73	0.725	7	1.4	1.4	$\frac{0.5}{0.25}$	$\frac{0.04}{0.08}$
FTY-180-4	40-110	180	110	1 500	75	0.73	7	1.4	1.4	$\frac{0.5}{0.25}$	$\frac{0.07}{0.16}$
FTY-250-4	40-110	250	110	1 500	77	0.74	7	1.4	1.4	$\frac{0.5}{0.25}$	$\frac{0.10}{0.18}$
FTY-370-4	40-110	370	110	1 500	81	0.745	7	1.4	1.4	$\frac{1.0}{0.5}$	$\frac{0.05}{0.20}$
FTY-550-4	40-110	550	110	1 500	83	0.75	7	1.4	1.4	$\frac{1.0}{0.5}$	$\frac{0.10}{0.35}$
FTY-750-4	40-110	750	110	1 500	84	0.76	7	1.4	1.4	$\frac{1.0}{0.5}$	$\frac{0.13}{0.45}$
FTY-60-6	25-70	60	220	1 000	73	0.75	7	1.8	1.6	$\frac{0.5}{0.25}$	$\frac{0.04}{0.10}$
FTY-90-6	25-70	90	220	1 000	74	0.75	7	1.8	1.6	$\frac{0.5}{0.25}$	$\frac{0.05}{0.11}$
FTY-120-6	25-70	120	220	1 000	75	0.75	7	1.8	1.6	$\frac{0.5}{0.25}$	$\frac{0.10}{0.20}$
FTY-180-6	25-70	180	220	1 000	77	0.78	7	1.8	1.6	$\frac{1.0}{0.5}$	$\frac{0.03}{0.15}$
FTY-250-6	25-70	250	220	1 000	79	0.78	7	1.8	1.6	$\frac{1.0}{0.5}$	$\frac{0.08}{0.30}$
FTY-370-6	25-70	370	220	1 000	81	0.75	7	1.8	1.6	$\frac{1.0}{0.5}$	$\frac{0.15}{0.50}$
FTW-22-2	80-400	300	80	3 000	82	0.89	4.5		3.26		

* FTY 型为内转子式永磁同步电动机，FTW 为外转子式永磁同步电动机。

表 3.4-14 日用电器用自启动永磁同步电动机技术数据

型号	额定电压/V	频率/Hz	最大同步转矩/mN·m	输出轴转速/(r/min)	电流/A	外形尺寸外径×长/mm
TYC-30	220	50	80	30	0.02	ϕ50×28
TYC-5	220	50	300	5	0.02	ϕ50×28
TY-250	220	50	0.6	250	0.015	ϕ38×11

三、无刷直流电动机

无刷直流电动机是采用电子换向，具有直流电动机特性的新一代电动机，是一种典型的机电一体化产品。

无刷直流电动机既有有刷直流电动机同样的性能，又依靠电子换向，除去了电刷和换向器。因此，随着无刷直流电动机的性能不断提高、价格逐渐下降，一个不可逆转的趋势是无刷直流电动机正在很多场合取代其他种类的电动机。

从原理上讲，无刷直流电动机相当于由电子换向来代替有刷直流电动机的机械换向，它由电动机本体、转子位置传感器和电子换向电路三部分构成。从控制方式上讲，又可分为方波驱动和正弦波驱动，从结构上讲，无刷直流电动机可分成四部分：① 定子体(端盖)：压铸铝合金件；② 定子：由硅钢片叠压后注塑，绕线而成。它是将电能转换为机械能的部件；③ 转子：由机壳、转轴、磁钢、轴承等组装而成，是输出机械功的部件；④ PCB：控制线路板总成。它是控制电机换向的部件，由线路板、传感器、线束组成。转子位置传感器主要有如下三类：① 磁敏式位置传感器：霍尔元件或霍尔集成电路；② 光电式位置传感器：由发光二极管、光敏晶体管和隔光板组成；③ 电磁式位置传感器：无刷旋转变压器或开口变压器，接近开关，铁磁谐振电路等。

无刷直流电动机具有以下优点：机械特性线性度好，调速范围宽，启动转矩大，效率高，易控制，可靠性好，免维护，节能，省材料，无线电干扰小，噪声低，与电子控制结合，具有较大使用灵活性，是最有发展前途的调速电机。

ZW系列无刷直流电动机的主要技术数据见表3.4－15。

表3.4－15　ZW系列无刷直流电动机的技术数据

型　号	额定电压/V	额定电流/A	额定转矩/N·m	额定转速/(r/min)	旋转方向	外形尺寸/mm			备　注
						总长	外径	轴径	
20ZWH－01	20	0.065	0.49×10^{-3}	1 500	逆、顺时针	50.2	20	2	霍尔传感器
30ZW－1	24	0.8	9.8×10^{-3}	9 000	逆时针	81	36	6	电磁式传感器
35ZW－2A	24	0.65	19.6×10^{-3}	2 500	逆时针	77	36	4	电磁式传感器
45ZW－1A	24	0.90	24.5×10^{-3}	4 500	逆时针	87	45	4	电磁式传感器
45ZW－1B	24	0.6	34.3×10^{-3}	2 000	逆时针	90	45	4	电磁式传感器
45ZW－1C	24	0.9	34.3×10^{-3}	3 000	逆、顺时针	87	45	4	电磁式传感器
45ZW－1D	24	0.9	34.3×10^{-3}	3 000	逆时针	87	45	4	电磁式传感器
45ZW－2	24	0.9	19.6×10^{-3}	4 500	逆时针	75	45	4	电磁式传感器
55ZW－1	15	6.5	98×10^{-3}	4 500	逆时针	125	55	6	电磁式传感器
55ZW－1B	15	7.0	0.167	2 500	逆、顺时针	125	55	6	电磁式传感器
55ZW－2A	24	4.6	18.4×10^{-3}	8 000	逆时针	118	55	6	电磁式传感器
55ZW－3A	12	2.0	58.8×10^{-3}	2 000	逆时针	67.5	55	4/4	电磁式传感器
55ZWS－04	48	2.8	0.5	1 500	逆、顺时针	158	55	9	电磁式传感器
70ZW－1	24	0.52	49×10^{-3}	1 200	逆时针	69	70	5	电磁式传感器
70ZW－2	12	2.5	52.92×10^{-3}	1 700	逆时针	60.5	70	6	电磁式传感器
75ZWH－3A	24	0.8	0.147	500	逆时针	92	75	8	电磁式传感器
90ZW01	24	4.6	0.392	1 500	逆时针	107	90	9	电磁式传感器
90ZW02	24		0.3	3 000		92	90		电磁式传感器

（续表）

型　号	额定电压/V	额定电流/A	额定转矩/N·m	额定转速/(r/min)	旋转方向	外形尺寸/mm			备　注
						总长	外径	轴径	
90ZW-2A	27	5.0	0.392	2 000	逆时针	120	90	9/6	电磁式传感器
130ZW-1	12	3.0	58.8×10^{-3}	2 000	逆、顺时针	243	130	9.62	光电式传感器 外转子

注：额定转速容差：$\phi70$ mm 及以下机座号为±15%；$\phi70$ mm 以上机座号为±12%。

第五节　专用电机

一、电钻电动机

电钻分为常用电钻和冲击电钻两类。冲击电钻具有锤击功能。目前国内生产的电钻有三个系列：J1Z、回 $J1Z_2$ 及 J3Z 系列。常用电钻的型号及技术数据如表 3.5-1 所示；冲击电钻的型号及技术数据如表 3.5-2 所示。

单相电钻用的是交直流两用串励式电动机，系列为 J1Z 和回 $J1Z_2$。

表 3.5-1　常用电钻的型号及技术数据

型　号	钻孔直径/mm	额定电压/V	额定电流/A	输入功率/W	额定转速/(r/min)	额定转矩/N·m	重量/kg
J1Z-6	6	220 36	1.1 5.6	190	1 200	0.9	1.8
J1Z-13	13	220 36	2.2 11	280	500	4.5	4.5
J1Z-19	19	220	3.6	230	330	13.0	7.5
J1Z-23	23	220	5.1	1 030	250	17.0	7.5
回 $J1Z_2$-4	4	220	1.1	240	2 200	0.4	1.2

（续表）

型　号	钻孔直径 /mm	额定电压 /V	额定电流 /A	输入功率 /W	额定转速 /(r/min)	额定转矩 /N·m	重量 /kg
回 J1Z_2－6	6	220 36	1.1 6.7	240	1 200	0.9	1.25
回 J1Z_2－10	10	220 36	1.6 9.6	320	700	2.4	2.1
回 J1Z_2－13	13	220 36	2.1 13	430	500	4.5	3.4
回 J1Z_2－16	16	220	4	810	500	7.5	5.7
回 J1Z_2－19	19	220	4.1	810	330	13.0	5.7
回 J1Z_2－23	23	220	4.1	810	250	18.0	5.7
J3Z－13	13	380	0.86	270	530	5.0	6.8
J3Z－19	19	380	1.18	400	290	13.0	8.2
J3Z－23	23	380	1.50	500	235	20.0	9.8
J3Z－32	32	380	2.48	900	190	46.0	19
J3Z－38	38	380	2.85	1 100	145	74.0	21
J3Z－49	49	380	3.50	1 400	120	113.0	24

注:型号中的回为双重绝缘结构的符号。

表 3.5－2　冲击电钻的型号及技术数据

型　号	最大钻孔直径 /mm		额定电压 /V	额定电流 /A	输入功率 /W	额定转矩 /N·m	额定转速 /(r/min)	冲击次数 /(次/min)	重量 /kg
	钢铁	混凝土							
回 Z1J－10	6	10	220	1.4	290	0.95	1 200	18 000	1.8
Z1J－12	8	12		1.6	350	2.8/ 10	750	11 000	2.8
回 Z1JS－16	6/10	12/16		1.86	390		700/ 1 932	10 500/ 28 950	2.3
回 Z1J－20	13	20		2.7	600		800	8 000	4

注：型号中的回为双重绝缘结构的符号。

二、电扇电动机

电扇主要有台扇、落地扇和吊扇等。电扇电动机通常使用的为罩极式和电容运转式交流电动机。

罩极式电动机的转子为笼型，小功率的电机定子为凸极式，如图 3.5－1 所示。

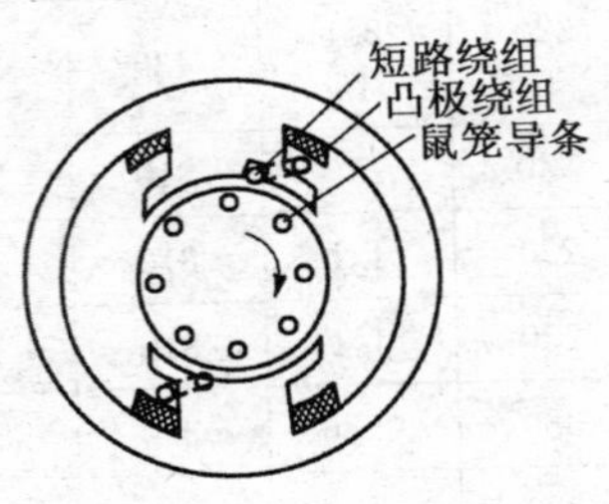

图 3.5－1　罩极式电动机原理

电容运转式电动机有主副两个绕组。在副绕组中接有电容器，使两绕组中的电流和磁场在相位上相差一个角度，组成一只二相电动机。如图 3.5－2 所示。

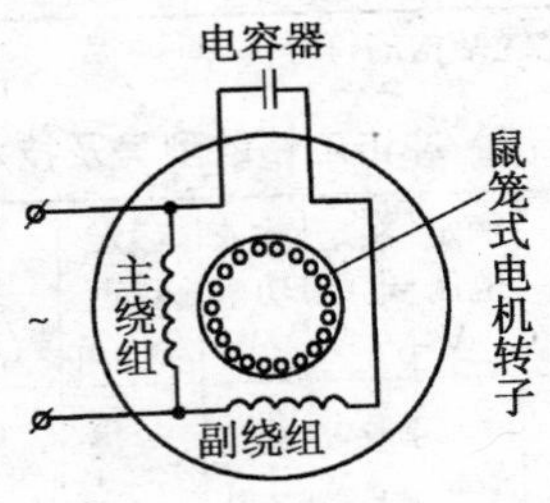

图 3.5－2　电容运转式电动机原理

国产常用电扇电动机的主要技术参数如表 3.5－3 所示。

表 3.5-3 国产常用电扇电

类别	序号	规格 /mm	极数	输入功率 /W	转速 /(r/min)	定子				定转子间气隙 /mm
						外径 /mm	内径 /mm	长度 /mm	槽数	
台扇	1	200	2	28	2 300	ϕ60	ϕ30	25	4	0.35
	2	200	2	28	2 350	ϕ59	ϕ28	32	4	
	3	230	2	30	2 400	ϕ70	ϕ32	32	4	
	4	300	4	55	1 200	ϕ88	ϕ44.7	32	8	
	5	400	4	75	1 150	ϕ95.7/ϕ108	ϕ51	32	8	
	6	250	4	25	1 300	ϕ88	ϕ44.7	20	8	
	7	250	4	24	1 320	ϕ88	ϕ44.7	22	8	
	8	300	4	40	1 300	ϕ88	ϕ44.7	26	8	
	9	300	4	44	1 280	ϕ78	ϕ44.5	24	16	
	10	350	4	54	1 285	ϕ88	ϕ44.7	26	8	
	11	350	4	52	1 280	ϕ88	ϕ48.3	20	16	
	12	400	4	60	1 250	ϕ88.4	ϕ49	32	16	
	13	400	4	65	1 230	ϕ88	ϕ44.7	32	8	
落地扇	1	350	4	52	1 280	ϕ88	ϕ44.7	30	16	0.35
	2	350	4	55	1 300	ϕ88.4	ϕ49	28	8	
	3	400	4	60	1 250	ϕ88.5	ϕ49	35	16	
	4	400	4	62	1 200	ϕ88	ϕ44.7	35	8	
壁扇	1	300	4	44	1 280	ϕ86	ϕ44.5	26.5	16	0.35
	2	350	4	55	1 300	ϕ86	ϕ44.5	28	16	
	3	400	4	60	1 230	ϕ92	ϕ50	28	8	
座扇或座地扇	1	300	4	48	1 320	ϕ88	ϕ49	26	16	0.35
	2	350	4	54	1 300	ϕ88	ϕ49	25	16	
	3	400	4	60	1 250	ϕ88	ϕ49	34	16	
	4	400	4	65	1 290	ϕ88.5	ϕ46.7	32	16	
吊扇	1	900	14	45	380	ϕ118	ϕ20	23	28	0.25
	2	900	14	50	370	ϕ122.25	ϕ44	25	28	
	3	1 050	14	58	360	ϕ118	ϕ20	23	28	
	4	1 050	16	56	370	ϕ132	ϕ22	24	32	
	5	1 200	18	70	300	ϕ134.75	ϕ70.5	26	36	
	6	1 200	16	72	320	ϕ132	ϕ22	24	32	0.30
	7	1 400	18	80	280	ϕ134.75	ϕ70.5	25	36	0.25
	8	1 400	18	85	290	ϕ137	ϕ63.5	28	36	0.25

动机主要技术参数

转子			主绕组		副
外径/mm	内径/mm	槽数	线规/mm	线圈匝数×线圈只数	线规/mm
φ29.3	φ10	13	φ0.17	1 270×2	1×5
φ27.3	φ9	15	φ0.19	(800+500)×2	1×5
φ31.3	φ9	13	φ0.21	1 100+(850+200)	1×5
φ44	—	17	φ0.27	510×4	1.5×7
φ95/φ107.3	—	22	φ0.47	450×4	1.5×7
φ44	φ12	17	φ0.17	935×4	φ0.16
φ44	φ12	17	φ0.17	850×4	φ0.15
φ44	φ12	17	φ0.17	630×4	φ0.19
φ43.8	φ12	22	φ0.17	800×4	φ0.15
φ44	φ12	17	φ0.21	566×4	φ0.17
φ47.6	φ13	22	φ0.21	720×4	φ0.17
φ48.3	φ14	22	φ0.21	550×4	φ0.19
φ44	φ12	17	φ0.23	570×4	φ0.17
φ44	φ13	22	φ0.23	600×4	φ0.17
φ48.3	φ12	17	φ0.21	700×4	φ0.19
φ48.3	φ13.5	22	φ0.23	570×4	φ0.19
φ41	φ13	17	φ0.23	520×4	φ0.17
φ43.8	φ11	22	φ0.17	800×4	φ0.19
φ43.8	φ14	22	φ0.19	760×4	φ0.19
φ49.3	φ14	26	φ0.23	775×4	φ0.20
φ48.3	φ12	22	φ0.19	760×3+(750+110)	φ0.19
φ48.3	φ12	22	φ0.21	720×4	φ0.17
φ48.3	φ12	22	φ0.23	570×4	φ0.19
φ46	φ13	22	φ0.21	600×4	φ0.17
φ145	φ118.5	45	φ0.23	382×14	φ0.19
φ148	φ122.7	47	φ0.19	600×7	φ0.17
φ145	φ118.5	47	φ0.21	650×7	φ0.19
φ160	φ132.5	57	φ0.25	620×8	φ0.23
φ162	φ135.2	48	φ0.27	280×18	φ0.25
φ160	φ132.5	57	φ0.28	530×8	φ0.23
φ162	φ135.2	48	φ0.27	253×18	φ0.25
φ164.5	φ137.5	52	φ0.29	236×18	φ0.25

（续表）

绕　　组	电容器		调速	线模尺寸	线圈	绕组形式
线圈匝数×线圈只数	容量/μF	耐压/V	方法	长×宽×厚/mm	跨距	
1×2	—	—	—	40×30×5	—	—
1×2	—	—	抽头	42×32×5	—	—
1×2	—	—	抽头	42×32×6	—	—
1×4	—	—	电抗器	40×27×6	—	—
1×4	—	—	电抗器	40×31×10	—	—
1 020×4	1	500	电抗器	34×35×4.5	1-3	双层链式
1 020×2+(500+300)×2	1	500	抽头	36×35×4.5	1-3	双层链式 L 型
620×4	1.5	400	电抗器	34×41×4.5	1-3	双层链式
(500+500)×4	1	400	抽头	34×35×7	1-4	单层链式
663×4	1.5	400	电抗器	34×38×4.5	1-3	双层链式
(480+480)×4	1.2	400	抽头	34×32×7	1-4	单层链式
(350+350)×4	1.2	400	抽头	35×40×7	1-4	单层链式 LII 型
890×4	1.2	400	电抗器	35×40×4.5	1-3	双层链式
(420+420)×4	1	400	抽头	40×35×7	1-4	单层链式
(550+300)×4	1	400	抽头	34×40×8	1-3	双层链式
720×4	1.2	400	电抗器	39×44×8	1-4	单层链式
1 000×2+560×2	1.5	400	抽头	34×35×4.5	1-3	双层链式
650×2+(420+200)×2	1	400	抽头	34×36×7	1-4	单层链式
(480+480)×4	1.2	400	抽头	39×37×8	1-4	单层链式
(320+480)×4	1.5	400	抽头	34×40×7	1-3	双层链式
(480+480)×4	1.2	400	抽头	35×40×7	1-4	单层链式
930×4	1.2	400	电抗器	36×44×8	1-4	单层链式
720×4	1	400	电抗器	42×44×8	1-4	单层链式
850×2+(700+160)×2	1.2	400	抽头	41×42×8	1-4	单层链式
430×14	1	400	电抗器	40×24×8	1-3	双层链式
660×7	1.2	400	电抗器	38×26×6	1-3	单层链式
870×7	1.2	400	电抗器	37×25.5×7	1-3	单层链式
715×8	1	400	电抗器	42×26×8	1-3	单层链式
328×18	2	400	电抗器	43×21.5×11	1-3	双层链式
780×8	2	400	电抗器	42×21×7	1-3	单层链式
335×18	2	400	电抗器	40×21.5×11	1-3	双层链式
323×18	2.4	400	电抗器	26×21.5×9	1-3	双层链式

三、电磁调速异步电动机

电磁调速异步电动机由单速或多速笼型异步电动机和电磁转差离合器组成。通过控制器可在较广范围内进行无级调速。它的调速比通常有 20∶1、10∶1 和 3∶1 等几种。电磁调速电机结构简单,运行可靠,维修方便,适用于纺织、化工、造纸、塑料、水泥和食品等工业,作为恒转矩和风机类型等设备的动力。

电磁调速异步电动机的技术数据如表 3.5-4 所示。

表 3.5-4 YCT 系列(联合设计)电磁调速电动机的技术数据

型号	额定转矩/N·m	调速范围/(r/min)	转速变化率,≤	励磁线圈①			直流励磁		轴承号	拖动电机	
				导线直径/mm	匝数	铜重/kg	电压/V	电流/A		型号	功率/kW
YCT112-4A	3.60	1 250~125	3%	—	—	—	—	—	205	Y801-4	0.55
4B	4.91			φ0.57	1 456	1.22	45.5	1.01	204	Y802-4	0.75
YCT132-4A	7.14			—	—	—	—	—	205	Y90S-4	1.1
4B	9.73			φ0.63	1 296	1.5	48.4	1.32	306	Y90L-4	1.5
YCT160-4A	14.12			—	—	—	—	—	206	$Y100L_1-4$	2.2
4B	19.22			φ0.71	1 350	2.32	53.8	1.51	307	$Y100L_2-4$	3
YCT180-4Y	25.20			φ0.71	1 534	2.96	80	1.19	306 307	Y112M-4	4
YCT200-4A	35.10			—	—	—	—	—	309	Y132S-4	5.5
4B	47.75			φ0.83	1 400	3.85	72	1.63	308	Y132M-4	7.5
YCT225-4A	69.13			—	—	—	—	—	309	Y160M-4	11
4B	94.33			φ0.9	1 355	5.49	80	1.91	310	Y160L-4	15
YCT250-4A	115.75	1 320~132		—	—	—	—	—	312	Y180M-4	18.5
4B	137.29			φ1.02	1 104	6.54	70	2.83	311	Y180L-4	22
YCT280-4A	189.26			— φ1.16	1 326	9.41	80	2.46	312 313	Y200L-4	30
YCT315-4A	232.41			—	—	—	—	—	314	Y225S-4	37
4B	282.43			φ1.2	1 100	10.4	73	3.39	313	Y225M-4	45

注:① 凡是一个机座号内有两个规格的小功率励磁数据,在联合设计时未曾计算,各厂可能有出入,但也可用同一励磁线圈,仅电流略小。

四、部分家用电器用电动机

（一）电冰箱压缩机组的电动机

1. 电冰箱压缩机组电动机的种类

用于拖动压缩机的电动机为单相异步电动机，只有定子和定子绕组以及铸铝转子组成，并与压缩机部分部件组装在同一机壳内。常用的有三种类型的单相异步电动机。

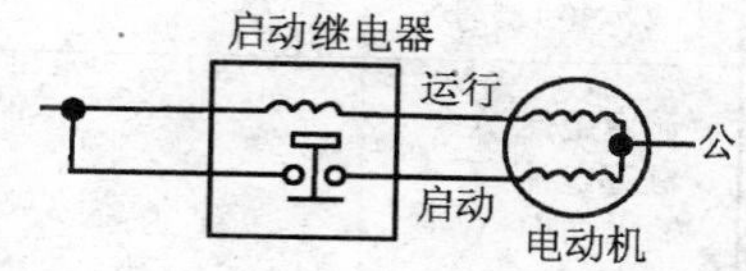

图 3.5－3　阻抗分相启动型（RSIR）电动机的简化电路

（1）阻抗（分相）启动（RSIR）型　结构简单，大部分电冰箱（输出功率 150 W 以下）的压缩机组均采用此形式。如图 3.5－3 所示。

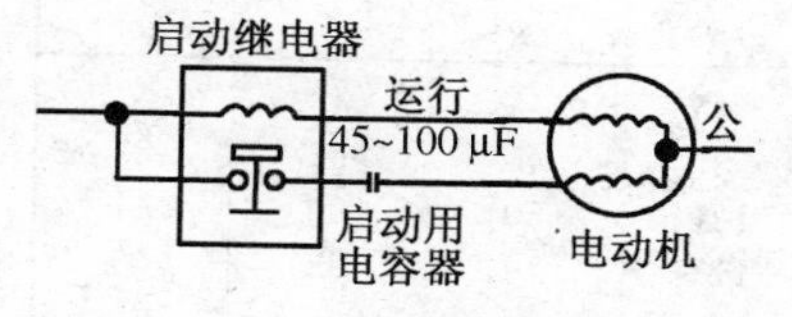

图 3.5－4　电容启动型（CSIR）电动机的简化电路

（2）电容启动（CSIR）型　由于启动绕组上串联大容量电容器（45～100 μF，视不同功率配用不同大小电容），使分相相位角差增大，启动转矩提高，因而启动性能好，适于较大输出功率（150 W 以上）的电动机。如图 3.5－4 所示。

（3）电容启动、电容运转（CSR）型　此种形式虽然使启动性能变好，且提高了电动机的效率，节省了电能，但成本增大，电容器故障多，故一般的电冰箱上较少用。如图 3.5－5 所示。

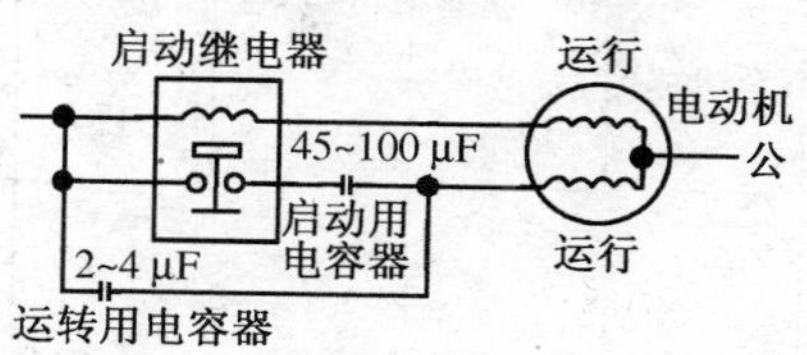

图 3.5－5　电容启动、电容运转型（CSR）电动机的简化电路

2. 国产电冰箱用压缩机组的电动机型号和技术数据

部分国产电冰箱用压缩机组的电动机型号和技术数据如表3.5－5所示。

表3.5－5 国产压缩机组的电动机技术数据

生产厂	北京电冰箱厂					
压缩机组(冰箱)型号	LD－5801		QF－21－75		QF－21－93	
额定电压/V 额定电流/A 输出功率/W 额定转速/(r/min)	220 1.4 93 1 450		220 0.9 75 2 850		220 1.2 93 2 850	
定子绕组(采用QF漆包线)	运行	启动	运行	启动	运行	启动
导线直径/mm	0.64	0.35	0.59	0.31	0.64	0.35
匝数:最小圈 小圈 中圈 大圈 最大圈	71 96 125 65	 30 40 50	45 87 101 117 120	 40 60 70 200 $\begin{cases}+140\\-60\end{cases}$	43 62 80 93 101	 33 41 45 101 $\begin{cases}+76\\-25\end{cases}$
绕组总匝数	4×375	4×123	2×470	2×370	2×379	2×220
绕组电阻值/Ω	17.32	20.8	16.3	45.36		
绕组槽节距: 最小圈 小圈 中圈 大圈 最大圈	 3 5 7 9	 5 7 9	 3 5 7 9 11	 5 7 9 11	 3 5 7 9 11	 5 7 9 11
定子铁芯槽数 定子铁芯叠厚/mm	32 28		24 25		24 36	

（续表）

生　产　厂	天津医疗器械厂					
压缩机组 （冰箱）型号	LD－1－6		5608－Ⅰ		5608－Ⅱ	
额定电压/V 额定电流/A 输出功率/W 额定转速/(r/min)	220 1.1 93 2 850		220 1.6 125 1 450		220 1.6 125 1 450	
定子绕组（采用QF漆包线）	运行	启动	运行	启动	运行	启动
导线直径/mm	0.64	0.35	0.7	0.37	0.72	0.35
匝数：最小圈			62	33	59	
小　圈	65	41	91	54	61	34
中　圈	85	50	110	65	81	46
大　圈	113	120{＋95 —25			46	50
最大圈	113	117{—20 ＋97				
绕组总匝数	2×376	2×328	4×368	4×157	4×247	1×130
绕组电阻值/Ω	12	33	14	27.2	10.44	23.25
绕组槽节距：最小圈			3	3	3	
小　圈	5	5	5	5	5	5
中　圈	7	7	7	7	7	7
大　圈	9	9			9	9
最大圈	11	11				
定子铁芯槽数 定子铁芯叠厚/mm	24 35		32		32	

（续表）

生产厂	沈阳医疗器械厂							
压缩机组（冰箱）型号	FB-515		FB-516 517（Ⅰ）		FB-505		FB-517（Ⅱ）	
额定电压/V 额定电流/A 输出功率/W 额定转速/(r/min)	220 1.2～1.5 93 1 450		220 1.3～1.7 93 1 450		220 0.7 65 2 860		220 1.1 93 2 860	
定子绕组（采用QF漆包线）	运行	启动	运行	启动	运行	启动	运行	启动
导线直径/mm	0.60	0.38	0.64	0.38	0.51	0.31	0.64	0.38
匝数：最小圈					88	53	41	
小圈	90		90	18	88	53	78	46
中圈	118	41	110	35	131	79	88	64
大圈	122	102	137	95	131	79	103	68
最大圈					175	104	105	78
绕组总匝数	4×330	4×143	4×337	4×148	2×618	2×368	2×415	2×248
绕组电阻值/Ω	19～20	24～25	14～16	21				
绕组槽节距：最小圈					3	3	3	
小圈	3		3	3	5	5	5	5
中圈	5	5	5	5	7	7	7	7
大圈	7	7	7	7	9	9	9	9
最大圈					11	11	11	11
定子铁芯槽数 定子铁芯叠厚/mm	32 28		32 28		24 30		24 40	

（二）洗衣机用电动机

洗衣机用电动机一般采用单相电容运转异步电动机，其结构为开启式、自冷或自扇冷。洗衣机用电动机的技术数据如表3.5-6所示；铁芯及绕组数据如表3.5-7所示。

表 3.5-6　洗衣机用电动机的技术数据

电动机型号	额定电压/V	额定输出功率/W	额定电流/A	额定转速/(r/min)	外形尺寸 长×宽×高/mm	重量/kg	电容/μF	用途	电动机生产厂	洗衣机	
										牌号	生产厂
XDC-X-2	220	85	1.1	1 350	200×120×179	3.65	8.5	洗涤	上海先锋电器厂	水仙	上海洗衣机总厂
XDC-T-2		20	0.6		192×160×137	2.25	3	脱水			
JXX-90B		90	1.1	1 400	190×126×155	3.6	8	洗涤	上海微型电机厂	海豚	上海微型电机厂
XD-90		90	0.9	1 400	190×130×170	4.3	8	洗涤	上海革新电机厂	洁尔灵	上海电器塑料厂
XD-120		120	1.0		190×130×180	4.9	10				
XD-180		180	1.5		190×130×190	6.3	12				
XD-250		250	1.8		190×130×210	7.7	16				

注：电容器的额定电压为交流 450 V。

表 3.5－7　洗衣机用电动机的铁芯及绕组数据

电动机型号	额定输出功率/W	定子铁芯			槽数		气隙/mm	定子主绕组				定子副绕组			
		外径/mm	内径/mm	长度/mm	定子	转子		线径/mm	槽节距	匝数	电阻值20℃/Ω	线径/mm	槽节距	匝数	电阻值20℃/Ω
XDC－X－2	85	方形 101×101	68	39	24	34	0.35	0.38	1～6	170	33.7	0.35	4～9	170	38.8
									2～5	80			5～8	80	
XDC－T－2	20			19				0.25	1～6	310	109.2	0.19	4～9	455	276
									2～5	150			5～8	225	
JXX－90B	90	方形 124×124	80	25	24	34	0.20	0.41	1～7	107	37	0.41	4～10	107	37
									2～6	214			5～9	214	
XD－90	90	方形 120×120	70	30	24	22	0.30	0.42	1～6	220	32	0.42	4～9	220	32
									2～5	110			5～8	110	
XD－120	120			35				0.45	1～6	161	24.8	0.45	4～9	161	24.8
									2～5	118			5～8	118	
XD－180	180			45				0.53	1～6	160	18.5	0.53	4～9	160	18.5
									2～5	80			5～8	80	
XD－250	250			60				0.56	1～6	96	12.5	0.56	4～9	96	12.5
									2～5	69			5～8	69	
XD－90	90	方形 107×107	65	35	24	30	0.30	0.38	1～6	200	38.4	0.38	4～9	200	38.4
									2～5	100			5～8	100	
XD－120	120			40				0.41	1～6	176	27	0.41	4～9	176	27
									2～5	88			5～8	88	

注：1. 相同型号的电动机的铁芯及绕组数据，因制造厂不同或同一厂但制造时间不同而会有差异。

2. 表中所列数据供维修参考。

（三）**空调器用电动机**

空调器用的电动机主要有压缩机用电动机和风扇用电动机。

1. 压缩机用电动机

空调器大多采用单相 220 V 电源(也有用三相 380 V 的),压缩机则相应地使用单相异步电动机或三相异步电动机。由于空调器工作环境特殊,因而对电动机有特殊要求:

(1) 耐侵蚀性好,能耐制冷剂和润滑油。

(2) 耐热性好。

(3) 耐振动和冲击性能好。

(4) 启动转矩大,启动性能好。

(5) 效率高,功率因数大,要求电动机出力大、重量轻。

(6) 对电源波动的适应性好。

2. 空调器风扇电动机

空调用风扇电动机可为各类窗式空调器、立柜式空调器、分体式空调器及风机盘管式空调器配套。用作制冷、采暖、通风等风扇类负载的驱动电动机,也可用于类似场合或一般场合的驱动。其型号意义如下:

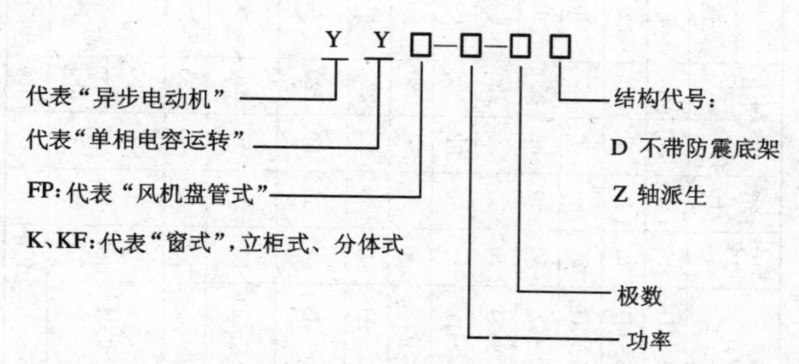

空调用风扇电动机的性能参数如表 3.5－8 所示。YYKF－120－4 型空调风扇电动机铁芯及绕组数据如表 3.5－9 和表 3.5－10 所示。

表 3.5-8 空调用电扇电动机性能参数

<table>
<tr><th rowspan="2">型　　号</th><th rowspan="2">输出功率/W</th><th rowspan="2">频率/Hz</th><th rowspan="2">效率(%)</th><th rowspan="2">电压/V</th><th colspan="3">转速/(r/min)</th><th rowspan="2">启动转矩/N·m</th><th rowspan="2">振　动/(mm/s)</th><th rowspan="2">噪音/dB</th><th rowspan="2">电容器/(μF/V)</th><th rowspan="2">配套空调器制冷(热)量/[kJ(cal)/h]</th></tr>
<tr><th>高速</th><th>中速</th><th>低速</th></tr>
<tr><td>YYFP-10-6D</td><td>10</td><td>50</td><td>25</td><td>220</td><td>750</td><td>625</td><td>500</td><td>0.08</td><td>0.7</td><td>35</td><td>2/450</td><td>10 450(2 500)</td></tr>
<tr><td>YYFP-15-6D</td><td>15</td><td>50</td><td>28</td><td>220</td><td>820</td><td>700</td><td>580</td><td>0.11</td><td>0.7</td><td>35</td><td>2/450</td><td>12 540(3 000)</td></tr>
<tr><td>YYFP-25-6D</td><td>25</td><td>50</td><td>30</td><td>220</td><td>920</td><td>820</td><td>750</td><td>0.15</td><td>0.7</td><td>35</td><td>3/450</td><td>14 638(3 500)</td></tr>
<tr><td>YYK2-30-6Z</td><td>30</td><td>50</td><td>38</td><td>220</td><td>950</td><td colspan="2">880</td><td>0.18</td><td>0.7</td><td>45</td><td>2.5/450</td><td>8 360(2 000)</td></tr>
<tr><td>YYFP-40-4D</td><td>40</td><td>50</td><td>50</td><td>220</td><td>1 250</td><td colspan="2">1 100</td><td>0.16</td><td>0.7</td><td>45</td><td>2.5/450</td><td>12 540(3 000)</td></tr>
<tr><td>YYK-60-4D</td><td>60</td><td>50</td><td>52</td><td>220</td><td>1 350</td><td colspan="2">1 150</td><td>0.24</td><td>1.2</td><td>50</td><td>2.5/450</td><td>12 540(3 000)</td></tr>
<tr><td>YYK-80-4</td><td>80</td><td>50</td><td>52</td><td>220</td><td>1 330</td><td colspan="2">1 230</td><td>0.27</td><td>1.2</td><td>50</td><td>4/400</td><td>风　　兼</td></tr>
<tr><td>YYK-100-4D</td><td>100</td><td>50</td><td>62</td><td>220</td><td>1 050</td><td colspan="2">850</td><td>0.31</td><td>1.2</td><td>50</td><td>6/400</td><td>16 728(4 000)</td></tr>
<tr><td>YYK-100-6D</td><td>100</td><td>50</td><td>50</td><td>220</td><td>950</td><td colspan="2">800</td><td>0.46</td><td>0.7</td><td>48</td><td>4.8/450</td><td>14 638～16 728
(3 500～4 000)</td></tr>
<tr><td>YYK-100-6GD</td><td>100</td><td>50</td><td>50</td><td>220</td><td>950</td><td colspan="2">800</td><td>0.46</td><td>0.7</td><td>48</td><td>4.8/450</td><td>14 638～16 728
(3 500～4 000)</td></tr>
<tr><td>YYK-120-4</td><td>120</td><td>50</td><td>62</td><td>220</td><td>1 350</td><td colspan="2">1 230</td><td>0.55</td><td>1.2</td><td>52</td><td>6/400</td><td>风　　兼</td></tr>
<tr><td rowspan="2">YYKF-120-4</td><td rowspan="2">120</td><td rowspan="2">50</td><td rowspan="2">55</td><td>220</td><td rowspan="2">1 200</td><td rowspan="2" colspan="2">1 000</td><td rowspan="2">0.36</td><td rowspan="2">1.2</td><td rowspan="2">52</td><td>6/450</td><td>16 728(4 000)</td></tr>
<tr><td>380</td><td>3/550</td><td>12 540、14 638
(3 000、3 500)</td></tr>
<tr><td>YYK-250-4</td><td>250</td><td>50</td><td>60</td><td>380</td><td>1 300</td><td>1 200</td><td>1 100</td><td>0.63</td><td>1.2</td><td>55</td><td>3/550</td><td>20 900(5 000)</td></tr>
</table>

表 3.5-9 YYKF-120-4 型空调电扇电动机铁芯数据

项　目	外　径	叠厚/mm	槽　数	气隙/mm
定子铁芯	ϕ139.8	40±1	36	0.3
转子铁芯	ϕ182		44	

表 3.5-10 YYKF-120-4 型空调电扇电动机绕组数据

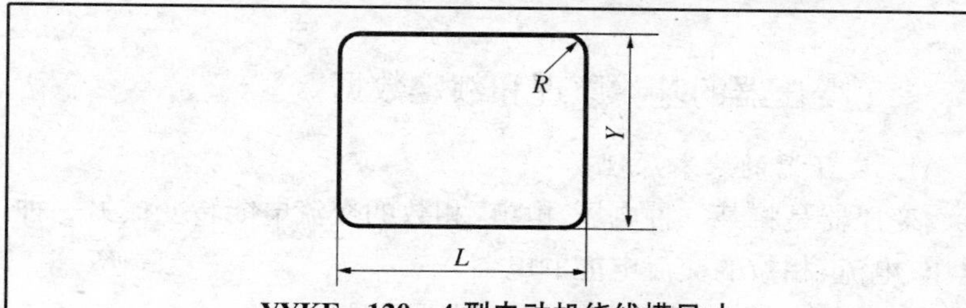

YYKF-120-4 型电动机绕线模尺寸

额定电压	绕组类型	跨距	L /mm	Y /mm	R /mm	线径	匝数
220 V	主绕组	1～9	68	76	8	ϕ0.42	139
		2～8	58	56	5		123
		3～7	50	38	3		88
	副绕组Ⅰ	3～8	50	42	3	ϕ0.31	88
		2～9	58	58	5		220
		1～10	68	76	8		280
	副绕组Ⅱ	2～9	58	58	5	ϕ0.31	220
		3～8	50	42	3		88
	调速绕组	1～9	68	76	8	ϕ0.42	35
		2～8	58	56	5		31
		3～7	50	38	3		24
380 V	主绕组	1～9	68	76	8	ϕ0.33	227
		2～8	58	56	5		198
		3～7	50	38	3		143
	副绕组Ⅰ	3～8	50	42	3	ϕ0.29	175
		2～9	58	58	5		207
		1～10	68	76	8		216
	副绕组Ⅱ	2～9	58	58	5	ϕ0.29	207
		3～8	50	42	3		175
	调速绕组	1～9	68	76	8	ϕ0.29	58
		2～8	58	56	5		50
		3～7	50	38	3		36

注：220 V 及 380 V 绕组电磁线均为 QZ-2 聚酯漆包线，绝缘等级为 E 级。

第四章 变 压 器

第一节 变压器的基本知识

一、变压器的基本原理和额定数据

1. 变压器的基本原理

变压器是将某一种电压、电流、相数的交流电能转变成另一种电压、电流、相数的交流电能的电器。

图 4.1－1 为双圈式单相变压器原理图。

$$\frac{E_1}{E_2}=\frac{W_1}{W_2}$$

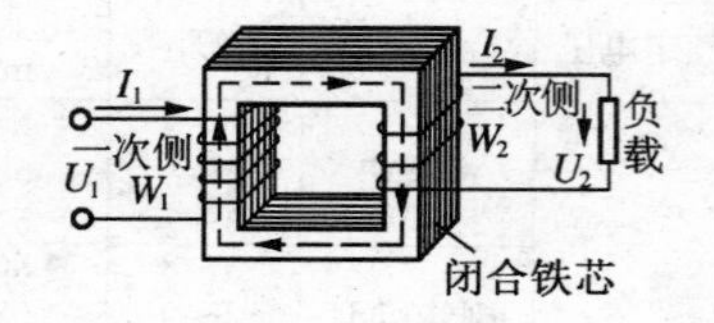

图 4.1－1 单相变压器的原理图

式中 E_1——一次侧绕组感应电动势；

E_2——二次侧绕组感应电动势；

W_1——一次侧绕组的匝数；

W_2——二次侧绕组的匝数。

如果忽略绕组本身压降，则可认为 $U_1\approx E_1$，$U_2\approx E_2$，于是

$$\frac{U_1}{U_2}\approx\frac{E_1}{E_2}=\frac{W_1}{W_2}$$

若两侧绕组没有漏磁，功率输送过程中又没有任何损失，则

$$\frac{I_1}{I_2}=\frac{U_2}{U_1}\approx\frac{W_2}{W_1}$$

2. 变压器常用额定数据

额定容量：在额定使用条件下，变压器施加额定电压、额定频率时能输出的额定电流，温升不超过极限值的容量。单位为VA、kVA。

额定电流：在额定使用条件下，变压器一次输入的线电流称为额定电流，二次输出的线电流叫二次额定电流。单位为A。

额定电压：根据变压器绝缘强度、铁芯饱和的限制和允许温升规定的一次线电压值，称一次额定电压。变压器空载时的二次线电压称二次额定电压。单位均为V或kV。

空载电流：以额定电流百分数表示。当用额定电压加在变压器一个绕组上，其余绕组开路时，变压器所吸取电流的三相算术平均值。

阻抗电压：又称短路电压，用额定电压百分数表示，双绕组变压器，当一个绕组短路时，在另一绕组中为产生额定电流所需加的电压。

空载损耗：当额定电压加在变压器一绕组上，其余绕组均为开路时，变压器吸取的功率。单位为W或kW。

短路损耗：当双绕组变压器的额定电流通过变压器的一个绕组，另一绕组短路时，变压器所吸取的功率。单位为W或kW。

除上述之外，还有相数、阻抗百分比、温升额定频率等。

3. 电力变压器的标准容量等级及高低压的电压等级

变压器的容量(kW)等级：5、10、20、30、50、75、100、135、180、240、320、420、560、750、1 000……

10、20、30、40、50、63、80、100、125、160、200、250、315、400、500、630、800、1 000、1 250、1 600……

变压器的高低压的电压(V)等级：低压侧的电压一般采用400/230，即线电压为400 V、相电压为230 V；高压侧的电压有

3 000、3 150、3 300、6 000、6 300、6 600、10 000、13 200、35 000、60 000、110 000、220 000……

4. 变压器的型号及其表示方法

变压器的型号表示方法如下，其型号及意义见表 4.1－1。

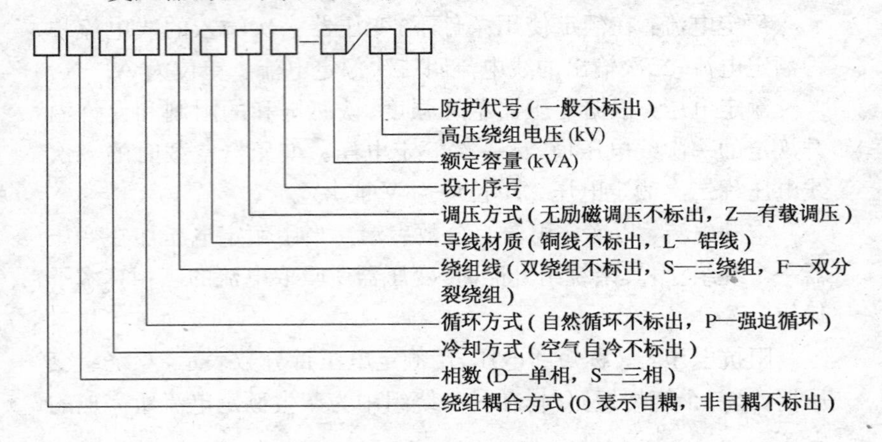

表 4.1－1 变压器的型号及意义

电力变压器		调压变压器		自耦变压器	
D	单相	T	调压器	O	自耦
J	油浸	O	自耦		注：O 在前为降压 O 在后为升压
G	干式	Y	移圈		
S	三相	A	感应		
F	风冷	C	接触	S、D、J、F、FP、Z	同电力
S	三绕组	P	强油循环		
FP	强油风冷	X	线端	干式变压器	
Z	有载	Z	中点	G	干式
SP	强油水冷	C	串联	Q	加强的
T	成套	S、D、G、F、J、Z	同电力	H	防火
D	移动式	矿用变压器		D、S	同电力
L	铝线	K D、G、S	矿用变压器 同电力	低电压变压器	

（续表）

<table>
<tr><td colspan="2">电力变压器</td><td colspan="2">调压变压器</td><td colspan="2">自耦变压器</td></tr>
<tr><td colspan="2">整流变压器</td><td colspan="2">船用变压器</td><td rowspan="2">D
S
D、J</td><td rowspan="2">低电压
水冷
同电力</td></tr>
<tr><td rowspan="3">Z
K
J
S、D、J、
F、FP</td><td rowspan="3">整流变压器
电抗器
电力机车用
同电力</td><td>S
D、G</td><td>防水
同电力</td></tr>
<tr><td colspan="2">电阻炉用变压器</td><td colspan="2">串联变压器</td></tr>
<tr><td rowspan="2">ZU
S、D、
J、SP</td><td rowspan="2">电阻炉用
同电力</td><td rowspan="2">C
S、D、
J、SP</td><td rowspan="2">串联
同电力</td></tr>
<tr><td colspan="2">启动变压器</td></tr>
<tr><td>Q
S、J</td><td>启动
同电力</td><td colspan="2">电炉用变压器</td><td colspan="2">消弧线圈</td></tr>
<tr><td colspan="2">试验变压器</td><td rowspan="2">H
K
S、J、
FP、SP</td><td rowspan="2">电炉
附电抗器
同电力</td><td>X
D、J</td><td>消弧
同电力</td></tr>
<tr><td>Y
D、J、G、S</td><td>试验
同电力</td><td rowspan="3">L
F
C
T
TN
TX</td><td rowspan="3">滤波
放大器
磁放大器
调幅
电压调整器
移相器</td></tr>
<tr><td colspan="2">中频淬火用变压器</td><td colspan="2">封闭电弧炉用变压器</td></tr>
<tr><td>R
G</td><td>中频
同电力</td><td>BH
S、J</td><td>封闭电弧炉
同电力</td></tr>
</table>

二、变压器的分类、结构和联接组标号

1. 变压器的分类(表 4.1－2)

表 4.1－2　变压器的分类

分类法	类　别	细 分 类 别
安装地点	户内 户外	干式、环氧浇注式 油式、柱上式、平台式、一般户外
相　数	单相 三相 三相变两相，或两相变三相	T形接法，V形接法
调压方式	无励磁调压 有载调压	
线圈数量	双线圈 三线圈 单线圈自耦	特殊整流变压器其分离的线圈有多于三线圈者

（续表）

分类法	类　别	细 分 类 别
冷却方式	油浸自冷 油浸风冷 油浸水冷 强油循环 干式自冷 干式风冷	扁管散热或片式散热，瓦楞油箱 附冷却风扇 附油水冷却器 有潜油泵 附风冷却器
导电体材质	铜导线 铝导线 半铜半铝	近年已发展为铝箔或铜箔产品
导磁体材质	冷轧硅钢片 热轧硅钢片	国外有磁铁玻璃体作铁芯
使用要求	电炉用 整流用 矿　用 船　用 中频淬火 试验用 电讯用 电焊用	炼钢或炼电石、炼合金 牵引、传动、电解或高压整流 一般型和防爆型 中频加热 高压耐压试验 调幅变压器 电焊变压器

2. 铁芯结构

铁芯由铁柱和铁轭两部分组成。绕组套装在铁柱上，而铁轭用来使整个磁路闭合。

变压器铁芯一般采用交叠方式进行叠装，应使上层和下层叠片的接缝互相错开，如图 4.1－2、图 4.1－3 所示。

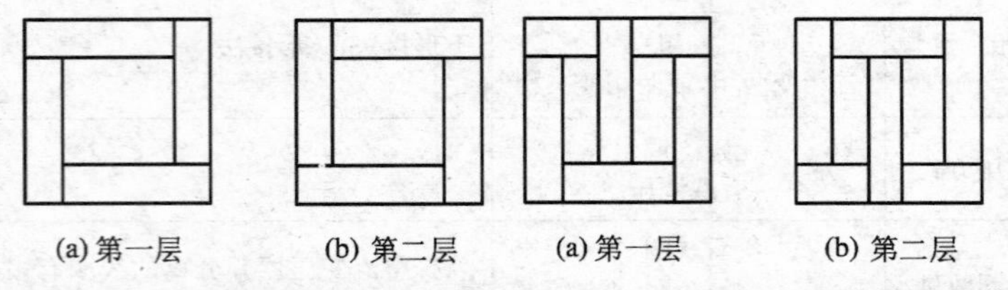

(a) 第一层　(b) 第二层　(a) 第一层　(b) 第二层

图 4.1－2　单相变压器铁芯叠装图　图 4.1－3　三相变压器铁芯叠装图

3. 绕组结构

绕组有同芯式和交叠式两种，如图 4.1－4 所示。

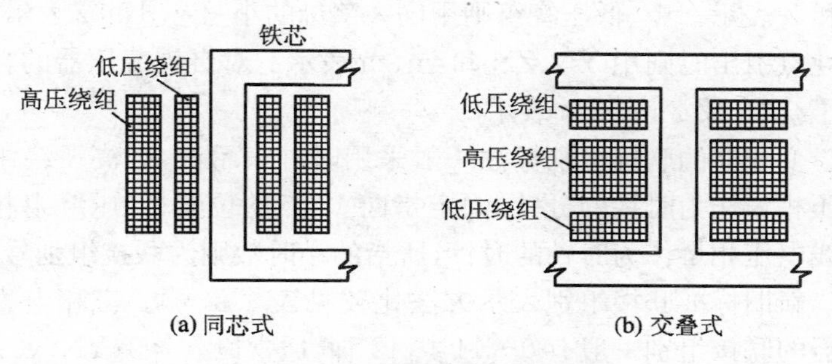

图 4.1－4　变压器绕组的结构

同芯式和交叠式绕组具有不同的电气、机械及热的特性。如表 4.1－3 所示。同芯式绕组结构简单，制造方便。按其绕组的绕制方式不同，同芯式绕组又分成圆筒式、螺旋式、分段式和连续式四种。

表 4.1－3　同芯式和交叠式绕组的特性

<table>
<tr><td rowspan="5">同心式</td><td rowspan="2">圆筒式</td><td>单层筒或双层筒式</td><td>制造工艺简单，机械强度、轴向承受短路能力较差。多用于电压低于 500 V，容量为 10～750 kW 变压器中</td></tr>
<tr><td>多层筒式</td><td>用在容量为 10～560 kW，电压为 10 kV 以下的变压器中</td></tr>
<tr><td>螺旋式</td><td colspan="2">多用于大于 1 000 kW，不宜采用双层圆筒式绕组的变压器中</td></tr>
<tr><td>分段式</td><td colspan="2">机械强度较好，制造工艺复杂，多用于每柱容量为 350 kW 变压器的高压绕组中</td></tr>
<tr><td>连续式</td><td colspan="2">机械强度较好，制造工艺复杂，多用于容量为 750 kW，电压为 6 kV以上的大、中型变压器中</td></tr>
<tr><td>交叠式</td><td colspan="3">漏磁小，机械强度好，引线方便，多用于大于 400 kW 的电炉变压器</td></tr>
</table>

4. 电力变压器的联接组标号

变压器绕组的联接组标号是根据高、低压绕组的联接方法和对应的线电压之间的相位关系确定的。

单相变压器没有绕组之间的联接，故其联接标号用 I 表示。三相变压器绕组有三角形、星形、曲折形，对于高压绕组分别用 Y、D 和 Z 表示。中、低压绕组则用同一字母的小写 y、d 和 z 表示，有中性点引出时则用 YN、ZN 和 yn、zn 表示。对自耦变压器的自耦低压绕组，用 auto 或 a 表示。

变压器的联接组别标注一般采用时钟表示法，即高压绕组线电压相量作为时钟的分针，固定指向 12 点的位置；低压绕组相应的线电压相量作为时钟的时针，所指的小时数则为联接组别号。

新旧标准联接组别表示方法比较见表 4.1－4。三相电力变压器的联接组别一般有 0～11 共 12 种，通常以 Y，y0；YN，y0；Y，yn0；Y，d11；YN，d11 等五种为常用标准联接组。其中常用变压器的联接组见表 4.1－5。

表 4.1－4　新旧标准变压器联接组别表示方法比较

名　　称	新国家标准			旧国家标准		
星形接线：	高压	中压	低压	高压	中压	低压
无中性点引出	Y	Y	Y	Y	Y	Y
有中性点引出	YN	yn	yn	Y0	Y0	Y0
曲折形接线：						
无中性点引出	Z	z	z	Z	Z	Z
有中性点引出	ZN	zn	zn	Z0	Z0	Z0
三角形接线	D	d	d	△	△	△
单相接线	I	I	I	I	I	I
自耦接线	公共部分两绕组额定电压低的用 a			联接组前加 0		
接线符号间	用逗号			用斜线		
组别数	0～11			1～12 前加横线		
联接组举例	I，I6			I/I－6		
	Y，yn0			Y/Y_0-12		
	Y，d11			Y/△－11		
	YN，yn0，d11			$Y_0/Y_0/$△$-12-11$		
	YN，a0，d11			$0-Y_0/$△$-12-11$		

表 4.1－5　双绕组三相变压器常用联接组

绕组联接		相量图		联接组标号
高压	低压	高压	低压	
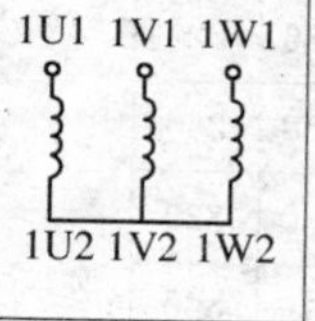 1U1 1V1 1W1 1U2 1V2 1W2	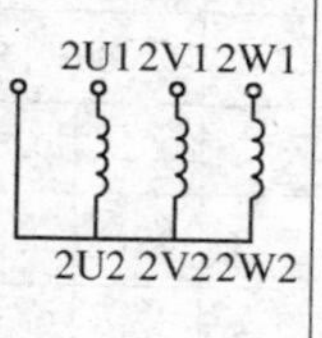 2U1 2V1 2W1 2U2 2V2 2W2	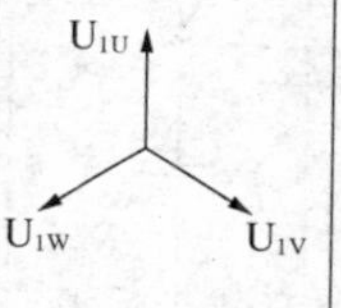 U_{1U} U_{1W} U_{1V}	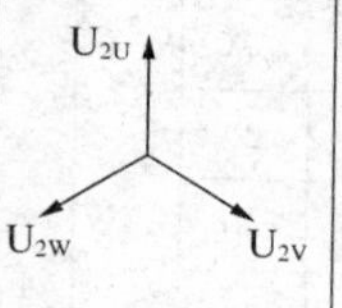 U_{2U} U_{2W} U_{2V}	Y,yn0 (Y/Y_0-12)
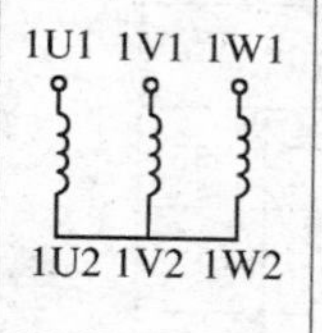 1U1 1V1 1W1 1U2 1V2 1W2	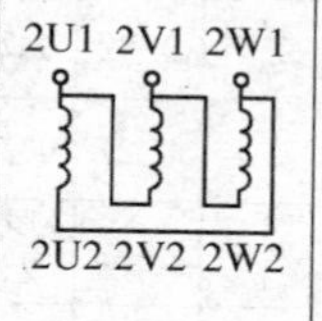 2U1 2V1 2W1 2U2 2V2 2W2	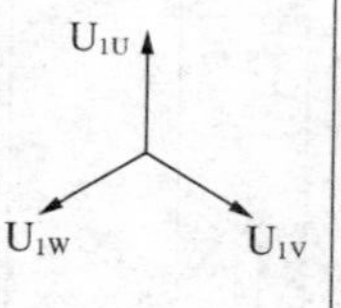 U_{1U} U_{1W} U_{1V}	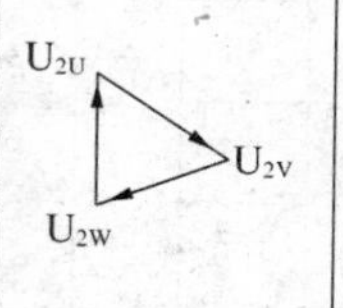 U_{2U} U_{2V} U_{2W}	Y,d11 (Y/△－11)
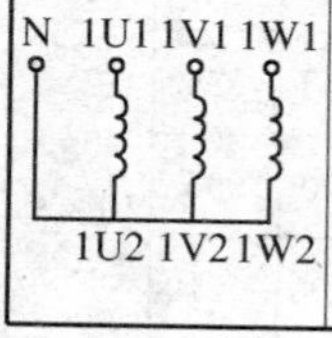 N 1U1 1V1 1W1 1U2 1V2 1W2	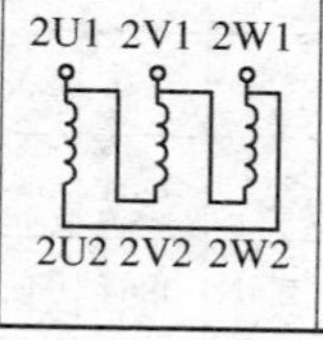 2U1 2V1 2W1 2U2 2V2 2W2	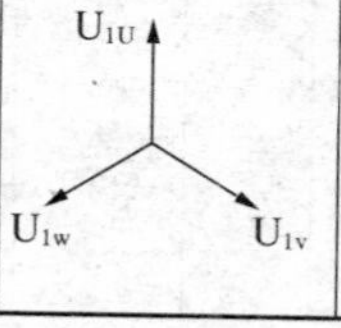 U_{1U} U_{1w} U_{1v}	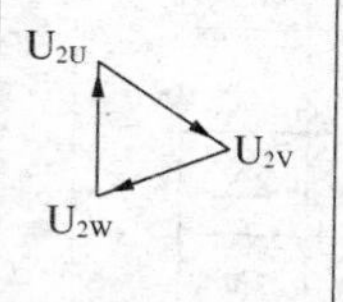 U_{2U} U_{2V} U_{2W}	YN,d11 (Y_0/△－11)

第二节　电力变压器

一、10 kV 级 S7、SL7 系列电力变压器

S7,SL7 系列电力变压器系三相油浸自冷式铝线双绕组(无调压、调励)。用于交流 50 Hz 输配电系统中分配电能、交换电压。其技术数据见表 4.2－1 和表 4.2－2。

表 4.2-1　10 kV 级 S7 系列电力变压器技术数据

<table>
<tr><th rowspan="2">型　号</th><th rowspan="2">额定容量/kVA</th><th colspan="2">额定电压/kV</th><th rowspan="2">阻抗电压(%)</th><th rowspan="2">联接组标号</th><th rowspan="2">空载电流(%)</th><th colspan="2">损耗/kW</th><th rowspan="2">质量/kg</th><th rowspan="2">调压范围(高压)</th></tr>
<tr><th>高压</th><th>低压</th><th>空载</th><th>负载</th></tr>
<tr><td>S7-10/10</td><td>10</td><td rowspan="20">10</td><td rowspan="20">0.4</td><td rowspan="14">4.0</td><td rowspan="19">Y,yn0</td><td>3.5</td><td>0.08</td><td>0.36</td><td>220</td><td rowspan="20">10 kV ±5%</td></tr>
<tr><td>S7-20/10</td><td>20</td><td>3.5</td><td>0.12</td><td>0.58</td><td>265</td></tr>
<tr><td>S7-30/10</td><td>30</td><td>2.8</td><td>0.15</td><td>0.80</td><td>330</td></tr>
<tr><td>S7-50/10</td><td>50</td><td>2.6</td><td>0.19</td><td>1.15</td><td>450</td></tr>
<tr><td>S7-63/10</td><td>63</td><td>2.5</td><td>0.22</td><td>1.40</td><td>470</td></tr>
<tr><td>S7-80/10</td><td>80</td><td>2.4</td><td>0.27</td><td>1.65</td><td>535</td></tr>
<tr><td>S7-100/10</td><td>100</td><td>2.3</td><td>0.32</td><td>2.00</td><td>615</td></tr>
<tr><td>S7-125/10</td><td>125</td><td>2.2</td><td>0.37</td><td>2.45</td><td>725</td></tr>
<tr><td>S7-160/10</td><td>160</td><td>2.1</td><td>0.46</td><td>2.85</td><td>825</td></tr>
<tr><td>S7-200/10</td><td>200</td><td>2.1</td><td>0.54</td><td>3.40</td><td>995</td></tr>
<tr><td>S7-250/10</td><td>250</td><td>2.0</td><td>0.64</td><td>4.00</td><td>1 110</td></tr>
<tr><td>S7-315/10</td><td>315</td><td>2.0</td><td>0.76</td><td>4.80</td><td>1 320</td></tr>
<tr><td>S7-400/10</td><td>400</td><td>1.9</td><td>0.92</td><td>5.80</td><td>1 530</td></tr>
<tr><td>S7-500/10</td><td>500</td><td>1.9</td><td>1.08</td><td>6.90</td><td>1 790</td></tr>
<tr><td>S7-630/10</td><td>630</td><td rowspan="5">4.5</td><td>1.8</td><td>1.30</td><td>8.10</td><td>2 535</td></tr>
<tr><td>S7-800/10</td><td>800</td><td>1.5</td><td>1.54</td><td>9.90</td><td>2 970</td></tr>
<tr><td>S7-1000/10</td><td>1 000</td><td>1.2</td><td>1.80</td><td>11.60</td><td>3 485</td></tr>
<tr><td>S7-1250/10</td><td>1 250</td><td>1.2</td><td>2.20</td><td>13.80</td><td>4 345</td></tr>
<tr><td>S7-1600/10</td><td>1 600</td><td>1.1</td><td>2.65</td><td>16.50</td><td>4 790</td></tr>
<tr><td>S7-315/10</td><td>315</td><td>4.0</td><td>D, yn11</td><td>2.0</td><td>0.76</td><td>4.80</td><td>1 420</td></tr>
</table>

（续表）

型　号	额定容量/kVA	额定电压/kV		阻抗电压（%）	联接组标号	空载电流（%）	损耗/kW		质量/kg	调压范围（高压）
		高压	低压				空载	负载		
S7－400/10	400	10	0.4	4.0	D，yn11	1.9	0.92	5.80	1 460	10 kV ±5%
S7－500/10	500					1.9	1.08	6.90	1 870	
S7－630/10	630			4.5		1.8	1.30	8.10	2 620	
S7－800/10	800			4.5		1.5	1.54	9.90	3 230	
S7－1000/10	1 000			6.0		1.2	1.80	11.60	3 590	
S7－1250/10	1 250			10.0		1.2	2.20	13.80	4 280	
S7－1600/10	1 600			4.5		1.1	2.65	16.50	4 650	
S7－2000/10	2 000			6.0		1.0	3.10	19.80	5 650	
S7－2500/10	2 500			10.0		1.0	3.65	23.00		
S7－630/10	630	10	3.15、6.3	4.5	Y，d11	1.8	1.30	8.1	2 530	10 kV ±5%
S7－800/10	800			5.5		1.5	1.54	9.9		
S7－1000/10	1 000					1.2	1.80	11.6	3 330	
S7－1250/10	1 250					1.2	2.20	13.8	3 740	
S7－1600/10	1 600					1.1	2.65	16.5		
S7－2000/10	2 000					1.0	3.10	19.8	5 340	
S7－2500/10	2 500					1.0	3.65	23.0	6 070	
S7－3150/10	3 150					0.9	4.40	27.0	7 990	
S7－4000/10	4 000					0.8	5.3	32.0	9 300	
S7－5000/10	5 000					0.8	6.4	36.7	10 130	
S7－6300/10	6 300					0.7	7.5	41.0	13 470	

表 4.2-2　10 kV 级 SL7 系列电力变压器技术数据

型　号	额定容量/kVA	额定电压/kV		阻抗电压(%)	联接组标号	空载电流(%)	损耗/kW		质量/kg	调压范围(高压)
		高压	低压				空载	负载		
SL7-30/10	30	10	0.4	4.0	Y,yn0	2.8	0.15	0.80	0.32	10 kV ±5%
SL7-50/10	50					2.6	0.19	1.15	0.48	
SL7-63/10	63					2.5	0.22	1.40	0.53	
SL7-80/10	80					2.4	0.27	1.65	0.59	
SL7-100/10	100					2.3	0.32	2.00	0.67	
SL7-125/10	125					2.2	0.37	2.45	0.79	
SL7-160/10	160					2.1	0.46	2.85	0.95	
SL7-200/10	200					2.1	0.54	3.40	1.07	
SL7-250/10	250					2.0	0.64	4.00	1.24	
SL7-315/10	315					2.0	0.76	4.80	1.49	
SL7-400/10	400					1.9	0.92	5.80	1.82	
SL7-500/10	500					1.9	1.08	6.90	2.05	
SL7-630/10	630	10	0.4	4.5	Y,yn0	3	1.30	8.10	2.75	10 kV ±5%
			6.3	4.5	Y,yd11				2.94	
SL7-800/10	800		0.4	4.5	Y, yn0	2.5	1.54	9.90	3.31	
			6.3	5.5	Y, yd11				3.16	
SL7-1000/10	1 000		0.4	4.5	Y, yn0	2.5	1.80	11.60	4.14	
			6.3	5.5	Y, yd11				3.59	
SL7-1250/10	1 250		0.4	4.5	Y, yn0	2.5	2.20	13.80	5.03	
			6.3	5.5	Y, yd11				4.14	
SL7-1600/10	1 600		0.4	4.5	Y, yn0	2.5	2.65	16.50	6.00	
			6.3	5.5	Y, yd11				4.94	
SL7-2000/10	2 000	10	6.3	5.5	Y, yd11	2.5	3.10	19.80	5.58	
SL7-2500/10	2 500					2.2	3.65	23.00	6.69	
SL7-3150/10	3 150					2.2	4.40	27.00	7.83	
SL7-4000/10	4 000					2.2	5.30	32.00	9.04	
SL7-5000/10	5 000					2.0	6.40	36.70	10.65	
SL7-6300/10	6 300					2.0	7.50	41.00	12.71	

二、10 kV 级 S8、SL8 系列三相电力变压器

用于交流 50 Hz 输配电系统中，可供城市、企业、农村作动力及照明供电。技术数据见表 4.2－3。

表 4.2－3　10 kV 级 S8 系列(SL8 系列)三相电力变压器技术数据

型　号	额定容量/kVA	额定电压/kV		阻抗电压(%)	联接组标号	空载电流(%)	损耗/kW		调压范围(高压)	结构、性能特点
		高压	低压				空载	负载		
S8－400/10	400	6，6.3，10，10.5，11 调压±5%	0.4	4.0	Y，yn0 或 D，yn11	1	0.80	4.3	10 kV ±5%	三相油浸自冷式铜线双绕组，具有损耗低、效率高的特点
S8－500/10	500					1	0.96	5.1		
S8－630/10	630			4.5		0.9	1.20	6.2		
S8－800/10	800					0.8	1.40	7.5		
S8－1000/10	1 000					0.7	1.70	10.3		
S8－1250/10	1 250	6，6.3，10，10.5，11 调压±5%	0.4	4.5	Y，yn0 或 D，yn11	0.6	1.95	12.0		
S8－1600/10	1 600					0.6	2.40	14.5		
SL8－400/10	400			4.0	Y，yn0 或 D，yn11	1.0	0.80	4.3		三相油浸自冷式铝线双绕组，具有损耗低、效率高的特点
SL8－500/10	500					1.0	0.96	5.1		
SL8－630/10	630			4.5		0.9	1.20	6.2		
SL8－800/10	800					0.8	1.40	7.5		
SL8－1000/10	1 000					0.7	1.70	10.3		
SL8－1250/10	1 250					0.6	1.95	12.0		
SL8－1600/10	1 600					0.6	2.40	14.5		

三、10 kV 级 S9 系列三相电力变压器

S9 系列电力变压器为全国统一设计。与 S7 系列相比，S9 系列的主要特点是：空载损耗平均降低 7%，负载损耗平均降低 21%，总损耗平均降低 20%左右。其技术数据见表 4.2－4。

表 4.2-4　10 kV 级 S9 系列三相电力变压器主要技术数据

额定容量/kVA	额定电压/kV		联接组标号	阻抗电压(%)	损耗/W		每匝电压/V	重量/kg			铁芯					空载电流(%)
	高压	低压			空载	负载		总重	油重	器身重	直径/mm	芯柱截面/cm^2	芯柱中心距/mm	窗高/mm	电工钢片重/kg	
30	10 6.3 6.0	0.4	Y,yn0	4	120	600 575 585	2.31	340	90	165	100	66.88	215	245	91.5	2.4
50	10 6.3 6.0	0.4	Y,yn0	4	155	855 850 865	2.923	455	100	260	115	89.395	240	280	139	2.2
63	10 6.3 6.0	0.4	Y,yn0	4	199	1 030 990 1 020	3.3	505	115	280	120	96.995	245	300	157	2.2
80	10 6.3 6.0	0.4	Y,yn0	4	230	1 250 1 175 1 215	3.85	590	130	340	130	114.19	260	305	193	2.0
100	10 6.3 6.0	0.4	Y,yn0	4	280	1 485 1 405 1 445	4.357 4	650	140	380	135	123.88	265	310	215	2.0
125	10 6.3 6.0	0.4	Y,yn0	4	320	1 735 1 725 1 680	4.714 2	790	175	440	140	132.91	275	345	245	1.8
160	10 6.3 6.0	0.4	Y,yn0		390	2 075 2 040 2 010	5.5	936	195	530	150	155.61	290	350	299	1.7
200	10 6.3 6.0	0.4	Y,yn0	4	460	2 495 2 450 2 355	6.243	1 045	215	605	160	176.415	300	360	351	1.7
250	10 6.3 6.0	0.4	Y,yn0	4	535	2 945 2 895 2 880	7	1 245	255	730	170	199.88	315	395	426	1.5
315	10 6.3 6.0	0.4	Y,yn0	4	650	3 420 3 420 3 265	7.965 5	1 430	280	855	180	225.34	330	410	502.5	1.5
400	10 6.3 6.0	0.4	Y,yn0	4	775	4 195 4 095 4 055	8.884 6	1 645	320	1 010	190	250.8	340	445	591	1.4

（续表）

额定容量/kVA	额定电压/kV		联接组标号	阻抗电压(%)	损耗/W		每匝电压/V	重量/kg			铁芯					空载电流(%)
	高压	低压			空载	负载		总重	油重	器身重	直径/mm	芯柱截面/cm^2	芯柱中心距/mm	窗高/mm	电工钢片重/kg	
500	10 6.3 6.0	0.4	Y,yn0	4	945	4 980 4 940 4 895	10.043	1 890	360	1 155	200	277.4	355	465	684	1.4
630	10 6.3 6.0	0.4	Y,yn0	4.5	1 145	5 950 5 840 5 970	11	2 825	605	1 720	215	322.81	410	650	999	1.2
800	10 6.3 6.0	0.4	Y,yn0	4.5	1 340	7 195 7 095 7 050	12.158	3 215	680	1 965	225	353.02	415	690	1 136	1.2
1 000	10 6.3 6.0	0.4	Y,yn0	4.5	1 675	9 955 9 750 9 975	13.588	3 945	870	2 180	235	385.79	425	750	1 313	1.1
1 250	10 6.3 6.0	0.4	Y,yn0	4.5	1 800	11 665 11 610 11 240	14.438	4 650	980	2 615	245	422.37	435	850	1 554	1.1
1 600	10 6.3 6.0	0.4	Y,yn0	4.5	2 320	13 975 13 915 13 875	16.5	5 205	1 115	2 960	255	458.815	445	880	1 730	1.0

额定容量/kVA	低压线圈					低压线圈					油箱内部尺寸(长×宽×高)/mm	散热面积/m^2
	导线		总匝数	并线根数	导线净重/kg	导线		总匝数	并线根数	导线净重/kg		
	规格/mm	型号				规格/mm	型号					
30	φ1.05 φ1.4 φ1.4	QQ-2	2 625 1 650 1 575	1	34.3 37.6 35.9	2.24×7.5	ZB-0.45	100	1	16.9	390×300×610	1.596
50	φ1.5 φ1.5 φ1.9	QQ-2	2 074 1 303 1 244	1	60.6 60.7 58	2.24×11.2	ZB-0.45	79	1	22.5	470×300×660	2.07
63	φ1.45 φ1.5 φ1.5	QQ-2	1 837 1 154 1 103	1	53.1 57.1 55	3.15×6.7	ZB-0.45	70	2	35.4	470×320×680	2.5

（续表）

额定容量/kVA	低压线圈					低压线圈					油箱内部尺寸（长×宽×高）/mm	散热面积/m²
	导线		总匝数	并线根数	导线净重/kg	导线		总匝数	并线根数	导线净重/kg		
	规格/mm	型号				规格/mm	型号					
80	ϕ1.5 ϕ2.12 ϕ2.12	QQ-2	1 575 990 945	1	58.7 64.5 61.9	3.35×8	ZB-0.45	60	2	41.7	500×330×705	2.912
100	ϕ1.7 ϕ2.24 ϕ2.24	QQ-2	1 391 875 835	1	60.5 65.8 62.9	4×9	ZB-0.45	53	2	51.6	510×340×730	3.56
125	ϕ2 1.8×3 ϕ2.65	QQ-2 ZB-0.45 QQ-2	1 086 809 772	1	79.7 80 84	3.35×11.2	ZB-0.45	49	2	54.5	890×340×760	4.322
160	ϕ2.12 1.6×3.75 1.4×4	QQ-2 ZB-0.45 ZB-0.45	1 102 693 661	1	81.5 84 85.6	4.5×13.2	ZB-0.45	42	2	75.4	920×360×790	4.993
200	ϕ2.36 2.12×3.55 2.24×3.75	QQ-2 ZB-0.45 ZB-0.45	971 611 583	1	92.1 95 102	4.5×7.5	ZB-0.45	37	2×2	79.1	950×370×820	5.814
250	2×3.15 2×5 2.12×5	ZB-0.45	866 545 520	1	117.1 118.8 120.8	4×9.5	ZB-0.45	33	2×2	83	990×390×880	7.01
315	1.9×4 2.12×5.6 2.12×6.3	ZB-0.45	761 479 457	1	131 131.4 141	4.5×11.7	ZB-0.45	29	2×2	103.2	1 040×400×910	8.224
400	2.24×4 2.65×5.6 3.15×5	ZB-0.45	682 429 409	1	146.4 153.7 155.6	5×9	ZB-0.45	26	2×3	132.2	1 080×420×970	10.078

（续表）

额定容量/kVA	低压线圈					低压线圈					油箱内部尺寸（长×宽×高）/mm	散热面积/m²
	导线		总匝数	并线根数	导线净重/kg	导线		总匝数	并线根数	导线净重/kg		
	规格/mm	型号				规格/mm	型号					
500	2.5×4.5 2.8×6.3 2.8×6.7	ZB-0.45	604 379 362	1	168.6 168.5 171.4	5×10.6	ZB-0.45	23	2×3	144.5	1 110×440× 1 010	12.256
630	1.8×10 3×10 3×10	ZB-0.45	551 331 346	1	292 292 305	3.35×10	ZB-0.45	21	12	193	1 280×520× 1 235	14.818
800	2×11.2 3.15×11.8 3.15×12.5	ZB-0.45	499 313 299	1	337.6 351 356	4×12.5	ZB-0.45	19	10	224.3	1 300×540× 1 315	17.94
1 000	2.24×10 3.0×12.5 3.0×12.5	ZB-0.45	446 280 268	1	315 332 318	2.35×12.5	ZB-0.45	17	14	256.5	1 370×550× 1 470	23.95
1 250	2.65×11.2 3.0×8 3.0×9	ZB-0.45	120 264 252	1 2 2	199.2 404 435	3×9	ZB-0.45	16	28	308.6	1 400×570× 1 600	28.01
1 600	2.8×12.5 2.8×10 2.8×10.6	ZB-0.45	367 231 220	1 2 2	425.5 426.5 431	4.75×11.2	ZB-0.45	14	20	396.9	1 440×610× 1 670	33.06

第三节　新型有载调压电力变压器

一、10 kV 级 SZ7、SZL7 系列有载调压电力变压器

10 kV 级 SZ7、SZL7 系列均为油浸自冷式，分别为铜线、铝线双绕组，有载调压。用于电网电压波动频繁、供电质量要求高的场

所。其技术数据见表 4.3-1。

表 4.3-1　SZ7 系列、SZL7 系列有载调压电力变压器技术数据

型　号	额定容量/kVA	额定电压/kV		联接组标号	阻抗电压(%)	空载电流(%)	损耗/kW		调压范围(高压)
		高压	低压				空载	负载	
SZ7-200/10	200	10	0.4	Y,yn0	4	2.1	0.54	3.40	10 kV ±(4×5%) ±(4×2.5%)
SZ7-250/10	250					2.0	0.64	4.00	
SZ7-315/10	315					2.0	0.76	4.80	
SZ7-400/10	400					1.9	0.92	5.80	
SZ7-500/10	500					1.9	1.08	6.90	
SZ7-630/10	630				4.5	1.8	1.40	8.50	
SZ7-800/10	800					1.8	1.66	10.40	
SZ7-1000/10	1 000					1.7	1.93	12.18	
SZ7-1250/10	1 250					1.6	2.35	14.49	
SZ7-1600/10	1 600					1.5	3.00	17.30	
SZ7-2000/10	2 000					1.0	3.50	21.00	
SZL7-200/10	200	10	0.4	Y,yn0	4	2.1	0.54	3.40	10 kV ±(4×2.5%)
SZL7-250/10	250					2.0	0.64	4.00	
SZL7-315/10	315					2.0	0.76	4.80	
SZL7-400/10	400					1.9	0.92	5.80	
SZL7-500/10	500					1.9	1.08	6.90	
SZL7-630/10	630					1.8	1.40	8.50	
SZL7-800/10	800					1.8	1.66	10.40	
SZL7-1000/10	1 000					1.7	1.93	12.18	
SZL7-1250/10	1 250					1.6	2.35	14.49	
SZL7-1600/10	1 600					1.5	3.00	17.30	

二、10 kV 级 S9 系列有载调压电力变压器

10 kV 级 S9 系列为油浸自冷式，铜线双绕组，可进行有载调压。用于电网电压波动频繁、供电质量要求较高的场所。其技术数据见表 4.3－2。

表 4.3－2　10 kV 级 S9 系列有载调压电力变压器技术数据

型　号	额定容量/kVA	额定电压/kV		联接组标号	阻抗电压（%）	空载电流（%）	损耗/kW		调压范围（高压）
		高压	低压				空载	负载	
SZ9－250/10	250	10	0.4	Y，yn0	4	1.5	0.61	3.09	10 kV ±5%
SZ9－315/10	315					1.4	0.73	3.60	
SZ9－400/10	400					1.3	0.87	4.40	
SZ9－500/10	500					1.2	1.04	5.25	
SZ9－630/10	630				4.5	1.1	1.27	6.30	
SZ9－800/10	800					1.0	1.51	7.56	
SZ9－1000/10	1 000					0.9	1.78	10.50	
SZ9－1250/10	1 250					0.8	2.08	12.00	10 kV±（4×2.5%）
SZ9－1600/10	1 600					0.7	2.54	14.70	
SZ9－5000/10	5 000	10	3.15 6.3	Y，d11	5.5	0.7	6.15	31.40	
SZ9－6300/10	6 300					0.7	7.21	35.10	

三、35 kV 级 SZ7 系列部分有载调压电力变压器(表 4.3－3)

表 4.3－3　35 kV 级 SZ7 系列部分有载调压电力变压器技术数据

序号	型　号	额定容量/kVA	额定电压/kV		短路阻抗(%)	空载电流(%)	联接组标号	损耗/kW		重量/t	外形尺寸 长×宽×高/mm
			高压	低压				空载	负载		
1	SZ7－2000/35	2 000	35 38.5 调压范围 ±3×2.5%	6.3 10.5	6.5	1.4	Y，d11	3.60	20.80	7.36	4 240×1 525×2 890
2	SZ7－2500/35	2 500			6.5	1.4		4.25	24.15		
3	SZ7－3150/35	3 150			7.0	1.3		5.05	28.90		
4	SZ7－4000/35	4 000			7	1.3		6.05	34.10	11.28	3 570×2 930×3 140
5	SZ7－5000/35	5 000			7	1.2		7.25	40.00		
6	SZ7－6300/35	6 300			7.5	1.2		8.80	43.00	13.06	3 780×2 885×3 320
7	SZ7－8000/35	8 000		6.3 6.6 10.5 11	7.5	1.1	YN，d11	12.30	49.50	18.42	4 350×3 200×3 950
8	SZ7－10000/35	10 000			7.5	1.1		14.50	56.20	24.3	4 470×3 970×4 060
9	SZ7－12500/35	12 500			8.0	1.0		17.10	66.50		

四、35 kV 级 S9、SZ9 系列部分有载调压电力变压器(表 4.3－4、表 4.3－5)

表 4.3－4　35 kV 级 S9 系列无励磁调压电力变压器技术数据

额定容量/kVA	额定电压/kV		阻抗电压(%)	联接组标号	空载损耗/kW	负载损耗/kW	空载电流(%)
	高压	低压					
50	35	0.4	6.5	Y，yn0	0.21	1.22	2.80
100					0.30	2.03	2.60
125					0.34	2.40	2.50
160					0.38	2.90	2.40
200					0.44	3.40	2.20
250					0.51	4.00	2.00
315					0.61	4.80	2.00
400					0.74	5.80	1.90

表 4.3-5　35 kV 级 SZ9 系列部分有载调压电力变压器技术数据

额定容量/kVA	额定电压/kV		阻抗电压(%)	联接组标号	空载损耗/kW	负载损耗/kW	空载电流(%)
	高压	低压					
2 000	35	6.3	6.5	Y,d11	2.88	18.72	1.40
2 500		10.5			3.40	21.71	1.40
3 150	35	6.3	7		4.04	26.01	1.30
4 000					4.84	30.69	1.30
5 000	38.5	10.5			5.80	36.00	1.20
6 300					7.04	38.70	1.20
8 000	35	6.3 6.6			9.84	42.75	1.10
10 000			8	YN,d11	11.60	50.58	1.10
12 500	38.5	10.5 11			13.68	59.85	1.00

五、S11M 系列低损耗配电变压器

S11M 系列是以 S9 性能数据为基础负载损耗值不变,空载损耗下调 30%的派生系列,具有显著的节能效果。其技术数据见表 4.3-6。

表 4.3-6　S11M 系列 30～800 kVA、10 kV 级卷铁芯无励磁调压全密封变压器技术数据

产品型号	额定容量/kVA	额定电压			联接组标号	空载损耗/W	负载损耗/W	空载电流(%)	短路阻抗(%)
		高压/kV	高压分接范围	低压/kV					
S11-M-30/10	30	6 6.3 6.6 10 10.5 11	±5% ±2×2.5% (+3/−1)×2.5%	0.4	Y,yn0	90	600	0.6	4
S11-M-50/10	50					115	870	0.6	
S11-M-63/10	63					140	1 040	0.57	
S11-M-80/10	80					175	1 250	0.54	
S11-M-100/10	100					200	1 500	0.48	
S11-M-125/10	125					235	1 800	0.45	
S11-M-160/10	160					280	2 200	0.42	
S11-M-200/10	200					335	2 600	0.39	
S11-M-250/10	250					390	3 050	0.36	

（续表）

<table>
<tr><th rowspan="2">产品型号</th><th rowspan="2">额定容量/kVA</th><th colspan="3">额定电压</th><th rowspan="2">联接组标号</th><th rowspan="2">空载损耗/W</th><th rowspan="2">负载损耗/W</th><th rowspan="2">空载电流(%)</th><th rowspan="2">短路阻抗(%)</th></tr>
<tr><th>高压/kV</th><th>高压分接范围</th><th>低压/kV</th></tr>
<tr><td>S11-M-315/10</td><td>315</td><td rowspan="5">6
6.3
6.6
10
10.5
11</td><td rowspan="5">±5%
±2×2.5%
(+3/−1)×2.5%</td><td rowspan="5">0.4</td><td rowspan="5">Y,yn0</td><td>465</td><td>3 650</td><td>0.33</td><td rowspan="3">4</td></tr>
<tr><td>S11-M-400/10</td><td>400</td><td>560</td><td>4 300</td><td>0.3</td></tr>
<tr><td>S11-M-500/10</td><td>500</td><td>670</td><td>5 100</td><td>0.3</td></tr>
<tr><td>S11-M-630/10</td><td>630</td><td>840</td><td>6 200</td><td>0.27</td><td rowspan="2">4.5</td></tr>
<tr><td>S11-M-800/10</td><td>800</td><td>980</td><td>7 500</td><td>0.24</td></tr>
</table>

第四节　干式变压器

这里介绍电压低于500 V、容量在5～100 kW范围内的中小型空气自冷式三相干式变压器。

干式变压器主要电气数据包括：

(1) 额定容量 S_N(kVA)。

(2) 一、二次侧线电压 U_{1L}、U_{2L}(V)。

(3) 绕组接法，如 $Y/\triangle_{-11}$　Y/Y_{0-12} 等。

干式变压器计算步骤如下：

1. 一、二次侧电流、电压计算

(1) 一、二次侧线电流：

$$I_L=\frac{S_N}{\sqrt{3}U_L}\text{(A)}$$

(2) 一、二次侧相电流：

$$\triangle\text{接法}:I=\frac{1}{\sqrt{3}}I_L\text{(A)}$$

$$Y\text{接法}:I=I_L\text{(A)}$$

(3) 一、二次侧相电压：

$$\triangle\text{接法}:U=U_L(\mathrm{V})$$

$$\mathrm{Y}\text{接法}:U=\frac{1}{\sqrt{3}}U_L(\mathrm{V})$$

2. 铁芯直径计算

铁芯直径按下式确定：

$$D=K\sqrt[4]{S_{柱}}(\mathrm{mm})$$

式中，K 为经验系数。三相双圈变压器 $S_{柱}=\frac{S_N}{3}(\mathrm{kVA})$，单相双圈变压器 $S_{柱}=\frac{S_N}{2}(\mathrm{kVA})$。

根据计算结果，查表 4.4-1 选标准直径铁芯。热轧涂漆硅钢片取叠片系数 $K_D=0.91$，冷轧涂漆硅钢片 $K_D=0.92$，从而可以确定铁芯柱净截面积 $S_C(\mathrm{cm}^2)$。

3. 铁轭截面的确定

为了减少空载电流，铁轭截面应当采用三相三柱式多级铁芯截面。铁轭截面 S_Y 可按下式确定：

$$S_Y=(1.05\sim1.10)S_C(\mathrm{cm}^2)$$

4. 铁轭高度 h_Y 的确定

$$h_Y=\frac{S_C}{K_D T}(\mathrm{cm})$$

式中　K_D——叠片系数；

T——铁芯叠片厚度(cm)；

S_C——铁芯心柱净截面积(cm^2)。

5. 计算每匝电压 e_1

$$e_1=2.22B_{mc}S_C\times10^{-6}(\mathrm{V}/\text{匝})$$

式中　B_{mc}——铁芯芯柱磁通密度(T)，可参考表 4.4-2 选取。

表 4.4－1　干式变压器铁芯柱截面积及各级尺寸

外接圆直径 D/mm	视在面积(毛面积)S_C'/cm²	净面积 S_C/cm² *		铁芯柱宽度/mm								铁芯柱厚度/mm									利用系数 K_S
		$0.91S_C'$	$0.92S_C'$	a_1	a_2	a_3	a_4	a_5	a_6	a_7	a_8	b_1	b_2	b_3	b_4	b_5	b_6	b_7	b_8	T	
70	34.30	31.21	31.56	65	60	50	35	20				26	5	6	6	3				66	0.89
75	39.90	36.31	36.71	70	65	55	40	25				27	5	7	6	4				71	0.90
80	45.30	41.32	41.68	75	65	55	40	25				28	9	6	5	4				76	0.90
85	51.00	46.41	46.92	80	70	60	45	25				28	10	6	6	4				80	0.90
90	57.75	52.55	53.13	85	75	65	50	30				29	10	7	6	5				85	0.91
95	64.30	58.52	59.16	90	80	65	50	30				30	11	9	5	5				90	0.91
100	70.95	64.57	65.27	95	85	70	55	30				31	11	9	6	6				95	0.91

（续表）

外接圆直径 D/mm	视在面积(毛面积) S'_C/cm²	净面积 S_C/cm² *		铁芯柱宽度/mm								铁芯柱厚度/mm									利用系数 K_S
		$0.91S'_C$	$0.92S'_C$	a_1	a_2	a_3	a_4	a_5	a_6	a_7	a_8	b_1	b_2	b_3	b_4	b_5	b_6	b_7	b_8	T	
105	79. 50	72. 35	73. 14	100	90	80	65	50	30			32	11	7	7	5	4			100	0. 92
110	87. 15	79. 31	80. 18	105	95	85	70	55	30			33	11	7	8	5	5			105	0. 92
115	95. 00	86. 45	87. 40	110	100	90	75	55	30			34	11	8	7	7	5			110	0. 91
120	104. 10	94. 73	95. 77	115	105	90	75	60	35			34	12	11	7	5	5			114	0. 92
125	112. 80	102. 65	103. 78	120	110	95	80	60	35			35	12	11	8	6	5			119	0. 92
130	122. 55	111. 52	112. 75	125	115	100	85	65	35			35	13	11	8	7	6			125	0. 92
135	132. 00	120. 12	121. 44	130	115	105	85	65	40			37	17	7	10	7	5			129	0. 92
140	141. 95	129. 18	130. 59	135	120	110	90	70	40			37	18	7	10	7	7			135	0. 92
145	152. 20	138. 50	140. 02	140	125	110	95	70	40			38	18	10	8	8	7			140	0. 92
150	165. 00	150. 15	151. 80	145	135	120	105	90	65	40		38	14	12	9	6	8	4		144	0. 93
155	175. 80	159. 90	161. 74	148	140	125	110	90	70	40		45	11	12	9	9	6	5		149	0. 93
160	188. 30	171. 35	173. 24	155	145	130	115	95	70	40		40	14	13	9	8	8	6		156	0. 94
165	199. 46	181. 51	183. 50	160	148	135	115	95	70	35		41	16	11	12	8	7	6		161	0. 93
170	211. 55	192. 51	194. 63	165	155	140	120	100	75	45		41	14	14	12	8	8	5		163	0. 93
175	224. 30	204. 11	206. 36	170	160	140	125	100	75	45		41	15	17	9	10	8	5		169	0. 93
180	237. 30	215. 94	218. 32	175	160	145	125	105	80	45		42	30	12	12	8	8	6		174	0. 93
185	250. 44	227. 90	230. 40	180	165	148	130	110	80	45		43	20	14	10	9	9	6		179	0. 93
190	263. 65	239. 92	242. 56	185	170	155	135	110	85	50		43	21	12	12	11	7	7		183	0. 93
195	278. 50	253. 44	256. 22	185	175	160	140	115	85	60		62	12	13	12	11	9	6		188	0. 93
200	292. 50	266. 18	269. 10	195	180	160	140	115	85	50		44	21	17	11	11	8	7		194	0. 93

（续表）

外接圆直径 D/mm	视在面积(毛面积)S_C'/cm²	净面积 S_C/cm² *		铁芯柱宽度/mm								铁芯柱厚度/mm									利用系数 K_S
		$0.91S_C'$	$0.92S_C'$	a_1	a_2	a_3	a_4	a_5	a_6	a_7	a_8	b_1	b_2	b_3	b_4	b_5	b_6	b_7	b_8	T	
205	308.60	280.83	283.91	200	185	165	145	120	90	50		45	22	16	12	11	9	7		199	0.935
210	322.08	293.09	296.31	200	185	170	148	120	90	55		64	18	11	13	12	9	6		202	0.93
215	339.20	308.67	312.06	210	195	175	148	125	95	55		46	23	17	15	10	8	8		208	0.934
220	353.60	321.78	325.31	210	200	180	155	130	95	55		66	13	17	15	11	10	7		212	0.93
225	372.05	339.11	342.84	215	200	180	160	130	100	55		67	18	16	15	13	9	8		219	0.937
230	387.10	352.26	356.13	220	205	185	160	135	100	55		67	19	16	14	10	11	8		223	0.93
235	404.20	367.82	371.86	225	210	185	165	135	100	65		68	19	19	12	12	10	7		226	0.93
240	422.90	384.84	389.07	230	215	195	170	140	105	65		69	19	17	14	13	11	7		231	0.935
245	445.10	403.22	407.65	235	220	200	180	155	130	100	60	68	20	16	13	11	10	8	7	238	0.944
250	460.90	419.42	424.03	240	225	210	185	165	135	100	60	70	20	13	16	10	11	9	7	242	0.94
255	480.70	437.44	442.24	245	230	215	185	165	135	100	60	72	19	14	19	10	10	9	7	248	0.94
260	500.34	455.31	460.31	248	235	220	195	170	140	105	65	78	17	14	16	13	11	9	7	252	0.942
265	517.10	470.56	475.73	255	240	225	200	175	140	110	60	70	21	14	17	12	13	8	9	258	0.938
270	539.60	491.04	496.43	260	245	225	205	175	145	110	65	70	19	18	13	15	11	9	8	262	0.942
275	557.83	507.63	513.20	265	248	230	205	180	145	110	65	73	23	16	16	12	13	9	8	267	0.939
280	581.06	528.76	534.58	270	255	235	210	180	148	115	65	74	21	19	16	15	11	9	8	272	0.944
285	600.80	546.73	552.74	275	260	240	215	185	155	115	70	74	21	19	17	15	11	10	8	276	0.942
290	621.90	565.93	572.15	280	265	245	220	185	155	120	70	76	21	19	16	17	12	9	9	282	0.942
295	643.16	585.28	591.71	285	270	248	220	185	155	120	70	76	21	21	18	17	11	9	8	286	0.941
300	663.20	603.51	610.14	290	275	255	225	195	160	115	70	77	21	19	20	15	13	12	7	291	0.938

* 系指在表中 S_C' 前面的系数为叠片系数 K。

表 4.4-2 铁芯芯柱磁通密度 B_{mc} 表

铁芯材料	磁通密度(B_{mc})/T	绝缘耐热等级
热轧钢片	1.2～1.35 1.3～1.45	B H
冷轧钢片	1.4～1.55 1.5～1.65	B H

6. 一、二次侧线圈匝数的确定

一般先计算出低压线圈匝数，然后计算高压线圈匝数。低压线圈匝数：

$$W_2=\frac{U_2}{e_1}(\text{匝})(\text{取整数})$$

$$W_1=\frac{U_1}{U_2}W_2(\text{匝})$$

7. 确定导线截面积 A

$$A=\frac{I}{j}(\text{mm}^2)$$

当选用圆线时，导线直径可按下式计算：

$$d=1.13\sqrt{\frac{I}{j}}(\text{mm})$$

式中 I——相电流(A)；

j——电流密度(A/mm^2)，按表 4.4-3 选取；

d——导线直径(mm)；

A——导线截面积(mm^2)。

8. 线圈结构形式的确定

线圈排列方式主要决定于阻抗电压、出线方式、绝缘结构是否合理等因素。干式变压器一般为双线圈变压器，二次侧或称低压侧电流较大，为了便于出线，应将二次线圈放在外面。线圈形式一般为圆筒式、连续式、螺旋式等几种。低压圆筒式要求每层匝数相等，层数应为双数。一、二次侧线圈高度应相同，引出线在同一端面。

在结构上，要求线圈的高度低于铁芯窗口高度，绕制时线圈两端应加绝缘端圈。线圈最大外径尺寸加上外线圈间的绝缘距离，应等于变压器铁芯的中心距 M_0（一般为 5 的倍数）。为了使线圈有良好的散热条件和合理的工艺布置，应考虑线圈层间留有足够的通风道。通风道尺寸按表 4.4－4 选取。圆筒式层间绝缘按表 4.4－5选取。线圈尺寸（包括线规）的最后确定，应保证温升、损耗、阻抗电压等主要指标不超过有关标准规定的允许值。

表 4.4－3　干式变压器电流密度

线圈材料	电流密度/(A/mm²)		绝缘耐压等级
	内线圈	外线圈	
铜导线	1.4～2.1	2.0～3.0	B(E)*
	2.4～3.6	2.8～4.3	H
铝导线	1.0～1.5	1.6～2.1	B
	1.5～2.1	1.8～2.3	H

*　系指 B(E)耐热绝缘等级中，B 级作为辅助绝缘，E 级作为主绝缘。

表 4.4－4　圆筒式线圈层间气道宽度

线圈高度(包括端圈)/mm	轴向气道宽度/mm
400 及以下	10
401～500	12
501～600	15
601～700	18

表 4.4－5　圆筒式线圈层间绝缘

两层间工作电压/V	0.15 玻璃漆布张数
300 及以下	2～6
301～500	4～5

9. 导线重量 G_d 的计算

$$G_d=3gL_{CP}\cdot A\cdot W\times10^{-6}\text{(kg)}$$（单相变压器无系数 3）

式中 g——导线密度（铜线为 8.9 kg/dm^3，铝线为 2.7 kg/dm^3）；

L_{CP}——线圈平均匝长（mm），$L_{CP}=\pi d_{CP}$；

d_{CP}——线圈平均直径（mm）；

A——导线截面积（mm^2）；

W——线圈总匝数。

按上式可分别求出一、二次侧导线重量。

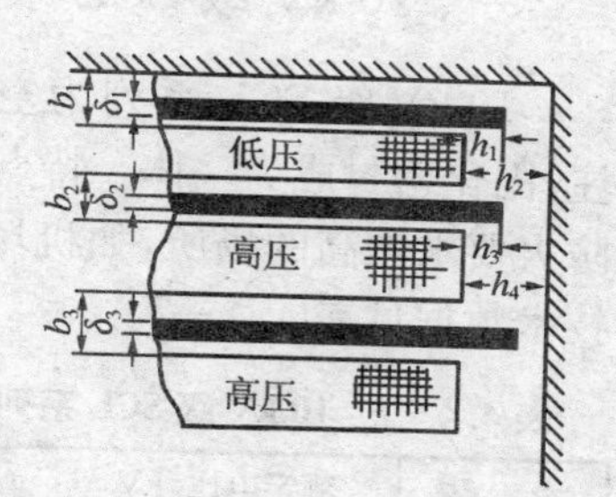

图 4.4－1　干式变压器主绝缘结构示意

10. 铁芯柱窗高 h_C 的确定

铁芯柱窗高 h_C 为绕组的高度（线到线的高度）加上绕组到铁轭距离的 2 倍。试验电压在 5 kV 以下的主绝缘距离，可参考图 4.4－1 和表 4.4－6 确定。

表 4.4－6　干式变压器主绝缘尺寸

电压等级/kV	试验电压/kV	绝缘耐热等级	主绝缘尺寸/mm									
			b_1	δ_1	h_1	h_2	b_2	δ_2	h_3	h_4	b_3	δ_3
≤1	3	B H	10	0		15	10	0		15	10	0
3	10	B H	14 15	2.5～3	15	30	10 12	2.5～3	10 12	20 25	11 13	2
6	16	B H	27 30	4	30	55 60	22 25	4	25	45 55	25 28	3
10	24	B H	50 52	5	50 52	100 105	40 47	5	40 47	80 95	45 52	8

11. 计算铁芯重量 G_{Fe}：

$$G_{Fe}=3r_{Fe}\cdot h_C\cdot S_C\times10^{-3}+2r_{Fe}\cdot L\cdot S_Y\times10^{-3}\text{(kg)}$$

式中 r_{Fe}——硅钢片密度，冷轧硅钢片 $r_{Fe}=7.65$ kg/dm^3，热轧硅

钢片 $r_{Fe}=7.55\ kg/dm^3$；

L——铁轭总长度(mm)。

实际购买硅钢片时，应放适当的裕量。

一、10 kV 级 SCL 系列干式电力变压器

10 kV 级 SCL 系列为空气自冷铝线绕组，并由环氧树脂浇注、固化密封成为一体。特点是防尘、耐潮湿、难燃、噪声低。用于防火要求较高的场所，如机场、地铁、码头、隧道、高层建筑等。其技术数据见表 4.4－7。

表 4.4－7　10 kV 级 SCL 系列环氧树脂浇注干式电力变压器技术数据

<table>
<tr><th rowspan="2">额定容量
/kVA</th><th colspan="2">额定电压/kV</th><th rowspan="2">联接组
标号</th><th rowspan="2">阻抗电压
(%)</th><th rowspan="2">空载电流
(%)</th><th colspan="2">损耗/kW</th></tr>
<tr><th>高压</th><th>低压</th><th>空载</th><th>负载</th></tr>
<tr><td>50</td><td rowspan="16">0.10</td><td rowspan="16">0.4</td><td rowspan="16">Y,yn12
或
D,yn11</td><td rowspan="11">4.0</td><td>3.0</td><td>0.395</td><td>0.89</td></tr>
<tr><td>80</td><td>2.5</td><td>0.51</td><td>1.15</td></tr>
<tr><td>100</td><td rowspan="4">2.5</td><td>0.62</td><td>1.45</td></tr>
<tr><td>125</td><td>0.73</td><td>1.70</td></tr>
<tr><td>160</td><td>0.86</td><td>1.95</td></tr>
<tr><td>200</td><td>0.97</td><td>2.35</td></tr>
<tr><td>250</td><td rowspan="5">2.0</td><td>1.15</td><td>2.75</td></tr>
<tr><td>315</td><td>1.33</td><td>3.25</td></tr>
<tr><td>400</td><td>1.60</td><td>3.90</td></tr>
<tr><td>500</td><td>1.85</td><td>4.85</td></tr>
<tr><td>630</td><td>2.10</td><td>5.65</td></tr>
<tr><td>800</td><td rowspan="5">6.0</td><td rowspan="5">15</td><td>2.40</td><td>7.50</td></tr>
<tr><td>1 000</td><td>2.80</td><td>9.20</td></tr>
<tr><td>1250</td><td>3.35</td><td>11.00</td></tr>
<tr><td>600</td><td>3.95</td><td>13.30</td></tr>
</table>

（续表）

额定容量/kVA	额定电压/kV		阻抗电压（%）	联接组标号	空载损耗/kW	负载损耗/kW	空载电流（%）
	高压	低压					
500					0.86	7.00	1.90
630					1.04	8.30	1.80
800	35	0.4	6.5	Y,yn0	1.23	9.90	1.50
1 000					1.44	12.15	1.40
1 250					1.76	14.67	1.20
1 600					2.12	17.55	1.10
800		3.15			1.23	9.90	1.50
1 000	35				1.44	12.15	1.40
1 250					1.76	14.67	1.30
1 600		6.3	6.5		2.12	17.55	1.20
2 000	38.5				2.72	17.82	1.10
2 500		10.5		Y,d11	3.20	20.70	1.10
3 150	35	3.15			3.80	24.30	1.00
4 000		6.3	7		4.52	28.80	1.00
5 000	38.85				5.40	33.03	0.90
6 300		10.5			6.56	36.90	0.90
8 000		3.15	7.5		9.20	40.50	0.80
10 000	35	3.3			10.88	47.70	0.80
12 500					12.80	56.70	0.70
16 000		6.3			15.20	69.30	0.70
20 000	38.85	6.6	8	YN,d11	18.00	83.70	0.70
25 000		10.5			21.28	99.00	0.60
31 500		11			25.28	118.80	0.60

二、10 kV 级 SCZL 系列环氧树脂浇注，有载调压干式电力变压器

10 kV 级 SCZL 系列为空气自冷式铝线绕组，由环氧树脂浇注而固化密封成一体，可有载调压，具有难燃、耐潮等特点。用于

对安全防火以及供电质量要求高、需带负载调压的供电场所。其技术数据见表 4.4－8。

表 4.4－8　10 kV 级 SCZL 系列环氧树脂浇注干式变压器技术数据

型　号	额定容量/kVA	额定电压/kV		联接组标号	阻抗电压(%)	空载电流(%)	损耗/kW		调压范围(高压)
		高压	低压				空载	负载	
SCZL－630/10	630	10	0.4	Y，yn0 或 D,yn11	4.0	1.8	2.1	5.66 6.11	
SCZL－800/10	800				6.0		2.3	7.08 7.65	
SCZL－1000/10	1 000					1.7	2.63	8.33 9.00	
SCZL－1250/10	1 250					1.6	3.12	10.33 11.16	
SCZL－1600/10	1 600					1.5	3.66	12.52 13.53	
SCZL－2000/10	2 000	10					4.95	14.94 16.15	10 kV±4(×2.5%)

第五节　特殊用途变压器

一、自耦变压器

自耦变压器是一种单圈式变压器，一、二次侧共用同一个绕组，其变压比有固定的和可调的两种。降压启动中的自耦变压器的变压比是固定的，接触式调压器的变压比是可变的。自耦变压器具有结构简单、用料省、体积小等优点，但在某些场合不宜使用，特别是不能用作行灯变压器。

参照图 4.5－1～2，表 4.5－1 对两种自耦变压器作个比较。

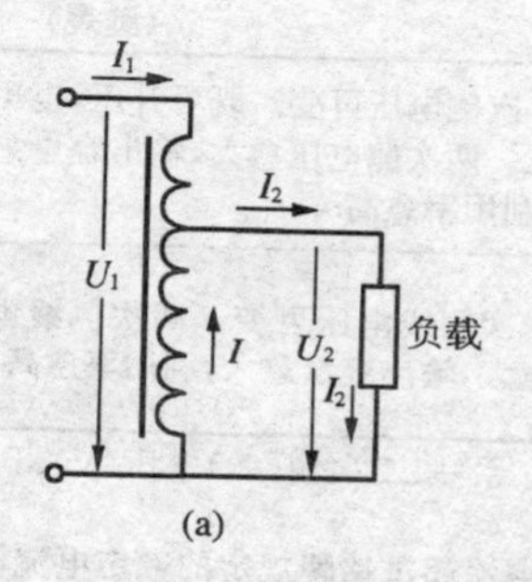

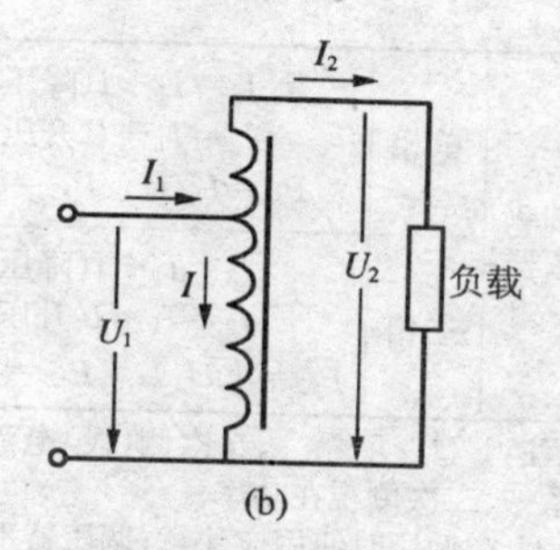

图 4.5-1 单相自耦变压器的电路

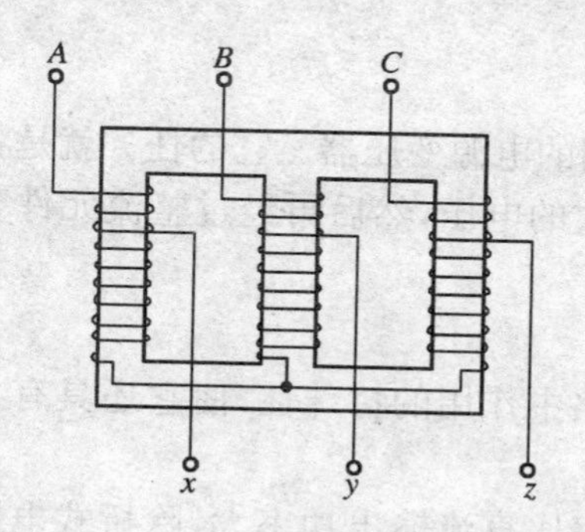

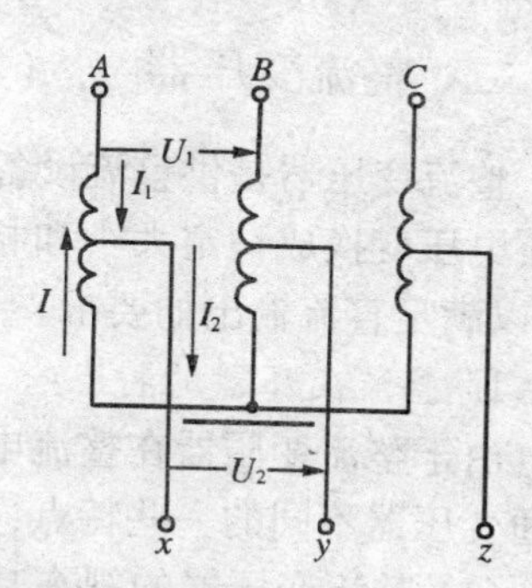

图 4.5-2 三相降压自耦变压器的电路

表 4.5-1 自耦变压器与接触式调压器的比较

变压比是固定的自耦变压器	单相	$I_2=I_1+I$(降压) $I_2=I_1-I$(升压) $P_{s1}=U_1I_1$　$P_{s2}=U_2I_2$	二次侧线电压是固定的
	三相	$I_2=I_1+I$(降压) $I_2=I_1-I$(升压) $P_{s1}=\sqrt{3}U_1I_1$　$P_{s2}=\sqrt{3}U_2I_2$	二次侧电压是固定的

（续表）

接触式调压器	单相	$I_2=I_1+I$(降压) $I_2=I_1-I$(升压) $P_{s1}=U_1I_1 \quad P_{s2}=U_2I_2$	二次侧电压可变。既可升压，也可降压。两次侧电压愈大，输出容量愈大，利用率愈高
	三相	$I_2=I_1+I$(降压) $I_2=I_1-I$(升压) $P_{s1}=\sqrt{3}U_1I_1 \quad P_{s2}=\sqrt{3}U_2I_2$	二次侧线电压可变。两次侧线电压愈大，输出容量愈大，利用率愈高

注：1. I_1、I_2 系一、二次侧（线）电流（A）；U_1、U_2 系一、二次侧（线）电压（V）；P_{s1}、P_{s2}系一、二次侧视在功率。

2. 在低压时使用应注意，调压器不可使二次侧电流超过铭牌规定的额定电流值，不宜长期当作固定的自耦变压器来使用。

二、整流变压器

整流变压器是供整流设备用的电源变压器。它的任务就是将交流电压变换成一定大小和相数的电压，然后再经过整流元件整流，以满足直流输出的要求。

1. 整流变压器的特点

由于整流变压器在整流电路中作用的特殊性，使它还具有与普通变压器不同的一些特点：

(1) 整流变压器的视在功率比直流输出功率大，除桥式电路外，二次侧的视在功率也比一次侧大。

(2) 整流变压器的外形较矮胖，其绕组和铁芯等结构的机械强度也需加强。

(3) 整流变压器由于非正弦电流引起较大的漏抗压降，因此它的直流电压输出外特性较软。在设计时要选择适当的接法和补偿方法。

(4) 整流变压器二次侧可能产生异常的过电压，因此要加强绝缘。

2. 整流变压器的计算

(1) 整流变压器计算的基本条件包括：整流器型号及特性，

汞弧整流器或硅整流器，可控或不可控等；直流输出电压 U_z 和电流 I_z；直流电压调整率；交流电源输入电压 U_x、电流 I_x 及频率；相数 m_1 与 m_2（这里的 m_2 不一定与变压器二次侧相数相同，它主要由整流电路来确定）；变压器的冷却方式。

(2) 接法：少数小容量整流变压器采用 Y/Y 接法。多数整流变压器都采用 Y/△（较小功率）或△/Y（较大功率）的接法，或在铁芯上附有闭合的第三绕组。大功率的变压器采用双反 Y 带平衡电抗器的接法。

(3) 二次侧相电压 U_{xa}：根据直流输出电压 U_z 及整流电路形式，查表 4.5-2 可知二次侧相电压 U_{xa2}，一般，U_{xa2} 应增加 5%～10%，对低电压、大电流的负载应再增加些。

(4) 根据直流输出电流 I_x 和整流电路形式，可由表 4.5-2 查得二次侧相电流 I_{xa2}。

(5) 计算或查表 4.5-2 得一、二次侧的视在容量 P_{s1} 和 P_{s2}，最后求得整流变压器的标称（平均）容量 P_{pj}：

$$P_{s1}=m_1U_{xa1}I_{xa1}\times10^{-3}(\text{kVA})$$

$$P_{s2}=m_2U_{xa2}I_{xa2}\times10^{-3}(\text{kVA})$$

$$P_{pj}=\frac{P_{s1}+P_{s2}}{2}(\text{kVA})$$

(6) 铁芯和绕组的设计计算步骤和普通电力变压器相同，有些参数可根据经验选择：

① 整流变压器磁通密度取低于电力变压器。对油浸式变压器：

热轧　D43(0.35)　　$B_m=1.3\sim1.4\text{T}$

冷轧　　　　　　　$B_m=1.6\sim1.65\text{T}$

② 油面温升取低于电力变压器 5℃。

③ 导线电流密度适当取低，使绕组的温升和短路损耗不超过预定值。部分整流变压器的技术数据（绕组及铁芯）如表 4.5-3 所示。

表 4.5-2　各种整流电路的参数

电路名称	单相半波	单相全波	单相桥式(全波)	三相半波(星形零点)
整流电路图	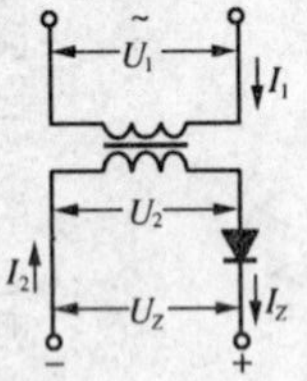	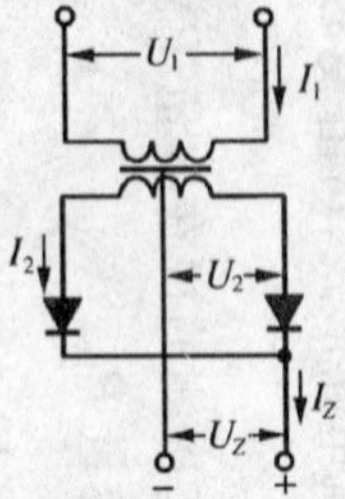	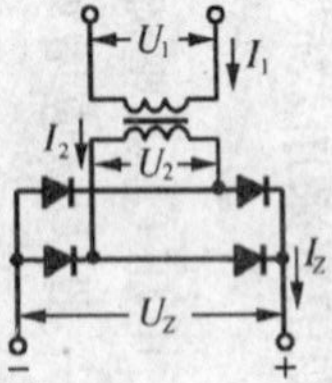	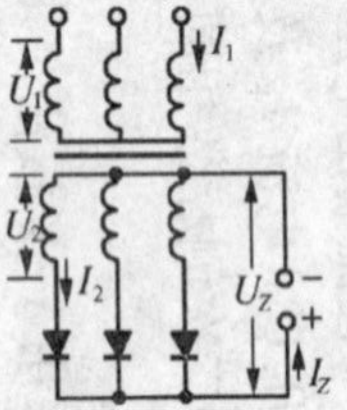
变压器绕组接法 (一次侧/二次侧)	|/|	|/⊢	|/|	Y或△/Y
输出电压波形	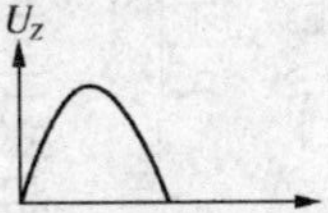	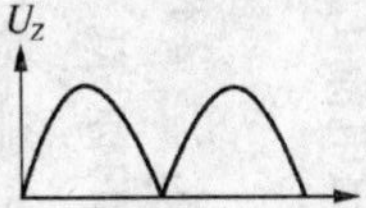	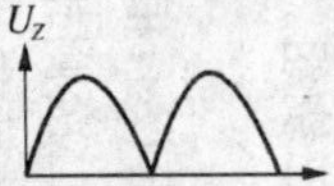	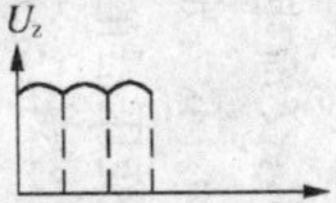
一次侧相电流 I_{xa1}	$1.21KI_z$	$1.11KI_z$	$1.11KI_z$	$0.47KI_z$
二次侧相电压(有效值)U_{xa2}	$2.22U_z+N_e$	$1.11U_x+N_e$	$1.11U_z+2N_e$	$0.855U_z+N_e$
二次侧相电流(有效值)I_{xa2}	$1.57I_z$	$0.785I_z$	$1.11I_z$	$0.577I_z$
一次侧容量 P_{s1}	$2.69U_zI_z$	$1.23U_zI_z$	$1.23U_zI_z$	$1.21U_zI_z$
二次侧容量 P_{s2}	$3.49U_zI_z$	$1.74U_zI_z$	$1.23U_zI_z$	$1.49U_zI_z$
平均计算容量 P_{pj}	$3.09U_zI_z$	$1.48U_zI_z$	$1.23U_zI_z$	$1.35U_zI_z$

注：e—硅元件正向压降；N—硅元件的串联只数；$K=\frac{U_2}{U_1}$。

（续表）

电路名称	三相星形桥式	六相双反星形	六相星形半波
整流电路图	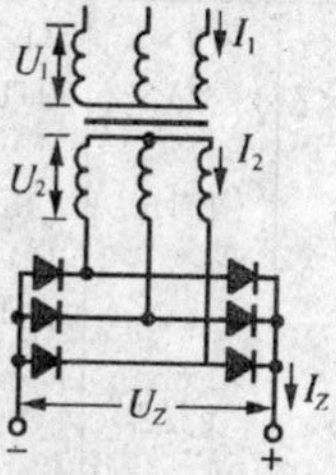 U_1 I_1 U_2 I_2 U_Z I_Z − +	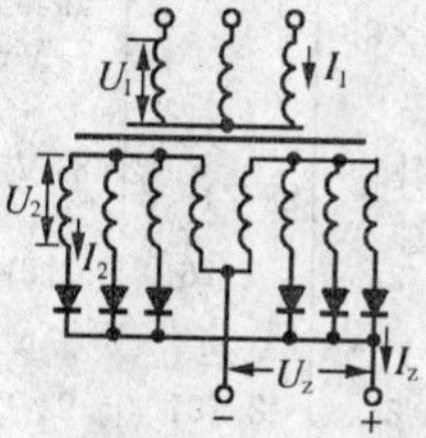 U_1 I_1 U_2 I_2 U_z I_z − +	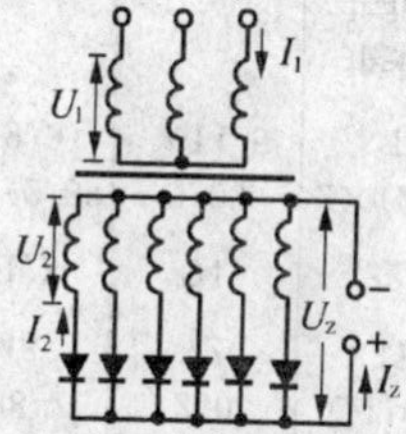 U_1 I_1 U_2 I_2 U_z I_z − +
变压器绕组接法（一次侧/二次侧）	Y或△/Y	Y或△/Y⊥人	Y或△/✳
输出电压波形	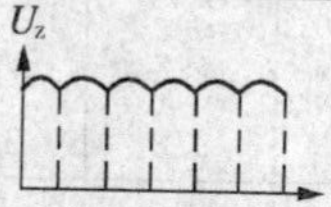 U_z	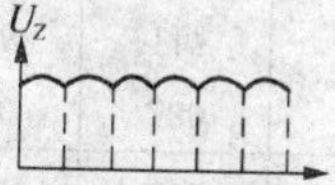 U_Z	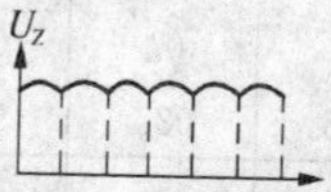 U_Z
一次侧相电流 I_{xa1}	$0.816KI_z$	$0.407KI_z$	$0.576KI_z$
二次侧相电压(有效值)U_{xa2}	$0.427U_z+2N_e$	$0.855U_z+N_e$	$0.744U_z+N_e$
二次侧相电流(有效值)I_{xa2}	$0.816I_z$	$0.289I_z$	$0.407I_z$
一次侧容量 P_{s1}	$1.05U_zI_z$	$1.05U_zI_z$	$1.28U_zI_z$
二次侧容量 P_{s2}	$1.05U_zI_z$	$1.48U_zI_z$	$1.81U_zI_z$
平均计算容量 P_{pj}	$1.05U_zI_z$	$1.26U_zI_z$	$1.43U_zI_z$

表 4.5-3　部分三相干式整流变压器技术数据

容量/kVA		2.5	10	15	25	30	40	45	50	60	100
整流电路形式		三相全桥	三相全桥	三相全桥	三相全桥	双反星形	三相全桥	双反星形	三相全桥	三相全桥	三相全桥中线
接线方式		Y/△	Y/△	Y/△	Y/△	△/Y−人	Y/△	△/Y−Y	Y/△	Y/△	Y/ㄚ
直流电压/V 直流电流/A		36 30	70 130	70 200	110 200	12 1 500	170 200	12 2 500	170 250	275 200	240 400
一次侧（相）	电压/V	248	376	376	376	450	289	480	376	220	220
	匝数	376	284	234	183	196	117	160	130	70	38
	电流/A	3.5	9.55	14.6	22.7	18.7	45.2	27	43.5	100	165
	线规	φ1.35	φ1.95	φ2.83	φ3.53	φ4.1	2×(1.56×6.9)	2.1×5.1	2×(1.35×6.9)	3.05×14.5	2×(2.63×13.5)
二次侧（相）	电压/V	30	58.4	58.4	90.4	13.75 6	138.2 56	12.5 4	138.2 48	230 72	110 11
	匝数	46	44	36	44	434	94.1	72.5	11.8	94	328
	电流/A	28.3	61.3	94.1	94.1	(4.7×8)	2×(2.83×7.4)	铜排	2×(2.83×9.3)	3.05×14.5	2×(2.63×10)
	线规	φ3.53	2×(1.68×6.4)	2×(2.44×8)	2×(2.83×6.9)	并式三并并联		8×24			并式三并并联
每匝电压/(V/匝)		0.66	1.33	1.6	2.05	2.295	2.46	3	2.89	3.2	5.8
磁通密度/T		1.1	1.1	1.1	1.13	1.14	1.13	1.14	1.1	1.13	1.22

（续表）

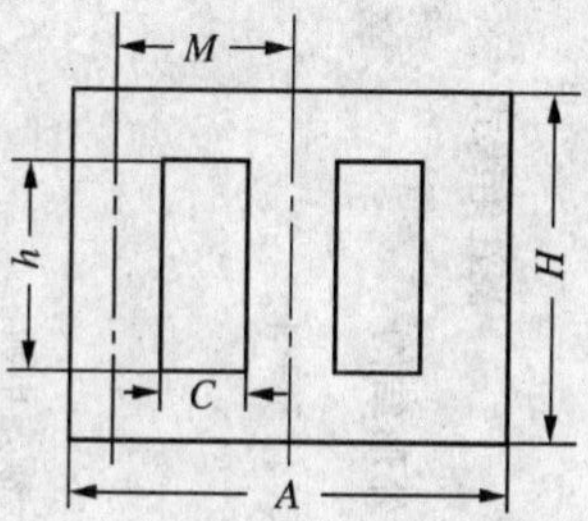

铁芯尺寸										
截面/cm^2	27	51.2	66.4	80.4	90.85	99.7		118.5	142	214
直径 D/mm	ϕ64	ϕ92	ϕ102	ϕ112	ϕ120	ϕ125	ϕ130	ϕ135	ϕ146	ϕ185
M/mm	142	230	254	275	234	288	250	312	319	385
H/mm	261	380	399	430	450	494	470	542	598	644
A/mm	342	543	600	652	580	692	622	752	778	946
h/mm	155	214	215	230	250	280	260	308	334	350
C/mm	84	147	162	173	122	172	128	184	179	209

三、电压互感器

电压互感器是将高压转变为一定数值电压的专用变压器。电压互感器的外形结构如图 4.5－3 所示。

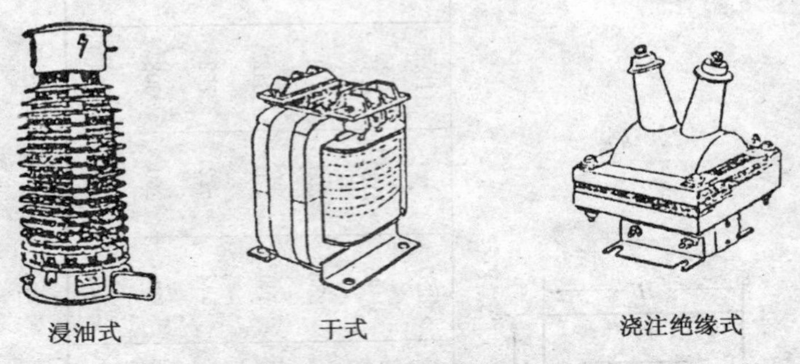

图 4.5－3　电压互感器的外形结构

电压互感器的型号表示如下，详见表 4.5－4。

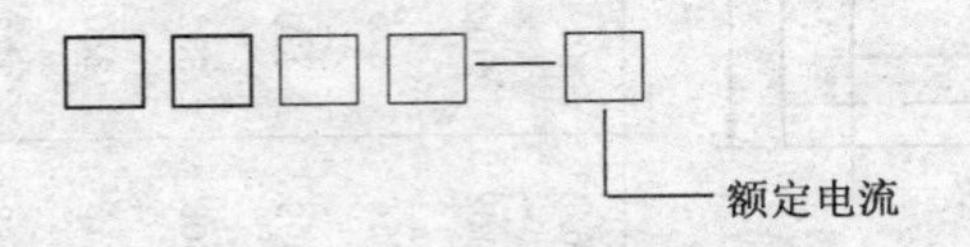

表 4.5－4　电压互感器型号字母的含义

第一个字母		第二个字母			第三个字母			
J	HJ	D	S	C	J	G	C	Z
电压互感器	仪用电压互感器	单相	三相	串级结构	油浸式	干式	瓷箱式	浇注绝缘

第四个字母			
F	J	W	B
胶封型	接地保护	五柱三绕组	三柱带补偿绕组

常用的电压互感器的型号与技术数据见表 4.5－5。

表 4.5-5 常用电压互感器技术数据

名称	型号	装置类别	额定电压/V			额定容量/VA			最大容量/VA	绝缘形式
			原线圈	副线圈	辅助线圈	0.5级	1级	3级		
单相双圈式电压互感器	JDG-0.5	户内	220	100		25	40	100	200	干式降底绝缘
单相双圈式电压互感器	JDG-0.5	户内	380	100		25	40	100	200	干式降底绝缘
单相双圈式电压互感器	JDG-0.5	户内	500	100		25	40	100	200	干式降底绝缘
船用电压互感器	JDG2-0.5H	户内	380	127			40	100		干式降底绝缘
船用电压互感器	JDG3-0.5	户内	380	100			15		60	干式降底绝缘
单相叠接式电压互感器	JDJ-6	户内	3 000	100		30	50	120	240	油浸式
单相叠接式电压互感器	JDJ-6	户内	6 000	100		50	80	200	400	油浸式
单相叠接式电压互感器	JDJ-10	户内	10 000	100		80	150	320	600	油浸式
三相双圈式电压互感器	JSJB-6	户内	3 000	100		50	80	200	400	油浸式带补偿绕组
三相双圈式电压互感器	JSJB-6	户内	6 000	100		80	150	320	640	油浸式带补偿绕组
三相双圈式电压互感器	JSJB-10	户内	1 000	100		120	200	480	960	油浸式带补偿绕组
三相三圈式电压互感器	JSJW-6	户内	3 000	100	100/3	50	80	200	400	油浸式五柱三绕组
三相三圈式电压互感器	JSJW-6	户内	6 000	100	100/3	80	150	220	640	油浸式五柱三绕组
三相三圈式电压互感器	JSJW-10	户内	10 000	100	100/3	120	200	480	960	油浸式五柱三绕组
三相三圈式电压互感器	JSJW-15	户内	13 800	100	100/3	120	200	480	960	油浸式五柱三绕组
三相三圈式电压互感器	JSGW-0.5	户内	380	100	100/3	50	80	200	400	干式
单相浇注式电压互感器	JDZ-6	户内	3 000	100	100/3	30	50	120		环氧树脂浇注
单相浇注式电压互感器	JDZ-6	户内	$3\,000/\sqrt{3}$	$100/\sqrt{3}$	100/3	30	50	120		环氧树脂浇注
单相浇注式电压互感器	JDZ-6	户内	6 000	100	100/3	50	80	200		环氧树脂浇注
单相浇注式电压互感器	JDZ-6	户内	$6\,000/\sqrt{3}$	$100/\sqrt{3}$	100/3	50	80	200		环氧树脂浇注
单相浇注式电压互感器	JDZ-10	户内	10 000	100	100/3	50	80	200		环氧树脂浇注
单相浇注式电压互感器	JDZ-10	户内	$10\,000/\sqrt{3}$	$100/\sqrt{3}$	100/3	50	80	200		环氧树脂浇注
单相浇注式电压互感器	JDZ-15	户内	15 000	100	100/3	80				环氧树脂浇注

电压互感器的基本原理　如图 4.5－4 所示。它的一次线圈匝数很多，而二次线圈匝数很少。工作时，一次线圈并联在供电系统的一次电路中，而二次线圈并联于仪表和继电器的电压线圈。由于这些电压线圈的阻抗相当大，所以电压互感器在工作时接近空载状态。

电压互感器的用途包括：

（1）测量高压侧的电压。测量三相电压时，可以每相装一个电压表。

（2）作为电度表的电压线圈的电源。

（3）供给继电器（如电压继电器线圈）的电源。

（4）作为开关操作机构或整流装置的电源。

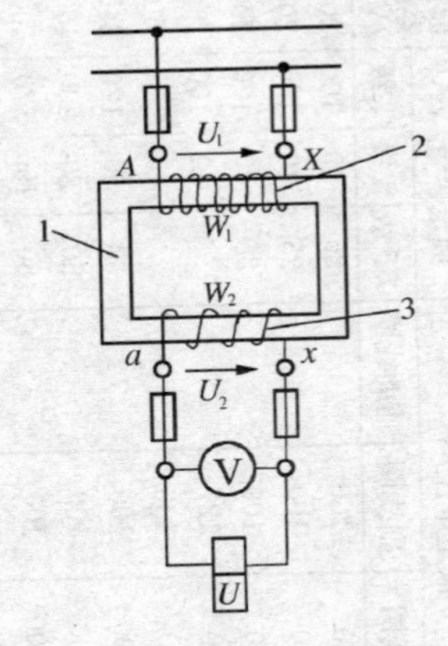

图 4.5－4　电压互感器的基本原理

1—铁芯　2—一次线圈　3—二次线圈

电压互感器的准确度分为 0.2、0.5、1、3 四个等级。配电盘上的仪表一般使用 0.5～1 级；电度计量一般使用 0.5 级；继电保护一般使用 3 级。电压互感器的最大允许误差见表 4.5－6，电压互感器的准确等级与它的负载大小有关，只要其负载不超过额定容量，就可保证其准确度。

电压互感器的分类有多种方法。按相数分为单相电压互感器和三相电压互感器；按安装场所分为户内式和户外式；按绝缘方式分为干式及油浸式。

电压互感器的常用接线方案有多种。图 4.5－5 为最常用的接线方案。图 4.5－5a 为只有一台单相电压互感器的接线，仪表、继电器接于线电压。图 4.5－5b 为两台单相电压互感器接成

V/V 形(即不完全星形),仪表、继电器接于 a—b、b—c 两个线电压,这种接线广泛应用在企业变配电所的 6～10 kV 高压配电装置中。图 4.5－5c 为三个单相电压互感器接成 Y_0/Y_0 形,供给要求相电压的仪表、继电器及供给绝缘监察电压表(该表应按线电压选择)。图 4.5－5d 为三个单相线圈电压互感器或一个三相五心柱电压互感器接成 $Y_0/Y_0/\triangle$(开口三角)形,接成 Y_0 形的二次线圈,供电给仪表、继电器及绝缘监察电压表。辅助二次线圈接成开口三角形,供电给监察绝缘的电压继电器。

表 4.5－6　电压互感器最大允许误差

准确度等级	最大电压误差(%)	最大角度误差
0.2	±0.2	±10′
0.5	±0.5	±20′
1	±1	±40′
3	±3	没有规定

电压互感器的使用注意事项:

(1) 电压互感器的二次侧在工作时不得短路。

(2) 电压互感器的二次侧有一端必须接地(见图 4.5－5)。这是为了防止其一、二次间绝缘击穿时,一次侧的高电压窜入二次侧,危及人身和设备的安全。

(3) 电压互感器在联接时,要注意其一、二次线圈接线端子上的极性,见图 4.5－5。

(4) 电压互感器的一、二次侧一般都应装设熔断器作为短路保护,同时其一次侧应装设隔离开关作为安全检修用。但作为移相电容器放电用的电压互感器一次侧不装熔断器,这是由于移相电容器的安全放电要求所致。

一些电压互感器的技术性能见表 4.5－7。

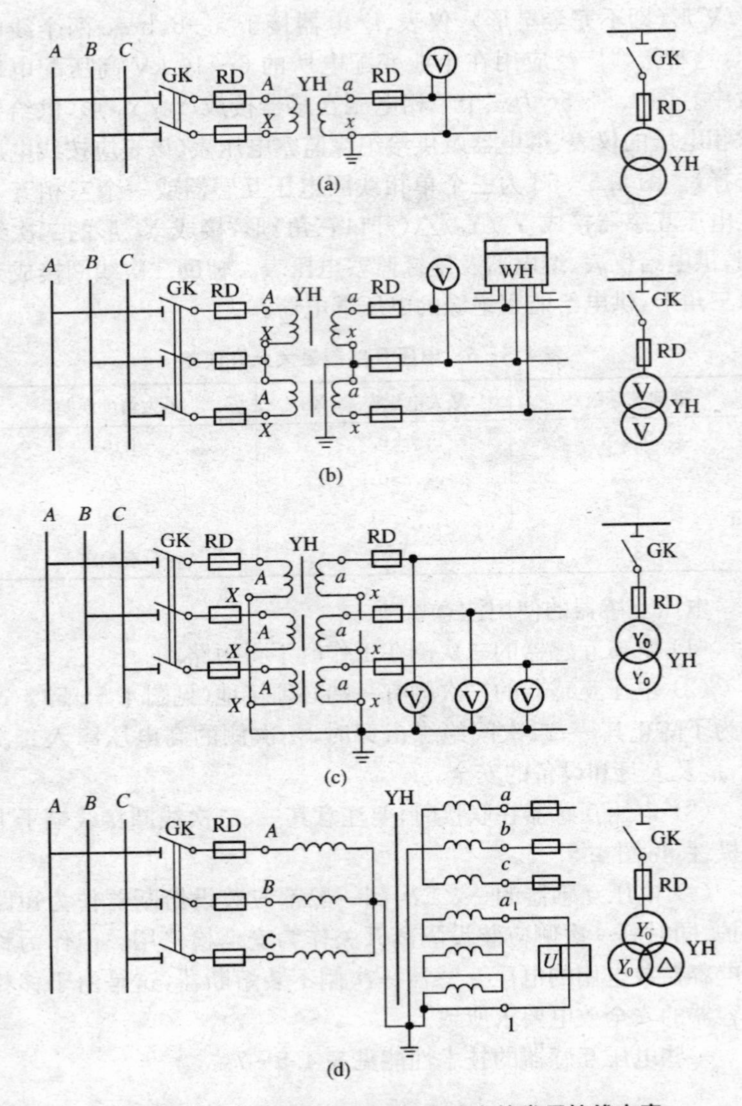

图 4.5-5　电压互感器在三相电路中的常用接线方案

表 4.5-7 电压互感器的技术数据

型号	额定电压/V	额定容量/VA			最大容量/VA	接线方式	附注
		0.5级	1级	3级			
JDG-0.5	500/100	25	40	100	200		
JDZ1-6	3 000/100	25	40	100	200	1/1-12	可取代JDJ及JSJB型
JDZ1-6	6 000/100	50	80	200	400	1/1-12	
JDZ1-10	10 000/100	50	80	200	400	1/1-12	
JDJ-6	3 000/100	30	50	120	240		
	6 000/100	50	80	200	400		
JDJ-10	10 000/100	80	150	320	640		
JDJ-35	35 000/100	150	250	600	1 200		
JDZJ1-6	$\frac{3\,000}{\sqrt{3}}/\frac{100}{\sqrt{3}}/\frac{100}{3}$	25	40	100	200	1/1/1-12	
JDZJ1-6	$\frac{6\,000}{\sqrt{3}}/\frac{100}{\sqrt{3}}/\frac{100}{3}$	50	80	200	400	1/1/1-12	
JDZJ1-10	$\frac{10\,000}{\sqrt{3}}/\frac{100}{\sqrt{3}}/\frac{100}{3}$	50	80	200	400	1/1/1-12	
JDZJ-6	$\frac{1\,000}{\sqrt{3}}/\frac{100}{\sqrt{3}}/\frac{100}{3}$	30	50	100	200	1/1/1-12	用三台取代老产品JSJW型,但不能作单相运行
JDZJ-6	$\frac{3\,000}{\sqrt{3}}/\frac{100}{\sqrt{3}}/\frac{100}{3}$	30	50	100	200	1/1/1-12	
JDZJ-6	$\frac{6\,000}{\sqrt{3}}/\frac{100}{\sqrt{3}}/\frac{100}{3}$	30	50	100	200	1/1/1-12	
JDZJ-10	$\frac{10\,000}{\sqrt{3}}/\frac{100}{\sqrt{3}}/\frac{100}{3}$	40	60	150	300	1/1/1-12	
JDZJ-10	$\frac{11\,000}{\sqrt{3}}/\frac{100}{\sqrt{3}}/\frac{100}{3}$	40	60	150	300	1/1/1-12	用三台取代老产品JSJW型,但不能作单相运行
JDZJ-15	$\frac{13\,800}{\sqrt{3}}/\frac{100}{\sqrt{3}}/\frac{100}{3}$	40	60	150	300	1/1/1-12	
JDZJ-15	$\frac{15\,000}{\sqrt{3}}/\frac{100}{\sqrt{3}}/\frac{100}{3}$	40	60	150	300	1/1/1-12	
JDZJ-35	$\frac{35\,000}{\sqrt{3}}/\frac{100}{\sqrt{3}}/\frac{100}{3}$	150	250	600	1 200	1/1/1-12	

四、电磁稳压器

电磁稳压器主要用于要求电压稳定较高的仪器设备。

电磁稳压器的型号表示方法如下：

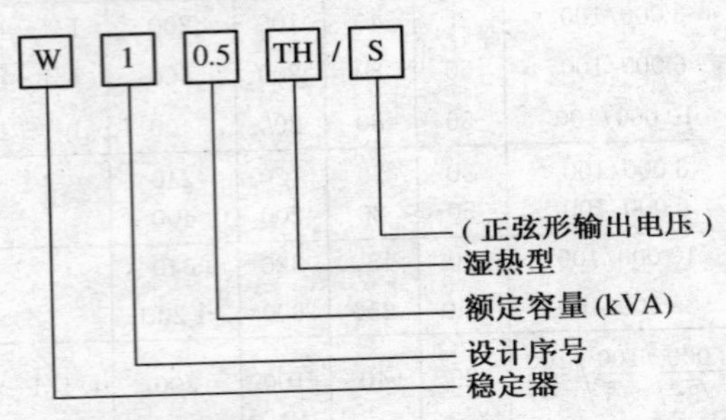

电磁稳压器原理如图 4.5－6～7 所示。L_0、L_1 的铁芯、绕组的结构见图 4.5－8。

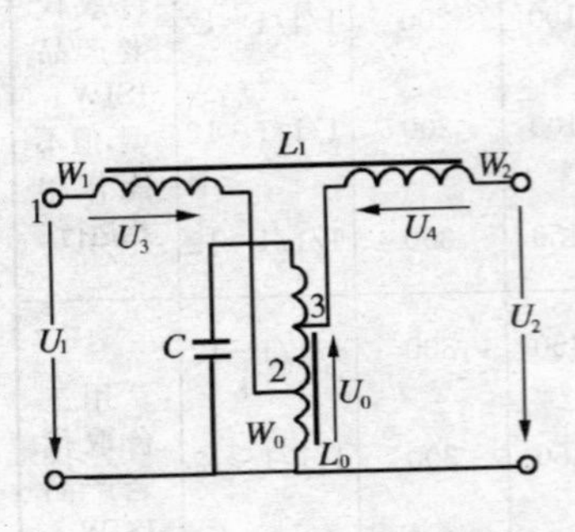

图 4.5－6　W1 系列电磁稳压器原理

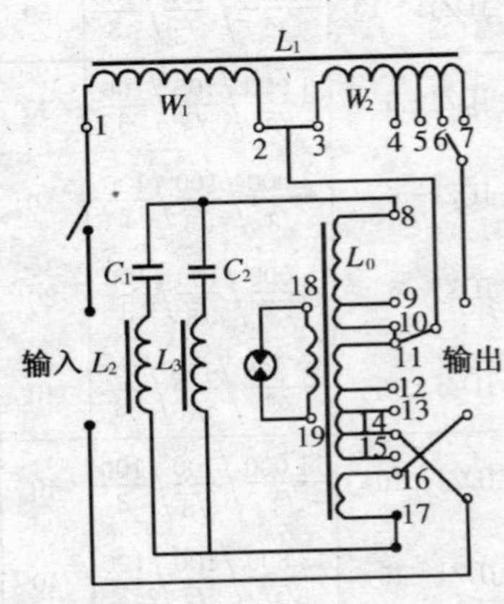

图 4.5－7　W1－0.05～2.5(TH)/S 电磁稳压器电路

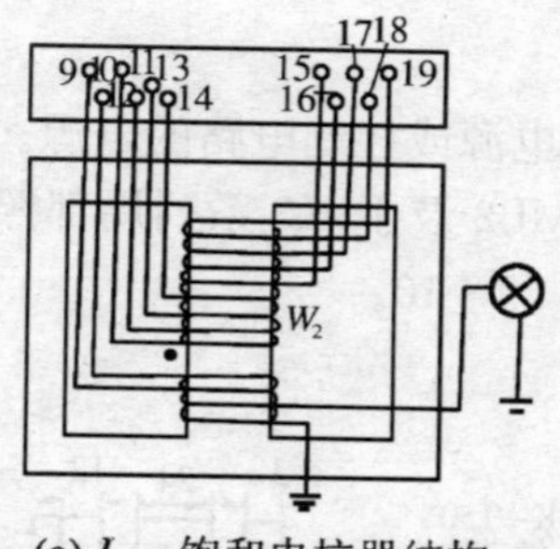

(a) L_0- 饱和电抗器结构

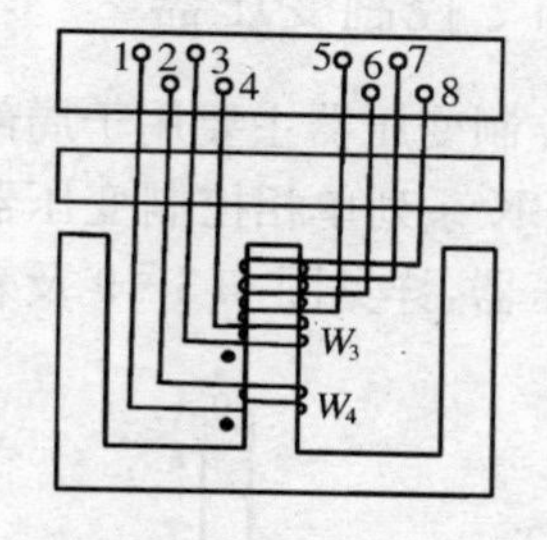

(b) L_1-非饱和电抗器结构

图 4.5-8　W1-0.05～2.5(TH)/S 电磁稳压器铁芯绕组结构

常用电磁稳压器的技术数据见表 4.5-8。

表 4.5-8　电磁稳压器的技术数据

<table>
<tr><th>电磁稳压器型号</th><th>额定容量/VA</th><th>输入电压/V</th><th>网路电压工作范围界限/V</th><th>纯电阻负载时输出电压/V</th><th>额定负载电流/A</th><th>当纯电阻负载不变时被稳定电压的允许摆动</th><th>电容器/μF</th><th>电抗/Ω</th></tr>
<tr><td>W1-0.05 (TH)/(S)</td><td>50</td><td rowspan="6">50Hz 220</td><td rowspan="6">180～240</td><td rowspan="5">220±3%
110±3%</td><td>0.23/0.46</td><td rowspan="6">±1%</td><td>10</td><td>319</td></tr>
<tr><td>W1-0.1 (TH)/(S)</td><td>100</td><td>0.46/0.92</td><td>5</td><td>792</td></tr>
<tr><td>W1-0.25 (TH)/(S)</td><td>250</td><td>1.14/2.28</td><td>10</td><td>318</td></tr>
<tr><td>W1-0.5 (TH)/(S)</td><td>500</td><td>2.3/4.6</td><td>10</td><td>320</td></tr>
<tr><td>W1-1 (TH)/(S)</td><td>1 000</td><td>4.6/9.2</td><td>10{2并 2串}</td><td>319</td></tr>
<tr><td>W1-2.5 (TH)/(S)</td><td>2 500</td><td>220±3%</td><td>11.4</td><td></td><td></td></tr>
</table>

五、控制变压器

控制变压器主要用于局部照明电源或控制电路的电源。以下介绍 BK 系列单相控制变压器，DJMB2 及 JBK3 系列局部照明控制变压器，详见图 4.5－9 及表 4.5－9～10。

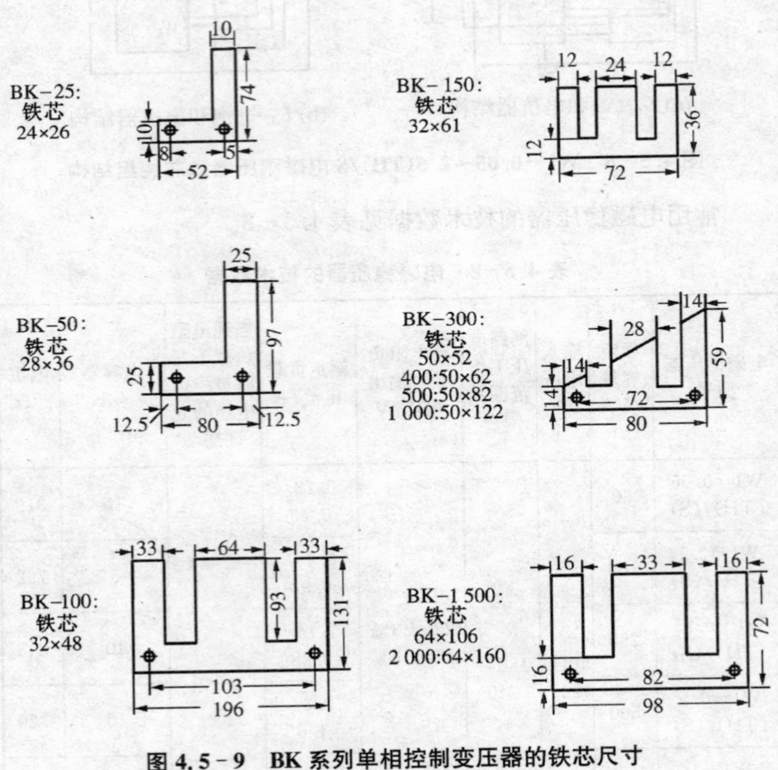

图 4.5－9　BK 系列单相控制变压器的铁芯尺寸

表 4.5-9 BK 系列单相控制变压器的技术数据

总容量/VA	规格	电压/V	总匝数	导线直径/mm	导线重/kg
25	380/220—127—110—36—24—12—6.3	380 220 127 110 36 24 12 6.3	2 265 1 368 789 688 224 150 75 39	0.18 0.21 0.27 0.29 0.51 0.62 0.90 1.2	
	230/220—127—110—36—24—12—6.3	230 220 127 110 36 24 12 6.3	1 375 1 368 789 688 224 150 75 39	0.23 0.21 0.27 0.29 0.51 0.62 0.90 1.2	
	220/220—127—110—36—24—12—6.3	220 220 127 110 36 24 12 6.3	1 315 1 368 789 688 224 150 75 39	0.21 0.21 0.27 0.29 0.51 0.62 0.90 1.2	
	110/220—127—110—36—24—12—6.3	110 220 127 110 36 24 12 6.3	657 1 368 789 688 224 150 75 39	0.29 0.21 0.27 0.29 0.51 0.62 0.90 1.2	
50	127/36	127 36	472 147	0.51 0.90	0.18 0.15
	220/12	220 12	818 49	0.35 1.00×2	0.16 0.17
	380/36—6.3	380 36 6.3	1 410 147	0.29 0.90	0.18 0.15
	380/24	380 24	1 410 98	0.29 1.20	0.18 0.17
	380/12	380 12	1 410 49	0.29 1.00×2	0.18 0.17
	220/36	220 36	818 147	0.35 0.90	0.16 0.15
	380/127	380 127	1 410 480	0.29 0.47	0.18 0.15
	127/6.3	127 6.3	472 25	0.51 1.40×2	0.18 0.12
	220/6.3	220 6.3	818 25	0.35 1.40×2	0.16 0.12
	380/127—36	380 127—36	1 410 496	0.29 0.47	0.28

(续表)

总容量/VA	规　格	电压/V	总匝数	导线直径/mm	导线重/kg
150	420/127—36	420 127 36	888 274 、80	0.51 0.62 0.90	0.40 0.30 0.15
	380—220/36—6.3	380—220 36—6.3	802 80	0.72 1.20×2	0.60 0.45
	380/54—48—36	380 54—48—36	802 118	0.51 1.20×2	0.38 0.68
	380—220/127—36	380—220 127—36	802 274 80	0.51 0.62 0.90	0.69 0.30 0.15
	127/36	127 36	268 80	0.80 1.20×2	0.40 0.45
	220/36—24	220 36—24	465 80	0.72 1.40×2	0.40 0.62
	220/127—24	220 127 24	465 274 53	0.72 0.62 1.00	0.40 0.30 0.15
300	380/127—36	380 127 36	760 258 78	0.72 1.00 0.90	0.78 0.70 0.16
	380/127—32	380 127 32	760 258 70	0.72 1.00 0.90	0.78 0.70 0.15
	380/127—24	380 127 24	760 258 53	0.72 1.00 1.00	0.78 0.70 0.12
	380/127—6.3	380 127—6.3	760 258	0.72 1.20	0.78 0.75
	380/36—6.3	380 36—6.3	760 78	0.72 1.62×2	0.78 0.76
	380/12	380 12	760 26	0.72 1.81×4	0.78 0.78
	380/24	380 24	760 50	0.72 1.81×2	0.78 0.78
	220/12	220 12	440 26	0.90 1.81×4	0.78 0.78
	220/127	220 127	440 258	0.90 1.20	0.78 0.75
	220/36	220 36	440 78	0.90 1.62×2	0.78 0.76
	380—220/36	380—220 36	760 78	0.90 1.62×2	1.20 0.76

（续表）

总容量/VA	规　　格	电压/V	总匝数	导线直径/mm	导线重/kg
400	380/127—6.3—36	380 127 —6.3　36	524 177 54	0.80 1.20 0.90	1.06 0.90 0.16
	220/36	220 36	304 54	1.20 1.81×2	1.06 1.0
	380/127	380 127	524 177	0.80 1.40	1.06 1.1
	380/36—6.3	380 36 —6.3	524 54	0.80 1.81×2	1.06 1.0
	380/127—12	380 127 12	524 177 18	0.80 1.20 1.40	1.06 0.90 0.12
	380/12	380 12	524 17	0.80 2×3.15 扁线	1.06 1.0
	380/127—24	380 127 24	524 177 36	0.80 1.20 1.00	1.06 0.90 0.12
	380/144	380 144	524 205	0.80 1.40	1.06 1.3
500	380/127—6.3	380 127 —6.3	432 146	0.90 1.62	1.2 1.3
	380/36—6.3	380 36 —6.3	432 43	0.90 1.40×4	1.2 1.2
	380/127—36	380 127 36	432 146 43	0.90 1.40 0.90	1.2 1.0 0.16
	220/127—6.3	220 127 —6.3	252 146	1.20 1.62	1.2 1.3
	380/110	380 110	432 130	0.90 1.62	1.2 1.2
	380/127—6.3—36	380 127 —6.3 36	432 146 43	0.90 1.40 0.90	1.2 1.0 0.16
	220/12	220 12	252 15	1.20 1.0×2	1.2 1.0
	220/127—36	220 127 36	252 146 43	1.20 1.40 0.90	1.2 1.0 0.16
	380—220/36	380—220 36	432 43	1.20 2.02 ×2	2.0 1.0
	380/12	380 12	432 15	0.90 1.0×2	1.2 1.0
	380/220	380 220	432 264	0.90 1.00	1.2 1.0
	220/220	220 220	252 264	1.20 1.00	1.2 1.0

（续表）

总容量/VA	规　　格	电压/V	总匝数	导线直径/mm	导线重/kg
1 000	380/127	380 127	284 97	1.20 1.40 ×2	1.8 2.0
	380/220—36	380 220 36	284 170 28	1.20 1.62 0.90	1.38 1.25
	220/36	220 36	165 28	1.81 2.02 ×4	1.23 1.48
	380/36—6.3	380 36 —6.3	284 28	1.20 2.02 ×4	1.38 2.4
	380/127—6.3—36	380 127 —6.3　36	284 97 28	1.20 1.40 ×2　0.90	1.8 2.0 0.10
	380/127—50—60	380 127 50—60	284 97 46	1.20 0.80 2.02×2	1.8 2.0 1.2
	220/24	220 24	165 20	1.81 10 mm² 扁线	1.75 2.40
	220/127	220 127	165 97	1.81 1.40 ×2	1.75 2.0

表 4.5-10　BK1 系列单相控制变压器的部分技术数据

总容量/VA	规　　格	电　压/V	容量分配/VA	匝　数	导线直径/mm	导线重/kg
25	220/36	220 36	25	1 460 263	0.25 0.55	0.092 0.087
	220/18	220 18	25	1 460 128	0.25 0.77	0.092 0.081 5
	220/6.3	220 6.3	25	1 460 44	0.25 1.35	0.092 0.084 5
	380/36	380 36	25	2 470 263	0.19 0.55	0.094 0.084
	380/18	380 18	25	2 470 128	0.19 0.77	0.094 0.077
	380/6.3	380 6.3	25	2 470 44	0.19 1.35	0.094 0.095
50	380—220/36—6.3	380 220 36 6.3	45 5	1 580 912 161 26	0.25 0.33 0.72 0.59	0.054 2 0.109 0.118 0.012 3
	220/36—6.3	220 36 6.3	45 5	912 161 26	0.33 0.72 0.59	0.109 0.115 0.012 3

六、电流互感器

电流互感器是将大电流转换为小电流的专用变压器。其外形结构如图 4.5－10 所示，型号表示方法详见表 4.5－11。

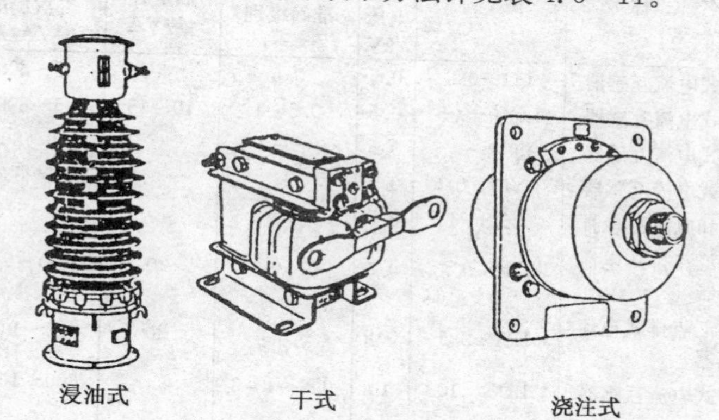

图 4.5－10　电流互感器的外形结构

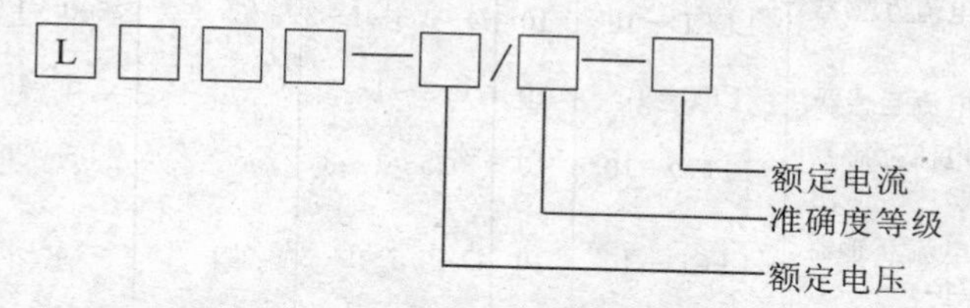

表 4.5－11　电流互感器的字母含义

第一个字母	第二个字母							
L	D	F	M	R	Q	C	Z	Y
电流互感器	贯穿式单匝	贯穿式复匝	贯穿式母线型	装入式	线圈式	瓷箱式	支持式	低压型
第三个字母			第四个字母					
Z	C	W	D	B	J	S	G	Q
浇注绝缘	瓷绝缘	户外装置	差动保护	过流保护	接地保护或加大容量	速饱和	改进型	加强型

常用电流互感器的型号与技术数据详见表 4.5-12。

表 4.5-12 常用电流互感器技术数据

名　称	型　号	主要规格和技术数据			
		额定电压/kV	准确级别	额定容量/VA	一次侧电流/二次侧电流 /A/A
绕线式电流互感器	LQ—0.5	0.5	0.5	5	5～800/5
绕线式电流互感器	LQG—0.5	0.5	0.5～1	10～15	5～800/5
绕线式电流互感器	LQG2—0.5	0.5	1		10～800/5
母线式电流互感器	LYM—0.5	0.5	1		750～5 000/5
速饱和电流互感器	LQS—1	0.5			4～5/3.5
穿心汇流排式电流互感器	LM—0.5	0.5	0.5～1	20	1 000～5 000/5
穿心汇流排式电流互感器	LM—0.5	0.5	3	20	800～1 000/5
贯穿式电流互感器	LDG—10	10	0.5～1～3		600～1 500/5
贯穿式电流互感器（加强式）	LDCQ—10	10	0.5～1～3		400～1 000/5
贯穿式电流互感器（差动保护）	LDCD—10	10	D～0.5～1～3		600～1 500/5
贯穿式电流互感器	LFC—10	10	0.5～1～3		5～400/5
贯穿式电流互感器（加强式）	LFCQ—10	10	0.5～1～3		5～300/5
贯穿式电流互感器（差动保护）	LFCD—10	10	D～0.5～1～3		75～400/5
穿心汇流排式电流互感器	LMT1—0.5	0.5	D～1.2	1.6～1.2	7 500/5
母线式电流互感器	LYM1—0.5	0.5	1	0.8	2 000/5
线圈式电流互感器	LQG1—0.5TH	0.5	0.5	0.2	200 300/1
环氧树脂浇注电流互感器	LMZ—0.5	0.5	1	0.2	75～600/5
环氧树脂浇注电流互感器	LMJ—10	10	0.5～1～3	10/15	600～1 500/5
环氧树脂浇注电流互感器	LQJ—10	10	0.5～1～3	10/15	5～400/5

（续表）

名　称	型　号	主要规格和技术数据			
		额定电压/kV	准确级别	额定容量/VA	一次侧电流/二次侧电流 /A/A
环氧树脂浇注电流互感器	LQJ—10	10	3/3	10/10	1/5
电流互感器	LQJ—15	15	0.5/3	10/15	5～400/5
零序电流互感器	LJ—ϕ75	0.5			
35 kV 电流互感器	LCW—35	35	0.5～3		15～1 000/5

注：(1) 额定电流比 15～1 000/5 系指 15/5、20/5、30/5、40/5、50/5、75/5、100/5、150/5、200/5、300/5、400/5、600/5、750/5、1 000/5。

(2) 额定一次侧电流一般分为 5、7.5、10、15、20、30、40、50、75、100、150、200、300、400、600、750、(800)、1 000、1 500、2 000、3 000、4 000、5 000、7 500、10 000、15 000、25 000 A。

(3) 额定二次侧电流绝大多数为 5 A。

1. 基本原理

电流互感器的原理如图 4.5－11 所示。它的原边除了为装在不同电压等级的电路上而有各种额定电压外，还可以有不同的额定电流，但它的副边的额定电流都是 5 A，也就是说将电路中的大电流变成小电流，再供给测量仪表及继电器的串联线圈。这样可使仪表及继电器的结构简单，便宜，安全可靠。

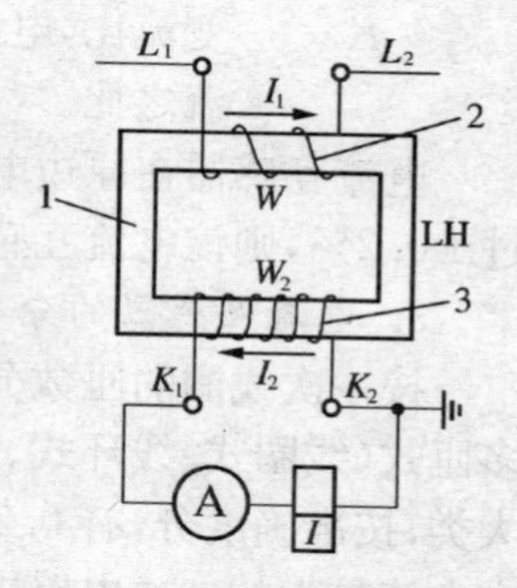

图 4.5－11　电流互感器原理

1—铁芯　2—一次线圈　3—二次线圈

电流互感器的一次电流 I_1 与二次电流 I_2 间存在着下列关系：

$$I_1 \approx \frac{W_2}{W_1} I_2 \approx K_i I_2$$

式中　W_1、W_2 ——电流互感器一次(原边)和二次(副边)的线圈匝数；

K_i ——变流比，一般表示为一、二次电流比。

2. 用途

(1) 测量高压侧的电流。

(2) 串入计费用电度表的电流线圈。

(3) 供给继电器线圈的电源。

(4) 作为开关操作机构或整流装置的电源。

电流互感器在运行中由于励磁和损耗需要一部分电流，因而所测得的变流比不能在各种负荷下都符合额定的变流比。它的误差可按下式计算：

$$\Delta I\% = \frac{KI_2 - I_1}{I_1} \times 100$$

式中 $\Delta I\%$——变流比误差百分数；

I_1——电流互感器原边线圈中的电流；

I_2——副边线圈中的电流；

K——变流比，电流互感器的原边额定电流与副边额定电流之比。

电流互感器在原边电流达到 1.2 倍额定电流时，如误差不超过±0.2%，则该电流互感器即属于 0.2 级的准确级，余类推。

3. 电流互感器的分类

按一次线圈的匝数分，有单匝式(母线式、心柱式、套管式)和多匝式(线圈式、线环式、串级式)；按一次电压分，有高压和低压两大类；按准确度分，有 0.2、0.5、1、3、10 五个等级。单匝式只用在电流较大的一次电路中。

国产高压电流互感器多制成两个铁芯和两个二次线圈的形式，分别接测量仪表和继电器，以满足测量仪表和继电保护的不同要求。电气测量对电流互感器的准确度要求较高，且要求在短路时仪表受的冲击小。因此，测量用电流互感器铁芯在一次短路时应容易饱和，以限制二次电流的增长倍数。而保护用电流互感器铁芯则在一次短路时不应饱和，使二次电流与一次电流成比例地增长，以适应保护灵敏度的要求。

4. 接线方案

电流互感器在三相电路中有如图 4.5－12 所示的五种常见的接线方案。

（1）一相式接线：如图 4.5－12a 所示，通常用在负荷平衡的三相电路中。电流表通过的电流反映一次电路某一相的电流。

（2）两相 V 形接线：如图 4.5－12b 所示，又称为两相不完全星形接线，因为二次侧公共线中的电流等于另外两相电流之和，故又称作两相电流和接线。该接线的三个电流表分别反映三相电流。所以，不论负荷是否平衡，三相三线制电路中均可采用这种接线方式。

（3）两相电流差接线：如图 4.5－12c 所示。常用于三相三线制电路的继电保护装置中，该接线的二次侧公共线中流过的电流

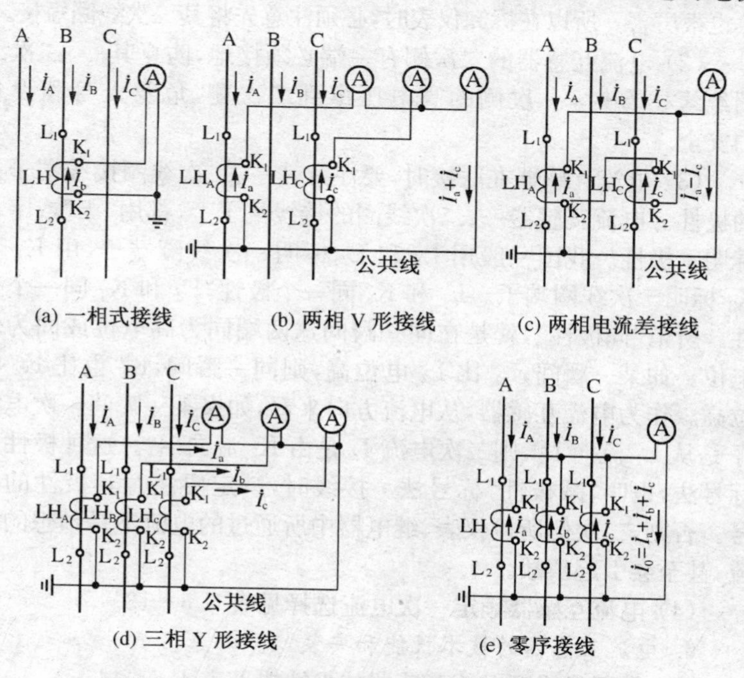

图 4.5－12　电流互感器在三相电路中的接线方案

等于其他两相电流之差。

(4) 三相Y形接线：如图4.5-12d所示，该接线中三个电流表分别反映三相电流。所以，广泛应用于负荷不论是否平衡的三相三线制和三相四线制电路中，用于测量和继电保护。

(5) 零序接线：如图4.5-12e所示，这种接线的二次侧公共线中流过的电流等于三相电流之和，即 $I_a+I_b+I_c=I_0$，它反映的是零序电流，故该接线专门用在零序保护上。

5. 使用注意事项

(1) 电流互感器二次回路在工作时绝对不能开路，因为二次侧开路时其电流为零，故不能产生磁通去抵消一次侧磁通的作用，而二次侧能感应1 000 V左右的电压，对人身和设备都很危险，铁芯发热也很厉害。所以在拆卸仪表时，必须注意先将其二次线圈短接。

(2) 电流互感器的二次侧有一端必须接地，防止其一、二次线圈绝缘击穿时，一次侧的高电压窜到二次侧，危及人身和设备的安全。

(3) 电流互感器在联接时，要注意其一、二次线圈接线端子上的极性。电流互感器一、二次线圈的接线端子上，都用"±"或字母标明了极性。我国一般用 L_1 和 L_2 标明一次线圈端子，用 K_1 和 K_2 标明二次线圈端子。L_1 和 K_1 同一个极性，L_2 和 K_2 同一个极性。所谓"同极性"，就是在同一瞬间这两端同为高电位或同为低电位。如某一瞬间，L_1 比 L_2 电位高，则同一瞬间，K_1 也比 K_2 电位高。作为电流互感器，从电流方向来看，如果某一瞬间一次电流 I_1 是从 L_1 流向 L_2，则二次电流 I_2 是由 K_2 流向 K_1。这种极性的标号法，也叫"减极性"标号法。接线时，一定要注意其极性的标号。否则，二次侧所接仪表、继电器中所通过的电流不是预想的电流，甚至会引起事故。

(4) 电流互感器额定一次电流选择见表4.5-13。

6. 电流互感器的技术性能和安装

(1) 低压母线型电流互感器技术性能见表4.5-14。

表 4.5-13 电流互感器额定一次电流选择

用电负荷/kVA		20~35	35~45	45~65	60~90	90~125	125~180	180~250	250~350	350~450	450~600	600~850	850~1 200	1 250~1 800
额定一次电流/A	0.38 kV	75	100	150	200	300	400	500	600~750	800~1 000	1 000~1 200	1 200~2 000	2 000~2 500	3 000
	6 kV					20	30	30	40	50	75	100	150	200
	10 kV					10	20	20	30	40	50	75	100	150
	35 kV											20	30	40

用电负荷/kVA		1 800~2 500	2 500~3 500	3 500~4 500	4 500~5 500	5 500~7 000	7 000~9 000	8 000~10 000	10 000~14 000	13 000~17 000	18 000~23 000	25 000~35 000	35 000~45 000	
额定一次电流/A	0.38 kV													
	6 kV	300	400	500~600	600~750	750	1 000~1 200	1 200~1 500	1 500~2 000	2 000	3 000	4 000	6 000	
	10 kV	200	300	400	500	600	750	1 000	1 200	1 500	2 000	3 000	4 000	
	35 kV	50	75	75~100	100~150	150	150~200	200	200~300	300~400	400~500	600~750	750~1 000	

表 4.5－14 低压母线型电流互感器技术性能

型号	额定一次电流/A	一次安匝	额定二次负荷/Ω			一次需要多绕的一次电流安培值
			0.5 级	1 级	3 级	
LMZ1－0.5 LMK1－0.5	5、10、15、30、50、75、150 20、40、100、200 300、400	150 200 300、400	0.2	0.3		5～75 20～100
LMZJ1－0.5 LMKJ1－0.5	5、10、15、30、50、75、150、300 20、40、200、400 500 600 800	300 400 500 600 800	0.4	0.6		5～150 20～200
LMZB1－0.5 LMKB1－0.5	5、10、15、30、50、75、100、150、300 20、40、200、400 500 600	300 400 500 600	0.4	0.6		50～150 20～200
LMZB1－0.5 LMKB1－0.5 LMZJ1－0.5	800 1 000、1 200、1 500、2 000、3 000	800	0.4 0.8	0.6 1.2		

注：1. LMZ1(LMZJ1、LMZB1)－0.5 型电流互感器供 500 V 及以下的交流线路中测量电流、电能及继电保护用，尤其适用于季节性负荷变动的农村路线。可取代 LQ－0.5 型、LQG－0.5 型和 LYM－0.5 型(150～3 000 A)电流互感器。

2. LMK1(LMKJ1、LMKB1)－0.5 型电流互感器是新产品，可取代 LQ－0.5 型和 LQG－0.5 型电流互感器。

(2) 低压线圈式电流互感器技术数据见表 4.5-15。

表 4.5-15　低压线圈式电流互感器技术数据

型　号	额定一次电流/A	额定二次电流/A	额定电压/kV	额定负荷/Ω			1 s 热稳定倍数	动稳定倍数
				0.5 级	1 级	3 级		
LQ-0.5	5、10、15、30、40、50 75、100、150、200、300、400 600、750、800、1 000	5	0.5	0.2			50	100
LQG-0.5	5、10、15、20、30、40、50 75、100、150、200、300、400 600、750、800、1 000	5	0.5	0.4	0.6		50	100
LQG2-0.5	10、15、20、30、40 50、75、100、150、300 400	5			0.6		50	100
	600、800	5			0.6		50	70

注：LQG2、LQG 为 LQ-0.5 的改进型，适用于安装在低压配电屏及低压配电设备中，作为测量电流、电能及继电保护用。

(3) LQJ-10 型电流互感器技术数据见表 4.5-16。

表 4.5-16　LQJ-10 型电流互感器技术数据

型号	额定电流比/A	级次组合	第一铁芯			第二铁芯				1 s 热稳定倍数	动稳定倍数	
			准确级次	额定容量/VA	额定负荷/Ω	准确级次	额定容量/VA	额定负荷/Ω	额定负载时 10% 倍数		5～100/A	150～400/A
LQJ-10	5～100/5	0.5/3	0.5		0.4	3		1.2	≥6	90	225	
	150～400/5	0.5/3	0.5		0.4	3		1.2	≥6	75		160
	5～400/5	0.5/1.0	0.5	15	0.6	1.0	30	1.2		65～70	150～200	150
		0.5/3	0.5	15	0.6	3	30	1.2	≥6			

注：本型具有较小的外形尺寸，适用于交流 10 kV 及以下的线路上，安装于各种配电装置内，供测量电流、电能及继电保护用。

(4) LFZ1(LFZJ1、2)-10 型电流互感器的技术数据见表 4.5-17。

表 4.5-17 LFZ1-10 型电流互感器技术数据

型 号	额定电流比	级次组合	二次额定负荷/Ω				1s 热稳定倍数	动稳定倍数
			0.5 级	1 级	3 级	D 级		
LFZ1-10	5、10、15、20、30、40、50、75、100、150、200、300、400/5	0.5/3、1/3	0.4	0.4	0.6	—	90(5~200 A) 80(300 A) 75(400 A)	160(5~200 A) 140(300 A) 130(400 A)
	5、10、15、20、30、40、50、75、100、150、200/5	0.5/3、1/3	0.4	0.6	0.6	—	90	160
LFZJ1-10	20、30、40、50、75、100、150、200/5	0.5/3、1/3	0.8	1.2	1	—		
	75、100、150、200/5	0.5/D、D/D	0.8	—	—	1.2		

(5) LDZ1(LDZJ1)-10 型电流互感器技术数据见表 4.5-18。

(6) LMZ1(LMZD2)-10 型电流互感器技术数据见表 4.5-19。

(7) LFC-10，LFCQ-10，LFCD-10，LFCQD-10 型电流互感器技术数据见表 4.5-20。

表 4.5-18　LDZ1(LCZJ1)-10 型电流互感器技术数据

型　号	额定电流比	级次组合	二次额定负荷/Ω				1s 热稳定倍数	动稳定倍数
			0.5 级	1 级	3 级	D 级		
LDZ1-110	600、800、1 000/5	0.5/3	0.4	—	0.6	—	50	90
	600、800、1 000、1 500/5	0.5/3、1/3	0.4	0.4	0.6	—	65(600 A、800 A) 55(1 000 A) 36(1 500 A)	120(600 A、800 A) 100(1 000 A) 65(1 500 A)
	300、400、500、600、800、1 000/5	0.5/3、1/3	0.4	0.6	0.6	—	80(300 A) 75(400 A) 60(500 A) 50(600～1 000 A)	140(300 A) 130(400 A) 110(500 A) 90(600～1 000 A)
LDZJ1-10	600、800、1 000、1 200、1 500/5	0.5/3、0.5/D、D/D	1.2	—	1.2	1.6	50	90
	600、800、1 000、1 500/5	D/0.5 D/D	1.2	—	—	1.6	65(600 A、800 A) 55(1 000 A) 36(1 500 A)	120(600 A、800 A) 100(1 000 A) 65(1 500 A)
	300、400、500/5	0.5/3、1/3 0.5/D、D/D	0.8	1.2	1	1.2	80(300 A) 75(400 A) 60(500 A) 50(600～1 500 A)	140(300 A) 130(400 A) 110(500 A) 90(600～1 500 A)
	600、800、1 000、1 200、1 500/5		1.2	1.6	1.2	1.6		

注：1. 互感器在额定负荷时其 10%倍数对 3 级及 D 级均为 15 倍。

2. 级次组合的分子为第一铁芯的准确级次，分母为第二铁芯的准确级次。

表 4.5－19　LMZ1(LMZD2)型电流互感器技术数据

型　号	额定电流比	级次组合	准确级次	额定次级负荷/Ω	额定负荷时的10%倍数
LMZ1－10	2 000、3 000/5	0.5/D	0.5(1)	1.6(2.4)	
			D	2	15
	4 000、5 000/5	D/D	0.5(1)	2(3)	
			D	2.4	15
LMZD2－10	1 200、1 500/5	0.5/D	0.5	1.2	
			D	1.6	15
	2 000、3 000、4 000、5 000/5	D/D	0.5	2	
			D	2	15

注:互感器重量:3 000 A及以下为20～28 kg,4 000～5 000 A为28～35 kg。

表 4.5－20　LFC、LFCQ、LFCD、LFCQD－10型电流互感器技术数据

型　号	额定电流比/A	级次组合	准确级次	二次负荷/Ω				10%倍数		1s热稳定倍数	动稳定倍数
				0.5级	1级	3级	D级	二次负荷/Ω	倍数		
LFC－10	5/5 7.5/5 10/5 15/5 20～40/5 5～150/5、300/5 200/5、400/5	0.5	0.5	0.6	1.3	3		0.6	14	75	50 75 100 155 165
LFC－10	5/5 7.5/5 10/5 15～300/5 400/5	1	1		0.6	1.6		0.6	12	80 14	105 150 200 250
LFC－10	5/5 7.5/5 10/5	3	3			1.2	2.4	1.2	6	80	105 150 200
LFC－10	15～300/5 400/5	3	3			1.2	2.4	1.2	6 7.5	80	250 250

（续表）

型　号	额定电流比/A	级次组合	准确级次	二次负荷/Ω				10%倍数		1s热稳定倍数	动稳定倍数
				0.5级	1级	3级	D级	二次负荷/Ω	倍数		
LFC－10	5/5 7.5/5 10/5 15/5 20～40/5 200/5、400/5 50～150/5、300/5	0.5/0.5 0.5/3	3			1.2	2.4	1.2	7.5	75	45 65 90 140 165 165 165
LFC－10	5/5 7.5/5 10/5 15～300/2 400/5	1/1 1/3	3			1.2	2.4	1.2	6 7.5	80	90 130 175 250 250
LFCQ－10	30～300/5	0.5		0.6				0.6	12	110	250
LFCQ－10	5/5 7.5/5 10/5 15～20/5 30～300/5	1	1		0.6	1.6		0.6	10	110	105 150 200 250 250
LFCQ－10	5/5 7.5～200/5	3				1.2	2.4	1.2	6	240	400 500
LFCQ－10	30～300/5	0.5/0.5	0.5	0.6				0.6	12	110	250
		0.5/1	0.5	0.6				0.6	12	110	250
			1		0.6			0.6	12	110	250
		0.5/3	0.5	0.6				0.6	12	110	250
			3			1.2		1.2	6	110	250
LFCQ－10	5/5 7.5/5	1/1 1/3	3		0.6			0.6	10	110	90 130
LFCQ－10	10/5 15～20/5 30～300/5	1/1 1/3	3		0.6	1.2	2.4	0.6	10 12	110	175 250
LFCD－10	75～400/5	D D/D	D					0.6 0.6	12 12	75 75	165 165

（续表）

型　号	额定电流比/A	级次组合	准确级次	二次负荷/Ω				10%倍数		1s热稳定倍数	动稳定倍数
				0.5级	1级	3级	D级	二次负荷/Ω	倍数		
LFCD-10	75～400/5	D/0.5	D	0.6				0.6	12	75	160
	75～150/5、300/5		0.5						15		
	200/5、400/5								15		
	75～400/5	D/1	D		0.6			0.6	12	75	165
	75～300/5		1						12	80	250
	400/5								14		
	75～400/5	D/3	D			1.2		0.6	12	75	165
	75～500/5		3					1.2	6	80	250
	400/5								7.5	80	
LFCD-10	75～300/5	D	D					0.6	12	110	250
		D/D	D					0.6	12	110	250
		D/0.5	D					0.6	12	110	250
			0.5								
		D/1	D					0.6	12	110	250
			1								
		D/3	D					0.6	12	110	250
			3			1.2		1.2	6	240	500

(8) LJ1 型及 LJ－ϕ75 型零序电流互感器：此种电流互感器为户内装置，供小接地电流系统中电缆（最大直径不超过 75 mm 的三相电缆）接地保护用。与本型互感器连用的继电器为 DL11/0.2 型。当保护范围内有接地故障时，零序电流通过电缆在互感器二次回路中产生，使继电器动作。其技术数据见表 4.5－21。

表 4.5-21　LJ1 型及 LJ-ϕ75 型零序电流互感器技术数据

形　式	继电器型号	连接线电阻/Ω	继电器的使用刻度/A	继电器启动电流/A	最高的保护灵敏度/A	重　量/kg
LJ1 LJ-ϕ75	DL11/0.2	1	0.1～0.2	0.1	～10	2 9

注：LJ1 型零序电流互感器若用 DD11/60 型继电器(线圈并联)则一次动作电流小于 3 A。

第六节　变压器的故障及其检修方法

表 4.6-1　变压器故障及其检修方法

故　　障	可 能 原 因	检 修 方 法
线圈绝缘老化	1. 经常过载 2. 使用寿命已满 3. 设计结构对热梯度考虑不周全	外观检查
线圈匝间、层间或段间短路(高压侧首部数层较多)	1. 负载有涌流现象，由于机械力损伤绝缘 2. 大气过电压(少数由于内部过电压)产生电击穿 3. 由于绝缘老化后产生	空载试验时空载损耗及空载电流增大
线圈崩坏，外线圈向辐射方向松散，线圈端圈向铁轭崩散	1. 产品经受短路电流冲击 2. 结构夹压不紧，机械强度差	外观变形；有断线时，一侧通电另一侧没有感应电压
一、二次线圈间或线圈对地绝缘电阻下降	1. 潮气或水分侵入产品 2. 线端或引线有局部不正常通路 3. 油的介质损失角过高	摇表测得的绝缘电阻下降为原始值的 70%或以下

（续表）

故　障	可能原因	检修方法
一、二次线圈间或线圈对地耐压击穿	1. 产品经受大气过电压 2. 设计的绝缘距离过小 3. 制造中有局部弱点	在绝缘电阻良好的基础上逐步提高耐压试验值
运行中异常发热，顶油温升超限	1. 负载超定额 2. 铁芯与线圈间绝缘不良有起火现象 3. 大电流连接处的接触电阻过大	观察顶油温度或色谱分析

第五章 低 压 电 器

第一节 低压电器产品型号

低压电器产品全型号表示法及代号的意义如下：

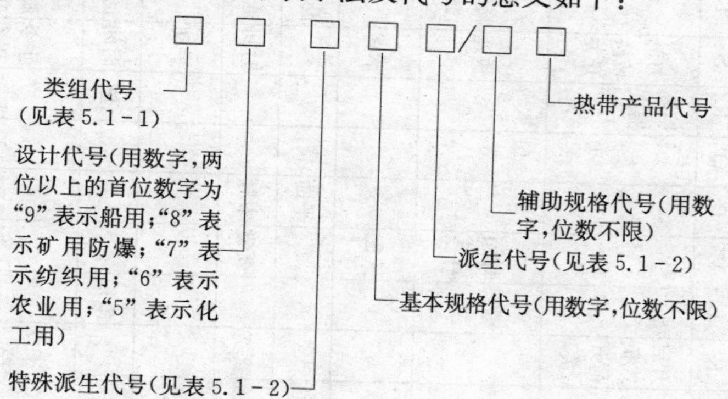

表 5.1-1 低压电器产品型号类组代号

名称	代号	A	B	C	D	G	H	J	K	L	M	P	Q	R	S	T	U	W	X	Y	Z
刀开关和转换开关	H				刀开关		封闭式负荷开关		开启式负荷开关					熔断器式刀开关	刀形转换开关					其他	组合开关
熔断器	R			插入式			汇流排式			螺旋式	封闭管式				快速	有填料管式			限流	其他	自复
断路器	D										灭磁				快速			框架式		其他	塑外壳式
控制器	K					鼓形						平面				凸轮				其他	
接触器	C					高压		交流	真空		灭磁	中频			时间	通用				其他	直流
启动器	Q	按钮式		磁力式				减压							手动		油浸		星三角	其他	综合
控制继电器	J				漏电					电流				热	时间	通用		温度		其他	中间
主令电器	L	按钮						接近开关	主令控制器						主令开关	脚踏开关	旋钮	万能转换开关	行程开关	其他	

（续表）

名 称	代号	A	B	C	D	G	H	J	K	L	M	P	Q	R	S	T	U	W	X	Y	Z
电阻器	Z		板形元件	冲片元件		管形元件								非线性	烧结元件	铸铁元件			电阻器	硅碳电阻	
变阻器	B			旋臂式						励磁		频敏	启动		石墨	启动调速	油浸启动	液体启动	滑线式	其他	
调整器	T				电压																
电磁铁	M												牵引					起重		液压	制动
其他	A		保护器	插销	信号灯		接线盒			电铃											

表 5.1-2 加注通用派生字母对照表

派生字母	代表意义
A、B、C、D…	结构设计稍有改进或变化
C	插入式
J	交流、防溅式
Z	直流、自动复位、防震、正向、重任务
W	无灭弧装置、无极性、失压
N	可逆、逆向
S	有锁住机构、手动复位、防水式、三相、三个电源、双线圈
P	电磁复位、防滴式、单相、两个电源、电压的
K	开启式
H	保护式、带缓冲装置
M	密封式、灭磁、母线式
Q	防尘式、手车式
L	电流的、折板式、漏电保护
F	高返回、带分励脱扣
X	限流
TH TA	湿热带 干热带 } 为热带产品代号，加注在全型号后

第二节　常用低压电器

一、刀开关和转换开关

（一）刀开关类别、型号表示法及适用场合（表 5.2-1）

表 5.2-1　刀开关的类别、型号表示方法及适用场合

类别及名称		型号表示方法	适用场合	说明
开关板刀开关		HD HS —□/□—□ HD—单投 HS—双投 □—额定电流 □—极数：1—单极　2—二极　3—三极 □—0—不带灭弧罩　1—带灭弧罩；对于中央手柄式：8—板前接线式　9—板后接线式；无此位数字时，表示仅一种接线方式	中央手柄式：用于磁力站作隔离开关用 侧面操作手柄式：用于动力箱 中央正面杠杆操作机构式：用于正面操作、后面维修的开关柜中 侧方正面操作机构式：用于正面两侧方操作、前面维修的开关柜中	HD11～14 为全国统一设计产品，可取代 HD1～3
带有熔断器的刀开关	开启式负荷开关	HK—□—□ HK—开启式负荷开关（胶盖瓷底刀开关） □—设计代号 □—专门用途的文字符号	用于低压线路中，作一般电灯、电阻和电热等回路的控制开关用，也可作为分支线路的配电开关用；三极开关适当降低容量，也可用于不频繁地直接启动及停止的小容量异步电动机	1. 常用 HK_1、HK_2 系列，其中 HK_1 系全国统一设计产品 2. 刀开关熔丝应按产品说明书选择自备

（续表）

类别及名称		型号表示方法	适用场合	说明
带有熔断器的刀开关	封闭式负荷开关（钢壳开关）	HH—□—□/□—□ HH：封闭式负荷开关 □：设计代号 □：额定电流 □：极数 □：有中性接线柱有Z字表示	有较大的分闸和合闸速度，常用于操作次数较多的小型异步电动机全压启动及线路末端的短路保护；带有中性接线柱的负荷开关，可作为照明回路的控制开关	1. 60A以下者为RC1A型，100A以上者为RT0型 2. HH3可取代HH2型老产品。HH4为全国统一设计产品，可取代同容量的其他系列老产品
	刀熔开关	HR—3—□/□—□ HR：类组代号，刀开关和熔断器 3：设计代号 □：额定电流等级 □：极数 □：操作方式及检修方向 “1”：前面侧方操作前检修式 “2”：前面中央操作后检修式 “3”：侧面操作前检修式	可供配电系统中作为短路保护及电缆、导线过载保护用；在正常情况下，可供不频繁地手动接通和分断不大于其额定电流的电路，但不适于专门分合电动机	1. 熔断器为RT0系列有填料封闭管式 2. HR3为全国统一设计产品，可代替各种低压配电装置中刀开关和熔断器的组合电器

（二）转换开关类别、型号表示法及适用场合（表 5.2-2）

表 5.2-2　转换开关类别、型号表示方法及适用场合

类别及名称			型号表示方法	适用场合	说　明
HS 型刀形转换开关			表示方法同 HD 型刀开关，只是 HS 型为双投刀开关，而 HD 型为单投刀开关	同 HD 型刀开关	HS11～13 可取代 HD11～13 老系列，其技术参数与 HD11～13 共用一个部颁标准
手拧式转换开关	HZ 系列转换开关	HZ5 系列	HZ5—□/□□□ HZ：类组代号；5：设计代号；□：额定电流；□：控制电动机功率；□：定位特征代号；□：接线图编号	作电流 60A 以下的机床线路中的电源开关，控制线路中的换接开关，以及电动机的启动、停止、变速、换向等	可代替 HZ1～13 系列产品
		HZ10 系列	HZ10—□□/□ HZ：类组代号；10：设计代号；□：额定电流；□：类型；□：极数	作电流 100A 以下的换接电源开关；三相电压的测量；调节电热电路中电阻的串并开关；控制不频繁操作的小型异步电动机正反转	1. 可取代 HZ1、HZ2 等老产品 2. HZ-10M 系列气密式的技术参数和规格均与之相同，用于一些耐腐蚀的特殊场合

（三）常用刀开关和转换开关

1. HD11、HD13、HS11 开关板用刀开关

这两个系列的刀开关主要用于交流 50 Hz、电压 380 V 以下（直流 440 V 以下）、额定电流 1 500 A 以下的成套配电装置中，在额定电流下可作为不频繁的手控接通与分断交直流电路或作隔离开关用。

这两个系列的刀开关均为开启式，供低压成套配电装置用，其中：带有各种杠杆操作机构的单投和双投开关，用于开关板和动力箱，可以切断额定电流以下的负载电路；中央手柄式的单投和双投开关，用于磁力站，不能切断带有电流的电路，仅作隔离开关之用。其技术数据见表 5.2-3～4。

表 5.2-3　低压系列刀开关电流等级、结构形式及转换方向

型号	结构形式	转换方向	极数	额定电流等级/A	接线或操作方式
HD11	中央手柄式	单投	1、2、3	200、400	板前接线
		单投	1、2、3	200、400、600、1 000	板后接线
HS11	中央手柄式	双投	1、2、3	200、400、600、1 000	板后接线
HD13	中央正面杠杆操作机构	单投	1、2、3	200、400、600、1 000、1 500	板前操作
		单投	1、2、3	200、400、600、1 000、1 500	板后操作

表 5.2-4　低压系列刀开关主要技术数据

额定电流/A	分断能力/A		在交流 380 V 和 60%额定电流时刀开关的电气寿命/次	电动稳定性电流峰值		1 s 热稳定性电流/kA
	交流 380 V $\cos\varphi=0.7$	直流 220 V $T=0.01$ s		中央手柄式/kA	杠杆操作式/kA	
200	200	200	1 000	20	30	10
400	400	400	1 000	30	40	20
600	600	600	500	40	50	25

2. HK1、HK2 胶盖瓷座闸刀开关和 HK1－P 开启式负荷

开关

用于交流 50 Hz、电压 380 V 以下(直流 440 V 以下),额定电流在 60 A 以下的电气装置和电热、照明等各种配电设备中,供不频繁的手动接通和分断负载电路及短路和过载保护。当适当降低容量后,也可作为小容量异步电动机不频繁直接启动及停止之用。其技术数据见表 5.2-5～6。

表 5.2-5 HK1、HK2 闸刀开关技术数据

型号	额定电流/A	极数	额定电压/V	电动机容量/kW	熔丝线径/mm	熔丝成分(%)		
						铅	锡	锑
HK1	15 30 60 15 30 60	2 2 2 3 3 3	220 220 220 380 380 380	1.5 3.0 4.5 2.2 4 5.5	1.45～1.59 2.3～2.52 3.36～4 1.45～1.59 2.3～2.52 3.36～4	98	1	1
HK2	10 15 30 15 30 60	2 2 2 3 3 3	250 250 250 380 380 380	1.1 1.5 3.0 2.2 4.0 5.5	0.25 0.41 0.56 0.45 0.71 1.12	铜丝(含铜量不小于 99.9%)		

注:刀开关的熔丝,不是随产品供应的。

表 5.2-6 HK1-P 负载开关技术数据

额定电流/A	额定电压/V	极数	极限分断能力				直接启动和分断交流电动机时,推荐降低容量值/kW
			分断电流/A		操作间隔/s	操作次数	
			分断电流	cos φ			
15	220 380	2 3	30	0.6	30	10	1.5 2.2

3. HH3、HH4 系列封闭式负荷开关

用于各种配电设备中,供不频繁的手动接通和分断负载电

路，且具有短路保护。60 A 以下等级的负荷开关可作为交流电动机(380 V、15 kW 以下)的不频繁接通与分断。其技术数据见表 5.2-7～9。

表 5.2-7　HH3、HH4 系列铁壳开关规格

型　号	额定电压/V	额定电流/A	极数	熔　体			控制的电动机/kW
				额定电流/A	材料	直径/mm	
HH3-15/2	220	15	2	6 10 15	紫铜丝	0.26 0.35 0.46	2
HH3-30/2	220	30	2	20 25 30	紫铜丝	0.65 0.71 0.81	4.5
HH3-60/2	220	60	2	40 50 60	紫铜丝	1.02 1.22 1.32	9.5
HH3-100/2	250	100	2	80 100	紫铜丝	1.62 1.81	
HH4-15/2	380	15	2	6 10 15	软铅丝	1.08 1.25 1.98	
HH4-30/2	380	30	2	20 25 30	紫铜丝	0.61 0.71 0.80	
HH4-60/2	380	60	2	40 50 60	紫铜丝	0.92 1.07 1.20	

注：HH4 型中在型号后加“Z”表示有中性接线柱。

表 5.2-8　HH3 系列铁壳开关接通与分断能力及熔断器极限分断能力

额定电流/A	接通与分断电流/A			熔断器的极限分断能力/A		
	交流 440 V		直流 500 V L/R=0.006～0.008 s	交流 440 V		直流 500 V L/R=0.006～0.008 s
	分断电流	cos φ		分断电流	cos φ	
15	60	0.4	22.5	1 000	0.8	500
30	120	0.4	45	2 000	0.8	2 000
60	240	0.4	90	4 000	0.8	4 000
100	250	0.8	150	5 000	0.4	5 000

表 5.2-9　HH4 系列负荷开关主要技术数据

型　号	负荷开关额定电流/A	熔体额定电流/A	熔体材料	熔体直径 d /mm	接通分断能力			极限分断能力			用　途
					通断能力/A	cos φ	通断次数	分断能力/A	cos φ	分断次数	
HH4-15	15	6 10 15	软铅丝	1.08 1.25 1.98	60	0.5	10	500	0.8	2	作为手动不频繁的接通和分断有负载的电路，启动与分断电动机以及线路末端短路保护
HH4-30	30	20 25 30	紫铜丝	0.61 0.71 0.8	120	0.5	10	1 500	0.7	2	
HH4-60	60	40 50 60	紫铜丝	0.92 1.07 1.2	240	0.4	10	3 000	0.6	2	

4. HZ10 系列组合开关

用于交流 50 Hz、380 V 以下，直流 220 V 以下的电气设备接通或分断电路；换接电源或负载；测量三相电压；调节电加热器的并联、串联；控制小型异步电动机正反转。其技术数据见表 5.2-10。

表 5.2-10　HZ10 系列组合开关额定电流、类型及极数

型　　号	类　　型		极数	额定电流/A			
				10	25	60	100
HZ10-□/1	同时通断（“J”表示机床用开关）		1	+			
HZ10-□/2			2	+	+	+	+
HZ10-□/3			3	+	+	+	+
HZ10-□/4			4	+	+	+	
HZ10-□/2J			2	+	+	+	
HZ10-□/12	交替通断（分母上的第一位数字表示起点时的接通路数；第二位数字表示通断的总路数）			+	+		
HZ10-□/13				+	+		
HZ10-□/14				+	+		
HZ10-□/24				+	+		
HZ10-□P/1	两位转换（“P”表示其中“有一位断路”的操作机构有限位装置）	有一位断路	1	+	+		
HZ10-□P/2			2	+	+	+	+
HZ10-□P/3			3	+	+	+	+
HZ10-□P/4			4	+	+		
HZ10-□P/B1		有二位断路	1	+	+		
HZ10-□P/B2			2	+	+		
HZ10-□P/B3			3	+	+		
HZ10-□P/B4			4	+	+		
HZ10-□S/1	三位转换（“S”表示）		1	+	+		
HZ10-□S/2			2	+	+	+	+
HZ10-□S/3			3	+	+	+	+
HZ10-103 (HZ10-3X)	测量三相电压的电压表用		3	+			
HZ10-□R2	换接两电阻单接、串联或并联、单接用			+	+		
HZ10-□X/3	星形-三角形启动用		3		+	+	

注：表中“+”表示有此规格。括号内的型号，是区别改进产品设计后暂用的型号。

5. HR3 系列、HR_6^5 系列开关技术数据

HR3 系列技术数据见表 5.2－11。HR_6^5 系列技术数据见表 5.2－12。HR5G 型技术数据见表 5.2－13。

表 5.2－11　HR3 系列熔断器式刀开关技术数据

型　　号	额定电压/V	额定电流/A	断流容量/A	极数	熔断体额定电流	结构方式
HR3－100/31		100			30 40 50 60 80 100	
HR3－200/31		200			80 100 120 150 200	前操作
HR3－400/31	380	400	25 000		150 200 250 300 350 400	
HR3－600/31		600			350 400 450 500 550 600	前检修
HR3－100/32		100			30 40 50 60 80 100	
HR3－200/32		200			80 100 120 150 200	前操作
HR3－400/32	380	400	25 000		150 200 250 300 350 400	
HR3－600/32		600			350 400 450 500 550 600	前检修

表 5.2－12　HR_6^5 系列刀熔开关主要技术数据

型　　号			HR_6^5－100	HR_6^5－200	HR_6^5－400	HR_6^5－630
额定绝缘电压/V			660	660	660	660
约定发热电流/A			100	200	400	630
额定接通和分断能力	380 V、cos φ=0.35 (符合 IEC408AC－23)	接通/A 分断/A	1 000 800	1 600 1 200	3 200 2 400	5 040 3 780
	660 V、cos φ=0.65 (符合 IEC408AC－22)	/A	300	600	1 200	1 890
额定熔断短路电流/kA			50	50	50	50

（续表）

型　　号		HR^5_6－ 100	HR^5_6－ 200	HR^5_6－ 400	HR^5_6－ 630
最大预期峰值电流/kA		100	100	100	100
配用熔断器号码 (NT)系列	熔断体号码*	100	1	2	3
	熔体电流值*/A	16 16 20 25 32 35 40 50 63 80 100 125 16	800 100 125 160 200 224 250	125 160 200 224 250 300 315 355 400	315 355 400 125 500 630
机械寿命(接通次数)		3 000	3 000	1 000	1 000
电寿命(接通次数)		600	600	200	200

* 当开关用于电动机电路中，允许熔断体额定电流大于约定发热电流。

表 5.2－13　HR5G 型刀熔开关短路接通和短时耐受电流

额定工作电压/V	额定工作电流/A	额定短路接通电流峰值/kA	额定短时耐受电流(有效值)/kA	电流峰值与有效值之比	通电时间/s	I^2t	标准功率因数 $\cos\varphi$
380/660	100/100	12/12	2	1.42	0.5	2×10^6	0.9
	200/200	20/18	4	1.47	1	16×10^6	0.8
	400/315	36/30	8	1.7		64×10^6	0.5
	630/400	50/35	12.6	2		158.76×10^6	0.3

二、熔断器

（一）熔断器的类别及适用场合（表 5.2-14）

表 5.2-14 熔断器的类别及适用场合

类别	型号及其含义	特点	适用场合	说明
RC 系列瓷插式	RC1 (A)—□ RC1—类型；(A)—设计序号；□—熔断器额定电流	无特殊熄弧措施，极限分断能力较小，最大仅3 000 A(有效值)	一般用作分支电路短路保护	RC1A 为 RC1 系列的改进产品，性能有较大改善
RL 系列螺旋式	RL 1 □ RL—类型；1—设计序号；□—熔断器额定电流	极限分断能力提高，最大达50 000 A(有效值)，并有较大的热惯性	用于配电线路中作过载和短路保护，常用作电动机短路保护	
RM 系列无填料封闭管式	RM□—□/□ RM—类型；□—设计序号；□—熔断器额定电流等级；□—额定电压等级	为可拆换式，结构简单，更换方便并具有一定的极限分断能力，最大可达20 000 A(有效值)	可在电力系统、配电装置中作短路保护及防止连续过载用	RM7 可取代 RM1、RM2、RM3 和 RM10 等系列产品

（续表）

类　别	型号及其含义	特　　点	适用场合	说　　明
RT0 系列有填料封闭管式	RT 0—□—□ RT—类型 0—设计序号 □—熔断管和底座的额定电流 □—接线形式：H—板后　Q—板前	具有限流作用，极限分断能力大，在380 V（交流）下，极限分断能力可达50 000 A（有效值）；熔管上装有红色醒目指示器，能迅速识别故障；附有绝缘操作手柄，可在带电情况下调换熔管	用于要求较高、短路电流较大的电力系统和配电装置中	
RT10、RT11 系列有填料封闭管式	RT10—□ 11 RT—类型 10、11—设计序号 □—熔管额定电流	分断能力大，可达5 000 A，有熔断显示装置，便于发现故障	用于配电线路中	
RZ 系列自复熔断器	RZ 1—□ RZ—类型 1—设计序号 □—熔管额定电流	是一种新型限流元件，故障发生时，短路电流使钠急剧发热而汽化，其电阻值剧增，以限制短路电流；故障电流切除后，很快又回复到初始电阻状态，可继续使用。它是一种大功率非线性电阻元件。其分断能力最大可达100 000 A	与自动开关串联使用，提高回路功率因数，改善自动开关分断条件	

（续表）

类别		型号及其含义	特点	适用场合	说明
快速熔断器	RS0、RS3系列有填料封闭管式	RS□—□/□ RS—类型 □—设计序号 □—额定电压(有效值) □—熔体额定电流(有效值)	分断能力大，具有较大的限流作用；动作速度快；过电压低	RS0主要作硅整流管及其成套装置的保护；RS3主要作为可控硅整流元件及其成套装置的保护	RS0与RS3两系列结构完全相同。两者又都类似RT0系列的结构
	RLS系列螺旋式	RLS—□ RLS—类型 □—额定电流	额定电流为10 A、50 A两个等级，极限分断能力40 000 A(有效值)	用作硅元件、可控硅元件及其成套装置的内部短路保护或某些不允许过电流的过载保护	其结构同RL系列

（二）常用熔断器

1. RC1A系列插入式熔断器

用于交流50 Hz、380 V的低压电路末端，作为电气设备的短路保护。其技术数据见表5.2-15。

表5.2-15　RC1A系列插入式熔断器熔体规格、110%额定电压时的极限分断能力

熔断器的额定电流/A	熔丝的额定电流/A	短路分断电流/A	交流回路功率因数	允许断开次数
5	2、5	250	0.8	3
10	2、4、6、20	500		
15	15			
30	20、25、30	1 500	0.7	
60	40、50、60	3 000	0.6	

注：断开次数表示熔断器能在三次的动作范围内保证其技术参数。

2. RLS 系列螺旋式快速熔断器

用于半导体整流元件或由该类元件组成的成套装置中，作短路保护或适当的过载保护。其技术数据见表 5.2－16～17。

表 5.2－16　RLS 系列螺旋式快速熔断器极限分断能力

型　号	额定电压/V	额定电流/A	熔体额定电流/A	短路分断电流有效值	电路功率因　数
RLS－10	500 V以下	10	3、5、10	40 kA	≥0.3
RLS－50		50	15、20、25、30、40、50		

表 5.2－17　RLS 系列螺旋式快速熔断器的保护特性

额定电流倍数	熔断时间
1.1	5 h 不断
1.3	1 h 不断
1.75	1 h 内断
4	<0.2 s
6	<0.02 s

3. RL1 系列螺旋式熔断器

用于交流额定电压 500 V、额定电流 200 A 以下的电路中，作短路和过载保护，常用于机床电路中。其技术数据见表 5.2－18。

表 5.2－18　RL1 系列熔断器熔体规格与极限分断能力

型　号	额定电流/A	熔体电流等级/A	短路分断能力(cos φ≥0.3，有效值)/A	
			380 V	500 V
RL1－15	15	2、4、6、10、15	2 000	2 000
RL1－60	60	20、25、30、35、40、50、60	5 000	3 500
RL1－100	100	60、80、100		20 000

4. RM10 系列无填料封闭管式熔断器

用于额定电压交流 500 V 或直流 440 V 以下各电压等级的电力网络、成套配电设备中，作短路保护和防止连续过载。其技术数据见表 5.2－19。

表 5.2－19　RM10 系列无填充料封闭管式熔断器技术数据

型　号	额定电压 /V	额定电流 /A	熔体的额定电流等级 /A	交流分断能力/A
RM10－15 RM10－60 RM10－100	交流 220、380 或 500 直流 220、440	15 60 100	6、10、15 15、20、25、35、45、60 60、80、100、125、160、200	1 200 3 500

5. RT0 系列有填料封闭管式熔断器

广泛用于具有高短路电流的电力网络或配电装置中，作电缆、导线及电气设备的短路保护及电缆、导线的过载保护。其技术数据见表 5.2－20。

表 5.2－20　RT0 系列熔断器技术数据

型　号	额定电压 /V	额定电流 /A	熔体的额定电流等级 /A	短路分断能力 /kA	功率因数	直流时间常数 /s
RT0－50 RT0－100 RT0－200	交流 380 直流 400	50 100 200 400 600 1 000	5、10、15、20、30、40、50 30、40、50、60、80、100 * 80、* 100、120、150、200	交流 50 直流 25	>0.3	≥0.015

注：表中有 * 者尽可能不采用。

6. RT12～RT17 系列管式熔断器

RT12 系列管式熔断器、RT14 系列有填料封闭管式熔断器以及 RT15～RT17 系列熔断器的技术数据见表 5.2－21。

表 5.2-21　RT12～RT17 系列管式熔断器技术数据

型　号	额定电压/V	额定电流/A		额定分断能力/kA	额定功耗/W	回路参数 cos φ
		熔断器	熔　断　体			
RT12	415	20	2、4、6、10、16、20	80 cos φ=0.1～0.2	≤3	0.1～0.2
		32	20、25、32		≤4.73	
		63	32、40、50、63		≤7.75	
		100	63、80、100		≤10.7	
RT14	380	20	2、4、6、10、12、20	100	3	0.1～0.2
		32	2、4、6、10、16、20、25、32		5	
		63	10、16、20、25、32、40、50、63		9.5	
RT15	415	100	40、50、63、80、100	80	10.5	0.1～0.2
		200	125、160、200		22	
		315	250、315		32	
		400	350、400		40	
RT16-000	500	160	4、6、10、20、25、32、36、40、50、63、80、100	120		
		160	4、6、10、16、20、25、32、36、40、50、63、80、100、125、160	120 (500 V) 50 (660 V)		
RT16-0	500 660	160	6、10、16、20、25、32、36、40、50、63、80、100	120 (500 V) 50 (660 V)		
	500	160	125、160			
RT16-1	500 660	250	80、100、125、160、200	120 (500 V) 50 (660 V)		
	500	250	224、250			

（续表）

型号	额定电压/V	额定电流/A		额定分断能力/kA	额定功耗/W	回路参数 cos φ
		熔断器	熔断体			
RT16－2	500 660	400	125、160、200、224、250、300、315			
	500	400	355、400			
RT16－3	500 660	630	315、355、400、425			
	500	630	500、630			
RT16－17	380	1 000	800、1 000	100		

7. NT 型熔断器

此系列为从德国引进的产品，其技术数据见表 5.2－22。

表 5.2－22　NT 型熔断器技术数据

型号	熔断体				底座			额定分断能力/kA
	额定电流/A	额定电压/V	额定损耗功率/W	重量/kg	型号	额定电流/A	重量/kg	
NT00C	4	500	0.67	0.12	Sist101	160	0.2	额定电压为 500 V 时为 120
	6		0.69					
	10		1.14					
	16		1.65					
	20		1.94					
	25		2.50					
	32		3.32					
	36		3.56					
	40		4.30					
	50		4.5					
	63		4.6					
	80		6					
	100		7.3					

（续表）

型号	熔断体				底座			额定分断能力/kA
	额定电流/A	额定电压/V	额定损耗功率/W	重量/kg	型号	额定电流/A	重量/kg	
NT00	4	500、660	0.67	0.15	Sist101	160	0.2	额定电压 660 V 时为 50
	6	500、660	0.89					
	10	500、660	1.14					
	16	500、660	1.65					
	20	500、660	1.91					
	25	500、660	2.50					
	32	500、660	3.32					
	36	500、660	3.56					
	45	500、660	4.30					
	50	500、660	4.5					
	63	500、660	4.6					
	80	500、660	6					
	100	500、660	7.3					
NT0	6	500、660	1.03	0.2	Sist160	160	0.52	
	10	500、660	1.42					
	16	500、660	2.45					
	20	500、660	2.36					
	25	500、660	2.7					
	32	500、660	3.74					
	35	500、660	4.3					
	40	500、660	4.7					
	50	500、660	5.5					
	63	500、660	6.9					
	80	500、660	7.6					
	100	500、660	8.9					

（续表）

型号	熔断体				底座			额定分断能力/kA
	额定电流/A	额定电压/V	额定损耗功率/W	重量/kg	型号	额定电流/A	重量/kg	
NT0	125	500	10.1	0.2	Sist160	160	0.32	额定电压 500 V 时为 120 额定电压 660 V 时为 50
	160	500	15.2					
NT1	80	500、660	6.2	0.36	Sist201	250	0.8	
	100	500、660	7.5					
	125	500、660	10.2					
	160	500、660	13					
	200	500、660	15.2					
	221	500	16.8					
	250	500	18.3					
NT2	125	500、660	9	0.65	Sist401	400	1.2	
	160	500、660	11.5					
	200	500、660	15					
	224	500、660	16.6					
	250	500、660	18.4					
NT3	315	500、660	21.7	0.85	Sist601	630	1.5	
	355	500、660	22.7					
	400	500、660	16.8					
	425	500、660	28.9					
	500	500	32					
	630	500	40.3					
NT4	800	380	62	1.95	Sist1001	1 000	3.45	
	1 000	380	75					

三、自动开关

(一) 自动开关类型、特点及适用场合(表 5.2－23)

表 5.2－23　自动开关类型、特点及适用场合

<table>
<tr><th>类别</th><th>型号含义</th><th>产品系列</th><th>结构特点</th><th>适用场合</th><th>说　明</th></tr>
<tr><td rowspan="4">框
架
式</td><td rowspan="4">DW□—□/□□
DW：框架式自动开关
□：设计代号
□：开关额定电流
□：极数
□：①过电流脱扣器形式 1 2 3 4</td><td>DW5</td><td rowspan="4">钢性框架,开关所有部件均装于上面。选择型配电自动开关多采用框架式,利用钟表机构、空气阻尼获得短延时特性,若有欠电压脱扣器,必须是延时的
600 A 及以下的传动机构采用电磁传动,1 000 A 及以上一般采用电动机传动
接线方式可分为板前板后两种。板后接线又可制成固定式和插入式两种。其辅助开关至少有三常开三常闭,以备开关本身、继电保护和讯号指示的需要</td><td>具有瞬时和长、短延时三段保护特性,可作选择型配电电源开关和电动机保护开关</td><td></td></tr>
<tr><td>DW10</td><td>过载短路均瞬时动作,可作非选择型配电开关和电动机保护开关</td><td></td></tr>
<tr><td>DW15</td><td>具有半导体式过流三段保护、热式过流二段保护,可作选择型和非选择型配电开关、低压大容量电动机直接启动和保护</td><td></td></tr>
<tr><td>新系列</td><td>额定电流可达 4 000 A,可作主变压器和配电开关,具有选择性保护</td><td></td></tr>
</table>

（续表）

类别	型号含义	产品系列	结构特点	适用场合	说明
塑料外壳式	DZ□-□□/□□□ DZ—塑料外壳式自动开关 □—设计代号 □—额定电流 □—派生代号（如P为电动操作） □—极数代号 □□—脱扣器和辅助机构代号（用数字表示）	DZ5系列 DZ5(B)型（单极）	主要部件均装在塑料外壳内。开关采用液压式电磁脱扣器作短路和过载保护，动作特性稳定，只要更换线圈便可获得多种保护	主要作开关板控制线路、照明线路的过载和短路保护	DZ5B与DZ5结构和用途基本相同，仅容量有所增加
		DZ5系列 DZ5-20型（3极）	胶木外壳，按钮伸出壳外。电磁脱扣器带有调节螺钉，调节瞬时脱扣器整定电流；热脱扣器的双金属片顶端有调节螺钉，以调整各极动作的同步性；操作机构上过载脱扣电流调节盘，可调节过载整定电流	作电动机及其他用电设备过载短路保护用，也可作不频繁操作的小容量电动机的直接启动器	
		DZ5系列 DZ5-50型（3极）	塑料外壳，手柄操作。板前接线，板前安装。采用液压式电磁脱扣器，过载延时保护、短路瞬时动作	同DZ5-20型开关	
		DZ9-30型（3极）	基本同DZ5-50型。接触系统采用单断点式银-氧化镉触头，动静触头均便于更换	基本与DZ5-50型相同	
		DZ10系列	外壳为热固性塑料压制，绝缘性能良好；陶瓷合金触头抗熔焊耐磨；脱扣器分复式、电磁式、热脱扣和无脱扣器四种。接线方式分板前、板后两种	在低压交直流线路中作不频繁接通和分断电路用	DZ10可全部取代DZ1系列老产品

（续表）

类别		型号含义	产品系列	结构特点	适用场合	说明
直流快速式		DS□—□□/□ DS—快速自动开关；□—设计代号；②额定电流代号；③派生代号；④额定电压代号	DS7			单向动作
			DS8			单向动作
			DS10	由开关本体、半导体脱扣器箱和储能电容器三部分组成，具有很高的断开速度，全部断开时间小于30 ms	为直流电路中的整流机组、硅（可控硅）装置、馈电线路作过载、短路和逆流保护	单向动作、双向动作均可
			DS11			双向动作
限流式	框架式	DWX□—□/□ DWX—框架式限流自动开关；□—设计代号；□—额定电流；□—用途代号 1.保护电动机用 2.配电线路用	DWX15	触头系统多了一套斥开机构，全部断开时间约8～10 ms，并装有快速电磁铁（过流脱扣器），调整在$12I_N$时的动作。保护特性借电流互感器和热继电器配合达到较高的热稳定性	可接通分断1 000 kVA及以上变压器的电力及电动机线路，供配电线路或电动机作非选择性的限流式保护	
限流式	塑料外壳	DZX□—□/□□□ DZX—塑料外壳式限流自动开关；□—设计代号；□—额定电流；□—极数；⑤脱扣器代号；⑤附件代号	DZX10	结构与一般塑料外壳式自动开关相似，但其静触头为斥力触头，可被电动力斥开。动作速度快，8～10 ms全部分断；限流特性好，其限流系数在0.5以下	作用与DWX15基本相同。可接通和分断1 000～2 000 kVA变压器的低压配电线路	

(续表)

类别		型号含义	产品系列	结构特点	适用场合	说明
漏电保护	DZ15L型	DZ15 L—40/□□□ DZ—塑料外壳式 15—设计序号 L—漏电开关派生代号 40—额定电流(A) □—极数 □—脱扣方式 □—用途代号(1.配电线路用 2.保护电动机用)	DZ15L-40	过载保护采用液压式脱扣器,性能稳定,具有电动机保护和配电线路保护两种特性;其触头为新型银氧化磷触头材料,接触电阻小,耐磨并抗熔焊,能达到高分断能力自动开关的要求 纯电磁式漏电保护,绝缘强度高,性能稳定	由于具有过载、短路、漏电和触电等多种保护性能,可在电路末端作机床、潜水泵、脱粒机、电热设备、电动气锤等用电设备的电源开关;其四极漏电开关还可在带有照明灯、电钻和其他电动工具的分支回路中,作分路配电开关	
漏电保护	DZ5-20L型	DZ5—20L/□□□ DZ5—同上 20—额定电流(A) L—漏电开关派生代号 □□□—辅助规格代号,表示方式同上	DZ5-20L	复式加热的双金属式脱扣器作过载保护,具有电动机保护和配电线路保护两种特性,可在调节范围内整定,与所控制电动机工作电流相匹配	同DZ15L-40,仅容量小一级,且无4极触头	

注:1. 过电流脱扣器形式:1—只有瞬时动作;2—具有长延时及瞬时动作;3—具有长延时及短延时动作;4—具有长延时、短延时及瞬时动作。

2. 额定电流代号:10表示1 000 A;20表示2 000 A;30表示3 000 A。

3. 派生代号:Z表示有极性正向开关;N表示有极性逆向开关;W表示无极性开关。

4. 额定电压代号:8表示825 V(包括750 V);15表示1 500 V。

5. 见表5.2-24。

表 5.2-24　DZX10 系列塑料外壳自动开关脱扣器代号及附件代号

脱扣方式 \ 附件代号 \ 附件种类	不带附件	分励	辅助触头	欠压	分励辅助触头	分励欠压	二组辅助触头	欠压辅助触头
电磁脱扣器	20	21	22	23	24	25	26	27
复式脱扣器	30	31	32	33	34	35	36	37

(二) 常用自动开关

1. DS10 系列

用于直流 1 500 V 以下，额定电流 1 000～3 000 A 的直流电路中，对整流机组和馈电线路等作短路、过载和逆流保护。其技术数据见表 5.2-25。

表 5.2-25　DS10 系列自动开关的技术数据

型号		DS10-10Z/15		DS10-20Z/15		DS10-30Z/15	
额定电压/V		1 500		1 500		1 500	
额定电流/A		1 000		2 000		3 000	
整定电流范围/A		800～2 000		1 600～4 000		3 000～9 000	
分断能力	使用电压/V	825	1 500	825	1 500	825	1 500
	短路电流稳态值/kA	80	50	80	50	80	50
	短路电流初始上升率/(A/s)	5×10^6	3×10^6	5×10^6	3×10^6	5×10^6	3×10^6
	实际分断电流/kA	<40	<25	<40	<25	<40	<25

2. DW10 系列

用于交流 50 Hz、380 V(直流 440 V)的电气装置中，作为当电路中发生超过允许极限的过载、短路及失压时自动分断电路，以及在正常条件下作为电路的不频繁转换。其技术数据见表 5.2-26～30。

表 5.2-26　DW10 系列自动开关分类形式

分类 \ 型号				DW10-200	DW10-400	DW10-600	DW10-1000	DW10-1500	DW10-2500	DW10-4000
极数种类	二极式			+	+	+	+	+	+	+
	三极式			+	+	+	+	+	+	+
进出线方式	板前进出线			+	+	+	+	+	+	+
	板后进出线				+	+	+	+	+	+
	板前进线,板后出线				+	+	+	+	+	+
	板后进线,板前出线				+	+	+	+	+	+
操作方式	直接手柄操作			+	+	+	+	+		
	杠杆操作	高空操作					+	+		
		背面操作		+	+	+	+	+		
		正面操作	左侧	+	+	+	+	+		
			右侧	+	+	+	+	+		
	电磁铁操作			+	+	+				
	电动机操作						+	+	+	+
过电流脱扣器	保护方式过载和短路时均瞬时动作			+	+	+	+	+	+	+
	安装数量	二脱扣器式(二极或三极)		+	+	+	+	+	+	+
		三脱扣器式(三极)		+	+	+	+	+	+	+
失压或分励脱扣器	失压脱扣器瞬时动作			+	+	+	+	+	+	+
	分励脱扣器			+	+	+	+	+	+	+
	分励及失压脱扣器同时安装			+	+	+	+	+	+	+

注:“+”表示有这种类型。

表 5.2-27 DW10 系列自动开关技术数据

型　号	额定电流/A	过电流脱扣器额定电流/A	瞬时过电流脱扣器整定电流/A
DW10-200/2 DW10-200/3	200	60 100 150 200	60～90～180 100～150～300 150～225～450 200～300～600
DW10-400/2 DW10-400/3	400	100 150 200 250 300 350 400	100～150～300 150～250～450 200～300～600 250～375～750 300～450～900 350～525～1 050 400～600～1 200
DW10-600/2 DW10-600/3	600	500 600	500～750～1 500 600～900～1 800

表 5.2-28 DW10 系列自动开关的短路分断能力

型　号	过电流脱扣器额定电流/A	主电路的热稳定性/($A^2\cdot s$)	断路器分断的最大短路电流/A	
			直流 440 V $T\leqslant 0.01$ s	交流 380 V $\cos\varphi\geqslant 0.4$
DW10-200	60	9×10^6	10 000	10 000
	100	12×10^6		
	150			
	200			
DW10-400	100		15 000	15 000
	150			
	200			
	250	27×10^6		
	300			
	350			
	400			
DW10-600	500			
	600			
DW10-1000	400	80×10^6	20 000	20 000
	500	160×10^6		
	600	240×10^6		
	800			

注：1. 直流 440 V 断路器两极串联试验。

2. 短路分断能力按分—180 s—分—180 s—合分—180 s—合分。

3. 封闭式的转换能力由试验决定。

表 5.2-29 DW10 系列自动开关的分励脱扣器的技术数据

项目		电压/V								
		50 Hz 交流				直流				
		36	12	220	380	24	48	110	220	440
		需要功率								
分励脱扣器		187 VA	149 VA	145 VA	145 VA	100 W	100 W	90 W	90 W	90 W
失压脱扣器		—	40 VA	40 VA	40 VA	—	—	10 W	10 W	10 W
电磁铁操作机构	DW10-200	—	—	10 kVA	10 kVA	—	—	1 000 W	1 000 W	—
	DW10-400、600	—	—	20 kVA	20 kVA	—	—	3 000 W	3 000 W	—
电动机操作机构	DW10-1000、1500	—	—	600 W	600 W	—	—	500 W	500 W	—
	DW10-2500、4000	—	—	1 100 W	1 100 W	—	—	1 000 W	1 000 W	—

注：1. 分励脱扣器的动作电压范围为额定电压的 75%～105%。

2. 失压脱扣器的动作，在额定电压的 40%及以下时必须释放，在额定电压的 75%及以上时保持吸合，在 40%～75%之间不作保证。

3. 分励或失压脱扣器的线圈在使用时必须与辅助开关的常开触头串联。

4. 交流分励脱扣器及电磁铁操作机构所需要的功率是指刚动作时的功率。

5. 电动机的动作电压为额定电压的 85%～105%。

表 5.2-30 DW10 系列自动开关的辅助触头实验条件

电流种类	电压/V	接通电流/A	断开电感负载/A	断开电阻负载/A
交流	380	50	5	5
直流	220	4	0.5	1

3. DZ5 系列自动开关

主要用于直流 110 V，交流 50 Hz，电压 220 V 以下的开关板控制电路、照明电路的过载和短路保护装置。其技术数据见表

5.2-31～33。

表 5.2-31　DZ5 系列保护式单极自动开关技术数据

型　号	触头额定电流/A	额定电压/V	脱扣器类别	辅助触头类　别	脱扣器额定电流/A
DZ5-10	10	220	复式	无	0.5、1、1.5、2、3、4、6、10
DZ5-10F	10	220	复式	1常开、1常闭	0.5、1、1.5、2、3、4、6、10
DZ5-25	25	380	复式	无	0.5、1、1.6、2.5、4、6、10、15、20、25

表 5.2-32　DZ5 系列保护式单极自动开关的保护特性

1.2 倍额定电流（冷态开始）	1.75 倍额定电流（热态开始）	3.5 倍额定电流（冷态开始）	5～6 倍额定电流
1 h 内不动作	20 min 内动作	0.2～40 s 内动作	小于 0.2 s 动作

表 5.2-33　DZ5 系列保护式单极自动开关的分断能力

型　　号	脱扣器额定电流/A	最大分断电流/A
		交流 220 V　$\cos\varphi=0.7$
DZ5-10	0.5	1 000
	1、1.5、2、3、4、6、	500
	10	1 000
DZ5-25		2 000

四、接触器

（一）常用接触器的型号及适用场合（表 5.2-34）

表 5.2-34 常用接触器的型号系列及适用场合

类别	型号含义	系列	结构特点	适用场合	说明
交流接触器	CJ□□-□/□ CJ—交流接触器 第1个□—设计代号（数字表示） 第2个□—灭弧方式 第3个□—额定电流 第4个□—极数	CJ0-A	开启式，动作机构为直动式，触头皆为双断头	供远距离接通和分断线路、控制交流电动机的一般任务用	CJ0-A 为 CJ0 系列的改型产品
		CJ8	总体结构是 40 A 及以下为主体布置；100 A 及以上为单面布置。触头系统皆为直动式，双断点，桥式结构	同上，不过额定电流比 CJ0-A 多 100 A 和 150 A 二级	产品有湿热带型
		CJ10	触头系统均为双断点式，磁系统均用 E 型铁芯，40 A 以下为直动式，60 A 以上为转动式，并用迎击式弹簧缓冲，寿命较长	同 CJ8 系列，但具有重量轻、体积小、寿命长等优点	为在 CJ0-A、CJ8 系列基础上调整设计而成
		CJ10Z	外形尺寸同 CJ10，不同的是采用了新型粉末冶金触头	供控制鼠笼式电动机正接通断和反接制动的双重任务用	若在该用 CJ10Z 的场合下用 CJ10，则 CJ10 的电寿命仅为 2 万次

（二）常用交流接触器的主要技术数据

1. CJ10 系列

用于 50 Hz 或 60 Hz、交流 550 V、电流 150 A 以下电力电路的远距离接通与分断，并适用于频繁启动及控制交流电动机。

表 5.2－35　CJ10 系列交流接触器技术数据

<table>
<tr><td colspan="3">型　号</td><td>CJ10－5</td><td>CJ10－10</td><td>CJ10－20</td><td>CJ10－40</td><td>CJ10－60</td><td>CJ10－100</td><td>CJ10－150</td></tr>
<tr><td colspan="3">额定电流/A</td><td>5</td><td>10</td><td>20</td><td>40</td><td>60</td><td>100</td><td>150</td></tr>
<tr><td colspan="3">联锁触头额定电流/A</td><td>5</td><td>5</td><td>5</td><td>5</td><td>5</td><td>5</td><td>5</td></tr>
<tr><td colspan="2" rowspan="3">控制三相电动机的最大容量/kW</td><td>220 V</td><td>1.2</td><td>2.2</td><td>5.5</td><td>11</td><td>17</td><td>30</td><td>43</td></tr>
<tr><td>380 V</td><td>2.2</td><td>4</td><td>10</td><td>20</td><td>30</td><td>50</td><td>75</td></tr>
<tr><td>500 V</td><td>2.2</td><td>4</td><td>10</td><td>20</td><td>30</td><td>50</td><td>75</td></tr>
<tr><td rowspan="9">触头接通与分断能力</td><td rowspan="2">主触头</td><td>电压/V</td><td colspan="7">380×1.05
500×1.05</td></tr>
<tr><td>电流/A</td><td>50
40</td><td>100
80</td><td>200
160</td><td>400
320</td><td>600
480</td><td>1 000
800</td><td>1 500
1 200</td></tr>
<tr><td rowspan="3">联锁触头</td><td>电压/V</td><td colspan="7">380×1.05
500×1.05</td></tr>
<tr><td>接通电流/A</td><td colspan="7">50
40</td></tr>
<tr><td>分断电流/A</td><td colspan="7">5
4</td></tr>
<tr><td colspan="2">cos φ</td><td colspan="7">0.35±0.05</td></tr>
<tr><td colspan="2">接通与分断次数</td><td colspan="7">20</td></tr>
<tr><td colspan="2">每次间隔时间/s</td><td colspan="7">5</td></tr>
<tr><td colspan="2">每次通电时间/s</td><td colspan="7">≯0.2</td></tr>
</table>

2. CJ20 系列

CJ20 系列交流接触器技术数据见表 5.2－36。

表 5.2－36　CJ20 系列交流接触器技术数据

型号	极数	额定工作电压/V	约定发热电流/A	额定工作电流/A	额定操作频率(AC－3)/(次/h)	机械寿命/万次	辅助触头		极引线圈电压/V
							约定发热电流/A	触头组合	
CJ20－10		220	10	10	1 200				
		380		10	1 200				
		660		5.8	600				
CJ20－16		220	16	16	1 200				
		380		16	1 200				
		660		13	600				
CJ20－25		220	32	25	1 200				
		380		25	1 200				
		660		16	600				
CJ20－40	3	220	55	10	1 200	1 000	10	2 动合 2 动断	交流： 50 Hz 36、 127、 220、 380 直流： 24、 48、 110、 220
		380		40	1 200				
		660		25	600				
CJ20－63		220	80	63	1 200				
		380		63	1 200				
		660		40	600				
CJ20－100		220	125	100	1 200				
		380		100	1 200				
		660		63	600				
CJ20－160	3	220	200	160	1 200				
		380		160	1 200				
		660		100	600				
CJ20－160/11		1 140	200	80	300				

（续表）

型　号	极数	额定工作电压/V	约定发热电流/A	额定工作电流/A	额定操作频率（AC-3）/（次/h）	机械寿命/万次	辅助触头		极引线圈电压/V
							约定发热电流/A	触头组合	
CJ20-250	3	220	315	250	600	600	16	4 动合 4 动断 或 3 动合 3 动断 或 2 动合 4 动断	
		380		250	600				
CJ20-250/06		660		200	300				
CJ20-400		220	400	400	600				
		380		400	600				
CJ20-400/06		660		250	300				
CJ20-630		220	630	630	600				
		380		630	600				
CJ20-630/06		660	400	400	300				
CJ20-630/11		1 140		400	300				

3. CJX 系列

CJX 系列交流接触器技术数据见表 5.2-37～38。

表 5.2-37　CJX 系列交流接触器技术数据（一）

型　号	额定绝缘电压/V	额定发热电流/A	额定工作电流/A		AC3 使用类别时可控制三相鼠笼型电动机最大功率/kW		线圈电压等级/V	吸引线圈消耗功率（50 Hz 时）/VA		操作频率（次/h）	
			380 V	660 V	380 V	660 V		启动	吸持	AC-3	AC-4
CJX1-9 CJX3-9 3TB40	660	20	9	7.2	4	5.5	AC、50 Hz：24、36、48、60、110、127、220、183、240、200、380、415、480、500、AC、60 Hz：29、42、58、72、132、152、264、220、288、240、460、500、575、600 DC： 12、21.5、24、30、36、42、48、60、110、125、180、220、230	68	10	1 200	300
CJX1-12 CJX3-12 3TB41			12	9.5	5.5	7.5					
CJX1-16 CJX3-16 3TB42		30	16	13.5	7.5	11		69		600	300
CJX1-22 CJX3-22 3TB43			22	13.5	11	11					

表 5.2-38 CJX 系列交流接触器技术数据(二)

型号			CJX2(LC1-D)9	CJX2(LC1-D)12	CJX2(LC1-D)16	CJX2(LC1-D)18	CJX2(LC1-D)25	CJX2(LC1-D)32	CJX2(LC1-D)40	CJX2(LC1-D)50	CJX2(LC1-D)63	CJX2(LC1-D)80	CJX2(LC1-D)95
额定电压/V			660										
主触头	约定发热电流*(≤40℃时)/A		25	25	32	32	40	50	60	80	80	125	125
	380 V 额定工作电流/A	AC-3	9	12	16	18	25	32	40	50	63	80	95
		AC-4	4	5	7	7	10	13	16	20	25	32	45
	AC-3 时控制三相笼型电动机容量/kW	220 V	2.2	3	4	4	5.5	7.5	11	15	18.5	22	25
		380 V	4	5.5	7.5	7.5	11	15	18.5	22	30	37	45
		440 V	4	5.5	9	9	11	15	22	30	37	45	45
		660 V	5.5	7.5	7.5	7.5	15	18.5	30	33	37	45	45

（续表）

型号				CJX2 (LC1－D)9	CJX2 (LC1－D)12	CJX2 (LC1－D)16	CJX2 (LC1－D)18	CJX2 (LC1－D)25	CJX2 (LC1－D)32	CJX2 (LC1－D)40	CJX2 (LC1－D)50	CJX2 (LC1－D)63	CJX2 (LC1－D)80	CJX2 (LC1－D)95
辅助触头	操作频率	电寿命	AC－4/(次/h)	300	300	300	300	150	150	150	150	150	150	150
			AC－3/(次/h)	2 400	2 400	1 200	1 200	1 200	1 200	1 200	1 200	1 200	600	600
		机械寿命/(次/h)		3 600										
	约定发热电流*/A			10										
	电寿命/万次	交流 300 VA		120										
		直流 33 W		120										
	可接通最小负载			6 V×10 mA										

五、启动器

（一）启动器的类型及用途（表 5.2-39）

表 5.2-39　启动器的类型及用途

类型			型号系列	特点	用途
全压直接启动器		电磁	QC	由交流接触器、热继电器、按钮等标准元件组成。带有外壳，可逆式有电气及机械联锁，具有过载、断相及失压保护性能	供远距离三相鼠笼式电动机的频繁直接启动、停止及可逆转换，可适用不要求限制启动电流的各类机械及农田设备（如电力排灌、潜水泵、碾米机等）；供不频繁控制三相笼型异步电动机的直接启动、停止，尤适合于农村使用
		手动	QS5 QZ610	用凸轮或按钮操作的锁扣机构来完成线路的分合动作。可带有热继电器、失压脱扣器和分励脱扣器等，且操作不受电网电压波动的影响	
减压启动器	星-三角启动器	自动	QX3 QX4	由交流接触器、热继电器、时间继电器、控制按钮等组成、有保护外壳；接触器主触头、热元件多接于三角形联接的内部，并具有过载、断相及失压保护作用	供三相笼型异步电动机作星-三角启动、停止用；启动过程中，时间继电器能自动地将电动机定子绕组由星形转换为三角形联接
		手动	QX1 QX2	用凸轮将结构相同的触头组件按顺序分合，实现电动机定子绕组的星-三角转换；有防护外壳和定位装置，但一般无过载及失压保护	供三相笼型异步电动机作星-三角启动及停止
	自耦减压启动器	自动	XJ01 GTZ	由交流接触器、热继电器、时间继电器、控制按钮、自耦变压器等组合而成；借自耦变压器的不同抽头，可调节启动电流及启动转矩	供三相笼型异步电动机作不频繁地降压启动及停止用，并具有过载、断相及失压保护
		手动	QJ3	由启动触头、运转触头、手动操作机构、自耦变压器、保护元件和箱体等组成，有油浸式和空气式两种	

（续表）

<table>
<tr><th colspan="2">类　型</th><th>型号系列</th><th>特　　点</th><th>用　　途</th></tr>
<tr><td rowspan="3">减压启动器</td><td>电抗减压启动器</td><td></td><td>由交流接触器、热继电器、控制按钮与电抗线圈组合而成，箱式结构</td><td>供三相笼型异步电动机的减压启动用；启动时利用电抗器降压，以限制启动电流</td></tr>
<tr><td>电阻减压启动器</td><td>QJ7</td><td>分交、直流电阻减压启动器，两者均为箱式结构。交流电阻减压启动器系用交流接触器、热继电器、控制按钮等与电阻元件组合而成；直流电阻减压启动器系由手动操作机构、电刷形触头、变阻器、失压保护、机械联锁等组成</td><td>供三相笼型异步电动机或小容量直流电动机的减压启动用。启动时用电阻元件降压，以限制启动电流</td></tr>
<tr><td>延边星三角形启动器</td><td>XJ1</td><td>由交流接触器、热继电器、时间继电器、控制按钮等标准元件组成，并带有信号灯及电流表，有防护外壳。具有过载、断相及失压保护作用。需与定子绕组有 9 个接线头的电动机配合使用</td><td>供三相笼型异步电动机作延边三角形启动，在启动过程中，将电动机绕组接成延边三角形，启动完毕，自动换接成三角形</td></tr>
<tr><td>综合启动器</td><td></td><td>QZ73</td><td>由交流接触器、热继电器、熔断器、控制按钮、组合开关及变压器等标准元件组成，并带有行灯，具有保护外壳</td><td>供远距离直接控制三相笼型异步电动机的启动、停止、过载、短路和失压保护用</td></tr>
</table>

（二）常用启动器

1. QC12 系列磁力启动器

用于 50 Hz 或 60 Hz、交流 500 V、150 A 以下的电力电路中，供远距离直接控制三相异步电动机的启动、停止及正反向运转。

表 5.2-40　QC12 系列磁力启动器技术数据

型　号	热元件额定电流/A	热继电器整定电流调节范围/A	电动机的最大容量/kW			吸引线圈的额定电压/V
			220 V	380 V	500 V	
QC12-1	0.35、0.5、0.72、1.1、1.6、2.4、3.5、5	0.25～5	1.2	2.2	2.2	交流 50 Hz 分 36、110、220、380 四种，交流 60 Hz 分 36、220、380、440 四种
QC12-2	0.35、0.5、0.72、1.1、1.6、2.4、3.5、5、7.2、11	0.25～11	2.2	4	4	
QC12-3	11、16、22	6.8～22	5.5	10	10	
QC12-4	22、32、45	14～45	11	20	20	

2. QJ3 系列手动自耦减压启动器

用于 50 Hz 或 60 Hz、交流 220～440 V、功率 75 kW 以下的三相笼式异步电动机的不频繁降压启动及停止。

表 5.2-41　QJ3 系列手动自耦减压启动器技术数据

电动机容量/kW			额定工作电流/A			热保护额定电流/A			最大启动时间/s
220 V	380 V	440 V	220 V	380 V	440 V	220 V	380 V	440 V	
	10	10		22	19		25	25	30
8	14	14	29	30	26	40	40	40	
10	17	17	37	38	33	40	40	40	40
11	20	20	40	43	36	45	45	45	
14	22	22	51	48	42	63	63	63	
15	28	28	51	59	51	63	63	63	
	30	30		63	56		63	63	

3. QX1 系列 Y-△启动器

用于 50 Hz 或 60 Hz、交流 380 V、容量 30 kW 以下的三相异步电动机，作为 Y-△启动及停止之用。

表 5.2-42　QX1 系列 Y-△启动器技术数据

型　号	容量等级(380 V时)/kW	触头额定电流/A	允许接通负载			允许分断负载			电源接线端允许电流/A
			电压/V	电流/A	cos φ	电压/V	电流/A	cos φ	
QX1-13	13	16	380	16×4	≥0.4	380×0.25	16	≥0.4	26
QX1-30	30	40	380	40×4	≥0.4	380×0.25	40	≥0.4	60

4. QZ73 系列综合磁力启动器

用于 50 Hz 或 60 Hz、交流 500 V、25 A 以下的电力电路中，供远距离直接启动和停止容量达 12.5 kW 的三相异步电动机用。

表 5.2-43　QZ73 系列综合磁力启动器技术数据

型　号	主触头额定电流/A	辅助触头		电动机容量/kW			
		数量	额定电流/A	127 V	220 V	380 V	500 V
QZ73-1	6.4	2 常开 2 常闭	5	1	1.8	3.2	4
QZ73-2	6.4			—	—	3.2	—
QZ73-3	20			—	—	10	—
QZ73-4、6	6.4			1	1.8	3.2	4
QZ73-5、7	20			3.2	5.8	10	—
QZ73-8、9、10	25			4	7	12.5	15

表 5.2-44　QZ73 系列综合磁力启动器的热继电器及熔断器的配合

型　　号	热继电器额定电流/A	整定电流调节范围/A	熔断器额定电流/A
QZ73-1、2、4、6	1.0	0.64～1	2、4
	1.6	1～1.6	4、5、6
	2.5	1.6～2.5	6、10
	4.0	2.5～4	10、15
	6.4	4～4.6	51

（续表）

型　　号	热继电器额定电流/A	整定电流调节范围/A	熔断器额定电流/A
QZ73－3、5、7	10 16	6.4～10 10～16	20、25、30、35 35、40、50
QZ73－3、5、7、8、9、10	25	16～25*	50、60

注：* 表示额定电流为 25 A 之热继电器用于 QZ73－3、5、7 启动器时，其整定电流不得大于 20 A。

表 5.2－45　QZ73 系列综合磁力启动器触头的接通分断能力

型　号	主触头		辅助触头			功率因数	接通和分断次数	每次间隔时间/s	每次通电时间/s
	电压/V	电流/A	电压/V	接通电流/A	分断电流/A				
QZ73－1～7	380×1.05	200	380×1.05	30	5	0.35±0.05	20	10	≯0.2
	500×1.05	160	500×1.05	16	2.7				
QZ73－8～10	380×1.05	250	380×1.05	30	5				
	500×1.05	200	500×1.05	16	2.7				

表 5.2－46　QZ73 系列综合磁力启动器内装置元件种类及数量

型　　号	QZ73－									
	1	2	3	4	5	6	7	8	9	10
CJ10－40 交流接触器	—	—	—	—	—	—	—	1	1	1
CJ10－20 交流接触器	1	1	1	1	1	1	1	—	—	—
JR0－40 热继电器	1	1	1	1	1	1	1	1	1	1
RL1－15 熔断器	3	5	2	3	—	3	—	2	—	—
RL1－60 熔断器	—	—	3	—	3	—	3	3	3	3
HZ1－10/2 组合开关	—	1	1	—	—	—	—	1	—	—
HZ3－133 组合开关	1	—	—	—	—	—	—	—	—	—
BK－50 变压器	—	1	1	—	—	—	—	1	—	—
LA－10 控制按钮	—	—	—	—	—	2	2	—	—	2

六、继电器

（一）继电器的分类及用途（表5.2-47）

表5.2-47　控制继电器的分类及用途

类　型	动作特点	主要用途
电压继电器	当与电源回路并联的励磁线圈电压达到规定值时动作	电动机失（欠）压保护和制动以及反转控制等，有时也作过压保护
电流继电器	当与电源回路串联的励磁线圈中通过的电流达到规定值时动作	电动机的过载及短路保护，直流电机磁场控制及失磁保护
中间继电器	实质上是电压继电器，但触头数量较多，容量较大	通过它中间转换，增加控制回路数或放大控制讯号
时间继电器	得到动作信号后，其触头动作有一定延时	用于交直流电动机以时间原则启动或制动时的控制及各种生产工艺程序的控制等
热继电器	由过电流通过热元件热弯曲推动机构动作	用于交流电动机的过载、断相运转及电流不平衡的保护等
温度继电器	当温度达到规定值时动作	用于电动机的过热保护或温度控制装置等
速度继电器和制动继电器		用于感应电动机的反接制动及能耗制动中

（二）常用继电器的主要技术数据

1. JR0 系列热继电器

表 5.2-48　JR0 系列热继电器技术数据

型　号	额定电压/V	额定电流/A	热元件额定电流/A	热元件电流整定范围/A
JR0-40	380	40	0.64	0.4～0.64
			1	0.64～1
			1.6	1～1.6
			2.5	1.6～2.5
			4	2.5～4
			6.4	4～6.4
			10	6.4～10
			16	10～16
			25	16～25
JR0-150		150	40	25～40
			63	36～40
			85	53～85
			120	75～120
			160	100～160

2. JR14 系列热继电器

表 5.2－49　JR14 系列热继电器技术数据

型　号	额定电压 /V	额定电流 /A	极数	热元件额定电流 /A	热元件电流整定范围
JR14－20/2 JR14－20/3	380	20	2 或 3	0.35	0.25
				0.5	0.32～0.5
				0.72	0.45～0.72
				1.1	0.68～1.1
				1.6	1～1.6
				2.4	1.5～2.4
				3.5	2.2～3.5
				5	3.2～5
				7.2	4.5～7.2
				11	6.8～11
JR14－150L/3		150	3	100	64～100
				150	96～150

3. JR16 系列热继电器

用于 50 Hz、交流 500 V、160 A 以下长期工作或间断长期工作的一般交流电动机的过载及断相保护，并能在三相电流严重不平衡时起保护作用。

表 5.2-50　JR16 系列热继电器技术数据

型　号	额定电流/A	热元件等级		联接导线规格
		额定电流/A	刻度电流调节范围/A	
JR16-20/3 JR16-20/3D	20	0.35	0.25～0.35	4mm^2 单股塑料铜线
		0.50	0.32～0.50	
		0.72	0.45～0.72	
		1.1	0.68～1.1	
		1.6	1.0～1.6	
		2.4	1.5～2.4	
		3.5	2.2～3.5	
		5	3.2～5	
		7.2	4.5～7.2	
		11	6.8～11	
		16	10～16	
		22	14～22	
JR16-60/3 JR16-60/3D	60	22	14～22	16 mm^2 多股铜芯橡皮软线
		32	20～32	
		45	28～45	
		63	40～63	

4. 3UA 系列热继电器

3UA 系列热继电器是从德国西门子公司引进的产品，其技术数据及其配套产品见表 5.2-51。

表 5.2-51　3UA 系列热继电器主要技术数据及配套产品

<table>
<tr><th rowspan="2">型号</th><th rowspan="2">额定电压
/V</th><th rowspan="2">热元件整定电流范围
/A</th><th rowspan="2" colspan="8">配套接触器的型号及电流等级
($6I_N$ 时最长启动时间 10 s)</th><th colspan="2">用于电动机启动器的熔断器熔断体电流
/A</th></tr>
<tr><th>a类</th><th>c类</th></tr>
<tr><td rowspan="7">3UA58</td><td rowspan="8">660</td><td>16～25</td><td rowspan="8" colspan="3">3TB48(75 A)</td><td rowspan="6" colspan="3">3TB47(63 A)</td><td rowspan="2" colspan="2">3TB45(45 A)</td><td>160</td><td>50</td></tr>
<tr><td>30～32</td><td>160</td><td>63</td></tr>
<tr><td>25～40</td><td rowspan="6" colspan="2"></td><td>160</td><td>80</td></tr>
<tr><td>32～50</td><td>160</td><td>100</td></tr>
<tr><td>40～57</td><td>160</td><td>100</td></tr>
<tr><td>50～63</td><td>160</td><td>100</td></tr>
<tr><td>57～70</td><td rowspan="2" colspan="3"></td><td>250</td><td>125</td></tr>
<tr><td rowspan="9">3UA59</td><td>63～80</td><td>250</td><td>125</td></tr>
<tr><td rowspan="8">1 000</td><td>0.1～0.16</td><td rowspan="8">3TB
48
(75 A)</td><td rowspan="8">3TB
47
(63 A)</td><td rowspan="8">3TB
46
(45 A)</td><td rowspan="8">3TB
44
(32 A)</td><td rowspan="8">3TB
43
(22 A)</td><td rowspan="8">3TB
42
(16 A)</td><td rowspan="8">3TB
41
(12 A)</td><td rowspan="8">3TB
40
(9 A)</td><td>25</td><td>0.5</td></tr>
<tr><td>0.16～0.25</td><td>25</td><td>1</td></tr>
<tr><td>0.25～0.4</td><td>25</td><td>1.6</td></tr>
<tr><td>0.4～0.63</td><td>25</td><td>2</td></tr>
<tr><td>0.63～1</td><td>25</td><td>2</td></tr>
<tr><td>0.3～1.25</td><td>25</td><td>4</td></tr>
<tr><td>1～1.6</td><td>25</td><td>4</td></tr>
<tr><td>1.25～2</td><td>25</td><td>6</td></tr>
</table>

（续表）

<table>
<tr><th rowspan="2">型号</th><th rowspan="2">额定电压/V</th><th rowspan="2">热元件整定电流范围/A</th><th colspan="8" rowspan="2">配套接触器的型号及电流等级
（$6I_N$ 时最长启动时间 10 s）</th><th colspan="2">用于电动机启动器的熔断器熔断体电流/A</th></tr>
<tr><th>a 类</th><th>c 类</th></tr>
<tr><td rowspan="16">3UA59</td><td rowspan="16">660
1 000</td><td>1.6～2.5</td><td rowspan="16">3TB 48 (75 A)</td><td rowspan="16">3TB 47 (63 A)</td><td rowspan="14">3TB 46 (45 A)</td><td rowspan="12">3TB 44 (32 A)</td><td rowspan="11">3TB 43 (22 A)</td><td rowspan="9">3TB 42 (16 A)</td><td rowspan="8">3TB 41 (12 A)</td><td rowspan="7">3TB 40 (9 A)</td><td>25</td><td>6</td></tr>
<tr><td>2～3.2</td><td>25</td><td>10</td></tr>
<tr><td>2.5～4</td><td>25</td><td>10</td></tr>
<tr><td>3.2～5</td><td>25</td><td>10</td></tr>
<tr><td>4～6.3</td><td>25</td><td>16</td></tr>
<tr><td>5～8</td><td>25</td><td>20</td></tr>
<tr><td>6.3～10</td><td>25</td><td>20</td></tr>
<tr><td>8～12.5</td><td rowspan="9"></td><td>35</td><td>25</td></tr>
<tr><td>10～16</td><td rowspan="8"></td><td>63</td><td>35</td></tr>
<tr><td>12.5～20</td><td rowspan="7"></td><td>63</td><td>50</td></tr>
<tr><td>16～25</td><td>63</td><td>50</td></tr>
<tr><td>20～32</td><td rowspan="5"></td><td>80</td><td>63</td></tr>
<tr><td>25～40</td><td rowspan="4"></td><td>125</td><td>80</td></tr>
<tr><td>32～45</td><td>160</td><td>100</td></tr>
<tr><td>40～57</td><td rowspan="2"></td><td>160</td><td>100</td></tr>
<tr><td>50～63</td><td>160</td><td>100</td></tr>
</table>

注：“a 类”保护配合类型的热过载继电器允许损坏。

“c 类”保护配合类型的热过载继电器的动作特性不应产生变化。

5. JS11 系列时间继电器

用于 50 Hz、交流 500 V 以下的电气自动控制电路中，用来由一个电路向另一个需要延时的被控电路发送信号。

表 5.2-52 JS11 系列时间继电器技术数据

电源电压/V	延时整定范围	触头容量				延时触头数量				不延时触头数量	
		电压/V	持续电流/A	接通电流/A	分断电流/A	线圈通电后延时		线圈断电后延时			
						动合	动断	动合	动断	动合	动断
110、127、220、380	0～8 s 0～40 s 0～4 min 0～20 min 0～2 h 0～12 h 0～72 h	380	5	3	0.3	3	2	3	2	1	1

6. JS14 晶体管时间继电器

用于 50 Hz、交流 380 V 以下控制电路中，作为控制时间元件，以延时接通或断开电路。

表 5.2-53 JS14 系列晶体管时间继电器技术数据

型　号	延时范围/s	电源电压/V	输出触头	延时重复误差	周围介质温度/℃	消耗功率
JS14-1	0.2～1	交流 50 Hz 24、36、127、220、380	2 动合 2 动断 或 1 动合 1 动断	±5%	−10～40	约 1 W
JS14-5	0.5～5					
JS14-10	1～10					
JS14-30	1～30					
JS14-60	2～60					
JS14-120	6～120					

7. JT3 系列直流电磁继电器

用于电力拖动线路中，作为时间(仅在吸引线圈断电或短接时延时)、电压、中间继电器用。

表 5.2-54　JT3 系列直流电磁继电器触头技术数据

电流种类	电压/V	额定电流/A	负载电流/A		
			接通	断开电感负载	断开电阻负载
交流	380～500	10	40	8	8
交流	380 及以下		50	10	10
直流	110		10	2	4
直流	220		5	0.8	2

表 5.2-55　JT3 系列直流电磁继电器技术数据

型　号	动作电压或动作电流	延时/s		动作误差	触头数目	吸引线圈电压/V	消耗功率/W	固有动作时间/s
		线圈断电	线圈短接					
JT3 -□□电压(或中间)继电器	吸引电压在额定电压的30%～50%间或释放时电压在额定电压的7%～20%间			±10%	2动合2动断或1动合1动断	直流12、24、48、110、220、440	约16	约0.2
JT3-□□/1 时间继电器	大于额定电压的75%时保证延时	0.3～0.9	0.3～1.5					

注:1. 时间继电器充电时间约为 0.8 s。为了确保延时,继电器吸引线圈通电时间不能少于充电时间。

2. 如有需要,电压(或中间)继电器和时间继电器可装 3 只或 4 只触头(触头的动合动断可任意组合)。

8. JT4 系列交流电磁继电器

用于 50 Hz 交流自动控制电路中,作为零电压、过电流、过电压及中间继电器用。

表 5.2-56 JT4 系列交流电磁继电器触头技术数据

电流种类	额定电流 /A	电压 /V	负载电流/A		
			接通	断开电感负载	断开电阻负载
交流	10	380 及以下	50	10	10
交流		大于 380～500	40	8	8
直流		110	10	2	4
直流		220	5	0.8	2

表 5.2-57 JT4 系列交流电磁继电器技术数据

型 号	动作电压或动作电流	返回系数	触头数目	吸引线圈规格	消耗功率	复位方式		出线方式	
						自动	手动	板前	板后
JT4-□□P 零电压（或中间）继电器	吸引电压在线圈额定电压的 60%～85%范围内调节或释放电压在线圈额定电压的 10%～35%间	0.2～0.4	2 动合 2 动断 或 1 动合 1 动断	110、127、220 及 380 V	75 VA	+		+	+

9. JXT 系列小型通用继电器

由直流或交流控制，适用于一般的自动装置、继电器保护装置、信号装置和通信设备中作为信号指示和启闭电路的元件。

表 5.2-58 JTX 系列小型通用继电器触头技术数据

电 压 /V		电 流 /A			
		JTX-1、JTX-2		JTX-3	
		阻性 $\cos\varphi=1$	感性 $\cos\varphi=0.4$	阻性 $\cos\varphi=1$	感性 $\cos\varphi=0.4$
交流	220	7.5	3	5	2
	380	3	1.5	2	1

(续表)

电压 /V		电流 /A			
		JTX-1、JTX-2		JTX-3	
		阻性 cos φ=1	感性 cos φ=0.4	阻性 cos φ=1	感性 cos φ=0.4
直流	6	7.5	7	5	4.6
	12	7	6.5	4.6	4.3
	24	4.5	4	3	2.4
	220	1	0.5	1	

表 5.2-59 JTX系列小型通用继电器技术数据

规格	电路图	线圈数据			吸动值不大于	释放值不小于	工作电流 /mA	备注
		线径 /mm	电阻 /Ω	匝数				
交流 6 V	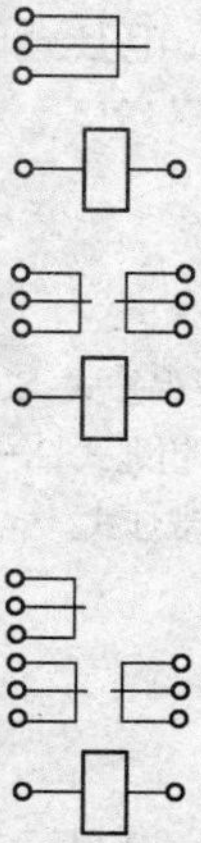	0.31	5.5	505	5.1 V		415	交流线圈的匝数误差为±5%
12 V		0.21	24	1 010	10.2 V		208	
24 V		0.15	92	2 020	20.4 V		102	
36 V		0.13	190	3 030	30.6 V		69	
110 V		0.08	1 600	9 260	93.5 V		24.2	
127 V		0.08	2 000	10 700	108 V		19	
220 V		0.05	7 500	18 500	187 V		11.5	
直流 6 V		0.21	40	1 535	51 V	2.7 V	150	直流线圈的电阻在20℃时,测得电阻最大波动<±10%
12 V		0.15	150	2 875	10.2 V	5.4 V	80	
24 V		0.11	570	5 475	20.4 V	10.8 V	42	
48 V		0.08	2 230	10 700	40.8 V	21.6 V	21.5	
110 V		0.05	10 000	22 000	93.5 V	49.5 V	11	
220 V		0.04	20 000		187 V	99 V		
直流 20 mA		0.07	3 000	13 000	18 mA	8.1 mA		
直流 40 mA		0.11	500	5 400	36 mA	6.2 mA		

注:1. 继电器的释放值为额定值的45%。

10. JZ7 系列中间继电器

用于50 Hz或60 Hz、交流500 V、电流5 A以下的控制电路中,可以用来控制各种电磁线圈,以使信号放大,或将信号同时传给数个有关的控制元件。

表 5.2-60　JZ7 系列中间继电器技术数据

型　号	触头额定电压/V	触头额定电流/A	触头数量		吸引线圈电压/V
			动合	动断	
JZ7-44	500	5	4	4	12、24、36、110、
JZ7-62	500	5	6	2	127、220、380、
JZ7-80	500	5	8	0	420、440、500

七、主令电器

主令电器是专门发送动作命令的电器。主要用于闭合或分断控制电路，以发布命令或信号，控制电力系统的启动、运转或停止。

（一）控制按钮

控制按钮主要用于交流 50 Hz 或 60 Hz、电压 500 V（直流 440 V）的远距离操作具有电磁线圈的电器。

控制按钮型号及意义如下：

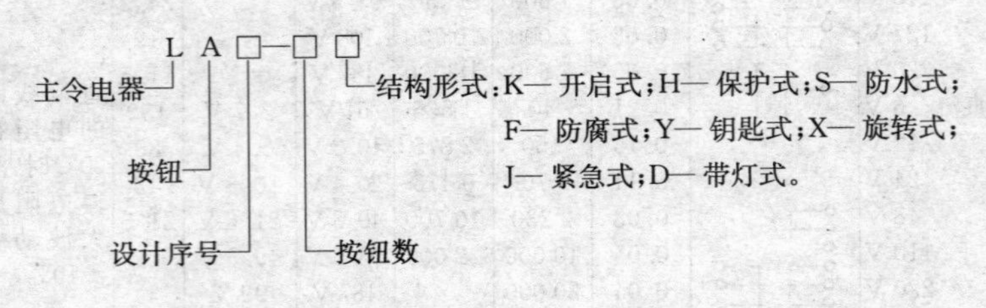

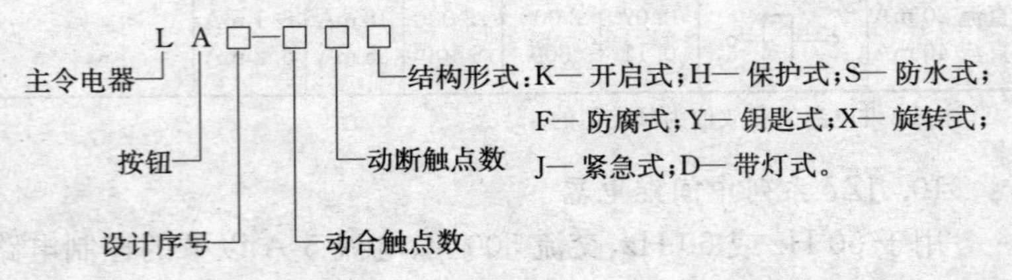

LA 系列控制按钮技术数据详见表 5.2－61。

表 5.2－61　LA 系列控制按钮技术数据

型号	规格		结构形式	触头对数		按钮	
	电压/V	电流/A		动合	动断	钮数	颜色
LA2	500	5	元件	1	1	1	黑、绿、红
LA9	380	2	元件	1		1	黑、绿
LA10－1	500	5	元件	1	1	1	黑、绿、红
LA10－1K	500	5	开启式	1	1	1	黑、绿、红
LA10－2K	500	5	开启式	2	2	2	黑红、绿红
LA10－1H	500	5	保护式	1	1	1	黑、绿、红
LA10－2H	500	5	保护式	2	2	2	黑红、绿红
LA10－1S	500	5	防水式	1	1	1	黑、绿、红
LA10－2S	500	5	防水式	2	2	2	黑红、绿红
LA10－2F	500	5	防腐式	2	2	2	黑红、绿红
LA12－11	500	5	元件	1	1	1	黑、绿、红
LA12－22	500	5	元件	2	2	1	黑、绿、红
LA14－1	200	1	元件(带指示灯)	2	2	1	乳白
LA15	500	5	元件(带指示灯)	1	1	1	红、绿、黄、白
LA18－22	500	5	元件	2	2	1	红、绿、黑、白
LA18－44	500	5	元件	4	4	1	红、绿、黑、白
LA19－11	500	5	元件	1	1	1	红、绿、黄、蓝、白
LA20－11D	500	5	元件(带指示灯)	1	1	1	红、绿、黄、蓝、白

（二）行程开关

1. LX19 系列行程开关

主要用于交流 50 Hz 或 60 Hz、电压 380 V(直流 220 V)、电流 5 A 以下的控制电路并将机械信号转变为电气信号来控制机械动作或程序。其技术数据见表 5.2－62。

表 5.2-62 LX19 系列行程开关技术数据

型号	规格		结构	触点对数		工作行程	超行程	触点转换时间/s
	电压/V	电流/A		动合	动断			
LX19K	380	5	元件	1	1	3 mm	1 mm	≤0.4
LX19-111	380	5	单轮，滚轮装在传动杆内侧，能自动复位	1	1	~30°	~20°	≤0.4
LX19-121	380	5	单轮，滚轮装在传动杆外侧，能自动复位	1	1	~30°	~20°	≤0.4

2. JLXK1-11 行程开关

用于交流 50 Hz 或 60 Hz、电压 500 V(直流 440 V)以下的电路快速断开或换接。其技术数据见表 5.2-63。

表 5.2-63 JLXK1-11 行程开关技术数据

型号	额定电压/V		额定电流/A	触点换接时间/s	动作行程/mm	超行程/mm	触点对数	
	交流	直流					常开	常闭
JLXK1-11A	500	440	5		1~2	0.3~0.5	1	1
JLXK1-11B	500	440	5		1~2	0.3~0.5	1	1

3. LX22 系列起重装置用行程开关

用于限制起重机械和冶金辅助机械的行程。其技术数据见表 5.2-64。

表 5.2-64 LX22 系列行程开关技术数据

型号	额定电流/A	额定电压/V		所控制的电路数	每小时最多操作次数	重量/kg	结构形式及操作方式
		交流	直流				
LX22-11 LX22-12	20	500	400	1 2	150	0.85	带滚轮的垂直单臂操作，操作臂转动 30°时，触头即进行切换，外力消失后，操作臂又在弹簧作用下复原。适用于惰性行程不太大的平移机构

（续表）

型　号	额定电流/A	额定电压/V		所控制的电路数	每小时最多操作次数	重量/kg	结构形式及操作方式
		交流	直流				
LX22-21 LX22-22	20	500	400	1 2	150	0.90	带滚轮的叉形操作臂操作，用定位轮和定位弹簧定位，两个转换位置，适用于惰性行程较大的平移机构
LX22-31 LX22-32	20	500	400	1 2	150	4	通电十字连接板与生产机械的转动部分连接，钢绳荷重式。适用于提升机构，最大提升高度达70 m

第三节　低压电器常见故障及处理方法

低压电器常见故障及处理方法见表5.3-1～5。

表5.3-1　自动开关常见故障及处理方法

序号	故障现象	产生原因	处理方法
1	手动操作自动开关，触头不能闭合	1. 失压脱扣器电压失常或线圈烧坏 2. 贮能弹簧变形，导致闭合力减小 3. 反作用弹簧力过大 4. 机构不能复位再扣	1. 检查线路电压或更换线圈 2. 更换贮能弹簧 3. 重新调整 4. 调整复位再扣接触面至规定值
2	电动操作自动开关，触头不能闭合	1. 操作电源电压不符 2. 电源容量不够 3. 电磁铁拉杆行程不够 4. 电动机操作定位开关失灵 5. 控制器中整流管或电容器损坏	1. 更换电源 2. 增大操作电源容量 3. 重新调整或更换拉杆 4. 重新调整 5. 更换

（续表）

序号	故障现象	产生原因	处理方法
3	有一相触头不能闭合	1. 一般自动开关的一相连杆断裂 2. 限流开关斥开机构与连杆之间的角度变大	1. 更换连杆 2. 调整至原技术条件规定要求
4	分励脱扣器不能使自动开关分断	1. 线圈短路 2. 电源电压太低 3. 再扣接触面太大 4. 螺钉松动	1. 更换线圈 2. 更换电源电压或升高 3. 重新调整 4. 拧紧
5	失压脱扣器不能使自动开关分断	1. 反力弹簧变小 2. 如为贮能释放，则贮能弹簧变小 3. 机构卡死	1. 调整弹簧 2. 调整贮能弹簧 3. 消除卡死原因
6	启动电动机时自动开关立即分断	过电流脱扣器瞬时整定电流太小	1. 调整过电流脱扣器瞬时整定弹簧 2. 如为空气脱扣器，则可能阀门失灵或橡皮膜破裂，查明后更换
7	自动开关闭合后，一定时间(约 1 h)自行分断	1. 过电流脱扣器长延时整定值不对 2. 热元件或半导体延时电路元件变质	1. 重新调整 2. 更换
8	失压脱扣器有噪音	1. 反力弹簧力太大 2. 铁芯工作面有油污 3. 短路环断裂	1. 重新调整 2. 清除油污 3. 更换衔铁或铁芯
9	自动开关温升过高	1. 触头压力过分降低 2. 触头表面过分磨损或接触不良 3. 两个导电零件连接螺钉松动	1. 调整触头压力或更换弹簧 2. 更换触头或清理接触面，不能更换者只好更换整台自动开关 3. 拧紧

（续表）

序号	故障现象	产生原因	处理方法
10	辅助开关发生故障	1. 辅助开关的动触桥卡死或脱落 2. 辅助开关传动杆断裂或滚轮脱落	1. 拨正或重新装好触桥 2. 更换传动杆和滚轮或更换整个辅助开关
11	半导体过电流脱扣器误动作使自动开关断开	在仔细寻找故障，确认半导体脱扣器本身无损坏后，在大多数情况下可能是外界电磁干扰	仔细找出引起误动作的原因，例如邻近大型电磁铁的操作，接触器的分断，电焊等，予以隔离或更换线路

表 5.3-2　接触器、继电器和磁力启动器的故障及处理方法

故障现象	产生原因	处理方法
机械或塑料件损坏	零件开裂、损坏，系受外力所致，安装孔不准，强行安装	1. 黏结破损部分 2. 清除外力 3. 安装孔位要准确
触头过热或灼伤	1. 触头弹簧压力太小 2. 触头上有油垢 3. 触头超行程过小 4. 触头的断开容量不够 5. 触头的开断次数过多 6. 电路中发生短路故障	1. 调整弹簧压力 2. 清除油垢 3. 调整行程 4. 改换大容量触头 5. 降低操作次数或改换操作频率高的触头 6. 清除电路的短路故障
动、静触头熔接在一起	1. 触头长期过热与灼伤 2. 触头断开容量不够 3. 触头的开断次数过多 4. 线圈电压过低，触头引起振动 5. 短路故障	1. 清除触头过热和灼伤原因 2. 更换大容量触头 3. 降低操作频率 4. 适当增大电压到额定值 5. 清除短路故障
衔铁吸引不上	1. 线圈断线或电源供电中断 2. 线圈烧毁 3. 衔铁或机械可动部分被卡死或粘住 4. 机械部分转轴生锈或歪斜 5. 线圈供电电压太低	1. 检查线路，更换或修理线圈 2. 电压不符换线圈，线圈短路换线圈 3. 清除障碍物 4. 去锈，上润滑油，调整位置或更换零件 5. 提高电压到额定值

（续表）

故障现象	产生原因	处理方法
接触器、继电器动作缓慢	1. 极面间隙过大 2. 电器的底板上部较下部凸出 3. 电器活动部分被粘住或阻碍 4. 继电器调整动作时间过长	1. 调整机械装置，减少间隙 2. 把电器装直 3. 清除阻碍物 4. 调整动作时间，制定要求值
断电时衔铁不落下	1. 触头间弹簧压力过小或断裂 2. 电器底板下部较上部凸出 3. 衔铁或机械可动部分被卡死 4. 非磁性衬垫片被过度磨损或太薄（直流） 5. 触头熔焊在一起 6. 剩磁	1. 调整触头压力、更换 2. 装直电器 3. 清除阻力 4. 更换或加厚 5. 找出熔焊原因，排除故障 6. 退磁处理或更换铁芯
线圈过热或烧毁	1. 弹簧的反作用力过大 2. 线圈额定电压与电路电压不符 3. 线圈通电持续率与实际工作情况不符 4. 线圈由于机械损伤或附加有导电尘埃而部分短路	1. 调整压力 2. 更换线圈 3. 更换线圈 4. 更换线圈，保持清洁
线圈损坏	空气潮湿或含有腐蚀性气体	换用涂有特种绝缘漆的线圈
电器有噪声	1. 弹簧的反作用力过大 2. 极面有污垢 3. 极面磨损过度不平 4. 磁系统歪斜 5. 短路环断裂（交流） 6. 衔铁与机械部分间连接销松脱	1. 调整弹簧压力 2. 清除污垢 3. 修平极面 4. 调整装配位置 5. 重焊或更换 6. 装好连接销

表 5.3-3 热继电器的故障及处理方法

故障现象	产生原因	处理方法
电气设备经常烧毁而热继电器不动作，或设备运行正常但热继电器经常动作	1. 热继电器的额定电流比被保护设备的额定电流值过大 2. 热继电器调整值不对 3. 热继电器通过短路电流后产生永久性变形 4. 热继电器不清洁，久未校验 5. 热继电器的调整部位损坏 6. 有盖的热继电器未盖好盖子 7. 与外界接线螺钉未紧固或连接线直径不符合规定要求 8. 安装的地方、方向不符合要求	1. 重选 2. 调整，将止钉铆紧 3. 调整或更换双金属元件 4. 清除灰尘，重新校验 5. 修理损坏元件，重新校验 6. 盖好 7. 紧固和换上符合要求的标准电线 8. 按规定安装
热继电器动作时快时慢	1. 热继电器内部零件有松动 2. 在装配中弯折了双金属片 3. 通电时电流波动比较大	1. 紧固 2. 热处理去掉内应力 3. 重新校验
热继电器接入后，主电路不通或控制电路不通	1. 热元件烧毁 2. 接线螺钉未拧紧 3. 触头烧毛或动触头弹性消失，动、静触头不能接触 4. 调整旋钮或螺钉转不到合适位置	1. 更换 2. 拧紧 3. 修理触头、触片 4. 调整到合适位置
热继电器无法调整或调整不到要求值	1. 发热元件的发热量太小或装错了热元件号 2. 双金属片安装的方向反了，或双金属片用错，敏感系数太小 3. 热元件的发热量太大，或是装错了热继电器	1. 更换电阻值比较大的热元件 2. 更换双金属片 3. 更换电阻值较小的热元件

表 5.3-4 自耦减压启动器的常见故障及处理方法

故障现象	产生原因	处理方法
启动器能合上，但是不能启动	1. 启动电压太低，转矩不够 2. 熔丝熔断 3. 启动器与电动机不匹配	1. 测量电路电压，将启动器抽头提高一级 2. 检查熔丝，予以更换 3. 重选
电动机启动太快	1. 电动机的转矩太大： (1) 自耦变压器抽头电压太高 (2) 自耦变压器有一个或几个线圈短路 2. 接线错误	1. 调整抽头；检查自耦变压器中的短路线圈，更换线圈或重绕 2. 检查电动机和启动器之间的接线，核对说明书接线图
自耦变压器有嗡嗡声	1. 变压器的铁片未夹紧 2. 变压器中有线圈接地	1. 夹紧变压器的铁片 2. 用兆欧表查出接地的线圈，拆开重绕或在破损处加补绝缘
启动器油箱里有特殊的吱吱声	触点上跳火花—接触不良	检查油面高度是否符合规定，用锉刀整修或更换紫铜触点
油箱发热	油里掺有水分	更换绝缘油
启动器里发出爆炸声，同时箱里冒烟(注意：这时可能有一根或几根熔丝熔断)	1. 触点有火花 2. 开关的机械部分与导体间的绝缘损坏或接触器接地	1. 整修或更换触点 2. 查出接地点予以消除
欠压脱扣机构停止工作	欠压线圈烧毁或者未接牢	检查接线是否良好正确，继电器触点是否熔焊，线圈若已烧毁应予更换
电动机没有过载，但启动器的握柄却不能在运行位置上停留	1. 欠压继电器吸不上或过载继电器之间的触点接触不良 2. 过载继电器整定值太低，机械机构被轧住或被移动或弹簧里的油太薄	1. 检查欠压继电器电源和接线是否有错，是否有卡住现象；检查过载继电器触点，予以整修 2. 调整继电器，检查撞针使其灵活，或把弹簧里的油加浓一些

（续表）

故障现象	产生原因	处理方法
联锁机构失灵	锁片锈牢或磨损	用锉刀整修或局部更换
线圈过热或烧毁	1. 弹簧的反作用力过大 2. 线圈额定电压与电路电压不符 3. 线圈的通电持续率与实际工作情况不符 4. 线圈由于机械擦伤或附有导电尘埃而部分短路	1. 调整弹簧压力 2. 更换线圈 3. 更换线圈 4. 更换线圈并经常保持清洁
电器有噪声	1. 弹簧的反作用力过大 2. 极面有污垢 3. 极面磨损过度而不平 4. 磁系统歪斜 5. 短路环断裂(交流) 6. 衔铁与机械部分间的连接销松脱	1. 调整弹簧压力 2. 清除污垢 3. 修正极面 4. 调整机械部分 5. 重焊或换短路环 6. 装好连接销
衔铁吸不上	1. 线圈断线或烧毁 2. 衔铁或机械可动部分被卡住 3. 机械部分转轴生锈或歪斜	1. 轻微的可修理,无法修理的应更换线圈 2. 消除障碍物 3. 去锈,上润滑油或调换配件
接触器的动作缓慢	1. 极面间间隙过大 2. 电器的底部上部较下部凸出	1. 调整机械部分,减小间隙 2. 把电器装直
断电时衔铁不落下	1. 触点间弹簧压力过小 2. 电器的底板下部较上部凸出 3. 衔铁或机械部分被卡住 4. 非磁性衬垫片被过度磨损或太薄(直流) 5. 触点熔焊在一起 6. 剩磁	1. 调整触点压力 2. 装直电器 3. 去除障碍物 4. 更换或加厚垫片 5. 更换触点并研究原因 6. 更换铁芯并退磁

（续表）

故障现象	产生原因	处理方法
手控电器		
触点过热或烧毁	1. 电路电流过大 2. 触点压力不足 3. 触点表面不干净 4. 触点超行程过大	1. 改用较大容量电器 2. 调整触点弹簧 3. 去除脏物 4. 更换电器
开关手柄转动失灵	1. 定位机构损坏 2. 静触点的固定螺钉松脱 3. 电器内部落入杂物	1. 修理或更换 2. 上紧固定螺钉 3. 去除障碍物

表 5.3－5　电磁铁的常见故障及处理方法

故障现象	产生原因	处理方法
线圈过热或烧毁	1. 电磁铁的牵引超载 2. 在工作位置上电磁铁极面之间有间隙 3. 制动器的工作方式与线圈的特性不符合 4. 线圈的额定电压与电路电压不符合 5. 线圈的匝数不够或有匝间短路 6. 三相电磁铁线圈的连接极性不对 7. 操作频率高于电磁铁的额定操作频率 8. 三相电磁铁一相线圈烧坏	1. 调整弹簧压力或调整重锤位置 2. 调整机械装置，消除间隙 3. 改用符合使用情况的电磁铁和线圈 4. 更换线圈 5. 增加匝数或更换线圈 6. 校正极性连接 7. 更换电磁铁或线圈 8. 重绕线圈

（续表）

故障现象	产生原因	处理方法
有较大的响声	1. 电磁铁过载 2. 极面有污垢，生锈 3. 衔铁吸合时未与铁芯对正 4. 极面磨损不平 5. 短路环断裂 6. 衔铁与机械部分连接松脱 7. 三相电磁铁的某一线圈烧毁 8. 线圈电压太低 9. 三相电磁铁的线圈极性接法不对 10. 弹簧反力大于电磁铁平均吸力	1. 调整弹簧压力与重锤位置 2. 去掉污垢、锈斑 3. 纠正工作位置 4. 修正极面 5. 重焊或更换 6. 装好 7. 换线圈 8. 提高电压 9. 校正极性连接 10. 调整反力系统
机械磨损断裂	电路电压过高、冲击力过大，衔铁振动，润滑不良，工作过于繁重	找出原因，针对性解决

第六章　变　配　电

第一节　电力系统概述

一、电力系统的组成

1. 电力系统

将一些发电厂中的发电机、变配电所的升压降压变压器和电力用户由电力线路联系在一起，组成的发电、输电、变电、配电和用电的整体，叫做电力系统。电力系统中各级电压的电力线路及输配电设备称为电力网。图 6.1－1 是电力系统示意图。

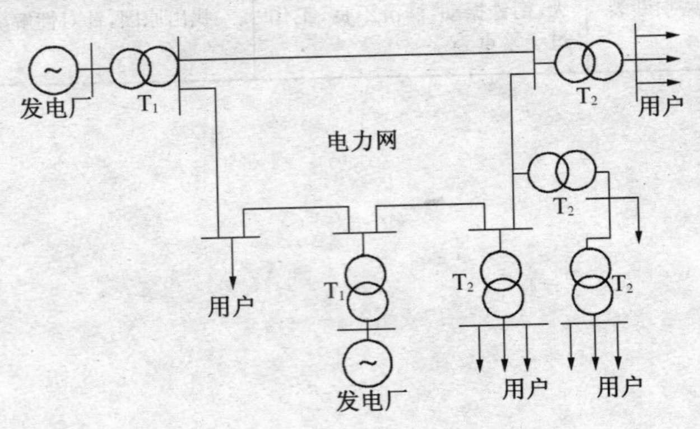

图 6.1－1　电力系统示意图

T_1—升压变压器　T_2—降压变压器

2. 发电厂

发电厂按所用的能源不同，可分为火力发电厂、水力发电厂、原子能发电厂以及风力、地热、太阳能发电厂等。我国目前仍以火力发电厂和水力发电厂占主导地位，原子能发电厂也在积极发展中。

3. 电力网

电力网是连接发电厂和用户的中间环节，按其功能可分为输电网和配电网两大部分。

包含输电线路的电网称为输电网，由 35 kV 及以上电压的输电线路和与其连接的变电所组成，是电力系统的主要网络。

包含配电线路的电网称为配电网，由 10 kV 及以下电压的配电线路和配电变电所组成，其作用是将电力分配到各类用户。

电力网按结构方式可分为开式电力网和闭式电力网。用户从一个方向得到电能的电力网称为开式电力网；从两个及两个以上方向得到电能的电力网称为闭式电力网。

通常又把电力网分为区域电力网和地方电力网。电压在 110 kV以上的电力网称为区域电力网；电压在 110 kV 以下的电力网称为地方电力网。

4. 变配电所

变电所起着变换电能电压、接受电能与分配电能的作用，是联系发电厂和电力用户的中间环节。如果变电所只用以接受电能和分配电能，则称为配电所。

变电所有升压和降压之分。升压变电所多建在发电厂内，把电能电压升高后，再进行长距离输送。降压变电所多设在用电区域，将高压电能适当降低电压后，对某地区或用户供电。

5. 交流输电与直流输电

电能的输送方式有交流和直流两种。因为交流电的发电、变电、输送、分配和使用都很方便，而且经济、安全和可靠，所以长时间以来，交流输电技术在电力系统中得到极为广泛的应用。

20 世纪 50 年代以后，电力的需求增长得更快，电力系统的规模发展得更大，交流输电的局限性在生产实践中表现更为明显，于是直流输电技术又重新受到重视。

直流输电主要用于远距离输电及跨海输电。跨海输电及远距离输电容量大，如果采用交流输电，由于距离长，线路感抗也将增大，限制了输送容量，而且造成运行不稳定。另外，由于交流线路存在分布电抗和对地分布电容，会引起线路电压在很大范围内发生变化，必须投入无功补偿设备，投资增加。若采用直流输电，则不存在此类问题。

直流输电线路具有架设方便、能耗小、导线截面可得到充分利用及绝缘强度高等优点，使其更适宜于远距离、大容量输电。

直流输电一般由整流站、直流线路和逆变站三部分组成。在输送电能的过程中，整流站把送端系统的三相交流电变为直流电，通过直流电路送到用户，再通过逆变站把直流电转变为交流电，供给用户。

直流系统存在换流装置昂贵、产生高次谐波及直流开关制造困难等缺点。

6. 电能用户

所有的用电单位均称为电能用户，其中主要是工业企业。我国工业企业用电占全年总发电量的 60% 以上，是最大的电能用户。

7. 电力负荷

电力系统各级电力网上用电设备所需功率的总和称为用户的用电负荷。按照功率的性质电力负荷可分为有功负荷和无功负荷。

按照工作制电力负荷可分为连续工作制、短时工作制和反复短时工作制负荷三类。

根据用户和负荷的重要程度，按对供电可靠性的要求，把电力负荷分为三级：

(1) 一级负荷，这种负荷若突然停电，将会引起人身伤亡或重大设备损坏，给国民经济造成重大经济损失，一级负荷最少由两个独立电源供电。

(2) 二级负荷，这种负荷若突然停电，将引起主要设备损坏，产生大量废品或大量减产。

(3) 三级负荷，指不属于一级负荷和二级负荷的负荷，停电后造成的损失不大者。

8. 电力系统的额定电压

电力系统的额定电压包括电力系统中各种发电、供电、用电设备的额定电压。额定电压是能使电气设备长期运行、经济效果最好的电压，它是国家根据国民经济发展的需要、电力工业的水平和发展趋势，经全面技术经济分析后确定的。我国规定的三相交流电网和电力设备的额定电压，如表 6.1－1 所示。

表 6.1－1 我国交流电网和电力设备的额定电压

分类	电网和用电设备(额定电压/kV)	发电机(额定电压/kV)	电力变压器(额定电压/kV)	
			一次绕组	二次绕组
低压	0.38 0.66	0.4 0.69	0.38 0.66	0.4 0.69
高压	3 6 10 — 35 66 110 220 330 500	3.15 6.3 10.5 13.8,15.75,18.20, 22,24,26 — — — — — —	3,3.15 6,6.3 10,10.5 13.8,15.75,18.20, 22,24,26 35 66 110 220 330 500	3.15,3.3 6.3,6.6 10.5,11 — 38.5 72.6 121 242 363 550

二、工矿企业供配电系统

工矿企业供电系统由工厂降压变电所、高压配电线路、车间变电所、低压配电线路及用电设备组成。

1. 工厂降压变电所

一般大型工业企业均设工厂降压变电所，把 35～110 kV 电压降为 6～10 kV 电压向车间变电所供电。为了保证供电的可靠性，工厂降压变电所大多设置两台变压器，由单条或多条进线供电，每台变压器容量可从几千伏安到几万千伏安。供电范围由供电容量决定，一般在几千米以内。

2. 车间变电所

车间变电所将 6～10 kV 的高压配电电压降为 380/220 V，向低压用电设备供电。供电范围一般只在 500 m 以内。

在一个生产厂房或车间内，根据生产规模、用电设备的布局及用电量大小等情况，可设立一个或几个车间变电所。几个相邻且用电量都不大的车间，可以共同设立一个车间变电所。车间变电所一般设 1～2 台变压器，单台变压器的容量通常为 1 000 kVA 及以下，最大不宜超过 21 000 kVA。

3. 工厂配电线路

工厂内高压配电线路主要作为工厂内输送、分配电能之用，通过它把电能送到各个生产厂房和车间。为减少投资，便于维护与检修，工厂高压配电线路以前多采用架空线路。但架空敷设的各种管线在有些地方纵横交错，并受潮湿气体及腐蚀性气体的影响，可靠性大大下降。此外，由于电缆制造技术的迅速发展，电缆质量不断提高且成本不断下降，同时为了美化厂区环境，工厂内高压配电线路已逐渐向电缆化方向发展。

工厂内低压配电线路主要用以向低压用电设备供电。在户外敷设的低压配电线路目前多采用架空线路，且尽可能与高压线路同杆架设，以节省建设费用。在厂房或车间内部则应根据具体情况确定，或采用明线配电线路，或采用电缆配电线路。在厂房或车间内，由动力配电箱到电动机的配电线路一律采用绝缘导线穿管敷设或采用电缆线路。

车间内的照明线路和动力线路通常是分开的。如采用 380/220 V 三相四线制线路供电，动力设备由 380 V 三相线供电，而照明负荷由 220 V 相线和零线供电。

三、电力系统中性点运行方式

三相交流电力系统中，发电机和变压器的中性点有三种运行（接地）方式：中性点不接地、中性点经消弧线圈接地、中性点直接接地。前两种又称为中性点非有效接地，后一种又称为有效接地。

我国 3～10 kV 系统大多采用中性点不接地的运行方式。当单相接地电容电流大于一定数值（3～10 kV 电网中单相接地电容电流大于 30 A，20 kV 以上电网中单相接地电容电流大于 10 A）时，则应采用中性点经消弧线圈接地方式。110 kV 及以上的系统和 380/220 V 的低压配电系统，则一般采用中性点直接接地的运行方式。

（一）中性点不接地三相系统

由于输电线路与大地之间存在着电容，各相对地都有电容电流流过，其大小决定于线路对地电压和对地电容。因此，当中性点不接地系统正常运行时，各相对地电容电流的数值相等而相位差为 120°，它们的向量和等于零，中性点对地电位为零。当中性点不接地系统发生单相接地（如 C 相接地）时，中性点的对地电位不再是零，而是 $-U_C$，而未接地的 A、B 两相对地电压升高到相电压的$\sqrt{3}$倍。

在中性点不接地的三相系统中，当一相接地后，各相间的电压大小和相位没有变化，电压的对称性没有破坏，因此，这样的系统一相接地后，还可以继续运行一段时间。允许继续运行时间最多不得超过 2 h。

（二）中性点经消弧线圈接地的三相系统

由于中性点不接地的三相系统发生单相接地故障时，虽然可以继续供电，但在单相接地时故障电流较大，如 35 kV 系统大于 10 A，10 kV 系统大于 30 A 时，就不能继续供电。因此，在 35 kV 三相系统中，广泛采用中性点经消弧线圈接地的方式。变压器中性点经消弧线圈接地后，当发生单相接地故障时，可形成一个与接地电容电流大小接近相等、方向相反的感性电流相互补偿，使流经接地处的电流接近于零，从而消除接地处的电弧以及由它所产生的危害。

（三）中性点直接接地的三相系统

中性点直接接地的三相系统也叫大电流接地系统。为了防止单相接地时，接地点通过较大的接地电流烧坏电气设备，故采取这种接地方式，因为当发生故障时，电网的继电保护瞬时动作，使开关跳闸，切除故障。

采取这种接地方式的主要优点是单相接地时中性点的电位接近于零，非故障相的对地电压接近于相电压，可以使电网的绝缘水平和造价降低。目前，我国对 110 kV 及以上电力网都采用中性点直接接地。

第二节　高压电气设备

高压电气设备种类很多，按照它在电力系统中的作用可以分为：

（1）开关电器　如断路器、隔离开关、负荷开关、接地开关等。

（2）保护电器　如熔断器、避雷器。

（3）测量电器　如电压、电流互感器。

（4）限流电器　如电抗器、电阻器。

（5）成套电器与组合电器　如高压开关柜。

（6）其他　如电力电容器。

一、高压断路器

高压断路器又叫高压开关，是高压电气设备中最重要的电器。用于在高压装置中通断负荷电流，并在严重过载和短路时自动跳闸，切断过载电流和短路电流。为此，高压断路器具有相当完善的灭弧装置和足够大的切断电流的能力。

（一）高压断路器分类

高压断路器可分为高压油断路器（又叫高压油开关）、高压空气断路器（又叫高压空气开关）、高压真空断路器（又叫高压真空开关）等。

高压油断路器又分多油式和少油式两种。多油式的油除起灭弧作用外，还起到使带电体（即开关的触头、拉杆）和开关外壳之间的绝缘作用，故这种开关的外壳是不带电的，一般涂以灰色或黑色。少油式的油量很少，油仅起灭弧作用。其外壳一般是带电的，工作时千万不能触及，故涂以红色。高压断路器分类如表 6.2－1 所示。

高压断路器的型号含义：

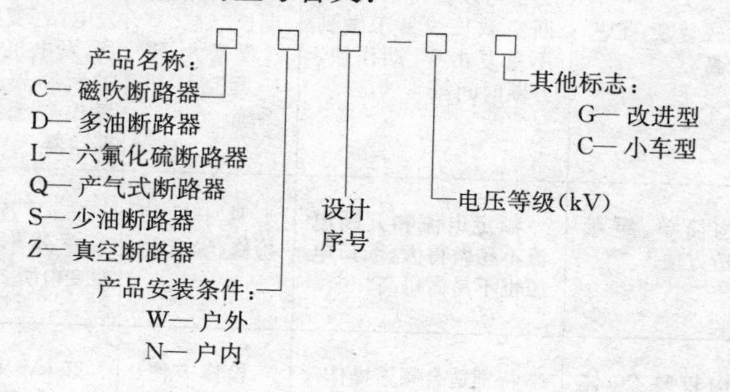

表 6.2-1 各类断路器的分类及主要特点

类别	结构特点	技术性能	运行维护	主要使用场所
多油	触头系统及灭弧室安置在接地的油箱中，主要用油作为对地绝缘介质。结构简单，制造方便，易于加装单匝环形电流互感器及电容分压装置 不能实现积木式结构，耗钢耗油量大	额定电流不易做大，一般开断小电流时，燃弧时间较长，动作速度慢	运行经验较多，易于维护，噪音低 需要一套油处理装置	35 kV 及以下变电所
少油	对地绝缘主要依靠固体介质，结构较简单，制造方便 若配用液压机构，工艺要求较高	积木式结构可做到任何使用电压等级，开断电流大，全开断时间短。加机械油吹后，可满足开断空载长线的要求 额定电流不易做得很大，但 35 kV 以下，可加并联回路提高额定电流	运行经验较多，易于维护，噪音低 灭弧室油易劣化，需要一套油处理装置	各级电压的户内、外变电所，是生产量最大的品种
压缩空气	易于加装并联电阻 结构较复杂，工艺要求较高	额定电流和开断能力都可以做得很大，开断空载长线易于做到不重复击穿，动作快，开断时间短	检修方便，不检修间隔期长 噪音大，需一套空压机系统	110 kV 及以上大容量发电站、变电所，发电机保护断路器及操作频繁的断路器
固体产气	结构简单、重量轻、制造方便	额定电流和开断电流不易做得大，断口电压也不易做得高	易于维护检修，噪音大	35 kV 及以下户外小容量变电所
磁吹	结构较复杂，体积、重量较大	特别适合频繁操作 断口电压不易做得高（20 kV 及以下）	检修方便，不检修间隔期长，噪音小	20 kV 及以下户内频繁操作场所

（续表）

类别	结构特点	技术性能	运行维护	主要使用场所
六氟化硫	单压式结构简单 密封要求严，对工艺和材料要求高	额定电流和开断能力都可以做得很大，各种开断性能均好。触头系统在开断大小电流时损耗均小，断口电压可做得高（例如单断口 220 kV）	不检修间隔期长，噪音低 检修前准备工作量较大，需一套充放气及过滤装置	110 kV 及以上大容量变电站及频繁操作场所
真空	体积小，重量轻 灭弧室工艺及材料要求较高	可连续多次自动重合闸，能进行频繁操作，开断电容电流性能好 断口电压不易做得高	不需检修灭弧室，运行维护简单。无爆炸可能，噪音小	35 kV 及以下户内变电所及工矿企业中要求频繁操作的场所

（二）高压断路器的主要技术参数

(1) 额定电压及频率　应按电网的电压及频率选用，额定电压应等于或大于电网电压。

(2) 额定电流　应按回路的最大工作电流（有效值）选择额定电流。

(3) 断流容量　系统在开关处的最大短路电流应小于开关允许断流值，并应留有裕度。

(4) 极限通过电流能力　是指由电流的力学作用所限制的电流值，有峰值和有效值两项规定。前者是后者的 1.7 倍。此项规定由制造厂给出，称为动稳定（极限），单位 kA。

(5) 热稳定电流　是指对短时间故障电流通过开关导体发热所作的限制。按规定由制造厂提供，一般给出 1 s、5 s 和 10 s 的电流值。许多开关的 1 s 热稳定电流值与动稳定值相同。

常用高压断路器的技术参数见表 6.2-2～6。

表 6.2-2　高压多油断路器性能参数

名称	型号	额定电压/kV	额定电流/A	断流容量/MVA			额定断流量/kA			极限通过电流/kA		热稳定电流/kA			固有分闸时间/s	合闸时间/s	三相油重/kg	总重/kg	使用操作机构型号	使用说明
				3/kV	6/kV	10/kV	3/kV	6/kV	10/kV	峰值	有效值	1 s	5 s	10 s						
户内多油断路器	DN1-10	10	200	50	100	100	9.7	9.7	5.8	25	15			6	0.07	0.1	50	100	CS2、CD2G	直接启动高压电动机，控制电弧炼钢变压器，也可切断电容器组
		10	400	50	100	100	9.7	9.7	5.8	25	15			10	0.07	0.1	50	125		
		10	600	50	100	100	9.7	9.7	5.8	25	15			10	0.07	0.1	50	125		
		10	800	50	100	100	9.7	9.7	5.8	25	15			10	0.07	0.1	50	130		
	DN3-10	10	400	75	150	200	14.5	14.5	11.6	37	14.2		13		0.08	0.15	14	86	CS13* CD2	同上，并可进行一次快速自动重合闸
柱上油断路器	DW4-10	10	100 200 400		50			2.88		12.8	7.4	7.4	4.2	3	0.1		45	145	钩棒或绳索操作	装有过流脱扣装置；用于高压配电线路的控制和保护
	DW5-10G	10	50 100 200		50			2.9		7.4	4.2	4.2	2.9	2.05			60	210		装有过流脱扣装置；还装有重锤式的重合闸机构
	DW7-10	10	30、50 75、100 200、400		25			1.5		5.6	2.3	1.8	1.6	1.15	0.2		55	135	钩棒或绳索操作	装有过流脱扣装置；具有延时跳闸装置

（续表）

名称	型号	额定电压/kV	额定电流/A	断流容量/MVA			额定断流量/kA			极限通过电流/kA		热稳定电流/kA			固有分闸时间/s	合闸时间/s	三相油重/kg	总重/kg	使用操作机构型号	使用说明
				3/kV	6/kV	10/kV	3/kV	6/kV	10/kV	峰值	有效值	1 s	5 s	10 s						
户外多油断路器	DW6-35	35	400		350 400			5.6 6.6		19	11	11	6		0.1	0.27	360	1 050 1 068	CS2、CD2 或 CT4-G	套管电流互感器 4 组（每组 2 个 LR-35 及 LRD-35），适用于 35 kV 输配电系统的控制和保护
	DW8-35	35	600 800 1 000		1 000			16.5		41	29		16.5 (45)		0.07	0.3	380	1 300	CD 11-X	
	DW13-35(I)	35	1 250 (1 600)					20 (31.5)		50 (80)			20 (31.5) (4 s)		不大于 0.07	不大于 0.35	370 (550)	1 350 (1 930)	CD11-X11	套管式电流互感器套在电容套管芯外，并固定于油箱盖上，LR-35 型供测量用，LRD-35 型供保护用。断路器适用于输电系统的控制保护和联络

* 表示开断电流不大于 6 kA，关合电流不大于 15 kA 同时必须保证开合速度不小于 0.5 m/s，必须保证一次合到底，否则不能采用 CS13。35 kV 及以下的断路器，当断流容量符合要求时，无需校验其动稳定和热稳定。

表 6.2－3　高压少油断路器性能参数

型号	额定电压/kV	额定电流/A	断流容量/MVA			额定断流量/kA	极限通过电流/kA		热稳定电流/kA			固有分闸时间/s	合闸时间/s	三相油重/kg	总重/kg	使用操作机构型号
			3/kV	6/kV	10/kV		峰值	有效值	1 s	5 s	10 s					
SN10－10Ⅰ	10	600	100	200	350	20.2	52	30		20.2(4 s)		0.05	0.2	6.5	104	CD13、CS2、CT4－G、(T)
SN10－10Ⅱ	10	1 000	150	300	350	20.2	52	30		20.2(4 s)		0.05	0.2	6.5	104	CD13、CS2、CT4－G、(T)
SN10－10Ⅲ	10	1 000	150	300	500	28.9	74	42		28.9(4 s)		0.05	0.2	8	120	CD13、CS2、CT4－G、(T)
SN11－10/600—1000	10	600至1 000	—	—	350	20	52	30	30	20	14					CD12
SN9－10/900	10	600	—	—	250	14.4	36.8			14.4(4 s)		0.05	0.2	5	85	CD13－G
SN8－10/600	10	600			200	11.6	33	19		11.6(4 s)		0.05	0.25	5	100	CD2 或 CT4－G
SN3－10/2000	10	2 000		300	500	29	75	43.5	43.5	30	21	0.14	0.5	20	600	CD3
SN3－10/3000	10	3 000		300	500	29	75	43.5	43.5	30	21	0.14	0.5	20	620	CD3
SN4－10G/5000	10	5 000		1 800		105	300	173	173	120	85	0.15	0.65	50	2 150	CD8、CD6－G、CT6－XG

（续表）

型　　号	额定电压/kV	额定电流/A	断流容量/MVA			额定断流量/kA	极限通过电流/kA		热稳定电流/kA			固有分闸时间/s	合闸时间/s	三相油重/kg	总重/kg	使用操作机构型号
			3/kV	6/kV	10/kV		峰值	有效值	1 s	5 s	10 s					
SN4－20G/6000	20	6 000		3 000		87	300	173	173	120	85	0.15	0.65	50	2 345	CD8、CD6－G、CT6－XG
SN4－20G/8000	20	8 000		3 000		87	300	173	173	120	85	0.15	0.65	55	2 500	CD8、CD6－G
SN2－10/600	10	600		150	200		37	22		14.5(4 s)		0.05	0.15		200	CT2 或 CT4－G
SW2－35	35	1 000		1 500		24.8	63.4	39.2		24.8(4 s)		0.06	0.4	100	1 200	CD3－XG 或 CT2－XG
SW2－35C	35	1 500		1 500		24.8	63.4	39.2		24.8(4 s)		0.06	0.4	100	1 200	CD3－XG 或 CT2－XG
SW3－35/600	35	600		400		6.6	17	9.8		6.6(4 s)		0.06	0.12	37	663	液压机构（无型号）
SW4－35	35	1 200		1 000		16.5	42	24.8		16.5(4 s)		0.08	0.35	51	1 000	CD150
SW4－35C	35	1 200		1 000		16.5	42	24.8		16.5(4 s)		0.08	0.35	51	1 000	CD150

表 6.2-4　高压真空断路器性能参数

型　号	类型	额定电压/kV	额定电流/A	额定短路开断电流/kA	额定动稳定电流（峰值）/kA	额定关合电流（峰值）/kA	4 s额定热稳定电流/kA	工频耐压/kV		额定操作电压/V	额定短路电流开断次数/次	机械寿命/次
								对地、相间（湿试）	对地、相间/断口（干试）			
ZW861-12	户外柱上	12	630	16 20	40 50	40 50	16 20	30	42/48	AC220	30	10 000
ZW14A-12	户外	12	630	12.5 16 20	31.5 40 50	31.5 40 50	12.5 16 20	34	42	DC220 AC220	30	10 000
ZW32-12/T400-12.5	户外	12	630	20	50	50	20		42/48	DC220 /110 AC220	30	10 000
ZW30-40.5	户外	40.5	1 600	31.5	80	80	31.5	80	95		20	10 000
ZN40 ZN41	户内	12	630	16	40	40	16	42	48		30	10 000
ZN63A-12	户内	12	630	16	40	40	16		42		30	20 000
ZN65A-12/T	户内经济型	12	630 1 250	20 25	50 63	50 63			75		50	10 000
ZN72-40.5	户内	40.5	1 250 1 600 2 000	25 31.5	63 80	63 80	31.5		95	AC,DC 220,110	20	6 000 10 000
ZN73-12	户内	12	1 250	31.5	80	80	31.5		42/48	AC,DC 220,110	50	10 000
3AH5404	户内，西门子公司	12	800 1 250	25	63	63	25		42/48	AC,DC 220,110		20 000

表 6.2-5　六氟化硫(SF_6)断路器技术数据

型　号	额定电压/kV	额定电流/A	额定开断电流/kA	额定关合电流/kA	热稳定电流(4 s)/kA	适用范围
LN2-10 Ⅰ	10	1 250	25	63	25	适用于户内
LN2-10 Ⅱ		1 250 1 600	31.5	80	31.5 (25)	
LW5-10		630	6.3	16	4	适用于户外

（三）高压断路器的操作机构

断路器是通过操作机构的传动部件，改变力的方向和作用点来实现预设目的，其能量来源一般有电力和人力两种，除人力机构外，如电磁机构、气动机构、弹簧机构和液压机构均为依靠电力所做的功，依靠瞬间的能量释放来实现断路器的动作。

操作机构型号意义如下：

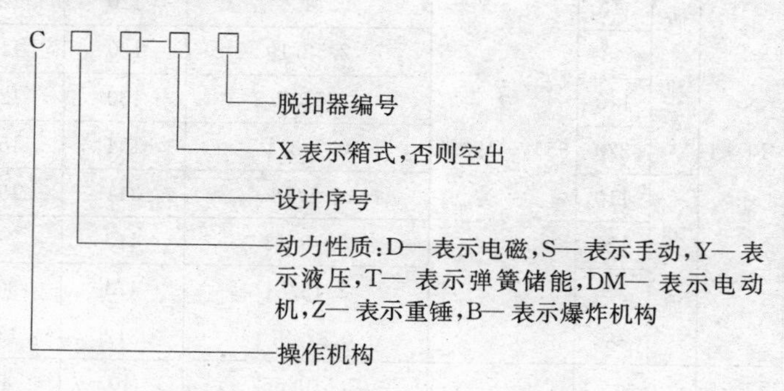

1. 各类操作机构简介

(1) 手动操作机构：用来对高压开关进行手动合闸和分闸，高压断路器的手动操作机构也可在过流、失压脱扣器或继电器的作用下自动跳闸，或通过分励脱扣器进行远距离分闸。表 6.2-6 为 CS2 型手动操作机构脱扣器的技术数据。

表 6.2－6　**CS2 型手动操作机构脱扣器的技术数据**

型号		额定电压/V		动作值：额定电压百分值	动作值：额定电流/A 电阻/Ω	脱扣功率：交流/VA	脱扣功率：直流/W
瞬时过流脱扣器	T1－1	—		—	5/0.27,6/0.212 7/0.174,8/0.146 9/0.127,10/0.1	50	50
	T1－6	—		—	5/0.27,7/0.174 9/0.127,11/0.105 13/0.086,15/0.072	50	—
失压脱扣器	T1－3	110～127		65%～35%	—/53	30	30
		220			—/190		
		380			—/715		
		500			—/1 000		
分励脱扣器	T1－4	直流	12	65%～120%	5/2.2	60	—
			24		5/4.8	120	120
			48		2.52/19	120	116
			110		1.25/87.3	130	129
			220		0.7/311	154	150
		交流	110		3.1/18	341	198
			127		3.45/18	440	—
			220		2.15/51	473	308
			380		0.82/210	312	182
	T1－5	—		—	3.5/0.557	40	40

（2）电动储能弹簧机构：配用于高压断路器，利用电动或手动使合闸弹簧储能，并在合闸弹簧释能过程中将断路器合闸，它能在过流、失压脱扣器或继电器的作用下自动跳闸，也可手动分闸或利用脱扣器来电动分闸。表 6.2－7 为 CT19 型、CT19A 型弹簧操作机构技术数据。

表 6.2-7　CT19 型、CT19A 型弹簧操作机构技术数据

机构型号	CT19-Ⅰ*	CT19-Ⅱ**	CT19A-Ⅰ*	CT19A-Ⅱ*
合闸功/J	100	180	180	230
电动机额定输入功率/W	70	120	120	120
电动机额定工作电压/V	交直流:110;220			
电动机正常工作电压/V	(85%～110%)U_N			
电动机储能时间/s	≤12			
分合闸线圈额定工作电压/V	交流:110;220;380　直流:48;110;220			
合闸线圈正常工作电压/V	(85%～110%)U_N			
分闸线圈正常工作电压/V	(65%～120%)U_N			
辅助开关额定开关电流/A	交流:12.5　直流:4			
辅助开关动合触点数量/对	6			
辅助开关动断触点数量/对	6			
接线端子数量/挡	38			
接线端子额定电流/A	10			
输出工作转角	50°～55°			
一次重合闸无电流间隙时间/s	≤0.3			

*　“Ⅰ”表示可操动 20 kA、31.5 kA 断路器。

**　“Ⅱ”表示可操动 40 kA 断路器。

(3) 电磁操作机构:用于高压断路器,可以电动(电磁操动)分合闸或手动分闸,也可通过自动重合闸装置实现自动重合闸。其分、合闸电源一般为直流,合闸功率很大。表 6.2-8 为 CD17 型直流电磁操作机构技术数据。

表 6.2-8　CD17 型直流电磁操作机构技术数据

机构型号		CD17-Ⅰ	CD17-Ⅱ	CD17-Ⅲ
110 V 合闸线圈	计算电流/A	110	142	256
	电　阻/Ω	1±0.06	0.775±0.47	0.43±0.04

(续表)

机构型号		CD17-Ⅰ	CD17-Ⅱ	CD17-Ⅲ
220 V合闸线圈	计算电流/A	55	71	128
	电　阻/Ω	4±0.24	3.1±0.18	1.72±0.14
110 V分闸线圈	计算电流/A	3.0		
	电　阻/Ω	36.5±2		
220 V分闸线圈	计算电流/A	1.5		
	电　阻/Ω	146±8		
适用于断路器型号		ZN-10/1250-20 ZN-10/1250-25	ZN-10/1250-31.5 ZN-10/1600-31.5	ZN-10/1250-40 ZN-10/1600-40 ZN-10/2000-40

2. 各类操作机构的优缺点

(1) 手动操作机构：其分合闸速度取决于人力大小和操作者的熟练程度。也就是说可靠性因人而异。若系统有潜伏故障时，由于电动力过大，或者由于合闸速度太慢会发生断路器触头熔焊甚至爆炸，很不安全。

(2) 电动储能弹簧机构：优点是分、合闸速度快，电动机功率小，可交直流两用。缺点是结构复杂，零部件较多，加工精度要求过高。

适用于操作中压断路器，特别适用于小容量配电系统。

(3) 气动操作机构：优点是动作快，操作平稳，直流电源功率小，短时失去电源仍能操作若干次。缺点是价格较高，工艺要求较严。

适用于高压断路器，也适用于中压断路器。

(4) 电磁操作机构：优点是结构简单，工作可靠，制造成本低。缺点是合闸线圈消耗功率大，零部件易损坏，且结构笨重，合闸时间长。

从以上各类操作机构来看，其性能各异，但从运行可靠性要求考虑，电动储能操作机构是发展方向。

（四）断路器操作机构选择的一般技术要求

（1）根据变电所的操作能源性质，断路器的操作机构可选用电磁操作机构、弹簧操作机构、液压操作机构或气动操作机构中的一种。

凡新建和扩建的变电所，不应采用手动操作机构。

（2）操作机构的操作方式应满足实际运行工况的要求。

（3）操作机构脱扣线圈的端子动作电压应满足低于额定电压的30%时不动作、高于额定电压的65%时可靠动作的要求。

（4）采用电磁操作机构时，对合闸电源有如下要求：

① 在任何运行工况下，合闸过程中电源应保持稳定。

② 运行中电源电压如有变化，其合闸线圈通流时，端子电压不低于80%U_N（在额定短路关合电流大于或等于50 kA时不低于85%U_N），最高不得高于110%U_N。

③ 当直流系统运行接线方式改变时（如直流电源检修采取临时措施以及环形母线开环运行等），也应满足第②项的要求。

（5）采用气动机构时，对合闸压缩空气气源的压力要求基本保持稳定，一般变化幅值不大于±50 kPa。

（6）液压操作机构及采用差压原理的气动机构应具有防"失压慢分"装置，所谓"失压慢分"是指液压操作机构因某种原因压力降到零，然后重新启动油泵打压时，会造成断路器缓慢分闸。

（7）采用液压或气动机构时，其工作压力大于1 MPa时，应有压力安全释放装置。

（8）机构箱应具有防尘、防潮、防小动物进入及通风措施，液压与气动机构应有加热装置和恒温控制措施。

二、高压隔离开关及其选用

隔离开关也叫刀闸，用来隔离电压并造成明显的断开点，以保证电气设备在检修或备用时，与母线或其他正在运行的电气设备隔离。由于隔离开关没有特殊的灭弧装置，因此必须在对应的断路器断路后才允许拉开或合上。为了防止误操作，隔离开关和油开关一般都装设有连锁装置(机械连锁或电气连锁)。

1. 高压隔离开关的型号含义

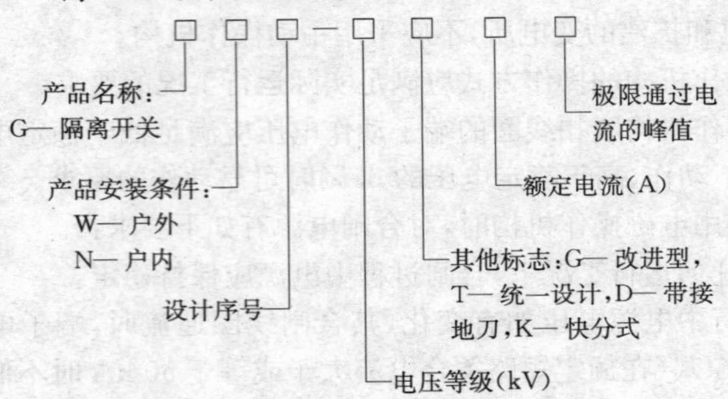

2. 常用高压隔离开关的技术数据和使用安装

常用高压隔离开关的技术数据见表6.2-9和表6.2-10。

表6.2-9 高压户内隔离开关技术数据

型号	额定电压/kV	额定电流/A	极限通过电流/kA		5 s热稳定电流/kA	操动机构型号	不带机构重量/(kg/组)
			峰值	有效值			
GN2-10/2000	10	2 000	85	50	36(10 s)	CS6-2	80
GN2-10/3000	10	6 000	100	60	50(10 s)	CS7	91
GN2-20/400	20	400	50	30	10(10 s)	CS6-2	80
GN2-35/400	35	400	50	30	10(10 s)	CS6-2	88
GN2-35/600	35	600	50	30	14(10 s)	CS6-2	84
GN2-35T/400	35	400	52	30	14	CS6-2T	100
GN2-35T/600	35	600	64	37	25	CS6-2T	101

（续表）

型号	额定电压/kV	额定电流/A	极限通过电流/kA		5 s热稳定电流/kA	操动机构型号	不带机构重量/(kg/组)
			峰值	有效值			
GN2－35T/1000	35	1 000	70	49	27.5	CS6－2T	
GN6－6T/200 GN8－6T/200	6	200	25.5	14.7	10	CS6－1T	23/—
GN6－6T/400 GN8－6T/400	6	400	52	30	14	CS6－1T	24/—
GN6－6T/600 GN8－6T/600	6	600	52	30	20	CS6－1T	24.6/—
GN6－10T/200 GN8－10T/200	10	200	25.5	14.7	10	CS6－1T	25.5/—
GN6－10T/400 GN8－10T/400	10	400	52	30	14	CS6－1T	26.5/—
GN6－10T/600 GN8－10T/600	10	600	52	30	20	CS6－1T	27/—
GN6－10T/1000 GN8－10T/1000	10	1 000	75	43	30	CS6－1T	50/—
GN_{16}^{15}－10/600	10	600	52		20	CS615、16[1]	
GN_{16}^{15}－10/1000	10	1 000	75		30	CS615、16	
GN19－10/400 GN19－10/630 GN19－10/1000 GN19－10/1250	10	400 630 1 000 1 250			12.5[2] 20 31.5 40	手动操作机构	
GN22－10/1600 GN22－10/2000 GN22－10/3150	10	1 600 2 000 3 150			40[3] 40 50		
GN25－10T/3150	10	3 150	125	735	50[2]		100
GN27－40.5/630	40.5	630	50	30	20[2]	CS6－2	
GN30－10/1250	10	1 250	50	30	20[2]		

注：1. 指CS—15为前联，CS—16为后联。

2. 为4 s。

3. 为2 s。

表 6.2-10　高压户外隔离开关技术数据

型　号	额定电压/kV	额定电流/A	极限通过电流/kA		5 s热稳定电流/kA	操作机构型号	不带机构重量/(kg/组)	结构特点和使用说明
			峰值	有效值				
GW1-6/200	6	200	15	9	7	CS8-1	36	本开关是单极型，三极使用时，中间用管轴连成一组
GW1-6/400	6	400	25	15	14	CS8-1	36	
GW1-10/200	10	200	15	9	7	CS8-1	60	
GW1-10/400	10	400	25	15	14	CS8-1	60	
GW1-10/600	10	600	35	21	20	CS8-1	63	
GW4-10/200	10	200	15		5	CS-11	28.5	
GW4-10/400	10	400	25		10	CS-11	29.4	
GW4-10/600	10	600	50		4	CS-11	30	
GW4-35/600	35	600	50		14	CS-11	195	双柱式隔离开关系单极型，三极使用时，极间用水管、煤气管连起来，水平旋转分、合闸
GW4-35D/600	35	600	50		14	CS8-6D	195	
GW4-35/1000	35	1 000	80		21.5	CS-11	204	
GW4-35D/1000	35	1 000	80		21.5	CS8-6D	204	
GW5-35G/600-1000	35	600 1 000	50	29	14	CS-G	276	V字形结构，三相隔离开关由三个单极组成，中间通过钢管连接 两闸刀同时在与瓷瓶轴线垂直的平面内转动，完成合、分闸动作
GW5-35GD/600-1000	35	600 1 000	50	29	14	CS-G	276	
GW5-35GK/600-1000	35	600 1 000	50	29	14	CS1-XG(分闸时间<0.25 s)	276	
GW7-10/400	10	400	25		14	操作棒操作 CS8-5	15	
GW8-35/400	35	400						
GW9-10/200	10	200	15		8	操作棒操作	8.75	单极式结构
GW9-10/400		400			12.5			
GW9-10/600		600			20			
GW13-40.5	40.5	630	55		20	CS-17或CJ6	120	

（续表）

型　号	额定电压/kV	额定电流/A	极限通过电流/kA		5 s热稳定电流/kA	操作机构型号	不带机构重量/(kg/组)	结构特点和使用说明
			峰值	有效值				
GW14-35	35	630	40 63		16 25	CS14G	190	双柱水平旋转式
GW23D-12	12	1 250	50		8	CS-23		

3. 高压隔离开关的选用

在选用高压隔离开关时，应根据安装地点选择相应形式(户内型或户外型)，并根据电源额定电压和负荷大小选择适当的容量，校核能否适应短时通过的电流值。

三、高压负荷开关及其选用

负荷开关是用来切断和闭合负荷电流的小容量断路器。就结构来说，它与隔离开关相似，在断路状态下有可见的断开点。它又有由固体产气物质造成的灭弧腔，当断开或接通负荷电流时，由于出现电弧的高温而使灭弧腔内的产气物质产生大量气体。此气体能将电弧冷却吹熄，从而起到灭弧作用。从这点来说它又与油开关相似，能接通和切断正常负荷电流。但它的灭弧能力不高，不能切断事故时的短路电流，所以要和高压熔断器共同配合使用，由后者来担当切断短路电流的作用。负荷开关一般用于6～10 kV且不常操作的电路上。

负荷开关由于具有投资少、成本低、安装与维修方便的优点，因此，在中压系统中需求量迅速增长。特别是在城市环网供电和农村电网中具有广泛的应用前景。近年来在国内外，中压电力系统中采用负荷开关或带熔断器的负荷开关取代断路器，有力促进了负荷开关的发展。户外式产气负荷开关性能比老式负荷开关有较大提高，户内负荷开关也有不少新品种，开发了真空负荷开关和六氟化硫（SF_6）气体介质的新型产品，比一般压气式、产气式负荷开关灭弧效果好。

1. 各种高压负荷开关的特点

（1）固体产气式高压负荷开关：利用开断电弧本身的能量使灭弧室内壁的产气材料分解，从而产生气体来吹灭电弧，结构简单，但灭弧能力较小。适用于 35 kV 及以下场合。

（2）压气式高压负荷开关：在负荷开关开断时由传动主轴带动活塞压缩气体，利用压缩气体吹灭电弧，结构简单。适用于 35 kV 及以下场合。

（3）六氟化硫高压负荷开关：利用六氟化硫气体灭弧，开断电流大，但结构较复杂。适用于 35 kV 及以下场合，多用于城市环网中。

（4）油浸式高压负荷开关：利用电弧能量使电弧周围的油分解气化，冷却熄灭电弧。结构较简单，但体积较大，较笨重，而且油为易燃易爆品。适用于 35 kV 及以下的户外场合。

（5）真空式高压负荷开关：利用真空灭弧原理来灭弧，能频繁地带负荷开断电路，电寿命长，但价格较高。适用于 220 kV 及以下场合。

2. 高压负荷开关的型号含义

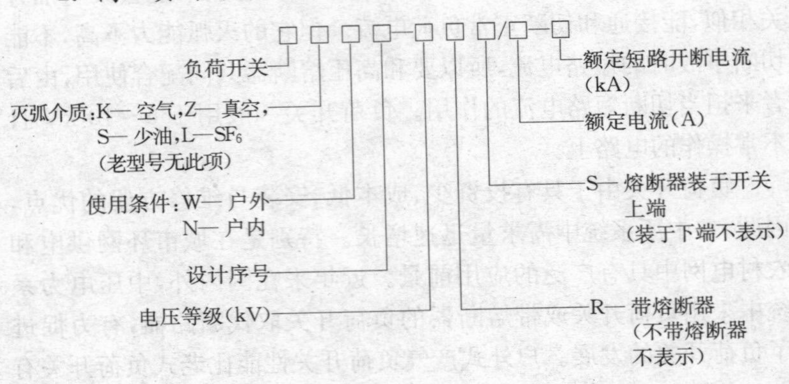

3. 常用高压负荷开关的技术数据

常用高压负荷开关的技术数据见表 6.2－11。

表 6.2－11　高压负荷开关技术数据

高压负荷开关型号名称	额定电压/kV	额定电流/A	1 min 工频耐受电压（有效值）/kV	雷电冲击耐受电压（峰值）/kV	额定动稳定电流/kA	额定热稳定电流/kA	额定有功负荷开断电流/A	额定短路关合电流/kA	额定短路开断电流/kA	机械寿命/次
FN12－12D/630－20 户内高压负荷开关	12	630	42/48	75/85	50	20(4S)		50		10 000
FN12－12D. R/100－31.5 户内高压负荷开关-熔断器组合电器	12	630	42/48	75/85	50	20(4S)		50		10 000
FN16－12D/630 户内高压真空负荷开关	12	630	42/48	75/85	50	20(4S)	630	50	20	10 000
FN18－12D/630 户内高压负荷开关	12	630	42/48	75/85	50	20(2S)	630		31.5	2 000
FZRN21－12D/T125－31.5 负荷开关-熔断器组合电器	12	125	42/48	75/85	50	20(4S)	630	3－5	31.5	10 000

（续表）

高压负荷开关型号名称	额定电压/kV	额定电流/A	1 min 工频耐受电压（有效值）/kV	雷电冲击耐受电压（峰值）/kV	额定动稳定电流/kA	额定热稳定电流/kA	额定有功负荷开断电流/A	额定短路关合电流/kA	额定短路开断电流/kA	机械寿命/次
FN25－12D/T630－20 交流高压负荷开关	12	630	42/48	75/85	50	20(4S)		50		10 000
FKW18－12 户外高压负荷开关	12	630	42/48	75/85	31.5	12.5	630	31.5		2 000
FKW29－40.5D 户外高压负荷开关	40.5	400	42/48	75/85	31.5	12.5	400	31.5		2 000
FLRN□－12D 六氟化硫高压负荷开关	12	630	42/48	75/85			630	125	50	2 000
FZW□－12 户外高压真空负荷开关	12	630	42/48				630	40		10 000 隔离刀闸
FSW□－12 户外少油高压负荷开关	12	630	42/48	75/85	40	16	630	40		
FN2－10 FN2－10(R) 户内高压负荷开关	10	400			25	16(4S)				
FN3－6，FN3－10 FN3－10R 户内高压负荷开关	6，10	400			25	9.5(4S)		15		

4. 高压负荷开关的选择

先根据额定电压和额定电流来选择，然后作短路稳定性和热稳定性校验。如果与熔断器配合使用，可不校验热稳定性。但选用熔断器的容量和熔体的容量时，应根据实际负荷电流大小来决定，即高压熔断器的最大开断容量要大于或等于短路电流计算中的次暂态短路电流容量。配手动操作机构的负荷开关，仅限于10 kV及以下的系统，其关合电流不大于8 kA(峰值)。

四、高压熔断器及其选用

1. 高压熔断器的作用

高压熔断器的作用是当过负荷或短路电流流过熔件时，由本身产生的热量将自己熔断，使电路断开，实现过载和短路保护。

熔断器的优点是结构简单、价格便宜、维护方便和体积小，因此，在中小型企业的电力系统中，较广泛地应用它来保护变压器和线路。

2. 高压熔断器的型号含义

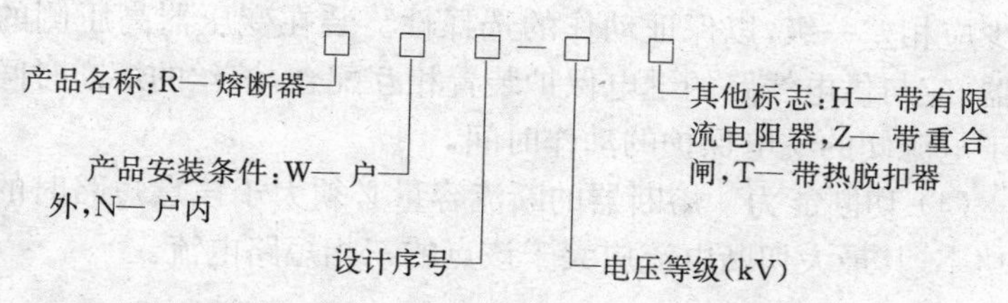

3. 高压熔断器的选择

(1) 额定电压等级　一般的高压熔断器，可用于低于或相当其本身额定电压等级的电网中。但是，RN1和RN2型熔断器，只能用在相当的额定电压等级的电网中，而不能用在较高或较低的额定电压等级的电网中。

(2) 熔断器、熔丝电流的选择　按下式选择通过熔断器电路

的负荷电流(A)

$$I_{sj} \leqslant I_{Ej} \leqslant I_{Gj}$$

式中 I_{Ej}——熔断器熔丝的额定电流(A);

I_{Gj}——熔断器的额定电流(A)。

当电路中有电动机时,应考虑熔丝应能承受启动电流,即

$$I_{Ej} \leqslant \frac{I_{sjmax}}{a}$$

式中 I_{sjmax}——电路中出现启动电流时的最大负荷电流(A);

a——系数,对正常情况下启动的笼型感应电动机的电路,a 可取 2.5;对频繁启动的笼型感应电动机,a 可取1.6～2.0。

按表 6.2－12 为变压器选择熔丝。该表已经考虑了空载变压器投入运行时的冲击电流。对于容量较大的 35 kV 电力变压器的熔断器,其熔丝应按变压器的额定电流的 1.5 倍来选择。

(3) 熔断器的配合　装在电网各线段上的熔断器,应与上一段(电源侧)及下一段(负荷侧)熔断器相互配合,熔丝的额定电流最少应相差一级,以保证动作的选择性。装在变压器高压侧的熔断器,应与供电线路的继电保护装置相互配合,熔丝的熔断时间应小于电源侧的继电保护的动作时间。

(4) 切断能力　熔断器的断流容量必须大于该点短路时的短路功率,其最大切断电流应大于该点的三相短路电流。

表 6.2－12　RN1 型高压熔断器熔丝的额定电流与被保护变压器容量的配合

变压器的额定电流/A	熔丝的额定电流/A	被保护的变压器在下列电压时的额定容量/kVA		
		6 kV	10 kV	35 kV
1	3	10	20	50
2	5	20	30	100

（续表）

变压器的额定电流/A	熔丝的额定电流/A	被保护的变压器在下列电压时的额定容量/kVA		
		6 kV	10 kV	35 kV
3	7.5	30	50	160
4	10	40	63	200
5	10	50	80	250
6	15	63	100	315
8	15	80	125	400
10	20	100	160	500
12	30	125	200	630
15	30	160	250	
19	40	200	315	
24	50	250	400	
30	50	315	500	
38	75	400	630	
48	75	500	800	
60	100	630	1 000	
77	100	800	1 250	
96	150	1 000	1 600	
120	200	1 250	2 000	
154	200	1 600		

4. 高压熔断器的分类

高压熔断器按使用场所的不同可分为户内式与户外式两大类。常用的户内式是 RN 型高压熔断器，户外式有 RW 型角形高压熔断器和 RW 型高压跌落式熔断器。

常用高压熔断器的技术数据见表 6.2－13。

表 6.2－13　常用高压熔断器的技术数据

型　号	额定电压/kV	额定电流/A	额定开断电流/kA	断流容量/MVA	熔体电流等级/A	备注
RW9－10	10	100		100		
RW10－35	35	0.5		1 000		

（续表）

型　号	额定电压/kV	额定电流/A	额定开断电流/kA	断流容量/MVA	熔体电流等级/A	备注
RXW0 - 35	35	2 3 5 7.5		200		
RW10 - 10F	10	50		40～200	3,5,7.5,10,15, 20,30,40,50	
RW10 - 10FW		50		20～200		
RW10 - 10F		100		40～200	75,100	
RW10 - 10FW		100		40～200		
RW11 - 10	10	100	6.3		6 - 100	
PRWG1 - 10F(W)	10	100	6.3		5 - 100	
PRWG2 - 35	35	100	5		6 - 100	
RN1 - 35	35	7.5 10 20 30 40	3.5		2,3,5,7.5,10, 15,20,30,40	
RN1 - 10	10	20 50 100 150 200	12		2,3,5,7.5,10, 15,20,30,40,50, 75,100,150,200	
RN1 - 6	6	20 75 100 200 300	20			
RN2 - 6 RN2 - 10 RN2 - 35	6 10 35	0.5		1 000		

（续表）

型　号	额定电压/kV	额定电流/A	额定开断电流/kA	断流容量/MVA	熔体电流等级/A	备注
RN5-10	10	1		500		
RN3-6	6	50 75		200	2,3,5,7.5,10,15, 20,30,40,50,75	
		200			100,150,200	
RN3-10	10	50 75		200	2,3,5,7.5,10,15, 20,30,40,50,75	
		200			100,150,200	
RN3-35	35	7.5			2,3,5,7.5	
XRNM1-6	6	160 224	40		25,31.5,40,50,63, 80,100,125, 160,200,224	
XRNT1-10	10	40	50		6.3,10,16,20, 25,31.5,40	DIN标准
		100			50,63,71,80,100	
		125			125	
		50			6.3,10,16,20, 22.4,25,31.5, 35.5,40,45,50	BS标准
		100			56,63,71,80, 90,100	
		125			112,125	
XRNT2-10	10	63	50		10,16,20,25, 31.5,40,50,63	

第三节　成套配电装置

一、高压成套配电装置

高压成套配电装置(一般通称高压开关柜),主要用于35 kV及以下线路系统中,作为接受和分配电能之用。由柜体及高压电器元件、母排等构成。柜体以角钢或型钢构成框架,覆以弯制的薄钢板及金属网格,铆接或焊接而成。所用高压电器元件有隔离开关、断路器、负荷开关、熔断器、电流互感器、电压互感器、避雷器以及操作机构、测量仪表、继电器等。

高压开关柜发展趋势之一是空气绝缘方式布置更加合理,结构紧凑和小型化,安全可靠。操作、安装、维护均可在柜前进行,并有环保型敷铝、锌板的外壳。

另一方面是将传感技术、数字技术、智能化监控应用于高压开关柜的集中控制,继电保护制成机电一体化的产品,例如DF5151高压开关柜和ABB公司的ZS1型高压开关设备即属于这种产品。

近几年来出现的环网开关柜和10 kV成组配电站,品种多,发展快,应用广泛,满足了城市电网环路供电方式的需要,简化了二次继电保护的要求,由于选用了真空负荷开关,提高了断开容量,增强了可靠性。例如,AG/GE型环网开关柜、ABB公司的RGC环网开关柜等。许继集团生产的XGW2-12型成组配电站应用于生活小区供电十分方便。

（一）高压成套配电装置分类（表 6.3－1）

表 6.3－1　开关柜结构分类及主要特点

分类方式	基本类型	主要特点	型号
按主开关的安装方式	固定式	主开关（断路器、负荷开关、电压互感器等主要电器）为固定安装，空气绝缘，又可分箱型和内部用隔板分割的形式	
	手车式	主开关及主要电器可移至柜外，采用隔离触头的啮合实现可移开部件与固定回路的电气连通，主开关移出比较笨重，主开关与车加工成一体，加工要求精度高	
	中置式	主开关小车与运载车分为两部分，运载车是通用型，主开关安装在柜体的中部，也称移开式，结构形式较手车式又进一步，操作轻便	
	下置式	主开关小车与运载车分两部分，运载车是通用型，主开关安装在柜体的下部，操作较方便	KYN36－12
	双层布置式	一个柜体主开关分上下两层布置，相当一个开关柜具有两台开关柜功能，可靠、安全均有所保证，节省占地面积，经济性好	KYN□－12
按主母线系统	单母线	开关柜基本母线型，检修主开关和母线时，对负荷停电	
	单母线带旁路母线	有主母线和旁路母线，检修主开关时，可由旁路开关经旁路母线对负荷供电	
	双母线	具有两路母线，当一路母线退出时，可由另一路母线供电	
按柜体内绝缘介质	空气绝缘	极间和极对地的绝缘强度靠空气绝缘来保证，绝缘稳定性好，造价低，体积稍大	
	复合绝缘	极间和极对地的绝缘强度靠固体材料加较小的空气绝缘来保证，柜体体积小、造价高	

（二）高压开关柜的型号含义

1. 老系列高压开关柜的型号格式和含义

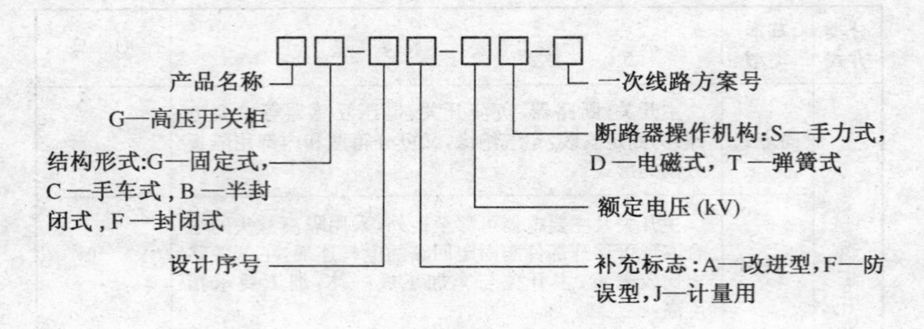

2. 新系列高压开关柜的型号格式和含义

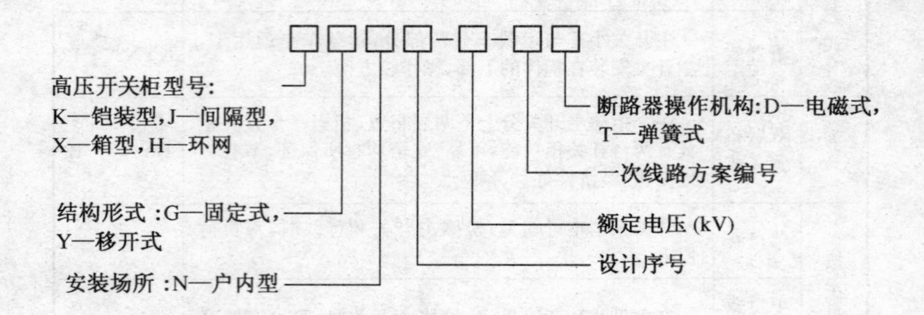

（三）高压成套配电装置的技术数据

常见的高压成套配电装置的技术数据见表6.3-2。

表 6.3-2　高压成套配电装置的技术数据

技术数据 开关柜型号	类别形式	电气参数			主要电器设备型号							外形尺寸（宽×深×高）/mm
		额定电压/kV	额定电流/A	额定断开容量/kA	主开关	操动机构	电流互感器	高压熔断器	避雷器	电压互感器	接地开关	
XGN□-35(Z)	单母线带旁路固定式	35	1 250、1 600、2 000	25、31.5	ZN12-35	专用直流操作（弹簧机构）	LZZB7-35 LCZ-35	RN1-35	HY5WZ2-54/134	JDZ9-35、JDZX9-35		1 818×2 960（3 860）×3 650
KYN10-40.5	单母线手车式	40.5	1 250、1 600	25、31.5	ZN12-40.5 ZN65A-40.5		LDJ-40.5 LCZ-40.5	XRNP-35 XRNT-35	HY5WZ2-54/134	JDZ9-40.5、JDZX9-40.5	JN12-40.5	1 400×2 200×2 600
KYN□-35(Z)	单母线手车式	35（40.5）	1 600	20、25、31.5	ZN□-35	专用弹簧操动机构	LDJ1-35	RN1-35	HY5WZ1-42/134	JDZ8-35、JDZX8-35	JN11-35	1 600×2 260×2 600
KYN800-10	单母线中置式	（6）10	630、1 250、2 000、2 500、3 150	20、25、31.5、40、50	ZN12-10 ZN□-10B ZN65-12 ZN28-12		LAJ-10 LZZBJ9-10A			JDZJ-10、JDZ-10、JDZX9-10G		900×1 750（800）×2 750
KYN□-12(VUA)	单母线双层	（3）（6）10	1 250～3 000	25、31.5、40	ZN18-12CE（美）		LFJ3-10Q LDJ3-10Q					800×1 760×2 300

（续表）

技术数据 / 开关柜型号	类别形式	电气参数			主要电器设备型号							外形尺寸（宽×深×高）/mm
		额定电压/kV	额定电流/A	额定断开容量/kA	主开关	操动机构	电流互感器	高压熔断器	避雷器	电压互感器	接地开关	
DF5151	单母线中置式	12	630、1 250、1 600、2 000、2 500、3 150	20、25、31.5、40	VS1、VD4		AS12	RN2－10	HY5WZ－17/50	RZL10 REL10	JN15	800（1 000）×1 500（1 660）×2 300
MMV15	单母线中置式	15	630、1 250、2 000	25、31.5 40								650（800）×1 600×2 100
KYN□－12(Z)－(GZS)	单母线中置式	12	630、1 250、1 600、2 000、2 500、3 150		VS1、VD4		AS12	RN2－10	HY5WS2－17/50	RZL－10 REL－10	JN15	800（1 000）×1 500×2 300
KYN3A－10	单母线手车式	10	630、1 250、1 600、2 000、2 500、3 150		ZN28－10	CD17、CT19	LZZB1－10	RN2－10	FZ2 FS3 FCD3	JDZJ－10 JDZ－10	JN4－10	

（续表）

技术数据 / 开关柜型号	类别形式	电气参数			主要电器设备型号							外形尺寸（宽×深×高）/mm
		额定电压/kV	额定电流/A	额定断开容量/kA	主开关	操动机构	电流互感器	高压熔断器	避雷器	电压互感器	接地开关	
KYN(VE)-10	单母线中置式	10	630、1 250、1 600、2 500、3 150	20、25、31.5、40、50	ZN、VK、VD4、VCB		LZZJB9-10	RN2-10	HY5WS	JDZ-10		800×(1 000)1 540×(1 700)2 300
KYN□-12	单母线下置式	10	1 250、2 000、3 150	25、31.5、40	VPR		LZZJ-10	RN2-10	HY5WS-12.7/50 HY5WZ-12.7/50	JDZX-10G JDZZ-10J	JN15-10	840(1 000)×1 700×2 150
KYN17-12	单母线中置式	3、6、7.2、12	800、1 250	31.5	ZN21-12、VS1-12		LZZBJ9-10A	RN2-10	HY5WZ1-17.5	JDZ9-10	JN16-10	800×1 500×2 220
KYN18B-10Z	单母线中置式	3、6、10	630、1 250、1 600、2 000、2 500、3 150	31.5、40	ZN12-12T		LZZBJ9-10G、LMZD2-10	RN1-10 RN2-10	HY2.5W1	JDZJ-10		800×(840)1 775×2 150

（续表）

技术数据 开关柜型号	类别形式	电气参数			主要电器设备型号							外形尺寸（宽×深×高）/mm
		额定电压/kV	额定电流/A	额定断开容量/kA	主开关	操动机构	电流互感器	高压熔断器	避雷器	电压互感器	接地开关	
KYN18C-10	单母线中置式	3、6、10	630、1 250、1 600、2 000、2 500、3 100	25、31.5、40	ZN28-10	CD11、CT19	LZZB1-10	RN2-10	FZ2、FS3、FCD3	JDZJ-10 JDZ-10	JNA-12	
KYN18D-10ZQ	单母线中置式	10	1 000、1 250、1 600、2 000、2 500、3 150	25、31.5、40、50	ZN12A-10		AS-12、LZZBJ9-10A		HY5W	JDZJ-10 JDZBJ9-10 JDZ-10 REL-10		900×1 650 1 000×(2 055)×2 050
KYN21A-10	单母线手车式	3、6、10	630、1 000、1 250、1 600、2 000、2 500、(3 150)	20、25、31.5、40	ZN28-10、ZN12	CD17、CT19	LDJ-10Q	RN2-10 XRNT-10	HY5WZ1-12.7/45	JDZ-10 JDZJ-10 JSJV-10 JSJW-10	JN4-10	840(1 000)×1 700×2 200

（续表）

技术数据 开关柜型号	类别形式	电气参数			主要电器设备型号							外形尺寸（宽×深×高）/mm
		额定电压/kV	额定电流/A	额定断开容量/kA	主开关	操动机构	电流互感器	高压熔断器	避雷器	电压互感器	接地开关	
KYN27-12	单母线中置式	3、6、7.2、10	同上	16、20、25、31.5、40	ZN28-10		LZZJ-10	RN2-10	同上	JDX8-10G JDZ2-10	JN15-12	840(1 000)×1 700×2 200
ZK1-10	单母线移开	3～10	1 600、2 000、2 500、3 150	16、20、25、31.5、40、50	VD4、VRC	DC、AC(CT)	MLB	STBA	MWF	VES	EK6	650(800)×(1 000)1350×2 200
VBMK-Ⅰ Ⅱ Ⅲ	单母线带旁路、双层移开	12	630～1 600 2 000～4 000	20～31.5 40～50	SBV-12 VD4	AC、DC(CT)	LQZJ3-10 LZZQB8-10 LZZJ-10Q	RN1-6 10 RN2-10 SDLJ-10	HYWZ-12.7/45	JDZ-6 3 10 REL-10	JN15-10	650(800)(840)(900)1 500×(2 000)×2 300
ZS1-12	单母线移开（固定）	3.6 7.2 12	1 600、2 000、2 500、3 150、4 000	16、20、25、31.5、40、50			VD VC C3	AC、DC	MWD		EK6	650(800)(1 000)×1 300×2 200

（续表）

技术数据 / 开关柜型号	类别形式	电气参数			主要电器设备型号							外形尺寸（宽×深×高）/mm
		额定电压/kV	额定电流/A	额定断开容量/kA	主开关	操动机构	电流互感器	高压熔断器	避雷器	电压互感器	接地开关	
HXGN810-12	环网开关柜	3.6 7.2 12	630	25	SFL SDLAJ		LZZB9	SDLAJ SFLAJ SKLAJ XRNP1-10				375(500)×900×1 850
HXGN19-12(ZF)	环网开关柜	12	630	50	FN5-10 FN5-10□		LZJC-10 LZZB19-10A	RN3 XRNP	FS2 FS4 HY5WS HY5WR	JDZ-10	GSN-10	900×900×2 200
HXGN20-10ZF	环网开关柜	10	630(1 250)	5.0	ZNF-10		LZZQB6-10		HY5WZ-16.5/45	JDZF9-10		700(800)×950×2 000(2 200)
XGW2-12(Z)	户外组合型	12	1 250	20、31.5	ZN28-10 VS1-12		LFZBJ9-10Q	RN1-10	HY5WS-17/50	JDZX-10		
KYN28(ZSS)	单母线中置式	10	630、1 250、1 600、2 000、2 500、3 150	16、20、25、31.5、40、50	ZN21-10 ZN2-1 VS1-12		LZZB(J)AS12	XCRNP-10	HY5W Y5W	RZL10 REL10	JN15-10	800×1 400(1 600)×2 200

（四）高压成套配电装置示例

1. XGN－35(Z)箱型固定式金属封闭开关柜简介

XGN－35(Z)箱型固定式金属封闭开关柜(以下简称开关柜)适用于三相交流 50 Hz，额定电压 35 kV 或 40.5 kV，额定电流 2 000 A 单母线和旁路母线户内系统，作为发电厂、变电所等工矿企业配电和接受电能用，对电路具有控制、保护和测量等功能，还可用于具有频繁操作的电力线路中。该产品具有防止误操作断路器、防止带负荷推拉手车、防止带电挂接地线、防止带接地送电和防止误入带电间隙的"五防"功能。

开关柜为金属封闭箱式结构，由主柜、后柜、主母线箱、旁路母线箱四部分焊接而成，柜整体由螺栓连接组装而成。柜体结构按其功能结构可分为断路器室、母线室、电缆室、继电器室、旁路母线室等部分。

开关柜具有五防功能，当主母线送电时，前、后门均不能打开，上下隔离开关均不能操作，不能挂接地线，当断路器分断后，可挂接地线，但不能进行合闸操作。

开关柜二次接线用户可根据系统要求选择控制电源和配相应的控制电器。开关柜一次线路方案除真空断路器方案外，还有电压互感器、所用变压器等方案。进出线方式可从柜顶架空进出线，也可以从柜底电缆进出线。其技术数据见表 6.3－3。

表 6.3－3　XGN－35(Z)箱型固定式金属封闭开关柜主要技术数据

序号	名称	技术数据
1	额定电压/kV	35
2	最高电压/kV	40.5
3	额定电流/A	1 250、1 600、2 000
4	额定短路分断电流/kA	31.5
5	4 s 热稳定电流/kA	31.5
6	额定动稳定电流/kA	80

(续表)

序 号	名 称	技 术 数 据
7	额定雷电冲击耐受电压/kA	185(峰值)
8	额定 1 min 工频耐受电压/kV	95
9	外壳防护等级	IP20
10	母线系统	单母线或带旁路母线
11	外形尺寸(宽×深×高)/mm	1 818×2 960(3 860)×3 650
12	质量/kg	约 3 200

2. KYN10－40.5 型铠装移开式金属封闭开关柜简介

KYN10－40.5 型铠装移开式金属封闭开关柜适用于三相交流 50 Hz,额定电压 35、40.5 kV,额定电流 2 000 A 单母线户内系统,作为工矿企业接受和分配电能之用。本开关柜具有防止断路器误操作等五防功能。

开关柜主要由柜体和可移开部件(小车)两部分组成,柜体由角钢和金属钢板焊接而成,柜内用接地的金属隔板按功能分割成四个独立隔室:小车室、主母线室、电缆室、继电器室。小车根据配置的主回路元件的不同,可分为断路器小车、电压互感器小车、隔离小车和变压器小车。还为开关柜设计了可靠的“五防”的闭锁系统。

其主要技术数据见表 6.3－4。

表 6.3－4 KYN10－40.5 型铠装移开式金属封闭开关柜

序号	名 称			技术数据
1	额定电压/kV			40.5
2	额定绝缘水平	1 min 工频耐受电压/kV	对地及相间	95
			隔离断口	118
		雷电冲击耐受电压/kV	对地及相间	185
			隔离断口	215
3	额定频率/Hz			50

（续表）

序号	名　称	技术数据
4	主回路额定电流/A	1 250,2 000
5	额定热稳定电流(4 s)/kA	25,31.5
6	额定动稳定电流(峰值)/kA	63,80
7	防护等级	IP20

3. KYN28A－12(Z)型铠装移开式金属封闭开关柜简介

该开关柜适用于三相交流 50 Hz，额定电压 3、6、10 kV，额定电流 630～3 150 A 单母线户内系统，作为发电厂、变电所和工矿企业接受和分配电能用。

该开关柜主要由柜体和中置式可抽出部件(即小车)两部分组成，柜体分成四个单独的隔室：小车室、主母线室、电缆室、继电器仪表室。该开关柜可以从正面进行安装、调试和维护，因此可以背靠背组成双重排列或靠墙安装，提高了开关设备的安全性、灵活性，减少占地面积。

其主要技术数据见表 6.3－5。

表 6.3－5　KYN28A－12(Z)型铠装移开式金属封闭开关柜主要技术数据

项　目	单位	参　数
额定电压	kV	3、6、10
最高工作电压	kV	3.6、7.2、12
额定频率	Hz	50
断路器额定电流	A	630、1 250、1 600、2 000、2 500、3 150
开关柜额定电流	A	同上
额定热稳定电流(4 s)	kA	16、20、25、31.5、40、50
额定动稳定电流(峰值)	kA	40、50、63、80、100、125
额定短路开断电流	kA	16、20、25、31.5、40、50
额定短路关合电流(峰值)	kA	40、50、63、80、100、125

（续表）

项目		单位	参数
额定绝缘水平	1 min 工频耐受电压	kV	24、32、42
	雷电冲击耐受电压	kV	40、60、75
防护等级			外壳为 IP4X，隔离室间，断路器室门打开时为 IP2X
柜体尺寸（宽×深×高）			800 1 000 ×1 500×2 300（注：额定电流 1 600 A 以上柜宽为 1 000 mm）

4. KYN800－10（KYN18A）型中置式高压开关柜简介

KYN800－10 型中置式高压开关柜适用于三相交流 50 Hz，额定电压 3～10 kV，额定电流 3 150 A 单母线户内系统，作为发电厂、变电所和工矿企业接受和分配电能用。本开关柜对电路具有控制、保护和测量功能，还有防止断路器误操作等“五防”功能。

本开关柜主要由柜体和可移开部件（小车）两部分组成，柜体由薄钢板构件组装而成，装配式组构。柜内用接地的薄钢板分割成小车室、主母线室、电缆室、继电器室。

小车根据配置的主回路元件的不同，可分为断路器小车、电压互感器小车、隔离小车和计量小车。还为开关柜设计了可靠的联锁装置以防误操作引起意外事故。

其主要技术数据见表 6.3－6。

表 6.3－6　KYN800－10（KYN18A）型中置式高压开关柜主要技术数据

名称	技术数据				
额定电压/kV	（6），10				
最高工作电压/kV	（6.9），11.5				
额定短路分断电流/kA	20	25	31.5	40	50
额定电流/A	630	1 250	1 250，1 600 2 000，2 500	1 600，2 000，3 150	

（续表）

名　称	技术数据				
4 s 额定热稳定电流/kA	20	25	31.5	40	50(3 s)
额定动稳定电流/kA	50	63	80,100*	100,130*	125,140*
额定雷电冲击耐受电压/kA	(60),75				
额定 1 min 工频耐受电压/kV	(32),42				
外壳及隔室防护等级	IP40				
备　注	1. “*”如需订货者，请特殊提出 2. 额定电流>2 000 A 时，称大电流柜；≤2 000 A 时，称小电流柜				

5. JYNI－35(F)型交流金属封闭移开式开关柜简介

本开关柜适用于发电厂、变电所中系统额定电压为 35 kV、额定电流最大 1 000 A、最高电压不超过 40.5 kV 的单母线或单母线分段的成套配电装置。

其主要技术数据见表 6.3－7。

表 6.3－7　JYNI－35(F)型交流金属封闭移开式开关柜主要技术数据

项　　目	单位	参　　数
额定电压	kV	35
最高工作电压	kV	40.5
最大工作电流	A	1 000
额定开断电流	kA	16/20/25/31.5
额定关合电流(峰值)	kA	40/50/63/80
极限通断电流(峰值)	kA	40/50/63/80
4 s 热稳定电流(有效值)	kA	16/20/25/31.5
外形尺寸(宽×深×高)	mm	1 818×2 400×2 925
重量(油断路器柜)	kg	1 800(其中油断路器手车 620)
防护等级		IP2X

本开关柜属间隔式结构，由柜体和手车两部分组成。手车按其用途分为断路器手车、避雷器手车、隔离手车，“Y”接法电压互

感器手车,“V”接法电压互感器手车、单相电压互感器手车和站用变压器手车等七种。本开关柜具有“五防”功能。

6. DF5151型户内智能中置式开关柜简介

本开关柜是由KYN28A-12型开关柜和智能保护装置构成,适用于三相交流50 Hz、额定电压为10 kV、额定电流最大3 150 A及以下单母线装置,供发电厂、变电所和工矿企业作配电和接受电能用。其主要技术数据见表6.3-8。

表6.3-8 DF5151型户内智能中置式开关柜主要技术数据

名称		技术数据					
额定电压/kV		12					
额定绝缘水平	1 min工频耐受电压/kV	42(断口间48)					
	雷电冲击耐受电压/kV	75(断口间85)					
额定频率/Hz		50					
额定电流/kA		630,1 250			1 600,2 000,2 500,3 150		
额定短路分断电流/kA		20	25	31.5	31.5,40		
4 s热稳定电流(有效值)/kA		20	25	31.5	31.5	40	50
额定动稳定电流(峰值)/kA		50	63	80	80	80	100
防护等级		外壳为IP4X,隔室间断路器室门开为IP2X					

开关柜由柜体和中置式可抽出部件(手车)组成。具有架空进出线,电缆进出线及其他功能方案。开关柜可以从正面安装、维护,因此,可以背靠背双重布置和靠墙安装。

(1) 柜体。开关柜柜体由四个独立隔室,即手车室、母线室、电缆室和电器仪表室组成。柜体外壳采用进口敷铝锌薄钢板,采用多重折边工艺,这样整个柜体不仅精度高,抗腐蚀,机械强度高,而且外形美观大方。柜体采用组装式结构,用拉铆螺母和高强度螺栓连接而成。

(2) 手车。手车骨架采用薄钢板,经钣金生产线加工后由机器人焊接而成，手车与柜体绝缘配合，机械连锁安全、可靠、灵活。根据手车用途的不同，分为断路器手车、电压互感器手车、计量手车、隔离手车。各类手车按模数、积木式变化，同规格手车可以百分之百的自由互换。

(3) 智能保护装置。根据用户的需要，可在开关柜继电器仪表室上装设DF3224G馈线保护装置、DF3262G电容器保护装置、DF3272G测控单元和DF3281GTV并列箱，实现开关柜配电回路的控制、保护和检测。

(4) 连锁装置。开关柜内装有安全可靠的机械电气连锁装置，完全满足“五防”要求。连锁装置包括机构与断路器之间的连锁，小车与接地开关之间的连锁、接地开关与开关柜下柜门之间的连锁，二次插头的机械连锁、隔离小车的机械连锁。

(5) 内部故障电弧防护装置。在断路器手车室、母线室和电缆室的上方均设有内部故障电弧防护装置，当断路器或母线发生内部故障电流时，装设在门上的特殊密封圈把柜前面封闭起来，顶部装备的释压金属板将被自动打开，释放压力和排泄气体，以确保人员和设备的安全。

(6) 接地装置。在电缆室内部单独设有10 mm×40 mm的接地铜排，此排贯穿相邻各柜，并与柜体良好接触。此接地排供直接接地元件使用。同时，由于整个柜体用敷铝锌钢板相拼接，整个柜体都处在良好的接地状态，确保安全。

此外，还可装带电显示装置和防止凝露的加热装置。

7. XGW2-12(Z)型箱式配电开关柜简介

该开关柜为三相交流50 Hz、额定电压12 kV、额定电流1 250 A及以下的户外成套装置，作为城市10 kV配电开关站环网系统接受和分配电能之用。其主要技术数据见表6.3-9。

表 6.3-9　XGW2-12(Z)型箱式配电开关柜主要技术数据

名　称	单位	技术数据	名　称	单位	技术数据
额定电压	kV	12	额定短时开断电流	kA	20,31.5
额定电流	A	1 250	防护等级		IP54
额定频率	Hz	50			

开关柜结构简介如下：

(1) 柜体采用双层密封，内部装有空调器，可保证箱体内部温度保持在允许范围以内。

(2) 箱体底架采用热轧型钢、框架采用冷弯型钢、两者组焊在一起，外部钢构件均采用美国达克罗表面处理技术处理，顶板、侧壁选用双层彩色复合隔热板，再铆以铝合金型材加以装饰，强度高，耐久性好。

(3) 内部一次系统采用单元真空断路器结构，在柜上设有上、下隔离开关。真空断路器、电流、电压互感器及二次系统每个单元均采用特制铝型材装饰的内门结构，美观，大方。每个间隔后面均设有双层防护板(即可打开的外门)，便于柜后检修。主母线位于走廊上部，主母线室间隔之间用穿墙套管隔开，主母线排及与之连接的支排用热缩套管包覆，箱内检修通道设有顶灯，在每个单柜上均装有检修灯。

(4) 保护装置可根据用户需求集中或分散布置，计量表计分散在各个间隔。

8. HXGN-12(L)(XGN20-12)型高压环网开关柜简介

HXGN-12(L)(XG20-12)型单元式交流金属封闭环网开关柜系引进 ABB 公司先进技术，并根据我国城网建设和改造及农网的要求而自行设计、研制的新产品。适用于交流 50 Hz、12 kV 的电力网络中，作为电能的接收与分配之用。该产品具有体积小、质量轻、操作简便、寿命长、性能好、无污染、少维护等特点。

其主要技术数据见表 6.3-10。

表 6.3-10 HXGN-12(L)(XG20-12)型高压环网开关柜主要技术数据

名称	单位	技术数据	名称	单位	技术数据
额定电压	kV	12	熔断器开断电流	kA	31.5、40、50
额定频率	Hz	50	机械寿命	次	2 000
主母线额定电流	A	630	1 min 工频耐压相间、相对地/断口(有效值)	kV	42/48
主回路、接地回路额定短时耐受电流	kA/s	20/3	雷电冲击耐受电压相间、相对地/断口(峰值)	kV	75/85
主回路、接地回路额定峰值耐受电流	kA	50	二次回路 1 min 工频耐压	kV	2
主回路、接地回路额定短路关合电流	kA	50	防护等级		IP3X
负荷开关满容量开断次数	次	100			

环网柜柜体用 2 mm 敷铝锌钢板铆接成形。柜体分为母线室、负荷开关室(独立单元、内部充以 SF_6 气体)、电缆室(用于电缆连接、熔断器、接地开关和电压互感器安装)、机构小室和连锁(包含操动机构、机构连锁和位置指示、辅助接点、脱扣线圈、带电显示器以及连锁)、低压箱(在柜顶部、可选,用来安装仪表、继电器和电动单元)、断路器室(SF_6 或真空断路器置于负荷开关下方)。柜后有两处压力释放孔,上面压力释放孔用于释放母线和负荷开关室内电弧事故时产生的气体压力,下面压力释放孔用于释放电缆室内电弧事故时产生的气体压力。

二、低压成套配电装置

低压成套配电装置主要是指低压配电屏、配电箱、配电柜等,是按一定的线路方案将有关的一、二次设备组装而成的一种低压成套配电装置。在低压配电系统中作为动力和照明之用。不过,低压配电屏(柜)一般装设在变电所的低压配电室内,而配电箱装在靠近低压用电设备的车间或其他建筑的进线处。通常,配电箱内的开关电器较少,结构尺寸也较小。

低压成套配电装置在结构上多以角钢或型钢构成框架,前面或全部覆以薄钢板组成立柜型式,前面开门,后面敞开或前后开门,或前面可以抽出多层抽屉。框架的构成又分为固定式结构和组合式结构:固定式结构是将角钢或型钢焊接或铆接成柜体;组合式结构是将结构件制成标准件,再根据需要用螺钉组成各种所需要的结构。柜内组装有各类低压电器设备,如刀开关、熔断器式刀开关、空气断路器以及互感器、仪表等其他附件。每屏的进出线可以有 1~8 回路,用于 660 V、380 V 及 220 V 配电。

近年来,许多新技术的发展和应用带动低压成套配电装置的发展,因而出现了许多新产品,并向模数化、模块标准化、智能化、紧凑化、高防护和高可靠性的方向发展。

(一) 低压成套配电装置的分类

低压成套配电装置按其结构特点分,有固定式,抽屉式和组合式等类型:

(1) 固定式:所有电器元件均为固定安装、固定接线,适用于发电厂、变电所和电力用户作动力和照明配电之用。常用型号有 PGL、GGL、GGD 等。

(2) 抽屉式:所有电器元件或部分电器元件按不同的功能单元分别装在各个抽屉中,而配电屏即由柜体和若干抽屉组成。主要用于低压配电系统作配电或控制之用,常用型号有 BFC、GCL、GCK 等。

(3) 组合式:其电器元件的安装方式为混合安装式,有固定式结构和抽屉式结构。固定式结构按隔板高度分成若干间隔小室,各小室可按需要组合在同一屏内。抽屉装设的小室也可按需要任意组合。常用型号有 GHL、CUBIC(科必可)、DOMINO(多米诺)等。这些配电屏安装的开关电器一般都是新型产品,性能好,可取代一些老的配电屏作低压配电和控制之用。

（二）低压配电屏的型号编制

1. 老系列低压配电屏的型号格式和含义

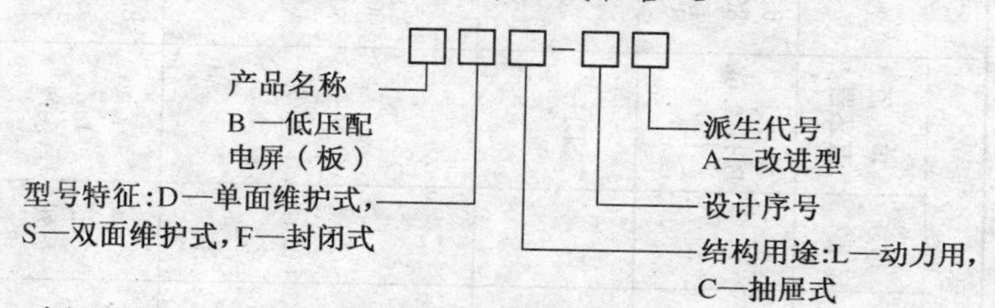

例:BSL型为双面维护式低压动力配电屏

2. 新系列低压配电屏的型号格式和含义

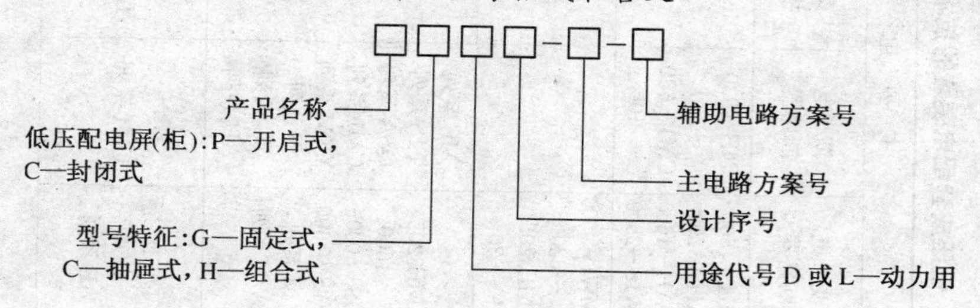

例:GCL1型为低压抽屉式动力配电柜,又称“动力中心”。

3. 配电箱的型号格式和含义

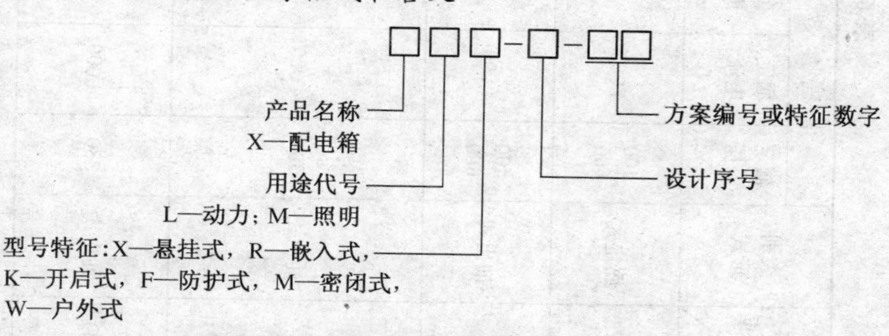

（三）低压成套配电装置的技术数据

常用的低压成套配电装置的技术数据见表6.3-11。

表 6.3-11 低压成套配电装置的技术数据

技术数据 开关柜型号	类别形式	电气参数			主要电器型号					外形尺寸（宽×深×高）/mm
		额定电压/V	额定电流/A	分断能力/kA	受电断路器	馈电断路器	交流接触器	熔断器	电流互感器	
GML2	固定式	400 660	4 000	50	NH-1600 AH-3200 ~AH-1600 DW18-2500	NH-630 ~250 CM1-630 ~100	CJX4		BH-0.66 □/5	600 800 1 000 × 600 800 ×2 200
GCY	抽出式	400 660	4 000	50 (80)	RMW1-4000 ~630 ME3205 ~630		B系列		SDH- □	600 800 ×800 ×2 200
XES	抽出式	380	4 000	50 (80)	ME3205 ~1600 F5S-5000~ F1S-1600 M系列 3WN系列	ME系列 F1S系列 QSA系列 CM1系列 XKM系列 S系列 TG系列 AH系列	CJ20 系列 CJ40 系列 B系列		LMK3 系列	600 800 1 000 × 800 1 000 ×2 200
YDSD	抽出式	380	4 000	50 (80)	DW18C 系列 AE系列	CM1系列	LC1系列	NT 系列	LM 系列	600 800 1 000 1 200 × 800 1 000 ×2 200

（续表）

技术数据 / 开关柜型号	类别形式	电气参数			主要电器型号					外形尺寸（宽×深×高）/mm
		额定电压/V	额定电流/A	分断能力/kA	受电断路器	馈电断路器	交流接触器	熔断器	电流互感器	
LGT-6000	固定或抽出式	660	5 500	100						(n×520)×(n×240)×2 200
LMDH	抽出式 抽屉式 固定式 插入式	380 660	630～7 000	50	M系列 F系列 QSA系列	M系列 C系列 F系列 3KM系列 NS系列 SH系列	LC1系列 OKQR系列 LS系列		LMK系列	
SIKUS	固定 抽出式	400	3 200 6 400	65 (80)	3WN6系列	2VF系列	3KL系列 FF系列	3NJ6		400 600 800 1 100 ×1 000 ×2 200

（四）低压成套配电装置示例

1. GGD型交流低压配电柜简介

GGD型交流低压配电柜适用于变电站、发电厂、厂矿企业等电力用户的交流50 Hz，额定工作电压380 V，额定工作电流至3 150 A的配电系统，作为动力、照明及发配电设备的电能转换、分配与控制之用。

GGD型交流低压配电柜是按照安全、经济、合理、可靠的原则设计的新型低压配电柜。产品具有分断能力高，动热稳定性好，电气方案灵活，组合方便，实用性强，结构新颖，防护等级高等特点。可作为低压成套开关设备的更新换代产品使用。

GGD型交流低压配电柜型号含义如下：

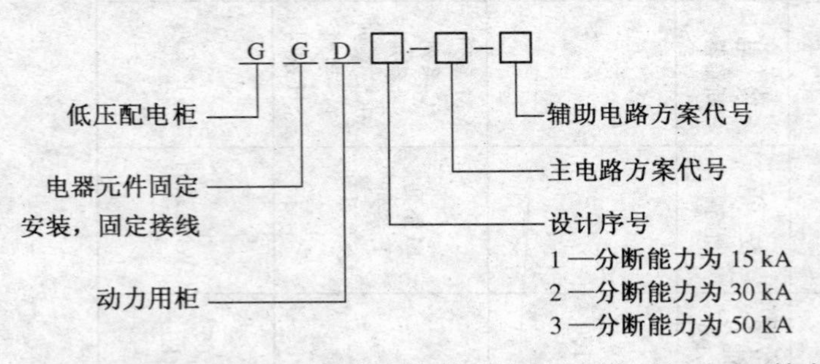

GGD型交流低压配电柜的柜体采用通用柜的形式，构架用8MF冷变型钢局部焊接组装而成，通用柜的零部件按模块原理设计，并有20模的安装，通用系数高。设计时充分考虑到柜体运行中的散热问题，在柜体上下两端均有不同数量的散热槽孔，当柜内电器元件发热后，使密封的柜体自下而上形成一个自然通风道。造型设计采用黄金分割比的方法，使整柜美观大方。柜门用转轴式活动铰链与构架相连，安装、拆卸方便。柜体的防护等级为IP30，用户也可根据环境的要求在IP20～IP40之间选择。

其主要技术数据见表6.3-12。

表 6.3-12　GGD 型交流低压配电柜主要技术数据

型号	额定电压/V	额定电流/A		额定短路开断电流/kA	1 s 额定短时耐受电流/kA	额定峰值耐受电流/kA
GGD1	380	A	1 000	15	15	30
		B	600(630)			
		C	400			
GGD2	380	A	1 500(1 600)	30	30	63
		B	1 000			
		C	—			
GGD3	380	A	3 150	50	50	105
		B	2 500			
		C	2 000			

2. GCS 型低压抽出式开关柜简介

GCS 型低压抽出式开关柜适用于发电厂、石油、化工、冶金、纺织、高层建筑等行业的配电系统，以及要求与计算机接口的场所，作为三相交流频率 50 Hz 或 60 Hz，额定工作电压为 380 V、400 V、600 V，额定电流为 4 000 A 及以下的发、供电系统中的配电、电动机集中控制、无功功率补偿使用的低压成套配电装置。

GCS 型低压抽出式开关柜型号含义如下：

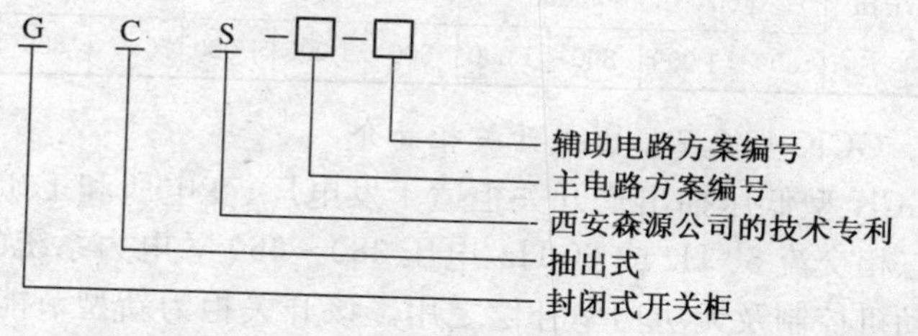

主构架装配形式设计为两种，全组装式结构和部分（侧框和横梁）焊接式结构，供用户选择；装置的各功能室相互隔离，其隔室分

为功能单元室、母线室和电缆室，各室的作用相对独立；水平主母线采用柜台平置式排列方式，以增强母线抗电动力的能力；电缆隔室的设计使电缆上下进出均十分方便。

其主要技术数据见表 6.3－13。

表 6.3－13　GCS 型低压抽出式开关柜主要技术数据

<table>
<tr><td colspan="2">主电路额定电压/V</td><td colspan="10">交流 380(400)、(660)</td></tr>
<tr><td colspan="2">辅助电路额定电压/V</td><td colspan="10">交流 220、380(400)直流 110、220</td></tr>
<tr><td colspan="2">额定频率/Hz</td><td colspan="10">50(60)</td></tr>
<tr><td colspan="2">额定绝缘电压/V</td><td colspan="10">660(1 000)</td></tr>
<tr><td rowspan="2">额定电流/A</td><td>水平母线</td><td colspan="10">4 000</td></tr>
<tr><td>垂直母线(MCC)</td><td colspan="10">1 000</td></tr>
<tr><td colspan="2">母线额定短时耐受电流(kA/1 s)</td><td colspan="10">50、80</td></tr>
<tr><td colspan="2">母线额定峰值耐受电流(kA/0.1 s)</td><td colspan="10">105、176</td></tr>
<tr><td rowspan="2">工频试验电压(V/1 min)</td><td>主电路</td><td colspan="10">2 500</td></tr>
<tr><td>辅助电路</td><td colspan="10">1 760</td></tr>
<tr><td rowspan="2">母线</td><td>三相四线制</td><td colspan="10">A. B. C. PEN</td></tr>
<tr><td>三相五线制</td><td colspan="10">A. B. C. PEN</td></tr>
<tr><td colspan="2">防护等级</td><td colspan="10">IP3L0、IP4L0</td></tr>
<tr><td>高</td><td rowspan="3">/mm</td><td colspan="10">2 200</td></tr>
<tr><td>宽</td><td colspan="2">400</td><td colspan="2">600</td><td colspan="3">800</td><td colspan="3">1 000</td></tr>
<tr><td>深</td><td>800</td><td>1 000</td><td>800</td><td>1 000</td><td>600</td><td>1 000</td><td>1 000</td><td>600</td><td>800</td><td>1 000</td></tr>
</table>

3. GCK 型低压抽出式开关柜简介

GCK 型低压抽出式开关柜适于发电厂、变电所和工矿企业，作为三相交流 50 Hz 或 60 Hz、电压 380～660 V 电力系统的配电和电动机控制及无功功率补偿之用。该开关柜为新型节能产品，控制中心结构先进，电气性能高，防护等级高，维护方便。

柜体由金属异型材组装，抽屉及门由模具冲压而成。柜底有封板，柜与柜之间水平母线用绝缘板封闭。主电路输出端子三相隔开，抽屉抽出时，活门自动遮闭带电的垂直母线，开关柜的抽屉单元与断路器或熔断器开关均设有机械连锁装置。因此，该柜具有组装灵活、安全可靠、抽屉互换性强、事故不扩大、防护严密等优点。

其主要技术数据见表 6.3－14。

表 6.3－14　GCK 型低压抽出式开关柜主要技术数据

参数名称	参　数
额定工作电压/V	380～660
额定工作频率/Hz	50、60
水平母线额定电流/A	630、1 600、2 500、3 200、4 000、5 000
水平母线短时耐受电流/s 有效值/kA	50、80、100
水平母线峰值耐受电流/kA	105、176、220
外壳防护等级	IP30、IP40
垂直母线额定电流/A	630
垂直母线短时耐受电流/s 有效值/kA	50
垂直母线峰值耐受电流/kA	105

4. BFC－20B 型低压抽屉开关柜简介

BFC－20B 型低压抽屉开关柜适于发电厂、变电所和工矿企业，作为三相交流频率 50 Hz、额定电压 380(660)V、额定工作电流 3 200 A 及以下的低压配电系统的配电、电动机控制、功率因数补偿以及照明之用。

开关柜的框架为组合式结构、基本构件是由 C 型型材组装而成。每一个柜体分隔为三个室：水平母线室(在柜顶前部)、电器室(在柜前部)、电缆进出线室(在柜后部)。

开关柜室与室之间用钢板或高强度阻燃绝缘板相互隔开，上、下层抽屉之间用带通风孔的金属板隔开，以保证使用安全。此外，开关柜可抽出的抽屉单元有可靠的机械和电气连锁装置。

其主要技术数据见表 6.3－15。

表 6.3－15　BFC－20B 型低压抽屉开关柜主要技术数据

参数名称	参　　数
额定工作电压/V	380～660
水平母线额定电流/A	630～5 000
水平母线短时耐受电流　有效值/kA	50～100
水平母线峰值耐受电流/kA	105～220
外壳防护等级	IP20
垂直母线额定电流/A	630
垂直母线短时耐受电流(1 s　有效值)/kA 或者:垂直母线短时耐受电流　1 s　有效值/kA	50
垂直母线峰值耐受电流/kA	105

5. 多米诺(DOMINO)组合式开关柜

适用于交流 50～60 Hz、额定工作电压 660 V 以下的发电、供配电系统，用作负荷中心、电动机控制中心等。

该开关柜采用模数组合的设计方案，可按不同要求设计成各种类型的单元，有抽屉式和固定式两种结构型式，也可混合组装以满足不同用户要求。

开关柜的基本框架为组合装配式结构，框架全部结构均采用模具化生产，避免了一般生产制造中的弊病，保证形状、尺寸一致。

开关柜采用间隔式布置，每一电气单元占据一个独立的单元隔室。门上都设置机械或电气连锁，门上开关分、合位置指示明确。

开关柜的抽屉有工作、试验、分离和移出四个位置。开关接通时隔室门不能打开，只有开关分断时才能打开，既保证正常的工作和试验，又便于检修抽屉内外的设备。相同规格的抽屉具有良好的互换性，便于迅速替换备用抽屉。

开关柜具有可靠安全的接地保护系统，每一电气单元都通过金属框架与地良好连接。水平及垂直母线采用特殊设计，可以承受足够大的短路电流冲击。

其主要技术数据见表 6.3-16。

表 6.3-16 多米诺(DOMINO)组合式开关柜主要技术数据

额定工作频率/Hz		50～60
额定工作电压/V		380、660
额定绝缘电压/V		660
额定工作电流/A	水平母线	225～800
	垂直母线	225～1 600
额定短时耐受电流有效值(1 s/峰值)/kA	水平母线	115/250
	垂直母线	50/120
外壳防护等级		IP20,IP22,IP44,IP54

6. NY2000Z 智能型低压抽出式开关柜简介

NY2000Z 智能型低压抽出式开关柜适于发电厂、变电所、工矿企业和高层建筑等，在三相交流 50 Hz(60 Hz)、额定电压 380(660)V、额定电流 6 000 A 及以下低压配电系统中，供配电、照明、电动机控制及无功功率补偿用。

开关柜除结构通用性强、组装灵活外，还具有智能低压元件和现场总线系统设备。

开关柜框架为组合式结构，基本构件是由 C 形型材组装而成，C 形型材是以 $E=25$ mm 为模数间隔安装孔的钢板弯制而成，柜架的全部结构经过镀锌处理，通过自取锁紧螺钉或 8.8 级六角螺栓紧固连接成基本框架，加上相应方案变化及门、隔板、封板、安装支架以及母线功能单元等部件组装成完整的开关柜，开关柜内部尺寸、零部件尺寸、隔室尺寸实行模数化（$E=25$ mm）变化。

开关柜分为标准型和改进型两种。标准型每一个柜体分隔为三个室，即水平母线室（在柜后部）、电器室（在柜前部）、电缆室（在柜下部或柜前右边）。改进型每一个柜体同样分隔为三个室，即水平母线室（在柜顶前部）、电器室（在柜前部）、电缆室（在柜后部）。室与室之间用钢板或高强度阻燃塑料板相互隔开，上下层抽屉之间有带通风孔的金属板隔离，为有效防止开关元件因故障引起的飞弧与母线或其他线路短路造成的事故，采取了严格的隔离。

该开关柜的结构设计可满足各种进出线方案要求，包括：上进上出、上进下出、下进上出、下进下出等。

改进型开关柜垂直母线为 50 mm×30 mm×5 mm 的 L 形铜排，垂直母线通过特殊连接件与主母线连接。

开关柜智能低压配电系统由五部分组成：① 带有现场检测与执行元件的低压开关回路；② 预留检测与驱动信号接口，并安装了 SUCONET 现场总线模块的低压开关柜；③ SUCONET 现场总线网络；④ 中央控制计算机与集中监控、数据管理元件；⑤ 与其他网络系统的数据接口。

智能低压配电系统功能：

（1）低压配电系统各回路的电流、电压、功率、电能值集中动态检测。

（2）对系统中各回路的远程合、分闸，操作连锁与故障复位及重合闸。

（3）分别指示过负荷或短路故障，并可根据设定值对回路负荷进行预报警或强制分断或卸载。

(4) 自动抄表,对系统进行数据集中采集、管理,根据需要打印报表。

(5) 在系统回路规模变化时,根据需要随时调整,而无需改变原有接线。

(6) 可以方便地与高、中压综合保护系统进行数据通信。

(7) 有与其他网络系统的数据接口,必要时可以挂接到工厂自动化或智能大厦的网络中。

其主要技术数据见表 6.3-17。

表 6.3-17 NY2000Z 智能型低压抽出式开关柜主要技术数据

名 称	技术数据	名 称	技术数据
额定绝缘电压/V	660(1 000)	额定短时耐受电流(1 s)/kA	水平母线 30,50,80,1 000
			垂直母线 30,50,80,1 000
额定工作电压/V	380(660)	额定短时峰值电流(0.1 s)/kA	60,105,176,220
额定工作电流/A	水平母线 630～5 000、	外壳防护等级	IP3L0,IP4L0
	垂直母线 800,1 000(1 200)		

第四节 变配电所主要设备和主接线

一、变配电所的主要电气设备

变配电所的电气设备主要有电力变压器、高压断路器、高压隔离开关、负荷开关、高压熔断器、电压互感器、电流互感器、并联电容器、母线、避雷器、继电保护装置和计量仪表等。

电力变压器是变配电所的核心设备,它的选用和维护十分重要，其他的主要电气设备将在后面章节中介绍。

电力变压器（简称变压器）是用来改变交流电压大小的电气设备。发电厂发出的电压最高不超过 20 kV，要实现远距离高压输电，必须经过升压变压器把电压升高到规定数值后才能实现。高压输电线路将几万伏或几十万伏的高电压电能输送到负荷区后，经过降压变配电所将高电压降到适合用户使用的不同等级的低电压，以满足各类负荷的需要。变配电所使用的变压器都为降压变压器。

在变配电所的各种电气设备中，变压器的运行状况对供电的可靠性、经济性及电能质量起关键性的作用。因此，在整个供电过程中保证变压器的正常运行是非常重要的。

表 6.4－1 为变配电所一次设备选配的一个例子。

表 6.4－1　6～10/0.4 kV 变配电所主要一次设备（示例）

名　称	符号	数量	常用型号	备　注
电力变压器	T	1	S，SI	
隔离开关	QS	1	GW1，GN	
高压断路器	QF	1	DW，SN	
负荷开关	Q	1	FW，FN	
跌式熔断器	F_1	3	RW_4	户外，小容量变压器
熔断器	F_2，F_3	2	RN_1	
熔断器	F_4	1	RN_3	保护电压互感器
电压互感器	TV	1	JDJ	
电流互感器	TA_1	2	LMQ	高压
电流互感器	TA_2	3	LQG	低压
空气断路器	Q_3	1	DW_{10}	
刀开关	Q_2	1	HD	
高压架空引入线	W_1		LJ	大于 25 mm
低压母线	W_2			
高压避雷器	FV	3	FZ 或 FS	

二、电气设备选择的一般原则

对变配电所的电气设备要求做到运行可靠、维护方便、技术先进、经济合理。如果对电气设备选择不当或对其工作情况估计不足，均能引起事故或停电；如果过分保守地选用电气设备，就会造成浪费。尽管各种电气设备各有特点，工作环境、装置地点和运行要求不同，但在选择这些电气设备时，都应遵守以下几项原则：

① 按正常工作条件选择电气设备的额定值。

② 按短路电流的热效应和电动力效应校验电气设备的热稳定性和动稳定性。

③ 按装置地点的三相短路容量校验开关电器的断流能力（遮断容量）。

④ 按装置地点、工作环境、使用要求及供货条件选择电气设备的适当形式。

这些原则概括起来就是"按正常工作条件选择，按短路条件校验"。

（一）按正常工作条件选择电气设备

1. 按额定电压选择电气设备

电气设备的额定电压就是铭牌上标出的电压。额定电压应符合设备装设点电网的额定电压，并应大于或等于正常工作时可能出现的最大工作电压，即

$$U_N \geqslant U_g$$

式中 U_N——电气设备额定电压；

U_g——电网额定电压。

一般情况下，电气设备可以长期在高于额定电压 10%～15% 的电压下工作，此电压称为最大工作电压。制造厂对电气设备除

给出额定电压外，还给出了最大工作电压。只要电气设备在小于最大工作电压值的情况下工作，它的绝缘情况不会受到影响。

2. 按额定电流选择电气设备

电气设备的额定电流就是铭牌上标出的电流，即在周围温度为 40℃时允许长期通过的最大工作电流。

电气设备的额定电流应不低于电路中在各种运行情况下可能出现的最大负荷电流，即

$$I_N \geqslant I_g$$

式中 I_N——电气设备额定电流；

I_g——最大负荷电流。

电气设备设计时取周围环境温度为 40℃。当周围环境温度超过 40℃时，由于冷却条件变差，必须适当降低允许通过的最大负荷电流。否则，将使设备温度升高，影响绝缘寿命。当周围温度高于 40℃时，可用下式近似地计算允许负荷电流，即

$$I_f = I_N \sqrt{\frac{t_N - t}{t_N - 40}}$$

式中 I_f——气温为 t 时的允许负荷电流；

t——实际环境温度；

I_N——电气设备的额定电流；

t_N——电气设备个别部分在额定电流下的工作温度（如断路器触头的 t_N 为 75℃）。

如果周围环境温度低于 40℃，冷却条件变好，允许负荷电流可以略加增高。对于高压电气设备每降低 1℃，允许负荷电流比额定电流增加 0.5%，但增加总值不能超过额定电流的 20%。

在选择电气设备时还应考虑到电气设备的装设环境。安装在户外的电气设备，工作条件比较差，经常受到风、雨、雪和尘埃的影响，因而户外和户内电气设备在构造上不相同。对于处在恶劣环

境下的（例如，化工厂、水泥厂、沿海、矿井下等）户外电气设备和对于海拔较高地区的电气设备，应选用特殊绝缘结构或额定电压高一级的设备。

（二）按短路情况校验电气设备的动稳定性和热稳定性

按正常工作条件下的额定电压和额定电流选择的电气设备，还应按三相短路校验。

1. 校验电气设备的动稳定性

当冲击短路电流通过电气设备时，会产生很大的电动力。在电动力的作用下，可能使电气设备某部分发生形变、熔接或遭到破坏。如果电气设备内部不产生妨碍继续正常工作的任何永久形变，触头不熔接，则认为其在动力方面是稳定的。通常，电气设备的动稳定性由制造厂用允许通过的极限电流有效值和峰值表示，即

$$I_{max} \geqslant I_c \quad 或 \quad i_{max} \geqslant i_c$$

式中 I_{max}、i_{max}——电气设备允许通过的最大电流的有效值和峰值；

I_c、i_c——按三相短路计算所得的短路电流的有效值和峰值。

2. 校验电气设备的热稳定性

当冲击短路电流通过电气设备时，不但产生很大的电动力，同时也产生很大的热量。热量可使电气温度升高，使设备的绝缘损坏。一般的金属导电材料均规定有短时发热的最高允许温度，见表 6.4－2。如果电气设备在短路电流冲击下引起的导体发热最高温度不超过表 6.4－2 所列的允许温度，则说明该电气设备在短路时是热稳定的。

表 6.4-2 导体材料短时发热的允许温度

导体种类和材料	(℃)
1. 母线及导线：铜	320
铝	220
钢(不和电器直接连接时)	420
钢(和电器直接连接时)	320
2. 油浸纸绝缘电缆：铜芯 10 kV 以下	250
铝芯 10 kV 以下	200
20～35 kV	175
3. 充油纸绝缘电缆 60～330 kV	150
4. 橡皮绝缘电缆	150
5. 聚氯乙烯绝缘电缆	120
6. 交联聚乙烯绝缘电缆：铜芯	230
铝芯	200
7. 有中间接头的电缆(不包括第 5 项)	150

校验高压电器(例如断路器、负荷开关、隔离开关、电抗器等)时应满足下式，即

$$I_t^2 t \geqslant I_\infty^2 t_j$$

式中 I_t——电气设备在时间 t 内的热稳定电流。该电流是指在时间 t 内(1 s、4 s、5 s、10 s)不使电器任何部分受热到超过规定的最大温度的电流；

t——I_t 相对应的时间；

I_∞——短路稳态电流；

t_j——假想时间①。

选择开关电器时还应校验其断流能力。

选择电气设备时，还必须考虑装置地点和工作环境的要求，可选普通型、防爆型、湿热型、高原型、防污型、封闭型等不同形式。总之，经过选择、校验和比较，可选出合适的电气设备。

三、变配电所的主接线

变配电所的主接线（一次接线）指由各种开关电器、电力变压器、母线、电力电缆、并联电容等电气设备按一定次序连接的接受电能和分配电能的电路。它是电气设备选择及确定配电装置安装方式的依据，也是运行人员进行各种倒闸操作和事故处理的重要依据。

用规定的图例符号表示主要电气设备在电路中连接的相互关系，称为电气主接线图。电气主接线图通常以单线图形式表示，在个别情况下。当三相电路中设备不对称时，则部分地用三线图表示。

主接线的基本形式有单母线接线、双母线接线和桥式接线三种。

四、户内外配电装置和各部距离的要求

为保证供电系统运行中电气设备及人员的安全，以及检修维护和搬运方便，配电装置带电导体不同相间及相对地面应有一定距离，以保证正常运行或过电压时空气绝缘不会被击穿。这个距离称为电气间距。

---

① 短路电流随时间变化的规律很复杂，给热效应计算带来不便，因而需用等效的方法来解决。如果导体中短路电流产生的热效应，使短路稳态电流产生的热效应与其相等，则需要另一个时间 t_j，此时间叫做假想时间。

由于户外配电装置受环境的影响，电气间距比户内配电装置要大。表 6.4-3 和表 6.4-4 分别表示户外、户内配电装置的最小安全净距，即表中的 a_1 和 a_2。最基本的电气距离为 a_1，其余各值是在 a_1 和 a_2 的基础上考虑运行、维护、检修和搬运工具等活动范围计算而得的。例如表 6.4-3 中 b_1，表示带电部分至栅栏的净距。要防止运行人员手臂误入栅栏时发生触电事故，运行人员的手臂长度一般不大于 750 mm，当电压为 35 kV 时：

$$b_1 = a_1 + 750 = 300 + 750 = 1\,050(\text{mm})$$

又如 c 值，是指无遮栏裸导体至地(楼)面的高度，在这种高度下运行人员举手时不致发生触电事故。一般运行人员举手时高度不超过 2 300 mm，为保证安全：

$$c = a_1 + 2\,300 = 300 + 2\,300 = 2\,600(\text{mm})$$

表 6.4-4 中，由于活动在户外，则要考虑 200 mm 的施工误差，所以当电压为 35 kV 时：

$$c = a_1 + 2\,300 + 200 = 400 + 2\,300 + 200 = 2\,900(\text{mm})$$

又如 d 值，考虑到检修人员的工具活动范围为 1 800 mm，为保证安全：

$$d = a_1 + 1\,800 = 400 + 1\,800 + 200 = 2\,400(\text{mm})$$

表 6.4-3　户外配电装置最小安全净距　mm

名　　称	额定电压(kV)			
	1～10	35	110 J	220 J
带电部分至接地部分 (a_1)	200	400	900	1 800
不同相的带电部分之间 (a_2)	200	400	1 000	2 000
带电部分至栅栏 (b_1)	950	1 150	1 650	2 550
带电部分至网状遮栏 (b_2)	300	500	1 000	1 900
无遮栏裸导体至地面 (c)	2 700	2 900	3 400	4 300
不同时停电检修的无遮栏裸导体之间的水平净距 (d)	2 200	2 400	2 900	3 800

注：1. 110 J、220 J 分别指 110 kV 及 220 kV 中性点直接接地电力网。

2. 本表所列数值不适用于制造厂生产的成套配电装置。

表 6.4-4　户内配电装置最小安全净距

mm

名　　称	额定电压(kV)				
	1~3	6	10	35	110 J
带电部分至接地部分(a_1)	75	100	125	300	850
不同相的带电部分之间(a_2)	75	100	125	300	900
带电部分至栅栏(b_1)	825	850	875	1 050	1 600
带电部分至网状遮栏(b_2)	175	200	225	400	950
带电部分至板状遮栏(b_3)	105	130	155	330	880
无遮栏裸导体至地面(c)	2 375	2 400	2 425	2 600	3 150
不同时停电检修的无遮栏裸导体之间水平净距(d)	1 875	1 900	1 925	2 100	2 650
出线套管至户外通道路面(e)	4 000	4 000	4 000	4 000	5 000

注：1. 110 J 系指中性点直接接地的电力网。
2. 本表所列数值不适用于制造厂生产的成套配电装置。

在布置户内配电装置时还应注意到屋顶距离(梁除外)：10 kV及以下电压，不小于 0.8 m；35 kV 电压不小于 1.0 m；110 kV 电压不小于 1.5 m。在布置过程中也要考虑到各种通道的宽度(表 6.4-5)。

表 6.4-5　户内配电装置各种通道的最小宽度

m

布置方式	通道方式		
	维护通道	操作通道	通往防爆间隔通道
一面有开关设备时	1.0	1.5	1.2
两面有开关设备时	1.2	2.0	1.2

五、变配电所的结构

变配电所各室的结构应考虑到各种电气设备的类型、数量、放置方式、进出线的方式和方向等因素，并考虑到运行维护方便以及通信、防火等问题和将来的发展。

(一) 变压器室的结构

变压器室的最小尺寸应根据变压器外形尺寸确定。变压器外壳与变压器四壁的距离应符合表 6.4－6 所规定的要求。

表 6.4－6　变压器外壳与变压器四壁的最小距离　m

变压器容量	320 kVA 以下	400～1 000 kVA	1 250 kVA 以上
至后壁和侧壁净距	⩾0.6	⩾0.6	⩾0.6
至大门净距	⩾0.6	⩾0.8	⩾1.0

变压器室大门尺寸按变压器推进面的外壳尺寸加上 0.5 m 考虑。通风窗应分别设在变压器室的上下方，并应有防止雨、雪和小动物进入的网栅。

变配电所装有两台三相变压器时，每台变压器应单独安装在变压器室内。

变压器室的建筑属一级耐火等级建筑物，门窗材料应满足相应的防火要求。

(二) 配电室的结构

配电室长度大于 7 m 时应设两个门，长度超过 60 m 时应在中间增加一扇门。门向外开。

配电室允许天然采光和自然通风，但要有防止雨、雪和小动物进入的措施。

配电室应满足耐火等级。高压配电室应不低于二级，低压配电室应不低于三级。

配电室内不应有与配电无关的管道通过，电缆出入口要密封。

第五节　工业企业电力线路

电力线路按电压高低分为高压线路(1 kV 以上)和低压线路(1 kV 以下)。按结构形式分为架空线路、电缆线路和户内配电线路。

一、架空配电线路

架空配电线路分为输电线、高压配电线和低压配电线三种。

电力网中，从发电厂将电能输送到变电所的高压架空电力线叫做输电线；电压等级一般为 35 kV 及以上。

从变电站将电能送至配电用变压器的架空（或电缆）电力线，叫做高压配电线；电压等级一般为 10 kV、6 kV。

从配电变压器将电能送至各个用电点的低压电力线，称为低压配电线，按我国标准其电压等级一般为 0.38 kV、0.22 kV。

（一）架空线路导线允许的最小截面（表 6.5－1）

表 6.5－1　架空线路导线最小允许截面

mm^2

导线种类	35 kV 线路	3～10 kV 线路		3 kV 以下线路
		居民区	非居民区	
铝绞线及铝合金线	35	35	25	16
钢芯铝绞线	35	25	16	16
铜线		16	16	10(线径 3.2 mm)

注：1. 居民区指厂矿地区、港口、码头、火车站、城镇及乡村等人口密集地区。
2. 非居民区指居民区以外的地区。此外，虽有车辆、行人或农业机械到达但未建房屋或房屋稀少地区，亦属非居民区。

（二）接户线导线允许的最小截面

所谓接户线，即是从低压电力线路到用户室外第一个支持点的一段线路，或由一个用户接到另一用户的架空线路（或电缆）。

接户线导线截面的最小允许值见表 6.5－2。

（三）架空配电线路的安全距离

架空配电线路与建筑物之间的允许最小距离见表 6.5－3。

表 6.5-2　接户线导线最小允许截面

敷设方式	档　距/m	最　小　截　面/mm²	
		绝缘铝线	绝缘铜线
自电杆引下	<10	4.0	2.5
	10～25	6.0	4.0
沿墙敷设	≤6	4.0	2.5

注：接户线档距不宜大于 25 m，如有超过宜增设接户杆。

表 6.5-3　导线与建筑物间的最小距离　m

线路经过地区	线路电压/kV		
	35	3～10	<3
导线跨越建筑物垂直距离（最大计算弧垂）	4.0	3.0	2.5
边导线与建筑物水平距离（最大计算风偏）	3.0	1.5	1.0

注：架空线路不应跨越屋顶为易燃材料的建筑物，对其他建筑物也应尽量不跨越。

架空配电线路与地面的最小距离见表 6.5-4。

表 6.5-4　导线与地面的最小距离　m

线路经过地区	线路电压/kV		
	35	3～10	<3
居民区	7.0	6.5	6.0
非居民区	6.0	5.5	5.0
交通困难地区	5.0	4.5	4.0

架空配电线路与街道行道树间的最小距离见表 6.5-5。

表 6.5-5　导线与街道行道树间的最小距离　m

线路电压/kV	35	3～10	<3
最大计算弧垂情况下的垂直距离	3.0	1.5	1.0
最大计算风偏情况下的水平距离	3.5	2.0	1.0

（四）钢筋混凝土电杆

电杆按其在线路上所起的作用，可分为直线杆、转角杆、耐张杆、终端杆和分支杆等。

钢筋混凝土电杆主要技术数据见表 6.5-6。

表 6.5-6 环形预应力钢筋混凝土电杆规格及制造用料表

梢径 /mm	底径 /mm	杆长 /m	配用钢筋 /mm	许用弯矩 /(kg·m)	重量 /kg	耗用材料	
						水泥 400/m³	钢材 /kg
100	160	6	8×φ5	320	148	0.057	8.07
100	180	6	8×φ5	360	160	0.062	8.15
120	214	7	8×φ6	550	270	0.1	13.4
150	243	7	12×φ6	950	330	0.124	20.49
150	250	7.5	12×φ6	990	365	0.135	21.84
150	257	8	12×φ6	1 020	400	0.149	23.21
150	263	8.5	12×φ6	1 075	430	0.16	24.65
150	270	9	16×φ6	1 370	465	0.172	33.97
150	283	10	16×φ6	1 475	540	0.2	37.94
170	277	8	12×φ8	1 950	500	0.186	41.83
170	284	8.5	12×φ8	2 020	540	0.2	44.6
170	290	9	12×φ8	2 100	580	0.215	47.26
170	303	10	12×φ8	2 200	675	0.25	52.55
170	317	11	12×φ8	2 320	760	0.282	57.9
190	350	12	16×φ8	3 470	940	0.345	84.06
190	390	9+6	12×φ8 16×φ8	3 600	9 m 上杆 642 6 m 下杆 630	0.238 0.233	58.7 53.83
190	430	12+6	16×φ8 20×φ8	4 400	12 m 上杆 930 6 m 下杆 715	0.345 0.265	83.56 54.75

为了更加经济合理地使用电杆，杆型和杆高的确定就显得格外重要。

根据电杆所处的不同地形和所起的作用，确定应该采用哪种杆型，应尽量采用简单杆型，以降低工程造价。

高压配电线路的电杆，主杆杆长一般不小于 9 m，低压配电线路的电杆，杆长一般为 7.5 m。

（五）线路最小线间距离

架空线路导线间的最小距离见表 6.5－7。

表 6.5－7　架空线路导线间的最小距离　　m

电压＼档距/m	40 及以下	50	60	70	80	90	100
高　压	0.60	0.65	0.70	0.75	0.85	0.90	1.00
低　压	0.30	0.40	0.45	—	—	—	—

二、电缆线路

(一) 电缆护层及适用场所

电缆外护层型号的含义见表 6.5－8。

表 6.5－8　电缆外护层型号含义

标　记	铠装层	标　记	外被层
0	无	0	无
1	—	1	纤维层
2	双钢带	2	聚氯乙烯套
3	细圆钢丝	3	聚乙烯套
4	粗圆钢丝	4	—

电缆外护层的适用场所见表 6.5－9。

表 6.5－9　各种电缆外护层及铠装的适用敷设场合

护套或外护层	铠　装	代号	敷设方式								环境条件					备　注
			室内	电缆沟	电缆桥架	隧道	管道	竖井	埋地	水下	火灾危险	移动	多砾石	一般腐蚀	严重腐蚀	
裸铅护套(铅包)	无	Q	✓	✓	✓	✓	✓				✓					
一般橡套	无		✓	✓	✓	✓	✓					✓		✓		
不延燃橡套	无	F	✓	✓	✓	✓	✓				✓	✓		✓		耐油
聚氯乙烯护套	无	V	✓	✓	✓	✓	✓		✓		✓	✓		✓	✓	

（续表）

护套或外护层	铠装	代号	敷设方式								环境条件					备注
			室内	电缆沟	电缆桥架	隧道	管道	竖井	埋地	水下	火灾危险	移动	多砾石	一般腐蚀	严重腐蚀	
聚乙烯护套	无	Y	✓	✓	✓	✓	✓		✓			✓		✓	✓	
普通外护层（仅用于铅护套）	裸钢带	20	✓	✓	✓	✓					✓					
	钢　带	2	✓	✓	✓	○		✓	✓							
	裸细钢丝	30						✓			✓					
	细钢丝	3						○	✓	✓	○		✓			
	裸粗钢丝	50						✓			✓					
	粗钢丝	5						○	✓	✓	○		✓			
一级防腐外护层	裸钢带	120	✓	✓	✓	✓					✓			✓		
	钢　带	12	✓	✓	✓	○				✓			✓	✓		
	裸细钢丝	130						✓			✓			✓		
	细钢丝	13						○	✓	✓	○		✓	✓		
	裸粗钢丝	150						✓			✓			✓		
	粗钢丝	15						○	✓	✓	○		✓	✓		
二级防腐外护层	钢　带	22							✓		✓		✓		✓	
	细钢丝	23						✓	✓	✓	✓		✓		✓	
	粗钢丝	25						○	✓	✓	○		✓		✓	
内铠装塑料（全塑电缆）	钢　带	22 29	✓	✓		✓			✓		✓		✓		✓	
	细钢丝	39						✓	✓	✓	✓		✓		✓	
	粗钢丝	59						✓		✓	✓		✓		✓	

注：1. “✓”表示适用；“○”表示外被层为玻璃纤维时适用；无标记则不推荐采用。

2. 裸金属护套一级防腐外护层由沥青复合物加聚氯乙烯护套组成。

3. 铠装一级防腐外护层由衬垫层、铠装层、外被层组成。衬垫层由两个沥青复合物、聚氯乙烯带和浸渍皱纸带的防水组合层组成；外被层由沥青复合物、浸渍电缆麻（或浸渍玻璃纤维）和防止黏合的涂料组成。

4. 裸铠装一级防腐外护层的衬垫层与铠装一级外护层的衬垫层相同，但没有外被层。

5. 铠装二级防腐外护层的衬垫层与铠装一级外护层的衬垫层相同；钢带和细钢丝铠装的外被层由沥青复合物和聚氯乙烯护套组成；粗钢丝铠装的镀锌钢丝外面挤包一层聚氯乙烯护套或其他同等效能的防腐涂层，以保护钢丝免受外界腐蚀。

6. 如需要用于湿热带地区的防霉特种护层可在型号规格后加代号“TH”。

7. 单芯钢带铠装电缆不适用于交流线路。

（二）电缆敷设的基本要求

根据国家标准 GB 50168—1992《电气装置安装工程电缆线路施工及验收规范》，电缆敷设应符合以下规定：

(1) 电缆敷设时，不应损坏电缆沟、隧道、电缆井和人井的防水层。

(2) 三相四线制系统中应采用四芯电力电缆，不应采用三芯电缆另加一根单芯电缆或以导线、电缆金属护套做中性线。

(3) 并联使用的电力电缆其长度、型号、规格宜相同。

(4) 电力电缆在终端头与接头附近宜留有备用长度。

(5) 电缆各支持点间的距离应符合设计规范，当设计无规定时，不应大于表 6.5-10 中的数值。

表 6.5-10 电缆各支持点间的距离 mm

<table>
<tr><th colspan="2" rowspan="2">电 缆 种 类</th><th colspan="2">敷 设 方 式</th></tr>
<tr><th>水 平</th><th>垂 直</th></tr>
<tr><td rowspan="3">电力电缆</td><td>全塑型</td><td>400</td><td>1 000</td></tr>
<tr><td>除全塑型外的中低压电缆</td><td>800</td><td>1 500</td></tr>
<tr><td>35 kV 及以上高压电缆</td><td>1 500</td><td>2 000</td></tr>
<tr><td colspan="2">控 制 电 缆</td><td>800</td><td>1 000</td></tr>
</table>

注：全塑型电力电缆水平敷设沿支架能把电缆固定时，支持点间的距离允许为 800 mm。

(6) 电缆的最小弯曲半径应符合表 6.5-11 中的规定。

表 6.5-11 电缆最小弯曲半径

<table>
<tr><th colspan="2">电 缆 形 式</th><th>多 芯</th><th>单 芯</th></tr>
<tr><td colspan="2">控制电缆</td><td>10D</td><td></td></tr>
<tr><td rowspan="3">橡皮绝缘电力电缆</td><td>无铅包、钢铠护套</td><td colspan="2">10D</td></tr>
<tr><td>裸铅包护套</td><td colspan="2">15D</td></tr>
<tr><td>钢铠护套</td><td colspan="2">20D</td></tr>
</table>

（续表）

电缆形式			多芯	单芯
聚氯乙烯绝缘电力电缆			10D	
交联聚乙烯绝缘电力电缆			15D	20D
油浸纸绝缘电力电缆	铅包		30D	
	铅包	有铠装	15D	20D
		无铠装	20D	
自容式充油(铅包)电缆				20D

注:表中 D 为电缆外径。

(7) 黏性油浸纸绝缘电缆最高点与最低点之间的最大位差，不应超过表 6.5-12 中的规定，当不能满足时，应采用适应于高位差的电缆。

(8) 电缆敷设时，电缆应从盘的上端引出，不应使电缆在支架上及地面摩擦拖拉，电缆上不得有铠装压扁、电缆绞拧、护层折裂等未消除的机械损伤。

表 6.5-12　黏性油浸纸绝缘铅包电力电缆的最大允许敷设位差

电压/kV	电缆护层结构	最大允许敷设位差/m
1	无铠装	20
	铠装	25
6～10	铠装或无铠装	15
35	铠装或无铠装	5

(9) 用机械敷设电缆时的最大牵引强度宜符合表 6.5-13 中的规定。充油电缆总拉力不应超过 27 kN。

表 6.5-13　电缆最大牵引强度　　MPa

牵引方式	牵引头		钢丝网套		
受力部位	铜芯	铝芯	铅套	铝套	塑料护套
允许牵引强度	70	40	10	40	7

(10) 机械敷设电缆的速度不宜超过 15 m/min，110 kV 及以上电缆或在较复杂的路径上敷设时，其速度应适当放慢。

(11) 在复杂的条件下用机械敷设大截面电缆时，应进行施工组织设计，确定敷设方法、线盘架设位置、电缆牵引方向，并校核牵引力和侧压力，还应配备敷设人员和机具。

(12) 机械敷设电缆时，应在牵引头或钢丝网套与牵引钢缆之间装设防捻器。

(13) 110 kV 及以上电缆敷设时，转弯处的侧压力不应大于 3 kN/m。

(14) 油浸纸绝缘电力电缆在切断后，应将端头立即铅封；塑料绝缘电缆应有可靠的防潮封端；充油电缆在切断后尚应符合下列要求：

① 在任何情况下，充油电缆的任一段都应有压力油箱保持油压。

② 连接油管路时，应排除管内空气，并采用喷油连接。

③ 充油电缆的切断处必须高于邻近两侧的电缆。

④ 切断电缆时不应有金属屑及污物进入电缆。

(15) 敷设电缆时，电缆允许敷设最低温度：在敷设前 24 h 内的平均温度以及敷设现场的温度不应低于表 6.5 - 14 的规定；当温度低于规定值时，应采取措施。

(16) 电力电缆接头的布置应符合下列要求：

① 并列敷设的电缆，其接头位置宜相互错开。

② 电缆明敷时的接头，应用托板托置固定。

③ 直埋电缆接头盒外面应有防止机械损伤的保护盒(环氧树脂接头盒除外)，位于冻土层内的保护盒，盒内宜注以沥青。

(17) 电缆敷设时应排列整齐，不宜交叉，应加以固定，并及时装设标志牌。

(18) 标志牌的装设应符合下列要求：

①在电缆终端头、电缆接头、拐弯处、夹层内、隧道及竖井的两端以及人井内等地方，电缆上应装设标志牌。

②标志牌上应注明线路编号。当无编号时，应写明电缆型号、规格及起讫地点；并联使用的电缆应有顺序号。标志牌的字迹应清晰不易脱落。

③标志牌规格宜统一。标志牌应能防腐，挂装应牢固。

表 6.5-14 电缆允许敷设最低温度

电缆类型	电缆结构	允许敷设最低温度/℃
油浸纸绝缘电力电缆	充油电缆	−10
	其他油纸电缆	0
橡皮绝缘电力电缆	橡皮或聚氯乙烯护套	−15
	裸铅套	−20
	铅护套钢带铠装	−7
塑料绝缘电力电缆		0
控制电缆	耐寒护套	−20
	橡皮绝缘聚氯乙烯护套	−15
	聚氯乙烯绝缘聚氯乙烯护套	−10

(19) 电缆的固定，应符合下列要求：

①在以下地方应将电缆加以固定：垂直敷设或超过 45°倾斜敷设的电缆，在每个支架上，或桥架上每隔 2 m 处；水平敷设的电缆，在电缆首末两端及转弯处，或电缆接头的两端处，或当对电缆间距有要求时，每隔 5～10 m 处；单芯电缆的固定应符合设计要求。

②交流系统的单芯电缆或分相后的分相铅套电缆的固定夹具不应构成闭合磁路。

③裸铅(铝)套电缆的固定处，应加软衬垫保护。

④护层有绝缘要求的电缆，在固定处应加绝缘衬垫。

(20) 沿电气化铁路或有电气化铁路通过的桥梁上明敷电缆的金属护层或电缆金属管道，应沿其全长与金属支架或桥梁的金属构件做好绝缘。

(21) 电缆进入电缆沟、隧道、竖井、建筑物、盘(柜)以及穿入管子时，出入口应封闭，管口应密封。

(三) 电缆埋地敷设时与其他设施的安全距离

电缆埋地敷设，电缆之间及至各种设施平行或交叉时的最小净距见表 6.5－15。

表 6.5－15　埋地敷设的电缆之间及至各种设施平行或交叉时的最小净距

项　　目	敷设条件/m	
	平行时	交叉时
建筑物、构筑物基础	0.5	
电杆	0.6	
乔木	1.5	
灌木丛	0.5	
10 kV 以上电力电缆之间及其与 10 kV 及以下和控制电缆之间	0.25	0.5(0.25)

第六节　继电保护

一、继电保护的功用和对它的基本要求

1. 继电保护概述

当某一设备或某一线路发生故障时，为了防止系统内事故扩大，保证非故障部分仍能连续供电，以及维持系统运行的稳定性，切除故障的时间必须是很短的，有时甚至要求短到百分之几秒(即几个周波)，在这样短的时间内，要求运行值班人员及时发现故障，

并将故障设备切除是不可能的。完成这种任务，只有靠装在每个电气设备和线路上具有保护作用的自动装置，即继电保护装置来完成。

继电保护装置是用来保护电力系统主要设备，反映电力系统电气设备发生的故障或不正常工作情况，而作用于断路器跳闸或发出信号的自动装置。

2. 继电保护的任务

(1) 当供、配电系统中被保护设备发生故障时，保护装置能自动发出指令，通过断路器将故障设备从系统中切除，以保证其他非故障部分的继续运行和防止故障设备进一步损坏。

(2) 当系统出现不正常运行状态时，保护装置能发出信号，以便使值班人员采取必要的措施，或过一段时间后切除故障设备。

(3) 实现系统自动化和远动化，以及工业生产的自动控制。如继电保护与自动重合闸等自动装置配合工作，可使发生非永久性故障的设备恢复正常运行，从而提高系统供电的可靠性；当正常供电的电源因故突然中断时，通过继电保护和自动装置还可以迅速投入备用电源，使重要设备能继续获得供电。

3. 继电保护的基本要求

对继电保护装置在技术上有五个基本要求，简称“五性”：

可靠性，要求保护装置在需要它动作时能可靠地动作，不发生拒动。

安全性，要求保护装置在不需要它动作时可靠地不动作，不发生误动。

选择性，要求继电保护在可能的最小范围内有选择性地切除故障，保证非故障部分继续运行。基本原则为上级与下级保护之间对所有故障都必须在灵敏度与动作时间上同时严格配合。

灵敏性，要求保护装置对在保护范围内发生故障和不正常时的电气量变化有一定的反应能力，以灵敏系数表示。

速动性，要求继电保护在可能的最短时限切除故障或排除异常情况，限制故障扩大，减轻设备损伤。

4. 继电保护装置的灵敏系数

保护装置的灵敏系数，应根据不利的运行方式和故障类型进行计算，必要时，还应计及短路电流衰减的影响。

常见的不利运行方式，系指正常不利运行方式和一条线路或一台电力设备检修的运行方式。

灵敏系数的定义如下：

反映故障时参量增加而动作的保护装置的灵敏系数为

$$\text{灵敏系数}=\frac{\text{保护区内金属性短路时故障参量的最小计算值}}{\text{保护装置的动作值}}$$

反映故障时参量降低而动作的保护装置的灵敏系数为

$$\text{灵敏系数}=\frac{\text{保护装置的动作值}}{\text{保护区内金属性短路时故障参量的最大计算值}}$$

各类保护装置的灵敏系数，不宜低于表 6.6-1 所列数值。

表 6.6-1 继电保护最小灵敏系数

保护类型	组成元件	灵敏系数	备注
电流电压保护	电流元件和电压元件	1.5	个别情况下，灵敏系数可为 1.25
距离保护	任何类型的启动元件	1.5	线路末端短路电流应为阻抗元件精确工作电流的 1.5 倍以上
	第二段距离元件	1.25	
平行线路的横联差动方向保护和电流平衡保护	电流和电压启动元件	$\frac{2.0}{1.5}$	分子表示线路两侧均未断开前，其中一侧保护按线路中点短路计算的灵敏系数，分母表示一侧断开后，另一侧保护按对端短路计算的灵敏系数

(续表)

保护类型	组成元件	灵敏系数	备注
中性点非直接接地电力网中的单相接地保护	零序电流元件	$\frac{1.5}{1.25}$	分子适用于架空线路的保护 分母适用于电缆线路的保护
	零序方向元件	2.0	
变压器、电动机和线路的纵联差动保护	差电流元件	2.0	
变压器和电动机的电流速断保护	电流元件	2.0	按保护安装处短路计算
后备保护	电流电压及阻抗元件	1.2	按相邻电力设备和线路末端短路计算

二、常用保护继电器

工矿企业继电保护常用的保护继电器有电磁式电流继电器，时间继电器，中间继电器，信号继电器，电压继电器，感应式电流继电器等。

(一) 电流继电器

保护用电流继电器是以电流为作用量的继电器，分为过电流继电器和低电流(欠电流)继电器，广泛用来保护发电机、变压器、线路以及各种电气设备。电流继电器型式很多，一般可分为电磁式、感应式和电子式三类，后者又称静态电流继电器或集成电路继电器。电磁式继电器有一定时限，感应式继电器既有定时限又有反时限特性。

1. 电磁式电流继电器

这种继电器动作极其迅速，几乎是瞬时动作，常利用它对电流变化非常灵敏的特性，在继电保护中作启动元件。

电磁式电流继电器的型号含义如下：

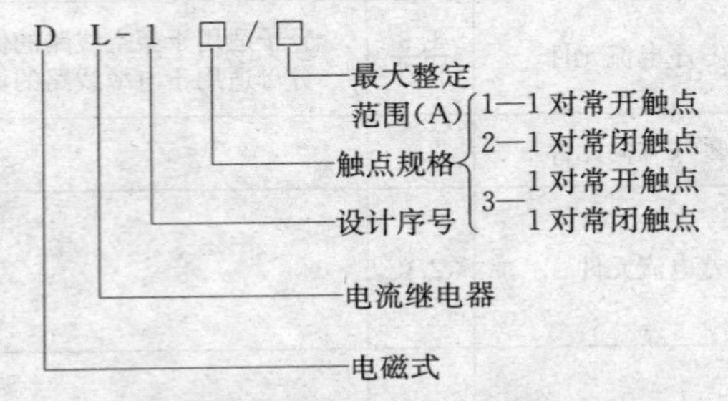

DL - 10 系列继电器的基本结构见图 6.6 - 1。主要技术数据见表 6.6 - 2。

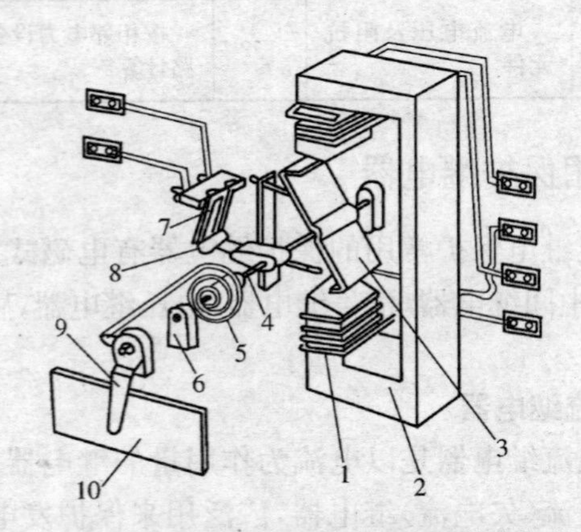

图 6.6 - 1　DL - 10 系列电流断电器的内部结构

1—线圈　2—电磁铁　3—钢舌片　4—继电器轴　5—反作用弹簧　6—轴承　7—静触点　8—动触点　9—继电器启动电流调节转杆　10—标度盘(铭牌)

表 6.6-2　DL-10 系列电磁式电流继电器主要技术数据

型　号	整定范围/A	线圈串联/A			线圈并联/A			在第一整定电流时消耗的功率/VA	接触点规格
		动作电流	热稳定性		动作电流	热稳定性			
			长期	1 s		长期	1 s		
DL11/0.2 DL12/0.2 DL13/0.2	0.05～0.2	0.05～0.1	0.3	12	0.1～0.2	0.6	24	0.1	1 常开 1 常闭 1 常开 1 常闭
DL11/0.6 DL12/0.6 DL13/0.6	0.15～0.6	0.15～0.3	1	45	0.3～0.6	2	90	0.1	1 常开 1 常闭 1 常开 1 常闭
DL11/2 DL12/2 DL13/2	0.5～2	0.5～1	4	100	1～2	8	200	0.1	1 常开 1 常闭 1 常开 1 常闭
DL11/6 DL12/6 DL13/6	1.5～6	1.5～3	10	300	3～6	20	600	0.1	1 常开 1 常闭 1 常开 1 常闭
DL11/10 DL12/10 DL13/10	2.5～10	2.5～5	10	300	5～10	20	600	0.15	1 常开 1 常闭 1 常开 1 常闭
DL11/20 DL12/20 DL13/20	5～20	5～10	15	300	10～20	30	600	0.25	1 常开 1 常闭 1 常开 1 常闭
DL11/50 DL12/50 DL13/50	12.5～50	12.5～25	20	450	25～50	40	900	1	1 常开 1 常闭 1 常开 1 常闭
DL11/100 DL12/100 DL13/100	25～100	25～50	20	450	50～100	40	900	2.5	1 常开 1 常闭 1 常开 1 常闭
DL11/200	50～200	50～100	20	450	100～200	40	900	10	1 常开
DL13/0.05	0.012 5～0.05	0.012 5～0.025	0.08	3.2	0.025～0.05	0.16	6.4	0.1	1 常闭 1 常开

DL－10 系列继电器的工作原理如下：当继电器线圈 1 通过电流时，电磁铁 2 中产生磁通，力图使 Z 形的钢舌片 3 向凸出磁极偏转。与此同时，轴 4 上的反作用弹簧 5 又力图阻止钢舌片 3 偏转。当继电器线圈中的电流增大到使钢舌片所受的转矩大于弹簧的阻力矩时，钢舌片便被吸近磁极，使常开触点闭合，常闭触点断开，这就叫做继电器动作（或启动）。

继电器线圈中使继电器动作的最小电流，叫做继电器动作电流，用 I_{dz} 表示。

在继电器动作后，减小线圈电流到一定值时，钢舌片在弹簧作用下返回起始位置。

继电器线圈中使继电器由动作状态返回起始位置的最大电流，叫做继电器的返回电流，用 I_f 表示。

继电器返回电流与动作电流的比值，称为继电器的返回系数，用 K_f 表示，即

$$K_f = \frac{I_f}{I_{dz}}$$

对于过电流继电器，K_f 总是小于 1 的。K_f 越接近 1，继电器越灵敏，一般返回系数为 0.7～0.85。

电磁式电流继电器的动作电流有两种调节方法。一种是平滑调节，即拨动图 6.6－1 中的调节转杆 9 来改变弹簧 5 的阻力矩。另一种是级进调节，即利用线圈 1 的串联或并联。当线圈由串联改为并联时，动作电流将增加一倍。反之，当线圈由并联改为串联时，动作电流将减小一半。

DL－30 系列是较新的电流继电器系列，用于电机、变压器和输电线的过负荷和短路保护线路中，作为启动元件。

该系列是瞬时动作电磁式继电器，主要由铁芯、线圈、触点等部分组成。其工作原理是：当电流升高到整定值或大于整定值时，继电器就动作，动合触点闭合，动断触点断开。当电流降低到 0.8 倍整定值时，继电器就返回，动合触点断开，动断触点闭合。

DL－30 系列电流继电器的技术数据见表 6.6－3。

表 6.6-3　DL-30 系列电流继电器的技术数据

型　号	最大整定电流/A	额定电流/A		长期允许电流/A		电流整定范围/A	动作电流/A		功率消耗/VA	返回系数
		线圈串联	线圈并联	线圈串联	线圈并联		线圈串联	线圈并联		
	0.004 9					只有一点刻度	0.002 45	0.004 9		
	0.006 4					只有一点刻度	0.003 2	0.006 4		
	0.01	0.02	0.04	0.02	0.04	0.002 5～0.01	0.002 5～0.005	0.005～0.01	在额定值下线圈串联时测量不大于 20	
	0.05	0.08	0.16	0.08	0.16	0.012 5～0.05	0.012 5～0.025	0.025～0.05		
	0.2	0.3	0.6	0.3	0.6	0.05～0.2	0.05～0.1	0.1～0.2		
DL-31	0.6	1	2	1	2	0.15～0.6	0.15～0.3	0.3～0.6		
DL-32	2	3	6	4	8	0.5～2	0.5～1	1～2		
	2.4	5	10	5	10	0.6～2.4	0.6～1.2	1.2～2.4		不小于 0.8
DL-33	6	6	12	6	12	1.5～6	1.5～3	3～6		
DL-34	10	10	20	10	20	2.5～10	2.5～5	5～10		
	15	10	20	10	20	3.75～15	3.75～7.5	7.5～15	在电流为 5 A 下线圈并联时测量不大于 15	
	20	10	20	15	30	5～20	5～10	10～20		
	50	15	30	20	40	12.5～50	12.5～25	25～50		
	100	15	30	20	40	25～100	25～50	50～100		
	200	15	30	20	40	50～200	50～100	100～200		不小于 0.7

2. 感应式电流继电器

它兼有电磁式电流继电器、时间继电器、中间继电器和信号继电器的作用，故使用它可以简化继电保护装置。这种继电器广泛应用于工业企业供电系统中。

感应式电流继电器的型号含义如下：

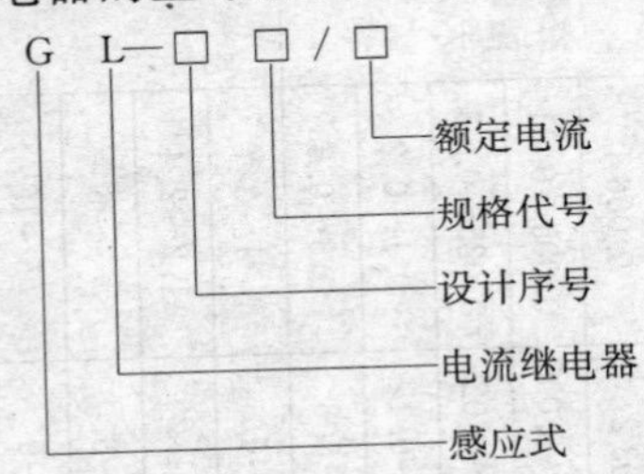

常用的 GL－$\frac{10}{20}$系列感应式电流继电器的内部结构见图 6.6－2，其主要技术数据见表 6.6－4。

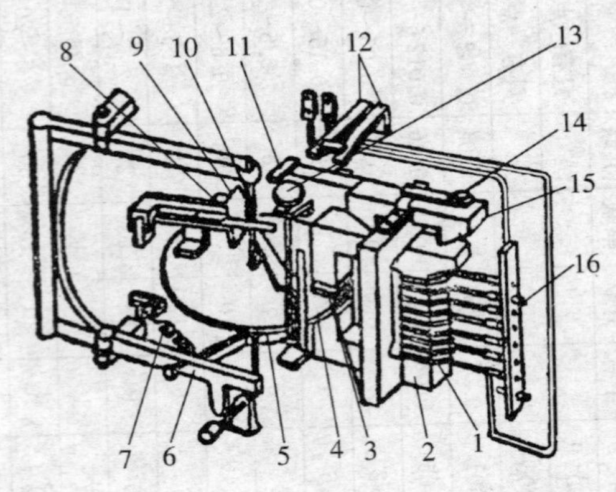

图 6.6－2 GL－$\frac{10}{20}$系列感应式电流继电器的内部结构

1—线圈 2—电磁铁 3—短路环 4—铝盘 5—钢片 6—框架 7—调节弹簧 8—制动永久磁铁 9—扇形齿 10—蜗杆 11—扁杆 12—继电器触点 13—调节时限螺钉 14—调节速断电流螺钉 15—衔铁 16—调节动作电流的插销

表 6.6-4　GL-$\frac{10}{20}$系列感应式电流继电器的主要技术数据

型　　号	额定电流/A	整　定　值		瞬动电流倍数	返回系数
		动作电流/A	10 倍动作电流时的动作时间/s		
GL-11/10—21/10 GL-11/5—21/5	10 5	4、5、6、7、8、9、10 2、2.5、3、3.5、4、4.5、5	0.5、1 2、3、4	2～8	0.85
GL-12/10—22/10 GL-12/5—22/5	10 5	4、5、6、7、8、9、10 2、2.5、3、3.5、4、4.5、5	2、4、8 12、16		
GL-13/10—23/10 GL-13/5—23/5	10 5	4、5、6、7、8、9、10 2、2.5、3、3.5、4、4.5、5	2、3、4		0.8
GL-14/10—24/10 GL-14/5—24/5	10 5	4、5、6、7、8、9、10 2、2.5、3、3.5、4、4.5、5	8、12、16		
GL-15/10—25/10 GL-15/5—25/5	10 5	4、5、6、7、8、9、10 2、2.5、3、3.5、4、4.5、5	0.5、1 2、3、4		
GL-16/10—26/10 GL-16/5—26/5	10 5	4、5、6、7、8、9、10 2、2.5、3、3.5、4、4.5、5	8、12、16		

GL-$\frac{10}{20}$系列感应式电流继电器由两组元件构成(图 6.6-2),一组是动作时间特性为“有限反时限”的感应元件。另一组是动作时间特性为“瞬时”(速断)的电磁元件。当继电器线圈中的电流不很大时,感应元件的动作时限与电流的平方成反比。线圈中的电流越大,铝盘转矩越大,转速越高,动作时限越短,这就是“反时限特性”,如图 6.6-3 所示曲线的 *ab* 段。

随着线圈电流的增大,铁芯中的磁通逐渐达到饱和状态。这时尽管线圈电流增大,但作用于铝盘的转矩不增大,从而使动作时限也恒定不变。这一阶段的动作特性,叫做“定时限特性”,如图 6.6-3所示曲线的 *bc* 段。

当线圈电流增大到速断电流时,电磁元件瞬时动作。这一阶段的动作特性,叫做“速断特性”,如图 6.6-3 所示曲线 $c'd$ 段。

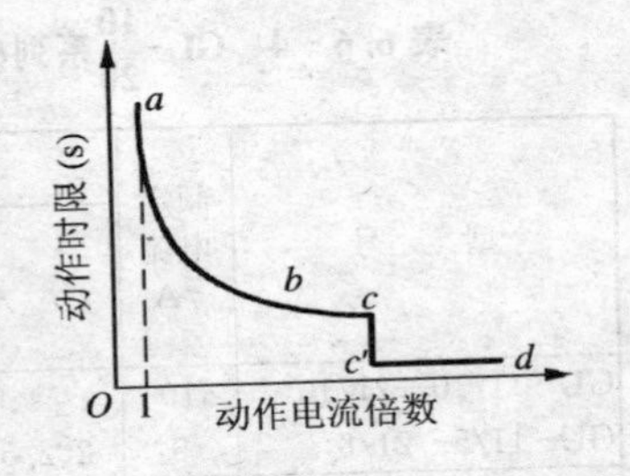

图 6.6-3　GL-$\frac{20}{10}$系列感应式电流继电器的动作特性曲线

ab—反时限特性　*bc*—定时限特性

c′d—速断特性

GL-$\frac{10}{20}$系列继电器的这种有一定限度的反时限特性，总称为“有限反时限特性”。

继电器感应元件的动作电流可利用图 6.6-2 中的插销 16 改变线圈 1 的抽头（即匝数）来进行级进调节（粗调），也可以用改变框架弹簧 7 的拉力来进行平滑调节（细调）。

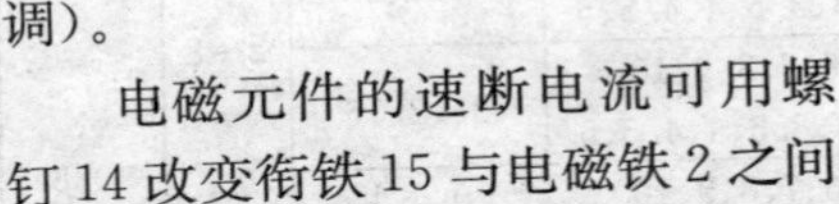

电磁元件的速断电流可用螺钉 14 改变衔铁 15 与电磁铁 2 之间的气隙来调节。气隙越大，速断电流越大。一般在调节螺钉 14 上标明的是动作电流倍数，即速断电流与整定的感应元件动作电流的比值。由于用螺钉调节气隙，准确度不高，而且衔铁不够灵敏，因此返回系数较低。

感应元件的动作时限，可用螺杆 13 来改变挡板的位置，即改变扇形齿轮顶杆行程的起点，而使继电器的动作特性曲线上下移动。需注意，继电器时限调整螺杆的刻度尺，是以 10 倍整定电流的动作时限来标度的。其他电流值对应的实际动作时限，可从对应的动作特性曲线查得。

3. JL-10、20、30 系列集成电路电流继电器

JL-10、20、30 系列集成电路电流继电器是静态型、不带方向性的、瞬动、交流电流继电器。可用于电力系统输电线、电机、过负荷和短路保护中，作为启动元件。该继电器由集成电路构成，执行回路具有灵敏度高，动作速度快，功耗小、整定方便等特点。继电器动作值由面板上的拨轮开关进行整定，直观方便。

JL 系列集成电路电流继电器型号含义：

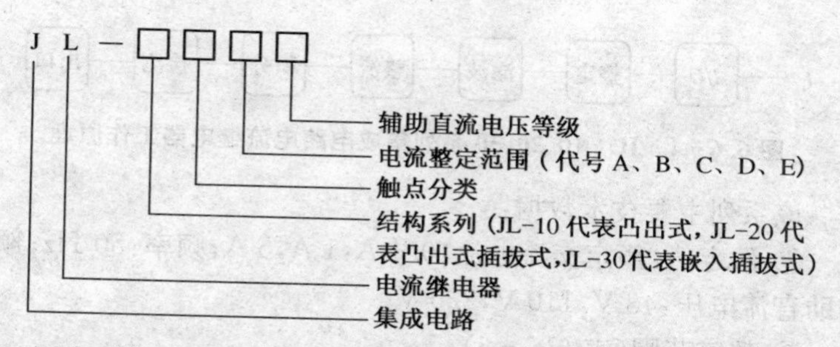

用户替代更换各型号电流继电器参见表 6.6－5。

表 6.6－5　更换继电器对照表

<table>
<tr><th rowspan="2">型　号</th><th colspan="2">触点数量</th><th rowspan="2">可替换电压继电器型号</th><th rowspan="2">电流整定范围/A</th><th rowspan="2">备　注</th></tr>
<tr><th>动合</th><th>动断</th></tr>
<tr><td>JL－11</td><td>1</td><td>1</td><td>DL－11,12,13</td><td rowspan="9">A:0.05～0.5
B:0.2～2
C:2～20
D:5～50
E:10～100
（标准整定范围）</td><td rowspan="9">A:0.04～0.636 A
B:0.2～3.184 A
C:2～31.84 A
D:4～63.68 A
E:10～100 A
（实际可整定范围）</td></tr>
<tr><td>JL－12</td><td>2</td><td>0</td><td></td></tr>
<tr><td>JL－13</td><td>0</td><td>2</td><td></td></tr>
<tr><td>JL－21</td><td>1</td><td>1</td><td>DL－21C,22C,23C</td></tr>
<tr><td>JL－22</td><td>2</td><td>0</td><td>DL－24C</td></tr>
<tr><td>JL－23</td><td>0</td><td>2</td><td>DL－25C</td></tr>
<tr><td>JL－31</td><td>1</td><td>1</td><td>DL－31,32</td></tr>
<tr><td>JL－32</td><td>2</td><td>0</td><td></td></tr>
<tr><td>JL－33</td><td>0</td><td>2</td><td></td></tr>
</table>

JL 系列集成电路电流继电器工作原理如图 6.6－4 所示。由电流-电压变换器将输入电流变换成适当的电压，通过动作值的整定和有源带通滤波，经过全波整流，利用其脉动电压进行比较积分，由检测器对积分电压进行判断，当积分电平超出检测电平时，检测器输出高电平，驱动出口继电器动作。本继电器采用了新型的积分判断电路，使继电器的动作时间和返回时间都较快，有很强的抗干扰性能。

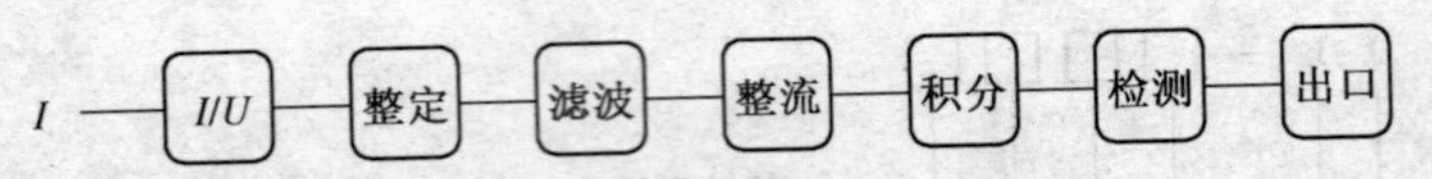

图 6.6－4　JL－10、20、30 系列集成电路电流继电器工作原理

该系列主要技术数据：

① 额定值：额定交流电流：0.1 A，1 A，5 A；频率：50 Hz；额定辅助直流电压：48 V，110 V，220 V。

② 整定范围(表 6.6－5)

③ 动作时间：2 倍整定值时动作时间不大于 30 ms。

④ 返回时间：电流瞬时变化从 1.2 倍整定值至零时不大于 45 ms。

⑤ 动作一致性：不大于 2.5%。

⑥ 整定值误差：不超过±2.5%。

⑦ 返回系数：过电流不小于 0.9。

⑧ 功耗：交流功耗额定电压时不大于 1 VA。

4. JL－500 系列集成电路电流继电器

此继电器为静态电流继电器，采用进口集成电路构成。用于发电机、变压器及输电线路的过负荷和短路保护装置中，作为测量元件。除了具有精度高、功耗小、动作速度快、返回系数高、整定直观方便、无抖动现象等特点外，本继电器最显著特点是采用贴片封装工艺，性能稳定，抗干扰能力强，且通过电压等级为Ⅳ的快速瞬变干扰试验。

JL－500 系列集成电路电流继电器分为无源的和有源的。

无源电流继电器工作原理见图 6.6－5。被测量的交流电流 I 经电流变流器变换后，再经过整流滤波及整定放大后得到与输入电流成正比的电压 U_o，当被检测电流升至整定值(或大于整定值)，即电压 U_o 高于参考电压 U_N 时，继电器立即动作，常开触点闭合，常闭触点断开。当被检测电流降至低于整定值以下时，即U_o低于U_N，本继电器立即返回，常开触点断开，常闭触点闭合。

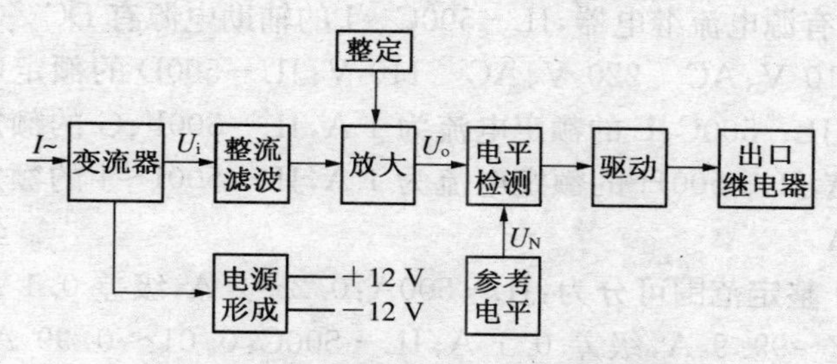

图 6.6-5　无源电流继电器工作原理

有源电流继电器工作原理见图 6.6-6。被测量的交流电流 I 经变流器后，在其次级得到与被测电流成正比的电压 U_i。U_i 由整流器进行全波整流并同时整定。整定后脉动电压经滤波后，得到与U_i成正比的直流电压U_o。在电平检测器中，与直流参考电压U_N比较，若电压U_o高于电压U_N（欠电流时为低于），电平检测器输出正信号，驱动出口继电器，则本继电器处于动作状态。反之，若U_o低于U_N（欠电流时为高于），电平检测器输出负信号，本继电器处于不动作状态。

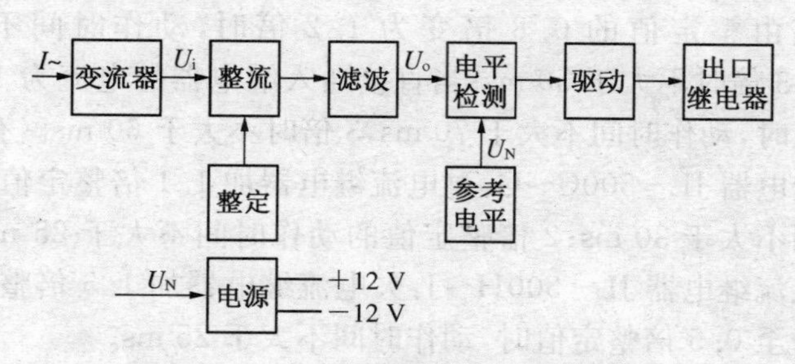

图 6.6-6　有源电流继电器工作原理

该系列主要技术数据：

① 额定值：

对无源电流继电器，JL－500 A 的额定电流为 1 A，JL－500B 的额定电流为 5 A；

对有源电流继电器，JL－500C～J 的辅助电源有 DC　220 V、DC　110 V、AC　220 V、AC　110 V；JL－500D 的额定电流为 0.5 A，JL－500C、E 的额定电流为 1 A，JL－500F、G 的额定电流为 15 A，JL－500H 的额定电流为 1 A，JL－500I～J 的额定电流为 15 A。

② 整定范围可分为：JL－500A：0.2～2 A，级差 0.1 A；JL－500B：2～99.9 A，级差 0.1 A；JL－500C：0.01～0.99 A，级差 0.01 A；JL－500D：0.05～0.7 A，级差 0.01 A；JL－500E：0.1～3.7 A，级差 0.01 A；JL－500F：0.5～50 A，级差 0.1 A；JL－500G：10～100 A，级差 1 A；JL－500H：0.01～0.99 A，级差 0.01 A；JL－500I：0.5～19 A，级差 0.1 A；JL－500J：10～19 A，级差 1 A。

③ 返回系数：过电流继电器 JL－500A～B 的返回系数不小于 0.85，过电流继电器 JL－500C～G 的返回系数不小于 0.9，欠电流继电器 JL－500H～J 的返回系数不大于 1.1。

④ 动作时间：无源电流继电器 JL－500A～B：当通入继电器的电流由整定值的 0.8 倍变为 1.2 倍时，动作时间不大于 55 ms，3 倍时不大于 50 ms；当直接通入继电器的电流为 1.2 倍整定值时，动作时间不大于 70 ms，3 倍时不大于 60 ms。有源过电流继电器 JL－500C～G：过电流继电器加 1.1 倍整定值时，动作时间不大于 30 ms；2 倍整定值的动作时间不大于 25 ms。有源欠电流继电器 JL－500H～J：欠电流继电器加 1.5 倍整定值、突然降至 0.5 倍整定值时，动作时间不大于 25 ms。

⑤ 返回时间：不大于 30 ms。

⑥ 触点长期允许闭合电流：继电器输出电流触点长期允许闭合电流为 5 A。

⑦ 功率消耗：无源电流继电器 JL－500A～B：继电器在最小整定值时功率消耗不大于 5 VA。有源电流继电器 JL－500C～J：交流回路功耗不大于 0.5 VA；直流回路功耗不小于 3 W。

⑧ 重量：继电器重量约为 1 kg。

使用继电器时，JL－500C～J 型继电器需加直流辅助电压。接入直流电压时，注意与额定电压是否相符，并注意正负极性，极性接错，继电器不能工作。

（二）电磁式时间继电器

它在继电保护装置中，使被控元件的动作获得一定的延时。

电磁式时间继电器的型号含义如下：

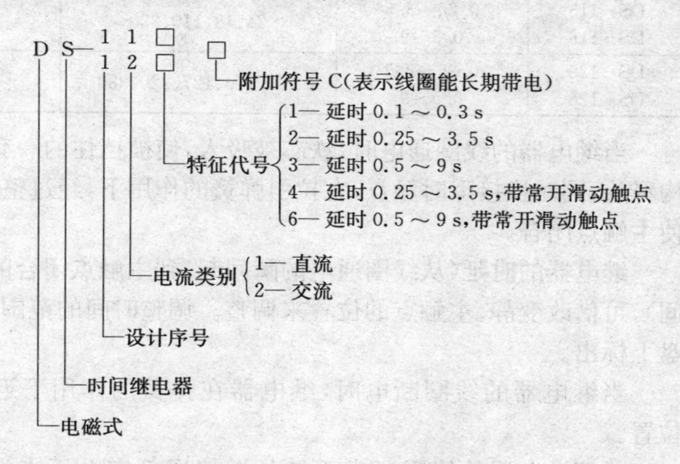

常用的 DS－$\frac{110}{120}$系列电磁式时间继电器主要技术数据见表 6.6－6。

表 6.6-6 DS-$\frac{110}{120}$系列时间继电器主要技术数据

型　号	时间整定范围/s	额定电压/V	电流种类
DS-111C DS-112C DS-113C	0.1～1.3 0.25～3.5 0.5～9	24、48、110、220	直流
DS-111 DS-112 DS-113	0.1～1.3 0.25～3.5 0.5～9	24、48、110、220	直流
DS-121 DS-122 DS-123	0.1～1.3 0.25～3.5 0.5～9	100、110、127、220、380	交流
DS-115 DS-116	0.25～3.5 0.5～9	24、48、110、220	直流
DS-125 DS-126	0.25～3.5 0.5～9	100、110、127、220、380	交流

当继电器的线圈通电时，铁芯被吸入，使被挡住的一套钟表机构释放，同时换接瞬时触点，在拉引弹簧的作用下，经过整定时间，使主触点闭合。

继电器的时延(从线圈通电的瞬间起，到主触点闭合的一段时间)，可借改变静、主触点的位置来调整。调整时间的范围，在标度盘上标出。

当继电器的线圈断电时，继电器在弹簧的作用下返回起始位置。

时间继电器的线圈通常不按长期接通额定电压来设计。因此，凡要长期接入电压的时间继电器，如 DS-111C、112C、113C 等型，应在时间继电器动作后，利用其常闭的瞬时触点的断开，使其线圈内串加电阻，以限制线圈的电流。

（三）电磁式中间继电器

用于各种保护和自动装置的交、直流电路作为辅助继电器，以弥补主继电器触点数量或触点容量的不足。

1. DZ－1□电磁式中间继电器

电磁式中间继电器的型号含义如下：

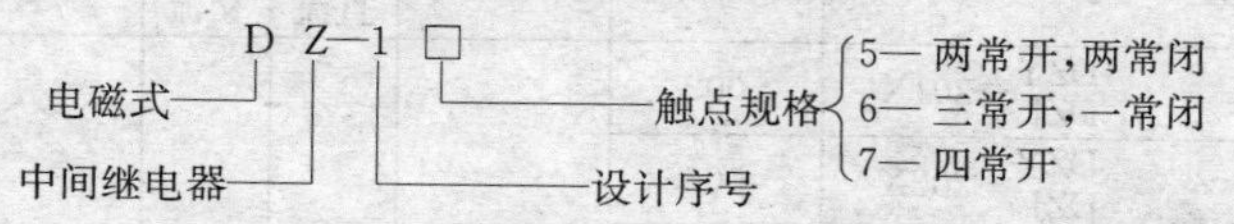

常用的 DZ－10 系列中间继电器主要技术数据见表 6.6－7。

表 6.6－7　DZ－10 系列中间继电器主要技术数据

<table>
<tr><th colspan="8">技术数据</th><th colspan="5">接点容量</th></tr>
<tr><th rowspan="2">型号</th><th rowspan="2">额定电压（直流）/V</th><th rowspan="2">动作电压/V，不大于</th><th rowspan="2">返回电压/V，不小于</th><th rowspan="2">动作时间/s，不大于</th><th rowspan="2">功率消耗/W，不大于</th><th colspan="2">接点数量</th><th rowspan="2">负荷</th><th colspan="2">电压/V</th><th rowspan="2">最大断开电流/A</th><th rowspan="2">长期接通电流/A</th></tr>
<tr><th>常开</th><th>常闭</th><th>直流</th><th>交流</th></tr>
<tr><td rowspan="2">DZ－15</td><td rowspan="6">12
24
48
110
220</td><td rowspan="6">70%</td><td rowspan="6">2%</td><td rowspan="6">0.05</td><td rowspan="6">7</td><td rowspan="2">2</td><td rowspan="2">2</td><td rowspan="2">无感</td><td>220</td><td></td><td>1</td><td rowspan="6">5</td></tr>
<tr><td>110</td><td></td><td>5</td></tr>
<tr><td rowspan="2">DZ－16</td><td rowspan="2">3</td><td rowspan="2">1</td><td rowspan="2">有感
$T \leqslant 5 \times 10^{-3}$ s</td><td>220</td><td></td><td>0.5</td></tr>
<tr><td>110</td><td></td><td>4</td></tr>
<tr><td rowspan="2">DZ－17</td><td rowspan="2">4</td><td rowspan="2">0</td><td rowspan="2"></td><td></td><td>220</td><td>5</td></tr>
<tr><td></td><td>110</td><td>10</td></tr>
</table>

2. DZ□－200 系列中间继电器

该系列中间继电器是较新的、应用较广泛的系列，用于交流、直流操作的各种保护和自动控制装置中，以增加触点的数量、容量。

DZ□－200X 系列在 DZ□－200 系列基础上增加一副带机械保持的动合信号触点，并带有动作信号指示器。

继电器为阀型电磁式继电器。线圈装在 Π 形导磁体上，导磁体上面有一个活动衔铁，导磁体两侧装有两排接触系统。接触系统由几个触点组构成。

DZ□－200X 系列的部分中间继电器技术数据见表 6.6－8。

表 6.6-8　DZ□-200X 系列的部分中间继电器技术数据

型号		触点形式	绕组类型	额定电压/V		额定电流/A
				直流	交流	
DZY DZJ —201	DZY DZJ —201X	002	一个电压工作绕组	220 110 48 24 12	380 220 127 110 100 60 36 12	0.25 0.5 1 2 4 8
DZY DZJ —202	DZY DZJ —202X	006				
DZY DZJ —203	DZY DZJ —203X	202				
DZY DZJ —204	DZY DZJ —204X	220				
DZY DZJ —205	DZY DZJ —205X	240				
DZY DZJ —206	DZY DZJ —206X	400				
DZY DZJ —207	DZY DZJ —207X	402				
DZY DZJ —208	DZY DZJ —208X	420				
DZY DZJ —209	DZY DZJ —209X	600				
DZY DZJ —210	DZY DZJ —210X	602				
DZY DZJ —211	DZY DZJ —211X	620				
DZY DZJ —212	DZY DZJ —212X	800				
DZY DZJ —213	DZY DZJ —213X	004				
DZY DZJ —214	DZY DZJ —214X	060				
DZY DZJ —215	DZY DZJ —215X	062				
DZY DZJ —216	DZY DZJ —216X	080				
DZY DZJ —217	DZY DZJ —217X	242				
DZY DZJ —218	DZY DZJ —218X	260				
DZY DZJ —219	DZY DZJ —219X	422				
DZY DZJ —220	DZY DZJ —220X	440				
DZY DZJ —221	DZY DZJ —221X	024				
DZY DZJ —222	DZY DZJ —222X	204				

（四）电磁式信号继电器

电磁式信号继电器在保护装置中的作用是给出指示信号，故又称指示继电器。

电磁式信号继电器的型号含义如下：

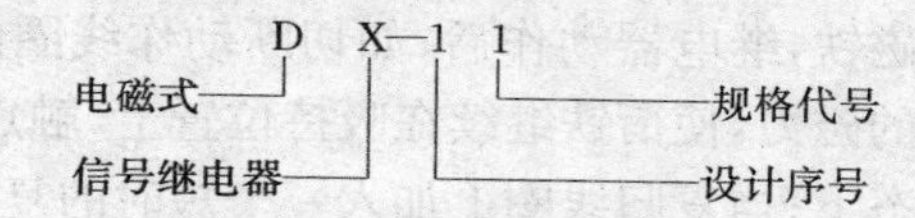

1. DX-11 型电磁式信号继电器

常用的 DX-11 型电磁式信号继电器的主要技术数据见表 6.6-9。

正常状态下，继电器的信号牌被支持在衔铁上面。当线圈通电时，衔铁被吸向铁芯而使信号牌落下，同时带动转轴旋转 90°，使固定在转轴上的动触点与静触点接通，从而接通信号回路，给予音响或灯光信号。要使信号停止，可旋动复位旋钮，断开信号回路。

表 6.6-9 DX-11 信号继电器主要技术数据

电流型继电器					电压型继电器				
额定电流/A	长期电流/A	动作电流/A	线圈电阻/Ω	消耗功率/W	额定电压/V	长期电压/V	动作电压/V	线圈电阻/Ω	消耗功率/W
0.01	0.03	0.01	2 200		220	242	132	24 400	
0.015	0.045	0.015	1 000		110	121	66	7 500	
0.025	0.075	0.025	320		48	53	29	1 440	2
0.05	0.15	0.05	70		24	26.5	14.5	360	
0.075	0.225	0.075	30		12	13.5	7.5	87	
0.1	0.3	0.1	18	0.3					
0.15	0.45	0.15	8						
0.25	0.75	0.25	3						
0.5	1.5	0.5	0.7						
0.75	2.25	0.75	0.35						
1	3	1	0.20						

2. DX60 系列信号继电器

该继电器用于直流操作的保护线路中，由电流或电压动作，具有掉牌信号，磁保持，电复归。

继电器的动作是根据电磁原理而产生的，在铁芯与轭铁之间装有一块永久磁铁，继电器动作后，如切断动作线圈的电源，继电器靠永久磁铁的磁力，使衔铁继续在吸持位置上，触点和信号牌都保持在工作状态下；当复归线圈上加入一个短时的复归电压时，继电器才恢复至释放状态。

DX60 系列信号继电器技术数据：

① DX－60 系列继电器的额定电流（或电压）以及动作线圈的有关数据列于表 6.6－10 中。

② 复归线圈额定电压为 36 V，复归线圈圈数为 2 900 匝。

③ 电流型继电器的吸引线圈的动作电流为不大于 90％的额定值。电压型继电器的吸引线圈的动作电压为不大于 70％的额定值。

④ 触点断开能力：对直流回路，在电流不大于 2 A、电压不大于 250 V 的条件下，触点能断开直流有感负荷时间常数为 5×10^{-3} s 的直流有感负荷 500 W；对交流回路，在电流不大于 2.5 A、电压不超过 250 V 的条件下，触点能断开功率因数 $\cos\phi$ 为 0.4～0.1 电路的负载为 500 VA。

⑤ 热稳定性：对于电流型继电器，应能耐受 15 倍额定电流历时 1 s 的作用而无绝缘损坏，线圈及结构零件无永久性机械变形。

⑥ 功率消耗：对于电压型继电器，在额定工作电压下，工作组的功率消耗应不大于 2.5 W；对于电流型继电器，在额定工作电流下，工作组的功率消耗应不大于 0.15 W；继电器的复归线圈，在额定复归电压下，功耗不大于 6 W。

⑦ 介质强度：各导电部分与轭铁之间能耐受交流 50 Hz、2 kV 电压历时 1 min。

⑧ 重量约 1 kg。

表 6.6-10 DX60 系列信号继电器技术数据

<table>
<tr><th rowspan="2">型号</th><th rowspan="2">额定电压
/V</th><th rowspan="2">额定电流
/A</th><th colspan="2">触点数量</th></tr>
<tr><th>动合</th><th>转换</th></tr>
<tr><td>DX-61</td><td rowspan="3">220,110,
48,24,12</td><td rowspan="3">0.01,0.015,0.025,
0.075,0.1,0.15,0.25,
0.5,0.75,1,2</td><td>2</td><td></td></tr>
<tr><td>DX-62</td><td></td><td>2</td></tr>
<tr><td>DX-63</td><td>4</td><td></td></tr>
</table>

三、微机继电保护

近年来,微机继电保护装置在电力系统中得到广泛应用,微机继电保护成为继电保护技术发展的重要方向。限于篇幅,本手册不作深入讨论,仅对微机继电保护的基本组成和代表性装置作一简要介绍。

(一) 微机继电保护的基本构成

微机继电保护由硬件和软件两大部分组成:

硬件主要包括计算机输入信号的预处理系统、计算机主系统、开关量输入和输出接口,人机对话设备等,其基本组成如图 6.6-7 所示。

计算机主系统是保护装置的控制中心,其作用是由 CPU 执行存放在 EPROM(程序存储器)中的程序,对由数据采集系统输入至 RAM(数据存储器)中的原始数据进行分析和运算处理,以完成各种保护功能。

输入信号的预处理系统又称模拟量数据采集系统,其作用是将从电力系统中取得的电压、电流等模拟量转换成数字量,送入 RAM 中,供 CPU 主机系统读取运算。

开关量输入/输出系统的作用是完成各种保护的出口功能(跳闸、信号)及外部开关量的输入及人机对话等功能。

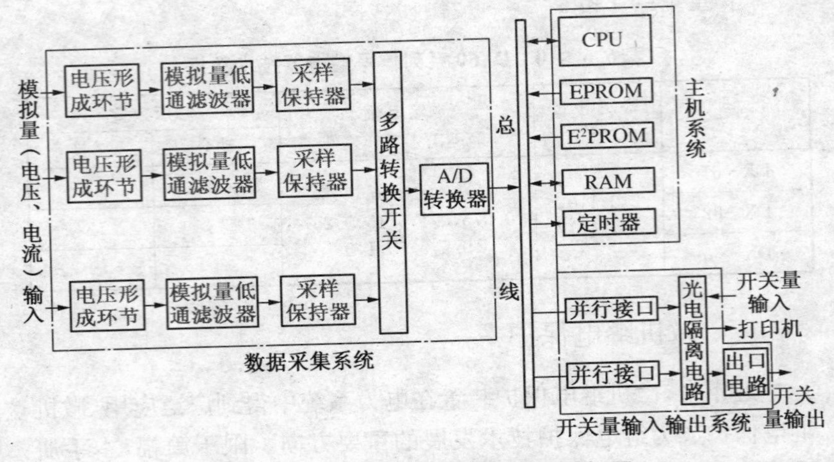

图 6.6－7　微机继电保护硬件系统框图

微机继电保护软件是微机执行的程序，包括计算机初始化程序，针对保护原理而设计的测量和判断故障的程序，数字滤波程序，计算机硬件和软件的自检程序等。

不同的微机继电保护装置有不同的程序框图，图 6.6－8 是微机继电保护的一种简单框图。

微机继电保护的算法是建立微机继电保护的数学模型，也是编制微机继电保护计算程序的依据，不同的微机继电保护装置采用不同的算法，一般有导数算法、采样值积算法、傅里叶算法、微分方程算法等。

（二）微机继电保护装置示例

1. IMP3000 系列微机继电保护装置

IMP3000 系列微机继电保护装置适合用于 110 kV 及以下各电压等级两圈变压器或发变组的主保护，具有变压器或发变组的差动保护、差流速断保护、差流越限告警。装置提供通信接口，可以和其他保护、自动化设备一起，通过通信接口组成自动化系统。

IMP3000 系列微机继电保护装置基本保护配置有二段式比率制动差动保护、差流速断保护和差流越限告警。

IMP3000 系列微机继电保护装置主要特点包括：

① 处理器采用 32 位浮点 DSP，具有处理速度快、多级流水线操作、快速中断处理等优点，电量采集采用 14 位 A/D 转换芯片，具有测量精度高等优点；

② 中文图形液晶显示，人机界面清晰友好，调试方便，操作简单；

③ 具有完善的自诊断和监视功能，对故障具体定位，方便调试；

④ 具有完整的的动作记录，所有信息掉电保持；

⑤ 具有保护模拟量的采集功能；

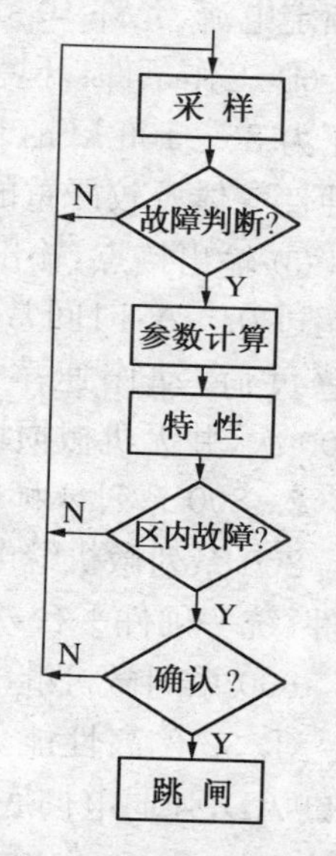

图 6.6-8 微机继电保护的简单程序框图

⑥ 支持 RS485、RS232 通信方式；

⑦ 可支持远程对时、远程参数修改、远程投退保护、传送记录信息；

⑧ 装置可以通过组合键恢复到参数的出厂默认设置；

⑨ 具有 GPS 对时功能，满足现场的时间要求；

⑩ 具有远程打印功能。

IMP3000 系列微机继电保护装置主要技术数据如下：

① 额定参数：额定频率 50 Hz，输入额定电流为 5 A，电源额定电压为 DC220V/AC220V。

② 功率消耗：交流电流回路功率消耗不大于 0.5 VA，整机电源功耗不大于 25 W。

③ 过载能力：对交流电流回路，2 倍额定电流，连续工作；10

倍额定电流，允许 10 s；40 倍额定电流，允许 0.1 s。

④ 工作条件：环境温度 −5～+50℃，相对湿度 5%～95%，大气压力 86～106 kPa，环境介质不允许有导致金属或绝缘损坏的腐蚀性气体及较严重的尘埃和霉菌。

⑤ 输出接点：输出回路的触点容量，电压不超过 250 V，电流不超过 0.5 A，时间常数为 5 ms±0.75 ms，容量为 30 W 的直流有感负荷；动作速率为 1 800 次/h；装置应能可靠动作及返回 1 000 次，并无机械损坏现象。

2. 800 系列微机继电保护装置

800 系列微机继电保护装置是新一代产品。该系列保护统一软件、统一硬件平台，统一数据库管理。

800 系列微机继电保护装置特点：

① 32 位高性能 DSP 处理器、32 位逻辑处理器和 16 位高速串口 AD；强弱电彻底分离，具有高度自检功能，保证硬件的高可靠性。

② 实时多任务操作系统(RTOS)，保证软件高可靠、高效率的运行。

③ 大屏幕高清晰度彩色液晶操作界面，图形化汉字显示技术。

④ 信息和报文可上传，录波数据与 COMTRADE 格式兼容；通信接口兼容性、开放性强，具有 RS－422/485/LonWorks/RJ45 以太网口，可直接同微机监控系统或保护管理机相连；支持 IEC60870－5－103 通信规约。

⑤ 完善的全回路自检功能。

⑥ 提供录波功能和完善的波形分析软件。

⑦ 保护动作报告、开关量变位、自检结果、定值改动、录波数据均有记录，可实时打印及召唤打印。

⑧ 双连接器，强弱电完全分开；整体背板式后插拔结构。

WXH－801/802 微机线路保护装置适用于 220～500 kV 输电线路。WXH－803 微机线路保护装置适用于 110～500 kV 输电线路。WXH－810 微机线路保护装置适用于 110 kV 输电线路。WMH－800 微机母线差动保护装置适用于 500 kV 及以下各种电压等级、各种主接线形式的发电厂及变电站。WBH－800 系列微机变压器保护装置适用于 500 kV 及以下各种电压等级的变压器。WBH－810 系列微机变压器保护装置适用于 110 kV 及以下各种电压等级的变压器。WFB－800 系列微机发变组成套保护装置适用于电力系统主设备的保护，可用于各种容量的发电机-变压器组。

保护装置在总体设计、各插件设计上均充分考虑了可靠性的要求，并在程序执行、信号指示、通信等方面给予了详尽考虑。装置采用整面板形式，面板上包括汉化液晶显示器、信号指示器、操作键盘、调试 RS232 通信口插头等。采用后插拔方式，CPU 板采用 6 层印制板、元器件采用表面贴装工艺，装置强弱电回路、开入开出回路合理布局，抗干扰能力强。本保护装置由以下插件构成：

① 电源插件：由电源模块将外部提供的交、直流电源转换为保护装置工作所需电压。模块输出＋5 V、±15 V 和＋24 V。＋5 V 电压用于装置数字器件工作，±15 V 电压用于 A/D 采样，＋24 V 电压输出装置，用于装置驱动继电器及脉冲输入使用。

② 交流插件：交流变换部分包括电流变换器 CT 和电压变换器 PT，用于将系统 CT、PT 的二次侧电流、电压信号转换为弱电信号，供保护插件转换，并起强弱电隔离作用。

③ CPU 插件：CPU 系统由微处理器 CPU、RAM、ROM、Flash 等构成。高性能的微处理器 CPU 为 32 位浮点处理器，运算功能强大；主频达 40 MHz；装置数据采集系统由滤波回路、多路开关及高可靠的 16 位精度 A/D 转换器组成。装置的采样回路无可调器件，也不需要在现场调整，具有很高的可靠性。

④ 出口插件：主要由继电器组成，包括保护跳闸继电器(BTJ)、跳闸信号继电器(TXJ)、非电量告警继电器或重合闸信号继电器(HXJ)、遥跳继电器(YTJ)、遥合继电器(YHJ)、保护告警继电器(GXJ)、启动继电器(QDJ)、闭锁继电器(BSJ)等。

出口插件还有跳合闸保持回路及防跳回路，包括防跳继电器(FTJ)、跳闸位置继电器(TWJ)、合闸位置继电器(HWJ)、跳闸保持继电器(TBJ)、合闸保持继电器(HBJ)、跳闸压力继电器(TYJ)、合闸压力继电器(HYJ)、合后继电器(HHJ)等。

此外，还有两个备用继电器(BY1、BY2)。

(5) 人机对话插件：安装于装置面板上，采用全汉化液晶显示。主要功能为：键盘操作、液晶显示、信号灯指示，以及串行口调试。

WFB-800 微机型发变组成套保护装置技术参数如下：

① 基本数据：对额定交流数据，额定交流电流 I_N 为 5 A 或 1 A，额定交流电压 U_N 为 100 V，额定频率 f_N 为 50 Hz；对额定直流数据，电压为 220 V 或 110 V，允许变化范围 80%～110%；打印机辅助交流电源为 220 V，0.7 A，50 Hz/60 Hz，允许变化范围 80%～110%；微机保护采样及录波频率 1 200 Hz，系统频率跟踪范围 47.5～52.5 Hz。

② 功率消耗：交流电压回路不大于 1 VA/相(额定电压下)；交流电流回路不大于 1 VA/相(额定电流下)；直流回路功率消耗不大于 50 W。

③ 热稳定性：长期运行，$2I_N$(额定交流电流)；5 s，$20I_N$；1 s，$40I_N$。

④ 输出触点：信号触点容量为允许长期通过电流 5 A，切断电流为 0.3 A(DC220 V，5 ms)，跳闸出口触点容量为允许长期通过电流 10 A，保持电流为不大于 5 A，切断电流为 0.3 A(DC220 V，5 ms)，辅助继电器触点容量为允许长期通过电流 5 A，切断电流

为 0.3 A(DC220 V,5 ms)。

⑤ 绝缘性能:装置所有电路与外壳之间的绝缘电阻在标准实验条件下不小于 100 MΩ;装置所有电路与外壳的介电强度能耐受交流 50 Hz、电压 2 kV(有效值)、历时 1 min 试验,而无绝缘击穿或闪络现象。

⑥ 冲击电压:装置的导电部分对外露的非导电金属部分外壳之间,在规定的试验大气条件下,能耐受幅值为 5 kV 的标准雷电波短时冲击检验。

⑦ 寿命:对电寿命,装置输出触点电路在电压不超过 250 V,电流不超过 0.5 A,时间常数为(5±0.75)ms 的负荷条件下,产品能可靠动作及返回 1 000 次;对机械寿命,装置输出触点不接负荷,能可靠动作和返回 10 000 次。

⑧ 机械性能:对工作条件,能承受严酷等级为Ⅰ级的振动响应、冲击响应检验;对运输条件,能承受严酷等级为Ⅰ级的振动耐久、冲击及碰撞检验。

⑨ 抗干扰能力:对辐射电磁场干扰试验,符合国标 GB/T 14589.9 的规定;对快速瞬变干扰试验,符合国标 GB/T 14589.10 的规定;对脉冲群干扰试验,符合国标 GB/T 14589.13 的规定;对抗静电放电干扰试验,符合国标 GB/T 14589.14 的规定。

第七章 通用变频器

通用变频器是可将电网提供的工频交流电变换成电压和频率均可改变的变换器。常用于交流电动机调速系统中。变频调速是理想的调速方式，实际应用中绝大多数为交流—直流—交流变频器类型，先将 50 Hz 交流整流成直流，再由直流逆变为所需的交流。表 7.0－1 列出通用变频器的传动特点。

表 7.0－1 通用变频器传动特点

序号	传动特点	效 果	用 途
1	可使标准电动机调速	可使普通电动机调速	空调器、水泵、风机通用机械等
2	启动电流小	允许电源设备容量小	压缩机
3	可无级连续调速	可选择速度的快慢	压缩机、搅拌机、机床
4	高速，不受电源频率影响	极限工作能力不受电源频率影响	泵、空调、风机、一般机械
5	低速定转矩输出	低速运行时，电动机堵转也可	可定装置尺寸
6	电动机可高速化、小型化	获得一般调速装置无法实现的转速	化纤机械、磨床、运输机械
7	可调加、减速	可防止承重物的翻倒	运送机械
8	可用笼型异步电动机替代直流电动机	免维护电动机电刷和换向器	车辆、电梯等
9	避免爆裂	防爆体积小，成本低	代工厂、药品

第一节　通用变频器的原理与应用分类

一、通用变频器的原理

通用变频器的原理框图如图 7.1－1 所示。它主要由两大部分组成：主电路和控制电路。

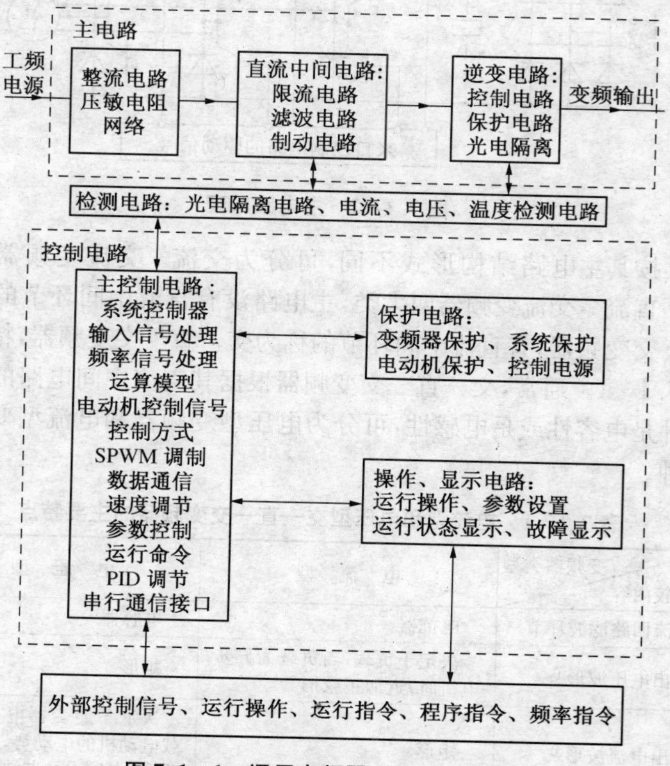

图 7.1－1　通用变频器工作原理框图

（一）主电路

主电路主要由整流、滤波和逆变电路组成。如图 7.1－2 所示，先把电网的交流电变成直流电，经过滤波电路之后，再由逆变电路将直流变成不同频率的交流，使电动机获得较大范围的无级调速需的电压、电流、频率。

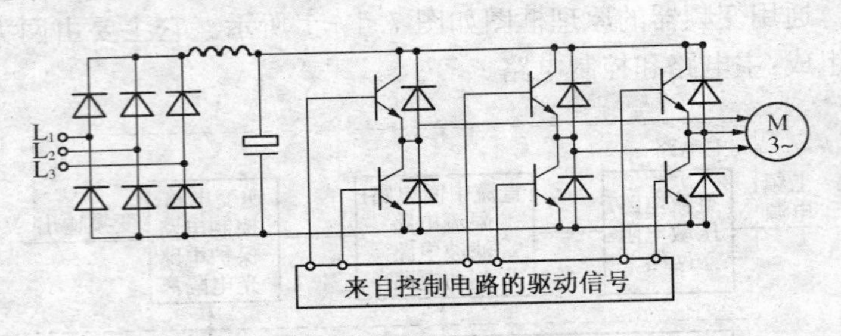

图 7.1－2　主电路原理

按其主电路结构形式不同，可分为交流—交流变频器和交流—直流—交流变频器两大类，主电路没有直流中间环节的称为交—交变频器，有直流中间环节的称为交—直—交变频器，特点见表 7.1－1。通常，交—直—交变频器根据其直流中间电路的储能元件是电容性或是电感性，可分为电压型变频器和电流型变频器两种。

表 7.1－1　电流型和电压型交—直—交变频器的主要特点

比较内容＼变频器类型	电　流　型	电　压　型
直流回路滤波环节	电抗器	电容器
输出电压波形①	决定于负载，当负载为异步电机时，近似正弦形	矩形
输出电流波形①	矩形	决定于逆变器电压与负载电动机的电动势，近似正弦形，有较大的谐波分量
输出动态阻抗	大	小

（续表）

比较内容 \ 变频器类型	电 流 型	电 压 型
再生制动	尽管整流器电流为单向，但 L_d 上电压反向容易、再生制动方便，主电路不需附加设备	整流器电流为单向且 C_d 上电压极性不易改变，再生制动困难，需要在电源侧设置反并联有源逆变器
过电流及短路保护	容易	困难
动态特性	快	较慢，如用 PWM 则快
对晶闸管要求	耐压高，对关断时间无严格要求	耐压一般可较低，关断时间要求短
线路结构	较简单	较复杂
适用范围	单机、多机拖动	多机拖动，稳频稳压电源或不间断电源

① 均指简单的晶闸管三相六拍变频器波形，既不用 PWM 也不进行多重化。

（二）控制电路

通用变频器控制电路是不尽相同的，需要根据电动机的特性对供电电压、电流、频率进行适当的控制。控制方式可分别为：① 额定频率以下的恒磁通变频调速，这是从电机额定频率向下调速的情况，又称开环控制；② 闭环控制，它引入了电动机的转速反馈，又有转差频率控制和矢量控制等方式。

1. U/f 控制方式

异步电动机的转速由电源频率和磁极数决定，所以改变频率就可以调整电动机的转速。然而当频率改变时，电动机内部阻抗也相应地改变，若只改变频率进行调速、必然产生弱磁而引起转矩不足，或过励磁而引起磁饱和现象，使电动机的功率因数和效率显著下降。

U/f 控制方式就是在改变频率的同时，控制变频器的输出电压，在比较宽的调速范围内使电动机磁通保持恒定，因此，电动机效率、功率因数不会下降。

2. 转差频率控制方式

转差频率控制的原理是通过检出电动机的转速，然后以电动机转速相对应的频率与转差频率的和给定变频器的输出频率。由于能够任意控制与转矩、电流有直接关系的转差频率，所以与开环控制相比，其加减速特性和限制过电流的能力得以提高。转差频率控制方式适用于自动控制系统。此外，在转差频率的控制过程中，需要使用速度检出器以反馈电动机的速度，故转差频率控制方式一般用于单机运转控制。

3. 矢量控制方式

矢量控制的原理是基于认为异步电动机与直流电动机有相同的转矩产生机理，即将异步电动机的定子电流在理论上分成磁场电流和转矩电流两个部分，对其进行任意控制，并将两者合成供给电动机。从原理上可以认为异步电动机与直流电动机有相同的控制性能。

矢量控制技术是近年发展起来的，尤其是采用转速闭环矢量变换控制的变频调速系统，基本上能达到直流双闭环调速系统的动态性能因而可以取代直流调速系统。

4. 直接转矩控制方式

直接转矩控制方式又称自控方式，它是继矢量控制方式之后近几年才发展起来的一种根据定子磁链直接控制转矩的方式。特点：① 系统所控制的是定子磁链，而不是转子磁链、所以受电动机参数的影响较少；② 动态响应好，在电动机加减速或负载突变的动态过程中，可以获得快速的转矩响应；③ 控制算法和系统结构较简单，开关频率较低；④ 会产生转矩脉动，低速性能略差。

5. PAM、PWM、SPWM 和高频载波控制方式

PAM（脉冲幅度调制）控制方式是指对开关电路进行脉冲振幅调制控制的方式，是一种在功率变换系统中，在整流电路部分对输出电压（电流）的幅值进行控制，而在逆变电路部分对输出频率

进行的控制方式。由于此种控制方式须同时对整流和逆变电路进行控制，控制电路较复杂，在中小容量变频器中已很少采用，只在大功率变频调速系统中应用。

PWM(脉宽调制)控制方式是对开关电路进行脉宽调制的方式。在功率变换系统中，是在逆变电路部分同时对输出电压(电流)的幅值和频率进行控制的方式。在此种控制方式中，以较高的频率对逆变电路中的半导体开关器件进行导通，关断控制，通过改变输出脉冲的宽度来达到控制电压(电流)的目的。

SPWM(正弦脉宽调制)控制方式是指通过改变PWM输出的脉冲宽度，使输出电压的平均值接近于正弦波的控制方式。此种控制方式可以使电动机在进行调速运行时更加平滑，是目前变频器中广泛采用的控制方式。

当载波频率不合适时，系统会产生电磁噪声，为了克服这个缺点，在新型通用变频器中采用高频载波SPWM控制方式。此种控制方式中，载波频率可提高至音频以上，可调节范围为4～16 kHz，此频率范围之内，人耳很难听到，所以这种控制方式的变频器又称低噪声或静音型变频器。

6. 控制电路的基本功能

控制电路由主控制电路、运算电路、信号检测、控制信号的输入输出电路、驱动电路和保护电路等几部分组成。控制电路的主要作用是将检测电路得到的各种信号送至中央处理器的运算电路。为功率至电路提供必要的驱动信号，并对变频器本身以及电动机提供必要的保护。

控制电路有模拟控制和数字控制方式两种。区别见表7.1-2。数字控制方式是控制电路的发展方向。目前高性能通用变频器已经采用微处理器进行全数字控制，硬件电路简化控制功能由软件来完成。由于功能软件化的特点，数字控制方式可以完成模拟控制方式难以做到的功能。

表 7.1-2 模拟控制与数字控制的比较

项 目	模拟控制	数字控制
稳定性精度	易受温度变化的影响，产生变化，并会受到器件参差性的影响	不易受温度变化的影响，时间久了也不易受器件参差性影响
调整	有时需要再调整，调整关系繁杂，可微调	基本上无需再调整 调整点少
器件数量	多	少(集成门电路、微机化)
分辨率 电压速度频率	能连续变化、可以进行微小控制，但要注意稳定性	受位数限制，分辨率低，需要微小控制时要注意
运算速度	高速，并联运算	离散系统，决定于离散时间和过程时间
抗干扰性	易受干扰的影响，用滤波器难以除去	如果抑制在逻辑电平以下则不影响

二、通用变频器的应用分类

通用变频器根据其性能控制方式和用途的不同，可分为通用型、矢量型、多功能高性能型和专用型等几种。通用型是通用变频器的基本类型，可用于各种场合；专用型可分为风机、水泵、空调专用型通用变频器，纺织机械专用、注塑机专用型通用变频器等。

1. 水泵、风机、空调专用型通用变频器

水泵、风机、空调专用型通用变频器是一种以节能为主要目的的通用变频器，多采用 U/f 控制。与其他类型的通用变频器相比，主要不同在于转矩控制性能方面，它是按降转矩负载特性设计的，零速时的启动转矩比其他控制方式要小一些。与其他通用变频器相比，价格最低。

2. 高性能矢量控制型通用变频器

高性能矢量控制型通用变频器采用矢量控制方式或直接转矩控制方式，具有硬的机械特性和动态性能。启动转矩通常在150%～200%范围内。或者更高，过载能力可以达到150%以上，一般持续时间为 60 s。此类通用变频器广泛应用于各类生产机械。如:生产线、机床、塑料机械、传送带、升降机、电动车辆等。市场价格略高于风机、水泵、空调专用型通用变频器。

3. 专用变频器

专用变频器是针对特定的应用场合而设计的,应用于对异步电动机控制性能要求较高的专用机械或系统。通常有电梯专用、变频器、中频专用变频器、抽油机专用变频器、伺服控制专用变频器、塑料机械专用变频器等。

4. 高频变频器

通用变频器的最高输出频率为 400 Hz,而高于 400 Hz 的就为高频变频器,最高输出频率可为 3 kHz,可控制电动机的最高转速为 18 000 r/min,高频变频器主要用于高速电动机驱动的场合。如:纺织机械、精密加工机械和高性能专用机械,通常采用 PAM 控制方式。

5. 单相变频器

单相变频器是单相交流电源 220 V 输入、三相交流电源200～230 输出、主要应用在输入为单相交流电源而负载是三相交流电动机的场合。

目前单相变频器多数采用智能功率模块(IPM)结构。将整流电路、逆变电路、逻辑控制、驱动和保护电源电路等集成在一个模块内,使整机的元器件数量和体积大幅度减少,且大大提高了智能化水平和可靠性。

第二节　通用变频器典型产品

一、西门子 MM420 基本型通用变频器

MM420 基本型通用变频器是一种模块化标准变频器,安装

于 35 mm 标准导轨上，适用于大多数普通用途的电动机变频调速控制的场合。它有完善的控制功能，若设置相关参数后也可用于较高要求的电动机控制系统，一般情况下，用默认的工厂设置就可满足控制要求。它具有线性 U/f 控制、二次方 U/f 控制、可编程多点设定 U/f 控制，磁通电流控制（FCC）等控制模式；具有 3 个数字量输入，1 个模拟量输入，1 个模拟量输出，1 个继电器输出；快速电流限制功能可防止运行中不应有的跳闸；有 7 个可编程固定频率，4 个可编程跳转频率；集成 RS485 通信接口，可选 profibus-Dp/Device-Net 通信模块。过载能力为 150％额定负载电流、持续时间 60 s，具有过电压、欠电压保护、变频器和电动机过热保护、接地故障保护、防失速保护、PTC 电动机温度保护；采用 PIN 编号实现参数连锁。MM420 基本通用变频器的功率范围为 200～240（1±10％）V，单相/三相，0.12～5.5 kW；380～480（1±10％）V，三相，0.37～11 kW。MM420 主要技术数据见表 7.2-1～3。

表 7.2-1　MM420 主要技术数据

项目	数据
输入电压和功率范围	单相 AC200～240（1±10％）V　0.12～3 kW
	三相 AC200～240（1±10％）V　0.12～5.5 kW
	三相 AC380～480（1±10％）V　0.37～11 kW
输入频率	47～63 Hz
输出频率	0～650 Hz
功率因数	≥0.7
变频器效率	96％～97％
过载能力	1.5 倍额定输出电流，60 s（每 300 s 一次）
投运电流	小于额定输入电流
控制方式	线性 U/f；二次方 U/f（风机的特性曲线）； 可编程 U/f；磁通电流控制（FCC）

（续表）

PWM 频率	2～16 kHz(每级调整 2 kHz)
固定频率	7 个，可编程
跳转频率	4 个，可编程
频率设定值的分辨率	0.01 Hz，数字设定；0.01 Hz，串行通信设定；10 位，模拟设定
数字输入	3 个完全可编程的带隔离的数字输入，可切换为 PNP/NPN
模拟输入	1 个，用于设定值输入或 PI 输入(0～10 V)；可标定；可作为第 4 个数字输入使用
继电器输出	1 个，可组态为 30 V 直流 5 A(电阻负载)或 250 V 交流 2 A(感性负载)
模拟输出	1 个，可编程(0～20 mA)
串行接口	RS232，RS485
电磁兼容性	可选用 EMC 滤波器，符合 EN55011A 级或 B 级标准
制动	直流制动，复合制动
保护等级	IP20
工作温度范围	－10～＋50℃
存放温度	－40～＋70℃
湿度	相对湿度 95%，无结露
海拔	海拔 1 000 m 以下使用时不降低额定参数
保护功能	欠电压、过电压、过负载、接地故障，短路、防失速、闭锁电动机、电动机过温、PTC 变频器过温、参数 PIN 编号
标准	UL、CUL、CE、C-tick
标记	通过 EC 低电压规范 73/23/EEC 和电磁兼容性规范 89/336/EEC 的确认

表 7.2-2 MM420 通用变频器的故障代码

故障码	说　明	可能的故障原因	诊断和采取的措施
F0041	定子电阻测量失效	定子电阻测量失效	检查电动机是否已与变频器连接好，检查电动机的数据是否已经正确地输入变频器
F0051	E^2PROM 参数故障	读写参数存储器失败	进行工厂缺省值复位操作，重新设定参数，更换变频器
F0052	功率组件故障	功率组件信息读取失败，或读取的数据非法	更换变频器
F0060	Asic 超时	软件出错	确认故障，如果软件错误重复出现，应更换变频器
F0070	通信板设定值错误	在通信报文结束期间，不能从通信板接收设定值	检查通信板的插接是否良好，检查主站(Master)工作是否正常
F0071	在通信报文结束期间无 USS 数据(RS232 链路)	在通信报文终结期间无响应信号	检查通信板的插接是否良好检查主站(Master)工作是否正常
F0072	在通信报文结束期间无 USS 数据(RS485 链路)	在通信报文终结期间无响应信号	检查通信板的插接是否良好，检查主站(Master)工作是否正常
F0080	模拟输入丢失信号	丢失模拟输入信号	检查模拟输入的接线
F0085	外部故障	电端子输入的外部故障所触发	禁止故障触发装置的端子输入信号
F0101	功率集成块溢出	软件出错或处理器失效	运行自测试程序，更换变频器
F0221	PI 反馈信号低于最小值	PI 反馈信号小于 P2268 设定的最低值	改变 P2268 参数值，调整反馈信号的增益系数
F0222	PI 负反馈信号大于最大值	PI 反馈信号大于 P2267 设定的最大值	修改 P2267 的参数值，调整反馈信号的增益系数

表 7.2-3 MM420 通用变频的报警代码

报警码	说明	可能的报警原因	诊断和采取的措施
A0506	变频器的“工作——停止”周期时间	散热器温度和热的传导模式超出了允许范围	检查“工作——停止”周期时间是否在规定的范围内
A0600	实际操作系统超时运行报警	软件出错	确认故障，如果软件错误重复出现，就与厂商联系
A0910	直流回路最大电压控制器未激活	直流回路最大电压控制器未激活	检查变频器输入电压的参数值
A0911	直流回路最大电压控制器已投入	增加斜坡下降时间，避免过电压跳闸，并保持直流电压在允许的范围内	检查变频器输入电压的参数值；检查斜坡下降时间
A0920	模拟输入的参数值设定不正确	模拟输入参数的参数值不正确	模拟输入的各个参数不应设定为彼此相同的值
A0921	模拟输出的参数值设定不正确	模拟输出参数的参数值不正确	各个模拟输出参数不应设定为彼此相同的值
A0922	变频器没有负载	输出电流低于特定的值，例如 0 Hz 下施加的提升值为零时，输出电压低	检查加到变频器的负载，检查电动机的参数与所用的电动机应相符，可能有些功能不能正确工作是因为负载状态不正常
A9023	同时激活向前点动和向后点动	向前点动和向后点动信号同时被激活	确信向前点动和向后点动信号没有同时加到变频器上
A0700～0711	通信板 CB 故障与报警信号	通信板 CB 故障与报警	详见通信板 CB 用户手册

二、三菱 FR－A500 系列通用变频器

FR－A500 系列多功能通用型通用变频器采用磁通矢量控制方式，调速比 1∶120(0.5～60 Hz)具有在线自动调整功能，可在无速度传感器低速运行状态下，实现高转矩输出和高精度运行。随机附带的操作面板(型号 FR－DU04)，也可选用具有 LCD 显示带菜单功能的选件操作面板 FR－PU04，它具有参数组自选功能，参数拷贝功能，用户根据实际需要选择读写参数组，并保存在参数单元中。内置 PID 控制等多种控制功能。FR－A500 系列多功能通用型通用变频器的功率范围为三相 380 V 级 0.4～800 kW，FR－A500 系列主要性能指标见表 7.2－4。

表 7.2－4　FR－A500 系列多功能通用变频器的主要性能指标

控制特性	控制方式		柔性 PWM 控制/高频载波 PWM 控制，可选 U/f 控制或磁通矢量控制
	输出频率范围		0.2～400 Hz
	频率设定分辨率	模拟输入	0.015 Hz/60 Hz；端子 2 输入：12 位/0～10 V，11 位/0～5 V 端子 1 输入：12 位/－10～＋10 V；11 位/－5～＋5 V
		数字输入	0.01 Hz
	频率精度		模拟量输入时最大输出频率的±0.2%，数字量输入时设定输入频率的 0.01%
	电压/频率特性		可在 0～400 Hz 任意设定，可选择恒转矩或变转矩曲线
	启动转矩		0.5 Hz 时 150%
	转矩提升		手动转矩提升
	加/减速时间设定		0～3 600 s，可分别设定加速和减速时间，可选择直线型或 S 型加/减速模式
	直流制动		动作频率 0～120 Hz，动作时间 0～10 s，电压 0～30%可变
	失速防止动作水平		可设定动作电流 0～200%，可选择是否使用这种功能

（续表）

运行特性	频率设定信号	模拟量输入	0～5 V,0～10 V;0～±10 V,4～20 mA
		数字量输入	使用操作面板或参数单元 3 位 BCD 或 12 位二进制输入(使用 FR－A5AX 选件)
	启动信号	可分别选择正转、反转和启动信号自保持输入(三线输入)	
	输入信号	多段速度选择	最多可选择 15 种速度(每种速度可在 0～400 Hz 内设定)运行速度可通过 PU(FR－DU04/FR－PU04)改变
		第 2 第 3 加/减速度选择	0～3 600 s(最多可分别设定三种不同的加/减速时间)
		点动运行选择	具有点动运行模式选择端子
		电流输入选择	可选择输入频率设定信号 4～20 mA(端子 4)
		输出停止	变频器输出瞬时切断(频率、电压)
		报警复位	解除保护功能动作时的保持状态
	运行功能	上、下限频率设定,频率跳变运行,外部热继电器输入选择,极性可逆选择、瞬时停电再启动运行,工频电源/变频器切换运行、正转/反转限制,转差率补偿,运行模式选择,离线自动调整功能,在线自动调整功能,PID 控制,程序运行,计算机网络运行(RS485)	
	输出信号	运行状态	可从变频器正在运行,上限频率,瞬时电源故障、频率检测,第 2 频率检测,第 3 频率检测,正在程序运行,正在 PU 模式下运行,过负荷报警,再生制动预报警,零电流检测,输出电流检测,PID 下限,PID 上限,PID 正/负作用,工频电源—变频器切换,接触器 1,2,3,动作准备,把闸打开请求,风扇故障和散热片过热预报警中选择五个不同的信号通过集电极开路输出
		报警(变频器跳闸)	接点输出/接点转换(AC 230 V、0.3 A,AC 30 V、0.3 A),集电极开路/报警代码(4bit)输出
		指示仪表	可从输出频率,电机电流(正常值或峰值)输出电压,设定频率,运行速度、电机转矩,整流桥输出电压(正常值或峰值),再生制动使用率,电子过电流保护负载率,输入功率,负载仪表,电动机励磁电流中分别选择一个信号从脉冲串输出(1 440 脉冲/s/满量程)和模拟输出(0～10 V)

（续表）

显示	PUCFR-DU04/FR-PU04	运行状态	可选择输出频率，电动机电流（正常值或峰值）输出电压，设定频率，运行速度，电机转矩，过负载，整流桥输出电压（正常值或峰值）电子过电流保护，负载率，输入功率，输出功率，负载仪表，电动机励磁电流，累积动作时间，实际运行时间，电度表，再生制动使用率和电动机负载率用于在线监视
		报警内容	保护功能动作时显示报警内容可记录 8 次（对于操作面板只能显示 4 次）
	附加显示	运行状态	输入端子信号状态，输出端子信号状态，选件安全状态，端子安排状态
		报警内容	保护功能即将动作前的输出电压/电流/频率/累积动作时间
		对话式引导	借助于帮助菜单显示操作指南，故障分析
保护/报警功能			过电流断路（正在加速、减速、恒速），再生过电压断路，瞬时停电、欠电压过负载，电子过电流保护，制动晶体管报警，接地过电流，输出短路，主回路组件过热失速防止，过负载报警、制动电阻过热，散热片过热，风扇故障，参数错误，PU 脱出

三、Vacon 通用变频器

Vacon 系列通用变频器是芬兰瓦萨（Vaasa）集团公司的产品，主要有 CXS、CXL、CX、CXC、CXI 五种类型，功率范围 0.37～1 500 kW，三相输入电压范围 230～690 V。所有产品均为金属外壳，内置交流电抗器、RFI 滤波器和 EMC 输出滤波器，符合欧洲联盟 EMC 规范，取得 CE 标志以及 ISO14001 环保认证，具有 132 种特殊应用软件，可应用于不同场合。

Vacon 系列通用变频器的核心技术是采用基于转化的电动机模型和快速 ASIC 电路的无速度传感器矢量控制方式。转化的电动机模型不仅包括电动机，还包括变频器与电动机连接的电缆线，电动机的运行状态始终被监控。采用定子磁通矢量控制方式，此种控制方式的特点是对被控制电动机的参数不敏感，利用测量所得的参数瞬时值每秒计算一次，将计算结果供给电动机模型计算转矩和磁通。计算过程不包括积分环节，可避免因元件值改变或测量参数值不准确等引起积分“漂移”问题。Vacon 通用变频器技术数据见表 7.2－5。

表 7.2－5　Vacon 通用变频器的主要技术指标

项　目	Vacon CX	Vacon CXL	Vacon CXS
功率/kW	1.5～1 500	0.75～500	0.55～30
供电及电机电压三相/V	230～690	230～500	230～500
防护等级	IP00、IP20	IP21、IP54	IP20
EMC 等级(内置)	N	N、I、C	N、I、C
交流电抗(内置)	全系列	全系列	4CXS～22CXS
输出电压	$0\sim U_m$		
连续输出	I_{ct}：最高环境温度＋50℃，过载最大电流 $1.5I_{ct}$(1 min/10 min) I_{vt}：最高环境温度＋40℃，不允许过载		
启动转矩	200％		
启动电流	$2.5\times I_{ct}$，2 s/20 s(输出频率小于 30 Hz，散热器温度小于＋60℃)		
输出频率	0～500 Hz，分辨率 0.01 Hz		
控制方法	U/f 控制，开环无传感矢量控制、闭环矢量控制		
开关频率	1～16 kHz(小于 90 kW/400/500 V 系列)、1～6 kHz(110～1 500 kW/600 V 系列)		
频率参考	模拟输入分辨率 12 bit，精度±1％，操作面板参考分辨率 0.01 Hz		

(续表)

项　目	Vacon CX	Vacon CXL	Vacon CXS
弱磁点	30～500 Hz		
加速时间	0.1～3 000 s		
减速时间	0.1～3 000 s		
制动转矩	直流制动，30% T_n(不含制动电阻)		
模拟电压	0～+10 V，R_i=200 kΩ(−10～+10 V)摇杆控制，分辨率 12 bit，精度±1%		
模拟电流	0(4)～20 mA，R_i=250 Ω，差动方式		
数字输入	正或负逻辑		
辅助电压	+24(1±20%)，最大 100 mA		
电位器参考电压	+10 V，最大 10 mA		
模拟输出	0(4)～20 mA，R_L<500 Ω，分辨率 10 bit，精度±3%		
数字输出	开集电极输出，50 mA/48 V		
继电器输出	最大容许电压 DC 30 V，AC 250 V，电流 2 A 有效值		
过电流保护	跳闸极限 $4I_{ct}$		
过电压保护	输入电压 220 V/380 V 时，跳闸极限 1.47 U_N		
欠电压保护	跳闸极限 0.65 U_N		
接地故障保护	当电动机或电线接地短路时的保护		
电源监视	电源缺相时变频器跳闸		
输出监视	电动机缺相时变频器跳闸		
其他保护	过热、电动机过载、失速、短路保护、+24 V 及+10 V 参考电压短路		

第三节　通用变频器的选择与发生故障的类型

一、不同控制对象的选择

1. 速度控制

当通用变频器的控制对象是改变电动机速度时，变频器的选择应考虑以下几点：

(1) 通用变频器应有足够的容量。

(2) 所控制的速度范围应包含整个系统所需的速度范围。

(3) 加、减速时间的设定范围应满足系统的需要，应由所接负载的惯性和最大转速来决定。

(4) 在速度控制范围内，若存在危险速度，应选择具有频率跳变功能的通用变频器，这样可避开某些危险速度。

2. 位置控制

位置控制是指在电动机调速系统中，通用变频器对负载的位置或者角度进行控制。由于控制方式和特点的不同，所以可按以下三种方式选择变频器：

(1) 开环控制方式

通常用于将电动机停止转速位置作为目标，而且停止位置精度要求不高的情况下。方法是将减速指令限位开关装在停止目标位置的前面，在限位开关动作时起，就使电动机减速，并停止在目标位置的附近。若需控制精度准确，应减小惯性行程的误差。如需更高的控制精度，则要选用带制动单元的变频器。

(2) 闭环控制方式

对于高精度位置控制，应采用闭环控制，由于反馈信号取得的方法不同，所以可分为半闭环和全闭环两种控制方式。前者是以电动机的旋转角预测控制对象的机械位置，后者是由传感器检测被控对象的机械位置。所以，闭环控制的通用变频器应具备传感器接口和有处理反馈信号的功能。

(3) 手动控制方式

通用变频器控制是开环的方式，借助人手进行反馈控制的方法，常用于起重机械。通用变频器最好具有手动和微动功能。

二、精度和响应的选择

精度是指控制速度的稳定性和精确度。通用变频器精度是以额定速度或额定频率为基准，通常，通用变频器的精度误差为±5%，此数值对开环控制方式的通用变频器指频率精度，对闭环控制方式的通用变频器则指速度精度。同步电动机只需频率精度就能实现高精度控制，但对异步电动机，由于转差的存在，须采用闭环控制才能获得高精度控制。

若要求具有对外界干扰的速度稳定性和在无限流范围内对速度指令变化的快速性(这种快速响应通常用数值 w_c 表示)，多选择带有再生制动功能并能闭环控制的变频器。

对只需在短时间进行加、减速的场合：① 应选用有好的限流功能的通用变频器；② 选过载容量大的通用变频器和电动机；③ 电动机和负载惯性应尽量小。

对需要较大 w_c 值的场合，应考虑下列几点：① 所选通用变频器主回路开关频率高；② 选过载容量大的通用变频器和电动机；③ 电动机和负载的惯性要小；④ 电动机、机械传动系统的谐振频率要高。

三、变频器容量的计算

1. 根据电动机的电流选择通用变频器

(1) 对于需加、减速运转的通用变频器容量选择，可按下式计算：

$$I_{INV}=\frac{A_0(I_1t_1+I_2t_2+\cdots+I_nt_n)}{t_1+t_2+\cdots+t_n}$$

式中 $I_1, I_2, \cdots, I_n$——各运行状态之下的平均电流(A)；

$t_1, t_2, \cdots, t_n$——各运行状态下的时间(s)；

A_0——安全系数(频繁运行时 $A_0=1.2$,其他时为 1.1)。

(2) 连续运行场合下,要求通用变频器的额定输出电流大于等于(1.05～1.1)倍的电动机额定电流或电动机实际运行中的最大电流值,即

$$I_{INV}\geqslant(1.05\sim1.1)I_N \quad 或 \quad I_{INV}\geqslant(1.05\sim1.1)I_{max}$$

式中 I_{INV}——通用变频器额定输出电流(A)；

I_N——电动机额定输出电流(A)；

I_{max}——电动机实际运行的最大电流(A)。

(3) 三相异步电动机直接启动时,可按下式选取通用变频器：

$$I_{INV}\geqslant\frac{I_k}{K_g}$$

式中 I_k——在额定电压、额定频率下电动机启动时的堵转电流(A)；

K_g——变频器允许过载倍数 K_g 值一般取 1.3～1.5。

(4) 通用变频器带动多台电动机时,除应考虑以上三点外,还要根据各台电动机电流总值来选通用变频器,而不是仅按电动机总功率来考虑。在设定软停、软启动时,应按最慢的一台电动机进行设置。若有部分电动机直接启动,可按下式进行计算：

$$I_{INV}\geqslant\frac{N_2I_k+(N_1-N_2)I_N}{K_g}$$

式中 N_1——电动机总台数；

N_2——直接启动的电动机台数。

(5) 并联追加启动。多台电动机共用一台通用变频器时,部

分电动机先启动，再追加部分电动机启动时，变频器容量应与同时启动时相比要大些，额定输出电流可如下式计算：

$$I_{INV} \geqslant \sum^{N_1} KI_m + \sum^{N_2} I_{ms}$$

式中 N_1——先启动电动机总台数；

N_2——追加启动电动机总台数；

I_m——先启动电动机额定电流(A)；

I_{ms}——追加启动电动机的启动电流(A)。

(6) 大过载容量。在需要超过通用变频器的过载容量时，应加大变频器容量的选择，如：对于过载容量为 150%，60 s 的通用变频器，要求有 200%的过载容量时，须在上面选定的 I_{INV} 的基础上再乘以 20/1.5=1.33。

(7) 电动机实际负载比电动机的额定功率小时，也应按电动机的额定功率选择通用变频器。若选用的电动机和通用变频器不能满足启动和转矩要求时，就应适当增加电动机和通用变频器的容量。

2. 输出电压和输出频率的选择

通用变频器输出电压可按电动机的额定电压选定。大容量通用变频器几乎都以最高频率为 50 Hz/60 Hz 的工频，以在额定转速以下范围内进行调速运转为目的。最高输出频率超过 50 Hz/60 Hz的多数为小容量通用变频器。选择时可依使用目的来确定最高输出频率。

四、通用变频器的主要故障类型

通用变频器常见故障大致可分为以下几类：

(一) 参数设置类故障

通用变频器在使用中，参数设置非常重要，如果参数设置不正确，参数不匹配，就会导致通用变频器不工作、不能正常工作或频繁发生保护动作甚至损坏。一般通用变频器都做了出厂设置、对每一个参数都有一个默认值、这些参数叫工厂值，在工厂值参数下，是以面板操作方式运行的，有时以面板操作不能满足传动系统的要求，要重新设置或修改参数。可根据故障代码或产品说明书进行参数修改，否则，应恢复出厂值，重新设置，如果不能恢复正常运行，就要检查是否发生了硬件故障。

（二）过电流和过载故障

过电流和过载故障是通用变频器常见故障。过电流故障可分为加速过电流、减速过电流、恒速过电流、过载故障包括变频器，过载和电动机过载。故障原因可分为外部原因和变频器本身原因两方面。

1. 外部原因

（1）电动机负载突变。引起大的冲击电流而过电流保护动作。这类故障一般是暂时的，重新启动后就会恢复正常运行，如果经常会有负载突变的情况，应采取措施限制负载突变或更换较大容量的通用变频器，建议选用直接转矩控制方式的通用变频器，这种通用变频器动态响应快、控制速度非常快，具有速度环自适应能力，从而使变频器输出电流平稳，避免过电流。

（2）通用变频器电源侧缺相、输出侧断线、电动机内部故障引起过电流和接地故障。

（3）电动机和电动机电缆相间或每相对地绝缘破坏，造成匝间或相间对地短路，因而导致过电流。

（4）受电磁干扰的影响、电动机漏电流大，产生轴电压、轴电流，引起通用变频器过电流、过热和接地保护动作。

（5）在电动机机组和外壳之间，电动机电缆和大地之间存在较大的寄生电容，通过寄生电容就会有高频漏电流流向大地，引起过电流和过电压故障。

（6）在变频器输出侧有功率因数矫正电容或浪涌吸收装置。

(7) 通用变频器的运行控制电路受到电磁干扰，导致控制信号错误、引起通用变频器工作错误，或速度反馈信号丢失或非正常时，也会引起过电流。

(8) 通用变频器的容量选择不当，与负载特性不匹配，引起通用变频器功能失常、工作异常、过电流、过载、甚至损坏。

2. 本身原因

(1) 参数设定不正确，如加减速时间设定得太短，PID 调节器的 P 参数、I 参数设定不合理，超调过大。造成变频器输出电流振荡等。通用变频器的多数参数，如果设置不当，均可能引起通用变频器的故障。因此故障类型是多种多样的，需根据具体情况判断。

(2) 内部硬件出现问题：如通用变频器的整流侧和逆变侧元器件损坏引起电器过电流、欠电压。通用变频器保护动作：通用变频器的电源回路异常，引起无显示、不工作或工作不正常，通用变频器本身控制电路的检测元器件故障，引起逆变器不工作或工作不正常。甚至过电流保护动作；通用变频器本身遭到电磁干扰，引起通用变频器误动作，不工作或工作异常等。

(3) 过电压、欠电压类故障。通用变频器的过电压故障集中表现在直流母线电压上，正常情况下，直流母线电压为三相全波整流后的平均值，若以 380 V 线电压计算，则平均直流电压为 513 V，在过电压发生时，直流母线的储能电容将被充电，当电压上升至 760 V 左右时，变频器过电压保护动作。因此，通用变频器都有一个正常的工作电压范围，当电压超过这个范围时，很可能损坏变频器。如有的通用变频器规定的电压范围为 380 V 级323～506 V。当运行电压超过限定的容许电压范围时，下限出现欠电压保护(300 V)停机，上限出现过电压保护(506 V)也会停机，如果输入电压超过 506 V，过电压保护也保护不了变频器。对于允许的输入电压波动，变频器的自动电压调整 AVR(稳压)功能会自动地工作。除此之外，在电动机制动过程中，电动机处于发电状态，如果变频器没有能量回馈单元和制动单元或制动能力不足时，会引起直流回路电压升高，过电压保护动作变频器停机，处理这种故障可以增加再生制动单元，或修改变频器参数，将变频器减速时间设长一些。再生制动单元有能量消耗型，并联直流母线吸收型和能量回馈型。能量消耗型是在变频器直流回路中并联一个制动电阻，将回馈能量消耗在制动电阻上，并联直流母线吸收型多用在多电动机传动系统中，这种系统往往有一台或几台电动机经常工作于发电状态，产生的再生能量通过并联母线被处于电动状态的电动机吸收，能量回馈型是将再生能量通过网侧可逆变流器回馈给电网。

三、其他故障

这一类故障往往是一些综合性故障，并被一些表面现象所掩盖，对于这一类故障的分析和查找，需要考虑多方面因素，逐个排查、试验、查证才能找到事故根源，从根本上解决问题。

(1) 过热保护。通用变频器的过热保护有电动机过热保护和变频器过热保护两种，引起过热的原因也是多方面的，一般地，电动机过热保护动作、应检查电动机的散热和通风情况；变频器过热保护动作，应检查变频器的冷却风扇间通风情况。

(2) 漏电断路器。漏电报警器误动作或不动作，在使用通用变频器过程当中，有时会沿用原来的三相四线制漏电断路器，或在有些场合为防止人体触电及因绝缘老化而发生短路时造成火灾为目的，系统中要求必须装设漏电断路器、漏电报警器等。这样在通用变频器运行过程中经常发生频繁跳闸现象，原因是机械设备(如水泵、风机、电梯等)本身外壳已经与大地可靠接地，漏电断路器的设定值是按照工频漏电流的标准设定的。而在采用通用变频器的控制系统中，如前所述，会增加产生包含高频漏电流和工频漏电流两部分的漏电流，造成电流不平衡分量较大。因此，在系统电源侧安装的漏电断路器或漏电报警器，会产生误动作，有时为了防止误动作而调大了漏电断路器的动作值又会发生不动作的情况。处理这种情况的正确方法应使同一变压器供电的各回路单独装设漏电断路器或漏电报警器，分别整定动作值，通用变频器回路中装设的漏电断路器应符合通用变频器的要求。必要时应加装隔离变压器、输入电抗器抑制谐波干扰，或者降低通用变频器的载波频率，减小分布电容造成的对地漏电流。

(3) 静电干扰。在工业生产过程中，许多生产设备（如人造板、塑料机械等）中会产生很高的静电而积聚形成很强的静电场，由于这个强电场的影响通用变频器产生误动作、不正常工作，甚至损坏变频器。处理方法应使机械设备与通用变频器的共用接地系统单独接地，不应采用接零方式地线，严重时应加装静电消除器。

(4) 与通用变频器载波频率有关的故障，通用变频器的载波频率是可调的，可方便人们对噪声的控制，通用变频器的载波频率出厂值往往与现场需要不符，需要调整。但在实际调整时，往往因载波频率值设定不当，造成各种异常现象，甚至故障，损坏通用变频器。尽管如此，工程上，人们往往不重视对载波频率的调整，只将注意力集中在使变频器尽快投入运行上，有时虽然将变频器投入了运行，但同时也埋下了事故隐患，并隐藏了故障原因，待事故发生后，却难以迅速找到故障根源。

第八章 电子技术

第一节 常用电子元件

一、电阻器、电容器的型号命名及标志方法

（一）型号命名法（表8.1-1～2）

表8.1-1 电阻器、电位器的型号命名法

第一部分		第二部分		第三部分		第四部分
用字母表示主称		用字母表示材料		用数字或字母表示分类		用数字表示序号
符号	意义	符号	意义	符号	意义	
R	电阻器	T	碳膜	1	普通	
		P	硼碳膜	2	普通	
W	电位器	U	硅碳膜	3	超高频	
		H	合金膜	4	高阻	
		I	玻璃釉膜	5	高温	
		J	金属膜(箔)	7	精密	
		Y	氧化膜	8	*高压或特殊函数	
		S	有机实心	9	特殊	
		N	无机实心	G	高功率	
		X	线绕	T	可调	
		R	热敏	X	小型	
		G	光敏	L	测量用	
		M	压敏	W	微调	
				D	多圈	

注：第三部分数字“8”：对于电阻器表示“高压”类，对于电位器表示“特殊函数”类。

表 8.1-2　电容器型号命名法

第一部分	第二部分				第三部分		第四部分
主称	材料				特征		序号
	符号	意义	符号	意义	符号	意义	用字母和数字表示
符号:C 意义:电容器	C	高频瓷	Q	漆膜	T	铁电	
	T	低频瓷	H	纸膜复合	W	微调	
	I	玻璃釉	D	铝电解	J	金属化	
	Y	云母	A	钽电解	X	小型	
	V	云母纸	G	金属电解	D	低压	
	Z	纸介	N	铌电解			
	J	金属化纸	O	玻璃膜	M	密封	
	B	聚苯乙烯等非极性有机薄膜			Y	高压	
	L	涤纶等极性有机薄膜			C	穿心式	
	E	其他材料电解			S	独石	

(二) 电阻器、电容器标志内容和标志方法

1. 标志内容及排列次序

(1) 电阻器　商标;型号;额定功率;标称阻值及允许偏差;生产日期。

(2) 电容器　商标;型号;工作温度组别(必要时);工作电压;标称容量及允许偏差;电容温度系数;生产日期。

2. 标志方法

(1) 直标法　是用阿拉伯数字及文字符号单位在元件表面上直接标出元件主要参数和技术性能的有效值的标志方法。电阻值的单位用 Ω、kΩ、MΩ 表示,电容量的单位用 pF、μF、F 表示。允许偏差用百分数表示。

(2) 文字符号法　是用阿拉伯数字、文字符号或两者有规律的组合,在元件表面上标志出元件主要参数的标志方法。电阻值的单位用 R(≈Ω)、k(≈kΩ)、M(≈MΩ)、G(≈10^9 Ω)、T(≈10^{12} Ω)

表示，电容量的单位用 p(≈pF)、n(≈nF)、μ(≈μF)、m(≈10^{-3}F)、F 表示。表示单位的文字符号在标称电阻值和标称电容量的标志中应置于代替小数点的位置。

标称电阻值及电容值的文字符号见表 8.1-3。

表 8.1-3 标称电阻值及标称电容值的文字符号及其组合

标称电阻值	文字符号	标称电阻值	文字符号	标称电容值	文字符号	标称电容值	文字符号
0.1 Ω	R10	1 MΩ	1M0	0.1 pF	p10	1 μF	1μ0
0.332 Ω	R332	3.32 MΩ	3M32	0.332 pF	p332	3.32 μF	3μ32
1 Ω	1R0	10 MΩ	10M	1 pF	1p0	10 μF	10μ
3.32 Ω	3R32	33.2 MΩ	33M2	3.32 pF	3p32	33.2 μF	33μ2
10 Ω	10R	100 MΩ	100M	10 pF	10p	100 μF	100μ
33.2 Ω	33R2	332 MΩ	332M	33.2 pF	33p2	332 μF	332μ
100 Ω	100R	1 GΩ	1G0	100 pF	100p	1 mF	1m0
332 Ω	332R	3.32 GΩ	3G32	332 pF	332p	3.32 mF	3m32
1 kΩ	1k0	10 GΩ	10G	1 nF	1n0	10 mF	10m
3.32 kΩ	3k32	33.2 GΩ	33G2	3.32 nF	3n32	33.2 mF	33m2
10 kΩ	10k	100 GΩ	100G	10 nF	10n	100 mF	100m
33.2 kΩ	33k2	332 GΩ	332G	33.2 nF	33n2	332 mF	332m
100 kΩ	100k	1 TΩ	1T0	100 nF	100n	1 F	1F0
332 kΩ	332k	3.32 TΩ	3T32	332 nF	332n	3.32 F	3F32

注：电容器的工作电压及电阻器的额定功率均用数字及单位符号(V、kV、W)直标。

(3) 色标法　用不同颜色的带或点在元件表面上标志出元件主要参数(标称值、工作电压、允许偏差)的标志方法。电阻器标称电阻值的单位为 Ω，电容器标称电容量的单位为 pF。

轴向引出线(卧式)的电阻器、电容器色带(色点)的第一条(第一点)应靠近电阻器、电容器的一端，单向引出(立式)的电阻器、电容器色带(色点)应靠近没有引出线的一端。

两位和三位有效数字的色标表示法见图 8.1-1～2。

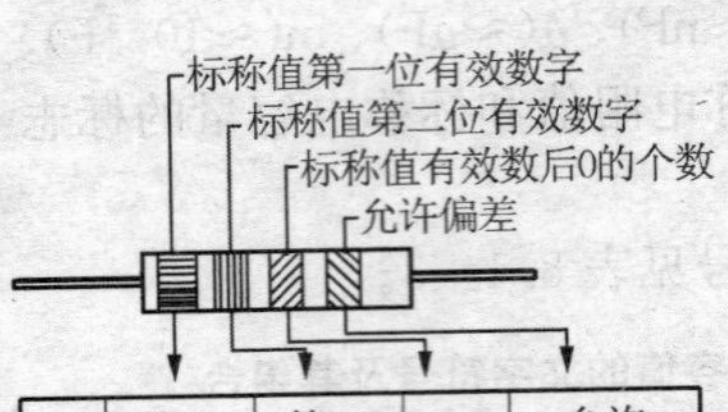

颜色	第一有效数	第二有效数	倍率	允许偏差
黑	0	0	10^0	
棕	1	1	10^1	
红	2	2	10^2	
橙	3	3	10^3	
黄	4	4	10^4	
绿	5	5	10^5	
蓝	6	6	10^6	
紫	7	7	10^7	
灰	8	8	10^8	
白	9	9	10^9	+50% −20%
金			10^{-1}	±5%
银			10^{-2}	±10%
无色				±20%

图 8.1-1　两位有效数字的色标表示法

标称值第一位有效数字
标称值第二位有效数字
标称值第三位有效数字
标称值有效数后0的个数
允许偏差

颜色	第一有效数	第二有效数	第三有效数	倍率	允许偏差
黑	0	0	0	10^0	
棕	1	1	1	10^1	±1%
红	2	2	2	10^2	±2%
橙	3	3	3	10^3	
黄	4	4	4	10^4	
绿	5	5	5	10^5	±0.5%
蓝	6	6	6	10^6	±0.25%
紫	7	7	7	10^7	±0.1%
灰	8	8	8	10^8	
白	9	9	9	10^9	
金				10^{-1}	
银				10^{-2}	

图 8.1-2　三位有效数字的色标表示法

二、电阻器

（一）电阻器的标称值（表 8.1-4）

表 8.1-4　电阻器标称值系列

容许误差	系列代号	等级	标称值
±5%	E_{24}	Ⅰ	1.0　1.1　1.2　1.3　1.5　1.6　1.8 2.0　2.2　2.4　2.7　3.0　3.3　3.6 3.9　4.3　4.7　5.1　5.6　6.2　6.8 7.5　8.2　9.1
±10%	E_{12}	Ⅱ	1.0　1.2　1.5　1.8　2.2　2.7　3.3 3.9　4.7　5.6　6.8　8.2
±20%	E_6	Ⅲ	1.0　1.5　2.2　3.3　4.7　6.8

注：表中数字乘以 10^0，10^1，10^2…得出各种标称阻值。

（二）电阻器的额定功率（表 8.1－5）

表 8.1－5　电阻器的额定功率

种　类	额定功率系列/W
线绕电阻	0.05　0.125　0.25　0.5　1　2　4　8　10　16　25　40　50　75　100　150　250　500
非线绕电阻	0.05　0.125　0.25　0.5　1　2　5　10　25　50　100

（三）电阻器的符号表示（图 8.1－3）

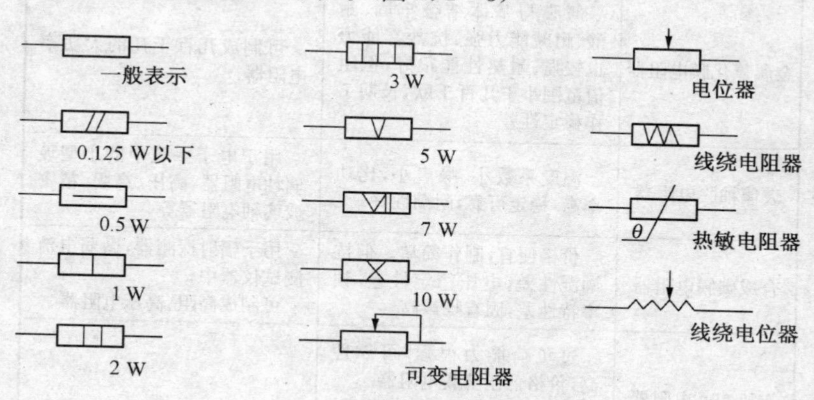

图 8.1－3　电阻器的图形符号表示

（四）电阻器的种类、特性和用途

电阻器的种类、特性和用途见表 8.1－6，非线性电阻器的最高工作电压见表 8.1－7。

表 8.1－6　电阻器的种类、特性和用途

种　类	特　性	用　途
线绕电阻器	耐高温，热稳定性好，温度系数小，电流噪声小。但分布电容、电感较大，阻值较低	电源电路中分压电阻器、泄放电阻器、电阻箱、精密测量仪器、电子计算机和无线电定位设备等

（续表）

种　类	特　性	用　途
碳膜电阻器	电压稳定性好，高频特性好，固有噪声电动势小，具有负的温度系数，有较好的稳定性	可制成高频电阻器、精密电阻器，大功率电阻器。用于交、直流脉冲电路中
金属膜电阻器	体积比同功率碳膜电阻器小，耐热性能好，电压稳定性好，噪声小，温度特性好，具有较好的高频特性	可制成精密、高阻、高频、高压、高温的金属膜电阻器和供微波使用的各种不同形状衰减片
金属氧化膜电阻器	薄膜与基体结合牢固、耐酸、耐碱能力强、抗盐雾能力也较强、耐热性能很好，但阻值范围小于几百千欧，长期工作稳定性差	可制成几百千瓦的大功率电阻器
玻璃釉膜电阻器	温度系数小、噪声小，比功率高，稳定可靠，耐潮性好	用于电子手表中的小型玻璃釉电阻器，高压、高阻、精密玻璃釉电阻器等
合成碳膜电阻器	价格便宜，制作简单。但抗潮湿性差，电压稳定性差，频率特性差，固有噪声高	用于辐射探测器，微弱电流测试仪器中 可制成高阻、高压电阻器
有机实心电阻器	过负荷能力很强，可靠性高，价格低于薄膜电阻器 但固有噪声高，分布电容、电感大，电压与温度稳定性差	

表 8.1－7　非线绕电阻器的最高工作电压　　V

额定功率/W	0.125	0.25	0.5	1.0	2.0
RT 型	150	350	500	700	1 000
RJ 型	200	250	350	500	750
RY 型	180	250	350	500	750
RS 型	/	/	300	450	600

注：$P<2$ W 时，电阻器能承受的脉冲电压为表中相应电压值的 2 倍；
　　$P=2$ W 时，电阻器能承受的脉冲电压为表中相应电压值的 1.6 倍。

表 8.1-8 非线绕电位器的型号和主要参数

型号、名称	品种代号	结构形式	阻值范围	阻值变化②曲线形式	功率/W	最大工作电压/V	开关载流量/A	电位器直径/mm	旋转角度
WT型合成碳膜电位器	WT-3 WT-k1 WT-k2 WT-k3 WT-4 WT-k4	双联异轴，无开关 单联，有开关 双联同轴，有开关 双联异轴，有开关 单联，无开关 单联，有开关	4.7 kΩ～2.2 MΩ 470 Ω～4.7 MΩ	D、Z X	0.1 0.25	100 150	1 (250 V)	28.5	≥270°
WTH型合成碳膜电位器	WTH-1 WTH-2	单联，自由旋转 单联，可锁紧	22 kΩ～2.2 MΩ 470 Ω～4.7 MΩ	D、Z X	0.5 1 2	400 (0.5、1 W)	—	29	≥250°
	WTH-3 WTH-4	双联，自由旋转 双联，可锁紧	每一联的阻值应符合单联的规定	Z、D/D、Z D、Z/X、D、Z D、Z/X X/X、D、Z、X/X	0.5/0.5 0.5/1 0.5/2 1/1 2/2	500 (2 W)			

（续表）

型号、名称	品种代号	结构形式	阻值范围	阻值变化②曲线形式	功率/W	最大工作电压/V	开关载流量/A	电位器直径/mm	旋转角度
[WH5型]小型合成碳膜电位器	WH5-1 WH5-2	单联，自由旋转 单联，可锁紧	4.7 kΩ～2.2 MΩ 470 Ω～4.7 MΩ	D、Z X	0.5 1	200 (0.5 W) 350 (1 W)	—	18	≥270°
	WH5-3 WH5-4	双联，自由旋转 双联，可锁紧	每一联的阻值应符合单联的规定	Z、D/D、Z D、Z/X X/D、Z X/X	0.5/0.5 0.5/1 1/0.5 1/1				
[WH9型]合成碳膜电位器	WH9-1 WH9-2 WH9-3	单联，无开关 双联，同轴，无开关 双联，异轴，无开关	470 Ω～4.7 MΩ	X	0.25	150	—	20	≥300°
[WH9型]合成碳膜电位器	WH9-k1 WH9-k2 WH9-k3	单联，有开关 双联，同轴，有开关 双联，异轴，有开关	4.7 kΩ～2.2 MΩ	D、Z	0.1	100	0.5 (15 V)	20	≥300°

（续表）

型号、名称	品种代号	结构形式	阻值范围	阻值变化[2]曲线形式	功率/W	最大工作电压/V	开关载流量/A	电位器直径/mm	旋转角度
WH15 型合成碳膜电位器	WH15 - 1A[1] WH15 - 1B	无开关	1 kΩ～1 MΩ	X	0.125	100	—	17.5	≥240°
	WH15 - k1[1] WH15 - k2	有开关	4.7 kΩ～4.7 MΩ	D、Z	0.05	75	0.2 (15 V)	16	
[WH20 型]合成碳膜电位器	WH20A	直滑式	470 Ω～4.7 MΩ 4.7 Ω～470 kΩ	X Z、D	0.5 0.25	350 150	—		（滑动行程）≥30 mm
WS 型有机实心电位器	WS - 1 WS - 2 WS - 3	非锁紧型 锁紧型 插接型	100 Ω～4.7 MΩ 1 kΩ～1 MΩ	X D、Z	0.5 0.25	350 250	—	13.6	≥270°

① 注：WH15 - 1A 和 WH15 - k1 型电位器新设计时不采用。② X—直线式，Z—指数式，D—对数式。

三、电位器

电位器按电阻材料分为合金型(线绕)、合成型(实心)、薄膜型;按用途分为普通电位器、精密电位器、功率电位器、微调电位器和专用电位器等;按输出特性的函数关系分为线性和非线性电位器;按电位器轴的旋转角度和实际阻值变化的关系,非线绕电位器可分为:直线式(X)、指数式(Z)、对数式(D)。

电位器按调节机构的运动方式分为旋转式、直滑式;按结构分为单联、多联、带开关和不带开关等。

非线绕电位器的型号和主要参数见表 8.1-8,线绕电位器的型号和主要参数见表 8.1-9。

表 8.1-9　线绕电位器的型号和主要参数

型号、名称	品种代号	结构形式	阻值范围	功率/W	最大工作电压/V	旋转角度
WX12 型线绕电位器	WX12-11 WX12-12	单联,可锁紧 单联,自由旋转	4.7 Ω~15 kΩ	1	100	300°±10°
WX13 型线绕电位器	WX13-11 WX13-12	单联,可锁紧 单联,自由旋转	4.7 Ω~15 kΩ	1	100	300°±10°
WX14 型线绕电位器	WX14-11 WX14-12	单联,可锁紧 单联,自由旋转	27 Ω~22 kΩ	3	200	300°±10°
	WX14-31 WX14-32	双联,可锁紧 双联,自由旋转				
WX16 型线绕电位器	WX16-11 WX16-12	单联,可锁紧 单联,自由旋转	27 Ω~22 kΩ	5	320	300°±10°
WX17 型线绕电位器	WX17-11 WX17-12	单联,可锁紧 单联,自由旋转	8.2 Ω~8.2 kΩ	25	250	280°±10°
WX18 型线绕电位器	WX18-11 WX18-12	单联,可锁紧 单联,自由旋转	4.7 Ω~10 kΩ	1	100	280°±10°

四、敏感电阻器

（一）型号命名法（表 8.1－10）

表 8.1－10　敏感电阻器的型号意义

第一部分		第二部分		第三部分						
主称		材料		分类						
符号	意义	符号	意义	1	2	3	4	5	6	7
M	敏感电阻器	F	负温度系数热敏材料	普通	稳压	微波	旁热	测温	微波	测量
		Z	正温度系数热敏材料	普通	稳压			测温		
		G	光敏材料				可见光	可见光	可见光	
		Y	压敏材料	碳化硅	氧化锌	氧化锌				
		S	湿敏材料							
		C	磁敏材料							
		L	力敏材料							
		Q	气敏材料							

注：1. 表中“普通”是指工作温度在－55～＋315℃范围内，无特殊技术和结构要求。
2. 第四部分：用字母表示序号。

（二）热敏电阻器

热敏电阻一般用于需要温度补偿、温度测量、超温保护和振幅稳定等电路中。热敏电阻器的阻值随着温度的改变而显著变化。

对于负温度系数热敏电阻器的材料，其物理特性通常用热灵敏度指标 B 值来表示（表 8.1－11），一般情况下，阻值高，B 值也大。负温度系数热敏电阻主要参数见表 8.1－12～14。

表 8.1-11　阻温特性代号、标称 B 值范围及电阻温度系数范围

阻温特性代　号	标称 B 值范围 /K	电阻温度系数范围 α_{25}（$\times10^{-2}$/℃）
E	1 980～2 420	－(2.23～2.72)
F	2 430～2 970	－(2.73～3.34)
G	2 970～3 630	－(3.34～4.09)
H	3 510～4 240	－(3.95～4.84)
I	4 230～5 170	－(4.76～5.83)
J	5 040～6 160	－(5.68～6.94)

表 8.1-12　普通用负温度系数热敏电阻

型　号	阻温特性代号	标称阻值范围	额定功率 /W	测量功率 /mW	时间常数 /s	耗散常数 /(mW/℃)	最高工作温度 /℃
MF11	E	10 Ω～100 Ω	0.25	0.1	≤30	≥5	85
	F	110 Ω～4.7 kΩ					
	G	5.1 kΩ～15 kΩ					
MF12-1	I	1 kΩ～430 kΩ	0.25	0.04	≤10	≥3	125
	J	470 kΩ～1 MΩ					
MF12-2	I	1 kΩ～100 kΩ	0.5	0.07	≤20	≥5	125
	J	110 kΩ～1 MΩ					
MF12-3	H	56 Ω～510 Ω	1	0.2	≤60	≥12	125
	I	560 Ω～5.6 kΩ					
MF13	F	0.82 kΩ～10 kΩ	0.25	0.1	≤30	≥15	125
	G	11 kΩ～300 kΩ					
MF14	F	0.82 kΩ～10 kΩ	0.5	0.2	≤60	≥8	125
	G	11 kΩ～300 kΩ					

（续表）

型　号	阻温特性代号	标称阻值范围	额定功率/W	测量功率/mW	时间常数/s	耗散常数/(mW/℃)	最高工作温度/℃
MF15	H	10 kΩ～47 kΩ	0.5	0.06	≤30	≥5	125
	I	51 kΩ～1 MΩ					
MF16	H	10 kΩ～47 kΩ	0.5	0.1	≤60	≥8	125
	I	51 kΩ～1 MΩ					

表 8.1-13　测量和控制用负温度系数热敏电阻

型　号	标称阻值范　　围	材料常数B值范围/K	阻值允许偏差/%	测量功率/mW	耗散常数/(mW/℃)	时间常数/s
MF51	10 Ω～10^6 Ω	1 500～6 200	±5、10、20	0.02	0.5	5
MF52	10 Ω～10^6 Ω	1 500～5 600		0.02	0.2	
MF53-1	2 890 Ω	3 515	±2	0.2	8	120
MF53-2	345 Ω	2 800	±2	0.2	8	120
MF53-3	1 000 Ω	2 970	±2	0.2	8	120

表 8.1-14　常用正温度系数热敏电阻器的型号、用途及特性

型　号	标称阻值	温度系数/(%/℃)	测量功率/mW	时间常数/s	耗散系数/(mW/℃)	工作温度范围/℃
MZ11-1	50 Ω～560 Ω	1～4	0.1	≤50	≥10	−40～+85
MZ11-2	560 Ω～5.6 kΩ	2～6				
MZ11-3	5.6 kΩ～100 kΩ	3～8				

（三）压敏电阻器

当电阻器外加电压增加到某一临界值时，其阻值急剧减小的电阻器称为压敏电阻器。它是利用半导体材料具有非线性特性原理制成的，因此也称非线性电阻器。

常用压敏电阻器主要有碳化硅压敏电阻器和氧化锌压敏电阻器两大类。详见表 8.1-15。

表 8.1-15　压敏电阻部分型号及主要参数

型号规格	标称电压/V	容许电压偏差/%	通流容量/kA	残压比		用途
				$\frac{U_{100\ A}}{U_{1\ mA}}$	$\frac{U_{3\ kA}}{U_{1\ mA}}$	
MY31-33/0.5、1 MY31-47/0.5、1	33 47	±10	0.5 1	≤3.5		吸收过电压和浪涌电流
MY31-68/1 MY31-68/3	68	±10	1 3	≤3	≤3.5	
MY31-100/1、3 MY31-150/1、3	100 150	±10	1 3	≤2.2	≤3	
MY31-220/1、3 MY31-300/1、3	220 300	±5	1 3	≤2	≤2.5	
MY31/3 MY31/5 MY31/10	470～1 600	±5	3 5 10	≤1.8	≤2.2	
MY23/1 MY23/2 MY23/3 MY23/5	47～1 000	±10	1 2 3 5			
MY23/10 MY23/15 MY23/20	56～820 100～680 330～680	±10	10 15 20			
MYP15～39 MYP47/560 MYP82/820	15～39 47～560 82～820	±10	0.05 0.1 0.2	$\frac{U_{10\ A}}{U_{1\ mA}}=1.7$		高频过电压吸收

五、电容器(表 8.1-16～18)

表 8.1-16　常用电容器种类和特性

<table>
<tr><th colspan="2">种　类</th><th>特　性</th><th colspan="2">种　类</th><th>特　性</th></tr>
<tr><td rowspan="2">纸介电容器</td><td>纸介电容器</td><td>能制成容量大、体积小的电容器，容量为1～20 μF。但化学稳定性差，易老化；温度系数大；热稳定性差；吸湿性大</td><td colspan="2" rowspan="2">瓷介电容器</td><td rowspan="2">体积小，电容量大。稳定性甚佳，既能耐酸、碱、盐类，又能防水的侵蚀。耐热性能达到500～600℃。有好的高压性能、绝缘性能。温度系数范围宽，可用作温度补偿。结构简单，原料来源充足。但机械强度低。宜用于高频电路</td></tr>
<tr><td>金属化纸介电容器</td><td>体积比纸介电容小，具有自愈作用。但化学稳定性差，不适于高频电路，且介质均匀性差</td></tr>
<tr><td rowspan="5">有机薄膜电容器</td><td rowspan="2">聚苯乙烯电容器</td><td rowspan="2">绝缘电阻大，损耗小、温度系数小，耐压强度高，比率体积小，化学稳定性高，制造工艺简单。但耐热、耐潮性较差</td><td colspan="2">玻璃釉电容器</td><td>介质介电系数大，体积较小，适于较高温度下工作，抗湿性能好</td></tr>
<tr><td colspan="2">云母电容器</td><td>绝缘性能很高，耐高温、介质损耗小、频率稳定性好、分布电感小</td></tr>
<tr><td rowspan="3">聚四氟乙烯电容器</td><td rowspan="3">在高温下连续工作(环境温度可从－55～＋200℃)；能承受各种强酸、强碱及王水而不腐蚀；不溶于各种有机、无机溶剂。绝缘电阻高；吸湿性小，力学性能好，但价格昂贵，不易制造</td><td rowspan="2">电解电容器</td><td>铝电解电容器</td><td>电容量大，受温度影响显著，容易产生漏电，但价格便宜</td></tr>
<tr><td>钽电解电容器</td><td>体积小；漏电流小，工作温度可高达200℃；但价格昂贵</td></tr>
<tr><td colspan="2">真空电容器</td><td>容量较小，(从几皮法到几百皮法)耐压高，稳定性好，介质损耗很小</td></tr>
</table>

表 8.1－17　常用固定电容的标称容量系列

电容类型	允许误差	容量范围	标称容量系列
纸介电容、金属化纸介电容纸膜复合介质电容、低频(有极性)有机薄膜介质电容	±50% ±10% ±20%	100 pF～1 μF	1.0　1.5　2.2　3.3 4.7　6.8
		1 μF～100 μF	1　2　4　6　8　10　15 20　30　50　60　80　100
高频(无极性)有机薄膜介电容、瓷介电容、玻璃釉电容、云母电容	±5%		1.0　1.1　1.2　1.3　1.5 1.6　1.8　2.0　2.2　2.4 2.7　3.0　3.3　3.6　3.9 4.3　4.7　5.1　5.6　6.2 6.8　7.5　8.2　9.1
	±10%		1.0　1.2　1.5　1.8 2.2　2.7　3.3　3.9 4.7　5.6　6.8　8.2
	±20%		1.0　1.5　2.2　3.3 4.7　6.8
铝、钽、铌、钛电解电容	±10% ±20% +50% −20% +100% −20%	>1 μF	1.0　1.5　2.2　3.3 4.7　6.8

表 8.1－18　常用固定电容的直流电压系列

1.6　4　6.3　10　16　25　32*　40　50　63　100　125*　160　250　300*
400　450*　500　630　1 000

*　只限电解电容用。

第二节　半导体分立器件

一、半导体分立元器件型号命名法

国产半导体器件命名方法见表 8.2－1。

表 8.2－1　国产半导体器件型号的符号及意义

第一部分		第二部分		第三部分				第四部分	第五部分
用数字表示电极数目		用汉语拼音字母表示器件的材料和极性		用汉语拼音字母表示器件的类别				用数字表示器件序号	用汉语拼音字母表示规格号
符号	意义	符号	意义	符号	意义	符号	意义		
2	二极管	A	N型锗材料	P	普通管	O	MOS场效应管		
		B	P型锗材料	W	稳压管	J	结型场效应管		
		C	N型硅材料	V	微波管	T	晶闸管整流器		
		D	P型硅材料	C	参量管	Y	体效应器件		
3	三极管	A	PNP型锗材料	Z	整流管	B	雪崩管		
		B	NPN型锗材料	L	整流堆	CS	场效应器件		
		C	PNP型硅材料	S	隧道管	BT	半导体特殊器件		
		D	NPN型硅材料	N	阻尼管	FH	复合管		
		E	化合物材料	U	光电器件	JG	激光器件		
截止频率≥3 MHz为高频管 截止频率<3 MHz为低频管 耗散功率≥1 W为大功率管 耗散功率<1 W为小功率管				K	开关管	PIN	PIN管		
				X	低频小功率管	QL	硅桥式整流器		
				G	高频小功率管	FG	发光二极管		
				D	低频大功率管	GR	红外发光二极管		
				A	高频大功率管	GD	光敏二极管		
						GT	光敏晶体管		
						GH	光耦合器		

注：场效应器件、半导体特殊器件、复合管、PIN管、激光等器件的型号命名只有第三、四、五部分。

欧洲半导体分立器件型号命名方法见表 8.2－2。

表 8.2－2　欧洲半导体分立器件型号命名方法

第一部分		第二部分				第三部分		第四部分	
用字母表示器件使用的材料		用字母表示器件的类型及主要特性				用数字或字母加数字表示登记号		用字母对同一型号器件进行分挡	
符号	意义	符号	意义	符号	意义	符号	意义	符号	意义
A	锗材料（禁带为 0.6～1.0 eV）	A	检波二极管、开关二极管、混频二极管	M	封闭磁路中的霍尔元件	三位数字	代表通用半导体器件的登记序号	A B C D E ⋮	表示同一型号的半导体器件按某一参数进行分挡的标志
		B	变容二极管	P	光敏器件				
B	硅材料（禁带为 1.0～1.3 eV）	C	低频小功率三极管（$R_{rj}>15℃/W$）	Q	发光器件				
		D	低频大功率三极管（$R_{rj}\leqslant 15℃/W$）	R	小功率晶闸管（$R_{rj}>15℃/W$）				
C	砷化镓材料（禁带大于 1.3 eV）	E	隧道二极管	S	小功率开关管（$R_{rj}>15℃/W$）				
		F	高频小功率管（$R_{rj}>15℃/W$）	T	大功率晶闸管（$R_{rj}\leqslant 15℃/W$）	一个字母二位数字	代表专用半导体器件的登记序号		
D	锑化铟材料（禁带小于 0.6 eV）	G	复合器件及其他器件	U	大功率开关管（$R_{rj}\leqslant 15℃/W$）				
		H	磁敏二极管	X	倍增二极管				
R	复合材料	K	开放磁路中的霍尔元件	Y	整流二极管				
		L	高频大功率三极管（$R_{rj}\leqslant 15℃/W$）	Z	稳压二极管				

美国半导体分立器件型号命名方法见表 8.2-3。

表 8.2-3 美国半导体分立器件型号命名方法

第一部分		第二部分		第三部分		第四部分		第五部分	
用符号表示器件类别		用数字表示PN结数目		美国电子工业协会(EIA)注册标记		美国电子工业协会(EIA)登记号		用字母表示器件分挡	
符号	意义	符号	意义	符号	意义	符号	意义	符号	意义
JAN或J —	军用品 非军用品	1 2 3 n	二极管 三极管 三个PN结器件 n个PN结器件	N	该器件已在美国电子工业协会(EIA)注册	多位数字	该器件在美国电子工业协会(EIA)注册	A B C D …	同一型号的不同挡别

日本半导体分立器件型号命名方法见表 8.2-4。

二、晶体二极管

晶体二极管简易测试方法见表 8.2-5。

整流二极管技术数据见表 8.2-6～9。

表 8.2-4 日本半导体分立器件型号命名方法

第一部分		第二部分		第三部分		第四部分		第五部分	
用数字表示器件有效电极数目或类型		日本电子工业协会(JEIA)注册标志		用字母表示器件使用材料极性和类型		器件在日本电子工业协会(JEIA)的登记号		同一型号的改进型产品标志	
符号	意义	符号	意义	符号	意义	符号	意义	符号	意义
0	光电二极管或三极管及包括上述器件的组合管	S	已在日本电子工业协会(JEIA)注册登记的半导体器件	A	PNP 高频晶体管	多位数字	这一器件在日本电子工业协会(JEIA)的注册登记号,性能相同,但不同厂家生产的器件可以使用同一个登记号	A B C D ⋮	表示这一器件是原型号产品的改进型
				B	PNP 低频晶体管				
1	二极管			C	NPN 高频晶体管				
				D	NPN 低频晶体管				
2	三极管或具有三个电极的其他器件			F	P 控制极晶闸器				
				G	N 控制极晶闸管				
3	具有四个有效电极的器件			H	N 基极单结晶体管				
⋮				J	P 沟道场效应管				
				K	N 沟道场效应管				
n	具有 n 个有效电极的器件			M	双向晶闸管				

表 8.2-5　晶体二极管简易测试方法

项目	正向电阻	反向电阻
测试方法	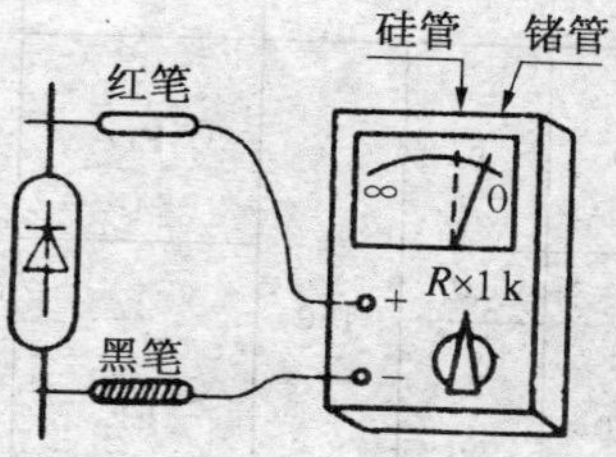 硅管　锗管 红笔　黑笔 ∞　0　+　−　$R\times1\,k$	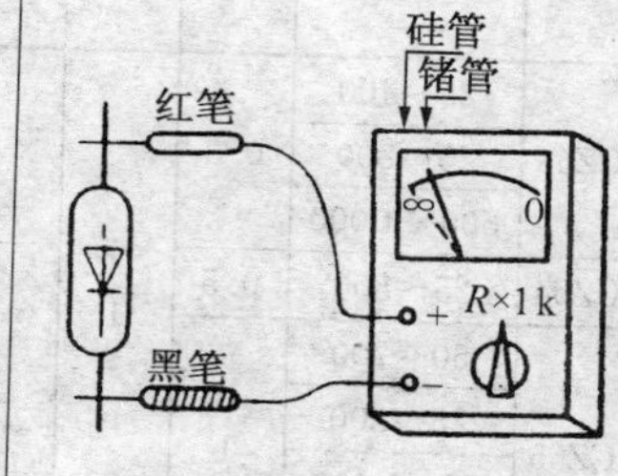 硅管　锗管 红笔　黑笔 ∞　0　+　−　$R\times1\,k$
测试情况	硅管：表针指示位置在中间或中间偏右一点；锗管：表针指示在右端靠近满度的地方(如上图所示)表明管子正向特性是好的 如果表针在左端不动，则管子内部已经断路	硅管：表针在左端基本不动，极靠近∞位置；锗管：表针从左端起动一点，但不应超过满刻度的 1/4(如上图所示)，则表明反向特性是好的 如果表针指在 0 位，则管子内部已短路
极性判别	万用表一端(黑表笔)连接二极管的阳极，因为这端与万用表内电池正极相连	万用表一端(黑表笔)连接二极管的阴极

表 8.2-6　常用硅整流二极管的型号及技术数据

型　号	U_R /V	I_F /A	U_F /V	I_F /μA	I_{FSM} /A	T_{jM} /℃	外形 (图 8.2-1)	主要用途
2CZ31	50～800	1	0.8	5	20	150	EM-1	通信设备及仪表用电源
2CZ32	25～800	1.5		3	30			
	50～1 000							
2CZ33	50～600					130	EL-8	电视、收录机电源
2CZ37	600	1.2	0.93	10	80		EL-8	彩电、仪器开关电源
2CZ52	25～400	0.1	0.7	1	2		EA-3	
	25～800							
	50～1 000							

（续表）

型　号	U_R /V	I_F /A	U_F /V	I_F /μA	I_{FSM} /A	T_{jM} /℃	外形（图 8.2－1）	主要用途
2CZ53	25～400	0.3	1	5	6	150	ED	通信设备仪器仪表及家用电器用稳压电源
	25～800							
	500～1 000							
2CZ54	25～800	0.5		10	10		EE	
2CZ55	50～700	1			20			
	25～800							
	25～1 000							
	25～1 400							
2CZ56	100～2 000	3	0.8	20	65	140	EF	
2CZ57	25～1 000	5			105			
	25～2 000							
2CZ58	100～2 000	10		30	210		EG	
2CZ59	25～1 000	20		40	420			
	25～1 400							
	100～2 000							
2CZ82	25～800	0.1	1	5	2	130	EA	
2CZ84	25～800	0.5	0.8		15		DO	
	100～1 000							
2CZ85	100～600	1			30		DO	
	25～1 000							
2CZ86	100～600	2	1.2	3		140	DO	
2CZ87	100～600	3						
2DZ12	50～1 400	0.1	1	5	2	150	ED	通信设备、仪器仪表稳压电源
2DZ13		0.3			6			
2DZ14		0.5		10	10		EE	
2DZ15		1			20			
2DZ16		3	0.8	20	65	140	EF	
2DZ17		5			105			

表 8.2-7 常用硅桥式整流器的型号及技术数据

型　号	最高反向工作电压（峰值）U_R/V	额定整流电流（平均值）I_0/A	正向压降（单管）（平均值）U_F/V	反向漏电流（单管）（平均值）I_R/μA	不重复正向浪涌电流 I_{FSM}/A	额定结温 T_{jM}/℃	主要用途
$2CQ_1$	100						
$2CQ_2$	200	1	0.55	5	40	125	电视机、仪表电源单相半桥整流
$2CQ_3$	200						
QL_1		0.05			1		
QL_2		0.1			2		
QL_3		0.2			4		
QL_4		0.3		10	6		
QL_5	25～1 000	0.5	1.2		10	130	
QL_6		1			20		
QL_7		2			40		
QL_8		3		15	60		
QL_9		5		20	100		
QL_{51}	25～1 000	1	1.2	10		130	收音机、录音机、电视机及仪器仪表、电子设备电源单相桥式整流
QL_{52}		0.05					
QL_{53}		0.1					
QL_{54}		0.2					
QL_{55}		0.5					
QL_{56}		0.1		10	20		
QL_{57}	25～1 000	0.2	1			130	
QL_{58}		0.3					
QL_{59}		0.5					
QL_{60}		1					
QL_{61}		2		15			
QL_{62}		2	1	10	50	130	
QL_{75-4}	600	2.5	1.1	10	50	150	彩电用

表 8.2－8　整流二极管最高反向工作电压规格　　　　V

A	B	C	D	E	F	G	H	J	K	L
25	50	100	200	300	400	500	600	700	800	900
M	**N**	**P**	**Q**	**R**	**S**	**T**	**U**	**V**	**W**	**X**
1 000	1 200	1 400	1 600	1 800	2 000	2 200	2 400	2 600	2 800	3 000

表 8.2－9　用色环表示整流二极管最高反向工作电压规格

色　环	黑	棕	红	橙	黄	绿	蓝	紫	灰
U_R/V	50	100	200	300	400	500	600	700	800

检波二极管技术数据见表 8.2－10。

表 8.2－10　常用锗检波二极管的型号及技术数据

型　号	正向电流 I_F /mA	反向工作电压 U_R /V	反向峰值击穿电压 U_B /V	反向直流电流 I_R /μA	最大整流电流 I_{OM} /mA	截止频率 f /MHz	外形（图 8.2－1）	检波效率 η /%
2AP1	≥2.5	≥10	≥40		≥16	150	玻璃封装EA型	
2AP2		≥25	≥45					
2AP3	≥7.5			≤200	≥25			
2AP4	≥5	≥50	≥75		≥16			
2AP5	≥2.5	≥75	≥110					
2AP6	≥1	≥100	≥150		≥12			
2AP7	≥5							
2AP8A	≥4	≥10	≥20	≤100	≥35			
2AP8B	≥6							
2AP9	≥8	≥10	≥20	≤200	≥5	100		65

（续表）

型　号	正向电流 I_F /mA	反向工作电压 U_R /V	反向峰值击穿电压 U_B /V	反向直流电流 I_R /μA	最大整流电流 I_{OM} /mA	截止频率 f /Mfz	外形（图 8.2－1）	检波效率 η /%
2AP10	≥8	≥20	≥30	≤40		40	玻璃封装 EA 型	
2AP11	≥10	≥10	≥10	≤200	≥25			
2AP12	≥90				≥40			
2AP13	≥10	≥30	≥30	≤200	≥20	40		
2AP14	≥30				≥30			
2AP15	≥60							
2AP16	≥30	≥50	≥50		≥20			
2AP17	≥10	≥100	≥100		≥15			
2AP18－1	≥100	≥50	≥50	≤100	≥100	40		
2AP18－2	≥150	≥75	≥75		≥120			
2AP18－3	≥200	≥100	≥100		≥150			
2AP21	≥50	≥7	≥10	≤200	≥50	150		
2AP18－3	≥200	≥100	≥100		≥150			
2AP30C	≥2	≥10	≥20	≤50	≥5	400		
2AP30D				≤30				
2AP30E			≥35	≤11				
2AP31A			≥25	≤30				
2AP31B			≥35	≤30				
2AP34A	≥5	≥60	≥75	≤20	≥50			60
2AP60	≥4	≥35	≥40	≤75				50
2AP90	≥2	≥20	≥30	≤100				
2AP110	≥3	≥40	≥50	≤40				
2AP188	≥5	≥35	≥40	≤33				
2AP261	≥0	≥35	≥40	≤70				

开关二极管技术数据见表 8.2－11。

表 8.2-11　常用小功率开关二极管的型号及技术参数

型　号	最高反向工作电压 U_{RM}/V	最大正向电流 I_{OM}/mA	额定正向电流 I_F /mA	正向压降 U_F /V	反向恢复时间 t_{rr}/ns	外形（图 8.2-1）
2AK1	10	≥150	—	≤1	≤200	EA 型
2AK2	20					
2AK3	30	≥200		≤0.9	≤150	
2AK5	40					
2AK6	50					
2AK7	30	—	≥10	≤1	≤150	
2AK9	40					
2AK10	50					
2AK11	30	≥250	—	≤0.7		
2AK13	40					
2AK14	50					
2AK15	12	—	≥3	≤1	≤150	
2AK16					30～80	
2AK17			≥10		≤120	
2AK18	30	≥250	—	≤0.65	≤100	EA 型
2AK19	40					
2AK20	50					
2CK70A～E	A≥20 B≥30 C≥40 D≥50 E≥60	≥10	≥10	≤0.8	≤3	ET 型
2CK71A～E		—	≥20		≤4	
2CK72A～E			≥30			
2CK73A～E		≥50	≥50	≤1	≤5	
2CK74A～D		≥100	≥100			
2CK75A～D		≥150	≥150			
2CK76A～D		≥200	≥200			
2CK77A～D		≥300	≥260		≤10	
2CK78A～D		≥400	≥270			
2CK79A～D		≥500	≥280			
2CK80A～D		≥600	≥300			
2CK81A～D		≥700	≥320			

(续表)

型　号	最高反向工作电压 U_{RM}/V	最大正向电流 I_{OM}/mA	额定正向电流 I_F/mA	正向压降 U_F/V	反向恢复时间 t_{rr}/ns	外形（图 8.2-1）
2CK82A～E	A≥10 B≥20 C≥30 D≥40 E≥50	≥30	≥10	≤1	≤5	EA 型 或 ET 型
2CK83A～F						
2CK84A～F	A≥30 B≥60 C≥90 D≥120 E≥150 F≥180	—	≥50	≤1	≤150	EA 型
2CK85A～D			≥100		≤50	
2CK86			≥10		≤5	EA 或 ET 型

硅普通二极管技术数据见表 8.2-12。

表 8.2-12　常用硅普通二极管的型号及技术数据

型　号	最高反向工作电压 U_R/V	额定正向整流电流 I_F/mA	正向电压降 U_F/V	反向漏电流 I_R/μA	外形（图 8.2-1）
2CP1A	50	500	≤1	≤5 (25℃)	EE 型
2CP1	100				
2CP2	200				
2CP3	300				
2CP4	400				
2CP5	500				
2CP1E	600				
2CP1G	800				
2CP6	50	100	≤1	≤5 (25℃)	玻璃封装 EA 型
2CP6A	100				
2CP6B	200				
2CP6C	300				
2CP6D	400				
2CP6E	600				
2CP6F	800				

(续表)

型号	最高反向工作电压 U_R/V	额定正向整流电流 I_F/mA	正向电压降 U_F/V	反向漏电流 $I_R/\mu A$	外形(图 8.2-1)
2CP10	25	100	≤1	≤5 (25℃)	玻璃封装 EA 型
2CP11	50				
2CP12	100				
2CP13	150				
2CP14	200				
2CP15	250				
2CP16	300				
2CP17	350				
2CP18	400				
2CP19	500				
2CP20	600				
2CP20A	800				
2CP21A	50	300	≤1.2	≤5 (25℃)	ED 型或 EL 型
2CP21	100				
2CP22	200				
2CP23	300				
2CP24	400				
2CP25	500				
2CP26	600				
2CP27	700				
2CP28	800				
2CP31	25	250	≤1	≤5 (25℃)	EE 型
2CP31A	50				
2CP31B	100				
2CP31C	150				
2CP31D	200				
2CP31E	250				
2CP31F	300				
2CP31G	350				
2CP31H	400				
2CP31I	500				

稳压二极管技术数据见表 8.2-13～15。

表 8.2-13　常用硅稳压二极管的型号及技术数据

型　号	最大耗散功率 P_{ZM} /W	最大工作电流 I_{ZM} /mA	稳定电压 U_Z /V	稳定电流 I_Z /mA	动态电阻 R_Z /Ω	电压温度系数 C_{TV} /(×10^{-4}℃)	外形
2CW50	0.25	83	1～2.8	10	≤50	≥-9	ED型或EA型
2CW51		71	2.5～3.5		≤60		
2CW52		55	3.2～4.5		≤70	≥-8	
2CW53		41	4～5.8		≤50	-6～4	
2CW54		38	5.5～6.5		≤30	-3～5	
2CW55		33	6.2～7.5		≤15	≤6	
2CW56		27	7～8.8			≤7	
2CW57		26	8.5～9.5	5	≤20	≤8	
2CW58		23	9.2～10.5		≤25		
2CW59		20	10～11.8		≤30	≤9	
2CW60		19	11.5～12.5		≤40		
2CW61		16	12.2～14	3	≤50	≤9.5	
2CW62		14	13.5～17		≤60		
2CW63		13	16～19		≤70		
2CW64		11	18～21		≤75		
2CW65		10	20～24		≤80		
2CW66		9	23～26		≤85		
2CW67		9	25～28	5	≤90	≤10	ED型或EA型
2CW68		8	27～30		≤95		
2CW69		7	28～33				
2CW70			32～36		≤100		
2CW71		6	35～40				
2CW72		29	7～8.8		≤6	≤7	
2CW73		25	8.5～9.5		≤10	≤8	
2CW74		23	9.2～10.5		≤12	≤8	
2CW75		21	10～11.8		≤15	≤9	
2CW76		20	11.5～12.5		≤18		
2CW77		18	12.2～14			≤9.5	
2CW78		14	13.5～17		≤21		
2CW100	1	330	1～2.8	50	≤5	≥-9	
2CW101		280	2.5～3.5		≤25		
2CW102		220	3.2～4.5		≤30	≥-8	
2CW103		165	4～5.8		≤20	-6～4	
2CW104		150	5.5～6.5	30	≤15	-3～5	

（续表）

型　号	最大耗散功率 P_{ZM} /W	最大工作电流 I_{ZM} /mA	稳定电压 U_Z /V	稳定电流 I_Z /mA	动态电阻 R_Z /Ω	电压温度系数 C_{TV} /(×10^{-4}/℃)	外形
2CW105	1	130	6.2～7.5	30	≤7	≤6	ED型
2CW106		110	7～8.8		≤5	≤7	
2CW107		100	8.5～9.5	20	≤10	≤8	
2CW108		95	9.2～10.5		≤12		
2CW109		83	10～11.8		≤15	≤9	
2CW110		76	11.5～12.5		≤20		
2CW111		66	12.2～14				
2CW112		58	13.5～17	10	≤35	10	
2CW113		52	16～19		≤40	≤11	
2CW114		47	18～21		≤45		
2CW115		41	20～24		≤50		
2CW116		38	23～26		≤55		
2CW117		35	25～28		≤60		
2CW118		33	27～30	5	≤80		
2CW119		30	29～33		≤90	≤12	
2CW120		27	32～36		≤110		
2CW121		25	35～40		≤130		
2CW130	3	660	3～4.5	100	≤20	≥−8	EE型
2CW131		500	4～5.8		≤15	−6～4	
2CW132		460	5.5～6.5		≤12	−3～5	
2CW133		400	6.2～7.5	50	≤6	≤6	
2CW134		330	7～8.8		≤5	≤7	
2CW135		310	8.5～9.5		≤7	≤8	
2CW136		280	9.2～10.5		≤9		
2CW137		250	10～11.8		≤12	≤9	
2CW138		230	11.5～12.5		≤14		
2CW139		200	12.2～14		≤16	≤10	
2CW140		170	13.5～17	30	≤25		
2CW141		150	16～19		≤30	≤11	
2CW142		140	18～21		≤35		
2CW143		120	20～24		≤40		
2CW144		110	23～26		≤45		
2CW145		100	25～28	15	≤55		
2CW146		100	27～30		≤60		
2CW147	3	90	29～33		≤70		
2CW148		80	32～36		≤80		
2CW149		75	35～40		≤90		

表 8.2-14　硅平面温度补偿稳压管参数

型　号	最大耗散功率 P_{ZM} /W	最大工作电流 I_{ZM} /mA	稳定电压 U_Z /V	稳定电流 I_Z /mA	动态电阻 R_Z /Ω	电压温度系数 C_{TV} (×10⁻⁶/℃)	外形（图 8.2-1）
2DW230	0.2	30	5.8～6.6	10	≤25	1 501	B-4型
2DW231			5.8～6.6		≤15		
2DW232			6～6.5	10	≤10	151	
2DW233							
2DW234							
2DW235							
2DW236							

表 8.2-15　硅平面双向限幅稳压管参数

型　号	最大耗散功率 P_{ZM} /W	最大工作电流 I_{ZM} /mA	稳定电压 U_Z /V	稳定电流 I_Z /mA	动态电阻 R_Z /Ω	正反向电压差 /V	外形（图 8.2-1）
2DW∅6	0.2	31	5.5～5.6	10	≤30	≤0.3	B-4型
2DW∅7		27	6.4～7.6		≤25		
2DW∅8		24	7.4～8.6		≤15		
2DW∅9		21	8.4～9.6		≤20		
2DW∅10		18	9.4～11.1		≤20		
2DW∅12		15	10.9～13.1		≤25		
2DW∅14		13	12.9～15		≤30		

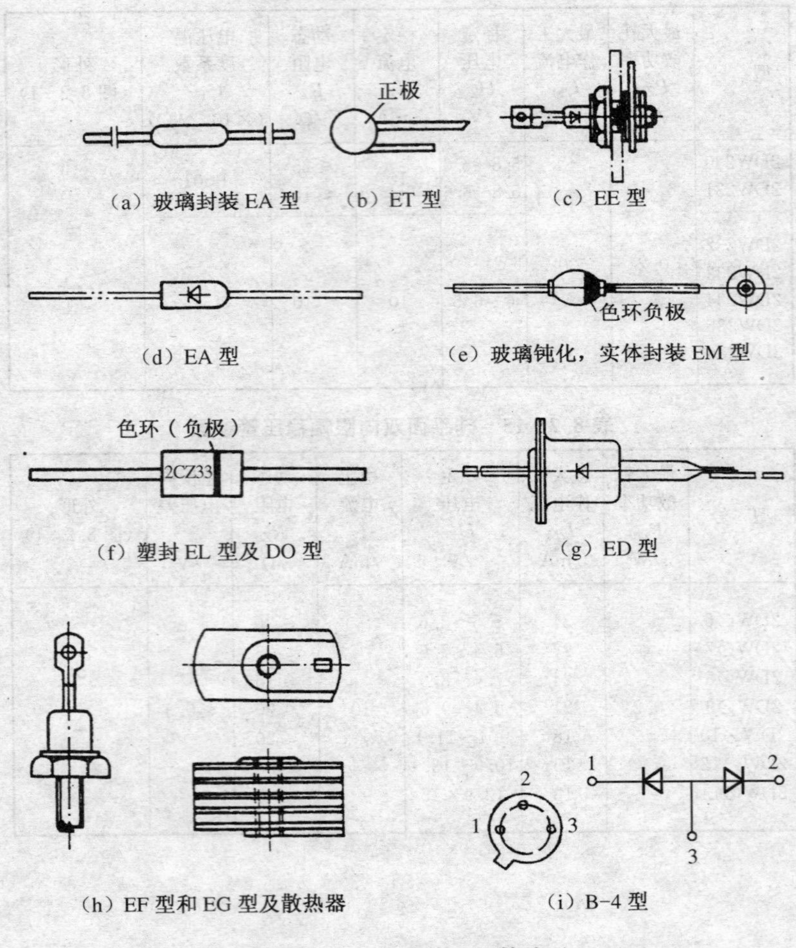

（a）玻璃封装 EA 型　（b）ET 型　（c）EE 型

（d）EA 型　（e）玻璃钝化，实体封装 EM 型

（f）塑封 EL 型及 DO 型　（g）ED 型

（h）EF 型和 EG 型及散热器　（i）B-4 型

图 8.2-1　半导体二极管外形

三、晶体三极管

晶体三极管的简易测试见表 8.2－16。

表 8.2－16　三极管电极的判别方法

项目		方法	说明
第一步判别基极	PNP 型三极管	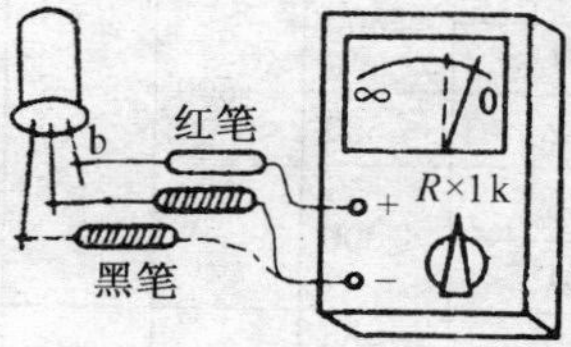	可把三极管看作两个二极管来分析。将万用表的＋端(红笔)接某一管脚,用－端(黑笔)分别接另外两管脚。这样可有三组(每组二次)读数,当其中一组二次测量的阻值均小时(指针指在右端),则＋端所连接的管脚即为 PNP 型管子的基极
	NPN 型三极管	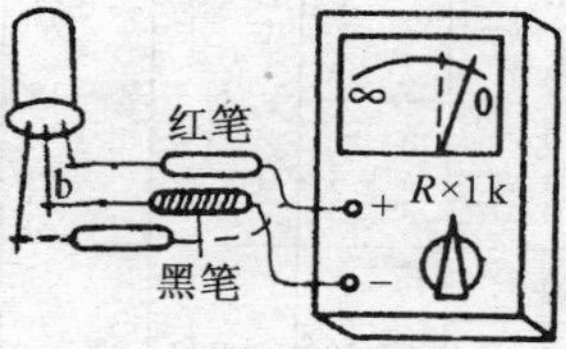	方法同上,但以－端(黑笔)为准,用＋端(红笔)分别接另外两管脚,当其中一组二次测量的阻值均小时,则－端所连接的管脚为 NPN 型管子的基极
第二步判别集电极		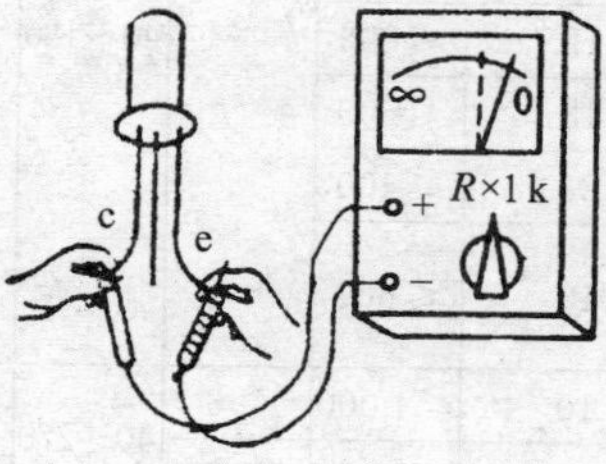	将万用表两个表笔接到管子的另外两脚,用嘴含住基极(利用人体电阻实现偏置),看准表针位置,再将表笔对调,重复上述测试,比较两次指针位置,对于 PNP 型管子,阻值小的一次,正端所接的即为集电极;对于 NPN 型管子,阻值小的一次,负端所接的即为集电极

常用晶体三极管的型号及技术数据见表 8.2-17～26。

表 8.2-17　常用锗 PNP 型低频小功率三极管的型号及技术数据

型号		极限参数			直流、交流参数			外形（图 8.2-2）
		P_{CM} /mW	I_{CM} /mA	$U_{(BR)CEO}$ /V	I_{CEO} /μA	f_{β} /kHz	h_{FE}	
3AX51A、B		100	100	12	≤500	≥500	25～80	C 型
3AX51	C			18	≤300			
	D			24				
3AX52A、B		150	150	12	≤550			
3AX52	C			18	≤300			
	D			24				
3AX53	A	200	200	12	≤800	≥500	40～180	B 型
	B			18	≤700			
	C			24				
3AX54	A		160	35			25～120	
	B			45				
3AX54	C		160	60				
	D			70				
3AX55	A	500	500	20	≤1 200	≥200	40～180	D 型
	B			30				
	C			45				
3AX31	M	125	125	6	≤10			C 型
	A			12	≤800			
	B			18	≤600			
	C			21	≤400			
3AX31D、E				12	≤600			
3AX31F			30					
3AX81	A	200	200	10	≤1 000	≥6	40～270	B-3 型
	B			15	≤700	≥8		

注：T_{jM}均为 75℃。

表 8.2-18　常用硅(NPN 型)高频小功率三极管的型号及技术数据

<table>
<tr><th colspan="2" rowspan="2">型　号</th><th colspan="3">极 限 参 数</th><th colspan="3">直　流　参　数</th><th>交流参数</th></tr>
<tr><th>$U_{(BR)CEO}$ /V</th><th>P_{CM} /mA</th><th>I_{CM} /mA</th><th>I_{CEO} /μA</th><th>h_{FE}</th><th>$U_{CE}(sat)$ /V</th><th>f_T /MHz</th></tr>
<tr><td rowspan="4">3DG100</td><td>A</td><td>≥20</td><td rowspan="18">100</td><td rowspan="18">20</td><td rowspan="10">≤0.01</td><td rowspan="28">≥30</td><td rowspan="3">≤1</td><td rowspan="2">≥150</td></tr>
<tr><td>B</td><td>≥30</td></tr>
<tr><td>C</td><td>≥20</td><td rowspan="2">≥300</td></tr>
<tr><td>D</td><td>≥30</td><td rowspan="25">≤0.35</td></tr>
<tr><td rowspan="6">3DG101</td><td>A</td><td>≥15</td><td rowspan="2">≥150</td></tr>
<tr><td>B</td><td>≥20</td></tr>
<tr><td>C</td><td>≥30</td><td rowspan="4">≥300</td></tr>
<tr><td>D</td><td>≥15</td></tr>
<tr><td>E</td><td>≥20</td></tr>
<tr><td>F</td><td>≥30</td></tr>
<tr><td rowspan="4">3DG102</td><td>A</td><td>≥20</td><td rowspan="18">≤0.1</td><td rowspan="2">≥150</td></tr>
<tr><td>B</td><td>≥30</td></tr>
<tr><td>C</td><td>≥20</td><td rowspan="2">≥300</td></tr>
<tr><td>D</td><td>≥30</td></tr>
<tr><td rowspan="4">3DG103</td><td>A</td><td>≥20</td><td rowspan="2">≥500</td></tr>
<tr><td>B</td><td>≥30</td></tr>
<tr><td>C</td><td>≥20</td><td rowspan="2">≥700</td></tr>
<tr><td>D</td><td>≥30</td></tr>
<tr><td rowspan="6">3DG$^{101}_{111}$</td><td>A</td><td>≥15</td><td rowspan="10">300</td><td rowspan="10">50</td><td rowspan="3">≥150</td></tr>
<tr><td>B</td><td>≥30</td></tr>
<tr><td>C</td><td>≥45</td></tr>
<tr><td>D</td><td>≥15</td><td rowspan="3">≥300</td></tr>
<tr><td>E</td><td>≥30</td></tr>
<tr><td>F</td><td>≥45</td></tr>
<tr><td rowspan="4">3DG112</td><td>A</td><td>≥20</td><td rowspan="2">≥500</td></tr>
<tr><td>B</td><td>≥30</td></tr>
<tr><td>C</td><td>≥20</td><td rowspan="2">≥700</td></tr>
<tr><td>D</td><td>≥30</td></tr>
</table>

（续表）

型　号		极限参数			直流参数			交流参数
		$U_{(BR)CEO}$ /V	P_{CM} /mA	I_{CM} /mA	I_{CEO} /μA	h_{FE}	$U_{CE}(sat)$ /V	f_T /MHz
3DG$^{120}_{121}$	A	≥30	500	700	≤0.01	≥20	≤0.5	≥150
	B	≥45						
	C	≥30						≥300
	D	≥45						
3DG122	A	≥30			≤0.2			≥500
	B	≥45						
	C	≥30						≥700
	D	≥45						
3DG123	A	≥20	500	50	≤0.5		≤0.35	≥1 000
	B							≥1 500
	C	≥30						≥1 000
3DG130	A		700	500	≤1		≤0.6	≥500
	B	≥45						
	C	≥30						≥300
	D	≥45						
3DG131	A	≥20		100	≤0.5		≤0.35	≥1 000
	B	≥30						
	C	≥40						
3DG132	A	≥25		200			≤0.5	≥1 000
	B	≥35						
3DG140		≥10	100	15	≤0.1	≥20	≤0.35	≥400
3DG141								≥600
3DG142								≥80
3DG144				20		≥10	≤0.25	≥2 500

注:本表中以上各三极管的外形图均为 B-3 型,如图 8.2-2 所示。

表 8.2-19　硅高频高反压小功率三极管的型号及技术数据

<table>
<tr><th colspan="2" rowspan="2">型　号</th><th colspan="3">极限参数</th><th colspan="3">直　流　参　数</th><th rowspan="2">交流参数
f_T
/MHz</th></tr>
<tr><th>$U_{(BR)CEO}$
/V</th><th>P_{CM}
/mW</th><th>I_{CM}
/mA</th><th>I_{CEO}
/μA</th><th>$U_{CE}(sat)$
/V</th><th>h_{FE}</th></tr>
<tr><td>3DG160</td><td>A～D</td><td>200～500</td><td>300</td><td>20</td><td>≤0.1</td><td>≤0.5</td><td>≥10</td><td>≥10</td></tr>
<tr><td rowspan="2">3DG170</td><td>A～E</td><td rowspan="2">60～220</td><td rowspan="2">500</td><td rowspan="2">50</td><td rowspan="2">≤0.5</td><td rowspan="2">≤0.5</td><td rowspan="6">≥20</td><td>≥50</td></tr>
<tr><td>F～J</td><td>≥100</td></tr>
<tr><td rowspan="2">3DG180</td><td>A～G</td><td rowspan="2">60～300</td><td rowspan="6">700</td><td rowspan="2">100</td><td rowspan="2">≤1</td><td rowspan="4">≤0.8</td><td>≥50</td></tr>
<tr><td>H～N</td><td>≥100</td></tr>
<tr><td rowspan="2">3DG181</td><td>A～E</td><td rowspan="4">60～220</td><td rowspan="2">200</td><td rowspan="2">≤2</td><td>≥50</td></tr>
<tr><td>F～I</td><td>≥100</td></tr>
<tr><td rowspan="2">3DG182</td><td>A～E</td><td rowspan="2">300</td><td rowspan="2">≤1</td><td rowspan="2">≤1</td><td rowspan="2">≥10</td><td>≥50</td></tr>
<tr><td>F～J</td><td>≥100</td></tr>
<tr><td rowspan="2">3DG160</td><td>A～C</td><td>60～140</td><td rowspan="2">300</td><td rowspan="2">20</td><td rowspan="2"></td><td rowspan="4">≤0.5</td><td rowspan="4">≥25</td><td>≥100</td></tr>
<tr><td>D～E</td><td>180～220</td><td>≥50</td></tr>
<tr><td rowspan="2">3CG170</td><td>A～C</td><td>60～140</td><td rowspan="2">500</td><td rowspan="2">50</td><td rowspan="2">≤0.5</td><td>≥100</td></tr>
<tr><td>D～E</td><td>180～220</td><td rowspan="2">≥50</td></tr>
<tr><td rowspan="2">3CG180</td><td>A～D</td><td rowspan="2">100～220</td><td rowspan="2">700</td><td rowspan="2">100</td><td rowspan="2">≤1</td><td rowspan="2">≤0.8</td><td rowspan="2">≥15</td></tr>
<tr><td>E～H</td><td>≥150</td></tr>
</table>

注:表中三极管的外形图为 B-3 型,如图 8.2-2 所示。

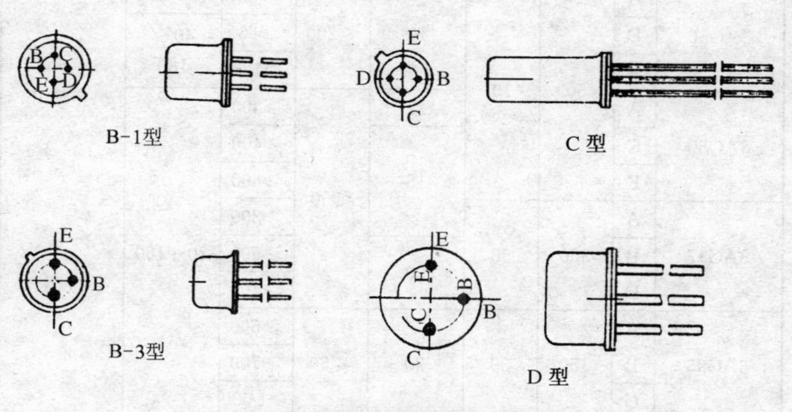

图 8.2-2　晶体三极管外形图 1

表 8.2-20 锗(PNP 型)高频小功率三极管的型号及技术数据

型号		极限参数			直流、交流参数			外形(图 8.2-2)
		P_{CM}/mW	I_{CM}/mA	$U_{(BR)CEO}$/V	I_{CEO}/μA	f_T/MHz	h_{FE}	
3AG53	A	50	10	15	≤200	≥30	30～200	B型
	B			25		≥50		
	C					≥100		
	D					≥200		
	E					≥300		
3AG54	A	100	30	15	≤300	≥30		
	B					≥50		
	C					≥100		
	D					≥200		
	E					≥300		
3AG55	A	150	50		≤500	≥100		
	B					≥200		
	C					≥300		
3AG56	A	50	10	10	≤200	≥25	40～270	
	D					≥65	40～180	
	F					≥120		
3AG80	A			12	≤50	≥300	20～150	
	C			15		≥400		
	E					≥600		
3AG87	A	300	50			≥300		
	B			20		≥500		
	D					≥700		
3AG95	A	150	30	20	≤50	≥500		
	B					≥700		
	C					≥1 000		

表 8.2-21　常用硅低频小功率三极管的型号及技术数据

型　号	极限参数			直流、交流参数			外形 (图 8.2-3)
	P_{CM} /mW	I_{CM} /mA	$U_{(BR)CEO}$ /V	I_{CEO} /μA	h_{FE}	$U_{CE(sat)}$ /V	
200 3DX201　A 202	300	300	≥12	≤2	55～ 400	≤0.5	TO-92 (S-1 B型) 或 S-2、 S-3 型
200 3DX201　B 202			≥18				
200 3CX201　A 202	300	300	≥12	≤1	55～ 400		TO-92 (S-1 B型) 或 S-2、 S-3 型
200 3CX201　B 202			≥18				
3DX203 3CX203	500	500	15		40～400		
3DX204 3CX204	700	700	15～40		55～400	≤0.5	TO-126
DX201 CX201	100	200	20～40		40～ 400		SOT-23
DX203 CX203	200	500					
DX211 CX211	200	30					
3DX211 3CX211	200	50	12				TO-92

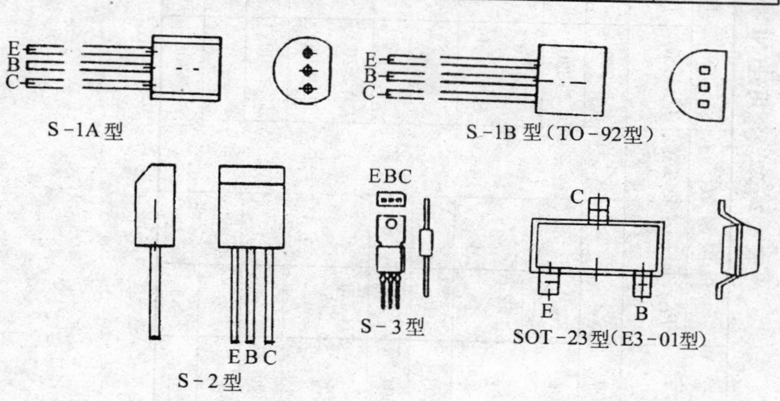

图 8.2-3　晶体三极管外形图 2

表 8.2－22　常用硅(NPN 型)低频大功率三极管的型号及技术数据

型　号	极限参数			直　流　参　数				开关参数		外形(图 8.2－4)
	P_{CM} /W	I_{CM} /A	T_{jM} /℃	$U_{(BR)CBO}$ /V	$U_{(BR)CEO}$ /V	I_{CEO} /mA	$U_{CE(sat)}$ /V	h_{FE}	t_f /μs	
3DD200	30	3	150	≥250	≥100		≤1.5	30～120	≤1	F型
3DD201	50	8		≥320	≥150	≤0.5		40～120		
3DD202		3		A≥1 100 B≥1 400	≥500 ≥600		≤3	7～30	≤1.2	
3DD203	10	1		≥100	≥60		≤0.6	50～200		
3DD204	30	3								
3DD205	15	1.5		A≥200 B≥300	≥100 ≥150		≤1	40～200		
3DD206	25			≥800	≥400			≥30		
3DD207	30	3			≥30	≤0.1	≤1.5	40～250		
3DD208	50			≥300	≥300		≤2	30～250		

表 8.2-23　锗(PNP)低频大功率三极管的型号及技术数据

型号		极限参数			直流参数						交流参数	外形
		P_{CM} /W	I_{CM} /A	R_{Tj} /(℃·W^{-1})	$U_{(BR)CBO}$ /V	$U_{(BR)CEO}$ /V	I_{CBO} /mA	I_{CEO} /mA	$U_{CE(sat)}$ /V	h_{FE}	f_β /MHz	(图 8.2-4)
3AD50	A	10	3	3.5	50	18	≤0.3	≤2.5	≤0.6	20～140	≥4	F 型
	B				60	24			≤0.8			
	C				70	36						
3AD51	A		2		50	18			≤0.35			圆形
	B				60	24						
	C				70	30						
3AD52	A				50	18			≤0.5			F 型
	B				60	24						
	C				70	30						
3AD53	A	20	6	1.75	50	18	≤0.5	≤12	≤1		≥2	F 型
	B				60	24		≤10				
	C				70	30						
3AD54	A		5		50	18	≤0.4	≤8	≤0.35		≥3	圆形
	B				60	24		≤6	≤0.5			
	C				70	30						
3AD55	A				50	18		≤8	≤0.35			F 型
	B				60	24		≤6	≤0.5			
	C				70	30						
3AD56	A	50	15	0.7	60	30	≤0.8	≤0.7	≤0.7			方圆形
	B				80	45			≤1			
	C				100	60						

注：1. h_{FE}色标分挡为：棕 20～30；红 30～40；橙 40～60；黄 60～90；绿 90～100。
2. T_{jM}均为 90℃。

表 8.2-24 硅 NPN/PNP 型开关三极管的型号及技术数据

型号		极限参数		直流参数					交流参数			外形 (图 8.2-2)
		P_{CM} /mW	I_{CM} /mA	$U_{(BR)CBO}$ /V	$U_{(BR)CEO}$ /V	I_{CBO} /μA	I_{CEO} /μA	h_{FE}	f_T /MHz	t_{on} /ns	t_{off} /ns	
3DK100	A	100	30	≥20	≥15	≤0.1	≤0.1	25~180	≥300	≤20	≤35	B型
	B										≤25	
	C			≥15	≥10							
3DK101	A	200	40	≥30	≥20					≤30	≤60	
	B				≥25						≤40	
	C			≥20	≥15						≤35	
3DK102	A	300	50							≤40	≤50	
	B			≥30	≥25							
	C			≥20	≥15						≤35	
	D			≥30	≥25							
3DK103	A			≥20	≥15				≥200	≤50	≤65	
	B			≥40	≥30							
	C			≥60	≥45							
3DK104	A	700	400	≥75	≥60	≤1	≤1			≤100	≤230	
	B			≥100	≥80							
	C			≥75	≥60					≤50	≤130	
	D			≥100	≥80							
3DK105	A			≥40	≥30	≤0.5				≥25	≤280	
	B			≥60	≥45							

（续表）

型号		极限参数		直流参数				交流参数				外形
		P_{CM} /mW	I_{CM} /mA	$U_{(BR)CBO}$ /V	$U_{(BR)CEO}$ /V	I_{CBO} /μA	I_{CEO} /μA	h_{FE}	f_T /MHz	t_{on} /ns	t_{off} /ns	（图 8.2-4）
3DK105	C	700	500	≥40	≥30	≤0.5	≤1			≤25	130	B型
	D			≥60	≥45							
3DK106	A		600	≥40	≥30					≤30	≤280	
	B			≥60	≥45							
	C			≥40	≥30						≤130	
	D			≥60	≥45							
3DK107	A		800	≥40	≥30					≤30	≤280	
	B			≥60	≥45							
	C			≥40	≥30						≤130	
	D			≥60	≥45							
3CK110	A	300	50	≥20～50	≥15～45	≤0.2	≤0.2	25～180	150～450	≤50	60～110	
	S											
	E											
3CK112	A										80～130	
	S											
	E											
3CK120	A	500	200	≥20～50	≥15～45	≤0.5	≤0.5			≤30	60～110	
	S											
	E											
3CK121	A									≤50	80～200	
	S											
	E											
3CK130	A	700	700			5	10			≤50	120～160	
	S											
	E											

表 8.2-25　常用功率达林顿管的型号及技术数据

型号		P_{CM} /W	I_{CM} /A	T_{jM} /℃	$U_{(BR)CBO}$ /V	$U_{(BR)CEO}$ /V	I_{CEO} /mA	$V_{CE(sat)}$ /V	h_{FE}	外形 (图 8.2-4)
NPN 高压系列	YZ121A～F	20	5		A≥300 B≥400 C≥500 D≥600 E≥700 F≥800		≤1.5	≤2.5	红 500～1 000 黄 1 000～2 000 绿 >2 000	F型
	YZ123A～F	50	10				≤2			
	YZ125A～F	75	12.5							
	YZ127A～F	100	15							
	YZ129A～F	150	20					≤3		
	YZ161A～F	200	25				≤3			
	YZ163A～F	300	30							
PNP 低压系列	YZ31A～F	20	4	150	A≥30 B≥50 C≥80	D≥110 E≥150 F≥200	≤1.5	≤2.5	红 500～1 000 黄 1 000～2 000 绿 2 000～4 000 紫 4 000～6 000 白>6 000	F型
	YZ33A～F	50	6				≤2			
	YZ35A～F	75	10				≤2.5			
	YZ37A～F	100	12.5				≤3			
NPN 低压系列	YZ17A～F	0.75	0.5	150	A≥30 B≥50 C≥80 D≥110 E≥150 F≥200		0.1	≤1.5	红 500～1 000 黄 1 000～2 000 绿 2 000～4 000 紫 4 000～6 000 白>6 000	图 8.2-2 B型
	YZ18A～F	1	0.75				≤1			F型
	YZ19A～F	5	1							
	YZ20A～F	10	2							
	YZ21A～F	20	5				≤1.5	≤2		
	YZ23A～F	50	10				≤2			
	YZ25A～F	75	12.5							
	YZ27A～F	100	15							
	YZ29A～F	150	20					≤2.5		
	YZ61A～F	200	25				≤3			
	YZ63A～F	300	30							

表 8.2-26 硅 NPN/PNP 低、高压大功率开关三极管的型号及技术数据

型号	极限参数			直流参数			交流参数	开关参数			外形 (图 8.2-4)
	P_{CM} /W	I_{CM} /A	$U_{(BR)CBO}$ /V	$U_{CE(sat)}$ /V	I_{CEO} /mA	h_{FE}	f_T /MHz	t_{on} /μs	t_s /μs	t_f /μs	
3DK29A～D	1	0.5	15～30	0.5	0.1	25～180	400	0.015	0.03～0.08	0.01	
3DK35B～F	10	3	50～200	0.25	0.5			0.25	0.4	0.1	
3DK36B～H	30	5	50～130	0.5	0.7			0.3	0.6	0.15	
3DK37B～H	50	7.5	50～200	0.5	1	≥20		0.3	0.6	0.15	
$3DK^{38}_{39}B～H$	100	15	50～200	0.7	3			0.5	0.7	0.3	
3DK03	30	3	30～160	0.4							
3DK12	50	5	30～160	0.4		≥15	15	0.3		0.5	G型或F型
3DK08	60	7.5		0.5							
3DK32	75	10		0.5			10	0.6		1	
3DK33	100	20	40～160	0.8				0.8		1.2	
3CK01	5	1				≥10	5	0.3		0.5	
3CK02	10	2		0.6							
3CK03	20	3					4	0.4		0.6	
3CK05	50	5	30～100	0.7		≥15					
3CK010	75	10					3	0.5		0.8	
3CK015	100	15						0.6		0.8	

（续表）

型号	极限参数			直流参数			交流参数	开关参数			外形（图 8.2-4）
	P_{CM} /W	I_{CM} /A	$U_{(BR)CBO}$ /V	$U_{CE(sat)}$ /V	I_{CEO} /mA	h_{FE}	f_T /MHz	t_{on} /μs	t_s /μs	t_f /μs	
3CK5A～E	5	1.5	15～50	0.8	0.05	≥25	50	0.08		0.2	G型或F型
3CK10A～E	1	1	20～70	1	0.01		100	0.06		0.15	
3DKG3	50	3			0.1					0.8	
3DKG5	100	5	300～900	15	0.2	10				1.4	
3DKG10	150	10								2	
3DKG208	12	5	700			6			10	0.7	
3DKG208A	12	7.5					7				
3DKG536	50	8	480	5		15	5				
3DKG3236	60	5	400	0.6		≥15	8				
3DKG326A	75	6	400	1.5		25	10	0.5	3.5	0.5	
3DKG6547	75	15	400	1.5		6～30	10	1	4	0.7	
3DKG48B			600					0.5	1.5	0.2	
3DKG23		30	325	0.35～1		8		0.55	1.7	0.26	
3DKG22	250	40	250	0.5～1.5		10	8	1.3	2	0.5	
3DKG20		50	125	0.3～0.6				1.5	1.2	0.3	

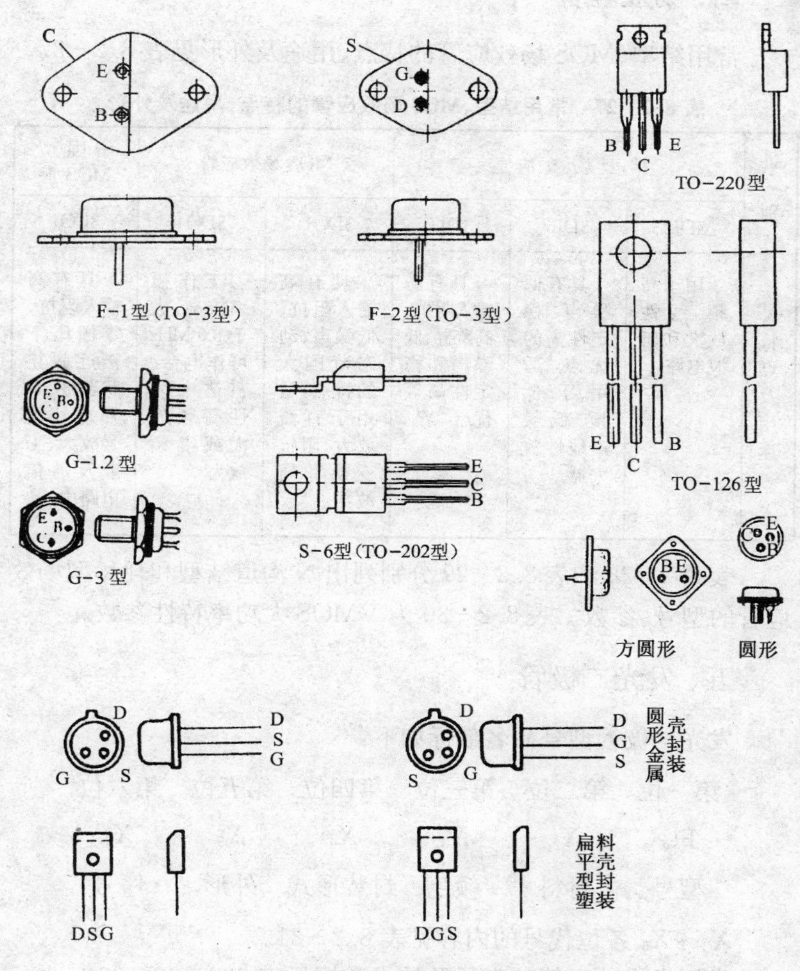

图 8.2－4　晶体三极管、场效应管外形

四、场效应管

常用结型、MOS场效应管的特点、用途及外形见表8.2－27。

表8.2－27 常用结型、MOS场效应管的特点、用途及外形

类别	结型场效应管			MOS场效应管		增强型MOS管
	3DJ2	3DJ6	3DJ7	3DO1	3DO4	3CO1
特点及用途	用于高频、线性放大和斩波电路	具有低噪声、稳定性高的优点，适用于低频、低噪声线性放大器	具有高输入阻抗、高跨导、低噪声和稳定性高等优点	具有高输入阻抗、低噪声、动态范围大的特点，适用于直流放大、阻抗变换和斩波器	工作频率较高，大于100 MHz，可作电台、雷达中线性高频放大或混频放大	具有高输入阻抗，零栅压下接近截止状态，用于开关、小信号放大、工业及通信电路中

表8.2－28和表8.2－29分别列出N沟道结型和耗尽型场效应管的型号、参数。表8.2－30为VMOS大功率特性参数。

五、发光二极管

发光二极管型号命名部标如下：

第一位	第二位	第三位	第四位	第五位	第六位
FG	X_2	X_3	X_4	X_5	X_6
型号	材料	颜色	封装形式	外形	序号

$X_2 \sim X_6$各位代号的内容见表8.2－31。

常用发光二极管的型号及技术数据见表8.2－32～33。

表 8.2-28 N 沟道结型场效应管的型号及技术数据

型号		饱和漏源电流 $I_{DS(sat)}$ /mA	夹断电压 $U_{GB(off)}$ /V	栅源绝缘电阻 r_{GS} /Ω	正向跨导 g_m /μS	最高振荡频率 f_M /MHz	最大漏源电压 $U_{DS(BR)}$ /V	最大栅源电压 $U_{GS(BR)}$ /V	最大耗散功率 P_{DM} /mW	最大漏源电流 I_{DSM} /mA	主要用途
3DJ2	D	<0.35	<|−4|	≥10^2	≥2 000	≥300	>20	>20	100	15	100 MHz 放大
	E	0.3~1.2									
	F	1~3.5									
	G	3~6.5	<|−9|								
	H	6~10									
3DJ4	D	<0.35	<|−3|	≥10^8							低频低噪声放大
	E	0.3~1.2									
	F	1~3.5									
	G	3~6.5	<|−6|								
	H	6~10									
3DJ6	D	<0.35	<|−4|	≥10^8	≥1 000	≥30					30 MHz 放大
	E	0.3~1.2									
	F	1~3.5									
	G	3~6.5	<|−9|								
	H	6~10									
3DJ7	D	<0.35	<|−4|		≥3 000						
	E	<1.2									
	F	1~3.5									
	G	3~11									

（续表）

型号		饱和漏源电流 $I_{DS(sat)}$ /mA	夹断电压 $U_{GB(off)}$ /V	栅源绝缘电阻 r_{GS} /Ω	正向跨导 g_m /μS	最高振荡频率 f_M /MHz	最大漏源电压 $U_{DS(BR)}$ /V	最大栅源电压 $U_{GS(BR)}$ /V	最大耗散功率 P_{DM} /mW	最大漏源电流 I_{DSM} /mA	主要用途
3DJ7	H	10～18	<|−9|			≥90	>20	>20	100	15	
	I	17～25									
	J	24～35									
3DJ8	F	1～3.5		≥10^7	≥6 000						30 MHz 高跨导
	G	3～11									
	H	10～18									
	I	17～25									
	J	24～35									
	K	35～70									
3DJ9	F	1～3.5	<|−7|		≥4 000	≥800					400 MHz 放大
	G	3～6.5									
	H	6～11									
	J	10～18									
3DJ3	A		<|−9|	≥10^5	≥4 000		>20	>20	100	30	<50 Ω 低阻开关
	B				≥7 000						
	C				≥12 000					40	
3DJ5	E	<1.2	<|−5|		≥2 000				100×2		对管
	F	1～3.5									
	G	3～6.5									
	H	6～10	<|−7|								

（续表）

型号		饱和漏源电流 $I_{DS(sat)}$ /mA	夹断电压 $U_{GB(off)}$ /V	栅源绝缘电阻 r_{GS} /Ω	正向跨导 g_m /μS	最高振荡频率 f_M /MHz	最大漏源电压 $U_{DS(BR)}$ /V	最大栅源电压 $U_{GS(BR)}$ /V	最大耗散功率 P_{DM} /mW	最大漏源电流 I_{DSM} /mA	主要用途
3DJ15	F	1～3.5	<|−55|		>3 000		>20	>20	100	10	88～108 MHz调频段放大
	G	3～7									
	H	6～11			8 000						
3DJ15	I	10～18	<|−5.5|		8 000				100	10	同上
	J	16～30									
3DJ17	F	1～3.5			>3 000				200	20	100 MHz放大
	G	3～11									
	H	10～18			6 000						
	I	17～25									
	J	24～65									
（P沟道结型场效应管）											
3CJ1	D	<0.35	<|−4|		>300			25	100		30 MHz放大
	E	0.3～1.2			>500						
	F	1～3.5			>1 000						
	G	3～6.5	<|−9|		>1 500						
	H	10～20			>2 000						

表 8.2-29　常用 N 沟道耗尽型 MOS 场效应管的型号及技术数据

型号		饱和漏源电流 $I_{DS(sat)}$ /mA	夹断电压 $U_{GS(off)}$ /V	栅源绝缘电阻 r_{GS} /Ω	正向跨导 g_m /μS	最高振荡频率 f_M /MHz	最大漏源电压 $U_{DS(BR)}$ /V	最大栅源电压 $U_{GS(BR)}$ /V	最大耗散功率 P_{DM} /mW	最大漏源电流 I_{DSM} /mA	相近型号	主要用途
3DO1	D	≤0.35	≤|−9|	≥10^8	≥1 000	≥90	≥20	>40	100	15	3DO7 3DO7H 3DO12 3DO13	30 MHz 放大
	E	0.3~1.2										
	F	1~3.5										
	G	3~6.5										
	H	6~10										
3DO2	D	<0.35		≥10^8	≥4 000	≥800	≥20	≥25	25		3DO9 3DO9H 3DO16 3DO17	400 MHz 放大
	E	<1.2		≥10^8		≥1 000	>12		100			
	F	1~3.5										
	G	3~11										
	H	10~25										
3DO4	D	≤0.35			≥2 000	≥300					3DO8 3DO8H 3DO14 3DO15	100 MHz 放大
	E	0.3~1.2					≥20					
	F	1~3.5										
	G	3~6.5										
	H	6~10.5										
	I	10~15										

表 8.2-30 VMOS 大功率管特性参数

型号	漏源击穿电压 $U_{DS(BR)min}$ /V	漏极电流 I_D /A	漏极电流(连续工作)最大值 $I_{D\,cont\,max}$ /A	漏源电阻 r_{DS} /Ω	漏极功耗 P_D /W	极性 N沟道 P沟道	外形 (图 8.2-5)
MTP1N100	1 000	0.5	1	10	75	N	塑封 TO-220AB 向上 GDS
MTP3N100	1 000	1.5	3	7	75		
MTP2N90	900	1	2	8	75	N	
MTP4N90	900	2	4	5	125		
MTP3N80	800	1.5	3	7	75	N	
MTP1N60	600	0.5	1	12	75		
MTP2N60		1	2	6	75		
MTP3N60		1.5	3	2.5	75		
MTP6N60		3	6	1.2	125		
MTP1N50	500	0.5	1	8	50	N	
MTP2N50		1	2	4	75	N	
MTP2P50		1	2	6	75	P	
MTP3N50		1.5	3	3	75	N	
MTP4N50		2	4	1.5	75	N	

（续表）

型号	漏源击穿电压 $U_{DS(BR)min}$ /V	漏极电流 I_D /A	漏极电流（连续工作）最大值 $I_{D\,cont\,max}$ /A	漏源电阻 r_{DS} /Ω	漏极功耗 P_D /W	极性 N沟道 P沟道	外形（图8.2-5）
MTP12N10	100	6	12	0.18	75	N	塑封 TO-220AB 向上 GDS
MTP12P10		6	12	0.3	75	P	
MTP20N10		10	20	0.15	100	N	
MTP25N10		12.5	25	0.085	125	N	
MTP5N05	50	2.5	5	0.6	50	N	
MTP7N05		3.5	7	0.4	50	N	
MPT10N05		5	10	0.28	75	N	
MTP12N05		6	12	0.3	75	N	
MTP14N05		7	14	0.1	40	N	
MTP15N05		7.5	15	0.16	75	N	
MTP16N05		8	16	0.08	40	N	
MTP25N05		12.5	25	0.08	100	N	
MTE20N60	600	10	20	0.25	250	N	装配式基座与漏极相连
MEP40N60		20	40	0.13	500		
MTE25N50	500	12.5	25	0.2	250	N	
MTE50N50		25	50	0.1	500		
MTE30N40	400	15	30	0.15	250	N	
MTE60N40		30	60	0.08	500		

表 8.2-31　半导体发光二极管型号命名方法

文种	汉语拼音	阿拉伯数字				
全称	FG	X_2	X_3	X_4	X_5	X_6
内容	型　号	材　料	颜　色	封装形式	外　形	序　号
代号意义说明	“发光”两字汉语拼音的第一个字母	1:GaAsP（磷砷化镓） 2:GaAsAI（砷铝镓） 3:GaP（磷化镓） 4:GaAs（砷化镓）	0:红外 1:红 2:橙 3:黄 4:绿 5:蓝 6:复合 7:靛 8:紫 9:紫外、黑、白	1:无色透明 2:无色散射 3:有色透明 4:有色散射	0:圆形 1:长方形 2:符号形 3:三角形 4:方形 5:组合形 6:特殊形	由原电子工业部标准化所统一给出

表 8.2-32　部分砷化镓红外发光二极管的型号及技术数据

型　号	工作电流 I_F /mA	正向压降 U_F /V	发射功率 P /mW	反向耐压 U_R /V	发光峰值波长 λ_P /μm
HG401 HG402 HG403	30	≤1.5	1～1.5 1.5～2.0 2.0～2.5	≥5	
HG411 HG412 HG413	30	≤1.5	1～1.5 1.5～2.0 2.0～2.5	≥5	
HG501 HG502 HG503 HG504 HG505	200	≤1.6	10～20 21～30 31～40 41～50 51～60		0.93
HG521 HG522 HG523 HG524 HG525 HG526 HG527 HG528	300	<2.0	100～150 151～200 201～250 251～300 301～400 401～500 501～550 551～600		0.93

表 8.2-33　常用发光二极管的型号及技术数据

<table>
<tr><th>型　号</th><th>发光材料</th><th>发光颜色</th><th>发光波长 λ /Å</th><th>光通量 F /mlm</th><th>最大功耗 P_M /mW</th><th>最大工作电流 I_{FM} /mA</th><th>反向耐压 U_R /V</th><th>正向压降 U_F /V</th></tr>
<tr><td>FG114001</td><td rowspan="9">磷砷化镓 GaAsP</td><td rowspan="9">红色</td><td rowspan="9">6 500</td><td>1～1.5</td><td>60</td><td>30</td><td rowspan="9">≥5</td><td rowspan="9">≤2</td></tr>
<tr><td>FG114002</td><td>1～1.5</td><td>100</td><td>50</td></tr>
<tr><td>FG114003</td><td>4～6</td><td>250</td><td>120</td></tr>
<tr><td>FG114004</td><td rowspan="6">1～1.5</td><td rowspan="6">60</td><td rowspan="6">30</td></tr>
<tr><td>FG114006</td></tr>
<tr><td>FG114007</td></tr>
<tr><td>FG114101</td></tr>
<tr><td>FG114501</td></tr>
<tr><td>FG114602</td></tr>
<tr><td>FG314001</td><td rowspan="21">磷化镓 GaP</td><td rowspan="9">红色</td><td rowspan="9">7 000</td><td rowspan="2">1～1.5</td><td rowspan="2">60</td><td rowspan="2">30</td><td rowspan="9">≥5</td><td rowspan="9">≤2.5</td></tr>
<tr><td>FG314002</td></tr>
<tr><td>FG314003</td><td>4～6</td><td>250</td><td>120</td></tr>
<tr><td>FG314004</td><td rowspan="6">1～1.5</td><td rowspan="6">60</td><td rowspan="6">30</td></tr>
<tr><td>FG314006</td></tr>
<tr><td>FG314007</td></tr>
<tr><td>FG314101</td></tr>
<tr><td>FG314501</td></tr>
<tr><td>FG314602</td></tr>
<tr><td>FG344001</td><td rowspan="9">绿色</td><td rowspan="9">5 650</td><td rowspan="2">1～1.5</td><td>60</td><td>30</td><td rowspan="9">≥5</td><td rowspan="9">≤2.5</td></tr>
<tr><td>FG344002</td><td>75</td><td>35</td></tr>
<tr><td>FG344003</td><td>4～6</td><td>250</td><td>120</td></tr>
<tr><td>FG344004</td><td rowspan="6">1～1.5</td><td rowspan="6">60</td><td rowspan="6">30</td></tr>
<tr><td>FG344006</td></tr>
<tr><td>FG344007</td></tr>
<tr><td>FG344101</td></tr>
<tr><td>FG344501</td></tr>
<tr><td>FG344602</td></tr>
<tr><td>FG334001</td><td rowspan="3">黄色</td><td rowspan="3"></td><td rowspan="2">1～1.5</td><td rowspan="2">60</td><td rowspan="2">30</td><td rowspan="3">≥5</td><td rowspan="3">≤2.5</td></tr>
<tr><td>FG334002</td></tr>
<tr><td>FG334003</td><td>4～6</td><td>250</td><td>120</td></tr>
</table>

注：有金属底座的管子，靠近销口的管脚为正极。管子的正负极也可用万用表的电阻挡去判别。但应注意，它的正向电阻值比普通二极管的阻值要稍大些。

六、光电晶体管

常用光电二极管的型号及技术数据见表 8.2-34。

表 8.2－34 常用光电二极管的型号及技术数据

型　号	最高工作电压 U_{max} /V	暗电流 I_D /μA	光电流 I_L /μA	峰值波长 λ_P /Å	结电容 C_j /nF	外形（图 8.2－5）
测试条件	$I_R=I_D$ $H<0.1\ \mu m/cm^2$	$U=U_{max}$	$U=U_{max}$ $H=1\,000$ 1x		$U=U_{max}$ $f\leqslant 5$ MHz	
2CU1A 2CU1B 2CU1C 2CU1D 2CU1E	10 20 30 40 50	⩽0.2	⩾80	8 800	⩽5	①
2CU2A 2CU2B 2CU2C 2CU2D 2CU2E	10 20 30 40 50	⩽0.1	⩾30	8 800	⩽5	②
2CU5A 2CU5B 2CU5C	10 20 30	⩽0.1	⩾10	8 800	⩽2	③

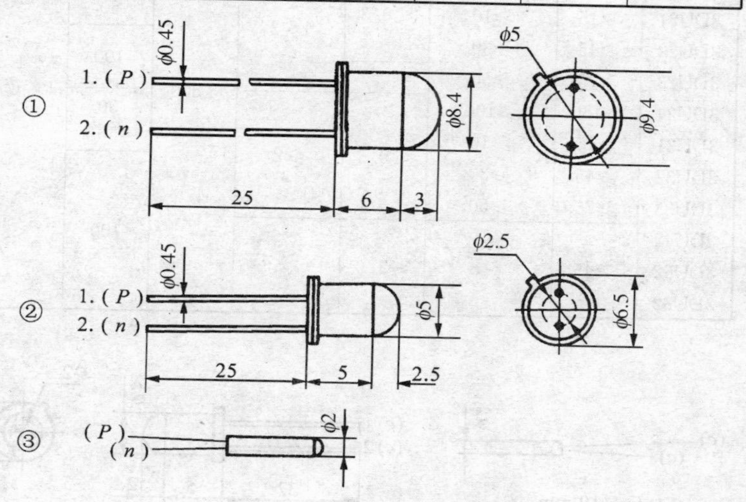

图 8.2－5 光电二极管外形

常用光电三极管的型号及技术数据见表 8.2－35。

表 8.2－35　常用光电三极管的型号及技术数据

型　号	击穿电压 $U_{(BR)CE}$ /V	最高工作电压 $U_{(RM)CE}$ /V	暗电流 I_D /μA	光电流 I_L /mA	峰值波长 λ_P /Å	最大功耗 P_M /mW	外形 (图 8.2－6)
测试条件	I_{CE}=0.5 μA	$I_{CE}=I_D$	$U=U_{(RM)CE}$	U_{CE}=10 V H=1 000 lx			
3DU51	≥15	≥10	≤0.2	≤0.5	8 800	30	①
3DU52	≥45	≥30					
3DU53	≥75	≥50		≥1.0			
3DU54	≥45	≥30	≤0.5	≥2.0			
3DU55	≥45						
3DU11	≥15	≥10	≤0.3	0.5～1	8 800	30	②
3DU12	≥45	≥30				50	
3DU13	≥75	≥50	≤0.2			100	
3DU14	≥150	≥100	≤0.3	1～2		30	
3DU21	≥15	≥10				50	
3DU22	≥45	≥30				100	
3DU23	≥75	≥50	≤0.2				
3DU24	≥150	≥100	≤0.3	≥2		30	
3DU31	≥15	≥10				50	
3DU32	≥45	≥30				100	
3DU33	≥75	≥50					
3DU42	≥45		≤1.0				
3DU62							
3DU82							

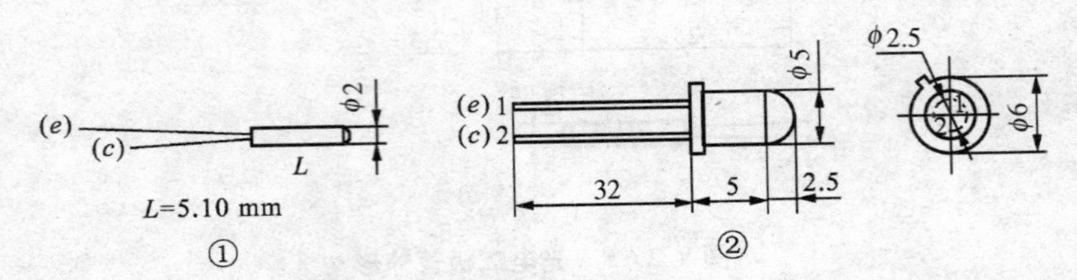

图 8.2－6　常用光电三极管外形

七、光电耦合器

光电耦合器由发光器和受光器两部分组成，并封装在一个管壳内。输入端有电信号时，发光器发光，受光器受到光照后产生光电流，由输出端输出，但器件的输入端与输出端在电气上却是隔离的。它具有抗干扰能力强、隔离性能好等优点，广泛应用于电信号耦合、电平匹配、光电开关和电位隔离等多种模拟和数字电路中。

常用光电耦合器的型号及技术数据见表 8.2－36～37。

图 8.2－7 示出了几种常用光电耦合器的结构和外部引线排列。

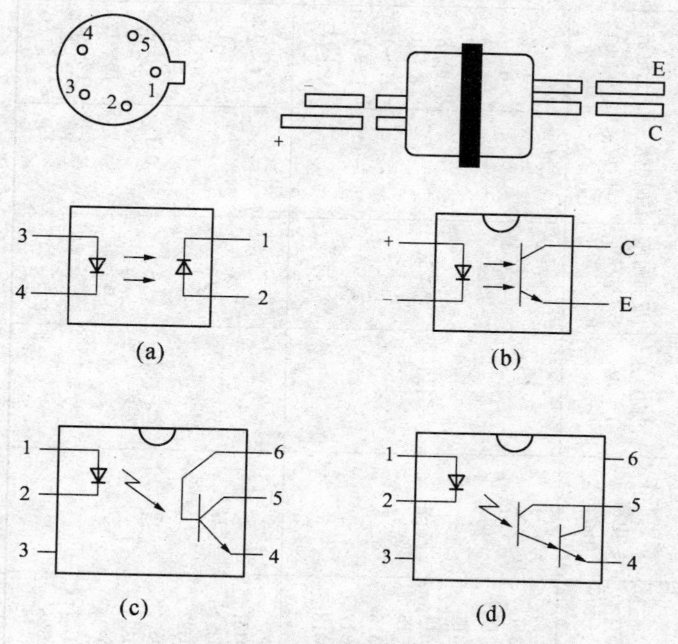

图 8.2－7　几种常用光电耦合器的结构和引脚

表 8.2-36　光电耦合器 GD310、320 系列部分型号及技术参数

型　号	最大工作电流 I_{FM}/mA	正向电压 U_F/V	反向耐压 U_R/V	暗电流 I_D/μA	光电流 I_L/μA	最高工作电压 U_L/V	传输比 CTR/%	隔离阻抗 R_g/Ω	极间电压 U_g/V
GD311	50	≤1.3	>5	≤0.1	1～2	25	10～20	10^{11}	500
GD312					2～4		20～40		
GD313					4～6		40～60		
GD314					6～8		60～80		
GD315					8～10		80～100		
GD316					10～12		100～120		
GD317					12～15		120～150		
GD318					15 以上		150 以上		
GD321	50	≤1.3	>5	≤0.1	1～2	25	10～20	10^{11}	500
GD322					2～4		20～40		
GD323					4～6		40～60		
GD324					6～8		60～80		
GD325					8～10		80～100		
GD326					10～12		100～120		
GD327					12～15		120～150		
GD328					15 以上		150 以上		

表 8.2－37　光电耦合器 GD210、GO 系列部分型号及技术参数

型号	输入特性		输出特性				传输特性			
	正向压降/V	最大正向电流/mA	饱和压降/V	暗电流/μA	最高工作电压/V	最大功耗/mW	电流传输比/%	出入间耐压/V	上升时间/μs	下降时间/μs
GD211				≤0.1	≤50		0.5～0.75	500	1.5	1.5
GD212							0.75～1			
GD213							1～2			
GD214							1.5～2			
GD215							2～3			
GO101	≤1.3	50	≤0.4		≥30	50	10～30		≤3	≤3
GO102						75	30～60			
GO103						75	≥60			
GO211			≤1.5			75	10～30	1 000	≤50	≤50
GO212							30～60			
GO213							≥60			

光电耦合器组成的开关电路见图 8.2－8。

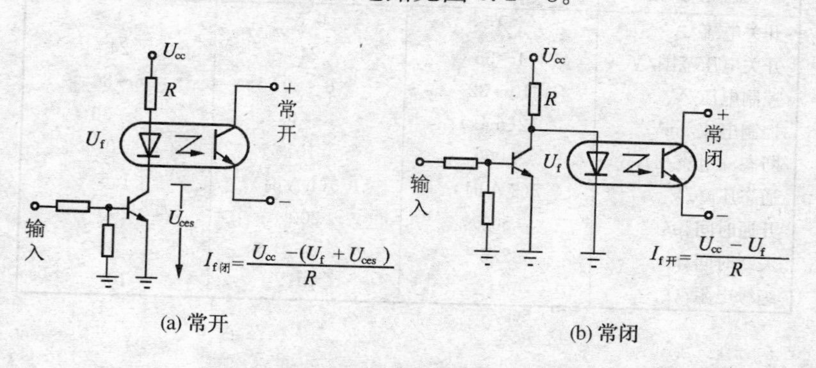

图 8.2－8　光电耦合器组成的开关电路

八、固态继电器 SSR

固态继电器(SOLID STATE RELAY)简称 SSR。它是采用固体元件组装而成的一种新颖的无触点开关器件，具有许多独特的优点。

交流SSR主要参数见表8.2－38，直流SSR主要参数见表8.2－39。

表8.2－38　交流SSR主要参数

主要参数	V23103－S 2192－B402	G30－202P	GTJ－1AP	GTJ－2.5AP
开关电流/A	2.5	2	1	2.5
开关电压范围/V	24～280	75～250	30～220	30～220
控制电压/V	3～30	3～28	3～30	3～30
控制电流/mA	<30		<30	<30
断态漏电流/mA	4.5	10	<5	<5
通态压降/V	1.6	1.6	1.8	1.8
过零电压/V	±30		±15	±15
绝缘电阻/Ω	10^{10}	10^{8}	10^{9}	10^{9}

表8.2－39　直流SSR主要参数

主要参数	#675	GTJ－0.5DP	GTJ－1DP
开关电流/A	3	0.5	1
开关电压范围/V	4～55	24	24
控制电压/V	10～32	6～30	6～30
控制电流/mA	12(max)	3～30	3～30
断态漏电流/μA	4 000	10	10
通态压降/V	2(2 A时)	1.5(1 A时)	1.5
开通时间/μs	500	200	200
关断时间/ms	2.5	1	1
绝缘电阻/Ω		10^{9}	10^{9}

第三节　晶闸管及其应用

一、晶闸管的型号及技术参数

型号命名方法如下：

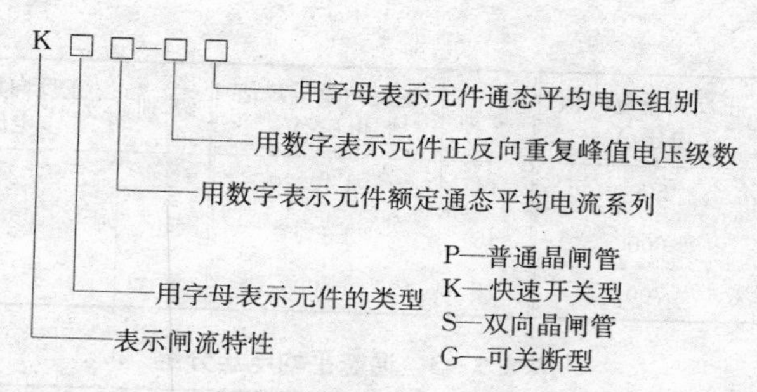

型号中的系列、级数和组别的划分方法多样，按额定通态平均电流分系列见表 8.3－1，按正反向重复峰值电压分级见表 8.3－2，按通态平均电压分组见表 8.3－3。

表 8.3－1 额定通态平均电流分系列

系　列	通态平均电流/A	系　列	通态平均电流/A
KP1	1	KP200	200
KP5	5	KP300	300
KP10	10	KP400	400
KP20	20	KP500	500
KP30	30	KP600	600
KP50	50	KP800	800
KP100	100	KP1000	1 000

表 8.3－2 正反向重复峰值电压分级

级 别	正反向重复峰值电压/V	级 别	正反向重复峰值电压/V	级 别	正反向重复峰值电压/V
1	100	8	800	20	2 000
2	200	9	900	22	2 200
3	300	10	1 000	24	2 400
4	400	12	1 200	26	2 600

（续表）

级 别	正反向重复峰值电压/V	级 别	正反向重复峰值电压/V	级 别	正反向重复峰值电压/V
5	500	14	1 400	28	2 800
6	600	16	1 600	30	3 000
7	700	18	1 800		

表 8.3－3　通态平均电压分组

组别	通态平均电压/V	组别	通态平均电压/V	组别	通态平均电压/V
A	$U_T \leqslant 0.4$	D	$0.6 < U_T \leqslant 0.7$	G	$0.9 < U_T \leqslant 1.0$
B	$0.4 < U_T \leqslant 0.5$	E	$0.7 < U_T \leqslant 0.8$	H	$1.0 < U_T \leqslant 1.1$
C	$0.5 < U_T \leqslant 0.6$	F	$0.8 < U_T \leqslant 0.9$	I	$1.1 < U_T \leqslant 1.2$

表 8.3－4 列出了普通晶闸管主要额定值，表 8.3－5 给出了判别方法。

表 8.3－4　普通晶闸管主要额定值

额定值 / 型号	通态平均电流	断态、反向重复峰值电压	I^2t		浪涌电流上限值	门极正向峰值电压	门极正向峰值电流	通态电流临界上升率
			低	高				
	$I_{T(AV)}$ /A	U_{DRM}、U_{RRM} /V	/($A^2 \cdot s$)		I_{TSM} /A	U_{FGM} /V	I_{FGM} /A	di/dt /(A/μs)
KP1	1	50～1 600	0.85	1.8	19	6		
KP3	3		7.2	15	56			
KP5	5		20	40	90			
KP10	10	100～2 000	85	180	190		—	—
KP20	20		280	720	380	10		
KP30	30	100～2 400	720	1 600	560			
KP50	50		2 000	5 000	940		1	25～50

（续表）

额定值 / 型号	通态平均电流 $I_{T(AV)}$ /A	断态、反向重复峰值电压 U_{DRM}、U_{RRM} /V	I^2t /($A^2\cdot s$) 低	I^2t /($A^2\cdot s$) 高	浪涌电流上限值 I_{TSM} /A	门极正向峰值电压 U_{FGM} /V	门极正向峰值电流 I_{FGM} /A	通态电流临界上升率 di/dt /(A/μs)
KP100	100	100～3 000	8.5×10³	18×10³	1.9×10³	10	2	25～100
KP200	200	100～3 000	31×10³	72×10³	3.8×10³		3	50～200
KP300	300		0.7×10⁵	1.6×10⁵	5.6×10³	16		
KP400	400		1.3×10⁵	2.8×10⁵	7.5×10³			
KP500	500		2.1×10⁵	4.4×10⁵	9.4×10³		4	50～300
KP600	600		2.9×10⁵	6.0×10⁵	11×10³			
KP800	800		5.0×10⁵	11×10⁵	15×10³			50～500
KP1000	1 000		8.5×10⁵	18×10⁵	19×10³			

注：1. I^2t 为 I_{TSM}正弦波底宽 10 ms 的积分值。2. 工作结温上限（T_{jm}）称为最高工作结温或额定结温。当 $I_T \leqslant 50$ A 时，T_j 为－40～100℃；当 $I_T \geqslant 100$ A 时，T_j 为－40～125℃。

表 8.3－5　示灯判别晶闸管的方法

原　理　图	步　　骤	现　　象	结果
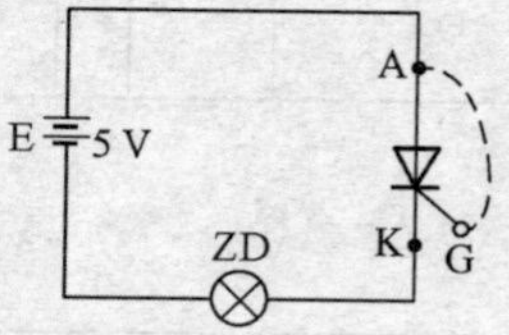 说明：E 为示灯电源，ZD 为 6 V 白炽灯，A、K、G 分别为被测晶闸管的阳极、阴极和门极	E 加在 A、K 两极，A、G 未短接	ZD 发亮	KP 已坏
	E 加在 A、K 两极，A、G 短接后	ZD 仍不亮	KP 已坏
	E 加在 A、K 两极，A、G 短接后又断开	ZD 一直亮	KP 好的
	E 加在 A、K 两极，A、G 短接后又断开	A、G 短接时 ZD 亮，A、G 断开后 ZD 灭	KP 已坏

普通晶闸管的型号及技术数据见表 8.3－6～11。

表 8.3-6 普通晶闸管特性参数

型号	通态平均电流 $I_{T(AV)}$ /A	通态峰值电压 U_{TM} /V	断态、反向重复峰值电流 I_{DRM}，I_{RRM} /mA	维持电流 I_H /mA	门极触发电流 I_{GT} /mA	门极触发电压 U_{GT} /V	门极不触发电压 U_{GD} /V	断态电压临界上升率 du/dt /(V/μs)
KP1	1	≤2.0	≤3	≤10	≤20	≤2.5	≥0.2	25～800
KP3	3	≤2.2	≤8	≤30	≤60	≤3		
KP5	5			≤60				
KP10	10		≤10	≤100	≤100			
KP20	20							
KP30	30	≤2.4	≤20	≤150	≤150			50～1 000
KP50	50			≤200	≤250			
KP100	100	≤2.6	≤40		≤250	≤3.5		100～1 000
KP200	200							
KP300	300		≤50	≤300	≤350			
KP400	400					≤4		
KP500	500		≤60	≤400				
KP600	600							
KP800	800		≤80	≤500	≤450			
KP1000	1 000		≤120					

表 8.3－7　快速晶闸管的额定值

额定值 型号	通态平均电流 $I_{T(AV)}$ /A	浪涌电流上限值 I_{TSM} /A	断态、反向重复值电压 U_{DRM}、U_{RRM} /V	I^2t 低	I^2t 高	门极正向峰值电压 U_{FGM} /V	门极正向峰值电流 I_{FGM} /A	门极反向峰值电压 U_{RGM} /V	门极平均功率 $P_{G(AV)}$ /W	通态电流临界上升率 di/dt /(A/μs)
KK1	1	18		0.72	1.62	6				
KK3	3	54		6.6	15					
KK5	5	90		18	41					—
KK10	10	180		73	165	10				
KK20	20	360		293	660					
KK30	30	540		660	1 487	20				A
KK50	50	900	100～200	1 836	4 131		1	5	0.5	A、B
KK100	100	1.8×10^3		7.3×10^3	17×10^3	10	2		2	B、C
KK200	200	3.0×10^3		22×10^3	46×10^3		3		3	B、C、D
KK300	300	4.6×10^3		0.52×10^5	1.0×10^5		3		3	
KK600	600	9.0×10^3		2×10^5	4.1×10^5	16				E、F G、H
KK1000	1 000	15×10^3		6.2×10^5	11×10^5					

注：A=25、B=50、C=100、D=150、E=200、F=300、G=500、H=1 000。

表 8.3-8 快速晶闸管的特性参数

通态平均电流 $I_{T(AV)}$ /A	通态峰值电压 U_{TM} /V	断态重复峰值电流 I_{DRM} /mA	反向重复峰值电流 I_{RRM} /mA	维持电流 I_H /mA	门极触发电流 I_{GT} /mA	门极触发电压 U_{GT} /V	门极不触发电压 U_{GD} /V	断态电压临界上升率 du/dt /(V·μs^{-1})	电路换向关断时间 t_q /μs	门极控制开通时间 t_g /μs	结壳热阻 R_{jC} /(℃/W)
1	≤2.6	≤8	≤3	≤10	≤30	≤2.5	≥0.2	C、D、E、F、G	R、S、T	<4	—
3	≤2.6	≤8	≤8	≤40	≤60	≤2.5	≥0.2				≤4.0
5	≤2.6	≤8	≤8	≤70	≤70	≤3	≥0.2				≤3.0
10	≤2.6	≤10	≤10	≤150	≤100	≤3	≥0.2				≤1.6
20	≤2.6	≤10	≤10	≤150	≤100	≤3	≥0.2				≤1.0
30	≤2.6	≤20	≤20	≤200	≤100	≤3	≥0.2				≤0.7
50	≤2.6	≤20	≤20	≤250	≤250	≤3	≥0.2				≤0.4
100	≤3.0	≤40	≤40	≤250	≤250	≤3.5	≥0.2		R、S、T、U、V、X	<6	≤0.20
200	≤3.0	≤40	≤40	≤250	≤250	≤3.5	≥0.2				≤0.11
300	≤3.0	≤50	≤50	≤350	≤350	≤3.5	≥0.2		R、S、T、U、V、X、Y、Z	<8	≤0.08
400	≤3.2	≤50	≤50	≤350	≤350	≤4	≥0.3				≤0.05
500	≤3.2	≤60	≤60	≤450	≤350	≤4	≥0.3				≤0.04
600	≤3.2	≤60	≤60	≤450	≤350	≤4	≥0.3				≤0.035
800	≤3.2	≤80	≤80	≤550	≤450	≤4	≥0.3				≤0.026
1 000	≤3.2	≤120	≤120	≤550	≤450	≤4	≥0.3				≤0.020

注：1. 擎住电流 I_L、接触热阻 F_{CS}由制造厂给出上限值，恢复电荷 Q_r 需要时由制造厂给出。

2. du/dt 项中，C=100、D=200、E=500、F=800、G=1 000；都为下限值。

3. t_q 项中，R≤10、S≤15、T≤20、U≤25、V≤30、X≤40、Y≤50、Z≤60。

表 8.3-9　双向可控硅的部分型号和主要参数

型号	额定通态电流 I_T /A	断态重复峰值电流 I_{DRM} /mA	断态重复峰值电压 U_{DRM} /V	通态平均电压 U_T /V	控制极触发电压 U_{GT} /V	控制极触发电流 I_{GT} /mA	维持电流 I_H /mA	浪涌电流 I_{TSM} /A	转折电流 I_s /mA	断态电压临界上升率 du/dt /(V/μs)	换向电流临界下降率 (di/dt) /(A/μs)	冷却方式
KS5	5	≤5	100~1 600		≤3	5~100		43		≥20	≥0.2%	
KS20	20	≤10	100~1 600	1.2	≤3	5~200	<60	170	≤60	≥20	≥0.2%	自冷
KS50	50	≤10	100~1 600	1.2	≤3	≤150	<60	420	≤60	≥20	≥0.2%	强迫风冷
KS200	200	≤20	100~1 600	1.2 $U_{T1}+U_{T2}$	≤4	10~400	<120	1 700		≥50	≥0.2%	强迫风冷
KS400	400	≤25	100~1 600	$U_{T1}-U_{T2}$ ≤0.5	≤4	20~400	实测值	3 400		≥50	≥0.2%	水冷或风冷
KS500	500	≤25	100~1 600	$U_{T1}+U_{T2}$ ≥2.5 $U_{T1}-U_{T2}$ ≤0.5	≤4	20~400	实测值	4 200		≥50	≥0.2%	水冷或风冷

注:外形与 KP 型相同。

表 8.3-10　可关断可控硅器件的部分型号和主要参数

型号	额定正向峰值电流 I_F /A	正向阻断峰值电压 U_{PF} /V	反向峰值电压 U_{PR} /V	正向平均漏电流 I_{ft} /mA	反向平均漏电流 I_{rt} /mA	最大正向压降 U_F /V	控制极触发电压 U_G /V	控制极触发电流 I_G /mA	维持电流 I_H /mA	控制极可关断电压 U_{Gto} /V	控制极可关断电流 I_{Gto} /A	控制极最大正向电压 U_{Gm} /V	控制极反向击穿电压 U_{Ge} /V	开通时间 t_{on} /μs	关断时间 t_{off} /μs	电压上升率 du/dt /(V/μs)	工作频率 f /kHz	关断增益 B_{off}
KG3	3										≤1.5							
KG5	5	30～	30～	≤5	≤10	≤3	≤3.5	≤200	≤200	≤20	≤2.5	≤10	≤6～20	≤5	2～20	≥50	≤30	2～20
KG8	8	1 400	1 400								≤4							
KG10	10										≤5							

表 8.3-11　国产常用电力半导体电桥模块型号和规格

型　号	规　格	型　号	规　格
MTC 系列晶闸管晶闸管桥臂模块	25 A　200～1 800 V 40 A　200～1 800 V 55 A　200～1 800 V 70 A　200～1 800 V 90 A　200～1 800 V 110 A　200～1 800 V 130 A　200～1 800 V 160 A　200～1 800 V	MDC 系列整流管桥臂模块	25 A　200～2 200 V 40 A　200～2 200 V 55 A　200～2 200 V 70 A　200～2 200 V 90 A　200～2 200 V 110 A　200～2 200 V 130 A　200～1 800 V 160 A　200～1 800 V
MFC(A)共阳 MFC(C)共阴 晶闸管/整流管桥臂模块	25 A　200～1 800 V 40 A　200～1 800 V 55 A　200～1 800 V 70 A　200～1 800 V 90 A　200～1 800 V 110 A　200～1 800 V 130 A　200～1 800 V 160 A　200～1 800 V	DF 系列三相桥式整流模块	20 A　200～1 800 V 30 A　200～1 800 V 40 A　200～1 800 V 60 A　200～1 800 V
触发模块	三相半控桥移相式触发模块 MKJZ3 三相全控桥移相式触发模块 MKJZ6		

二、晶闸管的选择(表 8.3-12)

表 8.3-12　常用晶闸管整流电路的特点比较及适用场合

整流电路	元件数量	晶闸管两端电压的峰值输出整流电压	晶闸管额定正向平均电流/输出整流电流	变压器利用系数	输出电压脉动系数	电网侧电流波形畸变因数	适用电压、容量范围和场合
单相半波	一个(最少)	3.14(最大)	1(最大)	32.3%(最小)	1.57(最大)		对电压波形要求不高的低压、小功率负载。如台灯调光电路
单相全波	二个(较少)	3.14(最大)	0.5(一般)	67.5%(较小)	0.667(一般)	0.9(一般)	$U_Z \leqslant 50$ V、$P_Z \leqslant 5$ kW 的小负载,因要有中点抽头的变压器,故应用不多
单相半控桥	二极管各两个(一般)	1.57(较小)	0.5(一般)	81%(较大)	0.667(一般)	0.9(一般)	$U_Z \leqslant 230$ V、$P_Z \leqslant 10$ kW 指标较好,应用较多,如小容量直流传动设备
单相全控桥	四个(较多)	1.57(较小)	0.5(一般)	81%(较大)	0.667(一般)	0.9(一般)	$U_Z \leqslant 230$ V,$P_Z \leqslant 10$ kW 的小负载,因晶闸管元件较多,应用较少
三相半波	三个(一般)	2.09(一般)	0.373(较小)	74%(一般)	0.25(较小)	0.827(严重)	$U_Z \leqslant 230$ V、$P_Z \leqslant 50$ kW 直流传动和电极励磁设备,但畸变因数严重,应用不多
三相半控桥	二极管各三个(较多)	1.05(小)	0.373(较小)	95%(大)	0.057(小)	0.955(较小)	$P_Z \leqslant 200$ kW 的直流传动、电解电源等设备,各项指标较好,应用较多
三相全控桥	六个(多)	1.05(小)	0.373(较小)	95%(大)	0.057(小)	0.955(较小)	$P_Z > 1\,000$ kW 的各种中小功率的直流传动设备,因能用于可逆线路,故应用广

（续表）

整流电路	元件数量	晶闸管两端电压的峰值输出整流电压	晶闸管额定正向平均电流/输出整流电流	变压器利用系数	输出电压脉动系数	电网侧电流波形畸变因数	适用电压、容量范围和场合
双三相桥串联	十二个（最多）	0.524（最小）	0.373（较小）	97%（最大）	0.014（最小）	0.985（最小）	$P_Z>1\ 000$ kW、电压又较高的负载、晶闸管需要串联处，如大功率高压直流传动设备
双三相桥带平衡电抗器	十二个（最多）	1.05（小）	0.186（最小）	97%（最大）	0.014（最小）	0.985（最小）	$P_Z>1\ 000$ kW、电流又较大的负载、为电解、电镀和大容量的直流传动设备，因要平衡电抗器，故设备体积较大
说明	晶闸管元件少、相应触发系统简单、维护方便，设备投资少	输出同样整流电压、元件两端电压越低可选用电压等级较低的元件，对高电压较有利，可避免不必要的元件串联	输出同样整流电流，元件正向平均电流越小，可选用电流等级较低的元件，对大电流有利，可避免不必要的元件并联	变压器利用系数越大，输出同样的整流功率变压器计算容量越小，因而经济	脉动率越小，说明交流成分小，所需滤波器数目少	畸变因数数值越大，说明对电网供电品质影响越小，这对大功率的供电装置尤为重要	应根据负载情况选用合适的整流电路。如小功率负载，可用单相半控桥；大中功率电动机负载可用三相全控桥；大功率电动机负载或低压大电流负载，可用双相桥带平衡电抗器线路

注：1. 表中各参数是在全导通及负载是纯电阻情况下的计算值。

2. 变压器利用系数＝整流器输出功率/变压器计算容量。

三、单结晶体管(表 8.3-13)

表 8.3-13 常用单结晶体管的型号及技术数据

型 号	分压比 η	基极间电阻 R_{BB} /kΩ	E-B间反向电流 I_{EB10} /μA	饱和压降 U_{ES} /V	峰点电流 I_P /μA	谷点电流 I_V /mA	谷点电压 U_V /V	耗散功率 P_{B2M} /mW	管脚图
BT31A	0.3～0.55	3～6	≤1	≤4	≤2	≤1.5	≤3.5	100	
BT31B		5～12							
BT31C	0.45～0.75	3～6							
BT31D		5～12							
BT31E	0.65～0.90	3～6							
BT31F		5～12							
BT32A	0.3～0.55	3～6		≤4.5				250	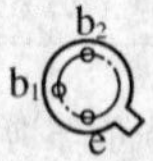
BT32B		5～12							
BT32C	0.45～0.75	3～6							
BT32D		5～12							
BT32E	0.65～0.90	3～6							
BT32F		5～12							
BT33A	0.3～0.55	3～6							
BT33B		5～12							
BT33C		3～6							

（续表）

型　号	分压比 η	基极间 电　阻 R_{BB} /kΩ	E-B 间 反向电流 I_{EBI0} /μA	饱和压降 U_{ES} /V	峰点电流 I_P /μA	谷点电流 I_V /mA	谷点电压 U_V /V	耗散功率 P_{B2M} /mW	管 脚 图
BT33D	0.45～0.75	5～12		≤5	≤2	≤5	≤3.5	400	b_2 b_1 e
BT33E	0.65～0.90	3～6							
BT33F		5～12							
BT35A	0.45～0.90	2～5	≥30 V*						
BT35B			≥60 V*						
BT35C	0.3～0.90	4.5～12	≥30 V*						
BT35C			≥60 V*						
BT35D	0.3～0.55	3～6	≤1				≤4	700	
BT37A		5～12							
BT37B	0.4～0.75	3～6							
BT37C		5～12							
BT37E	0.65～0.90	3～6							
BT37F		5～12							

注：* 为 E-B 间反向电压。

四、晶闸管触发电路

1. 简单触发电路

硅稳压管触发电路见图 8.3－1。双向触发二极管触发电路见图 8.3－2。

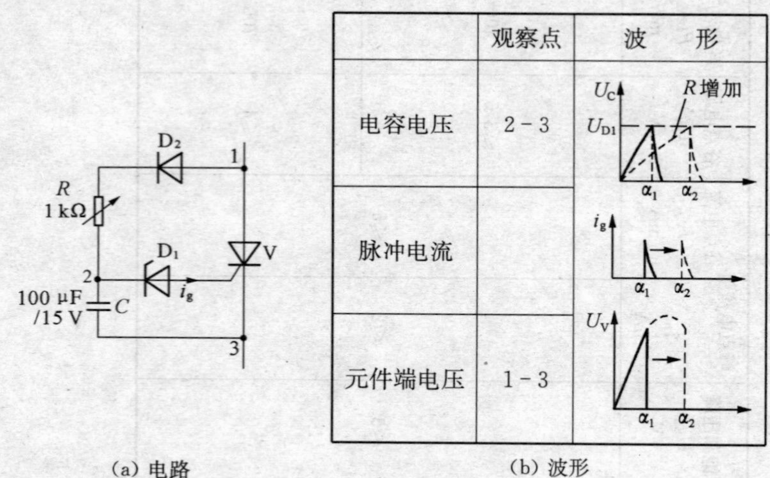

(a) 电路　　(b) 波形

图 8.3－1　硅稳压管触发电路

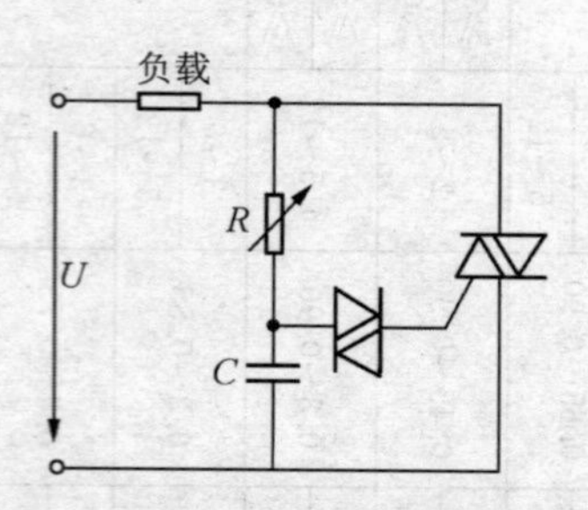

图 8.3－2　双向触发二极管触发电路

2. 单结晶体管触发电路(图 8.3－3)

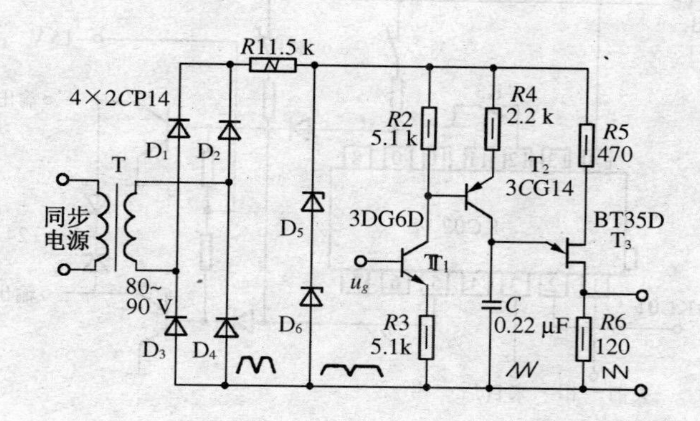

图 8.3－3　晶体管作可变电阻移相单结晶体管触发电路

3. KC 系列集成触发电路(图 8.3－4～11)

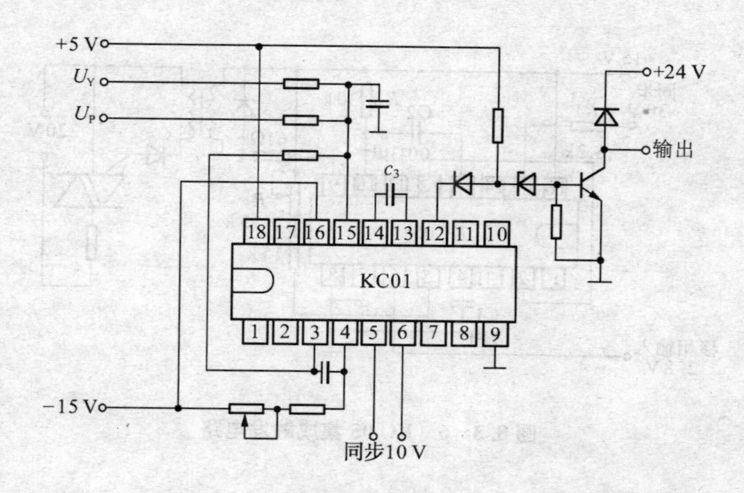

图 8.3－4　KC 01 集成触发电路

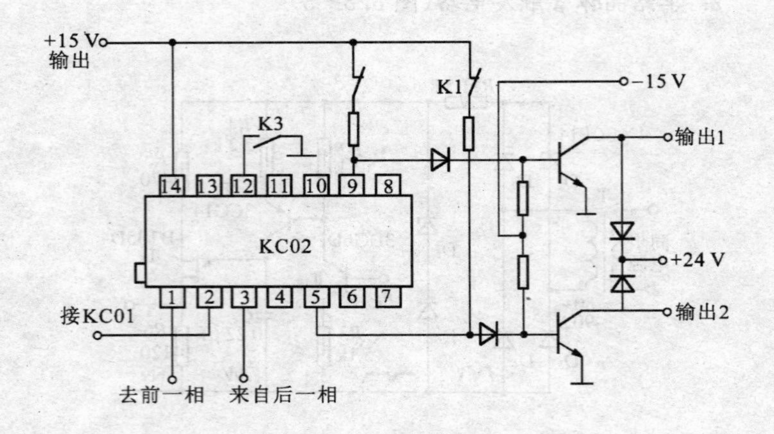

图 8.3-5 KC 02 集成触发电路

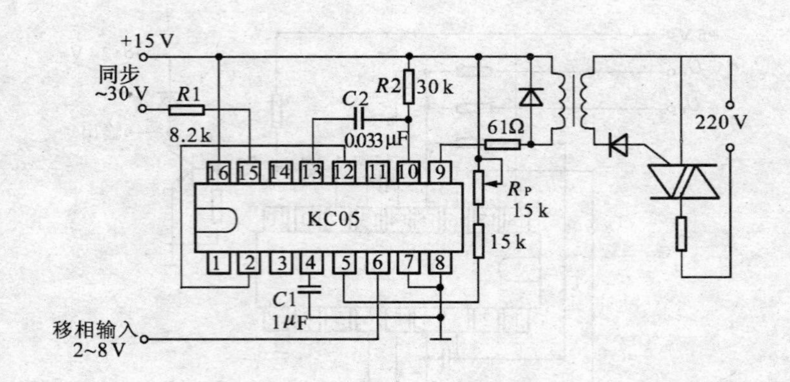

图 8.3-6 KC 05 集成触发电路

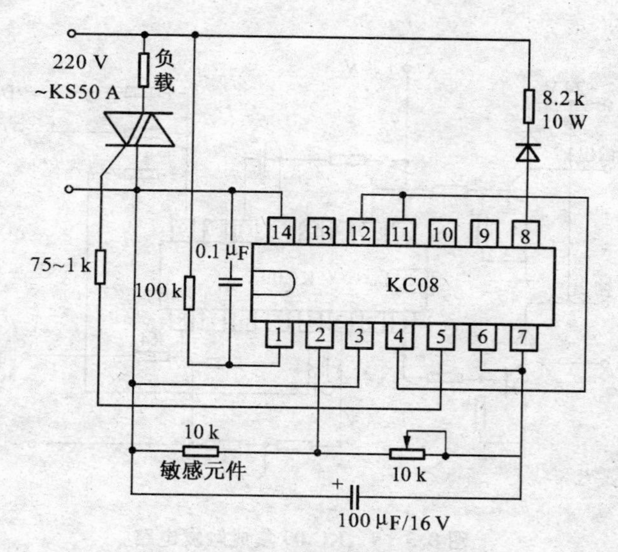

图 8.3-7　KC 08 集成触发电路

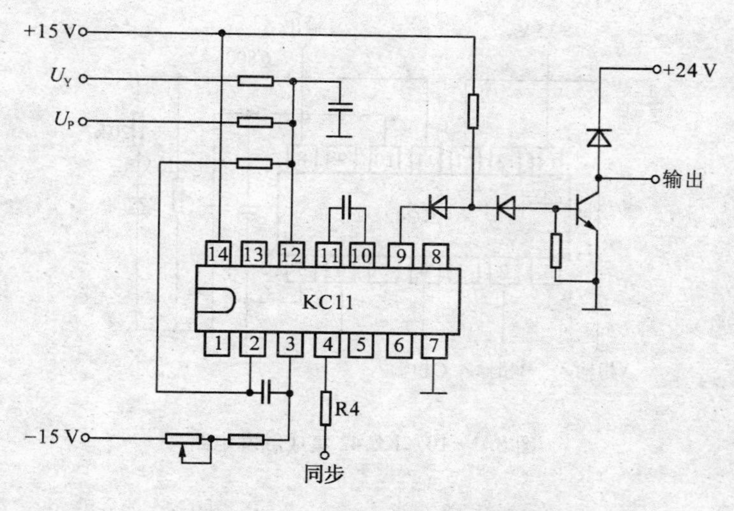

图 8.3-8　KC 11 集成触发电路

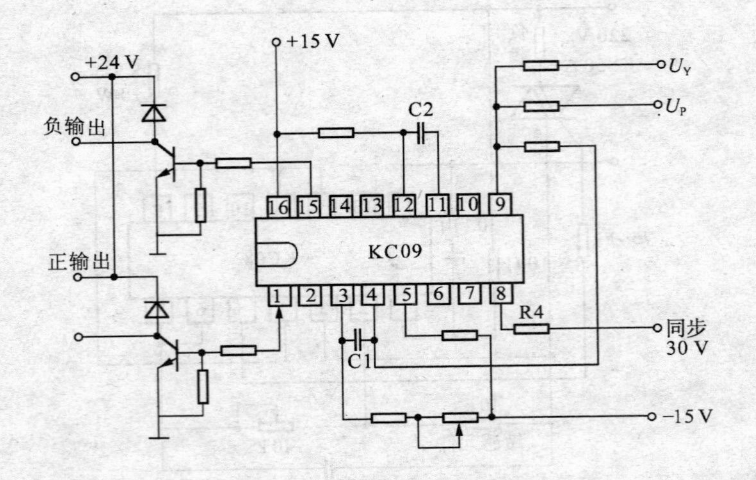

图 8.3-9 KC 09 集成触发电路

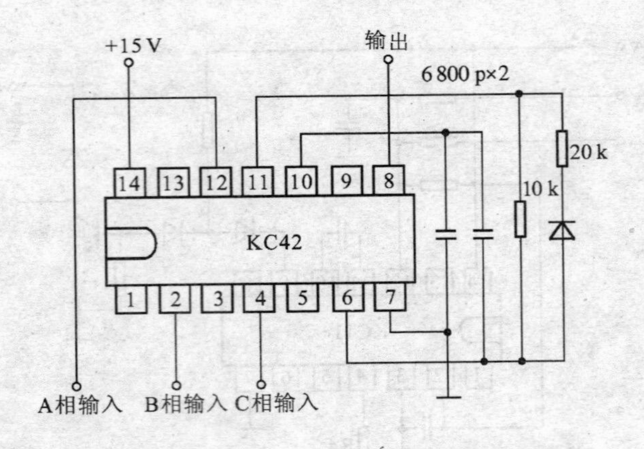

图 8.3-10 KC 42 集成触发电路

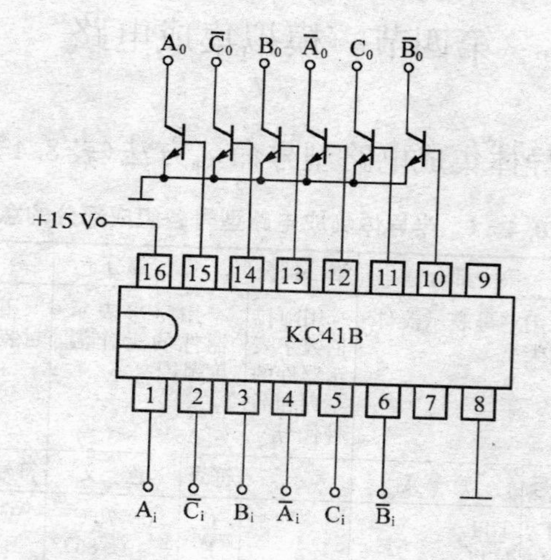

图 8.3－11　KC 41 集成触发电路

4. 触发电路的输出环节(图 8.3－12)

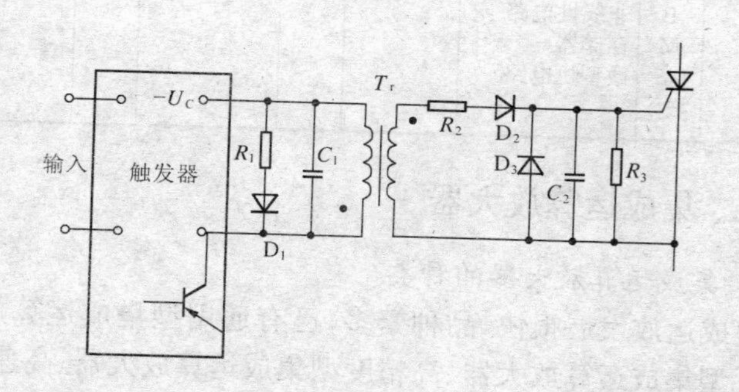

图 8.3－12　触发电路的输出环节

第四节　模拟集成电路

一、半导体集成电路型号命名方法(表 8.4-1)

表 8.4-1　半导体集成电路型号各组成部分的意义

第零部分		第一部分		第二部分	第三部分		第四部分	
用字母表示器件符合国家标准		用字母表示器件的类型		用阿拉伯数字表示器件的系列和品种代号	用字母表示器件的工作温度范围		用字母表示器件的封装	
符号	意义	符号	意　义		符号	意　义	符号	意　义
C	中国制造	T	TTL		C	0～70℃	W	陶瓷扁平
		H	HTL		E	−40～85℃	B	塑料扁平
		E	ECL		R	−55～85℃	F	全密封扁平
		C	CMOS		M	−55～125℃	D	陶瓷直插
		F	线性放大器		⋮		P	塑料直插
		D	音响、电视电路				J	黑陶瓷直插
		W	稳压器				K	金属菱形
		J	接口电路				T	金属圆形
		B	非线性电路				⋮	
		M	存储器					
		μ	微型机电路					
		⋮	⋮					

二、集成运算放大器

1. 集成运算放大器的种类

集成运放发展很快,品种繁多,已有通用型集成运算放大器、低功耗型集成运算放大器、高精度型集成运算放大器、高速型集成运算放大器、宽带型集成运算放大器、高输入阻抗型集成运算放大器、高压型集成运算放大器、其他集成运算放大器几大系列。

2. 集成运算放大器主要参数(表 8.4-2～5)

表 8.4-2　通用集成运算放大器的型号及技术参数

型号	输入失调电压 U_{IO} /mV	输入失调电流 I_{IO} /μA	输入偏置电流 I_{IB} /μA	最大输出电压 U_{OPP} /V	开环电压增益 A_{uO} /dB	共模抑制比 K_{CMR} /dB	静态功耗 P_D /mW	输入电阻 R_I /kΩ	开环带宽 BW /kHz	最大共模输入电压 U_{ICM} /V	最大输入差模电压 U_{IDM} /V	电源电压范围 U_{SR} /V	外引线排列	国外同类型产品型号
F005 A F005 B F005 C	≤8 ≤5 ≤2	≤0.4 ≤0.2 ≤0.1	≤2 ≤1.2 ≤0.7	±10 ±10 ±12	≥80 ≥80 ≥86	≥65 ≥70 ≥80	≤150	≥50	≥10	≥±8	±6	±9～±13	Y_{82} D_{82}	μA709
F006 A F006 B F006 C	≤10 ≤5 ≤2	≤0.3 ≤0.2 ≤0.1	≤1 ≤0.5 ≤0.3	±10 ±10 ±12	≥86 ≥94 ≥94	≥70 ≥80 ≥80	≤120	≥500	≥7	±12	±30	±9～±18	Y_{101}	
F007 A F007 B F007 C CF741	≤10 ≤5 ≤2 ≤5	≤0.3 ≤0.2 ≤0.1 ≤0.2	≤1 ≤0.5 ≤0.3 ≤0.5	±10 ±10 ±12 ±10	≥86 ≥94 ≥94 106	≥70 ≥80 ≥80 90	≤120 ≤85	≥500 ≥300	≥7	±12	±30	±9～±18	Y_{81} D_{81}	μA741 LM741
F008 A F008 B F008 C	≤10 ≤5 ≤2	≤0.3 ≤0.2 ≤0.1	≤0.8 ≤0.5 ≤0.3	±10 ±10 ±12	≥86 ≥96 ≥100	≥80 ≥90 ≥90	≤75	≥500		±6 ±12 ±12	±30	±18	Y_{101}	
8FC4 A 8FC4 B 8FC4 C	≤10 ≤5 ≤2	≤0.5 ≤0.2 ≤0.05	≤1 ≤0.5 ≤0.2	18 24 24	≥80 ≥94 ≥94	≥70 ≥80 ≥80	≤120	≥1 000		±13	±30		Y_{12}	

（续表）

类别	型号	输入失调电压 U_{IO} /mV	输入失调电流 I_{IO} /μA	输入偏置电流 I_{IB} /μA	最大输出电压 U_{OPP} /V	开环电压增益 A_{uO} /dB	共模抑制比 K_{CMR} /dB	静态功耗 P_D /mW	输入电阻 R_I /kΩ	转换速率 SR /(V·μs⁻¹)	最大共模输入电压 U_{ICM} /V	最大输入差模电压 U_{IDM} /V	电源电压范围 U_{SR} /V	外引线排列	国外同类型产品型号
	F101/201 301	≤0.7 ≤2	≤1.5 n ≤3 n	≤30 n ≤70 n	±14	≥100	≥90	≤54	≥4 000 ≥2 000		±13 ±15	±30		Y_{83}	LM101/201 LM301
	F107/207 F307	≤0.7 ≤2	≤1.5 n ≤3 n	≤30 n ≤70 n	±14 ±14		≥96 ≥90	≤54	≥4 000 ≥2 000					Y_{82}	LM101/201 LM307
双运放	F358*	±2	±3	45	V⁺±1.5	100	85	≤60			V⁺ ±1.5	32	单 32 双±12	Y_{86} D_{86}	LM358
双运放	CF747	1	20	80	±13	106	95	50	2 M	0.5	±13	±30	±22	Y_{102} D_{141}	LM747
双运放	CF1558	1	30	200	±13	106	90	70	1 M	+20 −12	±13	±30	±22	Y_{86} D_{86}	MC1558 LM1558
双运放	CF4558	1	20	80	±13	106	90	70	2 M	1.6	±13			Y_{86} D_{86}	MC4558
四运放	F4156	0.5	15	60	±13	100	80	135	0.5 M	1.6	±14	±30	±20	D_{142}	RM4156
四运放	F324* 5G6324	±2	±5	−45	V⁺−2	100	70	≤45			V⁺ ±1.5	32	3～30 ±1.5～±15	D_{142}	LM324
四运放	F348	1	4	30		104	90	72	2.5 M	0.5	±12	±36	±18	D_{142}	LM348

* 可单电源使用。表中以“3”开头的型号温度范围为 0～+70℃，改为“2”开头温度范围为−25～+85℃，改为“1”开头温度范围为−55～+125℃。

表 8.4-3　特殊功能集成运算放大器的型号及技术参数

型号		输入失调电压 U_{IO} /mV	输入失调电流 I_{IO} /pA	输入偏置电流 I_{IB} /pA	最大输出电压 U_{OPP} /V	开环电压增益 A_{uO} /dB	共模抑制比 K_{CMR} /dB	静态功耗 P_D /mW	输入电阻 R_I /Ω	转换速率 SR /(V/μs)	单位增益带宽 GB /MHz	最大共模输入电压 U_{ICM} /V	最大差模输入电压 U_{IDM} /V	电源电压范围 U_{SK} /V	外引线排列	国外同类型产品型号	备注
高输入阻抗	F080 F081	2	5	30	±13.5	106	86	50	10^{12}	13	3	±12	±30	±18	D_{81} Y_{81}	TL080 TL081	JFET输入
	F082 F084	2	5	30	±13.5	106	86	95 190	10^{12}	13	3		±30	±18		TL082 TL084	双运放 四运放
	CF3130 F3130	8	0.5	5	+13.3 ～ +0.002	110	90	150	1.5×10^{12}	30	15	$V_+ +8$ ～ $V_- -0.5$	±8	5～16 ±2.5～±8	Y_{84}	CA3130	可单电源 MOSFET
宽带	F357	3	3	30	±12	106	100	150	10^{12}	50	20	±16	±30	±18		LF357	
	F507	0.5	15 nA	15 nA	±12	100	100	90	500M	35	35	±11	±12	±5 ～ ±20	Y_{85}	AD507	高速宽带
	CF347	5	20	50	±13	100	100	240	10^{12}	13	4	+15 −12	±30	±18		LF347 μA774	四运放

（续表）

型号		输入失调电压 U_{IO} /mV	输入失调电流 I_{IO} /pA	输入偏置电流 I_{IB} /pA	最大输出电压 U_{OPP} /V	开环电压增益 A_{uO} /dB	共模抑制比 K_{CMR} /dB	静态功耗 P_D /mW	输入电阻 R_I /Ω	转换速率 SR /(V/μs)	单位增益带宽 GB /MHz	最大共模输入电压 U_{ICM} /V	最大差模输入电压 U_{IDM} /V	电源电压范围 U_{SK} /V	外引线排列	国外同类型产品型号	备注
高压	F1436	5	5 nA	15 nA	±22	114	110	146	10 M	2	1	$V_+-(V_--3)$	$\pm(V_++V_--3)$	±34		MC1436	
	F344	2	1 nA	8 nA	±25	105	90	112		2.5	1	±34	68	±34	Y_{84}	LM344	
高速	F318	4	30 nA	150 nA	±13	106	100	150	3 M	70	15	±15	<1	±20	Y_8	LM318	
	F772	2	20 nA	150 nA	±13	110	96	150		65	12.5	±16	±30	±18	Y_8	μA772	
低功耗	F444	3	5	10	±13	100	95	24	10^{12}	1	1	±15	±30	±18		LF444	JFET四运放
	CF7622	2～15	0.5	1	±4.9	102	91	1	10^{12}	0.16	0.48	$\pm V_S$	$\pm(V_+-V_-)$	±0.5～±8		ICL7622	CMOS双运放

表 8.4-4 圆形封装型集成运算放大器外引线排列

封装形式（见图 8.4-1）		型号	正电源端	负电源端	同相输入	反相输入	输出端	调零		相位补偿
								固定端	中心端	
8 脚	Y_{81}	F080，LF 系列，F007，μA741 TL080，F081，F357，F1436，CF741	7	4	3	2	6	1，5	4 (10 K)	
	Y_{82}	F307、LM307，F005，μA709	7	4	3	2	6			*
	Y_{83}	F301，μA748，LM101，μA101	7	4	3	2	6	1，5		1—8
	Y_{84}	F344，LM344/144，CF3130	7	4	3	2	6	1，5	4	1—8
	Y_{85}	F507，AD507	7	4	3	2	6	1，5	7	8—6
	Y_{86}	F082，TL082，F358，LM358，LF353，F442，F1558，μA749	8	4	3 5	2 6	1 7	双运放		
10 脚	Y_{101}	F006，F008	8	5	4	3	7	2，6	5	9—10
	Y_{102}	μA747，F747，LM747，CF747	2 8	5 5	4 6	3 7	1 9	双运放		

* F005、μA709 的相位补偿端为：1—8，5—6。

表 8.4－5　双列直插型集成运算放大器外引线排列

封装形式（见图 8.4－1）		型号	正电源端	负电源端	同相输入	反相输入	输出端	调零		相位补偿
								固定端	中心端	
8 脚	D_{81}	F080，LF 系列，F007，μA741，TL080，F081，F357，F1436，CF741	7	4	3	2	6	1，5	4（10 K）	
	D_{82}	F307，LM307，F005，μA709	7	4	3	2	6			
	D_{83}	F301，μA748，LM101，μA101	7	4	3	2	6	1，5		1—8
	D_{86}	F082，TL082，F358，LM358，LF353，F442，F1558，LM2904，μA772	8	4	3 5	2 6	1 7	双运放		
14 脚	D_{141}	μA747、747A、C、E 双运放	13 9	4 4	2 6	1 7	12 10	3. 14 5. 8	4	
	D_{142}	F324，RC4156，μA124/224/324，LM324，μA348、3303、3403，TL084，LF347、444，F348，LM348，TLC274	4	11	3 5 10 12	2 6 9 13	1 7 8 14	四运放		

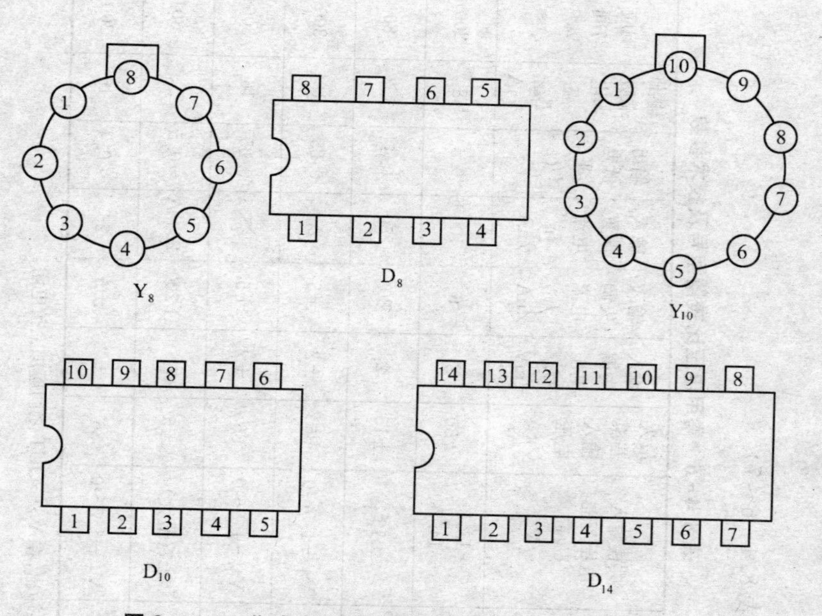

图 8.4-1 集成电路外引线排列(表 8.4-4～5 附图)

三、电压比较器(表 8.4-6~7)

表 8.4-6 常用电压比较器型号及技术参数

型号	封装形式	电源电压范围 U_{SR} /V	共模输入电压范围 U_{ICR} /V	最大差模输入电压 U_{IDM} /V	输入失调电压 U_{IO} /mV	输入失调电流 I_{IO} /nA	输入偏置电流 I_{IB} /nA	输出低电平 U_{OL} /V	输出端吸入电流 I_{SnK} /mA	响应时间 t_R /ns	静态功耗 P_C /mW	备注
F311	D_8	0~5; ±18	+13.8 −14.7	±30	2	6	100	0.4	8	200	135	LM311(OC)*
F319 CJO319	D_{141}	$V_+ - V_- \leq 36$ 0~5;	±13	±15	2	80	250	0.4	3.2	80	165	LM319(OC) 双比较器
F339 CTO339	D_{143}	2~36; ±1~±18	$V_+ - 1.5$~0	36	±2	±5	25	0.25	16	300		LM339(OC) 四比较器
CJO393 DG393	D_8	2~36 ±1~±18	$V_+ - 1.5$~0	36	±2	±5	25	0.25	16	300		LM393(OC)
CJ1414	D_{142}	+14 −7	±7(最大)	±5	1	1 200	25 mA	−0.5	2.5	30	180	LM1414 双高速
FX2901	D_{143}	2~36 ±1~±18	$V_+ - 1.5$~0	36	±2	±5	25	<0.4	16	300	24	LM2901(OC) 四比较器

* “OC”表示集电极开路输出,在 V_+—OUT 之间应加上拉电阻。

表 8.4－7　常用电比较器外引线排列

封装形式		型号	正电源端	负电源端	接地端	同相输入	反相输入	同相输出	反相输出	选通端	调零	
											固定端	中心端
8 脚圆形、双列直插	Y_8 D_8	LM111、311,F311,LF311	8	4	1	2	3	7		6	5，6	8
		LM360	8	4	5	3	2	7	6			
		LM393、2903、CJO393 FX393，DG393	8	4		3 5	2 6	1 7				
14 脚双列直插	D_{141}	LM119、219、319，F319 CJO319	11	6	8 3	9 4	10 5	7 12				
	D_{142}	LM1414，CJ1414	10 3	7 14	11	5 12	6 13	8 1		9 2		
	D_{143}	F339,CJO339,FX2901 LM139、239、339、 2901、3302，F3302	3		12	5 7 9 11	4 6 8 10	2 1 14 13				

四、集成稳压电路

W78 系列为三端固定正输出稳压电路，W79 系列为三端固定负输出稳压电路。W117/217/317 为三端可调正电压输出稳压电路，其外形与前者相同。见图 8.4-2～3。

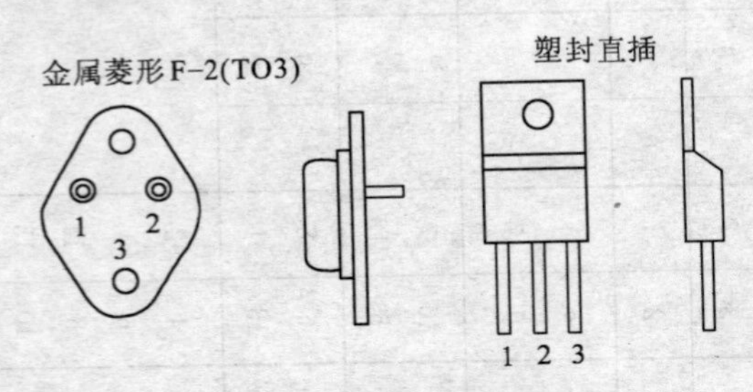

图 8.4-2　W78，W79，W78M，W79M 系列集成稳压电路的外形

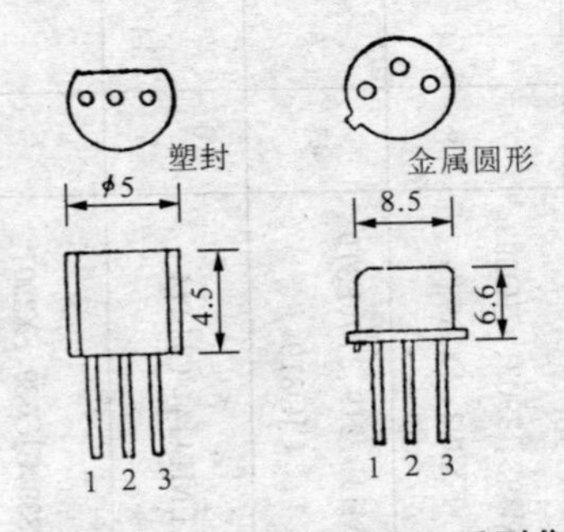

图 8.4-3　W78L、W79L 系列集成稳压电路的外形

集成稳压电路技术参数详见表 8.4-8～13。

表 8.4-8　W78、W79 系列三端集成稳压电路参数

参数名称	输出电压	电压调整率	电流调整率	噪声电压	最小压差	输出电阻	峰值电流	输出温漂
符号 / 型号	U_O /V	S_V /(%/V)	S_I/mV $5\ mA \leqslant I_O \leqslant 1.5\ A$	U_N /μV	$U_I - U_O$ /V	R_o /mΩ	I_{OM} /A	S_T /(mV/℃)
W7805	5	0.007 6	40	10	2	17	2.2	1.0
W7806	6	0.008 6	43	10	2	17	2.2	1.0
W7808	8	0.01	45	10	2	18	2.2	
W7809	9	0.009 8	50	10	2	18	2.2	1.2
W7810	10	0.009 6	50	10	2	18	2.2	
W7812	12	0.008	52	10	2	18	2.2	1.2
W7815	15	0.006 6	52	10	2	19	2.2	1.5
W7818	18	0.01	55	10	2	19	2.2	1.8
W7824	24	0.011	60	10	2	20	2.2	2.4
W7905	−5	0.007 6	11	40	2	16		1.0
W7906	−6	0.086	13	45	2	20		1.0
W7908	−8	0.01	26	45	2	22		
W7909	−9	0.009 1	30	52	2	26		1.2
W7912	−12	0.006 9	46	75	2	33		1.2
W7915	−15	0.007 3	68	90	2	40		1.5
W7918	−18	0.01	110	110	2	46		1.8
W7924	−24	0.011	150	170	2	60		2.4

表 8.4-9　W78M、W79M 系列三端集成稳压电路参数

参数名称	输出电压	电压调整率	电流调整率	噪声电压	最小压差	输出电阻	峰值电流	输出温漂
符号 / 型号	U_O /V	S_V /(%/V)	S_I/mV $5\ mA \leqslant I_O \leqslant 0.5\ A$	U_N /μV	$U_I - U_O$ /V	R_O /mΩ	I_{OM} /A	S_T /(mV/℃)
W78M05	5	0.003 2	20	40	2	40	0.7	1.0
W78M06	6	0.004 8	20	45	2	50	0.7	1.0
W78M08	8	0.005 1	25	52	2	60	0.7	
W78M09	9	0.006 1	25	65	2	70	0.7	1.2
W78M10	10	0.005 1	25	70	2		0.7	
W78M12	12	0.004 3	25	75	2	100	0.7	1.2

(续表)

参数名称 \ 符号 \ 型号	输出电压 U_O /V	电压调整率 S_V /(%/V)	电流调整率 S_I/mV 5 mA≤I_O≤0.5 A	噪声电压 U_N /μV	最小压差 U_I-U_O /V	输出电阻 R_O /mΩ	峰值电流 I_{OM} /A	输出温漂 S_T /(mV/℃)
W78M15	15	0.005 3	25	90	2	120	0.7	1.5
W78M18	18	0.004 6	30	100	2	140	0.7	1.8
W78M24	24	0.003 7	30	170	2	200	0.7	2.4
W79M05	−5	0.007 6	7.5	25	−2	40	0.65	1.0
W79M06	−6	0.008 3	13	45	−2	50	0.65	1.0
W79M08	−8	0.006 8	90	59	−2	60	0.65	
W79M09	−9	0.006 8	65	250	−2	70	0.65	1.2
W79M12	−12	0.004 8	65	300	−2	100	0.65	1.2
W79M15	−15	0.003 2	65	375	−2	120	0.65	1.5
W79M18	−18	0.008 8	68	400	−2	140	0.65	1.8
W79M24	−24	0.009 1	90	400	−2	200	0.65	2.4

表 8.4-10 W78L、W79L 系列三端集成稳压电路参数

参数名称 \ 符号 \ 型号	输出电压 U_O /V	电压调整率 S_V /(%/V)	电流调整率 S_I/mV 1 mA≤I_O≤0.1 A	噪声电压 U_N /μV	最小压差 U_I-U_O /V	输出电阻 R_O /mΩ	峰值电流 I_{OM} /A	输出温漂 S_T /(mV/℃)
W78L05	5	0.084	11	40	1.7	85		1.0
W78L06	6	0.005 3	13	50	1.7	100		1.0
W78L09	9	0.006 1	100	60	1.7	150		1.2
W78L10	10	0.006 7	110	65	1.7			1.2
W78L12	12	0.008	120	80	1.7	200		
W78L15	15	0.006 6	125	90	1.7	250		1.5
W78L18	18	0.02	130	150	1.7	300		1.8
W78L24	24	0.02	140	200	1.7	400		2.4
W79L05	−5		60	40	1.7	85		1.0
W79L06	−6		70	60	1.7	100		1.0
W79L09	−9		100	80	1.7	150		1.2
W79L12	−12		100	80	1.7	200		1.2
W79L15	−15		150	90	1.7	250		1.5
W79L18	−18		170	150	1.7	300		1.8
W79L24	−24		200	200	1.7	400		2.4

表 8.4-11 W78、W79 系列集成稳压电路极限参数

极限参数 \ 系列	W78、W78M	W78L	W79、W79M	W79L
最大输入电压 U_{Imax}/V	35(U_o=5～18 V) 40(U_o=24 V)	30 (U_o=5～9 V) 35 (U_o=12～18 V) 40 (U_o=24 V)	−35 (U_o=−5～−18 V) −40 (U_o=−24 V)	−30 (U_o=−5～−9 V) −35 (U_o=−12～−18 V) −40 (U_o=−24 V)
结温范围 T_i/℃	Ⅰ类：−55～+150℃金属封装 Ⅱ类：−25～+150℃金属封装 Ⅲ类：0～+125℃塑料封装			
功耗（足够散热片）P_D/W	金属菱形 F-2 封装，$P_D \geqslant 15$ W 金属菱形 F-1 封装，$P_D \geqslant 7.5$ W 塑封直插 S-7 封装，$P_D \geqslant 7.5$ W 金属圆壳 B-3D 封装，$P_D \geqslant 0.5$ W			

表 8.4-12 集成稳压电路外引脚排列

型号 \ 封装形式	金属封装 输入	金属封装 公共端*	金属封装 输出	塑料封装 输入	塑料封装 公共端*	塑料封装 输出
W78	1	3	2	1	2	3
W78M	1	3	2	1	2	3
W78L	1	3	2	3	2	1
W79	3	1	2	2	1	3
W79M	3	1	2	2	1	3
W79L	3	1	2	2	1	3
W117/217/37	2	1	3	3	1	2
W117/217/317M	2	1	3	3	1	2
W117/217/317L	1	2	3	3	1	2

（续表）

封装形式 / 型号	金属封装 输入	金属封装 公共端*	金属封装 输出	塑料封装 输入	塑料封装 公共端*	塑料封装 输出
W137/237/337	3	1	2	2	1	3
W137/237/337M	3	1	2	2	1	3
W137/237/337L	3	1	2	3	1	2

* 可调输出稳压电路为调整端。

表 8.4-13 几种大电流集成稳压电路参数

型号	输出电流 /A	输出电压 /V	引出线	封装
LM323 μA78H05 μA78H12 μA78H15 μA78P5	3 5 5 5 10	5 5 12 15 5	1 输出端 2 输入端 3 公共端	T03 F-2
LM350K LM338K	3 5	1.2～37 1.2～37	1 调整端 2 输入端 3 输出端	T03
LM396K	10	1.2～15	1 输出端 2 调整端 3 输入端	F-2

五、霍尔集成电路

霍尔集成电路作为磁-电转换器件，用作直接变换时，可测量磁感应强度和电流强度，检测磁场和磁体的移动等；用作间接变换时，可以以磁为媒介，不用接触点，把位置、速度、旋转之类的非电量信息变为电信号，所以霍尔电路的应用十分广泛，可以用在以磁为媒介的各种各样的传感器中，并可直接驱动 DTL、TTL、MOS 等集成电路。

霍尔集成电路的型号与参数详见表 8.4-14～15。

表 8.4－14　SH型霍尔开关集成电路型号和参数

型　号	截止电源电流 I_{CCH}/mA	导通电源电流 I_{CCL}/mA	输出低电平 U_{OL}/V	输出管击穿电压 $U_{(BR)CEO}$/V	高电平输出电流 I_{OH}/μV	导通磁感应强度 $B(H\to L)_{max}$/G_S①	截止磁感应强度 $B(L\to H)_{min}$/G_S①
SH112A	≤5	≤8	≤0.4	≥20	≤10	800	100
SH112B						600	
SH112C						400	
SH112D						200	50
SH113A				≥30		800	100
SH113B						600	
SH113C						400	
SH113D						200	50
测试条件	$U_{CC}=5$ V			$I_C=200$ μA	$U_o=10$ V	$U_{CC}=5$ V	
	输出空载		$I_{OL}=12$ mA			输出满负载	
	$B=0$	$B=2$ kG_s					

注：工作环境：$T_a=-20\sim+75$℃；电源电压：$U_{CC}=4\sim6$ V。

① 1 $G_s=10^{-4}$ T。

表 8.4-15　霍尔电路国内外型号对照表

名　称	型　号	参考型号	国外对应型号
霍尔开关电路	CS839 CS837 CS6839 CS6837	DN839 DN837	DN839 DN837 DN6839 DN6837
霍尔线性电路	CS835 CS6835		DN835 DN6835
可变电源霍尔开关电路		SL-N3019T/3020T	UGN3019T/3020T
低功耗霍尔开关电路	CSN3020/CSS3020 CSN3030/CSS3030		UGN3020/UGS3020 UGN3030/UGS3030
超灵敏霍尔开关电路	CSN3040		UGN3040

第五节　数字集成电路

一、TTL 集成电路

目前国产 TTL 电路共有五个系列：T1000（标准系列）、T2000（高速系列）、T3000（肖特基系列）、T4000（低功耗肖特基系列）和 T000 系列。这五个系列的主要区别仅在典型门的平均传输延迟时间和平均功耗这两个参数有所不同，其他电参数和外引线排列则基本相同，用户可根据要求选择功能相同的系列电路互为代用，但要注意 t_{pd}、P、f_{max} 能否满足要求。

（一）TTL 集成电路典型参数(表 8.5-1～6)

表 8.5-1　TTL 电路的极限参数

参数名称	符　号	最　大　极　限
存储温度	T_{ST}	－65～＋150℃
结　　温	T_J	－55～＋125℃
输入电流	U_{IN}	多射极输入电压－0.5～5.5 V，T4000 的肖特基二极管输入电压－0.5 V～＋15 V
输入电流	I_I	－3.0～＋5.0 mA
电源电压	U_{CC}	7 V

表 8.5-2　各类 TTL 电路的推荐工作条件

参数名称	符号	Ⅰ类			Ⅱ类			Ⅲ类		
		最小值	典型值	最大值	最小值	典型值	最大值	最小值	典型值	最大值
电源电压	U_{CC}/V	4.5	5.0	5.5	4.75	5.0	5.25	4.75	5.0	5.25
环境温度	T_A/℃	－55	25	125	－40	25	85	0	25	70

（二）TTL 集成电路型号命名规则

1. 我国 TTL 集成电路型号命名规则

(1) T0000 系列型号中各部分的意义见表 8.4-1。第零部分“C”表示中国制造，在国内常被省略。我国 TTL 电路 T0000 系列与国际系列对应情况见表 8.5-3。

表 8.5-3　国产 TTL 电路系列分类及基本特点

参数特点 \ 系列		T1000	T2000	T3000	T4000	T000	
						中速	高速
对应国外系列		SN54/74	SN54H/74H	SN54S/74S	SN54LS/74LS		
平均传输延迟时间/每门 t_{pd}/ns		10	6	3	9.5	15	8
平均功耗/每门 $\overline{P}$ /mW		10	22	19	2	20	35
最高工作频率 f_{max} /MHz		35	50	125	45	20	40
驱动负载能力	输入电流 I_{IL}/I_{IH} /(mA/μA)	−1.6/40	−2/50	−2/50	−0.4/20	−1.6/50	−2/100
	输出电流 I_{OL}/I_{OH} /(mA/μA)	16/−400	20/−500	20/−1 000	8/−400	12.8/−400	16/−800
基本特点		输入二极管钳位、图腾柱输出	输入二极管钳位,达林顿图腾柱输出	肖特基结构,开关速度快	低功耗肖特基结构	与 T3000 线路类似,但没有肖特基结构,而是用普通晶体管	

表 8.5-4 TTL 中速“与非”、“与或门”门电路常温参数规范参考表

$T_a=25℃$ $U_{CC}=5\ V$ $N_a=8$

参数名称及符号	通导电源电流 I_{ccl}/mA	截止电源电流 I_{cch}/mA	输入短路电流 I_{se}/mA	输入漏电流 $I_{Ie}/\mu A$	输出短路电流 I_{Os}/mA	输出漏电流 $I_{OH}/\mu A$	输出高电平 U_{OH}/V	输出低电平 U_{OL}/V	平延时间 t_{pd}/ns
测试条件	输入端悬空 输出端空载	$U_{In}=0\ V$	$U_{In}=0\ V$	$U_{In}=5\ V$	$U_{In}=0\ V$ $U_O=0\ V$	$U_{In}=0\ V$ $U_O=5\ V$	$U_{In}=1.8\ V$ $I_O=0.16\ mA$	$U_{In}=1.8\ V$ $I_O=12.8\ mA$	$f=2\ MHz$ $N_O=8$ $C_L=21\ pF$
单“与非”门	≤10	≤5	≤1.6	≤20	≤80	≤50	2.7～4.2	≤0.35	≤30
双“与非”门	≤20	≤10	≤1.6	≤20	≤80	≤50	2.7～4.2	≤0.35	≤30
“与或门”门	≤10	≤6	≤1.6	≤20	≤80	≤50	2.7～4.2	≤0.35	≤40

注：I_{Os}作为参考参数。

表 8.5-5　TTL 中速 D 型触发器常温参数规范参考表

$T_a = 25℃$　　$V_{CC} = 5\ V$

参数名称及符号	通导电源电流 I_{ccl} /mA	输入短路电流 I_{se}/mA (R、S、D)	输入短路电流 I_{se}/mA (S_D、CP)	输入短路电流 I_{se}/mA (RD)	输入漏电流 I_{Ie}/μA (R、S、D)	输入漏电流 I_{Ie}/μA (S_D、CP)	输入漏电流 I_{Ie}/μA (R_D)	输出短路电流 I_{Os}/mA $\overline{Q}$(Q)	输出漏电流 I_{OH}/μA $\overline{Q}$(Q)	输出高电平 U_{OH}/V $\overline{Q}$(Q)	输出低电平 U_{OL}/V $\overline{Q}$(Q)	最高工作频率 f_m /MHz
测试条件	输出空载	$U_{In}=$ 0 V	$U_{In}=$ 0 V	$U_{In}=$ 0 V	$U_{In}=$ 5 V	$U_{In}=$ 5 V	$U_{In}=$ 5 V	$U_{RD}(S_D)$ =0 V U_O =0 V	$U_{RD}(S_D)$ =0 V U_O =5 V	$U_{RD}(S_D)$ =0 V I_O =−160 μA	$U_{RD}(S_D)$ =0 V I_O =12 mA	I_O =12 mA C_L =15 pF
单 D 触发器	≤10	≤1.5	≤3.0	≤4.5	≤20	≤40	≤60	≤60	≤100	3～4	≤0.35	≥5
双 D 触发器	≤20	≤1.5	≤3.0	≤4.5	≤20	≤40	≤60	≤60	≤100	3～4	≤0.35	≥5

注：I_{Os}作为参考参数。

表 8.5-6　TTL 中速 J-K 触发器常温参数规范参考表

$T_a=25$℃　　$V_{CC}=5$ V

参数名称及符号	通导电源电流 I_{ccl}/mA	输入短路电流 I_{se}/mA (J、K)	输入短路电流 I_{se}/mA (S、R、CP)	输入漏电流 I_{Ie}/μA (J、K)	输入漏电流 I_{Ie}/mA (R、S)	输入漏电流 I_{Ie}/μA (CP)	输出短路电流 I_{Os}/μA $\overline{Q}$(Q)	输出漏电流 I_{OH}/μA $\overline{Q}$(Q)	输出高电平 U_{OH}/V $\overline{Q}$(Q)	输出低电平 U_{OL}/V $\overline{Q}$(Q)	最高工作频率 f_m/MHz
测试条件	输出空载	U_{In}=0 V	U_{In}=0 V	U_{In}=0 V 其他输入端接地	U_{In}=5 V 其他输入端接地		$U_R(s)$=0 V U_O=0 V	$U_R(s)$=0 V U_O=5 V	$U_R(s)$=0 V I_O=−160 μA	$U_R(s)$=0 V I_O=12 mA	I_O=12 mA C_L=15 pF
单 J-K 触发器	≤15	≤1.5	≤4.5	≤20	≤60	≤80	≤60	≤100	3～4	≤0.35	≥5
双 J-K 触发器	≤30	≤1.5	≤4.5	≤20	≤60	≤80	≤60	≤100	3～4	≤0.35	≥10

注：I_{Os}作为参考参数。

表 8.5-6　HTL 电路常温参数规范参考表

电源电压/V	门静态功耗/mA	输入电流		输出电压/V		信号线阻值/Ω		传输延时时间/ns	
		I_{IH}/μA	I_{IL}/mA	U_{OH}	U_{OL}	“0”	“1”	t_{pLH}	t_{pHL}
+15	30	6	1.4～1.6	≥11.5	≤1.5	140	1.6 k	220～260	110

注：HTL J-K 触发器的 t_{pLH}<390(ns)、t_{pLH}为 180～400(ns)。

(2) T0000 系列型号的组成及含义如下：

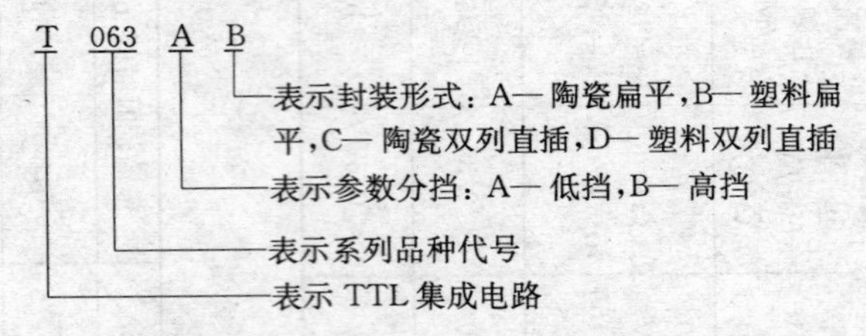

2.（美国）国家半导体公司 TTL 集成电路型号命名规则

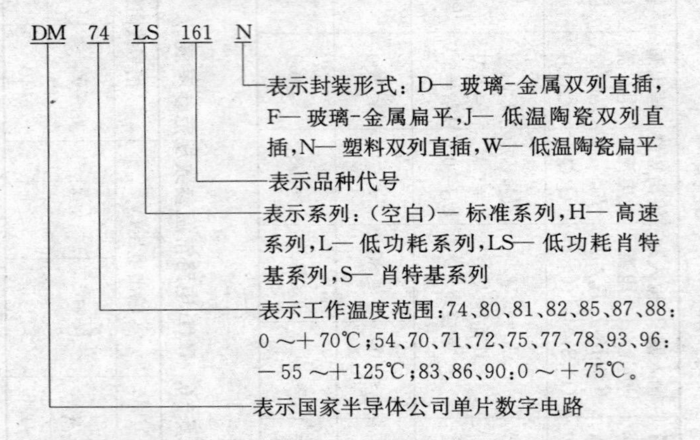

3.（美国）德克萨斯公司 TTL 集成电路型号命名规则

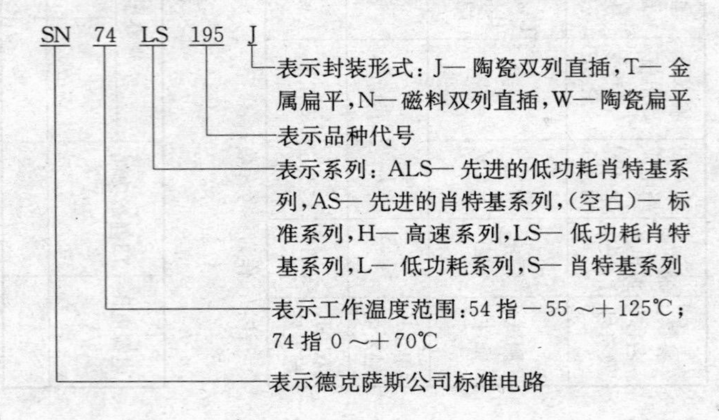

4. （美国）摩托罗拉公司 TTL 集成电路型号命名规则

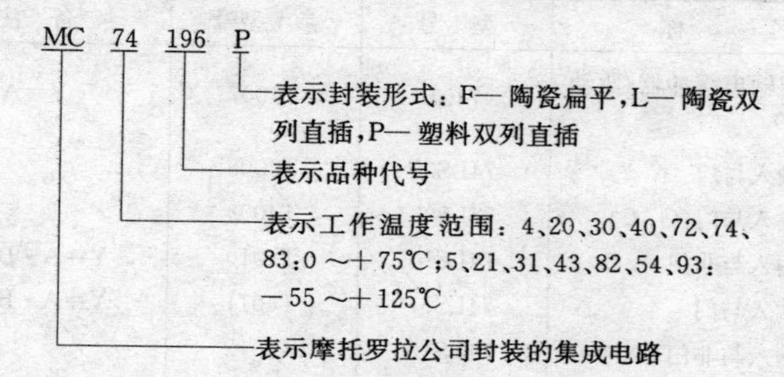

5. （日本）日立公司 TTL 集成电路型号命名规则

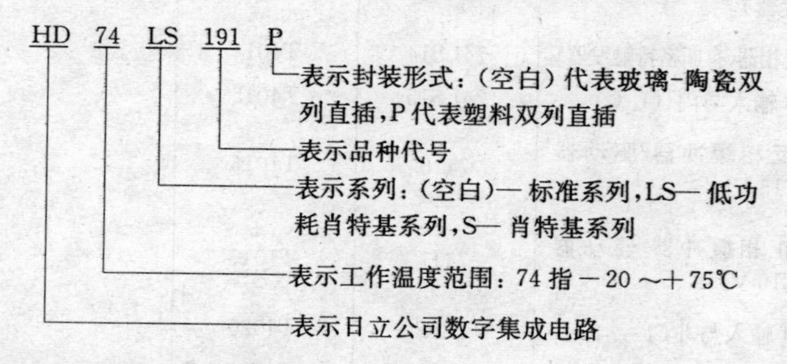

（三）常用 TTL 集成电路（表 8.5－7）

表 8.5－7　74 系列 TTL 功能、型号对照表

名　　称	型　号	参考型号	备　注
四 2 输入与非门	74LS00	T4000	$Y=\overline{A \cdot B}$
四 2 输入与非门（O、C）	74H01	T2001	$Y=\overline{A \cdot B}$
四 2 输入或非门	74LS02	T4002	$Y=\overline{A+B}$
四 2 输入与非门（O、C）	74LS03	T4003	$Y=\overline{AB}$
六反相器	74LS04	T4004	$Y=\overline{A}$
六反相器（O、C）	74LS05	T4005	$Y=\overline{A}$
六高压输出反相缓冲器/驱动器（O、C）	7406	T1006	

（续表）

名　　称	型　号	参考型号	备　注
六高压输出缓冲器/驱动器(O、C)	7407	T1007	Y=A
四2输入与门	74LS08	T4008	
四2输入与门(O、C)	74LS09	T4009	
三3输入与非门	74LS10	T4010	$Y=\overline{A\cdot B\cdot C}$
三3输入与门	74LS11	T4011	$Y=A\cdot B\cdot C$
三3输入与非门(O、C)	74LS12	T4012	
双4输入与非门(有斯密特触发器)	74LS13	T4013	
六反相器(有斯密特触发器)	74LS14	T4014	
三3输入与门(O、C)	74LS15	T4015	
六反相缓冲器/驱动器(O、C15 V)	7416	T1016	
六正相缓冲器/驱动器(O、C15 V)	7417	T1017	
双4输入与非门	74LS20	T4020	
双4输入与门	74LS21	T4021	
双4输入与非门(O、C)	74LS22	T4022	
四2输入与非门(O、C)	74LS26	T4026	
三3输入或非门	74LS27	T4027	
四2输入或非缓冲器	74LS28	T4028	
8输入与非门	74LS30	T4030	
四2输入或门	74LS32	T4032	
四2输入或非缓冲器(O、C)	74LS33	T4033	
四2输入与非缓冲器	74LS37	T4037	
四2输入与非缓冲器(O、C)	74LS38	T4038	
双4输入与非缓冲器	74LS40	T4040	
ECD码-十进制译码器	74LS42	T4042	A:输入 $\overline{Y}$:输出

（续表）

名　　称	型　号	参考型号	备　注
BCD-七段译码器/驱动器（有上拉电阻）	74LS47 74LS48	T4048	$\overline{BI}/\overline{RBO}$灭灯输入/动态灭零输出 $\overline{LT}$灯测试输入端
BCD-七段译码器/驱动器（OC输出）	74LS49	T4049	$\overline{RBI}$动态灭零输入
双上升沿D触发器	74LS74	T4074	有预置、清零端
四2输入异或门	74LS86	T4086	
二-五-十进制计数器	74LS90	T4090	有置0、置9端
4位移位寄存器	74LS95	T4095	并行存取
双下降沿J-K触发器（有清除端）	74LS107		
双上升沿J-K触发器（有预置、清除端）	74LS109	T4109	
双下降沿J-K触发器（有预置、清除端）	74LS112	T4112	
双下降沿J-K触发器（有预置、公共清除、公共时钟端）	74LS114	T4114	
可重触发单稳态触发器（有清除端）	74LS122	T4122	R_{ext}、C_{ext}外接电阻、电容端
双重触发单稳态触发器（有清除端）	74LS123	T4123	TR_+上升沿触发 TR_-下降沿触发
四总线缓冲器（3S）	74LS125	T4125	
四总线缓冲器（3S,EN高电平有效）	74LS126	T4126	EN:三态允许端
四2输入与非门（有施密特触发器）	74LS132	T4132	ST:选通端
3线-8线译码器	74LS138	T4138	$A_0 \sim A_2$:译码地址输入端

(续表)

名　称	型　号	参考型号	备　注
双2线-4线译码器	74LS139	T4139	
4线-10线译码器/驱动器(BCD输入,OC)	74LS145	T4145	
10线-4线优先编码器(BCD码输出)	74LS147	T4147	$\overline{IN_1}$～$\overline{IN_9}$编码输入端
8线-3线优先编码器	74LS148	T4148	$\overline{Y}_{EX}$扩展端, Y_s选通输出端
8选1数据选择器	74LS151	T4151	
双4选1数据选择器(有选通输入端)	74LS153	T4153	$\overline{W}$反码数据输出端
双2线-4线译码器(有公共地址输入端)	74LS155	T4155	
四2选1数据选择器(有公共选通输入端)	74LS157	T4157	
十进制同步计数器(异步清除)	74LS160	T4160	$\overline{CR}$异步清零输入 $\overline{LD}$同步并行置入控制端
4位二进制同步计数器(异步清除)	74LS161	T4161	CT_P、CT_T计数控制端 CO进位输出端
十进制同步计数器(同步清除)	74LS162	T4162	
4位二进制同步计数器(同步清除)	74LS163	T4163	
十进制同步加/减计数器	74LS168	T4168	$U/\overline{D}$加减计数方式控制端
4位二进制同步加/减计数器	74LS169	T4169	

（续表）

名　　称	型　号	参考型号	备　注
4×4 寄存器阵(OC)	74LS170	T4170	A_{R0}、A_{R1} 读地址输入端，A_{W0}、A_{W1} 写地址输入端$\overline{EN}_R$、$\overline{EN}_W$ 读、写允许端
4 位 D 型寄存器(3S)	74LS173	T4173	
六上升沿触发 D 触发器	74LS174	T4174	
四上升沿触发 D 触发器	74LS175	T4175	
十进制同步加/减计数器	74LS190	T4190	CO/ BO 进位/借位输出端，$\overline{CT}$计数控制端
4 位二进制同步加/减计数器	74LS191	T4191	$\overline{LD}$异步并行置入控制端，$\overline{RC}$行波时钟输出端
十进制同步加/减计数器(双时钟)	74LS192	T4192	$\overline{U}$/D 加/减计数方式控制端
4 位双向移位寄存器(并行存取)	74LS194	T4194	CT_D 减计数时钟输入端(上升沿有效)
二-五-十进制计数器(可预置)	74LS196	T4196	CT_U 加减数时钟输入端(上升沿有效)
二-八-十六进制计数器(可预置)	74LS197	T4197	D_{SL}左移串行数据输入端
双单稳态触发器(有施密特触发器)	74LS221	T4221	D_{SR}右移串行数据输入端
八反相缓冲器/线驱动器/线接收器(3S,两组控制)	74LS240	T4240	M_0、M_1 工作方式控制端
八缓冲器/线驱动器/线接收器(3S,两组控制)	74LS244	T4244	CR 异步清除端
八双向总线发送器/接收器(3S)	74LS245	T4245	
4 线-七段译码器/驱动器(BCD 输入,O, C, 15V)	74LS247	T4247	

（续表）

名　　称	型　号	参考型号	备　注
4线-七段译码器/驱动器（BCD输入，有上拉电阻）	74LS248	T4248	
双4选1数据选择器(3S)	74LS253	T4253	
四2选1数据选择器(3S)	74LS257	T4257	
二-五-十进制计数器	74LS290	T4290	$\overline{CP_0}$＝内容时钟输入端，$\overline{CP_1}$五（或八）分频时钟输入端
二-八-十六进制计数器	74LS293	T4293	
4位2选1数据选择器（寄存器输出）	74LS298	T4298	$\overline{EN_A}$、$\overline{EN_B}$三态允许端 1A～8A　A总线端，1B～8B　B总线端
8线-3线优先编码器	74LS348	T4348	
双4选1数据选择器（有选通输入端，反码输出）	74LS352	T4352	M方向控制端，M＝1，A→B；M＝0，B→A
双4选1数据选择器（3S、反码输出）	74LS353	T4353	R_{OA}、R_{OB}，异步复位端，S_{qA}、S_{qB}异步置9端
六总线驱动器（3S，反码输出）	74LS365	T4365	A_0、A_1 选择输入端，1 $\overline{ST}$、2 $\overline{ST}$选通输入端
六总线驱动器（3S，两组控制）	74LS367	T4367	$\overline{IN_0}$～$\overline{IN_7}$编码输入端，$\overline{Y}_{EX}$扩展输出
八D锁存器（3S，锁存允许输入有回环特性）	74LS373	T4373	Y_S 输出选通端，1$\overline{W}$、2$\overline{W}$ 反码数据输出端
八上升沿D触发器（3S，时钟输入有回环特性）	74LS374	T4374	LE锁存允许端D_0～D_3并行数据输入端
八上升沿D触发器（Q端输出）	74LS377	T4377	D_S 串行数据输入端，Q_{CA}级联输出端
双4位二进制计数器（异步清除）	74LS393	T4393	$\overline{SH}$/LD 移位控制/置入控制端
4位可级联移位寄存器（3S，并行存取）	74LS395	T4395	

二、CMOS集成电路

（一）CMOS集成电路典型参数（表8.5-8）

表 8.5-8 CMOS 门电路、触发器静态典型参数(T_a=25℃)

名称	符号	测试条件			参数		单位	备注
		U_o (V)	U_I (V)	U_{DD} (V)	最小值	最大值		
静态电流	I_{DD}		0/5	5		0.25	μA	门电路
			0/10	10		0.50		
			0/15	15		1.00		
输入低电平电流	I_{OL}	0.4	0/5	5	0.51		mA	门电路和触发器
		0.5	0/10	10	1.3			
		1.5	0/15	15	3.1			
输出高电平电流	I_{OH}	4.6	0/5	5	−0.51		mA	
		9.5	0/10	10	−1.3			
		13.5	0/15	15	−3.1			
输入电流	I_I		0/18	18		±0.1	μA	门电路和触发器
输出低电平电压	U_{OL}		0/5	5		0.05	V	
			0/10	10		0.05		
			0/15	15		0.05		
输出高电平电压	U_{OH}		0/5	5	4.95		V	
			0/10	10	9.95			
			0/15	15	14.95			
输入低电平电压	U_{IL}	0.15/4.5		5		1.5(1.0)	V	门电路和触发器括号中参数为反相器的
		1/9		10		3(2.0)		
		1.5/13.5		15		4(2.5)		
输入高电平电压	U_{IH}	0.5/4.5		5	3.5(1)		V	
		1/9		10	7(8)			
		1.5/13.5		15	11(12.5)			
静态电流	I_{DD}		0/5	5		1(5)	μA	触发器，括号中参数为 CC4508
			0/10	10		2(10)		
			0/15	15		4(20)		
正向触发电压	U_{T+}			5	2.2	3.6	V	
				10	4.6	7.1		
				15	6.8	10.8		
负向触发电压	U_{T}			5	0.9	2.8	V	触发器，仅对 CC4093、CC40106
				10	2.5	5.2		
				15	4	7.5		
滞后电压	ΔU_T			5	0.3	1.6	V	
				10	1.2	3.4		
				15	1.6	5		

（二）国际 CMOS 电路主要生产公司产品型号的前缀(表 8.5－9)

表 8.5－9　国际 CMOS 电路主要生产公司和产品型号前缀

国　别	公司名称	简　称	型号前缀
美　国	美国无线电公司	RCA	CD...
	摩托罗拉半导体公司	MOTA	MC...
	国家半导体公司	NSC	CD...
	仙童公司	FSC	F...
	德克萨斯仪器公司	TI	TP...
	固态科学公司	SSS	SCL...
	特里达因公司		MM...
	哈里斯公司		HD...
日　本	东芝公司	TOSJ	TC...
	冲电气工业股份公司	OKI	MSM...
	日本电气公司	NEC	μPD...
	日立公司		HD...
	富士通公司		MB...
荷　兰	菲利浦公司		HFE...
加拿大	密特尔公司		MD...

（三）常用 CMOS 集成电路(表 8.5－10～14)

表 8.5－10　常用 CMOS 门电路、触发器的型号、逻辑功能及外引线功能端排列

类　别	器件名称	型　号
或非门	四 2 输入或非门	CC4001
	双 4 输入或非门	CC4002
	三 3 输入或非门	CC4025
	8 输入或非/或门	CC4078

（续表）

类别	器件名称	型号
与非门	四2输入与非门 双4输入与非门 三3输入与非门 8输入与非/与门	CC4011 CC4012 CC4023 CC4068
或门	四2输入或门 双4输入或门 三3输入或门	CC4071 CC4072 CC4075
与门	三3输入与门 四2输入与门 双4输入与门	CC4073 CC4081 CC4082
反相器	六反相器	CC4069
缓冲/变换器	六反相缓冲/电平转换器 六缓冲/电平转换器	CC4049 CC4050
组合门	双2路2-2输入与或非门 4路2-2-2输入与或非门	CC4085 CC4086
R-S触发器	四R-S锁存器(3S) 四R-S锁存器(3S)	CC4043 CC4044
主从D触发器	双上升沿D触发器 六上升沿D触发器	CC4013 CC40174
JK触发器	双上升沿JK触发器 上升沿JK触发器 上升沿JK触发器(有J、$\overline{K}$)	CC4027 CC4095 CC4096
单稳态触发器	双可重触发单稳触发器	CC4098
施密特触发器	四2输入与非门(有施密特触发器) 六反相(有施密特触发器)	CC4093 CC40106

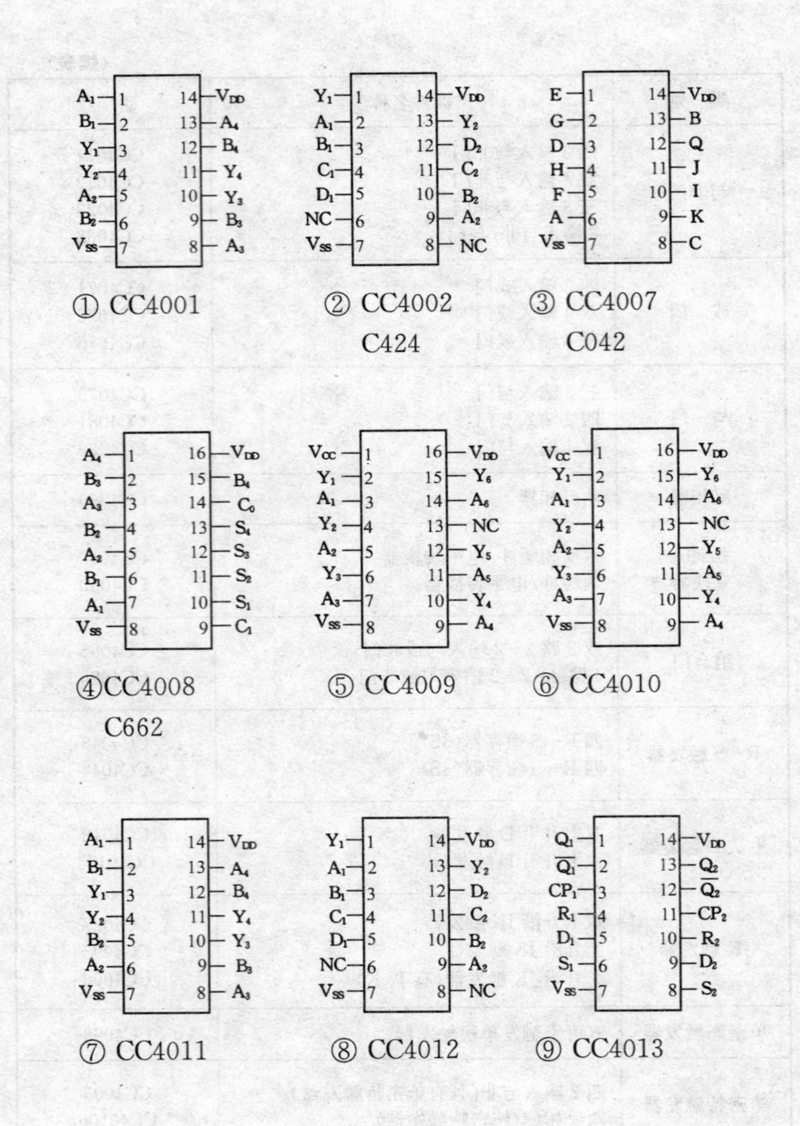

① CC4001

② CC4002 C424

③ CC4007 C042

④ CC4008 C662

⑤ CC4009

⑥ CC4010

⑦ CC4011

⑧ CC4012

⑨ CC4013

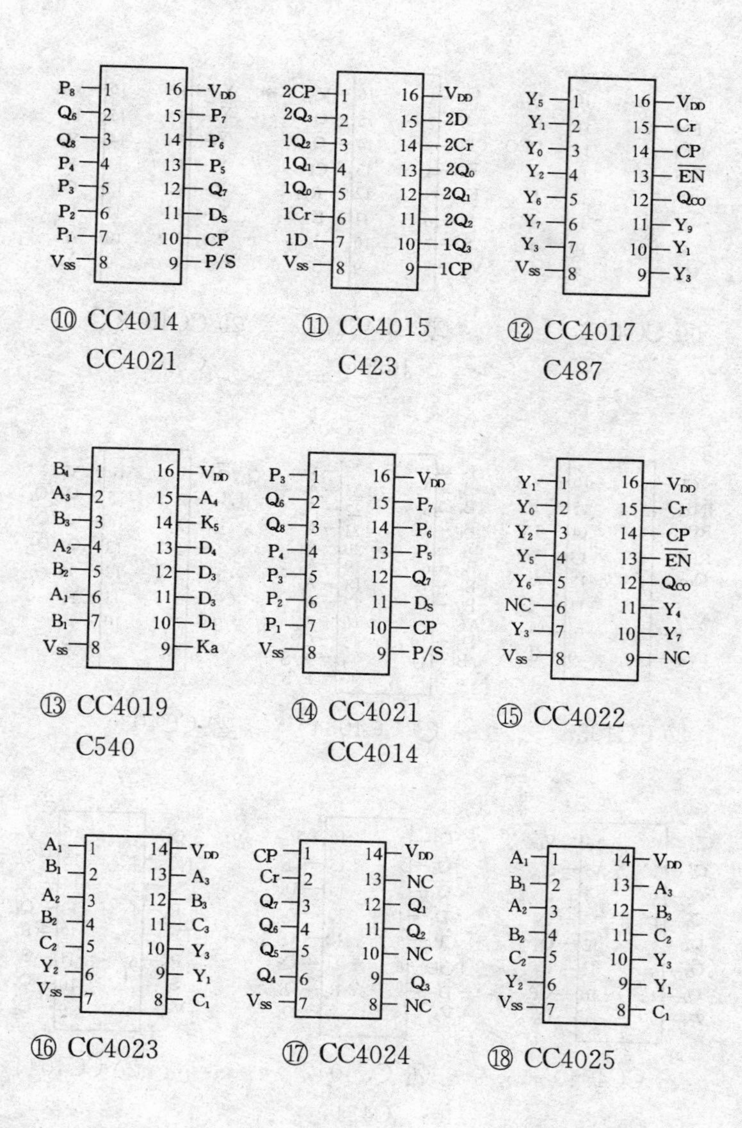

⑩ CC4014 CC4021

⑪ CC4015 C423

⑫ CC4017 C487

⑬ CC4019 C540

⑭ CC4021 CC4014

⑮ CC4022

⑯ CC4023

⑰ CC4024

⑱ CC4025

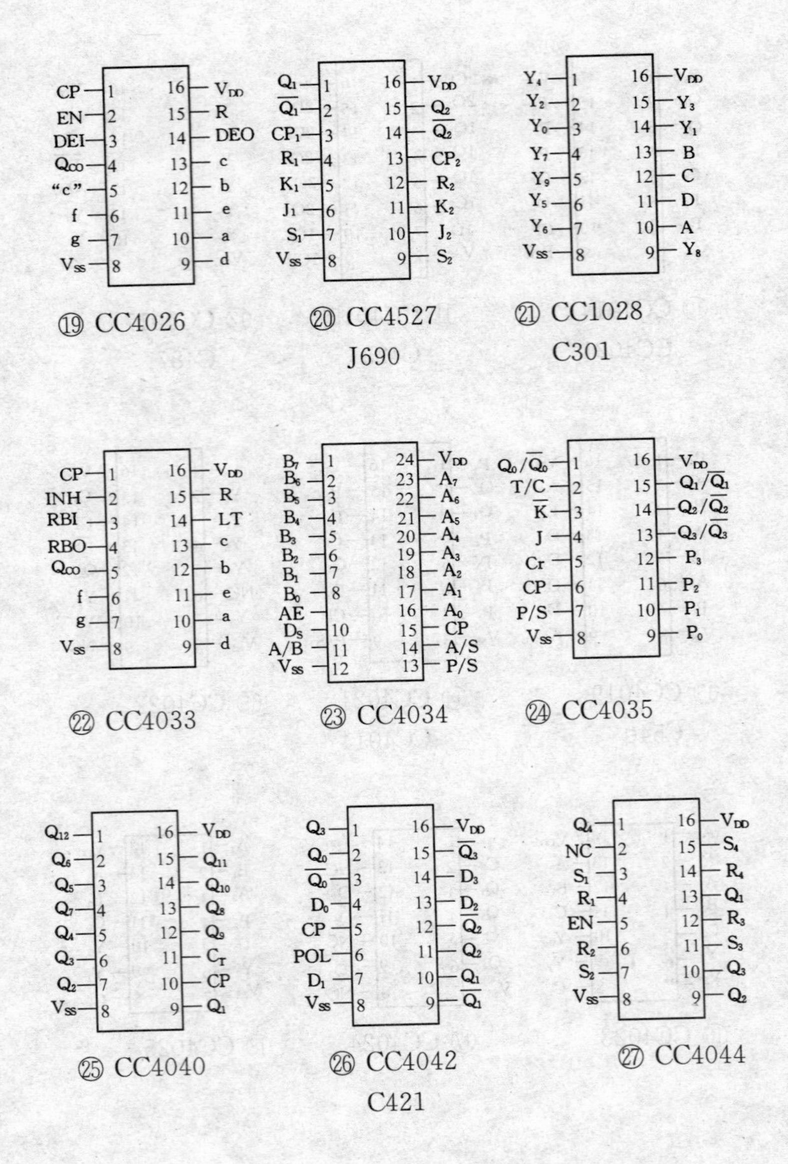

⑲ CC4026

⑳ CC4527 J690

㉑ CC1028 C301

㉒ CC4033

㉓ CC4034

㉔ CC4035

㉕ CC4040

㉖ CC4042 C421

㉗ CC4044

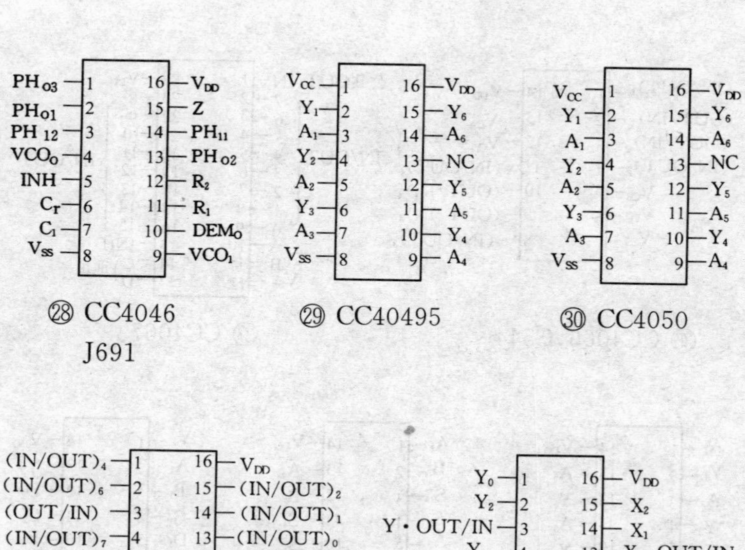

㉘ CC4046 J691　㉙ CC40495　㉚ CC4050

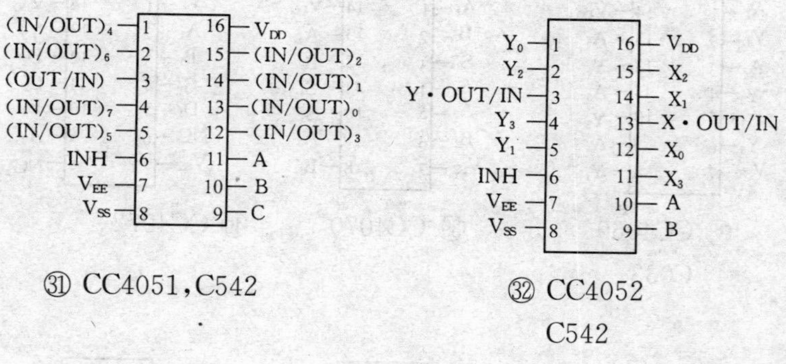

㉛ CC4051,C542　㉜ CC4052 C542

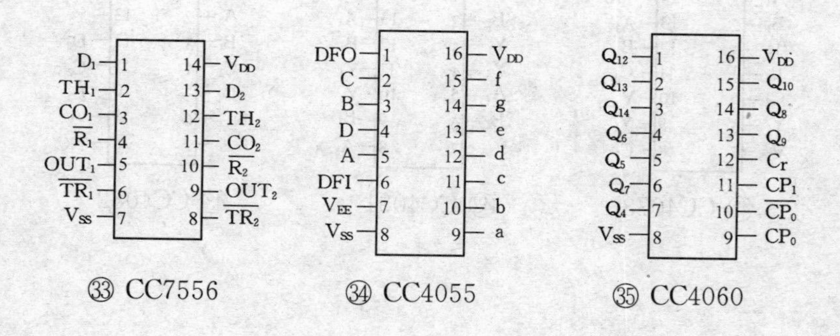

㉝ CC7556　㉞ CC4055　㉟ CC4060

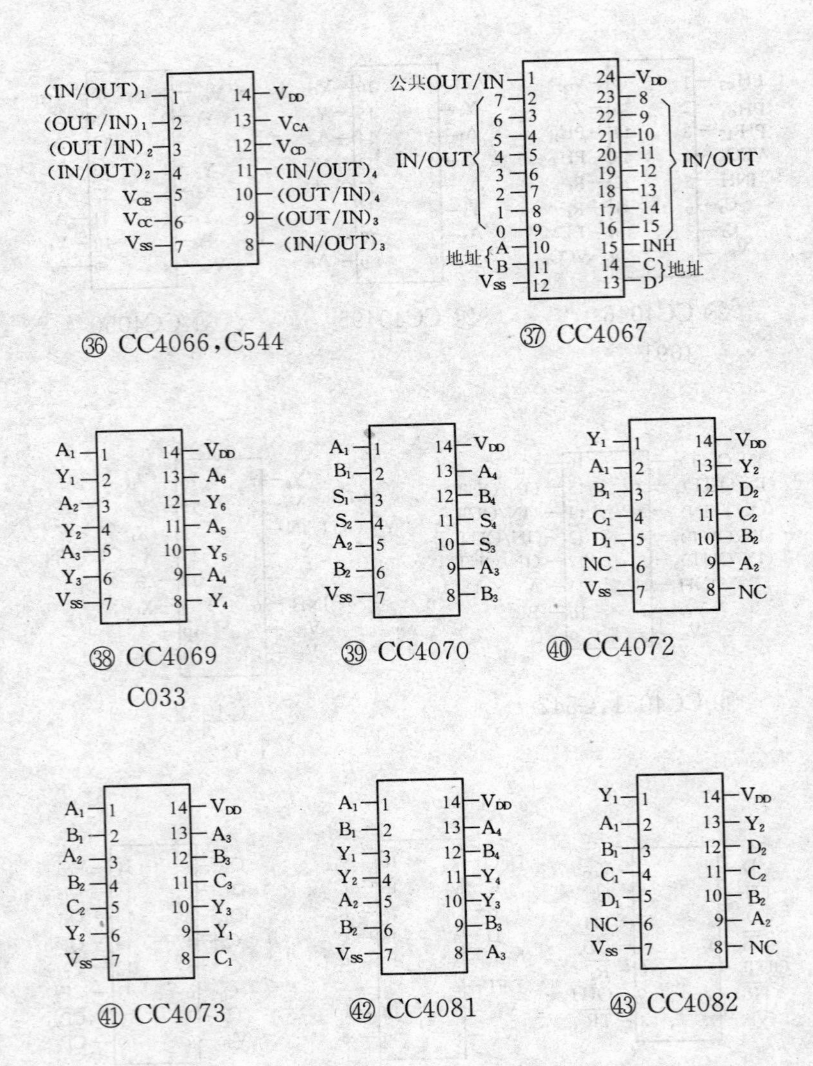

(IN/OUT)1 1
(OUT/IN)1 2
(OUT/IN)2 3
(IN/OUT)2 4
VCB 5
VCC 6
VSS 7
14 VDD
13 VCA
12 VCD
11 (IN/OUT)4
10 (OUT/IN)4
9 (OUT/IN)3
8 (IN/OUT)3
⑯ CC4066，C544
公共OUT/IN 1
IN/OUT
地址
VSS 12
24 VDD
15 INH
IN/OUT
地址
⑰ CC4067
⑱ CC4069
C033
⑲ CC4070
⑳ CC4072
㉑ CC4073
㉒ CC4081
㉓ CC4082

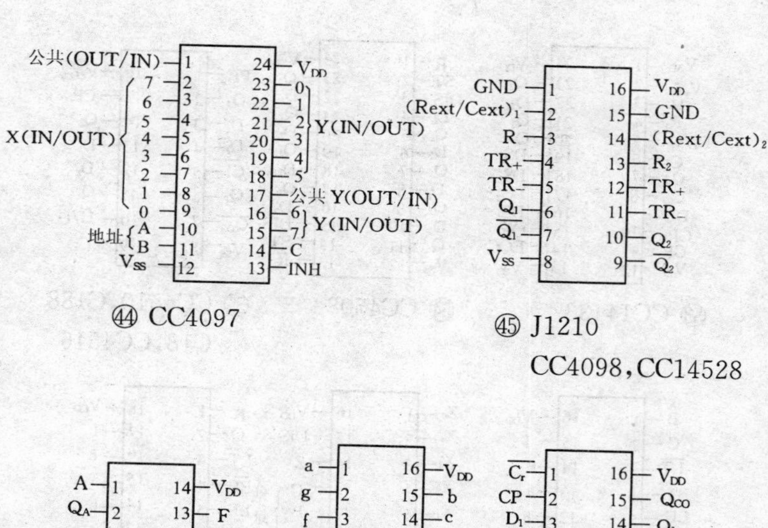

㊹ CC4097

㊺ J1210
CC4098,CC14528

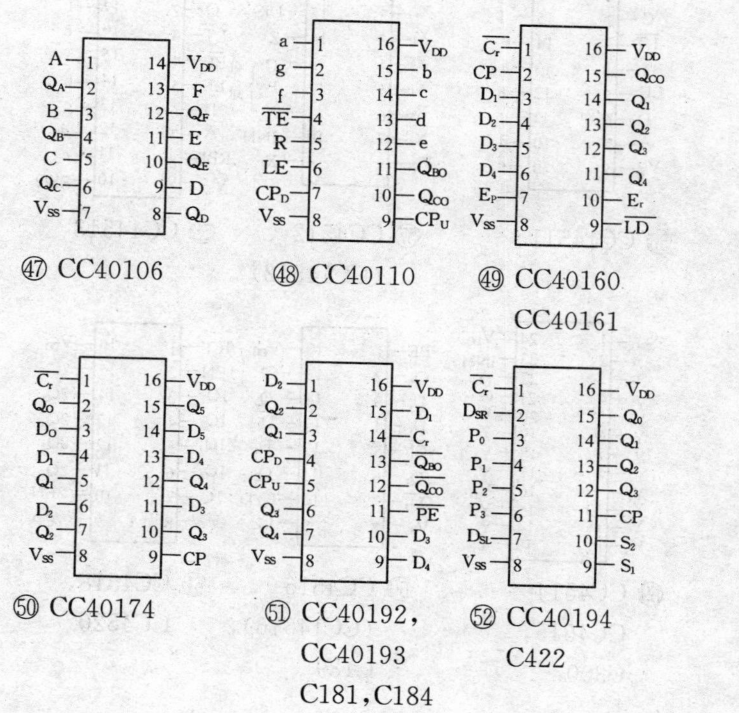

㊼ CC40106

㊽ CC40110

㊾ CC40160
CC40161

㊿ CC40174

51 CC40192,
CC40193
C181,C184

52 CC40194
C422

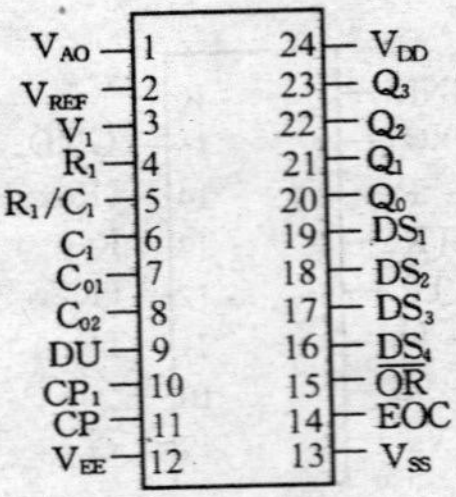

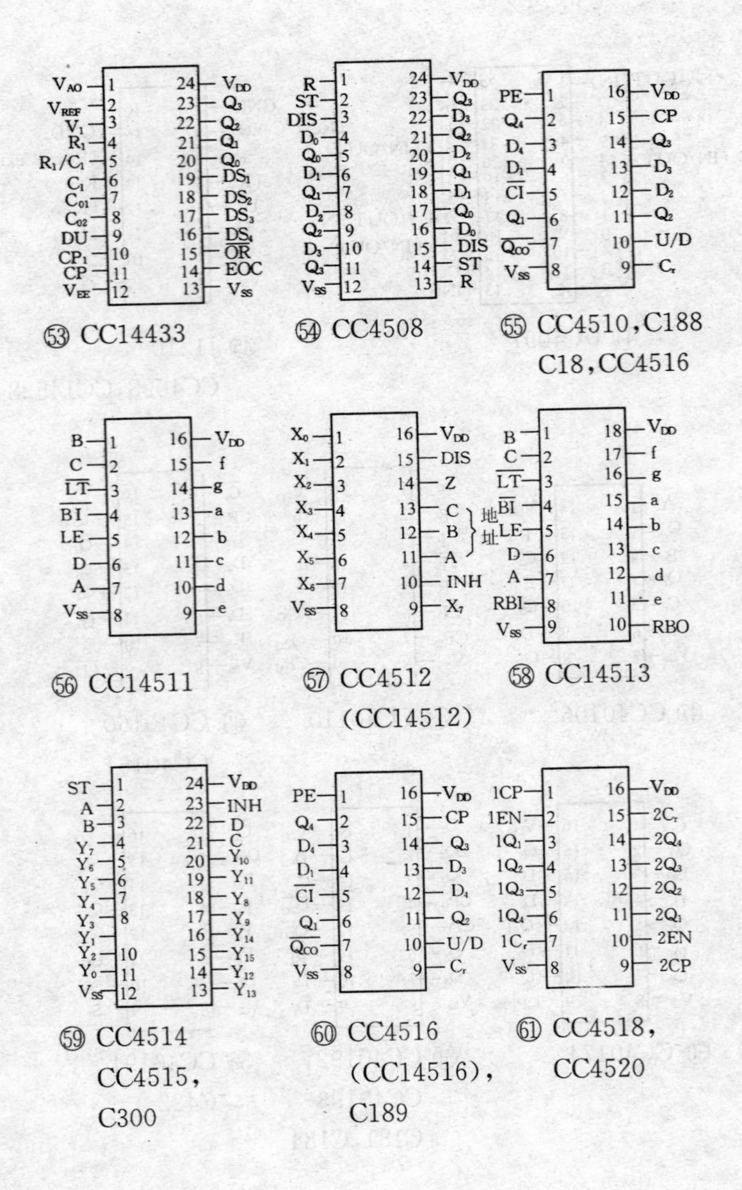

(53) CC14433

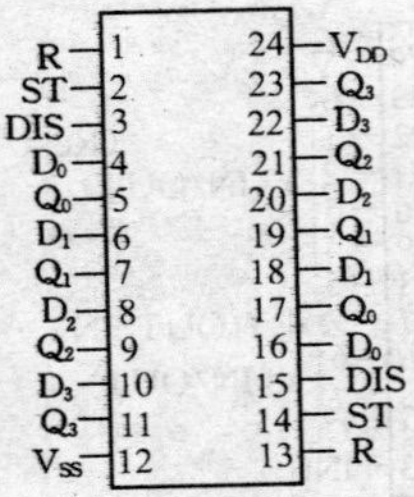

(54) CC4508

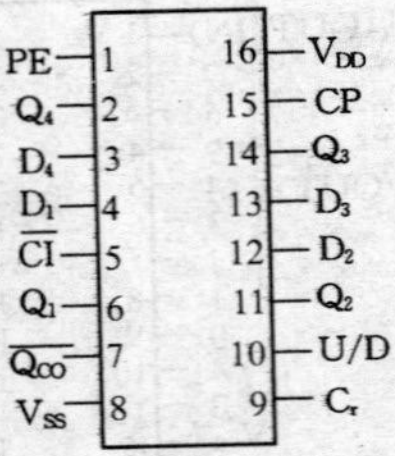

(55) CC4510，C188 C18，CC4516

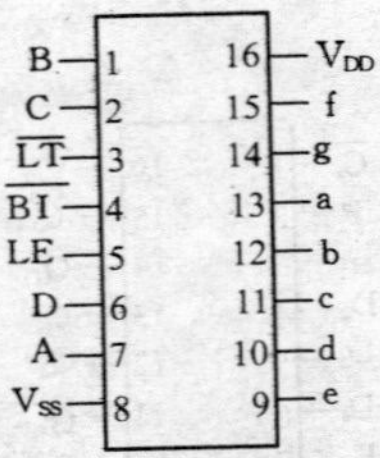

(56) CC14511

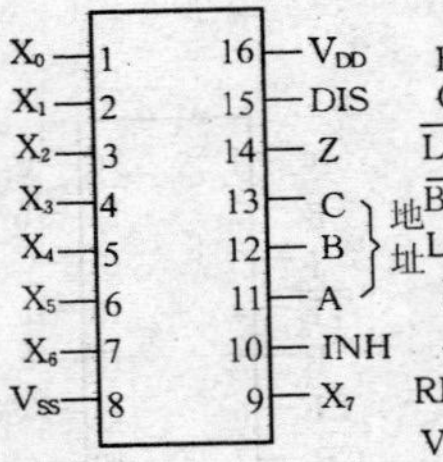

(57) CC4512 (CC14512)

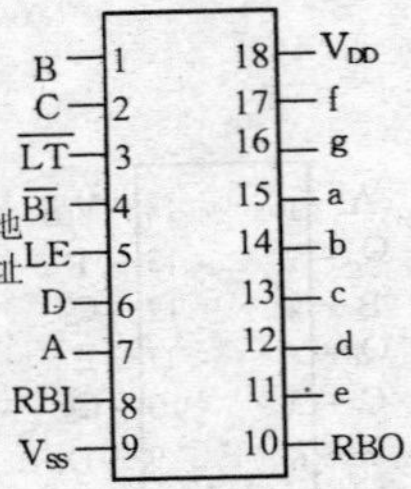

(58) CC14513

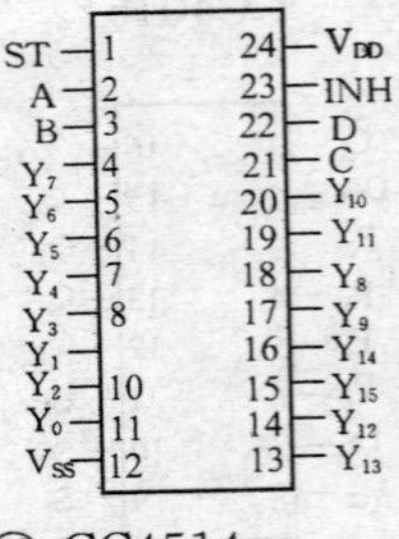

(59) CC4514 CC4515，C300

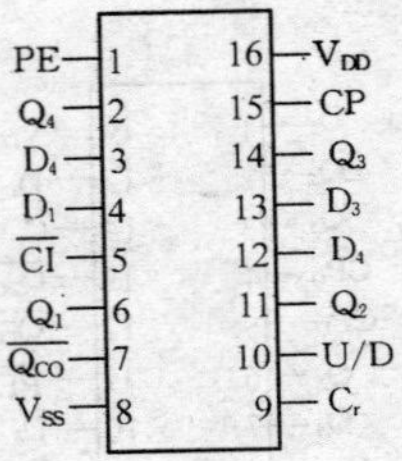

(60) CC4516 (CC14516)，C189

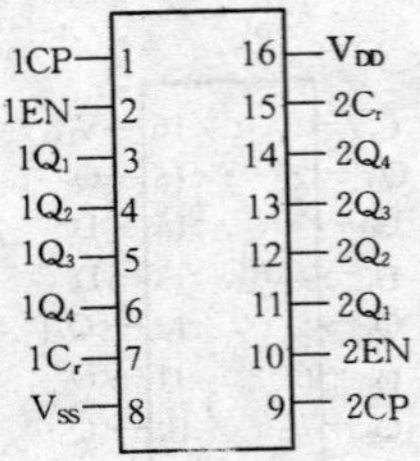

(61) CC4518，CC4520

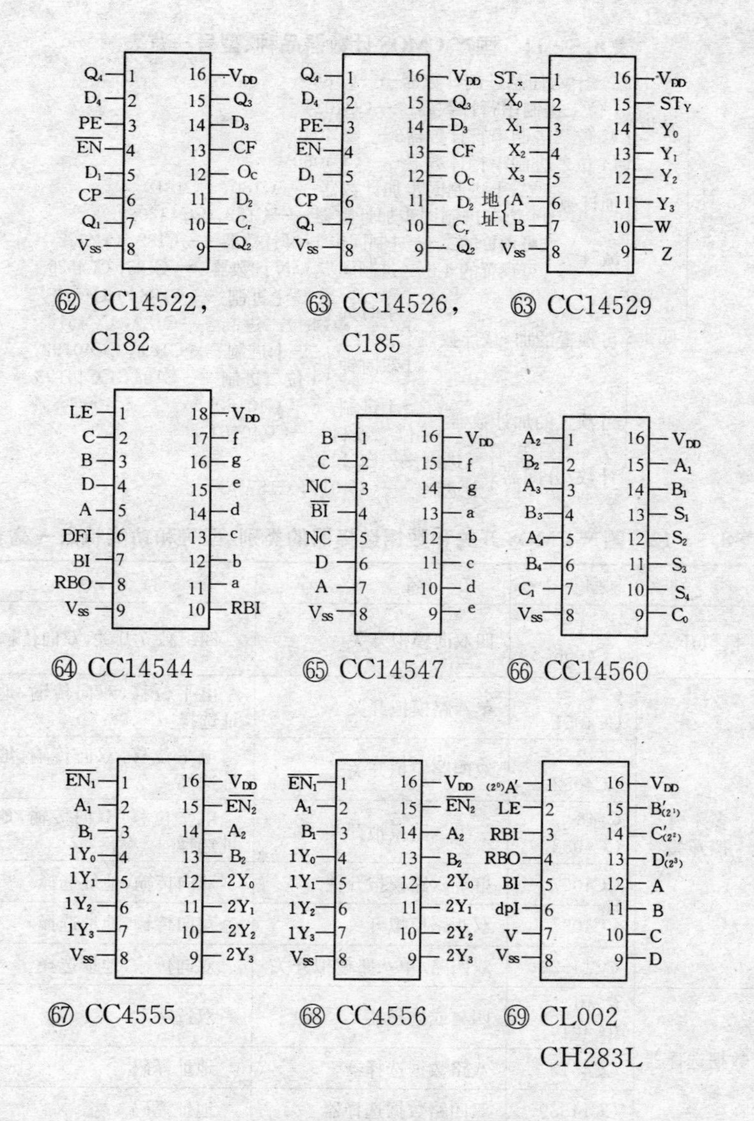

图 8.5－1　CMOS 集成电路外引线排列

表 8.5－11　国产 CMOS 计数器品种、型号一览表

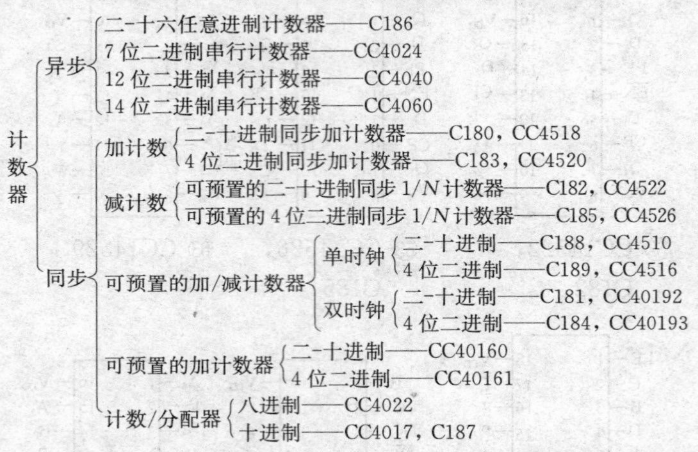

表 8.5－12　国产 CMOS 开关和数据选择器的类别、型号和功能特点一览表

类　别	型　号	名　　称	特　点
模拟开关	C544 CC4066	四双向模拟开关	四组独立开关，双向传输
多路模拟开关	C541 CC4051	单八路模拟开关	电平位移，双向传输，地址选择
	C542 CC4052	双四路模拟开关	电平位移，双向传输，地址选择
	C543 CC4053	三组二路模拟开关	电平位移，双向传输，地址选择
	CC4067	单十六路模拟开关	双向传输，地址选择
	CC4097	双八路模拟开关	双向传输，地址选择
	CC14529	双四路/单八路模拟开关	双向传输，地址选择
数据选择器	C540 CC4019	四与或选择器	双选一
	CC4512	八路数据选择器	地址译码
	CC14539	双四路数据选择器	地址译码

表 8.5-13　CMOS 译码器的型号、品种和特点一览表

类　别	型　号	器件名称	特　点
显示译码器	CC14547	BCD-7 段译码/大电流驱动器	大电流输出
	C306 CC4055	BCD-7 段译码/液晶驱动器	无电平位移 含电平位移
	CC4511 CC14513 CC14543 CC14544	BCD-锁存/7 段译码/驱动器	反相器输出,有消隐输入 反相器输出,自消零 异或门输出,有消隐输入 异或门输出,自消零
	CC40110	十进制加/减计数/锁存/7 段译码/驱动器	含进位、借位功能
	CC4026 CC4033	十进制计数/7 段译码器	含不受控制的"c"段输出 含灯测试功能
数码译码器	C301 CC4028	BCD 码-十进制码译码器	含 3 位二进制输入 八进制码输出
	C304	十进制码-BCD 码译码器	"0～9"操作编码
	CC4514 C300 CC4515	4 位锁存/4 线-16 线译码器	输出"1"电平有效 输出"0"电平有效
	CC4555 CC4556	双二进制 4 选 1 译码器/分离器	输出"1"电平有效 输出"0"电平有效

表 8.5-14　CMOS 移位寄存器品种、型号一览表

型　号	逻辑功能	位　数	触发方式	移位方向	参考型号
CC4015	串入——并出/串出	4	上升沿	右移	C423
CC4014 CC4021	串入/并入——串出	8	上升沿	右移	
CC4035	并入/串入——并出/串出	4	上升沿	左、右移	
CC40194 CC40195					C422
CC4034		8	上升沿	左、右移	

第九章　照　明

第一节　电　光　源

一、电光源的分类及技术数据(表 9.1－1～3)

表 9.1－1　常用照明光源的代号

代　号	光 源 种 类	代　号	光 源 种 类
(不注)	白炽灯	X	氙灯
Y	荧光灯	N	钠灯
L	卤钨灯	J	金属卤化物灯
G	汞灯	H	混合光源

二、白炽(热辐射)光源

白炽(热辐射)光源型号表示及其意义：

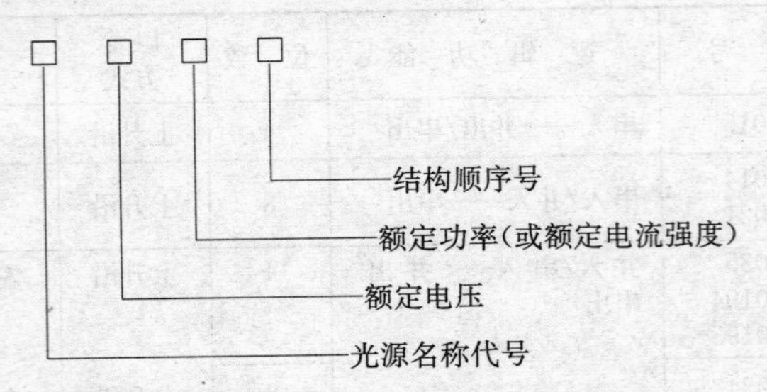

部分白炽(热辐射)的光源名称及其代号见表 9.1－4。

表 9.1-2　常用电光源的种类、发光原理、特点及其应用

类别				发光原理	特点	应用
类	种					
热辐射光源	钨丝白炽灯(白炽灯)			白炽状态钨丝高温热辐射	结构简单,使用方便,光色好,寿命较长;效率低,耐震性差	广泛
热辐射光源	卤钨循环白炽灯(卤钨灯)			在钨丝白炽灯中充入微量卤蒸气,利用卤素循环提高发光效率	体积小,使用方便,光色好,寿命长,效率较白炽灯高;灯座温度偏高	厂前区、较重要工作室
气体放电光源	金属	汞灯	低压汞灯(荧光灯)	汞蒸气放电导致管壁荧光物质发光	效率较白炽灯高,寿命长;功率因数低,需附件	广泛
气体放电光源	金属	汞灯	高压汞灯(荧光高压汞灯)	汞蒸气放电导致管壁荧光物质发光	同上。还有:耐震;启动时间长,不能连续启闭	大面积场所
气体放电光源	金属	钠灯	低压钠灯	低压钠蒸气放电发光	效率高;成本高,显色性差	
气体放电光源	金属	钠灯	高压钠灯	高压钠蒸气放电发光	效率较高,寿命长,透雾性好;功率因数低,需附件,随电压波动变化大	道路、广场
气体放电光源	惰性气体	氙灯(管形氙灯、超高压球形氙灯),汞氙灯(管形汞氙灯)		气体放电发光	光色好,寿命长,效率高;对附件要求高,安装有一定要求	广场、车站、码头、大型车间等
气体放电光源	惰性气体	氖灯 霓虹灯		气体放电发光		指示灯、广告灯
气体放电光源	金属卤化物灯	钠铊铟灯、镝灯		金属蒸气放电发光	效率高、光色好;随电压波动变化大	广场、大车间

表 9.1-3　常用照明电光源的主要技术数据

光源名称	普通照明灯泡	卤钨灯	荧光灯	荧光高压汞灯	管形氙灯	高压钠灯	金属卤化物灯
额定功率范围/W	10～1 000	500～2 000	6～125	50～1 000	1 500～100 000	250、400	400～1 000
光效/($lm \cdot W^{-1}$)	6.5～19	19.5～21	25～67	30～50	20～37	90～100	60～80
平均寿命/h	1 000	1 500	2 000～3 000	2 500～5 000	500～1 000	3 000	2 000
一般显色指数 R_a	95～99	95～99	70～80	30～40	90～94	20～25	65～85
启动稳定时间	瞬时	瞬时	1～3 s	4～8 min	1～2 s	4～8 min	4～8 min
再启动时间	瞬时	瞬时	瞬时	5～10 min	瞬时	10～20 min	10～15 min
功率因数 $\cos\varphi$	1	1	0.33～0.7	0.44～0.67	0.4～0.9	0.44	0.4～0.61
频闪效应	不明显		明显				
表面亮度	大	大	小	较大	大	较大	大
电压变化对光通量影响	大	大	较大	较大	较大	大	较大
环境温度对光通量影响	小	小	大	较小	小	较小	较小
耐震性能	较差	差	较好	好	好	较好	好
所需附件	无	无	镇流器、起辉器	镇流器	镇流器、触发器	镇流器	镇流器、触发器

表 9.1-4　部分白炽(热辐射)光源名称及其代号

代　号	光 源 名 称	代　号	光 源 名 称
PZ	普通照明灯泡	DL	梨形电源指示灯泡
PZS	双螺旋普通照明灯泡	HW	红外线灯泡
PZF	反射型普通照明灯泡	JG	聚光灯泡
SX	水下灯泡	JZ	局部照明灯泡
SY	摄影灯泡	KZ	矿区照明灯泡
WY	无影灯泡	KZM	氪气照明灯泡
WZ	微型指示灯泡	LF	复印卤钨灯泡
XX	专用小型灯泡	LHW	红外线卤钨灯泡
XZ	小型指示灯泡	LJS	石英聚光卤钨灯泡
CS	彩色灯泡	LJY	硬质玻璃聚光卤钨灯泡
DC	槌形电源指示灯泡	LZG	管形照明卤钨灯
DQ	球形电源指示灯泡	DZ	锥形电源指示灯泡
DY	圆柱形电源指示灯泡		

（一）白炽灯泡

螺旋式灯头型号表示：

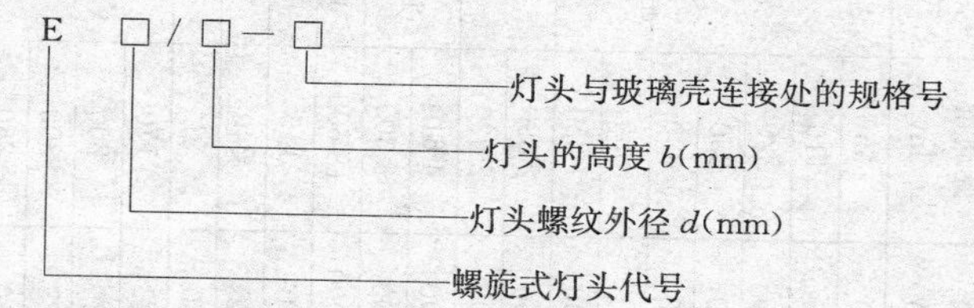

插口式灯头型号表示：

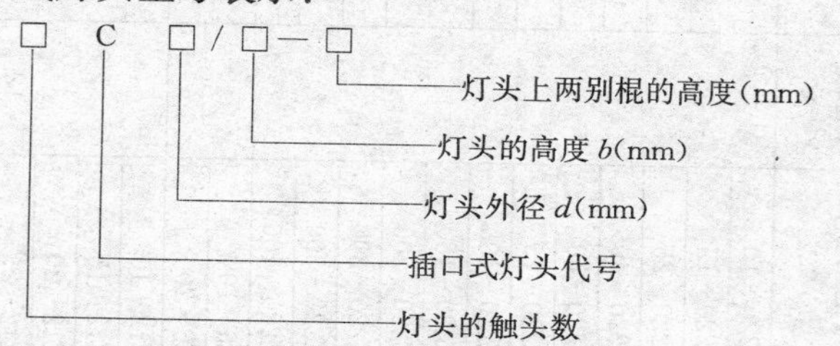

部分照明灯泡及指示灯泡的技术数据见表 9.1-5～7。

表 9.1－5　普通照明灯泡及局部照明灯泡的技术数据

灯泡型号	额定值			外形主要尺寸/mm					灯头型号
	电压/V	功率/W	光通量/lm	D,≤	螺旋式灯头		插口式灯头		
					L	H	L	H	
PZ220－10	220	10	65	61	107±3	—	105±3	—	E27/27－1 或 2C22/25－2
PZ220－15		15	110						
PZ220－25		25	220						
PZ220－40		40	350						
PZ220－60		60	630						
PZ220－75		75	850	71	125±4	90±4	116±4	83±4	E27/35－2 或 2C22/30－3
PZ220－100		100	1 250						
PZ220－150		150	2 090	81	170±5	125±5	160±5	120±5	
PZ220－200		200	2 920						
PZ220－300		300	4 610	111.5	235±6	180±6	—	—	E40/45－1
PZ220－500		500	8 300						
PZ220－1000		1 000	18 600	131.5	275±6	210±6	—	—	
JZ6－10	6	10	115	56	99±3	71±3	97±3	69±3	E27/27－1 或 2C22/25－2
JZ6－20		20	240	61	107±3		105±3	75±3	
JZ12－10	12	10	91	56	99±3		97±3	69±3	
JZ12－15		15	170	61	107±3	77±3	105±3	75±3	
JZ12－20		20	200						
JZ12－25		25	300						
JZ12－30		30	350						
JZ12－40		40	500						
JZ12－60		60	850						

(续表)

灯泡型号	额定值			外形主要尺寸/mm					灯头型号
	电压/V	功率/W	光通量/lm	$D, \leqslant$	螺旋式灯头		插口式灯头		
					L	H	L	H	
JZ12-100	12	100	1 600	71	125±4	90±4	123.5±4	88.5±4	E27/27-1 或 2C22/25-2
JZ36-15	36	15	135	61	107±3	77±3	105±3	75±3	
JZ36-25		25	200						
JZ36-40		40	460						
JZ36-60		60	800						
JZ36-100		100	1 550	71	125±4	90±4	123.5±4	88.5±4	

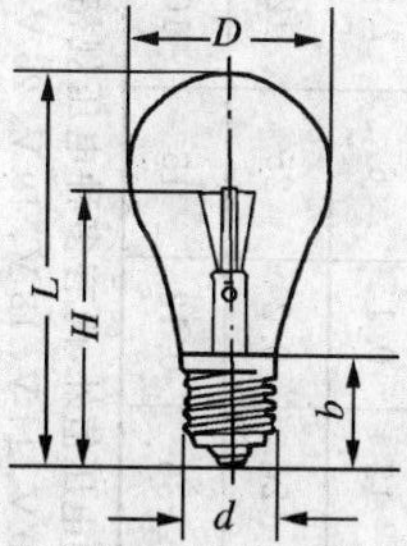

(a) 螺旋式灯头

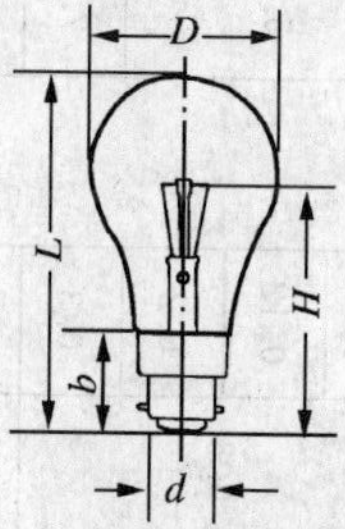

(b) 插口式灯头

注:1. 灯泡的玻壳可根据需要制成磨砂、乳白色及内涂白色的玻壳,但其光参数将较上表所列降低一定数值;一般磨砂玻壳降低 3%,乳白色玻壳降低 25%;内涂白色玻壳降低 5%。

2. 除表所列规格外,尚有额定电压为 24 及 110、127、230、240 V 等各种规格。

表 9.1-6 部分小型指示灯泡的技术数据

灯泡型号	额定值		光通量/lm	主要尺寸/mm		平均寿命/h	灯头型号
	电压/V	电流/A		$D \leqslant$	L		
WZ3-0.3	3	0.3		7.3	16.5	200	E518-1
WZ6.3-0.05	6.3	0.05		5.5	1 000 17	1 000	
WZ6.3-0.12		0.12					
WZ6.3-0.2		0.2				500	
WZ6.3-0.3		0.3		7.3	16.5	100	
WZ12-0.1	12	0.1		5.5	17	1 000	
XZ2.5-0.5	2.5	0.5	5	15	28	500	1C9/14-1
XZ6.3-0.15	6.3	0.15	5	10	29	2 000	E10/13-1
XZ6.3-0.25		0.25	7.5	12	24	800	
XZ6.3-0.3		0.3	13	10	29		
XZ12-0.1	12	0.1	6	7.2	23	1 300	1C7/11-A
XZ24-0.2	24	0.2	25	12	24	80	E10/13-1
XZ36-0.12	36	0.12	15	10	29	400	1C9/14-1

注:1. 除表列电压值外,尚有多种电压规格:1 V、1.5 V、2 V、2.5 V、3.5 V、4 V、6 V、8 V、10 V、14 V、18 V、19 V、26 V等。

2. 玻璃壳除无色外,尚有红、黄、蓝、绿、白色等。

3. 外形全长尺寸与灯头型号相关联,除表列型号外,尚有其他型号。

表 9.1－7 部分电源指示灯泡的技术数据

灯泡型号	额定值		光通量/lm	主要尺寸/mm		平均寿命/h	灯头型号
	电压/V	功率/W		$D\leqslant$	L		
DC36－10	36	10	52	31	61±2	1 500	E27/27－1
					59±2		2C22/25－2
DC220－15	220	15	100	30	63	1 000	E27/27－1
DL36－10	36	10	52	26	51±2	1 500	E14/25－2
					47±2		2C15/19－1
DL220－15	220	15	65		51±2		E14/25－2
					47±2		2C15/19－1
DQ12－5	12	5	26	21	37		2C15/19－1 或 1C15/19－1
DQ24－10	24	10	52				
DY24－10	24	10	52		59±2		E14/25－2
					54±2		2C15/19－1
DY110－8	110	8	40		59±2		E14/25－2
					54±2		2C15/19－1
DY220－15	220	15	70		77±2		E14/25－2
					84		2C22/25－2
DZ36－8	36	8	40	20	50±2		E12/22－2
					46±2		1C15/19－1
DZ127－15	127	15	75		50±2		E12/22－2
					46±2		1C15/19－1
DZ220－15A	220	15	65	24	54±2		E12/22－2
					50±2		2C15/19－1

注：1. 除表列电压值外，尚有多种电压规格：48 V、60 V 等。

2. 外形全长尺寸与灯头型号相关联，除表列型号外，尚有其他型号。

（二）卤钨灯（表 9.1-8）

表 9.1-8　部分管形卤钨灯的技术数据

灯管型号	额定值			色温/K	平均寿命/h	主要尺寸/mm		安装方式
	电压/V	功率/W	光通量/lm			$D\leqslant$	L	
LZG220-500	220	500	9 750	2 700～2 900	1 500	12	177	夹式
LZG220-1000		1 000	21 000				210±2	顶式
							232	夹式
LZG220-1500		1 500	31 500			13.5	293±2	顶式
							310	夹式
LZG220-2000		2 000	42 000				293±2	顶式
							310	夹式
LZG110-500	110	500	10 250			12	123±2	顶式
LZG30-500	30		14 500	3 100～3 200	50	18	46±2	插脚

(a)　(b)

(c) 照明管形（插脚式）

注：1. 灯脚有三种形式，如图(a)、(b)、(c)所示，(a)配用 Fa4 型灯头，(b)配用 R7S 型灯头。

2. 直接与电源线相连，不需任何附件。灯脚与灯座保持良好接触，引线须采用耐高温导线，近灯座处导线用瓷管套套住。

3. 正常工作时，管壁温度在 500～700℃，但不允许人工冷却，安装时要注意散热和防雨，最好采用配套的金属灯架，灯管周围不能放置易燃物。

4. 为了保证正常使用的效果和寿命，灯管的工作位置应保持水平，倾斜不大于 4°；电源电压的波动不超过±2.5%；应避免剧烈震动和撞击。

三、气体放电光源

气体放电光源型号表示及其意义：

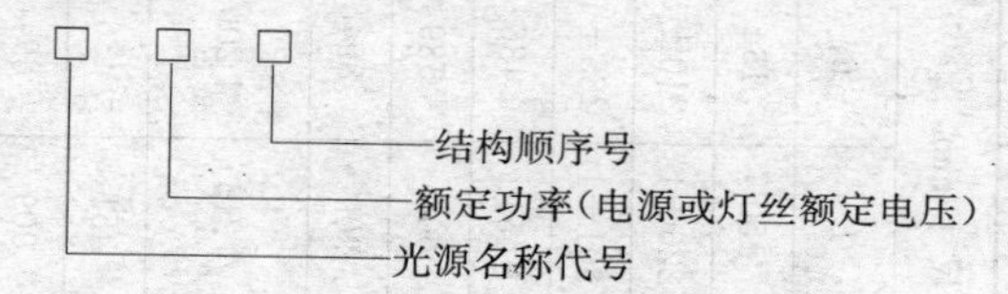

气体放电光源名称及其代号见表 9.1－9。

表 9.1－9　部分气体放电光源的名称及其代号

代 号	光 源 名 称	代 号	光 源 名 称
DDG	管形镝灯	NTY	钠铊铟灯
DDQ	球形镝灯	TY	铊铟灯泡
GG	高压汞灯泡	XFL	封闭式冷光束氙灯
GGQ	球形超高压汞灯	XG	管形氙灯
GGU	U 形紫外线高压汞灯	XMZ	直管形脉冲氙灯
GGY	荧光高压汞灯泡	XQ	球形氙灯
GGZ	直管形紫外线高压汞灯	XSG	管形水冷氙灯
GXG	管形汞氙灯	XSQ	球形水冷氙灯
GXQ	球形超高压氙灯	YH	环形荧光灯管
GYF	反射荧光高压汞灯泡	YHG	黑光荧光灯管
GYZ	自整流荧光高压汞灯泡	YU	U 形荧光灯管
KG	高压氪灯管	YZ	直管形荧光灯管
KNG	管形钪钠灯	YZZ	自整流荧光灯管
NG	高压钠灯泡	ZW	紫外线灯管
NH	氖氩辉光灯泡		

（一）荧光灯

直管形荧光灯、部分环形和 U 形荧光灯技术数据分别见表 9.1－10～11。

荧光灯接线如图 9.1－1 所示。镇流器和起辉器的技术数据见表 9.1－12～13。

表 9.1－10　直管形荧光灯的技术数据

灯管型号	额定功率/W	电源电压/V	工作电压/V	工作电流/mA	启动电压/V	启动电流/mA	光通量/lm	平均寿命/h	主要尺寸/mm			灯头型号
									D	L	L_1	
YZ4	4	220	35	110	190	170	10	700	15.5±0.8	150	134	2RC－14
YZ6	6		55	135		180±20	150	2 000		226±1	210±1	
YZ8	8		65	145		200±20	250			301±1	285±1	
YZ15	15		52	320		440	580	3 000	38	451	436	2RC－35
YZ20	20		60	350		460	970			604	589	
YZ30	30		95	350		560	1 550			909	894	
YZ40	40		108	410		650	2 400			1 215	1 200	
YZ100	100		87	1 500		1 800	5 500	2 000				
YZ15S	15		58	300		500	665	3 000	25	451	436	
YZ30S	30		96	320		560	1 700			909	894	

注：1. 电源电压波动不宜超过额定电压的±5%，减少不必要的开关次数，以保证使用寿命。

2. 必须与相应的镇流器和起辉器相配合使用。

3. 灯管内壁涂上不同荧光粉后会发出不同光色，可制成日光式、冷白色、暖白色、粉红色等。日光色荧光灯色温为 6 500 K；冷白色色温为 4 800 K；暖白色色温为 2 700 K。

4. 型号中“S”表示细管。除直管形外，还有异型：U 形、环形等。

表 9.1-11 部分环形和 U 形荧光灯的技术数据

灯管型号	额定功率 /W	电源电压 /V	工作电压 /V	工作电流 /mA	启动电流 /mA	光通量 /lm	平均寿命 /h	主要尺寸 /mm				
								D	D_1	L	L_1	d
YZ20	20	220	60	350	500	970	2 000	207	143	—	—	32
YZ30	30		95	350	560	1 550		308	244	—	—	
YZ40	40		108	410	650	2 200		397	333	—	—	
YU30	30		80	350	560	1 550		—	—	417.5	410	38
YU40	40		108	410	650	2 200		—	—	620.5	619	

直管形荧光灯

环形荧光灯

U 形荧光灯

表 9.1－12　镇流器的技术数据

配用灯管功率/W	电源电压/V	工作电压/V	工作电流/mA	启动电压/V	启动电流/mA	最大功率损耗/W	功率因数
6	220	203	140±5	215	180±10	4	0.34
8		200	150±10		190±10		0.38
15		202	330±30		440±10	8	0.33
20		196	350±30		460±10		0.36
30		180	360±30		560±10		0.5
40		165	410±30		650±10		0.53
100		185	1 500±100		1 800±10	20	0.37

注：镇流器主要由铁芯和线圈组成，实质上是一只铁芯电感线圈。它有两出线端和四出线端（常辅助起辉线圈）两种。镇流器有两个作用：① 启动时，由起辉器配合感生很高电势，连同电源电压使汞蒸气产生放电；② 工作时用来维持灯管的稳定的工作电流。

表 9.1－13　起辉器的技术数据

配用灯管功率/W	额定电压/V	正常启动		欠压启动		启辉电压/V	使用寿命/次
		电压/V	时间/s	电压/V	时间/s		
4～8	220	220	1～4	180	<15	>135	5 000
15～20							
30～40							
100				200	2～5		

注：1. 起辉器主要是由静触片和由双金属片弯成的动能片两个电极组成，这两个电极装在一个充有氖气的玻璃泡中；另有一纸质电容并联在两极上，起保护作用。

2. 起辉器规格应根据灯管的功率大小选用。

荧光灯的接线图：

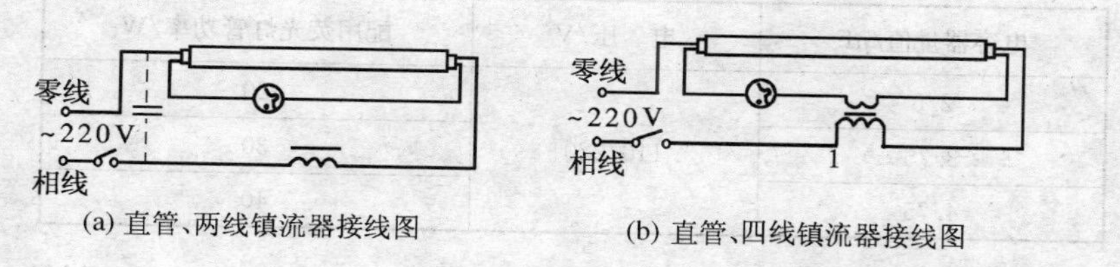

(a) 直管、两线镇流器接线图　　(b) 直管、四线镇流器接线图

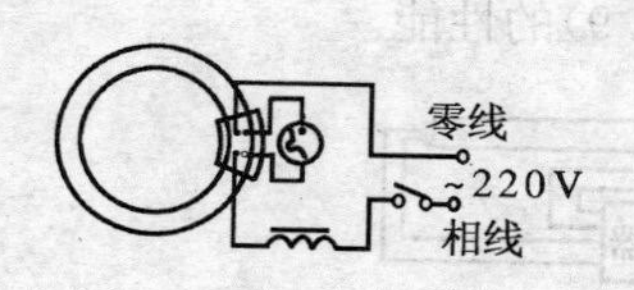

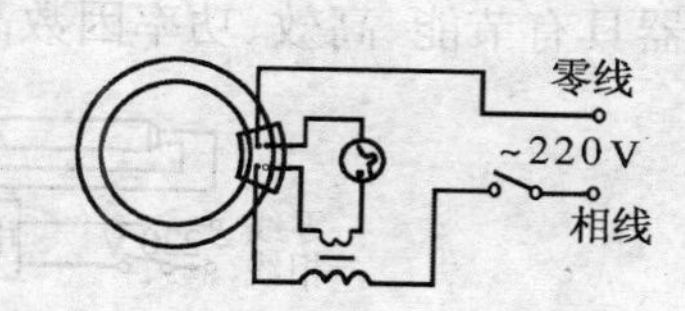

(c) 环形管、两线镇流器接线图　　(d) 环形管、四线镇流器接线图

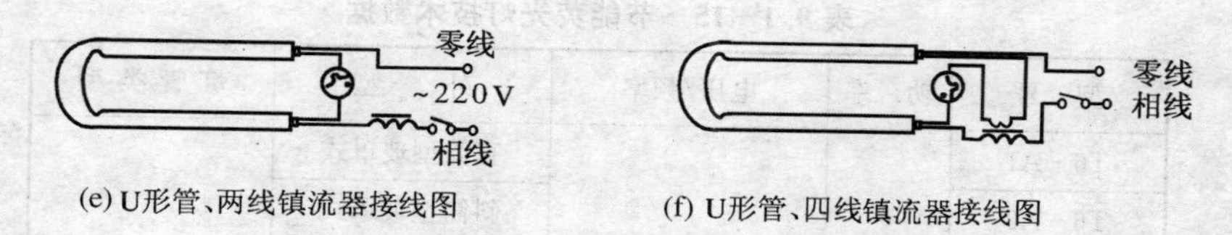

(e) U形管、两线镇流器接线图　　(f) U形管、四线镇流器接线图

图 9.1-1　荧光灯接线图

荧光灯不但一般显色性较差，而且具有明显的频闪效应，不利于安全生产，所以机械车间较少采用。为消除频闪效应，可在一个灯具内安装两根或三根荧光灯管，每个灯管分别接到不同相的线路上。

荧光灯线路中的镇流器是一感抗元件，功率因数较低，如果加装一电容器，可提高功率因数（如图 9.1-1(a)虚线所示）。加接电容器的容量如表 9.1-14 所示。

表 9.1－14　荧光灯电容器规格

电容器量值/μF	电　压/V	配用荧光灯管功率/W
2.5	110/220	20
3.75		30
4.75		40

采用电子镇流器的荧光灯接线图如图 9.1－2 所示。电子镇流器具有节能、高效、功率因数高(>0.9)的性能。

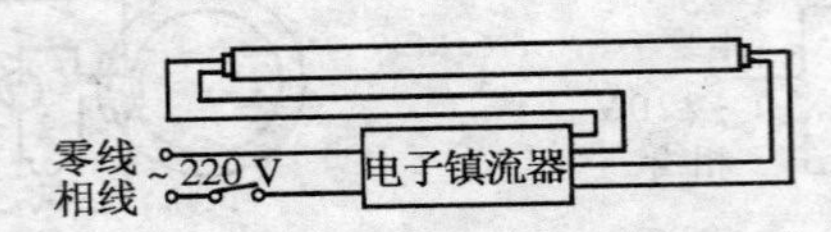

图 9.1－2　采用电子镇流器接线图

表 9.1－15～16 为节能荧光灯技术数据和性能数据。

表 9.1－15　节能荧光灯技术数据

型　号	功　率	电压/频率	外　　型	灯 管 类 型
T6－A1	6	110～120 V/60 Hz 220～240 V/50 Hz	直筒型玻罩式	双 U 或双 H
T6－A2			斜筒型玻罩式	
T6－A3			斜筒外露型	
T8－A1	8		直筒型塑罩式	
T8－A2			斜筒型塑罩式	
T8－B1			直筒外露型	
T8－B2			斜筒外露型	
T10－A1	10		直筒型塑罩式	
T10－A2			斜筒型塑罩式	
T10－B1			直筒外露型	
T10－B2			斜筒外露型	

（续表）

型　号	功　率	电压/频率	外　型	灯管类型
T12 - B1	12	110～120 V/60 Hz 220～240 V/50 Hz	直筒外露型	双U或双H
T12 - B2			斜筒外露型	
T14 - A3	14		直筒型玻罩式	
T14 - B1			直筒外露型	
T14 - B2			斜筒外露式	
T14 - D1			球型花玻罩	单U单H
T14 - D2			球型砂玻罩	
T14 - D3			球型白玻罩	
JND - 9	9		球型筒型塑罩	单U单H 双U双H
JND - 11	11			
JND - 13	13			
JND - 15	15			
JND - 18	18			

表 9.5－16　节能荧光灯性能数据

型　号	电压/频率	标称功率/W	等效白炽灯功率/W	光通量/lm	长×宽/mm
BLJ2U	220～240 V/50 Hz 110～127 V/60 Hz	5	25	300	108×40
		9	45	467	126×40
		11	55	615	144×44.5
BLJ3U		11	55	657	144×44.5
		15	75	872	138×44.5
		20	100	1 096	151.5×54
		15	75	820	153×54
		18	90	900	160×54
		20	100	1 050	177×54
		22	110	1 110	177×54

（续表）

型　号	电压/频率	标称功率/W	等效白炽灯功率/W	光通量/lm	长×宽/mm
BLJ4U	220～240 V/50 Hz 110～127 V/60 Hz	20	100	1 000	153.5×54
		26	120	1 300	163.5×54
BLA2U		5	25	230	129×46
		7	35	330	139×46
		9	45	450	150×46
		11	55	550	162×46
		13	65	650	180×46
BLE2UB		5	25	220	116×44.5
		9	45	450	137×44.5
		11	55	600	150×44.5
		13	65	680	167×44.5
BLE3UB		15	75	820	145×54/151×54
		18	90	900	153×54/160×54
		20	100	1 100	166×54/175×54
		24	120	1 200	175×54
		26	130	1 300	182×54
BLL4U		32	120	1 800	186×57
		40	150	2 400	196×57
BLQJ		11	40	500	123×41
BLQA		15	60	950	145.5×58
		21	75	1 265	136.5×58
		28	120	1 680	158×58

（二）高压汞灯

荧光高压汞灯（俗称高压水银灯）是一种自热式热阴极高压水银弧光放电灯。它有三种类型：镇流器式、自镇流式、反射式。

相关技术数据见表 9.1－17～19。

表 9.1-17 部分荧光高压汞灯的技术数据

灯泡型号	额定功率 /W	电源电压 /V	工作电压 /V	工作电流 /A	启动电压 /V	启动电流 /A	光通量 /lm	启动时间 /min	再启动时间 /min	色温 /K	平均寿命 /h	主要尺寸 /mm D	主要尺寸 /mm L	灯头型号
GGY50	50	220	95±15	0.62	180	1.0	1 575	5~10	5~10	5 500	3 500	56	130±5	E27/27-1
GGY80	80		110±15	0.85		1.3	2 940					71	165±5	
GGY125	125		115±15	1.25		1.8	4 990	4~8			5 000	81	184±7	E27/35-2
GGY175	175		130±15	1.50		2.3	7 350					91	211±7	E40/45-1
GGY250	250			2.15		3.7	11 025						230±7	
GGY400	400		135±15	3.25		5.7	21 000				6 000	122	300±10	E40/75-3
GGY700	700		140±15	5.45		10.0	35 000					152	358±10	
GGY1000	1 000		145±15	7.50		13.7	50 000				5 000	182	400±10	E40/78-3
GYZ160	160		220	0.75		6.0	2 560		3~6	4 400	3 000	152	370	E40 装配式
GYZ250	250			1.20		1.7	4 900					91	227	E40/45-1
GYZ450	450			2.25		3.5	11 000					122	292	E40/55-2
GYF400	400		135±15	3.25		5.7	16 500					182	300±10	E40/75-3

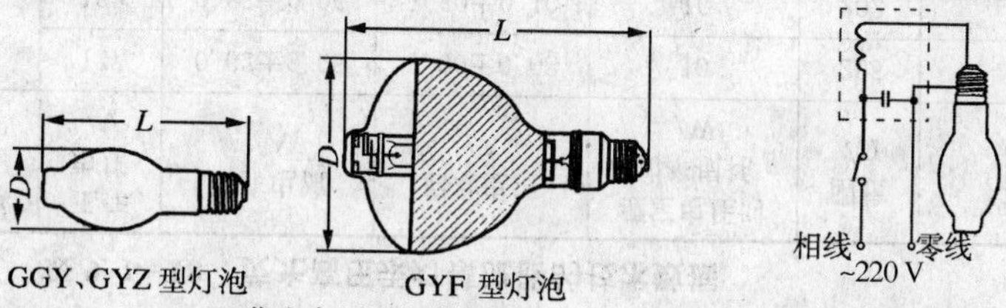

(a) 荧光高压汞灯外形

(b) 荧光高压汞灯接线图

注:1. 电源电压波动不能超过额定电压的 5%,电压降低 5%时灯会自灭。使用时可采用调压或稳压措施。
2. 以垂直安装为宜,并注意散热和防雨。
3. GYZ 为自整流灯泡,不必配用镇流器。GGY 和 GYF 需配用与其功率规格相同的镇流器,见表 9.1-12。

表 9.1－18　荧光高压汞灯镇流器的技术数据

型　号	配用灯泡功率/W	电源电压/V	工作电压/V	工作电流/A	启动电流/A	额定电压时功率损耗/W	阻抗/Ω	功率因数 cos φ
GYZ50	50	220	177	0.62±0.05	1.00±0.08	10	285	0.44
GYZ80	80		172	0.85±0.06	1.30±0.10	16	202	0.51
GYZ125	125		168	1.25±0.10	1.80±0.125	25	134	0.55
GYZ175	175		150	1.50±0.12	2.30±0.15	26.25	100	0.61
GYZ250	250			2.15±0.15	3.70±0.25	37.5	70	
GYZ400	400		146	3.25±0.25	5.70±0.40	40	45	
GYZ700	700		144	5.45±0.45	10.0±0.70	70	26.5	0.64
GYZ1000	1 000		139	7.50±0.60	13.70±1.0	100	18.5	0.67
GYF400	400		146	3.25±0.25	5.70±0.4	40	45	0.61

表 9.1－19　晒图用高压汞灯的技术数据

灯泡型号	额定电压/V	额定功率/W	工作电压/V	工作电流/A	启动电流/A	稳定时间/min	光通量/lm	平均寿命/h	主要尺寸/mm		灯头型号
									D	L	
GG400	220	400	135	3.25	5.7	10～15	14 000	3 000	50	335	E40
GG500		500		4.3	7.65		17 500				
GGS1500		1 500					76 000		41	1 360	
GGS2000		2 000									
GGS3000	380	3 000	780	4.4			100 000	1 000	20	1 380	

(a) GG 型灯　　(b) GGS 型灯

注：1. GGS 型还另需配用漏磁变压器，且需套在硬质玻璃管内使用。
2. 工作时有较大剂量紫外线辐射，应加防护措施。

（三）氙灯

氙灯有长弧氙灯和短弧氙灯两种。前者是高压氙放电灯，后者是超高压氙放电灯。长弧氙灯的功率较大，但光效较低；短弧氙灯的发光体小、亮度高、发光稳定。

氙灯的冷却方式有自然冷却和水冷却两种。

使用氙灯时需配用相应规格的氙灯触发器，产生高频高压脉冲来点燃氙灯，一旦氙灯引燃后，触发器就停止工作。氙灯触发器有变压器火花型触发器和振动子型触发器两类。

部分氙灯的技术数据如表 9.1－20 所示。

表 9.1-20　管形氙灯、水冷氙灯、汞氙灯及其配用的触发器的技术数据

灯管 型号	灯管 额定功率 /W	灯管 电源电压 /V	灯管 工作电压 /V	灯管 工作电流 /A	灯管 光通量 /lm	灯管 平均寿命 /h	主要尺寸/mm D	主要尺寸/mm L	主要尺寸/mm 发光体长度 L_1	触发器 型号	触发器 输入电压 /V	触发器 输出电压 /kV	功率因数 cos φ
XG1500	1 500		60	20	30 000		32	350	110	XC-S1.5A			0.4
XG3000	3 000			13～18	72 000		15±1	700	590	XC-3A		20	
XG6000	6 000	～220	220	24.5～30	144 000		21±1	1 000	800	SQ-10	～220		
XG10000	10 000			41～50	270 000	1 000	26±1	1 500	1 050	XC-10A		30	
XG20000	20 000			84～100	580 000		38±1	1 800	1 300	XC-S20A		45	
XG20000	20 000	～380	380	47.5～58	580 000		28±1	2 500	2 000	SQ-20	～380		0.6
XG50000	50 000			118～145	1 550 000		45±1	3 400	2 700	SCH-50			
XSG4000	4 000	～220	220	15～20	140 000	500	25±3	450±10	250	DWC-3	～220		
XSG6000	6 000			23～31	220 000								
GXG1000	1 000		145	7.5	34 000	1 000	15	410±10	220	SFH	～220		

XG1500　　XG3000、XG10000、XG6000、XG20000　　XSG6000　　GXG1000

注：1. 氙灯的色温为 5 500～6 000 K。

（四）高压钠灯和低压钠灯

低压钠灯是低压钠蒸气放电灯，光效可达 200 lm/W，主要发射黄色光，显色性差。高压钠灯的最高光效约为 120 lm/W，这时色温约 2 100 K，显色指数约为 20。钠灯使用的镇流器必须与其功率相匹配；若借用相同功率的荧光高压汞灯的镇流器，则实际功率低于额定功率。高压钠灯的功率因数较低(0.44)，为提高功率因数，可配用合适的电容器。技术数据详见表 9.1－21。

表 9.1－21　部分高压钠灯的技术数据

<table>
<tr><th rowspan="2">型号</th><th rowspan="2">额定功率
/W</th><th rowspan="2">电源电压
/V</th><th rowspan="2">工作电压
/V</th><th rowspan="2">工作电流
/A</th><th rowspan="2">启动电压
/V</th><th rowspan="2">启动电流
/A</th><th rowspan="2">光通量
/lm</th><th rowspan="2">稳定时间
/min</th><th rowspan="2">再启动时间
/min</th><th colspan="2">主要尺寸
/mm</th><th rowspan="2">灯头型号</th></tr>
<tr><th>D</th><th>L</th></tr>
<tr><td>NG215</td><td>215</td><td rowspan="4">220</td><td>100±20</td><td>2.45</td><td rowspan="4">190</td><td>3.7</td><td>16 125</td><td rowspan="4">4～8</td><td rowspan="4">10～30</td><td rowspan="4">62</td><td rowspan="2">280</td><td rowspan="4">E40/45
－1</td></tr>
<tr><td>NG250</td><td>250</td><td>100^{+20}_{-10}</td><td>3.0</td><td>5.0</td><td>20 000</td></tr>
<tr><td>NG360</td><td>360</td><td>100±20</td><td>3.85</td><td>5.7</td><td>32 400</td><td rowspan="2">260</td></tr>
<tr><td>NG400</td><td>400</td><td>100±20</td><td>4.6</td><td>6.5</td><td>38 000</td></tr>
</table>

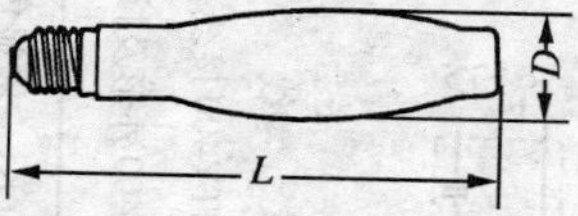

高压钠灯

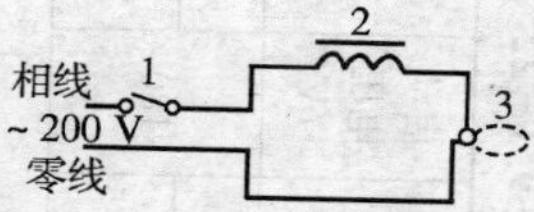

1—电源开关；2—专用镇流器；3—高压钠灯

高压钠灯接线图

注：1. 电源电压的波动不应超过额定电压的 5%。

2. 钠灯有较强的紫外线辐射，应加玻璃罩，或悬挂高度应在 6 m 以上。

四、金属卤化物灯

金属卤化物灯的品种很多，但目前用于照明的是钠铊铟灯（表 9.1－22）和镝灯（表 9.1－23）。

表 9.1－22　部分钠铊铟灯的技术数据

型　号	电源电压/V	额定功率/W	工作电压/V	工作电流/A	启动电压/V	启动电流/A	稳定时间/min	再启动时间/min	光通量/lm	主要尺寸/mm		灯头型号	功率因数 cos φ
										D	L		
NTY400	220	400	135±15	3.25	180	5.7	4～8	10～15	28 000	91	227±7	E40/45－1	0.61
NTY1000		1 000	90±10	10～12.5		15～16	5～8		60 000～70 000	23	170～200	夹式	0.5

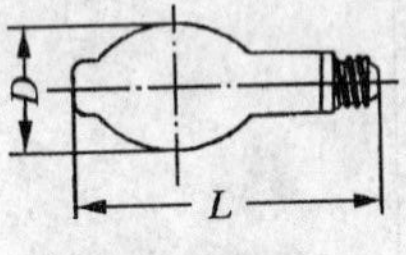

NTY400外形

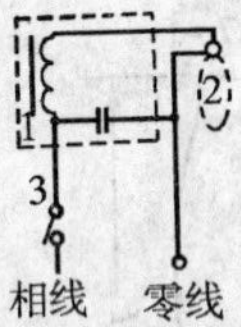

相线　零线

NTY400 接线

(a) NTY400外形及接线图

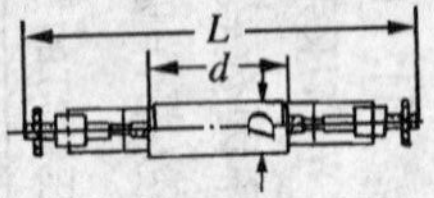

NTY1000 外形

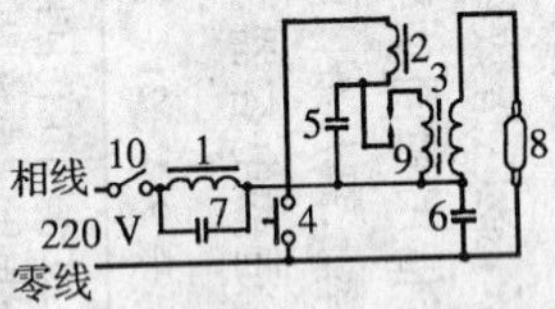

相线　220 V　零线

NTY1000 触发启动接线

(b) NTY1000 外形及接线图

注：1. 钠铊铟灯的色温为 5 000～6 500 K，一般显色指数 R_a＝65～70。
2. NTY400 和 NTY1000 灯外形及接线图均不相同，见下图。

表 9.1-23　部分镝灯的技术数据

灯泡型号	电源电压/V	额定功率/W	工作电压/V	工作电流/A	启动电压/V	启动电流/A	光通量/lm	色温/K	显色指数 *Ra*	主要尺寸/mm		灯头型号
										D	*L*	
DDG400	220 380	400	216	2.7	340	5	36 000	6 000	85	120	300	E40/45-1
DDG1000	220	1 000	130	8.3	200	13	70 000	1 000 ～6 000	70	91	370	E40
DDG2000	380	2 000	220	10.3	340	16	150 000	1 000 ～6 000	75	111	450	
DDG3500	380	3 500	220	18	340	28	280 000	1 000 ～6 000	80	122	485	
DDG3500(A)	380	3 500	220	18	340	28	280 000	1 000 ～5 500	70	122	485	

注:1. 这种灯启动后到稳定的时间较长,约为 10 min;再启动的时间也较长,约为 15 min。
2. 必须与相应的镇流器、触发器或漏磁变压器相配套使用。
3. 灯管应垂直点燃,辅助电极一端应在上方。

第二节　灯　　具

灯具是灯罩和灯座及其连接件的总称。灯具的物理特征包括配光曲线、效率和保护角，它们主要取决于灯罩的形状、材质以及灯具悬挂的高度等因素。此外，灯具还有固定光源和保护光源（不受外力、潮湿和有害气体等的侵害）的作用。

灯具的种类很多，通常以其工作的对象和性质进行分类。这里主要介绍工厂灯具和常用照明灯具。

目前，国内生产的灯具尚无统一的型号、规格及外形尺寸。下面我们仅以某一地区或生产厂的产品为代表作简略的介绍。

一、工厂常用灯具

工厂常用灯具也可以用于一般公共场所的照明，型号表示（上海地区）如下：

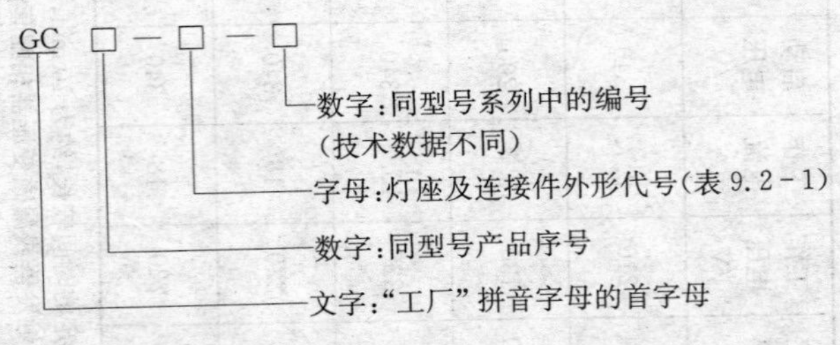

工厂常用灯具的分类见表 9.2－1，其技术数据见表 9.2－2。

表 9.2－1　工厂常用灯具的分类

类　型		定　　义
按光强分布特性分	正弦型	光强分布是角度的正弦函数，且当 $\theta=90°$ 时光强最大
	广照型	最大光强分布在 50°～90°之间，可在较广的面积上形成均匀的照度

(续表)

类　型		定　义
按光强分布特性分	漫射型	在各个方向上发光强度大致相等
	配照型	光强分布是角度的余弦函数，且当 $\theta=0°$ 时光强最大
	深照型	最大光强分布在 0°～40°之间，光通量集中在狭小的范围内
按结构特点分	开启型	光源(灯泡)可与外界的介质直接接触
	保护型	光源被透明罩包护，但内外的空气仍能流通
	密闭型	光源被透明罩包护，内外空气不能流通
	防水型	光源被透明罩包护，接合处采用密封填料，可防水、汽、尘等侵入
	防爆型	光源被强力透明罩包护，能承受足够的压力，可在有爆炸危险介质的场所使用

表 9.2－2　部分工厂常用灯具的灯罩的技术数据

名　称	系列型号	配用光源			外形尺寸/mm		图　示
		功率/W	电压/V	灯头	D	H	
配照型	GC1	60～100	220	E27	355	200	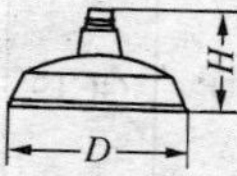
		150～200			406		
广照型	GC3	60～100	220	E27	355	140	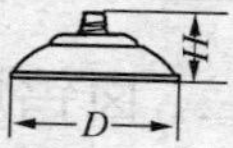
		150～200			406	150	
深照型	GC5	60～100	220	E27	220	235	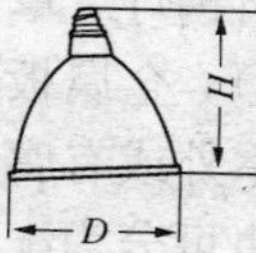
		150～200			250	260	
		300		E40	310	310	
		300～500			350	340	
斜照型	GC7	60	220	E27	220	256	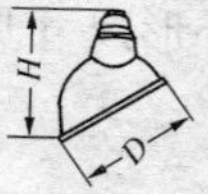
		100			250	285	

（续表）

名　称	系列型号	配用光源			外形尺寸/mm		图　示
		功率/W	电压/V	灯头	*D*	*H*	
广照型防水防尘	GC9	60～100	220	E27	355	300～330	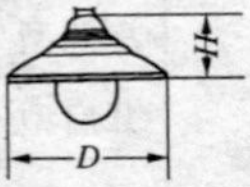
		150～200			420		
广照型防水防尘（加网）	GC11	60～100	220	E27	355	305～330	
		150～200			420	330	
散照型防水防尘	GC15	60～100	220	E27	130	255～295	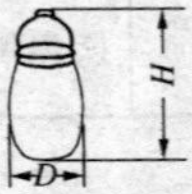
		150～200			150	305～345	
圆球型	GC17	100	220	E27	204	280～315	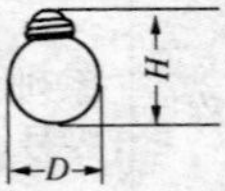
		200			254	365	
双罩型	GC19	60～100	220	E27	355	210～270	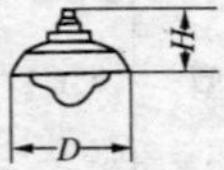
		150～200			406	320	

二、卤钨灯灯具

卤钨灯灯罩一般由金属板或搪瓷制成，有的罩内还装有反射器（板）。金属板通常采用经过阳极氧化处理的铝板。搪瓷罩通常用于室外或有腐蚀性气体的场所。按光强分布特性分类，卤钨灯灯具也可分为配照型、深照型、斜照型（有 20°斜角）等。几种卤钨灯灯具外形尺寸见表 9.2－3。

表 9.2-3　几种卤钨灯具外形尺寸

型　号*	灯管功率/W	工作电压/V	外形尺寸/mm			对应图号
			L	B	H	
LTP-500-1	500	220	320	220	100	图(a)
LTP-1000-1	1 000		370	270	230	
LTS-1000-1	1 000		520	529	420	
LTX-500-1	500		320	220	100	
LTX-1000-1	1 000		320	520	150	
LTX-2000-1	2 000		520	520	330	
LJP-500-1	500		260	150	172	图(b)
LJS-1000-1	1 000		314	120	204	
LJX-500-1	500		259	163	210	
DD1-1000	1 000					图(c)
TD6-500	500		245			图(d)
TD6-1000	1 000		300			
TD6-2000	2 000		380			

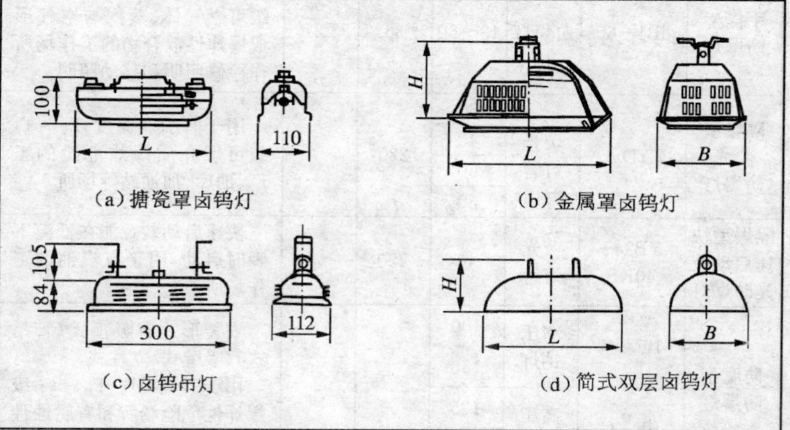

(a) 搪瓷罩卤钨灯　(b) 金属罩卤钨灯

(c) 卤钨吊灯　(d) 筒式双层卤钨灯

* 这里为厂家型号，仅供参考。

三、防爆灯灯具(表 9.2-4)

表 9.2-4　部分防爆灯灯具的技术数据

名　称	型号	配　用　光　源				特点及用途
		名称	功率/W	电压/V	灯头	
隔爆型防爆灯	dNGD215/250	钠灯	215	200	E40	用于存在引爆能力为ⅡA、ⅡB级、引燃温度为 T_1～T_4 级的厂房、油库等场所
		汞灯	250			
	dGBD250/300	汞灯	250			
		白炽灯	300			
矿用防爆灯	KBB-60	白炽灯	60	127	E27	用于有瓦斯或煤尘爆炸危险的场所的连续照明
矿用增安型防爆灯	KAB-60					用于有油气场所、变电站、井底车场等场所
增安型防爆灯	eB-200	白炽灯	200	220	E27	用于有引爆温度 T_2 级可燃气体与空气形成爆炸性混合物的工作场所
手提型防爆灯	dB4-60	白炽灯	40～60	36	E27	用于在引燃温度 T_1～T_4 级可燃气体、蒸汽与空气形成爆炸性混合物的工作场所作检修照明和移动照明
隔爆型荧光防爆灯	BPYD-A	荧光灯管	30	220		用于有引燃温度 T_1～T_4 级可燃介质爆炸危险的工厂、油库、加油站等场所
			40			
			60			
			80			
隔爆型快速启动荧光防爆灯	YB3e-40KS	荧光灯管	40	220		快速启动装置能在低温下瞬时启动,用于有汽油的工作场所
防腐型防爆灯	BF-N	高压钠灯	100			安装形式有吸顶式(管吊式)、吸壁式、立柱式 用于引燃温度 T_1～T_4 级爆炸性危险场所和有腐蚀性介质的环境
			150			
	BF-G	高压汞灯	125			
			175			

注:防爆灯灯具分为Ⅰ型(煤矿用)和Ⅱ型(工厂用);Ⅱ型根据表面温度最高允许值分为 T_1(450℃)、T_2(300℃)、T_3(200℃)、T_4(135℃)、T_5(100℃)和 T_6(85℃)六级。

四、灯座

灯座材料有瓷质、胶木和金属三种。瓷质灯座可用于较潮湿的场所，胶木和金属灯座则必须用于干燥的场所。常用灯座大致分为插口式和螺旋式两种。它们的技术数据如表 9.2－5 所示。

表 9.2－5　灯座的技术数据

<table>
<tr><th>类　别</th><th>代　号</th><th>最高工作
电压/V</th><th>最大工作
电流/A</th><th>最大额定
功率/W</th></tr>
<tr><td rowspan="5">螺口灯座</td><td>E10</td><td>50</td><td rowspan="2">2.5</td><td>25</td></tr>
<tr><td>E14</td><td rowspan="4">250</td><td>50</td></tr>
<tr><td>E27</td><td>4</td><td>300</td></tr>
<tr><td rowspan="2">E40</td><td>10</td><td>1 000</td></tr>
<tr><td>20</td><td>2 000</td></tr>
<tr><td rowspan="6">插口灯座</td><td>1C9</td><td>50</td><td rowspan="5">2.5</td><td>25</td></tr>
<tr><td>1C15</td><td rowspan="5">250</td><td rowspan="4">40</td></tr>
<tr><td>1C15A</td></tr>
<tr><td>2C15</td></tr>
<tr><td>2C15A</td></tr>
<tr><td>2C22</td><td>4</td><td>300</td></tr>
</table>

注：表中的电压、电流和功率是限制灯座使用范围的三个独立的参数。

第三节　照明器的选用

一、工业企业照明的照度标准值

在国家建委 1979 年颁布的《工业企业照明设计标准》中，对工业企业照明的照度系列分级为 2500、1500、1000、750、500、300、200、150、100、75、50、30、20、10、5、3、2、1、0.5、0.2 lx。

工业企业中一般生产车间和工作场所上的最低照度值见表 9.3－1～3。

照明器使用期间，光源的光效会逐渐降低，灯具、被照场所的墙壁等会被沾污，因而工作面上的光通量会减少。所以，在进行照明设计时，应将表 9.3-1～3 中的最低照度值乘上一个规定的照度补偿系数值(K)。照度补偿系数见表 9.3-4。

表 9.3-1　一般生产车间和工作场所工作面上的最低照度值

序号	车间和工作场所	视觉工作等级	最低照度值/lx		
			混合照明	混合照明中的一般照明	一般照明
1	金属机械加工车间： 一般 精密	 Ⅱ乙 Ⅰ乙	 500 1 000	 30 75	 — —
2	机电装配车间： 大件装配 精密小件装配	 Ⅱ乙 Ⅰ乙	 500 1 000	 50 75	 — —
3	机电装配试车： 地面 试车台	 Ⅵ Ⅱ乙	 — 500	 — 50	 30 —
4	焊接车间： 弧焊 一般接触焊 一般划线 精密划线	 Ⅴ Ⅴ Ⅳ乙 Ⅱ甲	 — — — 750	 — — — 50	 50 50 75 —
5	钣金车间	Ⅴ	—	—	50
6	冲压剪切车间	Ⅳ乙	300	30	—
7	锻工车间	Ⅹ	—	—	30
8	热处理车间	Ⅵ	—	—	30
9	铸工车间： 熔化、浇铸 型砂处理、清理 造型	 Ⅹ Ⅶ Ⅵ	 — — —	 — — —	 30 20 50
10	木工车间： 机床区 锯木间 木模区	 Ⅲ乙 Ⅴ Ⅳ甲	 300 — 300	 30 — 30	 — 50 —

（续表）

序号	车间和工作场所	视觉工作等级	最低照度值/lx		
			混合照明	混合照明中的一般照明	一般照明
11	表面处理车间： 电镀槽间 酸洗间 抛光间 电源(整流器)室	 Ⅴ Ⅵ Ⅲ甲 Ⅶ	 — — 500 —	 — — 30 —	 50 30 — 30
12	喷漆车间	Ⅴ	—	—	50
13	喷砂车间	Ⅵ	—	—	30
14	电修车间： 一般 精密	 Ⅳ甲 Ⅲ甲	 300 500	 30 50	 — —
15	理化实验室、计量室	Ⅲ乙	—	—	100
16	动力站： 压缩机房 泵房 风机房 乙炔发生器房 锅炉旁、煤气站的操作层	 Ⅵ Ⅶ Ⅶ Ⅶ Ⅶ	 — — — — —	 — — — — —	 30 20 20 20 20
17	配、变电所： 变压器室 高低压配电室	 Ⅶ Ⅵ	 — —	 — —	 20 30
18	控制室： 一般控制室 主控制室	 Ⅳ乙 Ⅱ乙	 — —	 — —	 75 150
19	热工仪表控制室	Ⅲ乙	—	—	100
20	电话站： 人工交换台、转接台 蓄电池室	 Ⅴ Ⅶ	 — —	 — —	 50 20

（续表）

序号	车间和工作场所	视觉工作等级	最低照度值/lx		
			混合照明	混合照明中的一般照明	一般照明
21	广播站(室)	Ⅳ乙	—	—	75
22	仓库： 大件贮存 中小件贮存 精细件贮存 工具库	 Ⅸ Ⅷ Ⅶ Ⅵ	 — — — —	 — — — —	 5 10 20 30
23	乙炔瓶库、氧气瓶库、电石库	Ⅷ			10
24	汽车库： 停车间 充电室 检修间	 Ⅷ Ⅶ Ⅵ	 — — —	 — — —	 10 20 30

注：1. 混合照明中的一般照明，其照度为该等级混合照明照度的5%～10%，但不宜低于20 lx。

2. 当采用气体放电灯作为一般照明时，在经常有人工作的车间，其照度值不宜低于30 lx。

3. 冲压剪切车间和造型工部的照度为已提高了一级的照度。

表9.3-2　工业企业辅助建筑的最低照度值

序号	房间名称	一般照明的最低照度/lx	规定照度的平面距地面的高度/m
1	设计室	100	0.8
2	阅览室	75	0.8
3	办公室、会议室、资料室	50	0.8
4	医务室	50	0.8
5	托儿所、幼儿园	30	0.4～0.5
6	食堂	30	0.8
7	车间休息室、单身宿舍	30	0.8
8	浴室、更衣室、厕所	10	0
9	通道、楼梯间	5	0

表 9.3-3　厂区露天工作场所和交通运输线的最低照度值

序号	工作种类和地点	最低照度/lx	规定照度的平面
1	露天工作：		
	视觉要求较高的工作	20	工作面
	用眼睛检查质量的金属焊接	10	工作面
	用仪器检查质量的金属焊接	5	工作面
	间断的检查仪表	5	工作面
	装卸工作	3	地面
	露天堆场	0.2	地面
2	道路：		
	主干道	0.5	地面
	次干道	0.2	地面
3	站台：		
	视觉要求较高的站台	3	地面
	一般站台	0.5	地面
4	码头	3	地面

表 9.3-4　照度补偿系数

序号	环境污染特征	生产车间和工作场所举例	照度补偿系数（K）		照明器擦洗次数（次/月）
			白炽灯、荧光灯、荧光高压汞灯	卤钨灯	
1	清洁	仪器、仪表的装配车间，电子元器件的装配车间，实验室，办公室，设计室	1.3	1.2	1
2	一般	机械加工车间，机械装配车间，织布车间	1.4	1.3	1
3	污染严重	锻工车间，铸工车间，碳化车间，水泥厂球磨车间	1.5	1.4	2
4	室外		1.4	1.3	1

注：照度补偿系数也有用照明器的减光系数来代替，它的数值为 $1/K$。

二、工业企业用灯具类型的选择（表 9.3－5～8）

表 9.3－5　工业企业用灯具类型的一般选择

使用场所	灯具类型
空气较干燥和少尘的车间	开启型各种灯具（按车间的建筑特性、工作面的布置和照度的需要，可采用广照型、配照型或深照型等灯具，也可选择不同类型的光源）
空气潮湿和多尘的车间	防水（防尘）型、密闭型
有易燃、易爆介质的车间	防爆型（见表 9.2－4）
一般办公室、会议室	开启型、闭合型
门厅、走廊等场所	闭合型
广场、露天工作场所	密闭型
厂区路灯	开启型、闭合型

表 9.3－6　工业企业辅助建筑的最低照度

名　　称	一般照明的最低照度（lx）	规定照度的平面
设计室	100	距地 0.8 m 的水平面
阅览室	75	
办公、会议、资料室	50	
医务室	50	
托儿所、幼儿园	30	距地 0.4～0.5 m 的水平面
食堂	30	距地 0.8 m 的水平面
车间休息室、单身宿舍	30	
浴室、更衣室、厕所	10	地面
通道楼梯间	5	

表 9.3-7 照明负荷计算

	支线功率	干线功率	三相负荷不均匀功率
公　式	$P_s=P_l$	$P_s=K_cP_l$	$P_s=K_c\cdot 3P_x$
字母意义	P_l:支线上装灯容量(kW)	P_l:支线上装灯容量(W) K_c:需要系数(表 9.3-8)	K_c:需要系数(表 9.3-8) P_x:最大一相的装灯容量
说　明	1. 荧光灯由于镇流器的功率损耗,计算功率增加约 20%。 2. 荧光高压汞灯由于镇流器的功率损耗,计算功率增加约 8%。 3. 照明线路允许压降 5%~10%。		

表 9.3-8 照明线路电流近似值及熔片选择

照明线路形式	功率因数	计算电流/A	熔片电流/A
220 V 二线白炽灯线路	1.0	$I_s=4.55P_s$	$I_d\geqslant I_s$
380 V 四线白炽灯线路	1.0	$I_s=1.52P_s$	$I_d\geqslant I_s$
220 V 二线荧光灯线路	0.6	$I_s=7.6P_s$	$I_d\geqslant I_s$
220 V 二线非自镇流高压汞灯线路	0.6	$I_s=7.6P_s$	$I_d\geqslant 1.2I_s$
380 V 四线非自镇流高压汞灯线路	0.6	$I_s=2.5P_s$	$I_d\geqslant 1.2I_s$
380 V 四线白炽灯,高压汞灯混合照明		$I_s=2P_s$	$I_d\geqslant 1.2I_s$

注:1. 荧光灯及高压汞灯线路按无电容补偿计算。
2. 混合照明线路按白炽灯与高压汞灯容量比为 1:1 时考虑。

第十章　可编程控制器(PLC)

可编程控制器(Programmable Logic Controller,简称PLC)是在工业环境下应用的数字式电子装置。它使用可编程序的存储器,在其内部存储、执行逻辑运算、顺序控制、计时、计数和算术运算等指令,通过数字式或模拟式的输入、输出组件控制机械设备或生产过程。

第一节　PLC的构成与性能指标

一、PLC的构成

1. PLC的硬件构成

PLC主要由主机和输入、输出模块构成。硬件结构如图10.1-1所示,一般PLC的主机是个单片机,它由中央处理器(CPU)、系统程序存储器(一般为只读存储器ROM或EPROM)、用户程序存

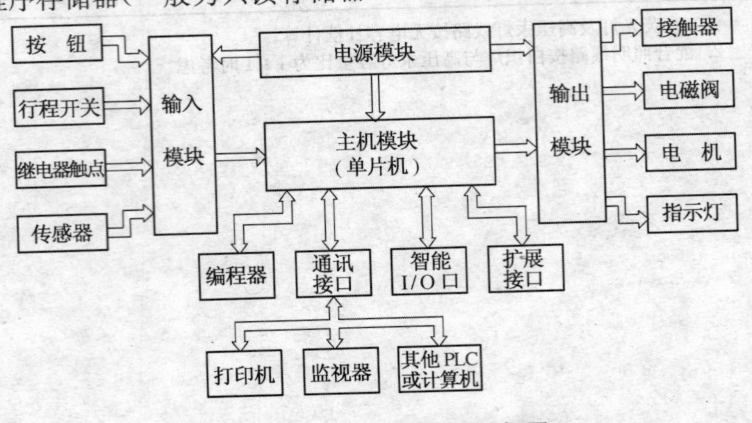

图10.1-1　PLC硬件结构框图

储器(使用随机存取存储器 RAM)、EPROM、EEPROM 等,输入/输出(I/O)接口、编程器接口及一些其他特殊接口电路组成的。

PLC 是在工业环境下进行工作的。为防止外界强电、磁干扰进入主机而引发误动作,在 PLC 的主机 I/O 接口与现场的输入、输出信号之间加入了由光电耦合电路组成的输入、输出模块,以保证主机与外界强电电路可靠隔离。

OMRON(立石)公司的 C 系列可编程控制器输入模块电路如表 10.1－1 中所示。输出模块电路如表 10.1－2 中所示。

表 10.1－1　C 系列可编程控制器输入模块

项　目	直流输入(光电隔离)	交流输入(光电隔离)
电源电压	24 V DC±10%	100～120 V AC±10% 50/60 Hz
输入阻抗	3 kΩ	9.7 kΩ(50 Hz) 8 kΩ(60 Hz)
输入电流	7 mA	10 mA
ON 电压	15 V DC	60 V AC
OFF 电压	5 V DC	20 V AC
ON 延时	<2.5 ms	<35 ms
OFF 延时	<2.5 ms	<55 ms
电路图及端子接线图	现场信号 R_1 C R_2 光耦电路 输入指示灯 锁存器 主机 24 V 公共端 COM ~(100~120 V) 输入模块电路 R_1=3 kΩ　R_2=1.8 kΩ　C=0.01μF	0 1 2 3 4 5 6 7 COM 24 V 端子接线示意图
工作原理	外部输入的现场信号(如按钮、行程开关、各种传感器)的一端与输入模块的端子相连,另一端均接于电源。当外部信号接通后,电阻 R_2 上有 3 V 左右的电压,通过光电耦合电路将输入信号状态(开关闭合为"1",打开为"0")经锁存器传送到主机 当信号输入后发光二极管通电,使输入模块面板上的相应指示灯点亮	

表 10.1-2　C 系列可编程控制器输出模块

项目　　输出方式	继电器输出	双向晶闸管输出 （大电流、高电压）	晶体管输出 （高速输出）
ON 延时	<15 ms	<1.5 ms	<1.5 ms
OFF 延时	<15 ms	$<\left(\text{负载周期的}\frac{1}{2}+1\right)$ ms	<1.5 ms
最大开关容量	2 A、250 V AC，2 A、24 V DC（单点）4 A/4 公共端，6 A/8 公共端	1 A/点，85～250 V AC 1.6～4 A/4公共点	0.5 A 5～24 V DC
电路图及端子连接图（为满足不同工业过程的需要，模块的输出电路有三种方式，即晶体管输出、双向晶闸管输出和继电器输出。这里的电路是继电器输出）	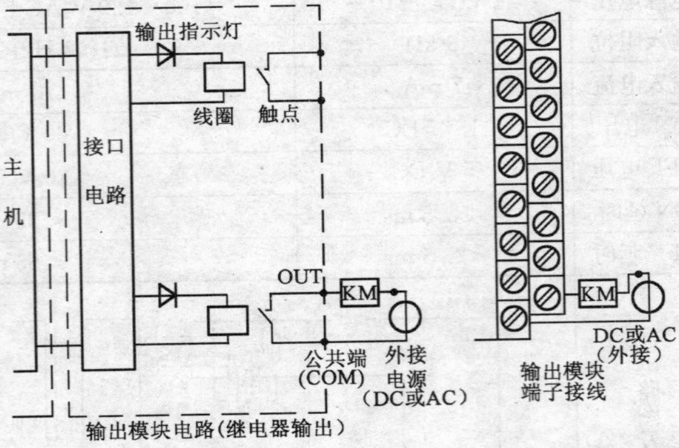 输出指示灯　线圈　触点　主机　接口电路　OUT　KM　公共端（COM）　外接电源（DC或AC）　DC或AC（外接）　输出模块端子接线 输出模块电路（继电器输出）		
工作原理	主机向输出模块的某一路输出信号后，该路输出继电器线圈通电，常开触点闭合，接通该触点所控制的外部负载电路		

2. PLC 控制系统的组成

PLC 控制系统由输入部分、内部控制部分、输出部分组成。输入部分是系统输入信号。一般设备是按钮开关，限位开关等，输出部分是系统执行部件，一般设备为继电器、接触器、电磁阀等。PLC 内部控制部分是将输入信号采入后，根据编程语言（如：梯形图）所组合控制逻辑进行处理，产生控制信号输出，继而驱动输出设备工作。梯形图类似继电器控制原理图,但两者元件符号(如:动合触点、动断触点、线圈等)画法不同。如表 10.1 - 3,这些触点又称软"继电器"或"软线圈",它有继电器功能,而非真正意义上的物理继电器(在程序内可无限次使用)。

表 10.1 - 3　梯形图与继电器的控制触点

系统名称	动断触点	动合触点	线　圈
继电器控制电路图			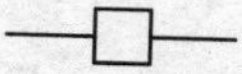
PLC 梯形图	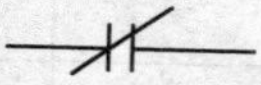		

3. PLC 的编程语言

PLC 的编程语言面向现场。用户一般采用下列编程语言:

(1) 梯形图:它是按照原继电控制设计思想开发的一种编程语言。简单、直观、易学易懂,是 PLC 的主要语言。

(2) 指令语句表:它类型于汇编语言的助记符指令编程语言,指令语句由步序(或称地址)、助记符、数据三部分组成。也是 PLC 常用的语言。

(3) 功能图编程:它是基于数字逻辑电路设计上开发出的图形编程语言。一般适合于熟悉数字电路设计人员,采用智能编程器编程。

(4) 高级编程语言。

二、PLC 的性能指标

PLC 的性能由以下几项表征:

- 扫描速度(执行 1 000 步指令所用时间,以 ms/k 表示)

· 指令条数与功能

· 内部寄存器数量及类型

带有处理器系统的模块称为智能模块。高性能或智能模块，如 A/D、D/A、速度控制、位置控制、温度控制或其他物理量转换、PID 模块、过程控制、高速计数器等，性能指标包括：

· 通信能力

· 编程语言

表 10.1－4 给出了 PLC 的机型规模及性能分类。

表 10.1－4　PLC 的机型规模和性能

项目＼机型	小　型	中　型	大　型
I/O 点数	<256 点	256～2 048 点	>2 048 点
CPU	单	双	多
扫描速度/(ms/k)	20～40	5～20	<5
存储器容量/字节	<4 KB	4～64 KB	64 KB～2 MB
智能 I/O	有	有	有
通信能力	有	有	有
指令及功能	主要进行逻辑运算，有的能进行模拟量处理，多用于逻辑控制和专一功能控制	除能进行逻辑运算外，还可进行复杂的算术运算；能进行开环及闭环控制，可用于设备的自动控制和过程控制，是应用较多的机型	能进行各种复杂运算，通过协处理器使之有接近小型计算机的功能，可用于过程控制或网络中的主站
编程语言	梯形图、语句表	梯形图、语句表、BASIC 等	梯形图、语句表、BASIC 等

第二节　常用PLC性能规格

一、三菱FX0N系列PLC

FX0N系列可进行24～128点灵活输入输出组合。在24/40/60点形的基本单元上，可以采用最小8点的扩展模块进行扩展。利用模拟输入2点、输出1点的FX0N～3A型模拟输入输出模块(8BIT)，还可以进行模拟输入输出处理。使用FX0N～16NT型MELSECNET/MINI用接口，作为A系列的子站，进行联网。详见表10.2-1。

表10.2-1　FX0N系列PLC主要技术性能

项　目		FX0N　系　列
运算处理方式		存储程序反复运算方式(专用LSI)
输入输出控制方法		批处理方式(在执行END指令时)，但有输入输出刷新指令
程序语言		继电器符号语言+步进方式(用SPC表示)
程序容量 存储器形式		内附2 000步EEPROM、EPROM存储卡
指令数	基本步进指令	基本(顺控)指令20个，步进指令2个
	应用指令	35种50个，36种51个
输入继电器		84点X0～X127
输出继电器		64点Y0～Y77
辅助继电器	一般用	348点M0～M383
	锁存用	128点M384～M511
	特殊用	57点M0000～M0254
状态	初始化用	10点S0～S9
	一般化用	118点S10～S127

（续表）

项目			FX0N 系列
定时器	100 ms		63 点 T0～T62
	10 ms		
	1 ms		1 点 T63
计数器	增计数	一般用	16 点 C0～C15
		锁存用	16 点 C16～C31
	高速用		一相 5 kHz、4 点或二相 2 kHz、1 点
数据寄存器	通用数据寄存器	一般用	128 点(16 位)D0～D127
		锁存用	128 点(16 位)D120～D255
	特殊用		256 点(16 位)D8000～D8255
	变址用		2 点 V0,Z0
	文件寄存器		MAX1500 点(16 位)D1000～D8255
指针跳步	转移用		64 点
	中断用		4 点
频 率			8 点
常数	十进制 K		16 位:32768=32767　32 位
	十六进制 H		16 位:0～FFFF(H)　32 位:0～FFFFFFFF(H)

二、三菱 FX1N 系列 PLC(表 10.2-2)

表 10.2-2　FX1N 性能规格

项　目	规　格	备　注
运转控制方式	通过储存的程序反复扫描,有中断指令	
I/O 控制方法	批处理方法(当执行 END 指令时)	I/O 指令可以刷新
运转处理时间	基本指令：0.55～0.7 μs	
	应用指令：3.7～几百 μs	

（续表）

项目		规格	备注
编程语言		逻辑梯形图和指令清单	使用步进梯形图能生成SFC类型程序
程序容量		内置8K步EEPROM	存储盒(FX1N－EEPROM－8L)可选
指令数目		基本顺序指令：27	最大可用177条应用指令，包括所有的变化
		步进梯形指令：2	
		应用指令：89	
I/O配置		最大硬件I/O配置点128，依赖于用户的选择(最大软件可设定地址输入128、输出128)	
辅助继电器(M线圈)	一般	384点	M0～M383
	锁定	1 152点(子系统)	M384～M1535
	特殊	256点	M8000～M8255
状态继电器(S线圈)	一般	1 000点	S0～S999
	初始	10点(子系统)	S0～S9
定时器(T)	100 ms	范围：0～3 276.7 s 200点	T0～T199
	10 ms	范围：0～327.67 s 46点	T200～T245
	1 ms	范围：0.001～32.767 s 4点	T246～T249
	100 ms积算	范围：0～3 276.7 s 6点	T250～T255
计数器(C)	一般	范围：0～32 767数16点	C0～C15
			类型：16位上计数器
	锁定	184点(子系统)	C16～C199
			类型：16位上计数器
	一般	范围：1～32 767数20点	C200～C199
			类型：32位双向计数器
	锁定	15点(子系统)	C220～C234
			类型：32位双向计数器

（续表）

项　目		规　格	备　注
高速计数器 (C)	单相	范围：－2 147 483 648 至＋2 147 483 647 数	C235～C2384 点
		选择多达 4 个单相计数器，组合计数频率不大	
	单相 C/W 起始	5 kHz	C241、C242 和 C244
	停止输入	或选择一个双相或 A/B 相计数器，组合计数频率不大	3 点
	双相	于 2 kHz。注意所有的计数器都锁定	C246、C247 和 C2493 点
	A/B 相		C251、C252 和 C2543 点
数据寄存器 (D)	一般	128 点	D0～D127
			类型：32 位元件的 16 位数据存储寄存器
	锁定	7 872 点	D128～D7999
			类型：32 位元件的 16 位数据存储寄存器
	文件	7 000 点	D1000～D7999 通过 3 块 500 程式步的参数设置
			类型：16 位数据存储寄存器
	外部调节	范围：0～2 552 点	数据从外部设置电位器移到寄存器 D8030 和 8031
	特殊	256 点（包含 D8013、D8030 和 D8031）	从 D8000～D8255
			类型：16 位数据存储寄存器
	变址	16 点	V 和 Z 类型：16 位数据存储寄存器
指标 (P)	用于 CALL	128 点	P0～P127
	用于中断	6 点	100* ～130*（上升触发*＝1，下降触发*＝0）

（续表）

项目		规格	备注
嵌套层次		用于 MC 和 MRC 时 8 点	N0～N7
常数	十进位 K	16 位：－32768～＋32768	
		32 位：－2147483648～＋2147483647	
	十六进位 H	16 位：000～FFFF	
		32 位：00000000～FFFFFFFF	

三、三菱 FX2N 系列 PLC

FX2N 系列是小型化、高速度、高性能等各方面相当于 FX 系列中最高档次的超小型程序装置。除了输入输出 16～25 点的独立用途外，还可以适用于多个基本组件间的连接、模拟控制、定位控制等特殊用途。在基本单元上连接单元或扩展，可进行 16～256 点的灵活输入输出组合。详见表 10.2－3。

表 10.2－3　FX2N 系列 PLC 主要技术性能

项目		FX2N 系列	
运算处理方式		存储程序反复运算方式(专用 LSI)	
输入输出控制方法		批处理方式(在执行 END 指令时)，但有输入输出刷新指令	
程序语言		(用 SPC 表示)	
程序容量 存储器形式		内附 8000 步 EEPROM 最大为 16K 步，(可装 EEPROM、EPROM 存储卡盒)	
指令数	基本步进指令	基本(顺控)指令 27 个，步进指令 2 个	
	应用指令	128 种 298 个	
输入继电器		184 点 X0～X267	合计 256 点
输出继电器		184 点 Y0～Y267	

(续表)

项目			FX2N 系列
辅助继电器	一般用		500 点 M0～M499
	锁存用		2572 点 M500～M3700
	特殊用		256 点 M8000～M8256
状态	初始化用		10 点 S0～S9
	一般化用		400 点 S10～S499
	锁存用		400 点 S500～S899
	报警用		100 点 S900～S999
定时器	100 ms		56 点 T0～T55
	10 ms		
	1 ms		4 点 T246～T249
	100 ms(积算)		6 点 T250～T255
计数器	增计数	一般用	100 点(16bit)C0～C99
		锁存用	100 点(16bit)C100～C199
	增/减计数	一般用	20 点(32 位)C200～C219
		锁存用	15 点(32 位)C220～C234
	高速用		一相 60 kHz、2 点，10 kHz、4 点或二相 30 kHz、1 点，5kHz、1 点
数据寄存器	通用数据寄存器	一般用	200 点(16 位)D0～D199
		锁存用	7 800 点(16 位)D200～D7900
	特殊用		256 点(16 位)D8000～D8255
	变址用		16 点 V0～V7，Z0～Z7
	文件寄存器		普通寄存器的 D1000 以后在 500 个单位设定文件寄存
指针跳步	转移用		128 点 P0～P127
	中断用		4 点
频率	8 点		N0～N7
常数	十进制 K		16 位：32768=32767 32 位
	十六进制 H		16 位：0～FFFF(H)　32 位：0～FFFFFFFF(H)

四、三菱 FX0S 系列 PLC

FX0S 系列是适应极小规模、广泛用途的卡片尺寸的超小型 PLC,且直流电源型的体积比交流电源型的体积减小一半。根据电源、输出形式选择点型。输入输出可以达 30 点,程序容量达 800 步。详见表 10.2-4。

表 10.2-4 FX0S 系列 PLC 主要技术性能

项目			FX0S 系列
运算处理方式			存储程序反复运算方式(专用 LSI)
输入输出控制方法			批处理方式(在执行 END 指令时),但有输入输出刷新指令
程序语言			继电器符号语言+步进方式(用 SPC 表示)
程序容量 存储器形式			内附 800 步 EEPROM,不可装存储卡盒
指令数	基本步进指令		基本(顺控)指令 20 个,步进指令 2 个
	应用指令		35 种 50 个,36 种 51 个
输入继电器			16 点 X0~X15
输出继电器			14 点 Y0~Y13
辅助继电器	一般用		496 点 M0~M495
	锁存用		16 点 M496~M511
	特殊用		57 点 M8000~M8254
状态	初始化用		10 点 S0~S9
	一般化用		54 点 S10~S63
定时器	100 ms		56 点 T0~T55
	10 ms		
计数器	增计数	一般用	14 点(16bit)C0~C13
		锁存用	2 点(16bit)C14,C15
	高速用		一相 7 kHz、4 点或二相 2 kHz、1 点

（续表）

项目			FX0S 系列
数据寄存器	通用数据寄存器	一般用	30 点(16 位)D0～D29
		锁存用	2 点(16 位)D30,D31
	特殊用		27 点(16 位)D8000～D8069
	变址用		27 点 V,Z
指针跳步	转移用		64 点
	中断用		4 点
频率	8 点		N0～N7
常数	十进制 K		16 位：32768＝32767 32 位
	十六进制 H		16 位：0～FFFF(H)　32 位：0～FFFFFFFF(H)

五、三菱 FX1S 系列 PLC(表 10.2－5)

表 10.2－5　FX1S 性能规格

项目	规格	备注
运转控制方式	循环扫描，支持中断	
I/O 控制方法	批次处理方法(当执行 END 指令时)	I/O 指令可以刷新
运转处理时间	基本指令：0.55～0.7 μs	
	应用指令：3.7～几百 μs	
编程语言	逻辑梯形图和指令清单	使用步进梯形图能生成 SFC 类型程序
程序容量	内置 2K 步 EEPROM	存储盒(RX1N－EEPROM－8L)可选
指令数目	基本顺序指令：27	最大可用 167 条应用指令，包括所有的变化
	步进梯形指令：2	
	应用指令：85	
I/O 配置	最大总 I/O 由主处理单元设置	

（续表）

项目		规格	备注
辅助继电器（M线圈）	一般	384点	M0～M383
	锁定	128点（子系统）	M384～M511
	特殊	256点	M8000～M8255
状态继电器（S线圈）	一般	128点	S0～S127
	初始	10点（子系统）	S0～S9
定时器（T）	100 ms	范围：0～3 276.7 s 63点	T0～T55
	10 ms	范围：0～327.67 s 31点	当特殊M线圈工作时 T32～T62
	1 ms	范围：0.001～32.767 s 1点	T63
计数器（C）	一般	范围：1～32 767数 16点	C0～C15 类型：16位增计数器
	锁定	范围：1～32 767数 16点	C16～C31 类型：16位增计数器
高速计数器（C）	单相	范围：－2 147 483 648～+2 147 483 647数	C235～C238
		FX0：选择多达4个单相计数器，组合计数器频率不大于2 kHz	4点（注意C235被锁定）
	单相C/W起始	FX0S：当使用多个单相计数器时，频率和必须不大于14 kHz。只允许单、双相高速计数器同时使用。当使用双相计数器时，最大记数速度必须大于14 kHz，计算为（记数边数为5时，2ph计数器速度）＋1ph计数器速度	C241（锁定）、C242和C244（锁定）3点
	停止输入		
	双相		C246、C247和C249（都锁定）3点

（续表）

项目		规格	备注
	A/B相		C251、C252 和 C254（都锁定）3 点
数据寄存器（D）	一般	128 点	D0～D127
			类型：32 位元件的 16 位数据存储寄存器对
	锁定	128 点	D128～D255
			类型：32 位元件的 16 位数据存储寄存器对
	文件	1 500 点（D1000～D2499）	参数设定
	外部调节	范围：0～255 2 点	模拟电位器间接输入 D8030，D8031
	特殊	256 点（包含 D8030，D8031）	从 D8000～D8255
			类型：16 位数据存储寄存器
	变址	16 点	V 和 Z
			类型：16 位数据存储寄存器
指标（P）	用于 CALL	64 点	P0～P64
	用于中断	6 点	100* ～130*
			（上升触发* ＝1，下降触发*＝0）
嵌套层次		用于 MC 和 MRC 时 8 点	N0～N7
常数	十进位 K	16 位：－32768～＋32768	
		32 位：－2147483648～＋2147483647	
	十六进位 H	16 位：0000～FFFF	
		32 位：00000000～FFFFFFFF	

六、三菱 A 系列 PLC(表 10.2-6)

表 10.2-6　A 系列 PLC 主要技术数据

<table>
<tr><th colspan="2">项目 \ 型号</th><th>A1N</th><th>A1S
(A1S-S1)</th><th>A2N</th><th>A2N-S1</th><th>A2C</th><th>A2A</th><th>A2A-S1</th><th>A3N</th><th>A3H</th><th>A3V</th><th>A3A</th></tr>
<tr><td colspan="2">控制系统</td><td colspan="11">存储程序循环执行</td></tr>
<tr><td colspan="2">I/O 控制方式</td><td colspan="4">直接方式
刷新方式 可选</td><td colspan="3">刷新方式</td><td colspan="2">直接方式
刷新方式</td><td colspan="2">刷新方式</td></tr>
<tr><td colspan="2">编程语言</td><td colspan="8">顺序控制专用语言,梯形图指令表,MELSAP 语言</td><td>MELSAP 语言除外,其他同左</td><td colspan="2">顺序控制专用语言,梯形图指令表,MELSAP 语言</td></tr>
<tr><td rowspan="4">指令数</td><td>顺序指令</td><td>22</td><td>26</td><td>22</td><td>26</td><td colspan="7">22</td></tr>
<tr><td>基本指令</td><td colspan="4">131</td><td>131</td><td colspan="2">128</td><td colspan="2">132</td><td>128</td><td>129</td></tr>
<tr><td>应用指令</td><td>101</td><td>104</td><td colspan="2">105</td><td>97</td><td colspan="2">104</td><td>109</td><td colspan="2">107</td><td>104</td></tr>
<tr><td>专用指令</td><td colspan="4">无</td><td colspan="3">200</td><td colspan="3">无</td><td>200</td></tr>
<tr><td rowspan="2">顺序指令执行速度
(μs/step)</td><td>直接方式</td><td colspan="4">1.0～2.3</td><td rowspan="2">1.25</td><td colspan="2" rowspan="2">0.2～0.4</td><td>1.0～2.3</td><td>0.2～2</td><td>1.0</td><td rowspan="2">0.15～0.3</td></tr>
<tr><td>刷新方式</td><td colspan="4">1.0</td><td>1.0</td><td>0.2～0.4</td><td>1.0</td></tr>
</table>

（续表）

项目 \ 型号	A1N	A1S（A1S-S1）	A2N	A2N-S1	A2C	A2A	A2A-S1	A3N	A3H	A3V	A3A
I/O 点数	256	256（512）	512	1 024	512	512	1 024	2 048			
警戒时钟（WDT）	以 10 ms 为单位，在 10～2 000 ms 之间设定										
存储容量（字节）	最大 16K	最大 32K	同存储器卡容量（最大 448K）		32K	同存储器卡容量（最大 448K）					
程序容量 主程序（步）	最大 6K	主程序+微机程序 8K	最大 14K		最大 8K	最大 14K	最大 30K				
程序容量 副程序（步）	无		无		无	无	最大 30K				
程序容量 微机程序（字节）	最大 10K	最大 7K	最大 26K		无	无	最大 58K	无			
M、L、S 继电器（点）						M+L+S 最大 8 192		M+L+S 最大 2 048		M+L+S 最大 8 192	
内部继电器 M（点）	1 000，M0～M999					7 144，M0～M999 M2048～M8191		1 000，M0～M999		7 144，M0～M999 M2048～M8191	
锁存继电器 L（点）	1 048，L1000～L2047										

（续表）

项目 \ 型号		A1N	A1S（A1S-S1）	A2N	A2N-S1	A2C	A2A	A2A-S1	A3N	A3H	A3V	A3A
步继电器 S(点)		根据参数设定选定，缺省值为 0										
通信继电器 B(点)		1 024，B0～B3FF					4 096，B0～BFFF		1 024，B0～B3FF		4 096：B0～BFFF	
定时器T	点数	256					2 048		256			2 048
	100 ms	T0～T199 设定为 0.1～3 276.7 s										
	10 ms	T200～T255 设定为 0.01～327.67 s										
	10 ms 系列	用参数设定选定编号，设定为 0.1～3 276.7 s										
	扩展定时器	无					T256～T2047 可作 100 ms，10 ms		无			T256～T2047 可作 100 ms，10 ms
计数器C	点数	256					1 024（缺省值为 256）		256			1 024（缺省值为 256）
	通用计数器	C0～C255 计数范围 1～32 767										

（续表）

项目 \ 型号	A1N	A1S（A1S - S1）	A2N	A2N - S1	A2C	A2A	A2A - S1	A3N	A3H	A3V	A3A
计数器C 中断计数器	用参数设定选定编号范围至 C224～C255 之间										用参数设定编号范围在 C224～C255 之间
计数器C 扩展计数器	无					C256～C1023 用参数设定方法设定，不能用作中断计数器		无			C256～C1023 用参数设定方法设定，不能用中断计数器
数据寄存器 D(点)	1 024，D0～D1023					6 144，D0～D6143		1 024，D0～D1023			6 144，D0～D6143
通信寄存器 W(点)	1 024，W0～W3FF					4 096 W0～WFFF		1 024 W0～W3FF			4 096 W0～WFFF
信号指示器 F(点)	256，F0～F255					2 048 F0～F2047		256 F0～F255			2 048 F0～F2047
文件寄存器 R(点)	无	4 096，R0～R4095				8 192，R0～R8191					
累加器 A（点）	2，A0～A1										
变址寄存器 V，Z(点)	2，V，Z					14，V，V1～V6 Z1～Z6		2，V，Z			14，V，V1～V6 Z1～Z6

（续表）

项目 \ 型号	A1N	A1S（A1S-S1）	A2N	A2N-S1	A2C	A2A	A2A-S1	A3N	A3H	A3V	A3A
指针	256,P0～P255										
中断指针 I(点)	32,I0～I31				无	32,I0～I31				无	32,I0～I31
特殊继电器 M(点)	256,M9000～M9255										
特殊寄存器 D(点)	256,D9000～D9255										
注释(点)	128		最大 4 032,以 64 点为单位设定		最大 1 600	最大 4 032,以 64 点为单位设定					
扩展注释(点)	无					最大 3 968,以 64 点为单位设定		无			最大 3 968 以 64 点为单位设定
自诊断功能	警戒时钟故障监控、存储器故障检测,CPU 故障检测、I/O 故障检测、电池故障检测										
瞬间断电允许时间	根据所选用的电源模块而定,范围在 1～20 ms 之间										

（续表）

项目＼型号	A1N	A1S（A1S-S1）	A2N	A2N-S1	A2C	A2A	A2A-S1	A3N	A3H	A3V	A3A
CPU 模块消耗电流/A	A1N；0.53 A1NP21；1.023 A1NR21；1.63	A1S；0.4	A2N；0.73 A2NP21；1.38 A2NQ21；1.78	A2N～S1；0.73 A2NP21～S1；1.38 A2NR21～S1；1.78	CPU自带电源不消耗外部电源电流	A2A；0.4A A2～P21；1.0 A2～R21；1.4	A2A～S1；0.4 A2AP21～S1；1.0 A2AR21～S1；1.4	A3N；0.9 A3NP21；1.55 A3NR21 1.95	A3H；3	A3V～CPU；2.2 A3V～TU；1.0	A3A；0.6 A3AP21；1.1 A3AR21；1.6

七、三菱 F 系列 PLC

日本三菱公司于 1981 年推出的 F 系列小型 PLC 产品基本性能如表 10.2-7 所示。三菱公司于 1985 年推出 F_2 系列，1987 年又推出 F_1 系列产品。F_1、F_2 系列在 F 系列的基础上作出了较大改进和提高，除了保留了 F 系列原有功能外，还增加了许多功能。F_1、F_2 系列最显著的特点是能对模拟量进行处理和控制，可完成较为复杂的控制。

F_1、F_2 系列的性能和主要特点：

(1) F_1、F_2 系列的基本单元输入输出点有 12、20、30、40、60 点五种规格，扩展单元输入、输出点有 10、20、40、60 点四种规格，经组合最多输入、输出点可达 120 点。其外形尺寸、结构基本与 F 系列一致。

(2) F_1 和 F_2 系列库的用户程序存储器容量大于 F 系列，达到 1 000 步。

(3) F 系列中的 F-20M 的平均指令执行速度 100 μs/步，F-40 系列的平均指令速度为 45 μs/步，而 F_1、F_2 系列平均指令执行速度为 12 μs/步，一般触点多为 3.6～5.4 μs/步，执行速度提高，采用主控，条件转移和中断功能块，可使反应时间短。

(4) 有两个输入点可以抓住比扫描时间更短(等于 200 μs)，甚至低于 PC 通常扫描门槛的脉冲信号的瞬时输入信号，而不会产生延时问题。

(5) 可以改变输入滤波器常数(0～60 ms)。

(6) 增加了几个定时器 T650～T657，设定值 0.01～99.95，最小设定单元为 0.01 s，从而满足要求计数精确度更高的场合。

(7) 有直接输出功能，紧随数据比较之后，比较结果被直接引到一个外部输出。

(8) 具有高速计数功能，增加了一个范围从 0～9 999 的高速

表 10.2-7 F系列小型PLC的基本技术性能

项目			F-20M	F-40M
电源	电压		AC100～110 V $^{+10\%}_{-15\%}$ AC200～220 V $^{+10\%}_{-15\%}$ 50/60 Hz	
	功耗		<11 W	<25 W
输入	点数		12+2 点(运转、停止用)	24+2 点(运转、停止用)
	输入形式		无电压、接点中 NPN 晶体管接点	
	电流		80 mA/DC24 V	7 mA/DC24 V
输出	点数		8 点	16 点
	方式	继电器型	电阻负载 2 A/点,电感负载 80 VA/点,电压 24 V DC,100 V AC,200 V AC	
		双向体 SSR 型	电阻负载 1 A/点,4 A/8 点,电压 AC 100 V,AC 200 V 光电隔离,开路漏电 2 mA/AC 200 V	
		晶体管型	负载 1 A/点,4 A/8 点,电压 DC24 V 光电隔离	
计时	点数		8 点	16 点
	设定位置		2 位	3 位
	设定范围		0.1～99 秒	0.1～999 秒
计数	点数		8 点	16 点
	设定方式		编程数字设定、复位优先	
	设定范围		1～99	1～999
	特点		计数器掉电保护	

（续表）

项目			F-20M	F-40M
编程步数容量（用户存上方向容量）		数制	八进制	十进制
		数量	477	890
辅助继电器			64只(其中16只掉电保护)192只(其中64只掉电保护)	
演算		指令	继电器记号方式(14种)	
		速度	100 μs/步序(平均)	45 μs/步序(平均)
可靠性措施和情况	电池保护		锂电池，可连续使用五年，保持RAM程序	
	瞬时停电补偿		<20 ms的瞬间停电，可不出错继续运转	
	抗电平干扰能力		1 000 V　1 μs	
	耐振动能力		10～55 Hz，0/5 mm，最大2 g	
	CPU出错自诊断		程序监视器(watch dog)，求和校验(sumcheck)	
	电池电压监视		电压不足指示灯显示	
一般	环境温度		0～+55℃(库存温度−15～+65℃)	
	环境湿度		85%RH以下(无结露)	
	绝缘电阻		>5 M(500 V DC)	
	绝缘耐压		AC 1 500 V min	
	外形尺寸		255×80×100(mm)	305×110×110(mm)
	重量		1.5 kg	2.3 kg

计数器，可对高达 2 kHz 的信号进行计数，该计数器可高速运行，而与执行周期无关。

(9) 设有 40 个“状态器”，用来存储机械工作过程的各种状态。“状态器”与步进梯形指令一起使用。用步进梯形指令实现步进控制，可减少程序所需的步数。

(10) 具有模拟量处理功能，F_1 系列这方面的功能指令多达 87 条，F_2 系列为 37 条。

(11) 模拟量输入/输出单元 F_2 - 6A - E，具有 4 路模拟量输入和 2 路模拟量输出，电流量或电压量均可。

(12) F_2 系列有通讯功能，PC 之间可以并行工作。

(13) 可选多种存储器存储程序，有 RAM、EPROM、EEPROM 录音带和软盘。

八、松下电工系列 PLC

有三个 PLC 系列产品，FP1 系列（小型机）、FP3 系列（中型机）和 FP5 系列（大型机）。FP1 系列产品主要参数如表 10.2 - 8 所示。

表 10.2 - 8　FP1 系列 PLC 的型号规格

项　目	FP1 - C16	FP1 - C24	FP1 - C40
I/O 分配	8/8	16/8	24/16
最大 I/O 点数	32	104	120
扫描速度		1.6 μs/步	
程序容量	900 步	2 720 步	2 720 步
存储器类型		EEPROM RAM(备份电池)和 EPROM	
指令数	126	154	154
内部继电器	256	1 008	1 008
特殊继电器	64	64	64
定时/计数器	128	144	144
数据寄存器	256	1 660	1 660

（续表）

项　目	FP1－C16	FP1－C24	FP1－C40
串行通讯	—	1CH RS232C	1CH RS232C
高速计数	X_0、X_1 为计数输入，可加/减计数，同时输入两路，计数频率最高为 10 kHz（单路输入时），X_2 为复位输入		

九、立石（OMRON）系列 PLC

立石（OMRON）公司是日本生产 PLC 的主要厂家之一，该公司各类 PLC 的 I/O 可以从 200 点至 2000 点，便于用户选择，C 系列 PLC 有统一的指令系统。不同型号的 PLC 指令数不同，但都兼容。C 系列 PLC 能与上位计算机通信，C200H 能与 C 系列其他 PLC 联网组成主从通信。详见表 10.2－9。CP 系列技术数据参见表 10.2－10。

表 10.2－9　OMRON C 系列 PLC 主要技术指标

型　号	C20P－C60P	C120	C200H
尺寸/mm 扫描时间 最大 I/O 能力 用户存储器 指令组 编程方式	110×250×100 10 ms/1K 指令 120 1194 指令 37 梯形图、助记符	120×360×100 5 ms/1K 指令 256 约 2.2K 指令 68 指令 梯形图、助记符	130×435×117 0.75 ms/1K 指令 192 或 384（本地） 6974 指令 145 指令 梯形图、助记符
I/O 组件	4、16、20、28、40 或 60 点	16、32、64 点	8、12、16 点
最大模拟量 I/O		12	20
专用 I/O	模拟量时间单元	高速计数器 A/D、D/A 转换单元 C500 框架的 PID 单元 C500 框架的位置控制单元	高速计数器 A/D、D/A 转换单元 单轴位置控制 绝对编码器接口 直接热偶接口
通讯联接	上位计算机 主/从（I/O 联接）	上位计算机 主/从（I/O 联接） 远程 I/O	上位计算机 主/从（I/O 联接） 远程 I/O

（续表）

型　号	C20P－C60P	C120	C200H
说　明	微型盒式整体可扩展式。提供最灵活的I/O可选件，可以是20、28、40和60点I/O。可用I/O盒或4点I/O组件扩展。完全的联网能力，可使用C系列外围设备	小型盒式整体可扩展式。具有大、中型500的主要性能，有足够的I/O满足小型任务。完全的联网能力，可使用C系列外围设备	小型、高性能、紧凑型框架结构组合式。具有高速运算、优异的逻辑能力，可处理复杂的任务。完全的联网能力，可使用C系列外围设备
型　号	C500	C1000H	C200H
尺寸/mm 扫描时间 最大I/O能力 用户存储器 指令组 编程方式 I/O组件 最大模拟量I/O	250×480×100 5 ms/1K指令 512 约6.6K指令(24KB) 68指令 梯形图、助记符 16、32、64点 16、32	250×480×100 0.4 ms/1K指令 1024(本地) 32K字 174指令 梯形图、助记符 8、16、24、32、64点 64	250×480×100 0.4 ms/1K指令 2048 32K字 174指令 梯形图、助记符 8、16、24、32、64点 128
专用I/O	ASCⅡ单元 A/D、D/A转换单元 高速计数器 单回路PID单元 单轴位置控制单元	高速计数器 A/D、D/A转换单元 单轴位置控制 ASCⅡ单元 单回路PID单元	高速计数器 A/D、D/A转换单元 单轴位置控制 ASCⅡ单元 单回路PID单元
通信联接	上位计算机 主/从(I/O联接) 一对一 远程I/O	上位计算机 主/从(I/O联接) 一对一 远程I/O	上位计算机 主/从(I/O联接) 一对一 远程I/O
说　明	框架结构组合式。可用PID调节、位置控制和其他智能专用I/O单元，处理复杂的过程。完全的联网能力，可使用C系列外围设备	框架结构组合式。具有当前最高扫描速度、数据采集等高性能。数字操作和联网编程方便。完全的联网能力，可使用C系列外围设备	高速处理的大型系统。可选择使用单个或双从主机，适用于大容量I/O或处理复杂任务。使用C系列外围设备

表 10.2 - 10　OMRONCP 系列 PLC 技术数据

项目		CP1L - M40 点型	CP1L - M30 点型	CP1L - L20 点型	CP1L - L14 点型
型号		CP1L - M40□□-□	CP1L - M30□□-□	CP1L - L20□□-□	CP1L - L14□□-□
控制方式		存储程序方式			
输入输出控制方式		循环扫描方式和每次处理方式并用			
程序语言		梯形图方式			
功能块		功能块定义最大数 128,瞬时最大数 256 功能块定义内可以使用语言：梯形图、结构文本(ST)			
指令长度		1～7 步/1 指令			
指令种类		约 500 种类(FUNNo. 为 3 位)			
指令执行时间		基本指令：0.55 μs～应用指令：4.1 μs～			
共同处理时间		0.4 ms			
程序容量		10K 步		5K 步	
任务数		288 个(循环执行任务 32 个、中断任务 256 个)			
任务数	定时中断任务	1 个(中断任务 No. 2 固定)			
任务数	输入中断任务	6 个(中断任务 No. 140～145)			4 个(中断任务 No. 140～143)
任务数	输入中断任务	(还可通过高速计数器中断来指定中断任务)			

（续表）

项目 \ 类型 / 型号		CP1L－M40 点型	CP1L－M30 点型	CP1L－L20 点型	CP1L－L14 点型
		CP1L－M40□□-□	CP1L－M30□□-□	CP1L－L20□□-□	CP1L－L14□□-□
子程序数最大值		256 个			
跨跳数最大值		256 个			
I/O 通道区	输入继电器	24 点 0.00～0.11、1.00～1.11	18 点 0.00～0.11、1.00～1.05	12 点 0.00～0.11	8 点 0.00～0.07
	输出继电器	16 点 100.00～100.07、101.00～101.07	12 点 100.00～200.07、101.00～101.03	8 点 100.00～100.07	6 点 100.00～100.05
	1∶1 链接继电器区域	1 024 点(64CH)3 000.00～3 063.15(3 000～3 063CH)			
	串行 PLC 链接继电器	1 440 点(90CH)3 100.00～3 189.15(3 100～3 189CH)			
内部辅助继电器		8 192 点(512CH)W0.00～W511.15 通道 I/O37 504 点(2 344CH)3 800.00～6 143.15(3 800～6 143CH)			
暂时记忆继电器		16 点 TR0～TR15			
保持继电器		8 192 点(512CH)H0.00～H511.15(H0～H511)			
特殊辅助继电器		读出专用(写入禁止)7 168 位(448CH)A0.00～A447.15(A0～A447CH) 可读出/写入 8 192 点(512CH)A448.00～A959.15(A448～A959CH)			
定时器		4 096 位 T0～T4095			
计数器		4 096 位 C0～C4095			

（续表）

项目 \ 类型	CP1L - M40 点型	CP1L - M30 点型	CP1L - L20 点型	CP1L - L14 点型
型号	CP1L - M40□□-□	CP1L - M30□□-□	CP1L - L20□□-□	CP1L - L14□□-□
数据存储	32K 字 D0～D32767		10K 字 D0～D9999、D32000～D32767	
数据寄存器	16 个(16 位)DR0～DR15			
任务标志区	32 个 TK0000～TK0031			
追踪存储	4 000 字(追踪对象数据最大(31 接点、6CH)时 500 抽样)			
内存盒	可以安装专用内存盒(CP1W - ME05M)※程序数据的备份/自动导入用途			
时钟功能	有精度：月差－4.5 分～－0.5 分(环境温度 55℃)、－2.0 分～＋2.0 分(环境温度 25℃)、－2.5 分～＋1.5 分(环境温度 0℃)			
通信功能	内置并联端口(USB1.1)×1：仅限连接支持软件			
	最多可安装 2 个串行通信可选端口		最多可安装 1 个串行通信可选端口	
电池寿命	25℃下 5 年(更换电池应使用制造日期 2 年内的电池)			
内置输入输出点数	40 点(输入 24 点、输出 16 点)	30 点(输入 18 点、输出 12 点)	20 点(输入 12 点、输出 8 点)	14 点(输入 8 点、输出 6 点)
可以连接的扩展 I/O 数	CP 系列扩展(I/O)单元：3 台		CP 系列扩展(I/O)单元：1 台	
最大输入输出点数	160 点(＝内置 40 点＋扩展 40 点×3 台)	150 点(＝内置 30 点＋扩展 40 点×3 台)	60 点(＝内置 20 点＋扩展 40 点×1 台)	54 点(＝内置 14 点＋扩展 40 点×1 台)
输入中断	6 点(响应时间：0.3 ms)			4 点(响应时间：0.3 ms)

（续表）

类型 / 型号 / 项目	CP1L－M40 点型	CP1L－M30 点型	CP1L－L20 点型	CP1L－L14 点型
	CP1L－M40□□-□	CP1L－M30□□-□	CP1L－L20□□-□	CP1L－L14□□-□
输入中断计数器模式	6 点(响应频率所有中断输入点总计 5 kHz 最大)数值范围：16 位加法计算或减法计算			4 点(响应频率所有中断输入点总计 5 kHz 最大)数值范围：16 位加法计算或减法计算

十、西门子(SIEMENS)系列 PLC

1. S7－200 系列小型 PLC

表 10.3－15～21 列出 S7－200 小型 PLC 的技术规格和数据。

S7－200 有 5 种 CPU 模块，CPU 模块共有的技术指标和各 CPU 模块特有的技术指标分别见表 10.2－11～15。

表 10.2－11　CPU 模块共同的技术指标

项　　目	技 术 指 标
用户存储器类型	EEPROM
最大数字量 I/O 映像区	128 点入，128 点出
最大模拟量 I/O 映像区	32 点入，32 点出
内部标志位(M 寄存器)	256 位
掉电永久保存	112 位
超级电容或电池保存	256 位
定时器总数	256 个
1 ms 定时器	4 个
10 ms 定时器	16 个
100 ms 定时器	236 个
计数器总数(超级电容或电池保存)	256 个
布尔量运算执行速度	0.37 μs/指令
顺序控制继电器	256 点
定时中断	2 个，1 ms 分辨率
硬件输入边沿中断	4 个
可选滤波时间输入	0.2～12.8 ms

表 10.2-12　CPU 电源规范

电源类型	DC 24 V 电源	AC 电源
电源电压允许范围	DC 20.4～28.8 V	AC85～264 V,47～63 Hz
冲击电流	10 A，DC 28.8 V	20 A，AC 254 V
隔离(输入电源到逻辑电路)	不隔离	AC 1 500 V
掉电后的保持时间	10 ms，DC 25 V	80 ms,AC 240 V
DC 24 V 传感器电源输出	不隔离	不隔离
电压范围	L+ −5 V	DC 20.4～28.8 V
纹波噪声	同电源电压	峰-峰值<1 V
电源的内部熔断器(用户不能更换)	3 A,250 V,慢速熔断	2 A,250 V,慢速熔断

表 10.2-13　S7-200 CPU 技术规范

特性	CPU 221	CPU 222	CPU 224	CPU 224XP	CPU 226
外形尺寸/mm	90×80×62	90×80×62	120.5×80×62	120.5×80×62	190×80×62
用户数据存储区/B					
可以在运行模式下编辑	4 096	4 096	8 192	12 288	16 384
不能在运行模式下编辑	4 096	4 096	12 288	16 384	24 576
数据存储区/B	2 048	2 048	8 192	10 240	10 240
掉电保持时间典型值/h	50	50	100	100	100
本机数字量 I/O	6 入/4 出	8 入/6 出	14 入/10 出	14 入/10 出	24 入/16 出
本机模拟量 I/O	—	—	—	2 入/1 出	—
数字量 I/O 映像区	256(128 入/128 出)				
模拟量 I/O 映像区	无	16 入/16 出	32 入/32 出		
扩展模块数量	—	2 个	7 个		

（续表）

特　性	CPU 221	CPU 222	CPU 224	CPU 224XP	CPU 226
脉冲捕捉输入个数	6	8	14		24
高速计数器个数 单相高速计数器个数 双相高速计数器个数	4个 4路30 kHz 2路20 kHz		6个 6路30 kHz 4路20 kHz	6个 4路30 kHz或 2路200 kHz 3路20 kHz或 1路100 kHz	6个 4路30 kHz 2路20 kHz
高速脉冲输出	2路20 kHz		2路20 kHz	2路100 kHz	2路20 kHz
模拟量调节电位器	1个，8位分辨率		2个，8位分辨率		
实时时钟	有(时钟卡)	有(时钟卡)	有	有	有
RS-485通信口	1	1	1	2	2
可选卡件	存储器卡、电池卡和实时钟卡		存储器卡和电池卡		
DC24 V电源CPU输入电流/最大负载	80 mA/ 450 mA	85 mA/ 500 mA	110 mA/ 700 mA	120 mA/ 900 mA	150 mA/ 1 050 mA
AC240 V电源CPU输入电流/最大负载	15 mA/ 60 mA	20 mA/ 70 mA	30 mA/ 100 mA	35 mA/ 100 mA	40 mA/ 160 mA
指令集	位、字逻辑、位移操作、数据表操作、计数器、定时器、跳转、数码转换、测试和诊断通信操作，装载存储，比较，边沿评估、直接I/O访问，条件循环				

CPU模块的数字量输入和数字量输出的技术指标见表10.2-14～15。

表10.2-14　S7-200数字量输入技术指标

项　　目	DC 24 V输入 (不包括CPU 224XP)	DC 24 V输入 (CPU 224XP)
输入类型	漏型/源型(IEC类型1)	漏型/源型(IEC类型1，I0.3～I0.5除外)
输入电压额定值	DC 24 V，典型值4 mA	
输入电压浪涌值	35 V/0.5 s	

(续表)

项　目	DC 24 V 输入 (不包括 CPU 224XP)	DC 24 V 输入 (CPU 224XP)
逻辑 1 信号(最小)	DC 15 V, 2.5 mA	I0.3～I0.5 为 DC 4 V, 8 mA; 其余为 DC 15 V, 2.5 mA
逻辑 0 信号(最大)	DC 5 V, 1 mA	I0.3～I0.5 为 DC 1 V, 1 mA; 其余为 DC 5 V, 1 mA
输入延迟	0.2～12.8 ms 可选择	
连接 2 线式接近开关的允许漏电流	最大 1 mA	
光电隔离	AC 500 V, 1 min	
高速计数器输入	逻辑 1 电平 DC 15～30 V: 单相 20 kHz, 两相 10 kHz; DC 15～26 V: 单相 30 kHz, 两相 20 kHz	
CPU 224XP 的 HSC4 和 HSC5	逻辑 1 电平>DC 4 V 时, 单相 200 kHz, 两相 100 kHz	
电缆长度	非屏蔽 300 m, 屏蔽电缆 500 m, HSC50 m	

表 10.2-15　S7-200 数字量输出技术指示

输出类型	DC 24 V 输出 (不包括 CPU 224XP)	DC 24 V 输出 (CPU 224XP)	继电器型输出
输出电压额定值	DC 24 V	DC 24 V	DC 24 V 或 AC 250 V
输出电压允许范围	DC 20.4～28.8 V	DC 5～28.8 V (Q0.0～Q0.4) DC 20.4～28.8 V (Q0.5～Q1.1)	DC 5～30 V, AC5～250 V
浪涌电流	最大 8 A, 100 ms		5 A, 4 s, 占空比 0.1
逻辑 1 输出电压 逻辑 0 输出电压	DC 20 V, 最大电流 DC 0.1 V, 10 kΩ 负载	L+减 0.4 V, 最大电流 DC 0.1 V, 10 kΩ 负载	—

(续表)

输出类型	DC 24 V 输出(不包括 CPU 224XP)	DC 24 V 输出(CPU 224XP)	继电器型输出
逻辑 1 最大输出电流 逻辑 0 最大漏电流 灯负载 接通状态电阻 每个公共端的额定电流	0.75 A(电阻负载) 10 μA 5 W 0.3 Ω,最大 0.6 Ω 6 A	0.75 A(电阻负载) 10 μA 5 W 0.3 Ω,最大 0.6 Ω 3.75 A	2 A(电阻负载) — DC 30 W/AC 200 W 新的时最大 0.2 Ω 10 A
感性钳位电压	L+减 DC 48 V,1 W 功耗	—	—
从关断到接通最大延时 从接通到关断最大延时 切换最大延时	Q0.0 和 Q0.1 为 2 μs,其他 15 μs Q0.0 和 Q0.1 为 10 μs,其他 130 μs —	Q0.0 和 Q0.1 为 0.5 μs,其他 15 μs Q0.0 和 Q0.1 为 1.5 μs,其他 130 μs —	— — 10 ms
最高脉冲频率	20 kHz(Q0.0 和 Q0.1)	100 kHz(Q0.0 和 Q0.1)	1 Hz
继电器输出开关延时 触点机械寿命 额定负载时触点寿命	— — —	— — —	最大 10 ms 10 000 000 次,无负载 100 000 次,额定负载
电缆长度	非屏蔽电缆 150 m,屏蔽电缆 500 m		

2. S7-300 系列 PLC(表 10.2-16)

3. SIMATIC 系列 PLC(表 10.2-17)

4. S5-90U/95U 系列 PLC(表 10.2-18)

表 10.2-16　西门子 S7-300 系列 PLC 产品主要参数

CPU 型号	CPU312IFM	CPU313	CPU314
程序存储量语句/字节	2/6KB	4/12KB	8/24KB
程序存储量子模块	无	有	有
每 1 024 语句处理时间，二进制	0.6 ms	0.6 ms	0.3 ms
每 1 024 语句处理时间，混合	1.2 ms	1.2 ms	0.8 ms
数字输入/输出量，本机	102/6 出	无	无
数字输入/输出量，最大	128	128	512
模拟输入/输出量，最大	32	32	64
机架组态	1 排	1 排	4 排
扩展模块，最多	8 块	8 块	32 块
内部位存储器	1 024/max，40 000	1 024/max，40 000	2 048/max，190 000
计数器(保持型)	32(16)	32(32)	64(64)
定时器(保持型)	64(0)	64(64)	128(128)
MPI 网络 187.5 Kbit/s	4 主动节点	4 主动节点	4 主动节点
可编址的 MPI 结点	32	32	32
可组态的功能块	有	有	有
指令集	位逻辑，扩号优先结果分配，存储计数，时间传送，比较，跳转，块调用，特殊功能字逻辑，算术运算(定点和 32 位浮点的+、一、*、:)脉冲沿评估和循环标志		
程序组织结构	线性或结构化的		
程序处理	循环时间控制/或中断控制		
系统电源(供电压)	DC 24 V		
环境温度	0～60℃		
负载电源(进线)	AC 120/230		

（续表）

CPU 型号	CPU312IFM	CPU313	CPU314
负载电源(DC 24V 输出)	2 A/5 A/10 A		
数字输入	DC 16×24 V，AC8×120/230 V，AC 16×120 V		
数字输出	DC 8×继电器 30 V，0.5 A 或 AC 250 V，3 A		
模拟量输入 10，12，14 位(可设定参数)	8 路模拟量输入；2 路模拟量输入±10 V，±50 mV，±1 V，±20 mA，4～20 mA，Pt100、NI100，热电偶型 E、N、J、K(线性化)		

表 10.2－17　西门子 SIMATIC 系列 PLC 主要参数

型号 \ 规格		程序存储器(K 语句)	数据存储器/KB	扫描时间(K 语句)/ms	数字 I/O 点数/点	模拟 I/O 点数/点
S5－150U		48	16～256	2.5	4 096	192
S5－135U		32	128～256	0.5～8	4 096	192
S5－115U	CPU942	21	—	1.6	1 024/1 024	64/64
	CPU941	9	—	2.2	512	64/64
S5－100U	CPU102	2	—	7	256	16
	CPU100	1	—	70	128	8
S5－101U		1	—	70	40/20	—

表 10.2－18　西门子 S5－90U/95U 系列 PLC

PLC	S5－90U	S5－95U
功　能	二进制逻辑操作括号操作输出赋值，存储数据计数器和定时器功能，装载、传送、比较和转移操作。程序块调用，特殊功能，计算。	具有集成的功能块实现算术运算，模拟量处理和码制转换功能

（续表）

PLC		S5 - 90U	S5 - 95U
程序存储量	内部 RAM，在 EPROM 或 E^2PROM 存储器模块中	4KB 4KB(2B=1 语句)	8KB 用于程序语句 8KB 用于数据 8KB 用于程序语句 8KB 用于数据(2B=1 语句)
执行时间(ms)； 1 024 二进制语句		2	2
标志位：数量		1 024,其中 512 可保持	2 048,其中 512 可保持
定时器	数量定时范围	32 0.01～9 990 s	128 0.01～9 990 s
计数器	数量 计数范围	32 其中 82 个 可保持 0～999	128 0.01～9 990 s
输入	数字量输入 报警输入 计数输入 模拟量输入	8;DC 24 V 隔离 1;DC 24 V 隔离 1;DC 24 V 隔离 —	16;DC 24 V 隔离 4;DC 24 V 隔离也可用作输入点 2;DC 24 V 隔离 8; 0～10 V 隔离,也可用作数字量输入点
输出	数字量输出隔离 最大 最大 模拟量输出	6 继电器触点 3 A(AC250 V 时) 1.5 A(DC30 V 时)	16 DC24 V;0.5 A C;0～10 V 或 0～20 mA
传感器电压		DC24 V 本机 可提供 100 mA	—
电源电压		AC 115/230 V	DC24 V(20～30 V)
扩展能力最多		通过 IM90 接口可扩展 6 个 S5 - 100 U 模块(包括智能模块和通信模块)	扩展 32 个,包括智能模块和通信模块在内的 S5 - 100 U 模块
网络连接能力		SINECL1	SINECL1 SINECL2

（续表）

PLC		S5－90U	S5－95U
编程语言		step5	
编程器		PG710/PG 730/PG 750/PG770 PG605U	
尺寸(深×高×宽)		145 mm×135 mm×91 mm	145 mm×135 mm×146 mm
质量	控制器 存储子模块	约 1.5 kg 约 0.1 kg	约 1.5 kg 约 0.1 kg

第十一章　电工材料

第一节　电线与电缆

一、裸电线

电工常用导电材料主要是金属及其制品，目前用得最多的还是铜、铝制品，也有各种金属的复合材料。裸电线是指仅有金属导体而无绝缘层的电线。

裸电线的分类、型号、特性及主要用途见表 11.1－1。

表 11.1－1　裸电线的分类、型号、特性及主要用途

<table>
<tr><th>分类</th><th>名　　称</th><th>型号</th><th>截面范围 /mm²</th><th>主要用途</th><th>备　　注</th></tr>
<tr><td rowspan="3">裸单线</td><td>硬圆铝单线
半硬圆铝单线
软圆铝单线</td><td>LY
LYB
LR</td><td>0.06～6.00</td><td rowspan="2">硬线主要作架空线用。半硬线和软线作电线、电缆及电磁线的线芯用；亦可作电机、电器及变压器绕组用</td><td></td></tr>
<tr><td>硬圆铜单线
软圆铜单线</td><td>TY
TR</td><td>0.02～6.00</td><td>可用 LY、LR 代替</td></tr>
<tr><td>镀锌铁线</td><td></td><td>1.6～6.0</td><td>用作小电流、大跨度的架空线</td><td>具有良好的耐腐蚀性</td></tr>
<tr><td rowspan="6">裸绞线</td><td>铝绞线</td><td>LJ</td><td rowspan="2">10～600</td><td rowspan="2">用作高、低压架空输电线</td><td rowspan="4"></td></tr>
<tr><td>铝合金绞线</td><td>HLJ</td></tr>
<tr><td>钢芯铝绞线</td><td>LGJ</td><td>10～400</td><td rowspan="2">用于拉力强度较高的架空输电线</td></tr>
<tr><td>防腐钢芯铝绞线</td><td>LGJF</td><td>25～400</td></tr>
<tr><td>硬铜绞线</td><td>TJ</td><td></td><td>用作高、低压架空输电线</td><td>可用铝制品代替</td></tr>
<tr><td>镀锌钢绞线</td><td>GJ</td><td>2～260</td><td>用作农用架空线或避雷线</td><td></td></tr>
</table>

（续表）

分类	名　　称	型号	截面范围/mm^2	主要用途	备　　注
裸型线	硬铝扁线 半硬铝扁线 软铝扁线	LBY LBBY LBR	a:0.80 ～7.10 b:2.00 ～35.5	用于电机、电器设备绕组	
	硬铝母线 软铝母线	LMY LMR	a:4.00 ～31.50 b:16.00 ～125.00	用于配电设备及其他电路装置中	
	硬铜扁线 软铜扁线	TBY TBR	a:0.80 ～7.10 b:2.00 ～35.00	用于安装电机、电器、配电设备	
	硬铜母线 软铜母线	TMY TMR	a:4.00 ～31.50 b:16.00 ～125.00		
裸软接线	铜电刷线 软铜电刷线 纤维编织镀锡铜电刷线 纤维编织镀锡铜软电刷线	TS TSR TSX TSXR		用于电机、电器及仪表线路上连接电刷	
	铜软绞线	TJR		电气装置、电子元器件连接线	
	镀锡铜软绞线	TJRX			
	铜编织线	TZ			
	镀锡铜编织线	TZX			

圆铝单线与圆铜单线的电气性能见表 11.1-2。

表 11.1-2　铝与铜圆单线的电气性能

<table>
<tr><th colspan="2">型　　号</th><th>电阻系数 20℃
/(Ω·mm²/m),
≤</th><th>电阻温度
系数 20℃
/(℃⁻¹)</th><th>密　度
/(g/cm³)</th><th>线膨胀
系　数
/(℃⁻¹)</th></tr>
<tr><td colspan="2">LY</td><td>0.029 0</td><td>0.004 03</td><td>2.703</td><td>0.000 023</td></tr>
<tr><td colspan="2">LYB 与 LR</td><td>0.028 3</td><td>0.004 07</td><td></td><td></td></tr>
<tr><td rowspan="2">TY</td><td>直径 1.00 mm 以下</td><td>0.017 96</td><td>0.003 77</td><td rowspan="2">8.89</td><td rowspan="2">0.000 017</td></tr>
<tr><td>直径 1.01～6.00 mm 时</td><td>0.017 77</td><td>0.003 81</td></tr>
<tr><td colspan="2">TR</td><td>0.017 241</td><td>0.003 93</td><td></td><td></td></tr>
</table>

圆铝单线与圆铜单线的机械性能见表 11.1-3。

表 11.1-3　铝与铜圆单线的机械性能

<table>
<tr><th rowspan="2">性能
型号
单线直径/mm</th><th colspan="5">抗拉强度/MPa,≥</th><th colspan="5">伸长率(%),≥</th></tr>
<tr><th>LY</th><th>LYB</th><th>LR</th><th>TY</th><th>TR</th><th>LY</th><th>LYB</th><th>LR</th><th>TY</th><th>TR</th></tr>
<tr><td>0.06～0.20</td><td rowspan="5">177</td><td rowspan="12">93
～
138</td><td rowspan="12">69
～
93</td><td rowspan="3">421～
415</td><td rowspan="6">200</td><td></td><td rowspan="2">1.0</td><td></td><td rowspan="6">0.5～
0.7</td><td rowspan="3">10
～
25</td></tr>
<tr><td>0.21～0.50</td><td>0.5</td><td>8</td></tr>
<tr><td>0.51～0.70</td><td rowspan="2">1.0</td><td rowspan="3">1.5</td><td rowspan="2">10</td></tr>
<tr><td>0.71～1.00</td><td>414～
412</td><td rowspan="5">25</td></tr>
<tr><td>1.01～1.50</td><td rowspan="2">411～
400</td><td rowspan="2">1.2</td><td>12</td></tr>
<tr><td>1.51～2.00</td><td rowspan="2">167</td><td rowspan="2">2.0</td><td rowspan="2">15</td></tr>
<tr><td>2.01～2.50</td><td rowspan="2">399～
389</td><td rowspan="6">210</td><td rowspan="3">1.5</td><td rowspan="2">0.7～
1.0</td></tr>
<tr><td>2.51～3.00</td><td rowspan="2">157</td><td rowspan="2">2.5</td><td rowspan="2">18</td></tr>
<tr><td>3.01～3.50</td><td rowspan="2">386～
379</td><td rowspan="2">1.0～
1.2</td><td rowspan="4">30</td></tr>
<tr><td>3.51～4.00</td><td rowspan="3">147</td><td rowspan="3">2.0</td><td rowspan="3">3.0</td><td rowspan="3">20</td></tr>
<tr><td>4.01～5.00</td><td>370～
368</td><td>1.3～
1.4</td></tr>
<tr><td>5.01～6.00</td><td>365～
357</td><td>1.5～
1.7</td></tr>
</table>

注:用于制造电机、变压器的软圆铝单线(LR),其抗拉强度应不小于 73 MPa。

一些常用的裸电线的技术数据见表 11.1-4～16。

表 11.1-4　镀锡圆铜软单线的技术数据

线径范围/mm	抗拉强度/MPa，≥	伸长率（%），≥	电阻率 20℃/（Ω·mm²/m），≤	20℃时电阻温度系数/℃
0.03～0.08	196.1	8	0.017 9	0.003 85
0.09～0.15		12		
0.16～0.30		15		
0.31～0.50				
0.51～0.70			0.017 6	
0.71～2.00	205.9	20		
2.01～4.00	212.7	25		

表 11.1-5　镀锌铁线（单股）的技术数据

直径/mm	直径公差/mm	计算截面/mm²	单位质量/（kg/km）	直流电阻 20℃/（Ω/km）	抗张力/kN	伸长率（%）
6.0	0.13	28.27	220.5	4.691	9.895	12
5.5	0.13	23.76	185.3	5.581	8.316	12
5.0	0.13	19.64	153.2	6.753	6.874	12
4.5	0.10	15.90	124.0	8.341	5.565	10
4.0	0.10	12.57	98.05	10.55	4.400	10
3.5	0.10	9.621	75.04	13.78	3.367	10
3.2	0.08	8.042	62.73	16.49	2.815	10
2.9	0.08	6.605	51.52	20.08	2.312	10
2.6	0.06	5.309	41.41	24.98	1.858	7
2.3	0.06	4.155	32.41	31.92	1.454	7
2.0	0.06	3.142	24.51	42.21	1.110	7
1.8	0.06	2.545	19.85	52.11	0.890 3	7
1.6	0.05	2.011	15.69	65.95	0.703 9	7

表 11.1-6 TJ 型裸铜绞线技术数据

标称截面 /mm²	结构尺寸 根数/线径 /mm	成品外径 /mm	直流电阻 20℃ /(Ω/km)	拉断力 /kN	重 量 /(kg/km)
16	7/1.70	5.10	1.140	5.86	143
25	7/2.12	6.36	0.733	8.90	222
35	7/2.50	7.50	0.527	12.37	309
50	7/3.00	9.00	0.366	17.81	445
70	19/2.12	10.60	0.273	24.15	609
95	19/2.50	12.50	0.196	33.58	847
120	19/2.80	14.00	0.156	42.12	1 062
150	19/3.15	15.75	0.123	51.97	1 344
185	37/2.50	17.50	0.101	65.39	1 650
240	37/2.85	19.95	0.078	84.97	2 145
300	37/3.15	22.05	0.063	101.21	2 620
400	61/2.85	25.65	0.047	140.09	3 540

注：拉断力是指首次出现任一单线断裂时的拉力。

表 11.1-7 LJ 型裸铝绞线技术数据

标称截面 /mm²	导线结构 根数/直径 /mm	实际铝截面 /mm²	导线直径 /mm	直流电阻 20℃ /(Ω/km)	拉断力 /kN	单位重量 /(kg/km)	安全载流量 /A**		
							70℃	80℃	90℃
10	3/2.07	10.1	4.56	2.896	1.63	27.6	64	76	86
16	7/1.70	15.9	5.10	1.847	2.57	43.5	83	98	111
25	7/2.12	24.7	6.36	1.188	4.00	67.6	109	129	147
35	7/2.50	34.4	7.50	0.854	5.55	94.0	133	159	180
50	7/3.00	49.5	9.00	0.593	7.50	135	166	200	227
70	7/3.55	69.3	10.65	0.424	9.90	190	204	246	280
95	19/2.50	93.3	12.50	0.317	15.10	257	244	296	338
95*	7/4.14	94.2	12.42	0.311	13.40	258	246	298	341
120	19/2.80	117.0	14.00	0.253	17.80	323	280	340	390
150	19/3.15	148.1	15.75	0.200	22.50	409	323	395	454

(续表)

标称截面/mm²	导线结构根数/直径/mm	实际铝截面/mm²	导线直径/mm	直流电阻20℃/(Ω/km)	拉断力/kN	单位重量/(kg/km)	安全载流量/A**		
							70℃	80℃	90℃
185	19/3.50	182.8	17.50	0.162	27.80	504	366	450	518
240	19/3.98	236.4	19.90	0.125	33.70	652	427	528	610
300	37/3.20	297.6	22.40	0.099 6	45.20	822	490	610	707
400	37/3.70	397.8	25.90	0.074 5	56.70	1 099	583	732	851
500	37/4.14	498.1	28.98	0.059 5	71.00	1 376	667	842	982
600	61/3.55	603.8	31.95	0.049 1	81.50	1 669	747	949	1 110

* 某些规格，一种截面有两种导线绞合结构。以下各表均同。

** 安全载流量的环境温度校正系数见表 11.1-8。

表 11.1-8 安全载流量的环境温度校正系数

导线工作温度/℃	环境温度/℃										
	0	5	10	15	20	25	30	35	40	45	50
90	1.342	1.304	1.265	1.225	1.183	1.140	1.095	1.049	1.000	0.949	0.894
80	1.414	1.369	1.323	1.275	1.225	1.173	1.118	1.061	1.000	0.935	0.866
70	1.528	1.472	1.414	1.354	1.291	1.225	1.155	1.080	1.000	0.913	0.816

表 11.1-9 LGJ 型钢芯铝绞线技术数据

标称截面/mm²	结构根数/直径/mm		截面/mm²		直径/mm		直流电阻20℃/(Ω/km)	拉断力/kN	单位重量/(kg/km)	载流量/A		
	铝	钢	铝	钢	导线	钢芯				70℃	80℃	90℃
10	6/1.50	1/1.5	10.6	1.77	4.50	1.5	2.774	3.67	42.9	65	77	87
16	6/1.80	1/1.8	15.3	2.54	5.40	1.8	1.926	5.30	61.7	82	97	109
25	6/2.20	1/2.2	22.8	3.80	6.60	2.2	1.289	7.90	92.2	104	123	139
35	6/2.80	1/2.8	37.0	6.16	8.40	2.8	0.796	11.90	149	138	164	183
50	6/3.20	1/3.2	48.3	8.04	9.60	3.2	0.609	15.50	195	161	190	212
70	6/3.80	1/3.8	68.0	11.3	11.40	3.8	0.432	21.30	275	194	228	255
95	28/2.07	7/1.8	94.2	17.8	13.68	5.4	0.315	34.90	401	248	302	345
95	7/4.14	7/1.8	94.2	17.8	13.68	5.4	0.312	33.10	398	230	272	304

(续表)

标称截面/mm²	结构根数/直径/mm		截面/mm²		直径/mm		直流电阻20℃/(Ω/km)	拉断力/kN	单位重量/(kg/km)	载流量/A		
	铝	钢	铝	钢	导线	钢芯				70℃	80℃	90℃
120	28/2.30	7/2.0	116.3	22.0	15.20	6.0	0.255	43.10	495	281	344	394
120	7/4.60	7/2.0	116.3	22.0	15.20	6.0	0.253	40.90	492	256	303	340
150	28/2.53	7/2.2	140.8	26.6	16.72	6.6	0.211	50.80	598	315	387	444
185	28/2.88	7/2.5	182.4	34.4	19.02	7.5	0.163	65.70	774	368	453	522
240	28/3.22	7/2.8	228.0	43.1	21.28	8.4	0.130	78.60	969	420	520	600
300	28/3.80	19/2.0	317.5	59.7	25.20	10.0	0.093 5	111.00	1 348	511	638	740
400	28/4.17	19/2.2	382.4	72.2	27.68	11.0	0.077 8	134.00	1 626	570	715	832

注:防腐型钢芯铝绞线标称截面 25～400 mm² 的规格、线芯结构同 LGJ。

表 11.1-10　常用铜、铝扁线、母线技术数据

型　号	电阻系数 20℃,≤ /(Ω·mm²/m)	电阻温度系数 20℃ /℃	抗拉强度 /MPa,≥	伸长率 (%),≥	布氏硬度 HB,≥
TMR TBR	0.017 48	0.003 95	210	35	
TMY TBY	0.017 90	0.003 85	250		65
LMR LBR	0.028 30	0.004 10	75	20	
LMY	0.029 00	0.004 03	120	3	
LBY	0.029 00	0.004 03	120	1.5	
LBBY	0.028 30	0.004 10	100	3	

表 11.1-11　长方形截面的铜、铝母线安全载流量

母线尺寸 宽×厚 /mm	安 全 载 流 量 /A					
	铜 排			铝 排		
	一 片	二 片	三 片	一 片	二 片	三 片
25×3	300			235		
30×3	355			270		
30×4	420			320		
40×4	550			420		
40×5	615			475		
50×5	755			585		
50×6	840			650		
60×5	900			710		
60×6	990	1 530	1 970	765	1 190	1 510
60×8	1 160	1 900	2 460	900	1 480	1 920
60×10	1 300	2 250	2 900	1 015	1 770	2 330
80×6	1 300	1 860	2 390	1 010	1 430	1 850
80×8	1 490	2 300	2 970	1 160	1 800	2 310
80×10	1 670	2 730	3 510	1 300	2 120	2 730
100×6	1 590	2 170	2 790	1 250	1 700	2 200
100×8	1 830	2 690	3 460	1 430	2 100	2 680
100×10	2 030	3 180	4 090	1 600	2 520	3 200
120×8	2 110	2 990	3 820	1 670	2 330	2 970
120×10	2 330	3 610	4 580	1 820	2 820	3 610

注：1. 几片母线中间的距离应等于金属母线一片的厚度。

2. 表中的安全载流量，是根据最高工作温度为 70℃、周围空气温度为 35℃规定的，在实际空气温度不是 35℃的地方，其安全载流量应乘以表 11.1-12 中的校正系数。

表 11.1-12　校正系数

周围空气温度/℃	5	10	15	20	25	30	35	40	45	50	55
校正系数	1.36	1.31	1.25	1.20	1.13	1.07	1.00	0.93	0.85	0.76	0.66

表 11.1-13 铜软电刷线技术数据

标称截面面积 /mm²	计算截面面积 /mm²	股数×根数×线径 /mm	计算外径 /mm		20℃直流电阻 /(Ω/km)，≤	参考重量 /(kg/km)		伸长率 (%)，≥
			TSR	TSXR		TSR	TSXR	
0.16	0.165	7×12×0.05	0.65		113.00	1.6		15
0.3	0.302	7×22×0.05	1.0		61.60	2.9		
0.5	0.518	12×22×0.05	1.4		37.20	5.0		
0.75	0.753	12×32×0.05	1.5		25.60	7.3		
1.0	1.012	12×43×0.05	2.0	2.8	19.00	9.8		
1.5	1.53	19×41×0.05	2.4	3.2	12.60	14.8		
2.5	2.50	19×67×0.05	3.0	3.8	7.70	24.1		

表 11.1-14 铜软绞线技术数据

TJR1 型、TJRX1 型

截面面积 /mm²		结构组成	外 径 /mm	20℃直流电阻 /(Ω/km)，≤		参考重量 /(kg/km)
标称	计 算	股数×根数/单线直径/mm		TJR1	TJRX1	
0.06	0.055	1×7/0.10	0.30	330.5	349.8	0.51
0.12	0.124	1×7/0.15	0.45	146.6	155.2	1.14
0.2	0.212	1×12/0.15	0.62	85.8	90.8	1.96
0.3	0.283	1×16/0.15	0.71	64.2	68.0	2.61
0.4	0.377	1×12/0.30	0.83	48.2	51.0	3.49
0.5	0.503	1×16/0.20	0.94	36.1	38.3	4.65
0.75	0.789	1×19/0.23	1.15	23.0	24.4	7.30
1	1.01	1×19/0.26	1.30	18.0	19.0	9.33
1.5	1.53	1×19/0.32	1.60	11.9	12.6	14.13
2	2.04	7×7/0.23	2.07	8.91	9.43	18.82
2.5	2.60	7×7/0.26	2.34	6.99	7.40	24.06
4	3.94	7×7/0.32	2.88	4.61		36.44

（续表）

截面面积/mm²		结构组成	外径/mm	20℃直流电阻/(Ω/km),≤		参考重量/(kg/km)
标称	计算	股数×根数/单线直径/mm		TJR1	TJRX1	
6	5.85	7×7/0.39	3.51	3.11		54.08
10	10.03	12×7/0.39	4.86	1.77		92.71
16	15.84	12×7/0.49	6.11	1.15		146.5
25	25.08	19×7/0.49	7.35	0.72		231.9
35	35.14	19×7/0.58	8.70	0.52		324.9
50	48.30	19×7/0.68	10.20	0.38		446.6
70	68.64	27×7/0.68	12.55	0.26		634.6
95	94.06	37×7/0.68	14.28	0.19		869.7
120	117.67	27×12/0.68	17.38	0.15		1 088
150	150.94	14×19/0.85	18.76	0.12		1 396
185	183.85	27×12/0.85	21.73	0.099		1 700
240	251.95	37×12/0.85	24.72	0.072		2 330
300	291.10	27×19/0.85	26.15	0.062		2 691
400	398.92	27×19/0.85	29.75	0.046		3 688
500	498.30	37×19/0.95	33.25	0.036		4 607

TJR2 型、JTRX2 型

截面面积/mm²		结构组成	计算外径/mm	20℃直流电阻/(Ω/km),≤		参考重量/(kg/km)
标称	计算	股数×根数/单线直径/mm		TJR2	TJRX2	
6	5.94	7×27/0.20	3.69	3.06	3.24	54.9
10	10.12	7×46/0.20	4.89	1.80	1.91	93.5
16	15.18	7×3×23/0.20	7.75	1.20	1.27	140.3
25	25.29	7×5×23/0.20	9.72	0.72	0.76	233.8
35	36.95	7×4×42/0.20	11.59	0.49	0.52	341.6
50	46.19	7×5×42/0.20	12.96	0.39	0.41	427.0

TJR3 型、TJRX3 型

截面面积/mm²		结构组成	外径/mm	20℃直流电阻/(Ω/km),≤		参考重量/(kg/km)
标称	计算	股数×根数/单线直径/mm		TJR3	TJRX3	
0.012	0.014	1×7/0.05	0.15	1 298.6	1 374.4	0.127
0.03	0.027	1×7/0.07	0.21	673.3	712.6	0.248
0.06	0.058	1×15/0.07	0.33	313.4	331.7	0.534
0.12	0.12	1×30/0.07	0.45	151.5	160.3	1.07
0.2	0.22	1×56/0.07	0.61	82.6	87.4	1.99
0.3	0.33	7×11/0.07	0.87	60.6	64.1	2.74
0.4	0.40	7×15/0.07	0.99	45.5	48.2	3.73
0.5	0.51	7×19/0.07	1.05	35.6	37.7	4.73
0.75	0.75	7×28/0.07	1.35	24.2	25.6	6.97
1	1.00	7×37/0.07	1.47	18.2	19.3	9.21
1.5	1.35	7×50/0.07	1.77	13.5	14.3	12.45
2.5	2.43	7×3×30/0.07	2.90	7.48	7.92	22.41
4	4.04	7×5×30/0.07	3.64	4.50	4.76	37.35
6	5.66	7×7×30/0.07	4.04	3.21	3.40	52.28
10	9.45	7×4×43/0.10	5.79	1.92	2.03	87.40
16	16.20	12×4×43/0.10	8.02	1.12	1.19	149.8
25	24.73	7×3×3×50/0.10	11.71	0.74	0.78	228.7
35	32.97	1×4×3×50/0.10	13.12	0.55	0.58	304.9
50	49.46	14×3×3×50/0.10	17.23	0.37	0.39	457.3
70	74.21	12×7×50/0.15	15.73	0.24	0.25	685.8
95	95.42	27×4×50/0.15	18.75	0.19	0.20	881.7
120	117.51	19×7×50/0.15	18.93	0.15	0.16	1 086
150	143.13	27×6×50/0.15	23.30	0.13	0.14	1 323
185	173.17	14×14×50/0.15	24.59	0.10	0.11	1 600
240	228.83	37×7×50/0.15	26.50	0.079	0.084	2 131
300	296.92	27×7×50/0.20	31.07	0.061	0.065	2 745

表 11.1-15 铜编织线技术数据

TZ1 型

截面面积/mm²		结构组成 股数×根数×套数/单线直径/mm	宽度/mm ≤	厚度/mm ≤	20℃直流电阻/(Ω/km),≤	参考重量/(kg/km)
标称	计 算					
16	16.59	24×22×1/0.20	16	3.0	1.32	166
25	24.88	24×33×1/0.20	18	3.5	0.88	249
35	33.13	24×44×1/0.20	20	4.0	0.66	331
50	49.77	24×33×2/0.20	22	5.0	0.44	498
70	66.36	24×44×2/0.20	24	6.5	0.33	664
95	90.47	24×40×3/0.20	20	—	0.24	905
120	120.65	24×40×4/0.20	22	—	0.18	1 207
150	150.82	24×40×5/0.20	24	—	0.14	1 508
185	180.08	24×40×6/0.20	26	—	0.12	1 810
240	241.31	24×40×8/0.20	30	—	0.091	2 413
300	301.63	24×40×10/0.20	35	—	0.072	3 016
400	400.35	24×40×10/0.20+36×44×2/0.20	40	—	0.055	4 004
500	500.71	24×40×10/0.20+48×44×3/0.20	45	—	0.044	5 007
630	633.43	24×40×10/0.20+48×44×5/0.20	50	—	0.034	6 334
800	766.15	24×40×10/0.20+48×44×7/0.20	55	—	0.029	7 661

TZ2 型、TZX2 型

截面面积/mm²		结构组成 股数×根数×套数/单线直径/mm	宽度/mm ≤	厚度/mm ≤	20℃直流电阻/(Ω/km),≤		参考重量/(kg/km)
标称	计算				TZ2	TZX2	
4	3.39	48×4×1/0.15	9	1.0	6.45	6.83	34
6	5.09	48×6×1/0.15	12	1.2	4.29	4.54	51
10	10.18	48×12×1/0.15	20	1.4	2.15	2.28	102
16	16.96	48×20×1/0.15	22	2.0	1.29	1.37	170
25	25.44	48×15×2/0.15	22	3.0	0.86	0.91	254
35	33.93	48×20×2/0.15	26	3.2	0.64	0.68	340
50	50.89	48×20×3/0.15	28	4.8	0.43	0.46	509
70	71.25	48×28×3/0.15	36	5.0	0.31	0.33	713
95	95.00	48×28×4/0.15	40	6.0	0.23	0.24	950
120	118.74	48×28×5/0.15	42	7.0	0.18	0.19	1 187

TZ3 型、TZX3 型

截面面积/mm²		结构组成 股数×根数×套数/单线直径/mm	宽度/mm ≤	厚度/mm ≤	20℃直流电阻/(Ω/km),≤		参考重量/(kg/km)
标称	计算				TZ2	TZX2	
4	3.96	36×14×1/0.10	8	1.0	5.52	5.84	40
6	5.93	36×21×1/0.10	10	1.2	3.68	3.89	59
10	10.17	36×36×1/0.10	14	2.0	2.15	2.28	102
16	15.83	36×56×1/0.10	16	2.5	1.38	1.46	158
25	23.74	36×42×2/0.10	18	3.5	0.92	0.97	237
35	35.61	36×42×3/0.10	20	4.5	0.61	0.65	356

TZ4 型、TZX4 型

截面面积/mm²		结构组成 股数×根数×套数/单线直径/mm	宽度/mm ≤	厚度/mm ≤	20℃直流电阻/(Ω/km),≤		参考重量/(kg/km)
标称	计算				TZ2	TZX2	
0.03	0.047	8×3/0.05	0.50	464.9	492.0	0.47	
0.06	0.063	8×4/0.05	0.55	346.8	367.0	0.63	
0.12	0.092	8×3/0.07	0.65	237.5	251.4	0.92	
0.2	0.185	16×3/0.07	0.95	118.1	125.0	1.85	
0.3	0.308	16×5/0.07	1.30	70.94	75.10	3.08	

注:TZ4、TZX4 铜编织线的中心有一根天然丝线。

表 11.1-16　英美线规对照表

线规号	相当于线规号的线径/mm		线规号	相当于线规号的线径/mm	
	A. W. G (B. S)	S. W. G		A. W. G (B. S)	S. W. G
0000	11.68	10.16	24	0.510 6	0.558 8
000	10.40	9.449	25	0.454 7	0.508 0
00	9.266	8.839	26	0.404 9	0.457 2
0	8.252	8.230	27	0.360 6	0.416 6
1	7.348	7.620	28	0.321 1	0.375 9
2	6.544	7.010	29	0.285 9	0.345 4
3	5.827	6.401	30	0.254 8	0.335 3
4	5.189	5.893	31	0.226 8	0.294 6
5	4.621	5.835	32	0.201 9	0.274 3
6	4.115	4.877	33	0.179 8	0.254 0
7	3.665	4.470	34	0.160 1	0.223 7
8	3.264	4.064	35	0.142 6	0.214 3
9	2.906	3.658	36	0.127 0	0.193 0
10	2.588	3.251	37	0.113 1	0.172 7
11	2.305	2.946	38	0.100 7	0.152 4
12	2.053	2.642	39	0.089 69	0.132 1
13	1.828	2.337	40	0.079 85	0.121 9
14	1.628	2.032	41	0.071 12	0.111 8
15	1.450	1.829	42	0.063 35	0.101 6
16	1.291	1.626	43	0.056 41	0.091 44
17	1.150	1.422	44	0.050 24	0.081 28
18	1.024	1.219	45	0.044 73	0.071 12
19	0.911 6	1.016	46	0.039 84	0.060 96
20	0.811 8	0.914 4	47	0.035 47	0.050 80
21	0.722 9	0.812 3	48	0.031 59	0.040 64
22	0.643 9	0.711 2	49	0.028 13	0.030 48
23	0.573 3	0.609 6	50	0.025 05	0.025 40

注：S. W. G 是英国标准线规，A. W. G 是美国线规(明布朗·夏普线规)。

二、电磁线

电磁线是一种具有绝缘层的金属导线，用于绕制电工产品中的线圈或绕组，因此又称绕组线。它分为漆包线、绕包线、无机绝缘电磁线和特种电磁线四类。详见表 11.1-17～20。

表 11.1－17　漆包线的型号、规格、特点及主要用途

类别	名称	型号	耐热等级(℃)	规格范围/mm	特点	主要用途
油性漆包线	油性漆包圆铜线	Q	A(105)	0.02～2.50	1. 漆膜均匀，介质损耗角小 2. 耐溶剂性和耐刮性差	中、高频线圈及仪表、电器等线圈
缩醛漆包线	缩醛漆包圆铜线 缩醛漆包圆铝线 彩色缩醛漆包圆铜线 缩醛漆包扁铜线 缩醛漆包扁铝线	QQ－1 QQ－2 QQL－1 QQL－2 QQS－1 QQS－2 QQB QQLB	E(120)	0.02～2.50 0.06～2.50 0.02～2.50 a:0.8～5.60 b:2.0～18.0	1. 热冲击性、耐刮性和耐水解性能好 2. 漆膜受卷绕应力易产生裂纹(浸渍前须在120℃左右加热1 h以上，以消除应力)	普通中小型电机、微电机绕组和油浸变压器的线圈、电器仪表等线圈
	缩醛漆包扁铝合金线		E	a:0.8～5.60 b:2.0～18.0	同上，抗拉强度比铝线大，可承受线圈在短路时较大的应力	大型变压器线圈和换位导线
聚氨酯漆包线	聚氨酯漆包圆铜线 彩色聚氨酯漆包圆铜线	QA－1 QA－2	E	0.015～1.00	1. 在高频条件下介质损耗角小 2. 可以直接焊接，不需刮去漆膜 3. 着色性好 4. 过负载性能差	要求 Q 值稳定的高频线圈、电视机线圈和仪表用的微细线圈

（续表）

类别	名称	型号	耐热等级（℃）	规格范围/mm	特点	主要用途
环氧漆包线	环氧漆包圆铜线	QH-1 QH-2	E	0.06～2.50	1. 耐水解性、耐潮性、耐酸碱腐蚀和耐油性好 2. 弹性、耐刮性较差	油浸变压器的线圈和耐化学品腐蚀、耐潮湿电机的绕组
聚酯漆包线	聚酯漆包圆铜线 聚酯漆包圆铝线 彩色聚酯漆包圆铜线 聚酯漆包扁铜线 聚酯漆包扁铝线	QZ-1 QZ-2 QZL-1 QZL-2 QZS-1 QZS-2 QZB QZLB	B (130)	0.02～2.50 0.06～2.50 0.06～2.50 a:0.8～5.60 b:2.0～18.0	1. 在干燥和潮湿条件下，耐电压击穿性能好 2. 软化击穿性能好 3. 耐水解性、热冲击性较差	通用中小电机的绕组，干式变压器和电器仪表的线圈
	聚酯漆包扁铝合金线		B	a:0.8～5.60 b:2.0～18.0	同上，抗拉强度比铝线大，可承受线圈在短路时较大的应力	干式变压器线圈
聚酯亚胺漆包线	聚酯亚胺漆包圆铜线 聚酯亚胺漆包扁铜线	QZY-1 QZY-2 QZYB	F (155)	0.06～2.50 a:0.8～5.60 b:2.0～18.0	1. 在干燥和潮湿条件下，耐电压击穿性能好 2. 热冲击性能、软化击穿性能好 3. 在含水密封系统中易水解	高温电机和制冷装置中电机的绕组，干式变压器和电器仪表的线圈

（续表）

类别	名称	型号	耐热等级（℃）	规格范围/mm	特点	主要用途
聚酰胺酰亚胺漆包线	聚酰胺酰亚胺漆包圆铜线 聚酰胺酰亚胺漆包扁铜线	QXY-1 QXY-2 QXYB	C(200)	0.06～2.50 a:0.8～5.60 b:2.0～18.0	1. 耐热性、热冲击及耐刮性好 2. 在干燥和潮湿条件下耐击穿电压高 3. 耐化学药品腐蚀性能优	高温重负荷电机、牵引电机、制冷设备电机的绕组，干式变压器和电器仪表的线圈以及密封式电机、电器绕组
聚酰亚胺漆包线	聚酰亚胺漆包圆铜线 聚酰亚胺漆包扁铜线	QY-1 QY-2 QYB	C	0.02～2.50 a:0.8～5.60 b:2.0～18.0	1. 漆膜的耐热性是目前最好的一种 2. 软化击穿及热冲击性优，能承受短时期过载负荷 3. 耐低温性、耐辐射性好 4. 耐溶剂及化学药品腐蚀性好 5. 耐碱性较差	耐高温电机、干式变压器、密封式继电器及电子元件
特种漆包线	自黏直焊漆包圆铜线	QAN	E	0.10～0.44	在一定温度、时间条件下不需刮去漆膜，可直接焊接，同时不需浸渍处理，能自行黏合成形	微型电机、仪表的线圈和电子元件、无骨架的线圈

(续表)

类别	名称	型号	耐热等级(℃)	规格范围/mm	特点	主要用途
特种漆包线	环氧自黏性漆包圆铜线	QHN	E	0.10～0.51	1. 不需浸渍处理,在一定温度条件下,能自行黏合成形 2. 耐油性好 3. 耐刮性较差	仪表和电器的线圈、无骨架的线圈
	缩醛自黏性漆包圆铜线	QQN	E	0.10～1.00	1. 能自行黏合成形 2. 热冲击性能良	
	聚酯自黏性漆包圆铜线	QZN	B	0.10～1.00	1. 能自行黏合成形 2. 耐电击穿电压性能优	
	无磁性聚氨酯漆包圆铜线	QATWC	E	0.02～0.2	1. 漆包线中铁的含量极低,对感应磁场所起干扰作用极微 2. 在高频条件下介质损耗角小 3. 不需剥去漆膜即可直接焊接	精密仪表和电器的线圈,如直镜式检流计、磁通表、测震仪等的线圈

注:1. 上表“规格范围”一栏中,圆线规格以线心直径表示,扁线以线心窄边(a)及宽边(b)长度表示。
2. 在“型号”一栏中,“−1”表示1级漆膜(薄漆膜)“−2”表示2级漆膜(厚漆膜)。

表 11.1－18　绕包线的型号、规格、特点及主要用途

类别	名　　称	型　号	耐热等级（℃）	规格范围 /mm	特　　点	主要用途
纸包线	纸包圆铜线	Z	A（105）	1.0～5.60	1. 在油浸变压器中作线圈，耐电压击穿性能好 2. 绝缘纸易破损 3. 价廉	用于油浸变压器绕组
	纸包圆铝线	ZL		1.0～5.60		
	纸包扁铜线	ZB		a：0.9～5.60 b：2.0～18.0		
	纸包扁铝线	ZLB				
玻璃丝包线及玻璃丝包漆包线	双玻璃丝包圆铜线	SBEC	B（130）	0.25～6.0	1. 过负载性好 2. 耐电晕性好 3. 玻璃丝包漆包线耐潮湿性好	用于电机、仪器、仪表等电工产品中绕组
	双玻璃丝包圆铝线	SBELC				
	双玻璃丝包扁铜线	SBECB		a：0.9～5.60 b：2.0～18.0		
	双玻璃丝包扁铝线	SBELCB				
	单玻璃丝包聚酯漆包扁铜线	QZSBCB				
	单玻璃丝包聚酯漆包扁铝线	QZS-BLCB				
	双玻璃丝包聚酯漆包扁铜线	QZS-BECB				
	双玻璃丝包聚酯漆包扁铝线	QZS-BELCB				
	单玻璃丝包聚酯漆包圆铜线	QZSBC	E（120）	0.53～2.50		
	硅有机漆双玻璃丝包圆铜线	SBEG	H（180）	0.25～6.0 a：0.9～5.60 b：2.0～18.0	同上。耐弯曲性较差	
	硅有机漆双玻璃丝包扁铜线	SBEGB				
	双玻璃丝包聚酰亚胺漆包扁铜线	QYS-BEGB				
	单玻璃丝包聚酰亚胺漆包扁铜线	QYSBGB				

(续表)

类别	名　称	型　号	耐热等级(℃)	规格范围/mm	特　点	主要用途
丝包线	双丝包圆铜线 单丝包油性漆包圆铜线 单丝包聚酯漆包圆铜线 双丝包油性漆包圆铜线 双丝包聚酯漆包圆铜线	SE SQ SQZ SEQ SEQZ	A	0.05～2.50	1. 绝缘层的机械强度较好 2. 油性漆包线的介质损耗角小 3. 丝包漆包线的电性能好	用于仪表、电讯设备的线圈绕组以及采矿电缆的线芯等
薄膜绕包线	聚酰亚胺薄膜绕包圆铜线 聚酰亚胺薄膜绕包扁铜线	Y YB	(330)	2.5～6.0 a: 2.5～5.6 b: 2.0～16.0	1. 耐热和耐低温性好 2. 耐辐射性好 3. 高温下耐电压击穿性好	用于高温、有辐射等场所的电机绕组及干式变压器线圈

表 11.1-19　无机绝缘电磁线的型号、规格、特点及主要用途

类别	名　称	型　号	规格范围/mm	长期工作温度/℃	特　点	主要用途
氧化膜线	氧化膜圆铝线 氧化膜扁铝线 氧化膜铝带(箔)	YML YMLC YMLB YMLBC YMLD	0.05～5.0 a:1.0～4.0 b:2.5～6.3 厚0.08～1.00 宽20～900	以氧化膜外涂绝缘漆的涂层性质确定工作温度	1. 槽满率高 2. 耐辐射性好 3. 弯曲性、耐酸、碱性差 4. 击穿电压低 5. 不用绝缘漆封闭的氧化膜耐潮性差	起重电磁铁、高温制动器、干式变压器线圈，并用于需耐辐射场合
玻璃膜绝缘微细线	玻璃膜绝缘微细锰铜线 玻璃膜绝缘微细镍铬线	BMTM-1 BMTM-2 BMTM-3 BMNG	6～8 μm 2～5 μm	-40～+100	1. 导体电阻的热稳定性好 2. 能适应高低温的变化 3. 弯曲性差	适用于精密仪器、仪表的无感电阻和标准电阻元件

（续表）

类别	名　称	型　号	规格范围/mm	长期工作温度/℃	特　点	主要用途
	陶瓷绝缘线	TC	0.06～0.50	500	1. 耐高温性能好 2. 耐化学腐蚀性、耐辐射性好 3. 弯曲性差 4. 击穿电压低 5. 耐潮性差	用于高温以及有辐射场合的电器线圈等

表 11.1－20　特种电磁线的型号、规格、特点及主要用途

产品名称	型号	规格范围/mm	耐温等级(℃)	特　点	主要用途
单丝包高频绕组线	SQJ	由多根漆包线绞制成线芯	Y(90)	1. Q值大 2. 系多根漆包线组成，柔软性好，可降低趋肤效应 3. 耐潮性差	要求Q值稳定和介质损耗角正切小的仪表电器线圈
双丝包高频绕组线	SEQJ				
玻璃丝包中频绕组线	QZJBSB	宽 2.1～8.0 高 2.8～12.5	B(130) H(180)	1. 系多根漆包线组成，柔软性好，可降低趋肤效应 2. 嵌线工艺简单 3. 弯曲性能差	用于1 000～8 000 Hz的中频变频机绕组
扁绕组软电线	MBMB MEBMR	宽 1.6～8.0 高 2.8～12.5			

（续表）

产品名称	型号	规格范围/mm	耐温等级（℃）	特点	主要用途
换位导线	QQLBH	*a* 边 1.56～3.82 mm *b* 边 4.7～10.8 mm	A(105)*	1. 简化绕制线圈工艺 2. 无循环电流，线圈内涡流损耗小 3. 弯曲性能差	大型变压器线圈
聚氯乙烯绝缘潜水电机绕组线	QQV	线芯截面 0.6～11.0 mm^2	Y	1. 耐水性能较好 2. 绕制线圈时易损伤绝缘层	潜水电机绕组
聚乙烯绝缘尼龙护套湿式潜水电机绕组线		线芯截面 0.5～7.5 mm^2	Y	1. 耐水性良好 2. 护套机械强度高	潜水电机绕组

* 系指在油中或用浸渍漆处理后的耐温等级。

三、通用绝缘电线

电气装备用绝缘电线分为通用绝缘电线和专用绝缘电线两大类。通用绝缘电线包括橡皮、塑料绝缘电线、软线以及屏蔽电线；专用绝缘电线包括汽车用低压电线和高压点火线、电机电器引接线、航空等特殊用电线以及补偿导线等。详见表 11.1-21～28。

表 11.1－21　橡皮、塑料绝缘电线型号、特性及主要用途

产品名称	型　号	计算截面积 /mm²	工作电压 /V	长期工作温度/℃，≤	用　　途
铝芯氯丁橡皮线 铜芯氯丁橡皮线 铝芯橡皮线 铜芯橡皮线 铜芯橡皮软线	BLXF BXF BLX BX BXR	2.5～95 1.5～95 0.75～35 0.75～35 0.75～16	交流：500 直流：1 000	+65	适用于电气设备及照明装置固定敷设
铜芯聚氯乙烯绝缘电线 铝芯聚氯乙烯绝缘电线 铜芯聚氯乙烯绝缘软电线 铜芯聚氯乙烯护套圆形电线 铝芯聚氯乙烯护套圆形电线 铜芯聚氯乙烯绝缘护套平型电线 铝芯聚氯乙烯绝缘护套平型电线	BV BLV BVR BVV BLVV BVVB BLVVB	0.5～1.0，1.5～400 2.5～400 2.5～70 0.75～10，1.5～3.5 2.5～10 0.75～10 2.5～10	交流：300～450 直流：450～750	+70	适用于各种交流、直流电器装置，电工仪器、仪表、电讯设备，动力及照明线路固定敷设
铜芯耐热 105℃ 聚氯乙烯绝缘电线	BV—105	0.5～6		+105	
农用地下直埋铝芯聚氯乙烯绝缘电线	NLYV NLYV—H NLYV—Y NLYY	4.0～95	交流：450 直流：750	+65	一般地区 一般及寒冷地区 白蚁活动地区 一般及寒冷地区
农用地下直埋铝芯聚氯乙烯绝缘聚氯乙烯护套电线	NLVV NLVV—Y	4.0～95			一般地区 白蚁活动地区
丁腈聚氯乙烯复合物绝缘电线 丁腈聚氯乙烯复合物绝缘软线	BVF BVFR	0.75～6 0.75～70	交流：500 直流：1 000		适用于电器、仪表等装置作连接线
纤维和聚氯乙烯绝缘电线 纤维和聚氯乙烯绝缘软线	BSV BSVR		交流：250 直流：500		适用于电器、仪表等固定敷设的线路接线

表 11.1-22　BX、BLX、BV、BLV 型绝缘电线技术数据

标称截面/mm²	线芯结构根数/单线直径/mm	最大外径/mm			单位重量/(kg/km)						20℃直流电阻值/(Ω/km),≤				参考载流量/A(单芯导线工作温度 65℃)			
		BX BLX	BV	BLV	BX	BLX	BV		BLV		BX	BLX	BV	BLV	BX	BLX	BV	BLV
		1芯	1芯	2芯			1芯	2芯平型	1芯	2芯平型	1芯	2芯	1芯及2芯平型					
0.75	1/0.97	4.4	2.4	2.4×4.8	21.8		10.65	21.30	6.08	2.16	24.9		24.9		18		16	
1	1/1.13	4.5	2.6	2.6×5.2	25.0		13.40	26.84	7.21	14.42	18.4		18.4		21		19	
1.5	1/1.37	4.8	3.3	3.3×6.6	30		20.60	41.20	11.48	22.96	12.5		12.5	20.6	27	19	24	18
2.5	1/1.76	5.2	3.7	3.7×7.4	41	26.2	30.53	61.06	15.47	30.94	7.50	12.3	7.50	12.3	33	27	32	25
4	1/2.24	5.8	4.2	4.2×8.4	58.9	34.5	45.61	91.23	21.19	42.38	4.60	7.59	4.60	7.59	45	35	42	32
6	1/2.73	6.3	4.8	4.8×9.6	78.8	42.6	64.46	128.9	29.22	56.44	3.11	5.13	3.11	5.13	58	45	55	42
10	7/1.33	8.1	6.6	6.6×13.2	131.9	73.0	112.09	224.2	51.16	102.32	1.83	3.05	1.83	3.05	85	65	75	59
16	7/1.70	9.4	7.8		196.9	97.3	174.34		74.81		1.12	1.87	1.12	1.87	110	85	105	80
25	7/2.12	11.2	9.6		287.2	142.3	268.30		114.5		0.722	1.20	0.722	1.20	145	110	138	105
35	7/2.50	12.4	10.9		397.7	182.4	364.91		149.3		0.519	0.864	0.519	0.864	180	138	170	130
50	19/1.83		13.2				513.72		208.6		0.357	0.594	0.357	0.594	230	175	215	165
70	19/2.12		14.7				699.8		271.1		0.266	0.443	0.266	0.443	285	220	265	205
95	19/2.50		17.3				945.4		362.8		0.191	0.318	0.191	0.318	345	265	325	250
120	37/2.00		18.1				1 161.3		435.3		0.153	0.255	0.153	0.255	400	310	375	285
150	37/2.24		20.1				1 461.3		544.6		0.122	0.204	0.122	0.204	470	380	430	325
185	37/2.50		22.2				1 796.1		661.5		0.098 2	0.163	0.098 2	0.163	540	420	490	380

表 11.1-23 BVV、BLVV 型绝缘电线技术数据

标称截面/mm²	线芯结构（根数/线径/mm）	绝缘厚度/mm	护套厚度		最大外径/mm			参考载流量/A					
			单、双芯	三芯	单芯	双芯	三芯	BVV			BLVV		
								单	双	三	单	双	三
1.0	1/1.13	0.6	0.7	0.8	4.1	4.1×6.7	4.3×9.5	20	16	13	15	12	10
1.5	1/1.37	0.6	0.7	0.8	4.4	4.4×7.2	4.6×10.3	25	21	16	19	16	12
2.5	1/1.76	0.6	0.7	0.8	4.8	4.8×8.1	5.0×11.5	34	26	22	26	22	17
4.0	1/2.24	0.6	0.7	0.8	5.3	5.3×9.1	5.5×13.1	45	38	29	35	29	23
5.0	1/2.50	0.8	0.8	1.0	6.3	6.3×10.7	6.7×15.7	51	43	33	39	33	26
6.0	1/2.73	0.8	0.8	1.0	6.5	6.5×11.3	6.9×16.5	56	47	36	43	36	28
8.0	7/1.20	0.8	1.0	1.2	7.9	7.9×13.6	8.3×19.4	70	59	46	54	45	35
10.0	7/1.33	0.8	1.0	1.2	8.4	8.4×14.5	8.8×20.7	85	72	55	66	56	43

表 11.1-24 橡皮、塑料绝缘软线型号、特性及主要用途

产品名称	型号	计算截面积/mm²	工作电压/V	长期工作温度/℃，≤	用途
铜芯聚氯乙烯绝缘连接软电线	RV	0.3～1 1.5～7.0	交流：250 直流：500	+70	适用于各种交流、直流移动电器、电工仪器、家用电器、电信设备、小型电动工具、动力及照明装置的连接
铜芯聚氯乙烯绝缘平型连接软电线	RVB	0.3～1.0			
铜芯聚氯乙烯绝缘绞型连接软电线	RVS	0.3～0.75			
铜芯聚氯乙烯绝缘聚氯乙烯护套圆形连接软电线	RVV	0.5～0.75 0.75～2.5	交流：500 直流：1 000		
铜芯聚氯乙烯绝缘聚氯乙烯护套平型连接软电线	RVVB	0.5～0.75 0.75			

（续表）

产品名称	型号	计算截面积/mm^2	工作电压/V	长期工作温度/℃,≤	用途
铜芯耐热105℃聚氯乙烯绝缘连接软电线	RV—105	0.5～6	交流：250 直流：500	+105	适用于各种移动电器、无线电设备和照明灯座等接线
丁腈聚氯乙烯复合物绝缘平型软线	RFB	0.12～2.5		+70	
丁腈聚氯乙烯复合物绝缘绞型软线	RFS				
编织橡皮绝缘平型软线	RXB			+65	适用于日用电器、照明电源线等
编织橡皮绝缘绞型软线	RXS				

表11.1-25　橡皮、塑料绝缘软线的直流电阻

导线截面/mm^2	直流电阻/(Ω/km)(20℃)									
	RFS	RFB	RV、RV—105		RVS		RVB		RVV	
			铜芯	镀锡铜芯	铜芯	镀锡铜芯	铜芯	镀锡铜芯	铜芯	镀锡铜芯
0.012	—	—	1 360	1 390	—	—	—	—	—	—
0.03	—	—	693	709	—	—	—	—	—	—
0.06	—	—	339	347	—	—	—	—	—	—
0.12	150	146	145	154	149	158	145	154	148	157
0.2	87.0	84.9	84.9	89.9	87.0	92.1	84.9	89.9	86.6	91.7
0.3	65.3	63.7	63.6	67.3	65.2	69.0	63.6	67.3	64.9	68.7
0.4	45.4	44.3	44.3	46.9	45.4	48.1	44.3	46.9	45.2	47.8
0.5	37.3	36.4	36.4	38.5	37.3	39.5	36.4	38.5	37.1	39.3
0.75	24.9	24.3	24.3	25.7	24.9	26.3	24.3	25.7	24.8	26.2
1	18.3	17.9	17.8	18.9	18.3	19.4	17.8	18.9	18.2	19.3
1.5	12.2	11.9	11.9	12.6	12.2	12.9	11.9	12.6	12.1	12.9
2	9.17	8.96	8.96	9.48	9.18	9.72	8.95	9.48	9.14	9.67
2.5	7.63	7.44	7.44	7.88	7.63	8.08	7.44	7.88	7.59	8.04
4	—	—	4.40	4.66	—	—	—	—	4.49	4.75
6	—	—	2.91	3.08	—	—	—	—	2.97	3.14

表 11.1－26 RVB、RFB、RVS、RFS 型绝缘软线技术数据

标称截面 /mm²	线芯结构 芯数×根数/线径 /mm	最大外径/mm		参考载流量 /A(250～500 V，65℃)	计算质量 /(kg/km)	
		RVB RFB	RVS RFS		RVB	RVS
0.12	2×7/0.15	1.6×3.2	3.2	4	6.32	6.48
0.20	2×12/0.15	2.0×4.0	4.0	5.5	10.1	10.4
0.30	2×16/0.15	2.1×4.2	4.2	7	11.9	12.2
0.40	2×23/0.15	2.3×4.6	4.6	8.5	15.1	15.5
0.50	2×28/0.15	2.4×4.8	4.8	9.5	17.3	17.8
0.75	2×42/0.15	2.9×5.8	5.8	12.5	25.3	26.0
1.00	2×32/0.20	3.1×6.2	6.2	15	30.6	31.4
1.50	2×48/0.20	3.4×6.8	6.8	19	41.4	42.4
2.00	2×64/0.20	4.1×8.2	8.2	22	55.8	57.2
2.50	2×77/0.20	4.5×9.0	9.0	26	66.0	67.7

表 11.1－27 RV、RVV 型绝缘软线规格数据

标称截面 /mm²	线芯结构 根数/线径 /mm	成品外径/mm						计算质量/(kg/km)					
		RV	RVV					RV	RVV				
			2芯	3芯	4芯	5芯	6芯		2芯	3芯	4芯	5芯	6芯
0.12	7/0.15	1.4	4.5	4.7	5.1		5.5	2.59	17.4	20.5	24.4	23.9	28.0
0.20	12/0.15	1.6	4.9	5.1	5.5	5.5	6.0	3.69	21.1	25.4	30.6	30.8	36.4
0.30	16/0.15	1.9	5.5	5.8	6.3	6.4	7.0	5.18	26.7	32.5	39.6	40.8	48.4
0.40	23/0.15	2.1	5.9	6.3	6.8	7.0	7.6	6.72	31.5	38.9	47.8	50.2	59.7
0.50	28/0.15	2.2	6.2	6.5	7.1	7.3	7.9	7.77	34.7	43.1	53.2	56.5	73.6
0.75	42/0.15	2.7	7.2	7.6	8.3	9.1	9.9	11.60	46.7	59.1	73.7	86.5	103
1.0	32/0.20	2.9	7.5	7.9	9.1	9.5	10.4	14.1	53.5	68.4	92.7	101	121
1.5	48/0.20	3.2	8.2	9.1	9.9	10.4	11.4	19.4	67.3	94.4	118	132	157
2.0	64/0.20	4.1	10.3	11.0	12.0	12.7	14.4	27.9	101	130	164	184	232
2.5	77/0.20	4.5	11.2	11.9	13.1	14.3	15.7	33.0	117	151	191	226	270
4.0	77/0.26	5.3	12.8	14.1	15.5	—	—	50.7	163	226	286	—	—
6.0	77/0.32	6.6	15.8	16.8	18.5	—	—	77.1	246	325	416	—	—

表 11.1-28　常用聚氯乙烯绝缘屏蔽电线型号、规格及主要用途

产品名称	型号	长期工作温度/℃，≤	计算截面积/mm²[④]	用途
聚氯乙烯绝缘屏蔽电线（金属线）	BVP	+65	0.03～0.75[①]	适用于交流额定电压250 V及以下的电器、仪表、电信电子设备及自动化的屏蔽线路
耐热105℃聚氯乙烯绝缘屏蔽电线（金属线）	BVP—105	+105		
聚氯乙烯绝缘聚氯乙烯护套屏蔽电线（话筒线）	BVVP	+65		
聚氯乙烯绝缘屏蔽软线（金属线）	RVP	+65	0.03～1.5[①]	
耐热105℃聚氯乙烯绝缘屏蔽软线（金属线）	RVP—105	+105	0.03～0.75[①]	
聚氯乙烯绝缘聚氯乙烯护套屏蔽软线（话筒线）	RVVP	+65	0.03～1.5[②] 0.03～1.0[③]	

注：① 有1芯，2芯椭圆，2芯等三种。
② 有1芯、2芯椭圆，2芯、4芯等四种。
③ 有5、6、7、10芯等四种。
④ 各种线芯均有镀锡铜芯和不镀锡铜芯两种。

四、电缆

电缆按其用途可分为电气装备用电缆、电力电缆和通信电缆等。电缆产品型号组成如下：

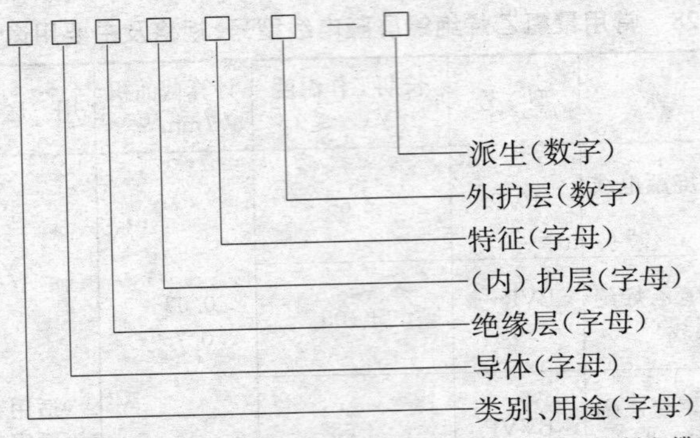

注:1. 电力电缆以不同绝缘层列为类别;通信、信号及控制电缆以及其他电缆大部均以用途列为类别。

2. “派生”以区别具体型号中不同品种:电力电缆不同耐压等级的区别;高频电缆不同频率的区别;石油电缆的拉断力以及各种电缆中不同使用温度的区别等,均在有关型号后面附有代表数字,以示区别。

3. 为了减少型号字母及数字,作为产品中常用材料或习惯用材料等字母可以省去,如电缆用铜芯线即不列其代号“T”;电力电缆不列“力”的代号;一般电压的电缆不加“低”字的代号,而对高压则均用“G”字加以说明。

各种电缆的技术数据详见表11.1-29～42。

表11.1-29 电缆产品型号组成中的汉语拼音字母代号

拼音字母	类别、用途	导体	绝缘层	(内)护层	特征
A	A安装线				
B	B绝缘电线 B接线棒 BC补偿线		B聚苯乙烯 B玻璃丝 BM玻璃膜	B编织 BL玻璃丝编织涂蜡克 BM棉纱编织	B扁,平形
C	C船用电缆 C电车线 CH船用电话电缆		C醇酸浸渍		C重型 C自承式 C瓷质 CY充油

（续表）

拼音字母	类别、用途	导体	绝缘层	(内)护层	特征
D	D 接线端子 DC 电气化运输车辆用电线 DK 电抗器电缆				D 带形 D 不滴流 D 鼎足式
E					E 双层 E 话务员耳机用
F	F 飞机用电线		F 丁聚复合物 F 聚四氟乙烯	F 丁聚复合物	F 防腐 F 分相护层
G	G 钢(铁)线 G 高压电线电缆 G 接线套管 GL 铝包钢线 GT 铜包钢线	G 钢(铁)	G 硅有机漆浸渍	GW 皱纹钢管	G 沟形 G 高压 G 倒挂式
H	H 市内电话电缆 HB 电话线 HE 长途对称通信电缆 HJ 局用电缆 HL 铝合金线 HO 干线同轴通信电缆 HP 配线电缆 HR 电话软线 HU 矿用电话电缆 HW 野外通信线	HL 铝合金线		H 橡皮护层 HD 耐寒橡皮护层非燃性橡皮护层 HY 耐油橡皮护层 (HF) 非燃性橡套	H 电焊机用 H 环氧树脂
J	J 电机引出线	J 钢 铜加强线			J 加强型，加厚型 J 绞合 J 交流 J 交换机用

（续表）

拼音字母	类别、用途	导体	绝缘层	(内)护层	特征
K	K 控制电缆				K 空心 K 扩径
L	L 铝线 L 电缆中间连接盒	L 铝线		L 棉纱编织涂蜡克 L 铝护层 LW 皱纹铝管	L 铸铝
M	M 母线 M 线包电磁线		M 棉纱		
N	N 农用电线电缆 N 户内电缆终端盒 NH 农用电话线			N 尼龙	N 自粘性 N 尼龙
P	P 信号电缆				P 屏蔽型 P 排状 P 贫油型 P 鱼泡式
Q	Q 汽车用电线 Q 漆包线 QA 聚胺酯漆包线 QH 环氧漆包线 QQ 缩醛漆包线 QXY 聚酰胺酰亚胺漆包线 QZ 聚酯漆包线 QZY 聚酯亚胺漆包线 QY 聚酰亚胺漆包线		Q 绝缘漆	Q 铅护层	Q 轻型
R	R 日用电器用软线				R 软，软结构
S	S 射频电缆 S 电刷线 S 丝包电磁线 SB 无线电装置电线		S 丝 SB 玻璃丝 SR 人造丝 ST 天然丝		S 双纹型 S 扇型 S 塑料

(续表)

拼音字母	类别、用途	导体	绝缘层	(内)护层	特征
T	T 铜线 T 天线	T 铜线 TY 银铜			T 梯形 T 耐热 T 套管式
U	U 矿用电缆 UB 矿用爆破线 UC 矿山采掘机用电缆 UM 矿工帽灯线 UZ 矿山电站用电缆				
V	V 塑料电缆(聚氯乙烯电缆)		V 聚氯乙烯 VF 丁聚复合物	V 聚氯乙烯	V 聚氯乙烯
W	W 探测电缆 W 户外电缆终端盒 WB 油泵用电缆 WC 海上探测电缆 WE 野外探测电缆 WT 井下探测电缆				W 户外
X	X 橡皮电缆		X 橡皮 X 纤维 XD 丁基橡皮 XF 氯丁橡皮 XG 硅橡皮		X 镀锡
Y	Y 移动电缆 Y 交联聚乙烯电缆		Y 聚乙烯 YF 泡沫聚乙烯 YM 氧化膜 YJ 交联聚乙烯	Y 聚乙烯	Y 圆形 Y 硬,硬结构 YB 半硬 YD 镀银

(续表)

拼音字母	类别、用途	导体	绝缘层	(内)护层	特征
Z	Z纸包电缆 Z纸包电磁线 Z接线柱		Z纸绝缘		Z综合型 Z直流 Z中型 Z编织

表 11.1－30　电缆产品型号组成中的数字代号

数字	防腐等级	外护层	屏蔽层
0 1 2	 一级防腐 二级防腐	相应的裸外护层 麻被外护层双层钢带铠装	
3 4 5		单层细钢丝铠装 双层细钢丝铠装 单层粗钢丝铠装	
6 31 32		双层粗钢丝铠装	 镀锌钢丝编织 镀锡钢丝编织

表 11.1－31　通用橡套电缆的型号、特性及主要用途

名称	型号	工作电压(交流)/V	长期最高工作温度/℃	主要用途及特性
轻型橡套电缆	YQ	250	65	轻型移动电器设备和日用电器电源线
	YQW			同上。具有耐气候和一定的耐油性能
中型橡套电缆	YZ	500		各种移动电气设备
	YZW			同上。具有耐气候和一定的耐油性能
重型橡套电缆	YC			同YZ。能承受较大的机械外力作用
	YCW			同上。具有耐气候和一定的耐油性能

表 11.1-32　通用橡套电缆的规格数据

型号	标称截面/mm^2	线芯结构 芯数×根数/线径/mm	最大外径/mm	主芯直流电阻不大于/(Ω/km)
YQ YQW	0.3	2×16/0.15 3×16/0.15	5.5 5.8	66.3
	0.5	2×16/0.15 3×16/0.15	6.5 6.8	37.8
	0.75	2×16/0.15 3×16/0.15	7.4 7.8	25.0
YZ YZW	0.75	2×42/0.15 3×42/0.15 3×42/0.15+1×42/0.15	8.8 9.3 10.5	24.8
	1.0	2×32/0.20 3×32/0.20 3×32/0.20+1×32/0.20	9.1 9.6 10.8	18.3
	1.5	2×48/0.20 3×48/0.20 3×48/0.20+1×32/0.20	9.7 10.7 11.4	12.2
	2.5	2×77/0.20 3×77/0.20 3×77/0.20+1×48/0.20	13.2 14.0 15.0	7.59
	4	2×77/0.26 3×77/0.26 3×77/0.26+1×77/0.20	15.2 16.0 17.6	4.49
	6	2×77/0.32 3×77/0.32 3×77/0.32+1×77/0.26	16.1 18.1 19.4	2.97

（续表）

型 号	标称截面 /mm²	线 芯 结 构 芯数×根数/线径/mm	最大外径 /mm	主芯直流电阻 不大于/(Ω/km)
YC YCW	2.5	1×49/0.26 2×49/0.26 3×49/0.26 3×49/0.26+1×49/0.20 注	8.1 13.9 14.6 16.6	7.06
	4.0	1×49/0.32 2×49/0.32 3×49/0.32 3×49/0.32+1×49/0.26 注	8.5 15.0 17.0 18.0	4.66
	6.0	1×49/0.39 2×49/0.39 3×49/0.39 3×49/0.39+1×49/0.32 注	9.3 17.4 18.3 19.5	3.13

注:3 芯+1 芯(接地线)。

表 11.1－33　YH、YHL 电焊机电缆技术数据

标称截面 /mm²	线 芯 结 构 根数/线径/mm		最大外径 /mm		参考载流量 /A		线芯直流电阻 /(Ω/km)	
	YH(铜芯)	YHL(铝芯)	YH	YHL	YH	YHL	YH	YHL
10	322/0.20		9.1		80		1.77	
16	513/0.20	228/0.30	10.7	10.7	105	80	1.12	1.92
25	798/0.20	342/0.30	12.6	12.6	135	105	0.718	1.28
35	1 121/0.20	494/0.30	14.0	14.0	170	130	0.551	0.888
50	1 596/0.20	703/0.30	16.2	16.2	215	165	0.359	0.624
70	999/0.30	999/0.30	19.3	19.3	265	205	0.255	0.439
95	1 332/0.30	1 332/0.30	21.1	21.1	325	250	0.191	0.329
120	1 702/0.30	1 702/0.30	24.5	24.5	380	295	0.150	0.258
150	2 109/0.30	2 109/0.30	26.2	26.2	435	340	0.121	0.208
185		2 590/0.30		28.8				0.169

表 11.1－34　常用电力电缆的品种及代表型号

绝缘类别	电缆名称	电压等级/kV	允许最高工作温度/℃	代表产品型号
油浸纸绝缘电缆	1. 普通粘性浸渍电缆 统包型 分相铅(铝)包型	1～35	1～3 kV:80 6 kV:65 10 kV:60 20～35 kV:50	ZLL、ZL、 ZLQ、ZQ、 ZLLF、 ZLQF、 ZQF
	2. 不滴流电缆 统包型 分相铅(铝)包型	1～35	1～3 kV:80 6 kV:80 10 kV:65 20～35 kV:65	ZLQD、ZQD ZLLDF、 ZQDF
	3. 自容式充油电缆	110～750	75～80	ZQCY
	4. 钢管充油电缆	110～750	80	
	5. 钢管压气电缆	110～220	80	
	6. 充气电缆	35～220	75	
塑料绝缘电缆	7. 聚氯乙烯电缆	1～10	65	VLV、VV
	8. 聚乙烯电缆	6～220	70	YLV、YV
	9. 交联聚乙烯电缆	6～220	10 kV 及以下 90 20 kV 及以下 80	YJLV、YJV
橡皮绝缘电缆	10. 天然-丁苯橡皮电缆	0.5～6	65	XLQ、XQ、
	11. 乙丙橡皮电缆	1～35	80	XLV、XV、
	12. 丁基橡皮电缆	1～35	80	XLHF、XLF
气体绝缘电缆	13. 压缩气体绝缘电缆	220～500	90	
新型电缆	14. 低温电缆			
	15. 超导电缆			

表 11.1-35　油渍纸绝缘电力电缆型号及主要用途

品种	单芯和多芯统包型		外护层种类	主要用途	规格范围
	铝芯	铜芯			
油浸纸绝缘铅包电力电缆	ZLQ	ZQ	裸铅护套	敷设在室内,隧道及沟(管)中,对电缆应没有机械外力作用,对铅护套有中性环境	电压：1～35 kV 芯数：1～4 标称截面： 单芯：25～800 mm² 多芯：25～240 mm²
	ZLQ1	ZQ1	麻被层	同上	
	ZLQ2 (ZLQF2)	ZQ2 (ZQF2)	钢带铠装外麻被	直埋于土壤中,能承受机械外力,不能承受大的拉力	
	ZLQ20 (ZLQF20)	ZQ20 (ZQF20)	裸钢带铠装	敷设在室内,隧道及沟(管)中,其余同 ZLQ2	
	ZLQ3	ZQ3	细钢丝铠装外麻被	敷设在土壤中,能承受机械外力并能承受相当的拉力	
	ZLQ30	ZQ30	裸细钢丝铠装	敷设在室内及矿井中,其余同 ZLQ3	
	ZLQ5 (ZLQF5)	ZQ5 (ZQF5)	粗钢丝铠装,外麻被	敷设在水中,能承受较大的拉力	
	ZLL	ZL	裸铝护套	敷设在室内、隧道及沟(管)中,对电缆应没有机械外力,对铝护套有中性环境	
	ZLL11	ZL11	一级防腐麻被层	同 ZLL,但可用于对铝护套有腐蚀的环境	
	ZLL12	ZL12	一级防腐钢带铠装外麻被	直埋在对铝护层有腐蚀的土壤中能承受较大的机械外力,但不能承受拉力	

（续表）

品种	单芯和多芯统包型		外护层种类	主要用途	规格范围
	铝芯	铜芯			
油浸纸绝缘铝包电力电缆	ZLL120	ZL120	一级防腐裸钢带铠装	敷设在对铝护层有腐蚀的室内，隧道及沟管中，其余同 ZLL12	电压：1～35 kV 芯数：1～4 标称截面： 单芯：25～800 mm^2 多芯：25～240 mm^2
	ZLL13	ZL13	一级防腐细钢丝铠装外麻被	敷设在对铝护层有腐蚀的土壤和水中，能承受机械外力和相当的拉力	
	ZLL130	ZL130	一级防腐裸细钢丝铠装	敷设在对铝护层有腐蚀的室内、隧道及矿井中，其余同 ZLL13	
	ZLL15	ZL15	一级防腐粗钢丝铠装	敷设在对铝护层有腐蚀的水中，能承受较大的拉力	
	ZLL22	ZL22	二级防腐钢带铠装	敷设在对铝护层和钢带或钢丝均有严重腐蚀的环境中	
	ZLL23	ZL23	二级防腐细钢丝铠装		
	ZLL25	ZL25	二级防腐粗钢丝铠装		
不滴流浸渍剂纸绝缘电力电缆	ZLQD3	ZQD3	细钢丝铠装，外麻被	敷设在土壤中，能承受机械外力，并且能承受相当的拉力	
	ZLQD30	ZQD30	裸钢丝铠装	敷设在室内、隧道及矿井中，其余同 ZLQD3	
	ZLQD5	ZQD5	粗钢丝铠装，外麻被	敷设在水中，能承受较大的拉力	

注：括号内的型号为分相铅包型。

表 11.1-36　塑料绝缘电缆型号及其主要用途

型号		护层种类	主要用途	规格范围
铝芯	铜芯			
VLV	VV	聚氯乙烯护套,无铠装层	敷设在室内、隧道及沟管中,不能承受机械外力的作用	电压: 1～6 kV 芯数: 1～4 标称截面: 单芯: 1～800 mm^2 多芯: 1～300 mm^2
VLV29	VV29	内钢带铠装,聚氯乙烯护套	直埋在土壤中,能承受机械外力,不能承受大的拉力	
VLV30	VV30	聚氯乙烯护套,裸细钢丝铠装	敷设在室内、矿井中,能承受机械外力和相当的拉力	
VLV39	VV39	内细钢丝铠装聚氯乙烯护套	敷设在水中,能承受相当的拉力	
VLV50	VV50	聚氯乙烯护套裸粗钢丝铠装	敷设在室内、矿井中,能承受较大的拉力	
VLV59	VV59	内粗钢丝铠装,聚氯乙烯护套	敷设在水中,能承受较大的拉力	
YJLV	YJV	交联聚乙烯绝缘聚氯乙烯护套电力电缆	敷设在室内外、隧道内须固定在托架上、混凝土管组或电缆沟中以及允许在松散的土壤中直埋。不能承受机械外力作用,但可经受一定的敷设牵引	电压: 6～35 kV 标称截面: 单芯: 16～500 mm^2 多芯: 16～240 mm^2
YJLVF	YJVF	交联聚乙烯绝缘,分相聚氯乙烯护套电力电缆	同上	
YJLV29	YJV29	交联聚乙烯绝缘,聚氯乙烯护套内钢带铠装电力电缆	敷设在地下,能承受机械外力作用,但不能承受大的拉力	

（续表）

型号		护层种类	主要用途	规格范围
铝芯	铜芯			
YJLV30	YJV30	交联聚乙烯绝缘、聚氯乙烯护套裸细钢丝铠装电力电缆	敷设在室内、隧道及矿井中，能承受机械外力作用，并能承受相当的拉力	电压： 6～35 kV 芯数： 1与5芯 标称截面： 单芯： 16～ 500 mm² 多芯： 16～ 240 mm²
YJLV39	YJV39	交联聚乙烯绝缘、聚氯乙烯护套内细钢丝铠装电力电缆	敷设在水中或具有落差较大的土壤中，能承受相当的拉力	
YJLV50	YJV50	交联聚乙烯绝缘、聚氯乙烯护套裸粗钢丝铠装电力电缆	敷设在室内、隧道内及矿井中，能承受机械外力作用，并能承受较大的拉力	
YJLV59	YJV59	交联聚乙烯绝缘、聚氯乙烯护套内粗钢丝铠装电力电缆	敷设在水下、竖井中，能承受较大的拉力	

表 11.1－37　橡皮绝缘电缆型号及其主要用途

品种	型号		外护层种类	敷设场合	规格范围
	铝芯	铜芯			
橡皮绝缘铅包电力电缆	XLQ	XQ	无外护层	敷设在室内、隧道及沟管中。不能承受机械外力和振动，对铅层应有中性环境	电压： 0.5～6 kV 芯数： 1～4 标称截面： 单芯： 1.5～ 500 mm² 多芯： 1.5～ 185 mm²
	XLQ2	XQ2	钢带铠装，外麻被	直埋在土壤中，能承受机械外力；不能承受大的拉力	
	XLQ20	XQ20	裸钢带铠装	敷设在室内、隧道及沟管中。其余同XLQ2	

（续表）

品种	型号		外护层种类	敷设场合	规格范围
	铝芯	铜芯			
橡皮绝缘聚氯乙烯护套电力电缆	XLV	XV	无外护层	敷设在室内、隧道及沟管中。不能承受机械外力	电压：0.5～6 kV 芯数：1～4 标称截面： 单芯：1.5～500 mm^2 多芯：1.5～185 mm^2
	XLV29	XV29	内钢带铠装	敷设在地下，能承受一定的机械外力作用，但不能承受大的拉力	
橡皮绝缘氯丁橡套电力电缆	XLF	XF	无外护层	敷设于要求防燃烧的场合，其余同 XLV	

表 11.1－38　三芯电力电缆长期允许载流量　A

导线截面 /mm^2	6 kV 聚氯乙烯绝缘聚氯乙烯护套电缆（VV，VLV 型）				10 kV 油浸纸绝缘铅套电力电缆（ZQ22、ZLQ22、ZQ32、ZLQ32 等）				10 kV 交联聚乙烯绝缘电缆（YJV、YJLV 等）			
	空气中敷设		直埋敷设		空气中敷设		直埋敷设		空气中敷设		直埋敷设	
	铜芯	铝芯	铜芯	铝芯	铜芯	铝芯	铜芯	铝芯	铜芯	铝芯	铜芯	铝芯
10	55	42	58	44								
16	73	56	76	58	75	60	75	60	121	94	118	92
25	96	74	98	75	100	80	100	75	158	123	151	117
35	118	90	121	93	125	95	120	95	190	147	180	140
50	146	112	148	114	155	120	150	115	231	180	217	169
70	177	136	177	136	190	145	180	140	280	218	260	202
95	218	167	213	164	230	180	215	165	335	261	307	240
120	251	194	243	187	265	205	245	185	388	303	348	272
150	292	224	278	213	305	235	280	215	445	347	394	308
185	333	257	312	241	355	270	315	240	504	394	441	344
240	392	301	359	278	420	320	365	280	587	461	504	396

注：1. 导线工作温度为 80℃，环境温度为 25℃。

2. 土壤热阻系数为 120℃ · cm/W。

表 11.1-39　电力电缆环境温度变化时载流量的校正系数

导线工作温度/℃	不同环境温度下的载流量校正系数								
	5℃	10℃	15℃	20℃	25℃	30℃	35℃	40℃	45℃
80	1.17	1.13	1.09	1.04	1	0.954	0.905	0.853	0.798
65	1.22	1.17	1.12	1.06	1	0.935	0.865	0.791	0.707
60	1.25	1.20	1.13	1.07	1	0.926	0.845	0.756	0.655
50	1.34	1.26	1.18	0.09	1	0.895	0.775	0.663	0.447

表 11.1-40　电力电缆在空气中多根并列时载流量的校正系数

电缆根数		1	2	3	4	6	4	6
排列方式			s	s s	s s s	s s s s s	s s	s s s
电缆中心距	$s=d$	1	0.9	0.85	0.82	0.80	0.80	0.75
	$s=2d$	1	1	0.98	0.95	0.90	0.90	0.90
	$s=3d$	1	1	1	0.98	0.96	1	0.96

注：本表系产品外径相同时的载流量校正系数，d 为电缆外径。当电线电缆外径不同时，d 值建议取各电缆外径的平均值。

表 11.1-41　电力电缆在土壤中多根并列敷设时载流量的校正系数

电缆间净距/mm	并列埋设根数											
	1	2	3	4	5	6	7	8	9	10	11	12
100	1	0.90	0.85	0.80	0.78	0.75	0.73	0.72	0.71	0.70	0.70	0.69
200	1	0.92	0.87	0.84	0.82	0.81	0.80	0.79	0.79	0.78	0.78	0.77
300	1	0.93	0.90	0.87	0.86	0.85	0.85	0.84	0.84	0.83	0.83	0.83

表 11.1-42　电力电缆在不同土壤热阻系数时载流量的校正系数

导线截面/mm²	土壤热阻系数/(C·cm/W)				
	60	80	120	160	200
2.5～16	1.06	1	0.90	0.83	0.77
25～95	1.08	1	0.88	0.80	0.73
120～240	1.09	1	0.86	0.78	0.71
备注	潮湿地区土壤				干燥地区土壤

第二节 绝缘材料

绝缘材料又称电介质，其电阻率大于 $10^2\Omega\cdot cm$。它可以用来隔绝带电的或不同电位的导体，还可起着散热冷却、机械支撑以及储能、灭弧和防潮等作用。

绝缘材料型号命名组成如下：

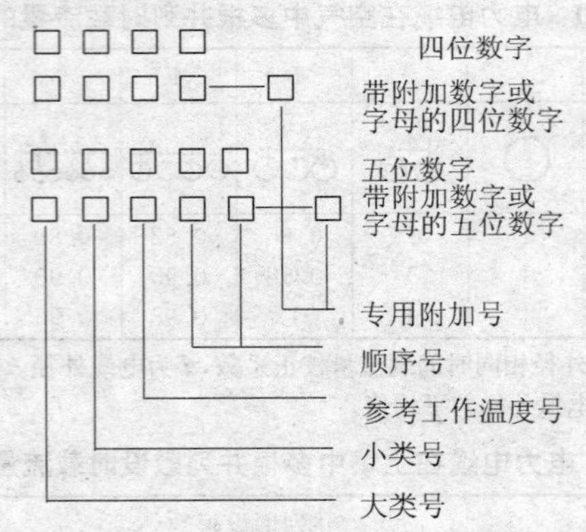

注：1. 云母制品型号中，没有附加数字的为白云母制品，有附加数字的：1 为粉云母制品、2 为金云母制品、3 为鳞片云母制品。

2. 复铜箔板的产品顺序号，奇数为单面复铜箔，偶数为双面复铜箔。

3. 如含有杀菌剂或防霉剂的产品，在型号最后附加字母“T”。

绝缘材料相关技术数据详见表 11.2－1～19。

表 11.2－1 绝缘材料大、小类代号

代号		名称	代号		名称
大类	小类		大类	小类	
1		漆、树脂和胶类：	2		浸渍纤维制品类：
	0	有溶剂浸渍漆类		0	棉纤维漆布类
	1	无溶剂浸渍漆类		1	
	2	覆盖漆类		2	漆绸类
	3	瓷漆类		3	合成纤维漆布类

（续表）

代号		名称	代号		名称
大类	小类		大类	小类	
1		漆、树脂和胶类：	2		浸渍纤维制品类：
	4	胶粘漆、树脂类		4	玻璃纤维漆布类
	5	熔敷粉末类		5	混合纤维漆布类
	6	硅钢片漆类		6	防电晕漆布类
	7	漆包线漆类		7	漆管类
	8	胶类		8	绑扎带类
	9			9	
3		层压制品类：	4		塑料类：
	0	有机底材层压板类		0	木粉填料塑料类
	1			1	其他有机物填料塑料类
	2	无机底材层压板类		2	石棉填料塑料类
	3	防电晕及导磁层压板类		3	玻璃纤维填料塑料类
	4	复铜箔层压板类		4	云母填料塑料类
	5	有机底材层压管类		5	其他矿物塑料填料类
	6	无机底材层压管类		6	无填料塑料类
	7	有机底材层压棒类		7	
	8	无机底材层压棒类		8	
	9			9	
5		云母制品类：	6	0	薄膜、粘带和复合制品类：
	0	云母带类		1	薄膜类
	1	柔软云母板类		2	
	2	塑性云母板类		3	薄膜粘带类
	3			4	橡胶及织物粘带类
	4	云母带类		5	
	5	换向器云母板类		6	薄膜绝缘纸及薄膜玻璃布复合箔类
	6	衬垫云母板类		7	薄膜合成纤维纸复合箔类
	7	云母箔类		8	多种材料复合箔类
	8	云母管类		9	
	9				

表 11.2－2　绝缘材料参考工作温度号

序　　号	1	2	3	4	5	6
参考工作温度/℃	105	120	130	155	180	>180

表 11.2-3　绝缘材料耐热等级

级别	绝　缘　材　料	极限工作温度/℃
Y	木材、棉花、纸、纤维等天然的纺织品，以醋酸纤维和聚酰胺为基础的纺织品，以及易于热分解和熔点较低的塑料（脲醛树脂）	90
A	工作于矿物油中的和用油或油树脂复合胶浸过的 Y 级材料，漆包线，漆布，漆丝的绝缘及油性漆、沥青漆等	105
E	聚酯薄膜和 A 级材料复合、玻璃布、油性树脂漆、聚乙烯醇缩醛高强度漆包线、乙酸乙烯耐热漆包线	120
B	聚酯薄膜、经合适树脂粘合式浸渍涂覆的云母、玻璃纤维、石棉等，聚酯漆、聚酯漆包线	130
F	以有机纤维材料补强和石棉带补强的云母片制品，玻璃丝和石棉，玻璃漆布，以玻璃丝布和石棉纤维为基础的层压制品，以无机材料作补强和不带补强的云母附制品，化学热稳定性较好的聚酯和醇酸类材料，复合硅有机聚酯漆	155
H	无补强或以无机材料为补强的云母制品、加厚的 F 级材料、复合云母、有机硅云母制品、硅有机漆、硅有机橡胶聚酰亚胺复合玻璃布、复合薄膜、聚酰亚胺漆等	180
C	不采用任何有机黏合剂及浸渍剂的无机物如石英、石棉、云母、玻璃和电瓷材料等	180 以上

表 11.2-4　常用电工绝缘漆的主要技术数据和用途

名　称	型号	溶剂	干燥类型和条件			耐热等级	特 性 和 用 途
			类型	温度/℃	时间/h		
沥清漆	1010 1011	200 号溶剂油 二甲苯	烘干	105±2	6 3	A	黑色。用于浸渍电机转子和定子线圈及其他不耐油的电器零部件
耐油性清漆	1012	200 号溶剂油	烘干	105±2	2	A	黄至褐色。具有良好的耐油性。适用于浸渍电机、电器线圈
醇酸清漆	1030	甲苯及二甲苯	烘干	120±2	2	B	黄至褐色。具有较好的耐油性及耐电弧性。适用于浸渍电机、电器线圈以及作覆盖漆和胶粘剂

（续表）

名　称	型号	溶剂	干燥类型和条件			耐热等级	特性和用途
			类型	温度/℃	时间/h		
三聚氰胺醇酸浸渍漆	1032	200号溶剂油二甲苯	烘干	105±2	2	B	黄至褐色。干透性、耐油性、耐热性、耐电弧性和附着力好。浸渍电机电器线圈，可用于湿热地区
三聚氰胺环氧树脂浸渍漆	1033	二甲苯乙醇等	烘干	120±2	2	B	黄至褐色。耐水、耐油、热弹性好。用于浸渍在湿热地区的线圈或作电机电器等部件的表面覆盖层
无溶剂浸渍漆	515—1 515—2		烘干	130	1/6	B	有良好的防潮、防霉性和介电机械性能，适宜浸渍电器线圈
沥青覆盖漆	1210 1211	二甲苯200号溶剂油	烘干 气干	105±2 20±2	10 3	A	黑色。耐潮湿、耐温度变化、干燥快。适用于电机线圈的覆盖
醇酸覆盖漆	1230	二甲苯200号溶剂油	烘干			B	有较好的热弹性，附着力大。适用于电磁线纤维绝缘的浸涂等
醇酸灰瓷漆	1320 1321	甲苯 二甲苯	烘干 气干	105±2	3 24	E	灰色。漆膜坚硬、光滑、强度高、耐矿物油、耐电弧，适用于电机、电器线圈的覆盖
硅有机覆盖漆	1350	二甲苯	烘干	180	3	H	红色。耐热性高，适用于H级电机，电器线圈作表面覆盖层，可先在110～120℃下预热，然后在180℃下烘干
油性硅钢片漆	1610 1611	煤油	烘干	210±2	≯0.2	A	此系高温（450～550℃）快干漆，漆膜坚硬，耐油和水。适于作电机、电器设备中硅钢片间的绝缘
聚酯漆包线漆	1730					B	具有高的介电性能、高耐磨性，用于涂制聚酯漆包线

表 11.2-5 常用漆布的技术数据

漆布名称	型号	标准厚度 /mm	拉伸强度 /(N/10 mm 宽)		击穿电压（最小）/kV			体积电阻率 (最小)/Ω·m		
			径向 (最小)	45°向 (最小)	室温	高温下 (105±2)℃	延伸 6% (45°向)	室温	高温	受潮后 (40℃)
油性漆布	2010	0.15～0.30	60～90	35～55	6.0～10.0	4.0～7.0	—			
	2012	0.15～0.30	60～90	35～55	6.5～11.0	4.4～7.5	4.2～7.0			
油性漆绸	2210	0.04～0.15	10～30 (中值)	7～22 (中值)	4.8～8.7(中值) (0.08～0.15 mm)	3.0～5.8(中值) (0.08～0.15 mm)	2.7～6.1(中值) (0.08～0.15 mm)	1.0×10^{13}	1.0×10^{10}	1.0×10^{10}
	2212	0.04～0.15	10～30 (中值)	7～22 (中值)	1.0～9.8 (中值)	1.0～7.4(中值) (0.06～0.15 mm)	2.7～6.1(中值) (0.08～0.15 mm)	1.0×10^{13}	1.0×10^{10}	1.0×10^{10}
醇酸玻璃漆布	2432	0.1～0.25	65～131	40～80	5.0～10.0 (中值)	2.5～5.0	3.0～6.0(参考) (0.12～0.25 mm)			
聚酯玻璃漆布	2440	0.1～0.25	70～120	40～80	5.0～9.0	2.5～4.5 (155±2)℃	3.0～4.5			
有机硅玻璃漆布	2450	0.1～0.25	70～120	40～80	5.0～9.0	2.0～3.5 (180±2)℃	2.5～3.5 延伸 3% (45°向)			
	2451	0.1～0.25	70～120	40～80	5.0～9.0	2.0～3.5 (180±2)℃	—			

表 11.2-6　覆铜箔层压板技术数据及用途

名　称	酚醛纸覆铜箔板	环氧酚醛玻璃布覆铜箔板
型号	3 420（双面）、3 421（单面）	3 440（双面）、3 441（单面）
耐热等级	E	F
抗弯强度/MPa	100	300
黏合面表面电阻/Ω 常态时 受潮后	 $10^9 \sim 10^{13}$ 10^8	 $>10^{12}$ $10^{10} \sim 10^{12}$(浸水后)
平行层向绝缘电阻/Ω 常态时 受潮后	 $>10^8$ $>10^8$	 $>10^{10}$ $>10^8$(浸水后)
介质损耗角正切(10^6 Hz) 常态时 受潮后	 0.04 0.06	 0.03 0.04(浸水后)
表面击穿电压/kV 常态时 受潮后	 1.5 1.2	 2.0 1.5(浸水后)
耐浸焊性在(260±2)℃的焊锡中保持 10 s 在(240±2)℃的焊锡中保持 20 s	不起泡、分层、开裂	
特性和用途	具有高的抗剥强度，较好的机械性能、电气性能和机械加工性。适于作无线电、电子设备和其他设备中的印刷电路板	具有较强的抗剥强度和机械强度，电气性能和耐水性好。用于制造工作温度较高的无线电，电子设备及其他设备中的印刷电路板

表 11.2－7　常用云母制品型号、技术数据及用途

类别	名称	型号	耐热等级	厚度规格/mm	击穿强度/(kV/mm)(常态)	抗张力/N	体积电阻率/(Ω·cm)		特性及主要用途
							常态	受潮48 h	
柔软云母板	醇酸纸柔软云母板	5130	B	0.15,0.20,0.25,0.30,0.40,0.50等	15～30		$>10^{12}$	$>10^{10}$	常态下柔软,较高机械强度,用于一般电机槽绝缘及匝间绝缘
	醇酸玻璃柔软云母板	5131	B		16～25		$>10^{12}$	$>10^{10}$	
	醇酸玻璃柔软粉云母板	5131－1	B		16～25		—	—	性能、用途同5131,价格低廉
	有机硅柔软云母板	5150	H		>20		$>10^{12}$	$>10^{10}$	具有较高耐热性,介电性能,耐潮性,用于耐电温电机的槽绝缘和匝间绝缘
	有机硅玻璃柔软云母板	5151	H		16～28		$>10^{12}$	$>10^{10}$	
塑型云母板	醇酸塑型云母板	5230	B	0.15,0.20,0.25,0.30,0.40,0.50,0.60,0.70,0.80,1.00,1.20	25～50		$>10^{12}$	$>10^{12}$	可塑性能良好,适用于电机换向器V塑环和电器绝缘复杂结构件
	虫胶塑型云母板	5231	B		25～47		$>10^{13}$	$>10^{12}$	
	醇酸塑型云母板	5235	B		25～50		$>10^{13}$	$>10^{12}$	与5230相同,但含胶量少
	有机硅塑型云母板	5250	H		25～50		$>10^{13}$	$>10^{11}$	具有高的耐热性和介电性能,适用于耐高温电机、电器的复杂绝缘零部件

（续表）

类别	名称	型号	耐热等级	厚度规格/mm	击穿强度/(kV/mm)(常态)	抗张力/N	体积电阻率/(Ω·cm)		特性及主要用途
							常态	受潮48 h	
换向器云母板	虫胶换向器云母板	5535	B	0.40～1.50(相隔0.05)	18～35		—	—	具有较高的机械强度，适于作直流电机换向器铜片间绝缘
	虫胶换向器金云母板	5535-2	B		>18		—	—	
	环氧换向器粉云母板	5536-1	B		20～40		—	—	可代替5535使用，价廉
	磷酸胺换向器金云母板	5560-2	H		>18		5×10^{12}～10^{13}	5×10^{10}～10^{11}	具有较高的耐热性，适于作温升较高的直流电机换向器铜片间绝缘
衬垫	醇酸衬垫云母板	5730	B	0.15,0.2,0.3,0.4,0.5,0.6	20～40		$>10^{13}$	$>10^{12}$	具有较高的机械强度，适于作电机、电器的衬垫绝缘，如垫圈、垫片、阀型避雷针的零件等
	虫胶衬垫云母板	5731	B		20～40		$>10^{13}$	$>10^{12}$	

表 11.2-8　常用绝缘薄膜的规格、技术数据及用途

名称	分类	耐热等级	规格厚度/mm	抗张强度/(N/mm²)		击穿强度/(kV/mm)		体积电阻率/(Ω·cm)		主要用途
				纵向	横向	常态	热态	常态	热态	
聚酯薄膜	定向	E	0.006～0.10	150～210	150～200	130～230	100～180 (130℃)	10^{16}～10^{17}	10^{13}～10^{14}	可用作低压电机、电器线圈匝间、端部包扎绝缘，衬垫绝缘，电磁线绕包绝缘，E级电机槽绝缘和电容器介质
聚四氟乙烯薄膜	定向	C	0.01～0.10	>30	>30	>60 (直流)		10^{16}～10^{17}		可用作工作温度为－60～250℃电容器介质，电器、仪表等的层间衬垫绝缘和耐热导线、电缆、电磁铁绝缘
	半定向	C	0.04～0.12	>15	>15	>50 (直流)		>10^{16}		
	不定向	C	0.02～0.50	>10	>10	>40 (直流)		10^{15}～10^{16}		
聚萘酯薄膜		F	0.02～0.10	140～250	210～250	≥210	155 (155℃)	≥10^{16}		可用作F级电机槽绝缘、导线绕包绝缘和线圈端部绝缘
芳香族聚酰胺薄膜		H	0.03～0.06	90～120	80～110	90～130	87 (180℃)	10^{13}～10^{14}		可用作E、H级电机槽绝缘
聚酰亚胺薄膜		C	0.03～0.05	≥100	≥100	≥100	≥80 (200℃)	≥10^{15}	≥10^{12} (200℃)	可用作H级电机、微电机槽绝缘，电机、电器绕组和起重电磁铁外包绝缘以及导线绕包绝缘

表 11.2-9　薄膜复合制品的规格、技术数据及用途

名　称	型 号	耐热等级	规格厚度/mm	抗张力/N		击穿电压/kV				体积电阻率/(Ω·cm)			主要用途
				纵向	横向	常态	弯折	受潮后	热态	常态	受潮后	热态	
聚酯薄膜绝缘纸复合箔	6520	E	0.15～0.30	180～330	120～300	6.5～12	6～12	4.5～12	—	10^{14}～10^{15}	10^{12}～10^{13}	10^{11}～10^{13}	用于E级电机槽绝缘、端部层间绝缘
聚酯薄膜玻璃漆布复合箔	6530	B	0.17～0.24	250～330	200～300	8～12	6～8	6～10	—	10^{14}～10^{15}	10^{12}～10^{14}	10^{11}～10^{12}	用于B级电机槽绝缘、端部层间绝缘、匝间和衬垫绝缘。可用于湿热地区
聚酯薄膜聚酯纤维低复合箔	DND	B	0.20～0.25	180～270	150～220	10～12	9～12	8～12	8～11 (130℃)	10^{14}～10^{15}	10^{12}～10^{13}	1^{12}～10^{14}	同上
聚酯薄膜芳香族聚酰胺纤维纸复合箔	NMN	F	0.25～0.30	>90	>70	10～11	9～11	11	8～9 (155℃)	10^{15}	10^{14}	10^{14}	用于F级电机槽绝缘、端部层间绝缘、匝间和衬垫绝缘
聚酰亚胺薄膜芳香族聚酰胺纤维纸复合箔	NHN	H	0.25～0.30	130～280	100～210	7～12	6～11	7～9	—	10^{14}～10^{15}	10^{13}～10^{14}	10^{14}～10^{15}	同上，但适用于H级电机

表 11.2－10　常用粘带的规格、技术数据及用途

名　称	厚度 /mm	抗张强度 /(N/mm²) (纵向)	击穿强度/(kV/mm)			体积电阻率/(Ω·cm)			特　性　和　用　途
			常态	弯折后	热态	常态	受潮后	热态	
聚酰亚胺薄膜胶粘带	0.045～0.07	108～125	190～210		130～150 (180℃)	$\geqslant 10^{15}$	$\geqslant 10^{15}$	$\geqslant 10^{12}$ (180℃)	对铜有良好的粘接性，成型温度高，有良好的抗燃性。可在180℃下长期使用。适用于耐高温电机、电器线圈绝缘
聚酯薄膜粘带	0.055～0.17		>100						耐热性较好，机械强度高。可用作半导体元件密封绝缘和电机线圈绝缘
硅橡胶玻璃粘带		$>200$①	3～5②			10^{13}～10^{14}	10^{12}～10^{13}		耐热性，耐寒性，耐潮性较好，电气性能、机械性能较好，柔软性较好，用于电机电器线圈绝缘和导线连接绝缘
有机硅玻璃粘带	0.15	$>80$①	$>0.6$②			$>10^{11}$		$>10^{12}$	同上，柔软性稍差
环氧玻璃粘带	0.17	$>120$①	$>6$②	3.8		$>10^{14}$	$>10^{13}$	$>10^{12}$ (130℃)	具有较高的电气性能和机械性能。供作变压器铁芯绑扎材料，属B级绝缘
聚酰亚胺薄膜F46粘带	0.048 0.050	>80	>90						在350～380℃、30min熔融成型。适于作电工导线绕包绝缘材料

注：① 抗张力(N)；② 击穿电压(kV)。

表 11.2－11　电站、电器绝缘子电气性能

额定电压/kV	最高工作电压/kV	工频试验耐压有效值/kV,≤			50%全波冲击耐压幅值/kV,≤	载波冲击耐压幅值/kV,≤
		干	湿	击穿		
6	6.9	36	26	58	60	73
10	11.5	47	34	75	80	100
35	40.5	110	85	176	195	240

表 11.2－12　户内、外(铜导体)穿墙套管技术数据

产品型号	额定电压/kV	额定电流/A	抗弯破坏负荷/kN	总长/mm	泄漏距离/mm,<	安装处直径/mm	法兰安装尺寸/mm		导体规格/mm
							孔数/孔径	中心距	
CB CWB －10/400	10	400	7.50	450 580	230	100 108	2/12 2/18	165 175	40×3 M14×1.5
CB CWB －10/600	10	600	7.50	450 580	230	100 108	2/12 2/18	165 175	40×6 M20×1.5
CB CWB －10/1 000	10	1 000	7.50	480 600	230	100 108	2/12 2/18	165 175	M30×2/ M30×2
CB CWB －10/1 500	10	1 500	7.50	480 610	230	100 108	2/12 2/18	165 175	M39×3 M30×3
CC CWC －10/1 000	10	1 000	12.50	655 670	350	145 140	4/15 4×18	□150 □155	M30×2
CC CWC －10/1 500	10	1 500	12.50	655 670	350	145 140	4/15 4/18	□150 □155	M39×3
CC CWC －10/2 000	10	2 000	12.50	675 700	350	145 140	4/15 4/18	□150 □155	M45×3
CB CWB －35/400	35	400	7.50	925 980	595	180	4/15	□200	M14×1.5
CB CWB －35/600	35	600	7.50	925 980	595	180	4/15	□200	M20×1.5
CB CWB －35/1 000	35	1 000	7.50	945 1 000	595	180	4/15	□200	M30×2
CB CWB －35/1 500	35	1 500	7.50	945 1 010	595	180	4/15	□200	M39×3

注：1. C为户内铜导体，CW为户外铜导体。

2. □表示4孔中心距均相同。

表 11.2-13　户内、外(铝排)穿墙套管技术数据

产品型号 额定电压/kV 额定电流/A	抗弯破坏负荷/kN	总长/mm	安装处直径/mm	法兰安装尺寸/mm		接线端子尺寸/mm		
				孔数/孔径	中心距	片数/宽×长×厚	安装孔	
							孔数/孔径	中心距
CLB-6/250	750	420	115	2/13	175	1/30×74×4	2/11	30
CLB-6/400	750	420	115	2/13	175	1/40×74×4	2/11	30
CLB-6/600	750	460	115	2/13	175	1/40×94×8	2/13	40
CLB CWLB-10/250	750	505 525	115	2/13	175	1/30×74×4	2/11	30
CLB CWLB-10/400	750	505 525	115	2/13	175	1/40×74×4	2/11	30
CLB CWLB-10/600	750	545 565	115	2/13	175	1/40×94×8	2/13	40
CLB CWLB-10/1 000	750	520 600	148	4/13	□150	1/60×83×12 1/60×113×12	4/14	30
CLB CWLB-10/1 500	750	520 600	148	4/13	□150	2/60×83×12 2/60×113×12	4/14	30
CLC CWLB-10/2 000	1 250	620 650	200	4/15	□200	2/100×123×10 2/100×133×10	4/18	50
CLB CWLB-35/250	750	980	225	4/15	□200	1/30×74×4	2/11	30
CLB CWLB-35/400	750	980	225	4/15	□200	1/40×74×4	2/11	30
CLB CWLB-35/600	750	1 020	225	4/15	□200	1/50×94×6	2/13	40
CLB CWLB-35/1 000	750	1 020	225	4/15	□200	2/40×94×8	2/13	40

注:CL为户内铝导体,CWL为户外铝导体。

表 11.2-14 户内、外支柱绝缘子的型号和技术数据

型号	额定电压/kV	抗弯破坏强度/N	产品高度/mm	最大外径/mm	上附件安装尺寸/mm			下附件安装尺寸/mm	
					中孔	圆周孔数/孔径	中心距	孔数/孔径	中心距
ZA-6Y	6	3 750	165	86	M10	2/M6	36	1/M12	
ZB-6Y	6	7 500	185	106	M16	2/M10	46	1/M16	
ZA-6T	6	3 750	165	86	M10	2/M6	36	2/12	135
ZB-6T	6	7 500	180	106	M16	2/M10	46	2/15	175
ZC-10F	10	12 500	125						
ZD-10F	10	20 000	235	150	M16	4/M12	∅76	4/15	155
ZD-20F	20	20 000	315	170	M18	4/M12	∅76	4/18	175
ZL-35/400Y	35	4 000	380						
ZL-35/800	35	8 000	400						
ZNA-10MM	10	3 750	125	82		2/M8	18	1/M12	
ZN-10/400	10	4 000	120						
ZNB-10MM	10	7 500	125	100	M16			1/M16	
ZN-10/800N	10	8 000	120						
ZN-10/1600	10	16 000	170						
ZPA-6	6	3 750	170	140		2/M8	36	2/12	50

（续表）

型　号	额定电压/kV	抗弯破坏强度/N	产品高度/mm	最大外径/mm	上附件安装尺寸/mm			下附件安装尺寸/mm	
					中孔	圆周孔数/孔径	中心距	孔数/孔径	中心距
ZPB-10	10	5 000	188	160		2/M8	36	2/12	70
ZPD-10	10	20 000	210	250		4/M12	∅120	4/15	∅120
ZPC1-35	35	12 500	400	370		4/M12	∅140	4/15	∅140
ZS-35/400	35	4 000	400	145		4/14	∅140	4/14	∅140
ZS-35/800	35	8 000	420	165		4/M12	∅140	4/14	∅180
ZS-60/400	60	4 000	760	170		4/M12	∅140	4/14	∅180
ZSX-110/400	110	4 000	1 060						

注：Z—户内外胶装支柱绝缘子，ZL—户内联合胶装支柱绝缘子，ZN—户内内胶装支柱绝缘子，ZP—户外针式支柱绝缘子，ZS—户外直立式棒式支柱绝缘子，ZSX—户外悬挂式棒式支柱绝缘子。

表 11.2-15　高压线路针式瓷绝缘子型号和技术数据

型　号	额定电压/kV	主要尺寸/mm				泄漏距离/mm,≤	工频电压/kV			抗弯破坏负荷/kN
		瓷件高度	瓷件直径	螺纹直径	安装长度		干闪络	湿闪络	击穿	
P-6T	6	90	125	M16	35	160	50	28	65	14
P-6M	6	90	125	M16	140	160	50	28	65	14
P-10T	10	105	145	M16	35	195	60	32	78	14
P-10M	10	105	145	M16	140	195	60	32	78	14
P-15T	15	120	190	M20	40	300	75	45	98	14
P-15M	15	120	190	M20	140	300	75	45	98	14
P-20T	20	165	228	M20	45	400	86	57	111	13.5
P-20M	20	165	228	M20	180	400	86	57	111	13.5
P-35T	35	200	280	M20	45	600	120	80	156	13.5
P-35M	35	200	280	M20	210	600	120	80	156	13.5
PQ-10T	10	133	140	M20	40	195	70	45	110	
PQ-10M	10	133	140	M20	140	195	70	45	110	
PQ-35T	35	245	305	M22	45	700	140	90	185	
PQ-35M	35	245	305	M22	225	700	140	90	185	

注:P—高压线路针式瓷绝缘子;PQ—加强绝缘高压线路针式瓷绝缘子;短划后的数字为额定电压数;数字后:T—铁担,M—木担。

表 11.2-16　高压线路星形、耐污悬式绝缘子型号和技术数据

型　号	机电破坏负荷/kN	主要尺寸/mm			工频电压/kV			泄漏距离/mm,≥
		高度	伞径	钢脚直径	干闪络	湿闪络	击穿	
X-3C	40	146	200	14	60	30	90	220
X-4.5	60	146	255	16	75	45	110	290
X-4.5C	60	146	255	13C	75	45	110	290
XP-7	70	146	255	16	80	50	120	320
XP-7C	70	146	255	13C	80	50	120	290
XP-10	100	146	255	16	75	45	110	290
XP-21	210	170	280	24	75	45	120	290
XP-30	300	195	320	24	75	45	120	
XWP1-6	60	160	255	16			120	
XWP1-6C	60	160	255	13C			120	
XWP1-7	70	160	255	16			120	

（续表）

型　号	机电破坏负荷/kN	主要尺寸/mm			工频电压/kV			泄漏距离/mm,≥
		高度	伞径	钢脚直径	干闪络	湿闪络	击穿	
XWP1-10	100	160	280	16			120	
XWP1-16	160	160	280	20			120	
XHP1-6	60	160	255	16			120	
XHP1-10	100	160	160	16			120	
XAP1-16	160	160	160	20			120	

注：1. X—普通型星形悬式绝缘子，XWP—双层耐污悬式绝缘子，XAP—大盘径型耐污悬式绝缘子，XP—高压线路星形悬式，绝缘子 XHP—钟罩伞耐污悬式绝缘子。

2. 字母后的数字表示设计序号。

3. 后面数字表示负荷吨数，加上C表示槽形连接(球型连接不表示)。

表 11.2-17　高压线路蝶式瓷绝缘子型号和技术数据

型号	额定电压/kV	主要尺寸/mm			工频电压/kV			机械破坏负荷/kN	泄漏距离/mm
		高度	外径	内孔径	干闪络	湿闪络	击穿		
E-3	3	130	135	26	30	15	39	12	100
E-6	6	145	150	26	50	26	65	20	130
E1-6	6	175	100	26	50	26	65		
E-10	10	175	180	26	60	32	78	20	180
E1-10	10	210	100	26	60	32	78		

注：E—高压蝶式绝缘子，E1—改进型。

表 11.2-18　高压线路瓷横担绝缘子型号和技术数据

型　号	50%冲击闪络电压/kV	工频湿闪络电压/kV	爬电距离/mm	弯曲破坏负荷/N	主要尺寸/mm			工作电压/kV
					绝缘距离	安装孔径	线槽宽度	
SC-185	185	50	320	2 500	315	18	22	10
SC-185Z	185	50	320	2 500	315	18	22	10
SC-210	210	60	380	2 500	365	18	22	10
SC-210Z	210	60	380	2 500	365	18	22	10
SC-280	280	100	600	3 500	490	22	26	35
SC-280Z	280	100	600	3 500	490	22	26	35
S-185	185	50	320	2 500	315	18	22	10

(续表)

型　号	50%冲击闪络电压/kV	工频湿闪络电压/kV	爬电距离/mm	弯曲破坏负荷/N	主要尺寸/mm			工作电压/kV
					绝缘距离	安装孔径	线槽宽度	
S-185Z	185	50	320	2 500	315	18	22	10
S-210	210	60	380	2 500	365	18	22	10
S-210Z	210	60	380	2 500	365	18	22	10
S-380	380	160	1 060	5 000	700	22	26	35
S-380Z	380	160	1 060	5 000	700	22	26	35
S-450	450	180	1 250	5 000	820	22	26	35
S-450Z	450	180	1 250	5 000	820	22	26	35

注:型号说明:S—胶装式瓷横担绝缘子;SC—全瓷式瓷横担绝缘子;短划后为特征数字,以50%全波冲击闪络电压kV数表示;数字后为安装方式代号Z—直立式,水平式不表示。

表 11.2-19　高压线路拉紧绝缘子型号和技术数据

型号	主要尺寸/mm			机械破坏强度/kN	工频电压/kV			泄漏距离/mm
	高度	外径	内径		干闪络	湿闪络	耐压	
J-4.5	90	64	14	45	25	14	15	41
J-5.3	105	73	22	53	30	16	20	48
J-9	140	86	25	90	35	18	25	57
J-4.5	90	69	14	45	30	17	15	54
J-5.3	136	83	19	53	35	20	20	70
J-9	172	89	25	90	40	24	25	76
J-2	72	53		20				

注:J—拉紧绝缘子。前三种为四角拉紧,第4～6种为八角拉紧,第7种为蛋形拉紧。

第三节　磁性材料

磁性材料通常分为软磁材料和硬磁材料(永磁材料)两大类。

一、软磁材料

软磁材料主要有电工纯铁、硅钢片、导磁合金和铁氧体等。技术数据详见表11.3-1～6。

表 11.3-1　电工纯铁牌号和性能

<table>
<tr><th rowspan="2">牌　号</th><th rowspan="2">等级</th><th rowspan="2">最大磁导率
/(×10³ H/m)，
≥</th><th rowspan="2">矫顽力
/(A/m)，
≤</th><th colspan="7">磁感应强度/T</th></tr>
<tr><th>B_{200}</th><th>B_{300}</th><th>B_{500}</th><th>B_{1000}</th><th>B_{2500}</th><th>B_{5000}</th><th>B_{10000}</th></tr>
<tr><td>DT3、DT4</td><td>普级</td><td>7.50</td><td>96</td><td rowspan="4">1.20</td><td rowspan="4">1.30</td><td rowspan="4">1.40</td><td rowspan="4">1.50</td><td rowspan="4">1.62</td><td rowspan="4">1.71</td><td rowspan="4">1.80</td></tr>
<tr><td>DT3A、DT4A</td><td>高级</td><td>8.75</td><td>72</td></tr>
<tr><td>DT4E</td><td>特级</td><td>11.3</td><td>43</td></tr>
<tr><td>DT4C</td><td>超级</td><td>15.0</td><td>32</td></tr>
</table>

注：牌号末位字母表示：A—高级，E—特级，C—超级，无字母为普级。

表 11.3-2　硅钢片分类、牌号、规格和主要用途

<table>
<tr><th colspan="3">分　类</th><th>牌　号</th><th>标称厚度
/mm</th><th>主　要　用　途</th></tr>
<tr><td rowspan="2">热轧硅钢片</td><td colspan="2">热轧电机钢片</td><td>D11、D12
D21、D22、D23、D24
D31、D32
D41、D42、D43、D44</td><td>1.0、0.50
0.50
0.50
0.50</td><td>中小型发电机和电动机
要求损耗小的发电机和电动机
中小型发电机和电动机
控制微电机、大型汽轮发电机</td></tr>
<tr><td colspan="2">热轧变压器钢片</td><td>D31、D32
D41、D42、D43</td><td>0.35
0.35、0.50</td><td>电焊变压器、扼流圈
电抗器和电感线圈</td></tr>
<tr><td rowspan="8">冷轧硅钢片</td><td rowspan="2">无取向</td><td>电机用</td><td>W21、W22
W32、W33</td><td>0.50
0.50</td><td>大型直流电机、大中小型交流
大型交流电机</td></tr>
<tr><td>变压器用</td><td>W21、W22
W32、W33</td><td>0.50
0.35、0.50</td><td>电焊变压器、扼流圈
电力变压器、电抗器</td></tr>
<tr><td rowspan="6">单取向</td><td rowspan="2">电机用</td><td>Q3、Q4、Q5、Q6
D310、D320、D330、D340</td><td>0.35、0.50、0.50</td><td>大型发电机</td></tr>
<tr><td>G1、G2、G3、G4</td><td>0.05、0.08、0.2</td><td>中、高频发电机、微电机</td></tr>
<tr><td rowspan="3">变压器用</td><td>Q3、Q4、Q5、Q6</td><td>0.35</td><td rowspan="2">电力变压器、高频变压器
电抗器、互感器</td></tr>
<tr><td>D310、D320、D330、D340</td><td>0.35</td></tr>
<tr><td>G1、G2、G3、G4</td><td>0.05、0.08、0.2</td><td>电源变压器、高频变压器、脉冲变压器、扼流圈</td></tr>
</table>

表 11.3－3　部分冷轧硅钢片技术数据

牌　号		标称厚度/mm	最小磁密/T			最大铁损/(W/kg)			最小弯折次数	密度/(g/cm³)
			B_{10}	B_{25}	B_{50}	$P_{10/50}$	$P_{15/50}$	$P_{17/50}$		
无取向	W21	0.50		1.54	1.64	2.30	5.3			7.75
	W22			1.52	1.62	2.00	4.7			
	W32			1.50	1.60	1.60	3.6		5	7.65
	W33					1.40	3.3			
	W32	0.35		1.48	1.58	1.25	3.1			
	W33					1.05	2.7			
单取向	Q3	0.35	1.67	1.80	1.86	0.70	1.6	2.3	3	7.65
	Q4		1.72	1.85	1.90	0.60	1.4	2.0		
	Q5		1.76	1.88	1.92	0.55	1.2	1.7		
	Q6		1.77	1.92	1.96	0.44	1.1	1.51		

表 11.3－4　部分热轧硅钢片技术数据

新牌号	旧牌号	厚度/mm	最小磁密/T			最大铁损/(W/kg)		最小弯曲次数	密度/(g/cm³)	
			B_{25}	B_{50}	B_{100}	$P_{10/50}$	$P_{15/50}$		酸洗过	未酸洗
DR530－50	D22	0.50	1.51	1.61	1.74	2.20	5.30	10	7.75	7.70
DR510－50	D23		1.54	1.64	1.76	2.10	5.10			
DR490－50	D24		1.56	1.66	1.77	2.00	4.90			
DR450－50	D24/25		1.54	1.64	1.76	1.85	4.50			
DR420－50	D25					1.80	4.20			
DR400－50	D26					1.65	4.00			
DR400－50	D31		1.46	1.57	1.71	2.00	4.40	4	7.65	—
DR405－50	D32		1.50	1.61	1.74	1.80	4.05			
DR300－50	D41		1.45	1.56	1.68	1.60	3.60	1	7.55	—
DR315－50	D42					1.35	3.15			
DR290－50	D43		1.44	1.55	1.67	1.20	2.90			
DR265－50	D44					1.10	2.65			
DR360－35	D31	0.35	1.46	1.57	1.71	1.60	3.60	5	7.65	—
DR325－35	D32		1.50	1.61	1.74	1.40	3.25			
DR320－35	D41		1.45	1.56	1.68	1.35	3.20	1	7.55	—
DR280－35	D42					1.15	2.80			
DR255－35	D43		1.44	1.54	1.66	1.05	2.55			
DR225－35	D44					0.90	2.25			

表 11.3－5 部分铁镍导磁合金技术数据

牌号(成分%，余量铁)	厚度/mm	频率范围/Hz	在0.8 A/m磁场强度中的导磁率/(H/m)	最大相对导磁率/($\times10^3$)	H=80 A/m时		B=1 T时铁损/(W/kg)
					矫顽力/(A/m)	磁密/T	
1J50 (Ni49～51))	A级 0.02～2.50 B级 0.02～0.35	50～2 000	2.8～5.0 2.8～5.9	20～45 25～52	24～9.6 20～8.8	0.94～ 1.25	0.195～ 63.0
1J51(Ni49～51)	0.005～0.10	400～2 000	—	25～60	24～14.4	1.25～ 1.50	2.13～ 25.6
1J79 (Ni78～80，Mo3.8～4.1)	A级 0.005～3.00 B级 0.02～0.35	50～2 000	15～26.3 22.5～32.5	70～200 100～220	4.8～1.2 2.4～0.96	0.67～7.80	—

表 11.3-6 常用软磁锌锰铁氧体技术数据

牌号（旧牌号）	初始相对导磁率（±20%）	比温度系数（20～55℃）（1×10⁻⁶）	比损耗系数		饱和磁密/T	矫顽力/(A/m)	居里点/℃	密度/(g/cm³)	适用频率/MHz
			tgδ/μi（×10⁻⁶）	f/MHz					
R1K（M×1000）	1 000	4	<40	0.1	0.34	32	120	4.7	0.5
R1.5KB	1 500	1.5	≤13	0.1	0.41	20	180	4.8	0.5
R2K（M×2000）	2 000	2	≤30	0.1	0.34	32	120	4.8	0.5
R2KX（MXD2000）	2 000	1	≤7.5	0.1	0.35	20	180	4.8	0.5
R2.5KB	2 500				0.45	16	230	4.8	
R4K（M×4000）	4 000	1	≤10	0.1	0.34	24	120	4.85	0.2
R6K（M×6000）	6 000	1	≤10	0.01	0.32	20	120	4.9	0.2
R10K（M×10000）	10 000	0.5	≤7	0.01	0.32	12	110	4.9	0.1

二、硬磁材料

硬磁材料主要有铝镍钴系永磁材料、铁氧体永磁材料、稀土钴永磁材料和塑性变形永磁材料等。技术数据详见表 11.3-7～11。

表 11.3-7　铝镍钴系永磁材料技术数据及用途

类别	牌号名称	代号	特征	剩余磁感应强度/T	矫顽力/(kA/m)	最大磁能积/(kJ/m³)	回复磁导率/(×10⁻⁶ H/m)	磁温度系数/(%℃⁻¹)	居里点/℃	主要用途
铸造铝镍钴系	铝镍 8	LN8	各向同性	0.45	57	8.0				一般磁电式仪表、永磁电机、磁分离器、微电机、里程表
	铝镍 10	LN10		0.60	36	10.0	7.5～8.5	−0.022	760	
	铝镍钴 13	LNG13		0.68	48	13.0	7.5～8.5			
	铝镍钴 20	LNG20	热磁处理各相异性	0.90	52	20				精密磁电式仪表、永磁电机、流量计、微电机、磁性支座、传感器、扬声器、微波器件
	铝镍钴 32	LNG32		1.20	44	32	4.6～6.0	−0.016	890	
	铝镍钴 32H	LNG40		1.10	56	32	4.0～5.7			
	铝镍钴 40	LNGT32		1.25	48	40				
	铝镍钴钛 32			0.8	100	32	3.0～4.5	−0.020	850	
	铝镍钴钛 40			0.72	140	40				
	铝镍钴 52	LNG52	定向结晶各相异性	1.30	56	52	3.0～4.5	−0.016	890	精密磁电式仪表、永磁电机、微电机、地震检波器、磁性支座、扬声器、微波器件
	铝镍钴 60			1.35	60	60	3.0～4.5	−0.020	890	
	铝镍钴钛 56	LNGT56		0.95	104	56	3.0～4.5	～−0.025	850	
	铝镍钴钛 70			0.90	145	70		−0.020		
	铝镍钴钛 72	LNGT72		1.05	111	72	2.5～4.0	～−0.025	850	
	铝镍钴钛 80			1.08	120	85	2.5～3.8		850	
粉末烧结铝镍钴系	烧结铝镍 9		各向同性	0.5	35	9	7.5～8.5		760	微电机、永磁电机、继电器、小型仪表
	铝镍钴 25		热磁处理各相异性	1.05	46	25	4.0～5.4		890	
	铝镍钴钛 28			0.70	95	28				

表 11.3-8 铁氧体永磁材料技术数据

牌号名称	特征	剩余磁感应强度/T	矫顽力/(kA/m)	回复磁导率/($\times 10^{-6}$ H/m)	最大磁能积/(kJ/m³)	磁温度系数/(%℃$^{-1}$)	居里点/℃
铁氧体10T	各向同性	0.20	128~169	1.3~1.6	6.4~9.6	−0.18~−0.20	450
铁氧体15	各向异性	0.28~0.36	128~192		14.3~17.5		
铁氧体20		0.32~0.38	128~192		18.3~21.5		
铁氧体25		0.35~0.39	152~208		22.3~25.5		
铁氧体30		0.38~0.42	160~216		26.3~29.5		
铁氧体35		0.40~0.44	176~224		30.3~33.4		

表 11.3-9 常用稀土永磁材料技术数据

牌号	剩余磁感应强度(最小值)/mT	磁通密度矫顽力(最小值)/(kA/m)	内禀矫顽力(最小值)/(kA/m)	最大磁能积/(kJ/m³)
XGS80/36	600	320	360	64~88
XGS96/40	700	360	400	88~104
XGS112/96	730	520	960	104~120
XGS128/120	780	560	1 200	120~135
XGS140/120	840	600	1 200	135~150
XGS160/96	880	640	960	150~180
XGS196/96	960	690	960	183~207
XGS196/40	980	380	400	183~200
XGS208/44	1 020	420	440	200~220
XGS240/46	1 070	440	460	220~250

表 11.3－10　铁铬钴类和永磁钢类材料技术数据

类　别	牌号名称	剩余磁感应强度 /T	矫顽力 /(kA/m)	最大磁能积 /(kJ/m³)	回复磁导率 /(×10⁻⁶ H/m)	磁温度系数 /(%℃⁻¹)	居里点/℃
铁铬钴类	铁铬钴 15	0.85	44	13.5～16.0	6.9～8.0	−0.052 −0.035	
	铁铬钴 30	1.10	48	27～35	5.0～6.0	−0.045	
永磁钢类	ZJ63	5.2	0.95	5			
	2J64	5.2	1.0	5.2			
	2J65	8	0.85	6.8			
	2J27	20.7	1.0	21			

表 11.3－11　铁钴钒类材料技术数据

牌号名称	丝　材			带　材		
	剩余磁感应强度/T	矫 顽 力 /(kA/m)	磁 能 积 /(kJ/m³)	剩余磁感应强度/T	矫 顽 力 /(kA/m)	磁 能 积 /(kJ/m³)
2J11	≥1.0	≥24	≥24	≥1.0	≥17.5	≥19.2
2J12	≥0.85	≥27.9	≥24	≥0.75	≥24	≥19.2
2J13	≥0.7	≥31.8	≥24	≥0.6	≥27.9	≥18.5

第四节　特种电工合金

一、电阻材料

电阻材料按其用途，可分为调节元件用电阻合金、精密元件用电阻合金、电位器用电阻合金和传感器元件用电阻合金等。

常用电阻合金的技术数据及其特点见表 11.4－1。

二、熔丝

铜熔丝的额定电流和熔断电流见表 11.4－2。

铅熔丝的额定电流和熔断电流见表 11.4－3。

三、电热材料

电热材料主要是电热合金，用于制作各种电热器具和电阻加热设备中的发热元件。

常用电热合金规格、性能与特点见表 11.4－4。

常用电热合金在不同温度下的电阻率修正系数见表 11.4－5。

四、热电偶材料

热电偶材料主要用于温度的测量和调节。

常用中温热电偶材料的特性和用途见表 11.4－6。

热电偶用补偿导线见表 11.4－7。

表 11.4-1 常用电阻合金的技术数据及其特点

品种		主要成分(%)	电阻率(20℃)/(Ω·mm²/m)	电阻温度系数/(10⁻⁶/℃)	对铜热电动势/(μV/℃)	密度/(g/cm³)	熔点/℃	抗拉强度/MPa	伸张率(%)	最高工作温度/℃	特点
康铜		Ni39～41 Mn1～2 Cu 余量	0.48	−40～40	15	8.88	1 260	≥400	≥15	500	抗氧化性能良好
新康铜		Mn10.8～12.5 Al2.5～4.5 Fe1.0～1.6 Cu 余量	0.49	−40～40（20～200℃）	2(0～100℃)	8	970	≥250	≥15	500	抗氧化性能略差于康铜，价较廉
镍铬		Cr20～23 Ni 余量	1.13	≈70	3.5～4	8.4	1 390	≥650	≥20	500	焊接性能较差
镍铬铁		Cr15～18 Ni55～61 Fe 余量	1.15	≈150	<1	8.2		≥650	≥20	500	焊接性能较差
铁铬铝		Cr12～15 Al4～6 Fe 余量	1.25	≈120	3.5～4.5	7.4	1 500	≥600	≥16	500	焊接性能较差
锰铜	1 级	Mn11～13 Ni2～3 Cu 余量	0.47	−3～+5	1	8.44	960	≥400			
	2 级			−5～+10							
	3 级			−10～+20							

表 11.4-2　铜熔丝的额定电流和熔断电流

直径/mm	标称截面/mm^2	额定电流/A	熔断电流/A	直　径/mm	标称截面/mm^2	额定电流/A	熔断电流/A
0.234	0.043	4.7	9.4	0.70	0.385	25	50
0.254	0.051	5	10	0.80	0.5	29	58
0.274	0.059	5.5	11	0.90	0.6	37	74
0.295	0.068	6.1	12.2	1.00	0.8	44	88
0.315	0.078	6.9	13.8	1.13	1.0	52	104
0.345	0.093	8	16	1.37	1.5	63	125
0.376	0.111	9.2	18.4	1.60	2	80	160
0.417	0.137	11	22	1.76	2.5	95	190
0.457	0.164	12.5	25	2.00	3	120	240
0.508	0.203	15	29.5	2.24	4	140	280
0.559	0.245	17	34	2.50	5	170	340
0.60	0.283	20	39	2.73	6	200	400

表 11.4－3　铅熔丝的额定电流和熔断电流

直　径 /mm	标称截面 /mm²	额定电流 /A	熔断电流 /A	直　径 /mm	标称截面 /mm²	额定电流 /A	熔断电流 /A
0.08	0.005	0.25	0.5	0.98	0.75	5	10
0.15	0.018	0.5	1.0	1.02	0.82	6	12
0.20	0.031	0.75	1.5	1.25	1.23	7.5	15
0.22	0.038	0.8	1.6	1.51	1.79	10	20
0.25	0.049	0.9	1.8	1.67	2.19	11	22
0.28	0.062	1	2	1.75	2.41	12	24
0.29	0.066	1.05	2.1	1.98	3.08	15	30
0.32	0.080	1.1	2.2	2.40	4.52	20	40
0.35	0.096	1.25	2.5	2.78	6.07	25	50
0.36	0.102	1.35	2.7	2.95	6.84	27.5	55
0.40	0.126	1.5	3	3.14	7.74	30	60
0.46	0.166	1.85	3.7	3.81	11.40	40	80
0.52	0.212	2	4	4.12	13.33	45	90
0.54	0.229	2.25	4.5	4.44	15.48	50	100
0.60	0.283	2.5	5	4.91	18.93	60	120
0.71	0.40	3	6	5.24	21.57	70	140
0.81	0.52	3.75	7.5				

表 11.4－4　常用电热合金规格、性能与特点

类别	品种	线材 直径/mm	线材 20℃电阻率/(Ω·mm²/m)	带材 厚度/mm	带材 20℃电阻率/(Ω·mm²/m)	最高使用温度/℃	延伸率不小于(%)	熔点约值/℃	密度/(g/cm³)	特点	使用说明
镍铬类	Cr15Ni60	0.1～0.5 ＞0.5	1.12±0.05 1.15±0.05	≤0.8 ＞0.8～3.0 ＞3.0	1.11±0.05 1.14±0.05 1.15±0.05	1 150	20	1 390	8.2	高温强度高于铁铬铝，高温抗氧化性及耐温略低于铁铬铝，电阻率较高，奥氏体组织，基本无磁性，加工性能良好	使用条件基本与铁铬铝相同。适用于工作温度1 000℃以下的中温加热设备
镍铬类	Cr20Ni80	0.1～0.5 ＞0.5～3.0 ＞3.0	1.09±0.05 1.13±0.05 1.14±0.05	≤0.8 ＞0.8～3.0 ＞3.0	1.09±0.05 1.13±0.05 1.14±0.05	1 200	20	1 400	8.4		
镍铬类	Cr30Ni70	0.1～0.5 ＞0.5	1.18±0.05 1.20±0.05	≤0.8 ＞0.8～3.0 ＞3.0	1.18±0.05 1.19±0.05 1.20±0.05	1 250	20	1 380	8.1		
铁铬铝类	1Cr13Al4	全部尺寸	1.25±0.08	全部尺寸	1.25±0.08	1 000	16	1 450	7.4	高温抗氧化性及耐温高于镍铬，高温强度低于镍铬，电阻率高，铁素体组织，有磁性，高温长期使用晶粒易长大呈脆性	使用温度高，能设计加工成各种形状元件，功率范围广，能适应高精度控温
铁铬铝类	0Cr13Al6Mo2	全部尺寸	1.41±0.07	全部尺寸	1.41±0.07	1 250	12	1 500	7.2		
铁铬铝类	0Cr25Al5	全部尺寸	1.42±0.07	全部尺寸	1.42±0.07	1 250	12	1 500	7.1		
铁铬铝类	0Cr21Al6Nb	全部尺寸	1.45±0.07	全部尺寸	1.45±0.07	1 350	12	1 510	7.1		
铁铬铝类	0Cr27Al7Mo2	全部尺寸	1.53±0.07	全部尺寸	1.53±0.07	1 400	10	1 520	7.1		

表 11.4－5　常用电热合金在不同温度下的电阻率修正系数

品种	型　号	温　度　/℃													
		20	100	200	300	400	500	600	700	800	900	1 000	1 100	1 200	1 300
铁铬铝合金	ICr13Al4	1.000	1.006	1.019	1.031	1.049	1.073	1.103	1.133	1.146	1.156	1.163	1.170	1.176	
	oCr25Al5	1.000	1.001	1.003	1.007	1.013	1.027	1.039	1.043	1.046	1.049	1.051	1.053	1.056	1.060
	oCr13Al6Mo2	1.000	1.001	1.001	1.007	1.014	1.028	1.048	1.053	1.058	1.060	1.064	1.066	1.069	
	oCr27Al7Mo2	1.000	0.995	0.992	0.989	0.988	0.988	0.989	0.987	0.987	0.986	0.986	0.986	0.986	0.986
镍铬合金	Cr15Ni60	1.000	1.013	1.029	1.046	1.062	1.074	1.078	1.083	1.089	1.097	1.105			
	Cr20Ni80	1.000	1.006	1.016	1.024	1.031	1.035	1.026	1.019	1.017	1.021	1.028	1.038		

注：电阻率修正系数 $C_t=\rho_t/\rho_{20}$，式中：ρ_t—温度 t℃时的电阻率；ρ_{20}—20℃时的电阻率。

表 11.4-6 常用中温热电偶材料的特性和用途

热电偶材料（主要成分%）		工作温度/℃		主要特点	主要用途
正极	负极	短期最高工作温度	推荐工作温度		
钯铂31金14 (Pd53Pt31Au14)	金钯(35) (Au65Pd35)	1 370	600～1 300	稳定性、抗震性及使用寿命均优越	涡轮发动机的燃气温度及其他要求耐震性及稳定性高的温度测量
镍铬 (Ni90.5Cr9.5)	镍硅 (Ni97.5Si2.5)	1 300	600～1 250	在廉价金属热电偶中具有最好的抗氧化性能	有色金属熔炼，各种高温热处理炉、加热炉及航空、石油化工等高温测量
镍铬 (Ni90.5Cr9.5)	镍铝 (Ni95Al2Mn2Si1)	1 200	600～1 000	有良好的抗氧化性能，耐中子辐照	可用于核场中测温，余同上
镍钴 (Ni77.5Co17.5Al2Mo2Si1)	镍铝 (Ni94.5Al3Mo1.5Si1)	1 000	300～800	在300℃以下热电势很小，可不用自由端温度修正，缺点是整个温度范围内热电势小	航空发动机排气温度测量
镍铁 (Ni87Fe13)	硅考铜 (Cu56Ni41Mn2Si1)	900	300～600	小于100℃时热电势趋向于零。可不用自由端温度修正	飞机火警讯号系统的敏感元件和航空发动机排气温度测量
铁 (Fe100)	康铜 (Cu55Ni45)	800	300～600	热电势与热电势率较高，价格较廉，在真空中可长期使用。缺点是在潮湿空气中易氧化	石油、化工等生产中测量

(续表)

热电偶材料(主要成分%)		工作温度/℃		主要特点	主要用途
正极	负极	短期最高工作温度	推荐工作温度		
镍铬 (Ni90.5 Cr9.5)	考铜 (Cu56.5 Ni43 Mn0.5)	800	0～600	在常用热电偶材料中,它具有最高热电势和热电势率,耐蚀性及耐热性比铁-康铜优良	
镍铬 (Ni90.5 Cr9.5)	康铜 (Cu55 Ni45)	800	0～600	耐中子辐照,其热电势和热电势率比镍铬-考铜热电偶小,其他性能基本相同	
铜 (Cu100)	康铜 (Cu55 Ni45)	300	0～300	均匀性和稳定性都好,在潮湿空气中有抗蚀性	

表 11.4-7 热电偶用补偿导线

补偿导线型号	配用热电偶	补偿导线合金丝		绝缘层着色	
		正极	负极	正极	负极
SC	铂铑 10—铂	SPC(铜)	SNC(铜镍)	红	绿
KC	镍铬—镍硅	KPC(铜)	KNC(康铜)	红	蓝
KX	镍铬—镍硅	KPX(镍铬)	KNX(镍硅)	红	黑
EX	镍铬—铜硅	EPX(镍铬)	ENX(铜镍)	红	棕
JX	铁—铜镍	JPX(铁)	JNX(铜镍)	红	紫
TX	铜—铜镍	TPX(铜)	TNX(铜镍)	红	白

线芯形式	线芯标称面积/mm^2	芯股数	单线直径/mm
单股线芯	0.5	1	0.8
	1.0	1	1.13
	1.5	1	1.37
	2.5	1	1.76

第十二章　安全用电与节约用电

第一节　安全用电基本知识

随着电能应用的不断拓展，以电能为介质的各种电气设备广泛进入企业、社会和家庭生活中，与此同时，使用电气所带来的不安全事故也不断发生。为了实现电气安全，学习安全用电基本知识、掌握常规触电防护技术是必要的。

电气危害有两个方面：一方面是对系统自身的危害，如短路、过电压、绝缘老化等；另一方面是对用电设备、环境和人员的危害，如触电、电气火灾、电压异常升高造成用电设备损坏等，其中尤以触电和电气火灾危害最为严重。触电可直接导致人员伤残、死亡。另外，静电产生的危害也不能忽视，它是电气火灾的原因之一，对电子设备的危害也很大。

一、电流对人体的作用

触电后果与通过人体的电流的强度、途径和持续时间有关。不同强度的工频电流对人体的作用情况如表 12.1－1 所示。

表 12.1－1　工频电流和触电时间对人体的作用

工频电流/mA	通电时间	人体生理反应
0～0.5	连续通电	没有感觉
0.5～5	连续通电	开始有感觉，手指手腕等处有痛感，没有痉挛，可以摆脱带电体
5～30	数分钟以内	产生痉挛，不能摆脱带电体，呼吸困难，血压升高，为基本可忍受的极限

（续表）

工频电流/mA	通电时间	人体生理反应
30～50	数秒至数分钟	心跳不规则，昏迷，血压升高，强烈痉挛，时间过长即引起心室颤动
50～100	低于心脏搏动周期	受强烈冲击但未发生心室颤动
	超过心脏搏动周期	昏迷，心室颤动，接触部位留有电流通过的痕迹
>100	低于心脏搏动周期	在心脏周期特定的相位触电时，发生心室颤动，昏迷，接触部位留有电流通过的痕迹
	超过心脏搏动周期	心脏停止跳动，昏迷，可能致命的电灼伤

二、人体电阻

在皮肤干燥而又没有外伤的情况下，人体电阻相当大，而且各人相差甚大，其阻值约为 10 000～100 000 Ω 或更高。但如果皮肤潮湿、出汗、沾有导电物质、有外伤以及由于电流作用时间稍长，使角质破坏之后，人体电阻就显著下降到 800～1 000 Ω。因此，在考虑电气安全问题时，人体电阻只能按 800～1 000 Ω 计算。

人两脚站在地面时，人体与大地之间的电阻如表 12.1－2 所示。

表 12.1－2　两脚站在地面时人体与大地之间的电阻

地面种类	地面状况	电阻值范围	导电性
木块	干燥，清洁	15～120 MΩ	绝缘
木块	干燥，不清洁	0.2～40 MΩ	绝缘
木块	潮湿，不清洁	15 kΩ～4 MΩ	半导电
木块	有泥浆，受损伤	3～13 kΩ	导电
混凝土	干燥、清洁	5～7 MΩ	绝缘

(续表)

地面种类	地面状况	电阻值范围	导电性
钢筋混凝土	干燥、清洁	0.5～4 MΩ	绝缘
钢筋混凝土	潮湿、清洁	4～8 kΩ	导电
沥青混凝土	干燥、清洁	0.5～500 MΩ	绝缘
钢筋沥青混凝土	潮湿、清洁	8～50 kΩ	导电
泥砖	干燥、清洁	0.1～10 MΩ	半导电
熔渣	干燥	30～200 MΩ	绝缘
石块	干燥	5～15 MΩ	绝缘
土壤	干燥	0.5～6 kΩ	导电
金属板	干燥	100 Ω	导电

三、安全电压与安全电流

安全电压的定义系指为防止触电事故而采用的由特定电源供电的电压系列。这个电压系列的上限值，在正常和故障情况下，任何两导体间或任何一导体与地之间均不得超过交流(50～500 Hz)有效值 50 V。

安全电压的等级参见表 12.1-3。

国际上安全电流值没有统一规定，我国一般以 30 mA(50 Hz 交流)为安全电流值，通电时间为 1 s。

四、安全间距

为防止人体触及或接近带电体造成触电事故，避免各种车辆砸撞或接近带电体造成意外，同时为了各种操作的方便和安全，在带电体与地面之间、带电体与其他设施及设备之间、带电体与带电体之间均需保持一定的安全距离。其中线路间距应符合表 12.1-4 的要求。

表 12.1-3　我国安全电压标准

安全电压（交流有效值）/V		选　用　举　例
额定值	空载上限值	
42	50	在没有高度触电危险的场所（如干燥、无导电粉末、地板为非导电性材料的场所）选用
36	43	在有高度触电危险的场所（如相对湿度达 75%，有导电性粉末和有潮湿的地板场所）选用
24 12 6	29 15 8	在有特别触电危险的场所（如在相对湿度达 100%、有腐蚀性蒸气、导电性粉末、金属地板和场房等情况下），根据特别危险的程度选用 24 V、12 V 和 6 V 电压

表 12.1-4　线 路 间 距

线　路　经　过　地　区	最小距离 /m		
	1 kV 以下	10 kV	35 kV
居民区导线与地面	6	6.5	7
非河道上居民区导线与地面	5	5.5	7
交通困难区导线与地面	4	4.5	5
不能通航的河道上导线与冬季水面	5	5	5.5
不能通航的河道上导线与最高水面	3	3	5
导线与建筑物垂直距离	2.5	3.0	4.0
导线与建筑物水平距离	1.0	1.5	3.0
导线与树木垂直距离	1.0	1.5	3.0
导线与树木水平距离	1.0	2.0	
通讯线路与低压线路	1.5		
低压线路之间	0.6		
低压线路与 10 kV 高压线	1.2		
10 kV 高压线路之间	0.8		

（续表）

线路经过地区		最小距离/m		
		1 kV以下	10 kV	35 kV
户内低压导线	距地面	3.5		
	距汽车通道的地面	6		
	距起重机铺板	2.2		
	距经常维护的管道	1		
	距经常维护的设备	1.5		
	固定点间距 2 m 以下时距建筑物	0.05		
	固定点间距 3～4 m 以下时距建筑物	0.10		
	固定点间距 4～6 m 以下时距建筑物	0.15		
	固定点间距 6 m 以上时距建筑物	0.30		

五、安全色及电气安全标示牌

安全色是表达安全信息含义的颜色，用来表示禁止、警告、指令、提示等。

安全色规定为红、蓝、黄、绿 4 种颜色，其含义和用途见表 12.1-5。电气安全标示牌式样见表 12.1-6。

表 12.1-5　安全色的含义及用途

颜　色	含　义	用途举例
红　色	禁止 停止	禁止标志； 停止信号：机器、车辆上的紧急停止按钮，以及禁止人们触动的部位
	红色也表示防火	

(续表)

颜　色	含　义	用途举例
蓝　色	指令 必须遵守的规定	指令标志
黄　色	警告 注意	警告标志、警戒标志等； 安全帽
绿　色	提供信息 安全 通行	提示标志：启动按钮； 安全标志：安全信号旗； 通行标志

表 12.1－6　电气安全标示牌式样

名　称	悬挂场所	式样		
		尺寸/mm	底　色	字　色
禁止合闸，有人工作	一经合闸即可送电到施工设备的开关和刀闸操作把手上	200×100 和 80×50	白底	红字
禁止合闸，线路有人工作	线路开关和刀闸把手上	200×100 和 80×50	红底	白字
在此工作	室外和室内工作地点或施工设备上	250×250	绿底，中有直径210 mm白圆圈	黑字，写于白圆圈中
止步高压危险	施工地点临近带电设备的遮栏上、室外工作地点的围栏上；禁止通行的过道上；高压试验地点；室外构架上工作地点临近带电设备的横梁上	250×200	白底红边	黑字，有红色箭头
从此上下	工作人员上下的铁架梯子上	250×250	绿底中有直径210 mm白圆圈	黑字，写于白圆圈中

（续表）

名　称	悬挂场所	式　样		
		尺寸/mm	底　色	字　色
禁止攀登，高压危险	工作临近可能上下的铁架上	250×200	白底红边	黑字
已接地	在看不到接地线的工作设备上	200×100	绿底	黑字

第二节　触电及其预防

一、触电的形式

常见的触电形式有如下几种：

（一）人与带电体直接接触

1. 双相触电

人体同时接触两根相线引起的触电，如图 12.2－1 所示。人体承受线电压，是最危险的触电。

图 12.2－1　双相触电

2. 单相触电

人体触及一根相线引起的触电。人体承受相电压。又分为中性点接地系统的单相触电（图 12.2－2）和中性点不接地系统的单相触电（图 12.2－3）。

3. 漏电

电气设备的外壳因导线绝缘损坏而带电，若人体接触外壳，就会发生触电。

4. 剩余电荷触电

剩余电荷触电是指当人触及带有剩余电荷的设备时，带有电荷的设备对人体放电造成的触电事故。设备带有剩余电荷，通常是由于检修人员在检修中摇表测量停电后的并联电容器、电力电缆、电力变压器及大容量电动机等设备时，检修前、后没有对其充分放电所造成的。

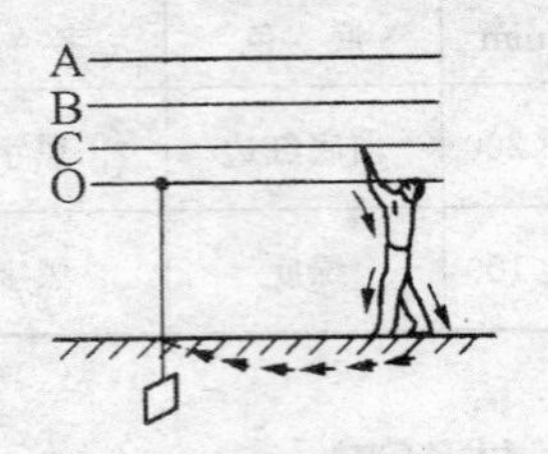

图 12.2-2　中性点接地系统的单相触电

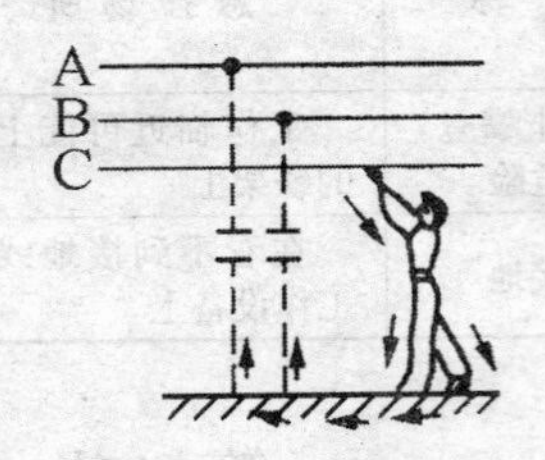

图 12.2-3　中性点不接地系统的单相触电

（二）与带电体未直接接触

（1）与带电体的距离小于安全距离　当人体与带电体的空气间隙小于最小安全距离时，由于空气被击穿，而造成触电。

（2）跨步电压触电　高压线断落时，着地点周围地面上的电位差较大。当人走进这一区域时，将受到跨步电压的作用，若跨步电压较高，就会发生触电事故。

（3）雷击　发生雷雨时，人身遭受雷击，实质上也是一种触电现象。雷电是自然界的一种放电现象，多数发生在雷云之间，也有一小部分发生在雷云对地或地面物体之间，当人体处于放电的途径中，就可能遭到雷击。

二、产生触电事故的主要原因

（1）缺乏用电常识，触及带电的导线。

（2）没有遵守操作规程，人体直接与带电体部分接触。

（3）由于用电设备管理不当，使绝缘损坏，发生漏电，人体碰触漏电设备外壳。

（4）高压线路落地，造成跨步电压引起对人体的伤害。

（5）检修中，安全组织措施和安全技术措施不完善，接线错误，造成触电事故。

(6) 其他偶然因素,如人体受雷击等。

三、预防触电的基本措施

(1) 加强电气知识和安全用电的宣传教育,做到家喻户晓。

(2) 使用各种电气设备时,应严格遵守使用规程。

(3) 电气设备的安装要符合规格,并定期检查和维修。

电气装置、设备要按照规格配置;安装、施工要符合质量标准。加装保护接地装置。不要用绝缘不良甚至损坏的灯头、开关、导线进行安装。带电的部分应当有防护罩或者放在不易接触的地方,或者利用联锁装置,当人进入危险区时,能自动切断电源。

(4) 根据生产现场情况,使用 12~36 V 的安全电压。

(5) 尽量不带电工作。在危险场所,应严禁带电工作。在 250 V 以上危险场所必须带电操作时,应使用各种安全工具,如绝缘手套、绝缘靴、绝缘棒、绝缘钳、绝缘板,并有专人监护。

(6) 电气设备工作时如遇断电,应立即拉闸,等来电后重新启动运转。

(7) 电气设备停电检修,要挂上"有人工作、不准合闸"的警告牌,并有人监视。

第三节　接地与接零

电气接地和接零技术是防止人身触电和限制事故范围的一种安全措施。接地的种类很多,有工作接地、重复接地、保护接地、屏蔽接地、信号接地、功率接地等。下面介绍保护接地。

一、保护接地与保护接零

(一) 保护接地

保护接地就是把电气设备的金属外壳、框架等用接地装置与大地可靠地连接，它适用于电源中性点不接地的低压系统中。

保护接地的作用在于：电气设备的绝缘一旦击穿，发生漏电，保护接地可将其外壳对地电压限制在安全电压以内，以防止人身触电。

（二）保护接零

保护接零就是在电源中性点接地的低压系统中，把电气设备的金属外壳、框架与零线相连接，称为保护接零，如图 12.3－1 所示。

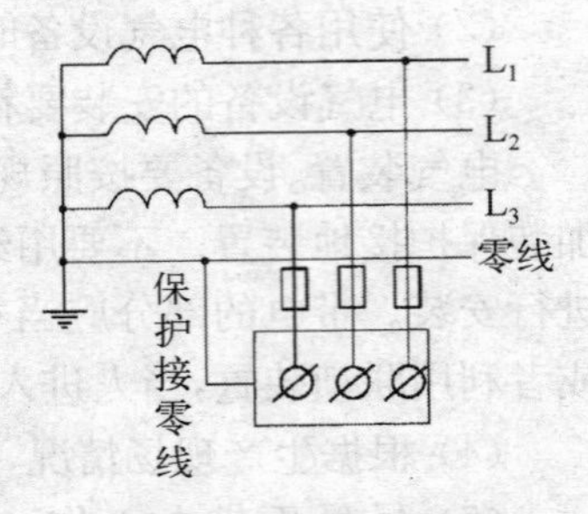

图 12.3－1　保护接零

保护接零的作用在于：如果电气设备的绝缘损坏而碰壳，由于零线的电阻很小，故短路电流很大，这将使电路中保护开关动作或使电路中保护熔丝断开，切断电源，这时外壳不带电，从而避免触电危险。

应当指出，在保护接零用的零线上，决不允许装熔断器或开关。这一点对于家用电器的接零保护来说特别重要。

二、接地的使用范围

保护接地适用于各种不接地电网，包括交、直流不接地电网，低、高压不接地电网等。凡是因绝缘破坏或其他原因而可能出现危险电压的金属部分，均应实行保护接地。

（1）电机、变压器、照明器具、携带式或移动式用电器具和其他电器的金属底座和外壳。

（2）电气设备的传动装置。

（3）室内、外配电装置的金属构架和靠近带电部分的金属遮栏和金属门。

（4）配电、控制和保护用的盘、台、箱的框架。

（5）交、直流电力电缆的接线盒和终端盒的金属外壳及电缆的金属护层和穿线的钢管。

(6) 架空线路和架空地线的金属杆塔及装在杆塔上的开关、电容器等的外壳和支架。

(7) 电流互感器和电压互感器的二次线圈。

(8) 工作电压超过安全电压而未采用隔离变压器的手持电动工具或移动式电气设备的外壳。

(9) 避雷器、保护间隙、避雷针和耦合电容器的底座。

(10) 铠装控制电缆的外皮;非铠装保护电缆的1～2根屏蔽芯线。

(11) 民用电器的金属外壳,如电风扇、洗衣机、电冰箱,等等。

但需注意以下几点:

(1) 在保护接零的系统中,电气设备不可再接地保护。这是因为:当接地的电气设备绝缘损坏而与外壳相碰时,由于大地的电阻较大,保护开关或保护熔丝可能不会断开,于是电源中性点电位升高,以致使所有接零的电气设备都带电,反而增加触电危险性。

(2) 由低压公用电网供电的电气装置,只能采用保护接地,不能采用接零。否则,当电气装置的绝缘损坏碰壳而造成一相短路时,将会引起公用电网供电系统严重的不平衡现象。

(3) 在由同一台变压器供电的线路中,不允许一部分电气设备采用接地保护,而另一部分电气设备采用接零保护措施。

三、保护接地方式与应用场合

保护接地与保护接零是安全用电的保护措施,要根据低压供电系统的接地情况来定。低压供电系统的接地,根据国际电工委员会(IEC)的规定,分为TN－S,TN－C,TN－C－S,TT,IT五种类型。

第一个字母表示电源侧接地状态:T表示电源中性点直接接

地；I 表示电源中性点不接地，或经高阻接地。

第二个字母表示负荷侧接地状态：T 表示负荷侧设备的外露可导电部分接地，与电源侧的接地相互独立；N 表示负荷侧设备的外露可导电部分，与电源侧的接地直接作电气连接，即接在系统中性线上。

字母 C 表示 TN 系统中，保护线(PE)和中性线(N)合为一根 PEN 线。字母 S 表示 TN 系统中保护线和中性线分开，保护线(PE)称为保护零线，中性线(N)称为工作零线，这个系统中，所有设备外露可导电部分均与保护零线(PE)相接，工作时 PE 线中没有电流，中性线电流从工作零线中流通，从而保证了 PE 线的可靠性，提高系统的安全性。字母 C－S 表示 TN 系统中保护线和中性线开始是合一的，从某个位置开始分开。在实用中，从变压器引出的是 TN－C 系统(三相四线制)；进入建筑物后，从建筑物总配电箱后变为 TN－S 系统。

保护接地方式及其应用场合如表 12.3－1 所示。

表 12.3－1　保护接地应用场合

保护接地方式	接线示意图	特　点	应用场合
TN－S 方式(五线制式)	电源系统可接地点；L_1；L_2；L_3；N(淡蓝)；PE(绿/黄)；淡蓝；绿/黄；地；外露可导电部分	用电设备金属外壳接 PE 线，PE 线上正常工作时无电流，外壳不呈现对地电压；发生事故(一相碰壳漏电等)故障电流较大，促使保护装置(熔断器，低压断路器)动作，切断电源。比较安全，费用较高	环境条件较差的场所(如施工工地等)；高层建筑数据处理、精密检测装置的供电系统；爆炸危险的环境

(续表)

保护接地方式	接线示意图	特点	应用场合
TN－C方式(四线制式)	电源系统可接地点 L_1 L_2 L_3 NPE(绿/黄) 淡蓝 绿/黄 地 外露可导电部分	N线与PE线合用成PEN,当三相负荷不平衡时PEN线上有电流。如选用适当保护器并有足够大的导线截面(减少电阻),也比较安全,且费用较低	一般场所用
TN－C－S方式(四线半制式)	电源系统可接地点 L_1 L_2 L_3 PE(绿/黄) N(淡蓝) 淡蓝 绿/黄 地 外露可导电部分	在系统的末端将PEN合线分开PE线和N线(分开后不允许再合并),兼具TN－C和TN－S的某些优点	在线路末端环境较差的场所,为安全起见,除安装漏电保护器外,仍应单独装设PE线(局部TT方式),一般TN－C四线部分在厂房或建筑物外为外线,线路较长。TN－C－S五线在内部,为内线
TT方式(直接接地式)	电源系统可接地点 L_1 L_2 L_3 N(淡蓝) 淡蓝 地 PE(绿/黄) 外露可导电部分	每一设备金属外壳或外露可导电部分采用各自PE接地线单独接地;故障电流较小,往往不足使保护装置动作,安全性较差	只适合于功率不大的设备,或作为精密电子仪器设备的屏蔽接地
IT方式(经高阻接地式)	电源系统可接地点 L_1 L_2 L_3 接地阻抗 地 PE(绿/黄) 外露可导电部分	单相接地短路电流很小,保护装置不会动作,供电系统还可继续运行。故障时,外壳不带电,但中性线电压升高,需采取另外设备监视	尽量少停电的场所

四、接地装置的安装

接地装置是指埋入地下的金属接地体和接地线的总称。

（一）接地体

接地体又称接地极。接地体又分自然接地体和人工接地体。

（1）自然接地体　埋设在地下与土壤有紧密接触的金属管道（有可燃或易燃介质的管道除外）；建筑物的金属结构以及埋在地下的电缆金属外皮等。

（2）人工接地体　由钢材或镀锌材料制成的形状各异的钢条。最简单的一种人工接地体是垂直圆钢管。

在一般情况下，人工接地体多采用垂直埋设，所使用钢材的最小尺寸见表 12.3－2。

表 12.3－2　人工接地体的最小尺寸

钢材形式	屋内	屋外	地下
圆钢　直径/mm	5	6	8
扁钢　截面/mm^2	24	48	48
厚度/mm	3	4	4
角钢　厚度/mm	2	2.5	4
钢管　管壁厚度/mm	2.5	2.5	3.5

（二）接地线

可采用绝缘导线或裸导线（包括扁钢、圆钢），禁止在地下用铝导体（铝线或铝排）作为接地线或接地极，以免被腐蚀。接地线的最小截面见表 12.3－3。

表 12.3－3　接地线的最小截面

接地线类别	最小截面/mm^2
绝缘铜线	1.5
裸铜线	4.0
绝缘铝线	2.5

（续表）

接　地　线　类　别		最小截面/mm^2
裸铝线 多股软铜线 （携带式用电设备用）		6.0 1.5
扁　钢	户内（厚度大于 3 mm）	24
	户外（厚度大于 4 mm）	48
圆　钢	户内（直径大于 5 mm）	20
	户外（直径大于 6 mm）	28

（三）接地电阻

接地电阻越小越好。为了安全，规定了各种接地系统的最大允许接地电阻值，见表 12.3－4。接地电阻的阻值，虽有一些经验公式可作估算，但最好采用实际测量。

表 12.3－4　接地电阻规定值

<table>
<tr><th>种　类</th><th colspan="2">使 用 条 件</th><th>接地电阻值/Ω</th><th>说　　明</th></tr>
<tr><td rowspan="4">1 kV 以上高压设备</td><td rowspan="2">大接地短路电流系统（$I\geqslant$ 500 A）</td><td>一般情况</td><td>$R\leqslant\frac{2\,000}{I}$</td><td rowspan="2">（1）高土壤电阻率地区接地电阻允许≤5 Ω
（2）I 为计算的接地短路电流（A）</td></tr>
<tr><td>$I>4\,000$ A 时</td><td>$R\leqslant 0.5$</td></tr>
<tr><td rowspan="2">小接地短路电流系统（$I<$ 500 A）</td><td>高低压设备共用的接地装置</td><td>$R\leqslant\frac{120}{I}$
一般≤4</td><td rowspan="2">高土壤电阻率地区，接地电阻应≤30 Ω
发电厂、变电所应≤15 Ω</td></tr>
<tr><td>高压设备单独用的接地装置</td><td>$R\leqslant\frac{250}{I}$
一般≤10</td></tr>
</table>

（续表）

种 类	使 用 条 件		接地电阻值/Ω	说 明
1 kV 以下低压设备	中性点直接接地系统	发电机或变压器的工作接地	$R\leqslant 4$	高土壤电阻率地区，接地电阻应≤30 Ω
		零线上的重复接地装置和发电机或变压器容量<100 kVA	$R\leqslant 10$	
	中性点不接地系统	一般情况	$R\leqslant 4$	
		发电机或变压器容量<100 kVA 时	$R\leqslant 10$	
利用大地作导线电力设备	永久性接地		$R\leqslant \frac{50}{I}$	(1) 低压电网禁止使用大地作导线 (2) I 为接地装置流入大地电流(A)
	临时性工作接地		$R\leqslant \frac{100}{I}$	

第四节　漏电保护装置

漏电保护装置是一种防止低压用电设备发生人身触电和漏电造成火灾、爆炸事故的新颖保护电器，我国 20 世纪 80 年代开始批量生产并推广应用。漏电保护装置的正式名称应是“剩余电流动作保护装置”，在生产和使用中，将带有断路器的漏电保护装置称为“漏电保护断路器”（或“漏电开关”）；将不带断路器、须配合继电器或接触器使用的漏电保护装置称为“漏电继电器”；将家用电器使用的称为“漏电保安器”。

一、漏电保护装置分类

漏电保护装置按工作原理可分为电压型、中性点电压型和电流型三大类，这里仅谈电流型漏电保护器。

电流型漏电保护器分为电磁式和电子式两种，应用都很广泛。

电磁式的特点是无需辅助电源，受电压、温度影响小，抗外磁场干扰能力强。其零序电流互感器的铁芯选用坡莫合金或非晶态材料，价格较高，结构复杂，加工精度高。

电子式的特点与电磁式相反，受电源电压、温度影响大，受外磁场干扰大，耐雷电冲击能力弱。但是电子式的零序电流互感器铁芯选用价格便宜的铁氧体或冷轧硅钢片，二次输出信号经放大器放大之后推动脱扣器动作，灵敏度高，耐机械冲击力强，价格低，得到推广应用。电子式电流漏电保护器有单相、三相之分，有无互感器零序电流型、泄漏电源型、一次自动重合闸功能组合型等多种型号。

二、电流型漏电保护器结构原理

图 12.4－1 为单相电流型漏电保护器的结构原理图。正常情况下，穿过保护器的零序电流互感器（TA）的进出两根导线中的电流大小相等，方向相反，矢量和为零，零序互感器二次无信号输出。若发生漏电或触电事故，部分电流不经过零序电流互感器回流到电源，矢量和不为零，此时零序电流互感器（TA）次级感应出信号，经电子放大器（AD）放大后，使脱扣器 TQ 动作，主开关 K 跳闸。

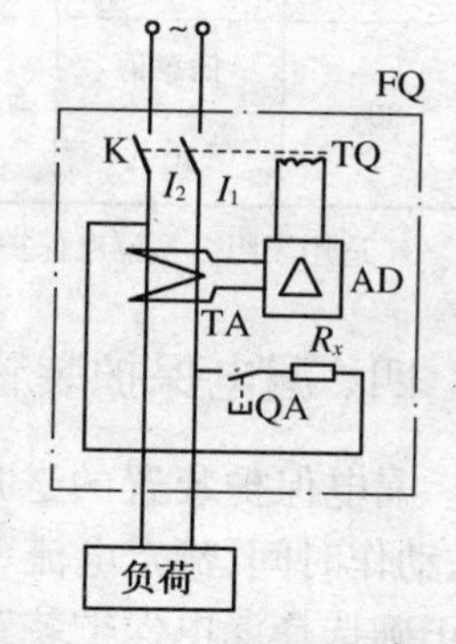

图 12.4－1　单相电流型漏电保护器

三、漏电保护装置的动作电流和动作时间

漏电保护装置的动作电流分为0.006 A，0.01 A，0.015 A，0.03 A，0.05 A，0.075 A，0.1 A，0.2 A，0.3 A，0.5 A，1 A，3 A，5 A，10 A，20 A等15个等级。其中，30 mA及30 mA以下的属高灵敏度，主要用于防止触电事故；30 mA以上、1 000 mA及1 000 mA以下的属中灵敏度，用于防止触电事故和漏电火灾；1 000 mA以上的属低灵敏度，用于防止漏电火灾和监视一相接地故障。为了避免误动作，保护装置的额定不动作电流不得低于额定动作电流的1/2。

漏电保护装置的动作时间指动作时最大分断时间。快速型和定时限型漏电保护装置的动作时间应符合表12.4－1的要求。

表12.4－1　漏电保护装置的动作时间

额定动作电流 $I_{\Delta N}$/mA	额定电流	动作时间/s			
		$I_{\Delta N}$	$2I_{\Delta N}$	0.25 A	$5I_{\Delta N}$
≤30	任意值	0.2	0.1	0.04	—
>30	任意值	0.2	0.1	—	0.04
	≥40 A*	0.2	—	—	0.15

* 适用于组合型漏电保护器。

四、漏电保护装置的选用

漏电保护装置的选用主要考虑以下几个因素：漏电动作电流、动作时间、额定电流、极数、保护对象和环境条件等，其中，首先是正确选择漏电保护装置的漏电动作电流。

为了防止人身触电事故，漏电保护装置应选用高灵敏度、快速型。

在浴室、游泳池、隧道等电击危险性很大的场合，应选用高灵敏度、快速型的漏电保护装置（动作电流不宜超过 10 mA）。

对于Ⅰ类手持电动工具，应视其工作场所危险性的大小，安装动作电流 10～30 mA 的快速型漏电保护装置。选择动作电流还应考虑误动作的可能性。

保护器应能避开线路不平衡的泄漏电流而不动作；还应能在安装位置可能出现的电磁干扰下不误动作。选择动作电流还应考虑保护器制造的实际条件。连接室外架空线路的电气设备应装用冲击电压不动作型漏电保护装置。

用于防止漏电火灾的漏电报警装置宜采用中灵敏度漏电保护装置，其动作电流可在 25～1 000 mA 内选择。

对于电动机，保护器应能躲过电动机的启动漏电电流（100 kW的电动机可达 15 mA）而不动作。

对于照明线路，宜根据泄漏电流的大小和分布，采用分级保护的方式。支线上选用高灵敏度的保护器，干线上选用中灵敏度保护器。

在建筑工地、金属构架上等触电危险性大的场合，对于Ⅰ类携带式设备或移动式设备应配用高灵敏度漏电保护装置。

电热设备的绝缘电阻随着温度变化在很大的范围内波动。例如，聚乙烯绝缘材料 60℃时的绝缘电阻仅为 20℃时的数十分之一。因此，应按热态漏电状况选择保护器的动作电流。

对于电焊机，应考虑保护器的正常工作不受电焊的短时冲击电流、电流急剧的变化、电源电压的波动的影响。对高频焊机，保护器还应有良好的抗电磁干扰性能。

对于有非线性零件而产生高次谐波以及有整流零件的设备，应采用零序电流互感器二次侧接有滤波电容的保护器，而且互感器铁芯应选用剩磁低的软磁材料制成。

漏电保护装置的极数应按线路特征选择。单相线路选用二极保护器，仅带三相负载的三相线路或三相设备可选用三极保护器，动力与照明合用的三相四线线路和三相照明线路必须选用四极保护器。

漏电开关的额定电压、额定电流、分断能力等性能指标应与线路条件相适应。漏电保护装置的类型与供电线路、供电方式、系统接地类型和用电设备特征相适应。

国产漏电保护器技术数据见表 12.4-2。

五、漏电保护器的安装

如图 12.4-2 所示，不能将电源线接到“负载”端子上。因为进出线如果反接，漏电保护器跳闸，用电设备停电，但电源电压通过“负载”端子加在脱扣线圈上，会烧毁保护器的线圈。

三相四线制电路漏电保护器接法如图 12.4-3 所示，中性线和相线必须同时穿过零序电流互感器。

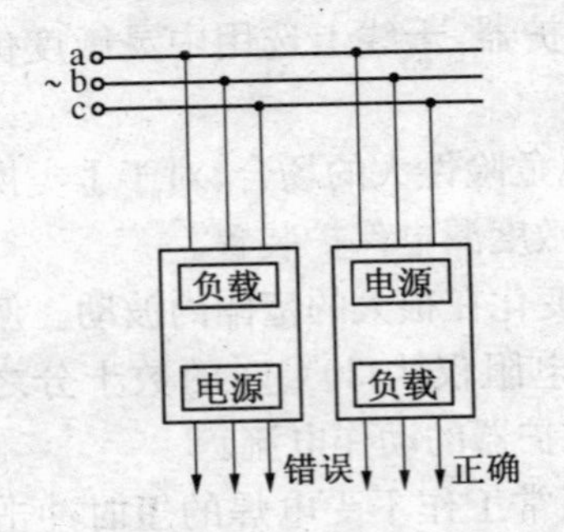

图 12.4-2 漏电保护器进出线

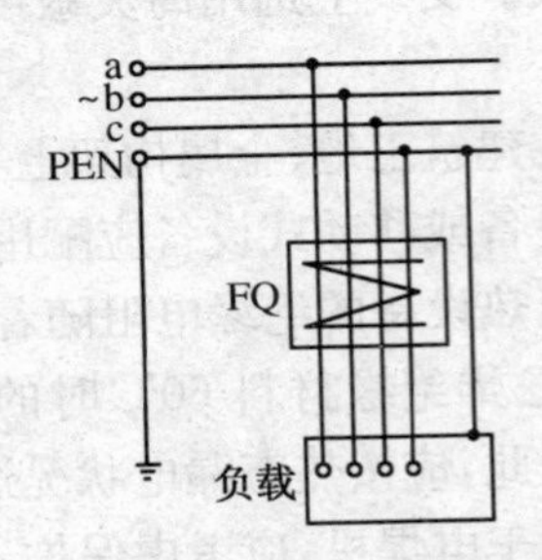

图 12.4-3 三相四线制漏电保护器接线

组合式漏电保护器又称分离式漏电保护器，由继电器、零序电流互感器组成。其接线如图 12.4-4 所示。它需另配低压断路器或交流接触器作为主电路控制开关。

单相、三相负荷共用回路时，三相负荷是不平衡的，中性线有

表 12.4－2　国产漏电保护器数据

型　号	极　数	额定电流/A	过电流脱扣器额定电流/A	额定漏电动作电流 $I_{\Delta N}$/mA	动作时间/s	额定短路通断能力/kA	型式	备　注
DZ15L－63	4	63	32　40　50　63	50　100	<0.1	5	电磁	
DZ15L－9	2、3、4	40	40	50	<0.2	5	电磁	
DZ15L－9	3、4	63	63	50	<0.2	5	电磁	
DZL16－10	2	10	6　10	15	<0.1	3 $\cos\varphi=1$	电磁	
DZL16－40	2	40	6　10　16 25　32　40	30			电磁	
DZ5－20L	3	20	1　1.5　2　3　4　5 6.5　10　15　20	30　50　75　100	<0.1	1.5 $\cos\varphi=1$	电磁	
JDZL2－20	2	20		20	<0.1	0.5	电磁	
JC	2		6　10　15　25	30	<0.1	10　15　20	电磁	
	3		40	50　100　300	<0.1	50	电磁	
	4		63	500	<0.1	50	电磁	
JD－100	孔 φ30	100		100　200 300　500	<0.1		电磁	漏电继电器
JD－200	φ40	200		200　300　500	<0.1		电磁	

（续表）

型　号	极数	额定电流/A	过电流脱扣器额定电流/A	额定漏电动作电流 $I_{\Delta N}$/mA	动作时间/s	额定短路通断能力/kA	型式	备　注
DZL25－63	2	63	6　10　16　20 25　32　40 50　63	30　50	<0.1	$\frac{10}{6}$	电磁	
	3			30　50　75　100			电子	
	4			30　50　75　100				
DZL18－20	2	10～20	10　16　20	10　15　30	<0.1	0.5	电子	
DZL25－32	3 4	10～32	10　16　32	15　30　50	<0.1	3	电子	
DZL25－63	3 4	25～63	25　32　40 50　63	30　50　100	<0.1	5	电子	
DZL25－100	3 4	40～100	40　50　63 （80）　100	100　500 50　100　200	<0.1 0.2，0.4	6	电子	
DZL25－200	3 4	100～200	100　150　200	100　200 50/100/200 100/200/500	<0.1 0.2，0.4	10	电子	
DZL21B－100	3	63～100	63　80　100	30/50/100 50/100/200	<0.2	6	电子	
DZL37－10	2	10		15　30	<0.1	0.3	电子	

（续表）

型　号	极 数	额定电流/A	过电流脱扣器额定电流/A	额定漏电动作电流 $I_{\Delta N}$/mA	动作时间/s	额定短路通断能力/kA	型式	备　注
DZ15L-40	2 3 4	6～40	6　10　16 20　25　32 40	30　50　75	<0.1	3	电子	
DZ15L-63	3 4	20～63	20　25　32 40　50　63	50　75　100	<0.1	5	电子	
DZ10L-100	3	15～100	15　20　25　30　40 50　60　80　100	50　100	<0.1	7	电子	三极四线
DZ10L-250	3	140～250	140　170　200 250	50　100	<0.1	17	电子	三极四线
LK18-16	2	16		15　30	<0.1	0.5	电子	
DBL-7	2	20		≤30	<0.1	0.5	电子	
FIN25	2	25		30　100 300　500	$I_{\Delta N}$<0.2 $2I_{\Delta N}$<0.1 $5I_{\Delta N}$<0.04	0.5	电子	
FIN40	3.4	40				0.5	电子	
FIN63	3.4	63				1	电子	

（续表）

型号		极数	额定电流/A	过电流脱扣器额定电流/A	额定漏电动作电流 $I_{\Delta N}$/mA	动作时间/s	额定短路通断能力/kA	型式	备注
DZ13L－60/	1302N	1 2线	60	10 15 20 25 30 40 50 60	30	<0.1	3 （cos φ= 0.75～0.8）	电子	③
	2302	2	60					电子	
	2302N	2 3线	60					电子	
DZ15LE－40		3	40	10 15 20 30 40	30 50 75 100	0.1	3 （cos φ=0.9）	电子	
		4							
DZ15LE－63		3	63	15 20 30 40 63			5 （cos φ=0.7）		
		4							
HG・BA5A/D		2	5	8		<0.08		电子	用于家庭办公室等
HG・BA15A/D		2	15	10		<0.08		电子	用于实验室、医院等
HG・BA15A/S		3	15	10		<0.08		电子	用于厂矿、农村
DZL－20		2	20		15/6	<0.1	0.5	电子	
LDB－1		2	10		15 30	<0.1	0.3	电子	

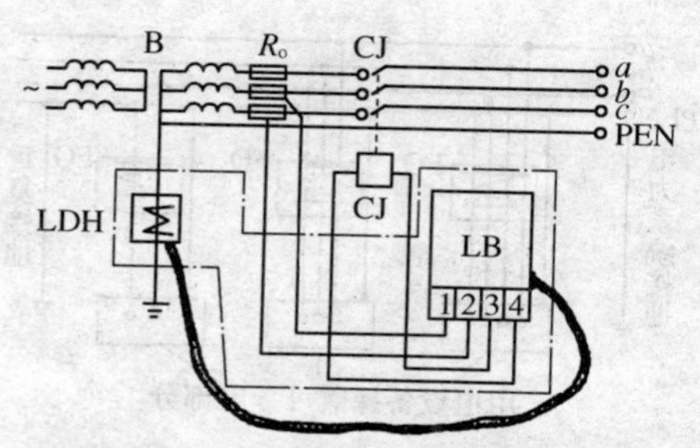

图 12.4－4　组合式漏电保护器接线

电流通过。如果只设置一个共用保护器，必须选用 4 极的，中线和相线共同穿过零序电流互感器，这样即使不平衡，电流矢量仍为零，不致误动作，其接线如图 12.4－5 所示。

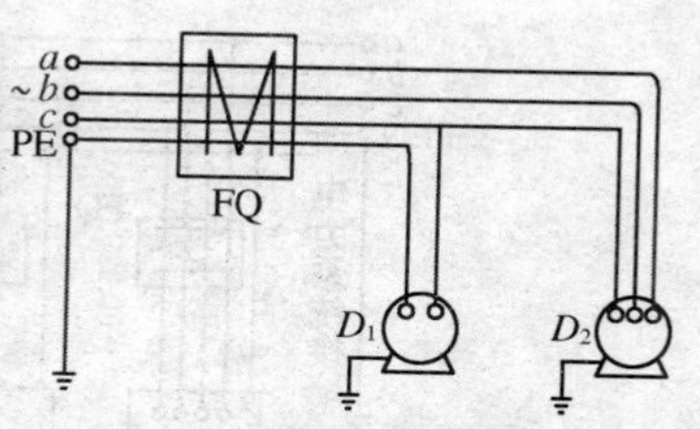

图 12.4－5　单相和三相共同漏电保护器时的接线

在 TN－S 系统中，漏电保护器接线如图 12.4－6 所示；在 TN－C 系统中，漏电保护器接线如图 12.4－7 所示；在 TN－C－S 系统中，漏电保护器接线如图 12.4－8 所示；在 TT 系统中，漏电保护器接线如图 12.4－9 所示。在 IT 系统不需接漏电保护器，但要设置单相接地报警装置。

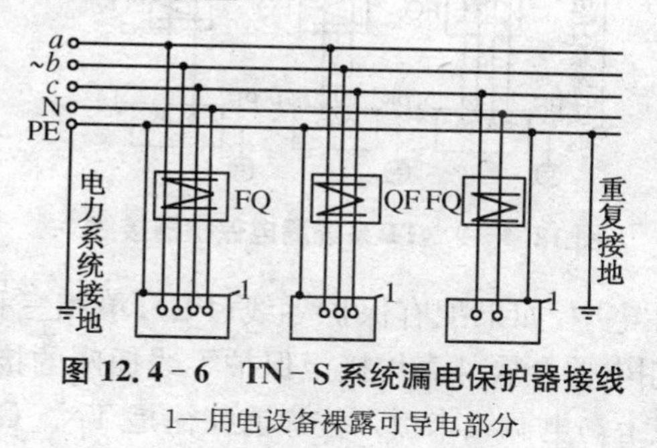

图 12.4－6　TN－S 系统漏电保护器接线

1—用电设备裸露可导电部分

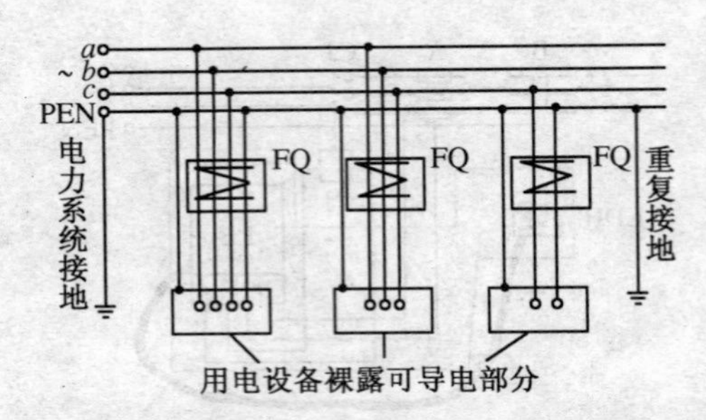

图 12.4－7 TN－C 系统漏电保护器接线

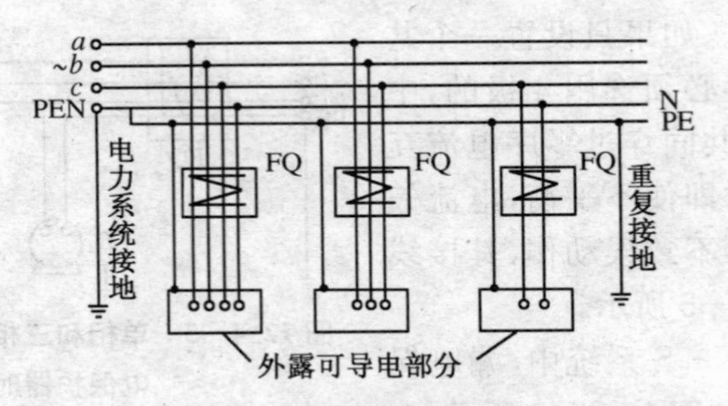

图 12.4－8 TN－C－S 系统漏电保护器接线

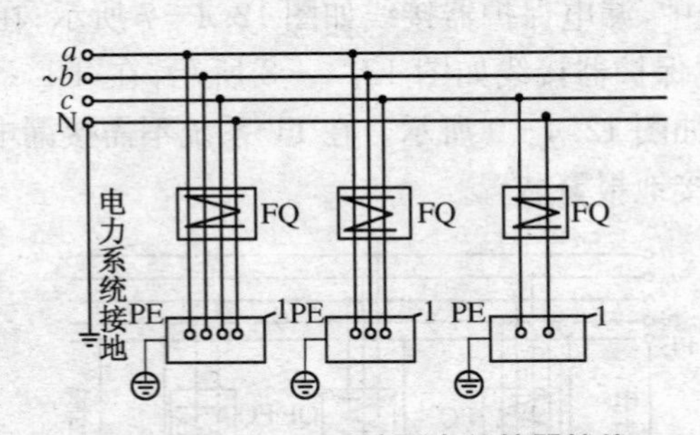

图 12.4－9 TT 系统漏电保护器接线

在民用住宅中，如果配有保护零线（PE），单相三孔插座的接地孔（E）、家用电器金属外壳均接至保护零线插座的接地孔，接地孔接至 PE 线上。电源线未引入住户前往往是 TN－C 系统，经过配电箱后 N 和 PE 线分开，住户内成为 TN－C－S 系统，在这种情况下漏电保护器接线如图 12.4－10 所示。

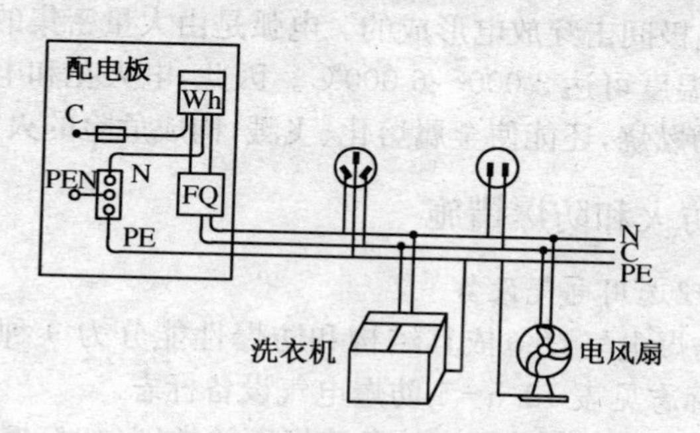

图 12.4－10 家用电器安装接线示意

第五节 防火和防爆

电气火灾爆炸事故主要包括下列两个方面：一是由电气原因引起周围环境危险物品燃烧爆炸；二是某些电气装置（如变压器、油断路器）有充油的密闭容器，在故障情况下，油燃烧、爆炸。

电气火灾爆炸事故的特点是：蔓延快，发生几率大，损失严重。因此，做好防火防爆工作至关重要。

一、电气火灾和爆炸的原因

总的来说，除设备缺陷、安装不当等设计和施工方面的原因外，在电气用具和设备运行中，由电流产生的热量、电火花或电弧是引起电气火灾和爆炸的直接原因。

1. 电气设备过热

引起过热的情况：① 短路；② 过载；③ 接触不良；④ 散热不良。

2. 电火花和电弧

电火花包括工作电火花、事故电火花和机械碰撞电火花。电火花是由电极间击穿放电形成的。电弧是由大量密集的电火花汇集而成，其温度可达3 000～6 000℃。因此，电火花和电弧不仅能引起可燃物燃烧，还能使金属熔化、飞溅，构成危险的火源。

二、防火和防爆措施

1. 合理选用电气设备

(1) 防爆电气设备依其结构和防爆性能分为9种类型，这9种类型的标志见表12.5－1防爆电气设备标志。

(2) 电气设备的选用　按危险场所的类别(如有爆炸性危险、火灾危险的场所)和等级选用电气设备。

(3) 危险场所的电气线路导线的选择，参照表12.5－2。

表12.5－1　防爆电气设备标志

类　型	标　志	类　型	标　志	类　型	标　志
增安型	e	正压型	p	本质安全型	i
隔爆型	d	充砂型	q	浇封型	m
充油型	o	无火花型	n	气密型	h

表12.5－2　电气线路导线的选择

场所类别	导线及安装方式
干燥无尘	绝缘导线暗敷设或明敷设
潮　湿	有保护的绝缘导线明敷设或绝缘导线穿管敷设
高　温	耐热绝缘导线穿瓷管、石棉管或沿低压绝缘子敷设
腐蚀性	耐腐蚀的绝缘导线(铅包导线)明敷设或耐腐蚀的穿管敷设

2. 合理选用保护装置

合理选用保护装置是防火防爆重要措施，也是提高防火防爆自动化程度的重要措施。除接地或接零装置外,火灾或爆炸性危险场所应有比较完善的短路、过载等保护装置。

3. 保持设备正常运行

(1) 为防止电气设备过热,应保持电压、电流和温升等不超过允许值。

(2) 保持电气设备绝缘良好。

(3) 在运行中,保持各导电部分连接可靠,接触良好。

(4) 保持设备清洁。

(5) 保持防火间距。屋外变、配电装置,与建筑物、堆场之间的防火间距应不小于表 12.5-3 的规定。

表 12.5-3 屋外变、配电装置与建筑、堆场的防火间距

建筑物、堆场名称	变压器总油量/t		
	<10	10~50	>50
民用建筑/m	15~25	20~30	25~35
丙、丁、戊类生产厂房和库房/m	12~20	15~25	20~30
甲、乙类生产厂房/m	25		
甲类库房/m	25~40		
稻草、麦秸、芦苇等易燃材料堆物/m	50		
易燃液体贮罐/m	25~50		

(6) 通风。

(7) 接地。爆炸场所的接地(或接零)要求,较一般场所为高。

(8) 采用耐火防火设施。

(9) 采用密封防爆措施。

(10) 堵塞危险漏洞。

第六节 静电防护

一、静电的产生

在生产和生活中，静电可由以下原因产生：

（1）摩擦带电　物体相互摩擦时，发生接触位置的移动和电荷的分离，从而产生静电。

（2）剥离带电　相互密切结合的物体使其剥离时引起电荷分离，从而产生静电。

（3）流动带电　利用管路输送液体，液体与管壁等固体接触时，在液体和固体的接触面上形成双电层，随着液体流动，双电层中的一部分电荷被带走，从而产生静电。

（4）喷出带电　粉体类、液体类和气体类从截面很小的开口处喷出时，这些流体与喷口摩擦，同时流体本身分子之间又互相碰撞，产生大量静电。

（5）冲撞带电　粉体类的粒子之间或粒子与固体之间的冲撞会形成极快的接触和分离，从而产生静电。

（6）破裂带电　当固体类或粉体类物体破裂时，出现电荷的分离，破坏了正负电荷的平衡，从而产生静电。

（7）飞沫带电　喷在空间的液体类，由于扩展分散和分离出现许多小滴组成的新液面，从而产生静电。

（8）滴下带电　液滴坠落分离时出现电荷分离，从而产生静电。

（9）感应带电　在带电的高压架空线与地面之间，或在变电站高压带电设备的附近，都有电场存在。在电场中放入一个与大地绝缘的导体，根据静电感应原理，导体会带电，从而产生静电。

二、静电的特点

(1) 静电电压高　静电能量不大，但其电压很高。固体静电可达 20×10^4 V 以上，液体静电和粉体静电可达数万伏，气体和蒸汽静电可达 10 000 V 以上，人体静电也可达 10 000 V 以上。

(2) 静电泄漏慢　由于积累静电的材料的电阻率都很高，其上静电泄漏很慢。

(3) 静电的影响因素多　静电的产生和积累受材质、杂质、物料特征、工艺设备（如几何形状、接触面积）和工艺参数（如作业速度）、湿度和温度、带电历程等因素的影响。由于静电的影响因素多，故静电事故的随机性强。

三、静电的危害

(1) 由静电的放电作用可引起爆炸及火灾。例如，引起可燃、易燃性液体起火或爆炸。引起易燃性气体爆炸或起火。引起某些粉尘爆炸起火。

(2) 高的静电电压使人遭电击，或引起元件损坏或电子装置误动作，例如，MOS 型 IC 元件损坏，或使用该元件的装置失灵。

(3) 静电妨碍生产的正常进行。例如，使纤维发生缠结、吸附尘埃等。或者使粉尘吸附于设备；使纸张不齐、不能分开，从而影响印刷的工作效率。

四、静电的防护

1. 控制静电的产生

(1) 通过选材抑制两种互相接触或摩擦的物体产生静电。

实验上可得出如表 12.6－1 所示的静电序列。

表 12.6-1　二种静电典型序列

序列号	1	2	3	4	5	6
材　料	玻　璃	头　发	尼　龙	羊　毛	人造纤维	绸
材　料	乙基塞璐　珞	酪　朊	帕司派克司	塔夫塔尔	硬橡胶	醋酸塞璐　珞
序列号	7	8	9	10	11	12
材　料	人造丝	混纺布	纸　浆	黑橡胶	涤纶	维尼纶
材　料	玻　璃	金　属	聚苯乙烯	聚乙烯	聚四氟乙烯	硝酸塞璐　珞

序列号差别越大的两种材料摩擦时所产生的静电电荷量越大。在工业生产中可选用序列号接近的两种材料，以便减少物料上的静电电荷量。

(2) 采用管道输送易燃易爆物料或高电阻率液体时，控制物料流速，以减少静电的产生。

(3) 某些粉尘在加工或储运中会产生大量静电电荷，限制盛装这些粉尘的容器的体积，控制粉尘数量，可减少爆炸的危险。

(4) 向容器内灌注高电阻液体时，防止液体飞溅和冲击。

(5) 在低导电性物质(如化纤、橡胶、塑料)中掺入少量导电物质，以增加其导电性，减少静电的产生。

2. 加速静电的泄漏和中和

(1) 静电接地，将静电电荷泄漏到大地。

(2) 涂敷导电覆盖层后接地。

(3) 采用导电性地面，使人体静电便于泄漏。

(4) 增湿，有助于非金属材料的静电泄漏。

(5) 浸涂化学抗静电剂。在塑料表面或化纤衣料表面外涂抗静电剂，在一段时间内有助于静电泄漏。

（6）安装静电消除器。静电消除器是一种离子发生器，用它产生的离子去中和物体上所带的静电。例如，感应式静电消除器，由一组放电针组成，放在带静电物体的附近，放电针接地。当物体上产生静电时，针尖上出现感应电荷，静电累积到一定程度后，两者放电中和，消除静电。

第七节　防雷保护

雷击是一种自然灾害，它不但能造成设备或设施的损坏，造成大规模停电，而且能引起火灾或爆炸，甚至能危及人身安全。

据估计，雷云的电位约为1万kV到10万kV，雷电流的幅值可达数kA至数百kA。虽然雷电放电的持续时间只有几十微秒，但具有很大的破坏力，因此，必须采取有效措施，防止或减少雷害事故的发生。

根据雷电产生和危害特点的不同，雷电大体可以分为直击雷、雷电感应、球雷、雷电侵入波等几种形式。

如果雷云较低，周围又没有带异性电荷的雷云，就在地面凸出物上感应出异性电荷，形成与地面凸出物之间的放电，这就是直击雷。

雷电感应也叫做感应雷，分静电感应和电磁感应两种。静电感应是由于雷云接近地面，在地面凸出物顶部感应出大量异性电荷所致。电磁感应是由于雷击后巨大的雷电流在周围空间产生迅速变化的强大磁场所致。这种磁场能在附近的金属导体上感应出很高的电压。

球雷是一种球形发红光或白光的火球，直径多在20 cm左右，以每秒钟数米的速度运动，可从门、窗、烟囱等通道侵入室内，造成多种危害。

雷电侵入波是由于雷击而在架空线路或空中金属管道上产生

的冲击电压沿线路或管道向两个方向迅速传播的雷电波。其传播速度约为 300 m/μs(在电缆中约为 150 m/μs)。

目前,防止直击雷比较有效的措施是采用避雷针、避雷线、避雷网、避雷带和避雷器。

一、避雷针

避雷针主要用于保护露天配电装置,易燃建筑物,烟囱和冷水塔等。

避雷针可作为接闪器。接闪器是利用其高出被保护物的突出部位把雷电引向自身,然后通过引下线和接地装置把雷电流泄入大地,以此保护被保护物免遭雷击。

避雷针的保护范围是有限的,保护半径与其高度有关,单支避雷针的保护范围见图 12.7-1。

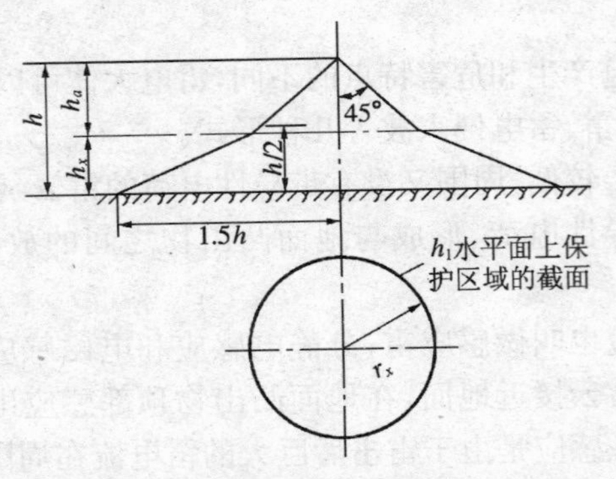

图 12.7-1　单支避雷针的保护区域

通常,根据实际需要的避雷针保护高度 h_x 和半径 r_x 来计算避雷针的高度 h,再按这个高度来装置避雷针。一般,要进行几次计算才能求得比较精确的避雷针高度 h 的值。

避雷针的高度计算法如下:

对单支避雷针,其保护范围可看做一折线圆锥形(参看图

12.7-1)，其中，h 为避雷针高度(m)；h_x 为被保护物的高度(m)；h_a 为避雷针的有效高度(m)。

避雷针在地面上的保护半径 $r=1.5h$。

在 h_x 的平面上的保护半径 r_x：

当 $h_x \geqslant h/2$ 时，$r_x=(h-h_x)P$

当 $h_x < h/2$ 时，$r_x=(1.5h-2h_x)P$

式中　P——高度影响系数，$h \leqslant 30$ m 时 $P=1$，$h>30$ m 时 $P=\frac{5.5}{\sqrt{h}}$。

由于雷电放电途径受很多因素影响，要想保证被保护物绝对不遭受雷击是很困难的，一般只要求避雷针的保护范围内被击中的概率在0.1%以下即可。

避雷针一般用镀锌圆钢或钢管制成。针长在1 m以下者，圆钢直径不得小于12 mm，钢管直径不得小于20 mm；针长1～2 m者，圆钢直径不得小于16 mm，钢管直径不得小于25 mm。装在烟囱上方的避雷针，由于烟有腐蚀作用，宜采用直径20 mm以上的圆钢。

二、避雷线、避雷网和避雷带

避雷线、避雷网和避雷带实际上都是接闪器。避雷线主要用来保护电力线路，一般采用截面积不小于35 mm^2 的镀锌钢绞线。避雷网和避雷带主要用来保护建筑物。

避雷网和避雷带的保护范围无需进行计算。避雷网网路的大小可取6 m×6 m，6 m×10 m，10 m×10 m，视具体情况而定。避雷带相邻两带之间的距离以6～10 m为宜。此外，对于易受雷击的屋角、屋脊、檐角、屋檐及其他建筑物边角部位，可专设避雷带保护。

避雷网和避雷带可以采用镀锌圆钢或扁钢。圆钢直径不得小于 8 mm;扁钢厚度不得小于 4 mm,截面不得小于 48 mm^2。另外,装在烟囱上方时,圆钢直径不得小于 12 mm,扁钢厚度不得小于 4 mm,而且截面不得小于 100 mm^2。

三、避雷器

避雷器有羊角间隙避雷器、阀型避雷器和管型避雷器之分。主要用来保护电力设备,也用作防止高压侵入室内的安全措施。

避雷器保护原理如图 12.7-2 所示。避雷器设在被保护物的引入端。其上端接在线路上,下端接地。正常时,避雷器的间隙保持绝缘状态,不影响系统的运行。当因雷击,有高压冲击波沿线路袭来时,避雷器间隙击穿而接地,从而强行切断冲击波。这时,能够进入被保护物的电压仅是雷电流通过避雷器及其引线和接地装置产生的所谓残压。雷电流通过以后,避雷器间隙又恢复绝缘状态,以便系统正常运行。

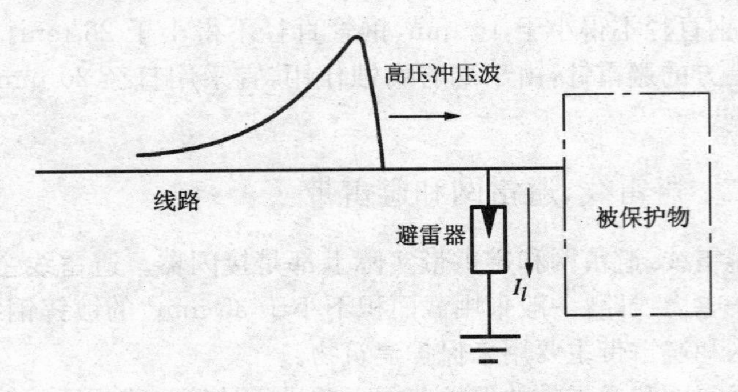

图 12.7-2　避雷器保护原理

1. 羊角间隙避雷器

它又称为保护间隙避雷器。保护间隙的原理结构如图 12.7-3 所示。主要由镀锌圆钢制成的主间隙和辅助间隙组成。主间隙做成羊角形状,留有 2～3 mm 的间隙,水平安装,以便其间产生电弧时，因空气受热而上升，被推移到间隙的上方，电弧被拉长而熄灭。因主间隙暴露在空气中，比较容易短接，所以加上辅助间隙，防止意外短路。

羊角间隙避雷器结构简单、经济、安装容易，保护效果良好，是防止电度表被雷击的有效装置。

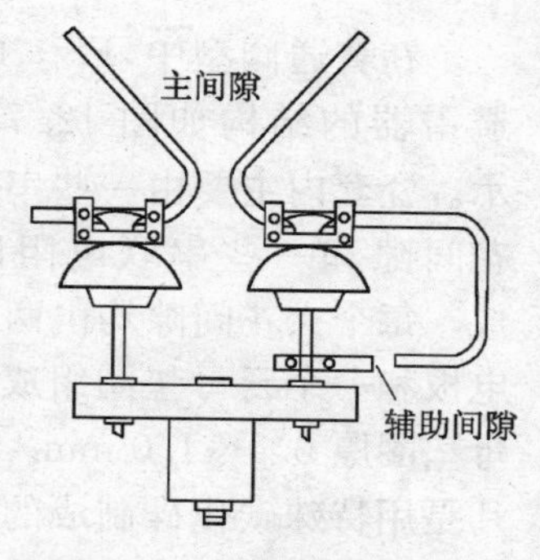

图 12.7－3　保护间隙的结构原理

2. 阀型避雷器

阀型避雷器的种类及特点如表 12.7－1 所示。

表 12.7－1　阀型避雷器的种类及特点

系列名称及型号		结构特点	主要用途
普通阀型	配电所型 FS	仅有间隙和阀片（碳化硅）	用作配电变压器、电缆头、柱上开关等设备的防雷
	变电所型 FZ	仅有间隙和阀片（碳化硅），但间隙带有均压电阻，以改善熄弧能力	用作变电所电气设备的防雷
磁吹阀型	变电所型 FCZ	仅有间隙和阀片（碳化硅），但间隙加磁吹灭弧元件，使熄弧能力大增	用在 330 kV 及以上变电所电气设备的防雷或低绝缘设备的防雷
	旋转电动机型 FCD	仅有间隙和阀片（碳化硅），但部分间隙还并联电容器，以改善伏安特性	用作旋转电动机的防雷
氧化锌型	配电所型 FYS 变电所型 FYZ	采用非线性特性极好的氧化锌阀片，无间隙	用作 380 V 及以下设备的防雷，如配电变压器低压侧、低压电动机、电度表等
直流磁吹型	FCL	与 FS 型类似	用作保护直流电动机

在普通阀型中，FS－10 阀型避雷器的结构如图 12.7－4 所示。瓷套内主要由一些串联的火花间隙和一些串联电阻阀片组成。每个火花间隙均由两个黄铜电极和一个云母垫圈组成。其云母垫圈厚 0.5～1.0 mm。电阻阀片是用特殊碳化硅制成的饼形元件，其电阻随着通过电流的不同而在很大范围内变化。由于电阻阀片和火花间隙的配合作用，避雷器很像一个阀门，对雷电流，阀门打开，便泄入地下；而对工频电流，阀门关闭，迅速切断。故此，把它叫做阀型避雷器。

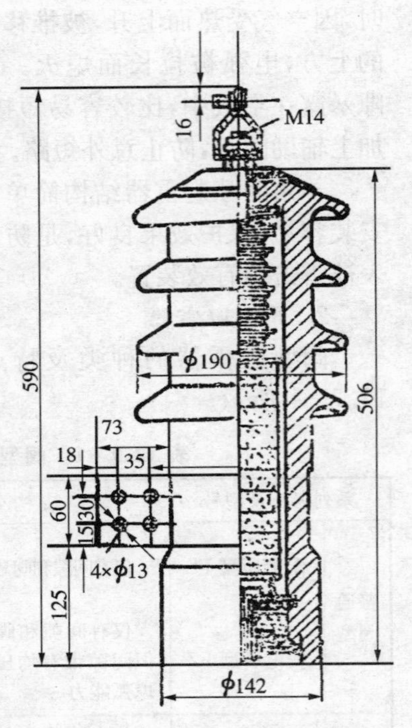

图 12.7－4　FS－10 阀型避雷器

（1）FS 型阀式避雷器　用于 3～10 kV 配（变）电所，保护配电变压器和电缆头等电气设备免受大气过电压的危害。其技术数据见表 12.7－2。

FS－0.22－0.5 型低压避雷器用来保护相应等级的交流电动机、电度表或配电变压器低压侧绝缘，以免雷击损坏。其技术数据见表 12.7－3。

（2）FZ 型阀式避雷器　用于发电站和变电站电气设备绝缘的保护，保护相应额定电压的交流变电设备的绝缘，免受大气过电压的损坏。其技术数据见表 12.7－4。

（3）FCD 型磁吹阀式避雷器　用来保护相应电压等级的交流旋转电动机的绝缘免受雷击损害。其技术数据见表 12.7－5。

表 12.7-2　FS 型阀式避雷器技术数据

型号	额定电压(有效值)/kV	最大工作电压(有效值)/kV	灭弧电压(有效值)/kV	工频放电电压(有效值)/kV		冲击放电电压(峰值)(预放电时间为 1.5～20 μs)/kV,≤	10/20 μs 的冲击电流下残压(峰值)/kV,≤		泄漏电流	
				≥	≤		3 kA	5 kA	试验直流电压/kV	μA
FS-3	3	3.5	3.8	9	11	21	16	17	3(4)	
FS-6	6	6.9	7.6	16	19	35	28	30	6(7)	≯10
FS-10	10	11.5	12.7	26	31	50	47	50	10	

表 12.7-3　FS-0.22-0.5 kV 低压阀式避雷器技术数据表

型号	额定电压(有效值)/kV	灭弧电压(有效值)/kV	工频放电电压(有效值)/kV		冲击放电电压,(峰值)(预放电时间 1.5～10 μs)/kV,≤	冲击电流 10/20 μs 下3 kA残压(峰值)/kV,≤	整流电压/kV	泄漏电流/μA	重量/kg
			≥	≤					
FS-0.22	0.22	0.25	0.6	1.0	2.0	1.3	0.30	0～10	0.31
FS-0.38	0.38	0.50	1.1	1.6	2.7	2.6	0.60	0～10	1.3
FS-0.5 FS2-0.5	0.5	0.5	1.15	1.65	2.6	2.5	(0.5)	(≯5)	0.356

表 12.7-4　电站用普通阀型避雷器主要技术数据

型　号	额定电压(有效值)/kV	灭弧电压(有效值)/kV	工频放电电压(有效值)/kV	冲击放电电压(峰值)/kV,≤	残压(峰值)/kV,≤	
					3 kA	5 kA
FZ-3	3	3.8	9～11	20	13.5	14.8
FZ-6	6	7.6	16～19	30	27	30
FZ-10	10	12.7	26～31	45	45	50
FZ-15	15	20.5	41～49	73	67	74

(续表)

型号	额定电压（有效值）/kV	灭弧电压（有效值）/kV	工频放电电压（有效值）/kV	冲击放电电压（峰值）/kV,≤	残压（峰值）/kV,≤	
					3 kA	5 kA
FZ-20	20	25	51～61	85	81.5	90
FZ-30	30	25	56～67	110	81.5	90
FZ-35	35	41	82～98	134	134	148
FZ-40	40	50	102～122	163	163	
FCZ$_3$-35	35	41	70～85	112	108	
FCZ-30	30	41	85～100	134		134
FCZ$_2$-110J	110	100	170～195	285	260	

表 12.7-5　磁吹式阀型避雷器主要技术数据

型号	额定电压（有效值）/kV	灭弧电压（有效值）/kV	工频放电电压（有效值）/kV	冲击放电电压（峰值）/kV,≤	残压（峰值）/kV,≤	
					3 kA	5 kA
FCD-2	2	2.3	4.5～5.7	6	6	6.4
FCD-3	3	3.8	7.5～9.5	9.5	9.5	10
FCD-4	4	4.6	9～11.4	12	12	12.8
FCD-6	6	7.6	15～18	19	19	20
FCD-10	10	12.7	25～30	31	31	33
FCD-8	13.8	16.7	33～39	40	40	43
FCD-15	15	19	37～44	45	45	49

（4）氧化锌避雷器　主要技术数据如表 12.7-6 所示。

表 12.7-6　氧化锌避雷器主要技术数据

型号	额定电压/kV	最大工作电压/kV	动作电压/kV	冲击电流残压（峰值）(5 kA)/kV
FYS-3	3	3.8	5.4	13.5
FYS-6	6	7.6	11	25
FYS-10	10	12.7	18	45
FYS-35	35	41	59	126

(续表)

型　号	额定电压/kV	最大工作电压/kV	动作电压/kV	冲击电流残压(峰值)(5 kA)/kV
FYZ-3	3	3.8	5.4	—
FYZ-6	6	7.6	11	—
FYZ-10	10	12.7	18	45
FYZ-35	35	41	59	126
FY_1-3	3	3.8	5.6	17
FY_1-6	6	7.6	11	30
FY_1-10	10	12.7	19	50

3. 管型避雷器

管型避雷器的原理结构如图12.7-5所示。主要由灭弧管和内、外间隙组成。灭弧管用胶木或塑料制成，在高电压冲击下，内、外间隙击穿，雷电流泄入大地。随之而来的工频电流也产生强烈的电弧，燃烧灭弧管内壁产生大量气体从管口喷出，很快吹灭电弧。外间隙的作用是防止灭弧管受潮时发生闪络而导致避雷器误动作，并使管子正常时与工作电压隔离。

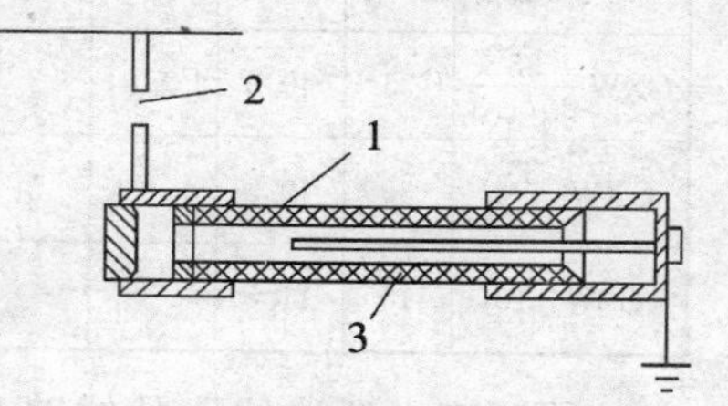

图12.7-5　管型避雷器的原理结构
1—内间隙　2—外间隙
3—灭弧管

管式避雷器选用时注意事项：避雷器安装地点的短路容量不得大于50 MVA；与被保护设备的连接线长度不得大于4 m；与被保护设备同接于一个接地装置上，接地电阻一般不大于12 Ω；避雷器喷口下方0.5 m内不应有接地金属物或其他电气设备；保护配电变压器时，建议避雷器装于跌落熔断器内，即靠近变压器一侧。

管型避雷器结构简单，但保护性能不如阀型避雷器好，可用于要求不太高的场合，或者作为辅助防雷装置。

管型避雷器主要技术数据如表 12.7－7 所示。

表 12.7－7　管型避雷器主要技术数据

型　号	额定电压/kV	最大允许工频电压(有效值)/kV	极限切断电流(有效值)/kA		工频放电电压/kV		2μs 冲击放电电压/kV,≤	间隙距离/mm		灭弧管内径/mm
			下限	上限	干	湿		隔离间隙	灭弧间隙	
GXW $\frac{6}{0.5-3}$	6	6.9	0.5	3	27	27	60	10～15	130	8～8.5
GXW $\frac{6}{2-8}$	6	6.9	2	8	27	27	60	10～15	130	9.5～10
GXW $\frac{10}{0.8-4}$	10	11.5	0.8	4	33	33	75	15～20	130	8.5～9
GXW $\frac{10}{2-7}$	0	11.5	2	7	33	33	75	15～20	130	10～10.5
GXW $\frac{35}{0.7-3}$	35	40.5	0.7	3	105	70	210	100～150	175	8～9
GXW $\frac{35}{1-5}$	35	40.5	1	5	105	70	210	100～150	175	10～11
GSW－10	10	11.5	—	—				17～18	63±3	—

用于变电所进线段的线路和两条线路交叉处的 GXS 型避雷器技术数据如表 12.7－8 所示。

表 12.7－8　GXS 型避雷器技术数据

型　号	额定电压/kV	隔离间隔数值/mm	灭弧间隙数值/mm	灭弧管内径/mm	冲击放电电压/kV				工频放电电压/kV		额定断流能力/kA		外形尺寸/mm 直径×长	重量/kg
					负极性		正极性							
					波前	最小	波前	最小	干	湿	下限	上限		
GXS1 $\frac{35}{2-10}$	35	120	150	12	349.5	257	364	259.5	100	80	2	10		
GXS1 $\frac{6-10}{0.5-4}$	6 10	10 30	60 60	7 7	84 134	68.5 82	90.5 136	66 113	43.7 50.4	32.2 35	0.5	4		

（续表）

型　号	额定电压/kV	隔离间隔数值/mm	灭弧间隙数值/mm	灭弧管内径/mm	冲击放电电压/kV				工频放电电压/kV		额定断流能力/kA		外形尺寸/mm 直径×长	重量/kg
					负极性		正极性							
					波前	最小	波前	最小	干	湿	下限	上限		
GXS1 6—10 2—12	6 10	10 30	60 60	9 9	84 144	76.5 80	92 133	64 103	40.5 48	27 35	2	12	约 70× 43	2.2
GXS1 35 0.5—4	35 35	120 120	175 175	7 7	360 410	225 304	363 405	186 240	118.8	104.8	0.5	4		

4. GSW2－10型无续流管式避雷器

适用于10 kV配电线路中作为配电变压器、开关电器、电缆头、套管、电容器等电器设备的防雷保护。它的结构、性能比FS－10、FZ－10型阀式避雷器优越，例如，它不用阀片，没有串联电阻，故可承受较大的雷电流；它利用产气材料，使在电弧高温下产生大量气体以吹熄电弧；它的绝缘强度恢复快，可迅速实现无续流开断等。其技术数据见表12.7－9。

表12.7－9　GSW2－10型无续流管式避雷器技术数据

额定电压/kV	最大工作电压/kV	预期短期电流/kA	内间隙距离/mm	外间隙距离/mm	冲击放电电压(峰值)(1.5～2.0 μs)/kV	工频放电电压干、湿(有效值)/kV
10	11.5	≤2.9	63±3	17±1 (15)	≤60	≥26

5. 避雷器选用的注意事项和防雷保护方式

选择阀式避雷器时，其额定电压应等于被保护设备的额定电压。阀式避雷器通常装在变电所的母线上。母线如果有可能分段运行时，必须每段母线都装一组避雷器。变电所的主要设备是变压器，而且它的绝缘水平又比其他电器低，因而阀式避雷器安装的位置应尽量靠近变压器。如果变压器远离装有避雷器的母线(一路进线,变压器容量为 5 600 kVA 以下时,避雷器距变压器的距离应小于 5~10 m),则应另装一组避雷器保护变压器。避雷器应尽量用最短的连接线接到配电装置总接地网上,在它的附近还应加装集中的接地装置,以免由于接地阻抗过大而引起避雷器上的残压增加,影响保护效果。

单用阀式避雷器保护电气设备还是不够的,由于阀式避雷器不允许通过太大的雷电流(一般不应超过 5 kA),而且通过阀式避雷器的雷电波陡度也不允许太大。因此,除在变电所内部被保护设备近旁装阀式避雷器保护外,还要在进入变电所的线路上采取防护措施,以降低侵入波的峰值和陡度。

第八节 节约用电

一、节约用电的一般概念和途径

(一) 节约用电的意义

节约用电是指通过加强用电管理,采取技术上可行、经济上合理的节电措施,以减少电能的直接和间接损耗,提高能源效率和保护环境。

电能是一种优质、清洁、方便、高效的能源,是国民经济和人民生活必不可少的。节约电能具有重大的经济效益、社会效益和环境效益。节约电能可以有效地缓和电力供需矛盾,保证我国经济持续、快速、健康地发展,而且节电也是爱护资源、保护环境的有力措施。节约用电的意义还在于:

(1) 节约电能,也就是节约发电所需的一次能源,从而使全国的能源得到节约,可以减轻能源和交通运输的紧张程度。

(2) 节约电能,也就意味着相应地节省国家对发供用电设备需要投入的基建投资。

(3) 节约电能，必须依靠科学与技术的进步，在不断采用新技术、新材料、新工艺、新设备的情况下，节电同时必定会促进工农业生产水平的发展与提高。

(4) 节约电能，要靠加强用电的科学管理，从而改善经营管理工作，提高企业的管理水平。

(5) 节约电能，能够减少不必要的电能损失，为企业减少电费支出，降低成本，提高经济效益，从而使有限的电力发挥更大的社会经济效益，提高电能利用率，更有效地利用好电力资源。

(二) 节约用电的方式

节约用电可以通过管理节电、结构节电和技术节电三种方式。管理节电是通过改善和加强用电管理和考核工作，来挖掘潜力减少消费的节电方式；结构节电是通过调整产业结构、工业结构和产品结构来达到节电的方式；技术节电则是通过设备更新、工艺改革、采取先进技术来达到节电的方式。

(三) 节约用电的主要途径

(1) 逐步淘汰现有低效耗能设备，采用高效节能电气设备，推广节能新产品，提高设备运行效率。正在运行的设备(包括电气设备，如电动机、变压器)和生产机械(如风机、水泵)是电能的直接消耗对象，它们的运行性能优劣，直接影响到电能消耗的多少。早先生产的设备性能会随着科学技术的进步而变得落后，再加上长期使用磨损老化，性能也会逐步变劣。因此对设备进行节电技术改造必然是开展节约用电工作的重要方面。例如，以采用冷轧硅钢片的低损耗电力变压器取代过去的采用热轧硅钢片的电力变压器，降低空载损耗。

(2) 采用高效率低消耗的生产新工艺替代低效率高消耗的老工艺，降低产品电耗，大力推广应用节电新技术措施。新技术和新工艺的应用会促进劳动生产率的提高、产品质量的改善和电能消耗的降低。

(3) 提高电气设备经济运行水平。设备实行经济运行的目的是降低电能消耗,使运行成本减少到最低限度。在多数情况下,生产负载或服务对象的要求是一个随机变量,而设计时,常按最大负荷来选配设备能力,加之设备的能力又存在有级差,选择时常选偏大一级的,这样在运行时,就不可避免地会出现匹配不合理,使设备处于低效状态工作,无形之中降低了电能的利用程度。经济运行问题的提出,就是想克服设备长期处于低效状态而浪费电能的现象。经济运行实际上是将负载变化信息反馈给调节系统来调节设备的运行工况,使设备保持在高效区工作。

(4) 加强单位产品电耗定额的管理和考核;加强照明管理,节约非生产用电;积极开展企业电能平衡工作。

(5) 加强电网的经济调度,努力减少厂用电和线损;整顿和改造电网。

(6) 应用余热发电,提高余热发电机组的运行率。

二、国家鼓励的节约用电措施

(1) 推广绿色照明技术、产品和节能型家用电器;

(2) 降低发电厂用电和线损率,杜绝不明损耗;

(3) 鼓励余热、余压和新能源发电,支持清洁、高效的热电联产、热电冷联产和综合利用电厂;

(4) 推广用电设备经济运行方式;

(5) 加快低效风机、水泵、电动机、变压器的更新改造,提高系统运行效率;

(6) 推广高频可控硅调压装置、节能型变压器;

(7) 推广交流电动机调速节电技术;

(8) 推行热处理、电镀、铸锻、制氧等工艺的专业化生产;

(9) 推广热泵、燃气—蒸汽联合循环发电技术;

(10) 推广远红外、微波加热技术;

(11) 推广应用蓄冷、蓄热技术。

三、电网的电能节约

(一) 改造城市和农村电网,降低线损

降低线损的主要措施有:

(1) 做好供电的技术管理、计量管理和用电管理等工作。

(2) 确定合理的电压等级,减少变压级数。每经一次变压大约要消耗1%~2%的有功功率,变压级数越多,损耗就越大。

(3) 就地平衡无功,在受电地区装设必要数量的无功补偿设备,减少线路输送无功的数量。

(4) 适当改变线路,综合规划,对某些不合理的送、配电线路,如负荷过重或迂回曲折很长的线路,应适当进行改造,必要时增建第二回路。

(5) 提高电网运行的电压水平。电网运行时,线路和变压器等电气设备的绝缘所容许的最高工作电压,一般不应超过额定电压的10%,因此,电网运行时,在不超过上述规定的条件下,应尽量提高运行电压水平,以降低功率和电能损耗,如果线路电压提高5%,线路中的能量损耗约会降低9%。

(6) 选用先进的调压设施。例如,变电所采用有载调压变压器;高层民用建筑中选用箱式变电站,进行分区供电。

(7) 最佳潮流分配。电力系统的经济负荷分配主要是电厂之间有功负荷的分配。引起电网线损的不只是有功负荷,还有无功负荷,合理分配调度有功、无功负荷潮流,将使电网的线损进一步降低,满足经济调度的全面要求。

(二) 电力变压器的节电措施

变压器的节电措施主要分为设计制造和生产运行两方面:

(1) 设计制造方面在于提高变压器的制造水平:例如,采用

新型导磁材料，采用无氧铜条导电材料，提高铁芯加工工艺水平，不断完善铁芯结构，降低杂散损耗和铁损，开发研制出高效节能变压器。制造最佳参数的变压器。开发新型非晶合金配电变压器，开发蒸发冷却变压器，等等。

(2) 生产运行方面的节电技术：正确选用变压器(型式、台数、容量)以节电；利用新的技术手段或加强运行管理，使变压器经常保持在高效区运行。装设适当的过电压保护装置，避免变压器过励磁。回收利用变压器损耗热能，等等。

四、用电设备节约用电主要措施

(一) 电动机节电措施

(1) 新购电动机应首先考虑选用高效节能电动机，然后再按需考虑其他性能指标，以便节约电能。

(2) 提高电动机本身的效率，如将电动机自冷风扇改为它冷风扇，可在负荷很小或户外电动机在冬天时，停用冷风扇，有利于降低能耗。

(3) 将定子绕组改接成星三角混合串接绕组，按负载轻重转换星形接法或三角形接法，有利于改善绕组产生的磁动势波形及降低绕组工作电流，达到高效节能的目的。

(4) 采用电动机调速的节电措施：

① 交流绕线式异步电动机调速方法有：转子串电阻，转子串斩波电阻，串级调速，等等。

② 交流笼型电动机调速方法有：变极调速，电磁离合器调速，感应制动器调速，变频调速，调压调频调速，双向可控硅控制电压调速等。

③ 同步电动机调速方法有：无换向器电机调速。

④ 直流电动机调速方法有：电枢回路串电阻调速，发电机-电动机组调速，晶闸管-电动机组调速，采用直流斩波器调速等。

（5）更换“大马拉小车”电动机，“大马拉小车”除了浪费电能外，极易造成设备损坏。另外，合理调整电动机配套使用，可使电动机运行在高效率工作区，达到节能的目的。

（6）合理安装并联低压电容进行无功补偿，有效地提高功率因数，减少无功损耗，节约电能。

（7）从接头处通往电能表及通往电动机的导线截面应满足载流量，且导线应尽量缩短，减小导线电阻，降低损耗。

（8）绕线式异步电动机同步化运行：将其转子绕组通入直流励磁电流，就可实现同步化运行。此时，可向电网输送无功功率，提高配电网的功率因数，降低配电变压器和线路的电能损耗。

以上措施可以分别采用，也可多项同时采用。总之，对电动机采取一些必要的技术节能措施，既对电网安全稳定运行有利，也可使用户减少电费支出。

（二）风机节电措施

（1）合理选配风机。主要指选择风机时，其风量与风压应满足生产工艺的需要。

（2）采用高效风机。

（3）风机调速运行。

（4）改造风机。主要从改变风机叶片长度或叶片个数、改变风机叶片的材质、减少风道阻力等方面进行。

（三）泵类节电措施

（1）对水泵进行更新与改造。主要指更新或换叶轮，多级泵采用减级运行，单级泵扬程过高的，采用车削叶轮直径的办法；打磨叶轮流道，提高流道光洁程度，减少水头损失，提高检修、装配质量，定期进行运行维护，保持密封良好，减少泄漏损失。

（2）降低管道阻力以节电。

（3）选用合理的调节方式，例如，改变轴流泵导翼的角度以改变泵的特性，从而调节泵的排水量，提高泵的运行效率，可达到节电的目的。

(4) 合理选型。包括确定泵的型号、台数、规格、转速以及配套的电动机及相应的调节方式。

(5) 加强对运行水泵机组及管网的运行管理,防止跑、冒、滴、漏,加强机组传动装置的润滑保养,提高水泵机组的运行效率。

(四) 电加热设备节电措施

(1) 正确选择电加热炉的炉型。正确选择电加热炉的炉型是从根本上搞好节电的保证。

(2) 采用轻体耐火保温材料,减少散热损失。

(3) 采用先进的加热元件。

(4) 改进工艺和设备。

(5) 采用远红外线加热技术。

(6) 采用微机自动控制。

(7) 加强管理,组织实行专业化集中生产等。

(五) 变流装置节电措施

(1) 选型时尽可能选用自冷式硅变流装置,这样可以减少冷却系统的耗电量。

(2) 采用风冷式硅整流装置,风机的投切应根据负荷及室温进行自动控制。

(3) 采用氧化锌避雷器替代交流侧 RC 过电压保护装置。

(4) 对双反星形接线的整流器,加装按负荷变化的自动投切装置。

(5) 对于牵引用的整流器,可以在整流站内装设逆变器,在牵引制动时,将制动的电能反馈输入电网,补偿部分电能损耗。

(6) 按损耗最小的原则使多台整流器并列运行,这样可减少整流器损耗,节约电能,使变流装置达到经济运行。

(六) 电焊机的节电措施

(1) 降低电源变压器的容量:选择适当的焊接方法,减小焊机需要的额定输入，即可降低电源变压器的容量，获得节电效果。

（2）缩短焊接侧线路长度，减小线路损耗。

（3）提高焊接电流，减少通电时间，减小焊接部位的散热，减低电焊机的电能消耗。

（4）有条件的可以采用交流电焊机空载自停装置。电焊机一般是短时工作制装置，空载时功率因数低，空载损耗也较大，为了减少空载时电能损耗，可装上电焊机空载自停装置。

（七）照明节电的措施

（1）选用高效电光源和灯具。在保证照明质量的前提下，降低照明用电量的根本措施就在于提高照明设备的效率，即提高光源与灯具的效率。

（2）合理地控制照明时间。照明时间应根据需要掌握，随用随开，这是节电的一项有效措施。

（3）采用照明控制设备，例如，室外照明采用光控装置和定时开关；公共场所和楼梯采用声光控延时开关或红外线延时开关；宾馆饭店采用钥匙开关，人走断电；照度可变化的场合采用调光开关，等等。

（4）充分利用自然光，充分利用太阳光是实现照明节电的重要部分。

（八）电脑的节电措施

（1）暂停使用电脑时，如果预计暂停时间小于 1 h，建议将电脑置于待机，如果暂停时间大于 1 h，最好彻底关机。

（2）平时用完电脑后要正常关机，应拔下电源插头或关闭电源接线板上的开关，并逐步养成这种彻底断电的习惯，而不要让其处于通电状态。

（3）不用的外设（如打印机、音箱等）要及时关掉。（音箱是耗电大户）

（4）像光驱，软驱、网卡、声卡等暂时不用的设备可以在 BIOS

里屏蔽掉。(功耗不会下降太多,长时间来看还延长了设备的使用寿命)

(5) 使用CPU降温软件。

(6) 降低显示器亮度。在做文字编辑时,将背景调暗些,节能的同时还可以保护视力、减轻眼睛的疲劳强度。当电脑在播放音乐、评书、小说等单一音频文件时,可以彻底关闭显示器。

(7) 很多DIY们热衷于超频。做为技术试验未尝不可,如果不超频一样能完全满足性能需要,还是尽量少超频,既节能又稳定安全。

(8) 电脑主机正常运行是250 W,低于这个标准就会不稳定,同时显示器17英寸纯平显示器的最大功率在75～80 W之间,19英寸纯平显示器的最大功率一般都在100 W左右,液晶显示器为36 W左右。

五、家用电器节约用电主要措施

(一) 空调装置的节电措施

(1) 减少空调的冷、热负荷。主要方法有:改善建筑物围护结构的热工性能与光学性能;采用高效冷光光源,选择合适的照度,采用钥匙控制开关来控制室内主要用电器具。

(2) 提高空调装置的运行效率。主要方法有:选择单机效率高的制冷机、风机、水泵电机等设备;单机容量和台数可与冷(热)负载变化规律相匹配,实行经济运行;采用经济合理的调速方式,使单机与系统保持在高效区运行。

(3) 规定合理的温、湿度标准,采用多功能温控器,对室内的空气温、湿度进行自动调整。

(4) 对风管进行保温隔热,消除漏风,减少系统的循环风量。

(5) 回收排风中冷量(或热量),用于对新风量的预冷(或预热)。

(6) 中央空调系统可采用蓄冷技术，即可采用蓄冰（或冷冻水）制冷方式运行。

(7) 使用时注意关好门窗，减少自然风的对流，减少热（或者冷）损失，以减轻压缩机的负担，节约电能。

(8) 注意经常清洗滤网，提高制冷或制热效率。

(9) 制热时，设置的温度不要过高，制冷时，不要过低，避免浪费电能。

（二）冰箱的节电措施

(1) 选购冰箱的规格大小应根据自己家的需要，不要买过大的冰箱。

(2) 冰箱安放合理。冰箱安装空间应该通风好，环境干燥，避免阳光直晒，远离热源，冰箱背面两侧至少留 10 cm 空隙，顶部应有 10～30 cm 空间。

(3) 温控器选择适当工作点。中挡位置较适宜。

(4) 不要把热饭、热水直接放入，应先放凉一段时间后再放入冰箱内。

(5) 及时化霜。当霜层厚达 5 mm 时，应及时化霜。直冷式冰箱为半自动化霜，如霜层很厚，用半自动不理想，不如使用电吹风人工进行既快又省电。另外，水分较多的食品要包装，以减少水分逸出加重结霜。

(6) 使用得当。尽量减少开门次数和存取时间，当天需食用部分放在外挡，暂不食用的放在里挡。

(7) 调节温控器是冰箱省电的关键。例如夏天时，对于某种冰箱，调温旋钮一般都调到“4”或者最高处。但在冬天，调到“1”也就可以了，这样可以减少冰箱压缩机的启动次数。

(8) 食品存量适中。食品过少，热容量小，箱温波动大，开机时间和耗电会增加。通常箱内容积利用七成左右为适当。

(9) 小包装食品贮存。小包装食品冷却快，冷得透，能缩短冰箱工作时间。且存取时间短。

(10) 放在冰箱冷冻室内的食品，在食用前可先转移到冰箱冷藏室内逐渐融化，以便使冷量转移入冷藏室，可节省电能。

(11) 重视门封条完好，清洗。发现门封条有裂口、翘起或损坏，要设法更换。应及时清洗干净门封条。

(12) 定期清洁冷凝器，每隔 3～6 个月清洁一次。完成冰箱清洁作业后，要先使其干燥，否则又会立即结霜，这样也要耗费电能。

（三）微波炉的节电措施

(1) 减少启动次数，微波炉启动时的功率一般都大于正常工作的功率，因此使用微波炉应掌握菜肴的烹调时间，以减少关机查看的次数，做到一次启动烹调完毕。

(2) 选择适当的挡位烹调菜肴品种，在同样长的时间内使用中微波挡所耗电能只有强微波挡位的一半，如只需要保持嫩脆、色泽的肉片或蔬菜等，宜选用强微波挡烹调，而炖肉、煮粥、煮汤则可使用中挡强度的微波进行烹调。

(3) 减少开关次数。在使用较小容器做饭菜或热饭时，可在转盘上同时设置 2～3 个容器，开机时间增加 1～2 min，这样就可减少开关次数了。

(4) 一次烹调菜肴数量不宜过多，烹调一个菜以不超过 0.5 kg 为宜，否则不仅费电，而且还会造成菜表面因过热而变色、生熟不匀。

（四）电风扇的节电措施

(1) 选购质量过硬的产品，由于风扇行业技术门槛低，市场上产品参差不齐，所以一定要选择知名品牌的产品，这样能够保证质量，质量好的风扇耗电少。

(2) 由于风扇能直接将电能转化为动能，耗电量非常低，最高功率仅 60 W，相当于普通照明台灯所耗的电量。因此从节约能源的角度来说，盛夏季节使用风扇无疑是最佳的选择。而将风扇搭配空调一起使用，空调温度设定在 26～28℃，则省电又省钱。

(3) 就风扇本身的使用来说，一般扇叶大的风扇，电功率就大，消耗的电能也多，电风扇的耗电量与扇叶的转速成正比，如 400 mm 的电扇，用快挡时耗电量为 60 W，使用慢挡，只有 40 W，同一台电风扇的最快挡与最慢挡的耗电量相差 40%，在快挡上使用 1 h 的耗电量可在慢挡上使用将近 2 h。平时先开快挡，凉下来后多用慢挡，就可以减少电风扇的耗电。在风量满足使用要求的情况下，尽量使用中挡或慢挡。

(4) 在使用时，风扇最好放置在门、窗旁边，便于空气流通，提高降温效果，缩短使用时间，减少耗电量。

(5) 平时注意风扇的维护，保持它的良好性能，避免风叶变形、震动等情况发生，这样，在一定程度上也有利于电能的节省。

(五) 洗衣机的节电措施

(1) 选购洗衣机，大小应以配合您的需要为标准。

(2) 水平滚轴的前置式(或前门式)洗衣机比垂直转轴或顶置式洗衣机耗水量少，也更省电。

(3) 应装满一机衣物才洗衣，因半满与全满均耗用同等电力。

(4) 尽量采用低温洗衣程序，并且切勿使用过量洗洁剂。

(5) 使用乾衣机前，先采用高速旋转脱水程序较为省电。

(6) 使用洗衣机可根据织物的种类、清洁程度合理选用洗衣机的强洗和弱洗功能。洗衣机每当进行漂洗之前，先将衣服甩干或拧干，再进行漂洗，这样不但可以缩短漂洗时间，还可节电节水。

(六) 电视机的节电措施

(1) 控制亮度。一般彩色电视机最亮与最暗时的功耗能相差 30～50 W，室内开一盏低瓦数的日光灯，把电视亮度调小一点儿，收看效果好且不易使眼疲劳。

(2) 控制音量。音量大，功耗高。每增加 1 W 的音频功率要增加 3～4 W 的功耗。

(3) 加防尘罩。加防尘罩可防止电视机吸进灰尘，灰尘多了就可能漏电，增加电耗，还会影响图像和伴音质量。

(4) 看完电视后应及时关机或拔下电源插头。因为有些电视机在关闭后，显像管仍有灯丝预热，遥控电视机关机后仍处在整机待用状态，还在用电。

六、节电器

鉴于节约电力的重要性和迫切性，目前市场上出现了各种各样的节电器，如系统节电器、电动机节电器、照明节电器、空调节电器、锅炉节电器、抽油机节电器等，种类繁多，使用范围也很广。目前的节电器一般分为照明灯具类节电器和动力类节电器。节电器的设计原理一般基于无功补偿、调压调力率、压平峰值电流、缓冲吸收等原理，根据不同的使用场合，设计生产出不同规格型号的节电产品。

下面分别介绍几种节电器的工作原理。

（一）电机节电器工作原理

电机节电器通过内置专用节电优化软件，动态调整电机运行过程中的电压和电流，在不改变电机转速的前提下，保证电机输出转矩与负荷需求的匹配，从而有效避免了电机所造成的电能浪费，杜绝了大马拉小车与低负荷运行的现象。

当电机长时间处于半负载状态时，它的铜线圈绕组产生过量磁通，导致电机效率下降，致使电机浪费了 30%～50%的电能。

这类产品设计原理是基于电力电子学，采用最新的集成芯片控制技术，通过监控交流电机运行的电流和电压的相位差来动态地调整供给电机的能量，使电机始终在最佳效率状态下工作，为电机与电网之间实现“智能化”的能量管理功能。当检测到电机在轻载或负载不断变化时，通过可控硅能在 0.01 s 以内调整输入电机的电压和电流，使电机的输出功率与实时负载刚好匹配，从而减低铜损、铁损，改善电机启动、停机性能，达到节电效果！

节电器由微处理器芯片（CPU）、可控硅、集成式双置晶闸管等元件组成。其核心技术是动态跟踪电机负载量的变化，调整电机运行过程中的电压与电流（0.01 s 内完成动作），保证电机的输出转矩与实际负荷需求精确匹配，不改变电机的转速，不影响电机的正常运行，并且能有效避免电机因出力过度造成的电能浪费，具有很好的动态节电控制功能，能有效地降低电机的功率损耗，改善电机的启动、停机性能，延长电机的使用寿命。

（二）照明节电器工作原理

目前，照明系统一般都采用日光灯、钠灯、水银灯、金属卤化物灯等灯具，这类灯具有发光效率高，光色较好，安装简便等优点，被广泛使用，但也存在着一定缺点，例如：功率因数低、对电压要求严格、耗电量大等，实践证明灯具电压为额定值 90%时为最优照明电压。另一方面，在电力供应部门的电能输送过程中，为避免电压损耗和用电高峰时造成电压过低，一般都采用提高电压输送，因此用户实际上承受的电压往往会高于设备的额定电压，这些超额的电压不仅不能让负载更有效率地运作，反而导致电能过量浪费，增加设备损坏率，增大成本费用等负面影响。

智能灯光节电器应用其独特的控制方式，采用微型计算机对照明系统电压、电流进行优化处理，使照明系统始终工作于最优状态，滤除以发热形式浪费的无用功，延长灯具寿命，从而节约电能。

智能灯光节电器由微处理器进行实时动态精密检测和监控，将供电系统的输入电压予以优化，采用适当技术调整电压，输给灯光负载的电压为最适宜值，而且实现大功率稳压、不间断小电流切换技术，并根据实际需要可选配分时段控制方式、照度控制方式、远程计算机集中控制等方式，真正实现灯光智能化。控制程序一经设定，设备将自动根据设定程序调节照明负载的电压和电流，平衡控制输出功率，改善功率因数，达到节约用电的目的。

（三）风机、水泵节电器工作原理

由于风机、水泵系统设计时裕度系数过大，同时单机选型向上靠档，宁大勿小，最终造成系统负荷较轻。多数风机、水泵都要靠风门或闸阀来节流，人为地增加管网的阻力以减小流量，因此阻力损失相应增加，而此时风机、水泵的特性曲线不变，叶片转速不变；系统输入功率并无太多减少，所以流量变化时会浪费大量的电能。另外，在节流调节方式中，电动机、风机、水泵等长期处于高速、有负载情况下运行，造成维护工作量大，设备寿命低，并且运行噪声大，影响环境。

风机、水泵专用节电器的设计目标是“控制流体机械的流量，达到最大的节能省电及自动化”，通过感应负载变化而实时调整电机输出功率，达到节能省电的目的。

（四）中央空调节电器工作原理

采用世界上最先进的可编程技术与智能传感控制技术，通过感应冷冻机组的温度，来自动调节主机及电机的功率，恒定室内温度，使中央空调系统保持在最佳的运行状态，达到节能省电的目的。

控制依据是：将冷却泵的进水和回水间的温差作为控制依据从而实现恒温差控制。温差大，表明冷冻机组产生热量大，应提高转速，增大冷却水循环速度；温差小，说明冷冻机组产生热量小，可以降低泵速，减小冷却水循环速度，从而节约能源。

应该说明：要不要使用节电器应根据具体情况和使用目的来确定，厂商所说的节电率一般是在理想情况下得到的，不一定是欺骗，但实际使用环境是不是达到这个理想条件，是判断使用这个产品是否划算的基本依据。

目前节电器种类繁多，良莠不齐，鱼龙混杂，因此，购买节电器要谨防其徒有虚名。建议在选用时保持清醒头脑，以免上当受骗。

七、用移相电容器提高功率因数

为提高电力系统及负载的功率因数。可采用并联电容器的方法来实现。这种电容器叫移相电容器或电力电容器。

（一）电容器容量的计算

用电容器改善功率因数，可以节电，但是电容性负荷过大，会引起电压升高，带来不良影响。所以，应适当选择电容器的安装容量。通常电容器的补偿容量可按下式确定：

$$Q_C = P_p(\tan\varphi_1 - \tan\varphi_2)$$

式中 Q_C——所需的补偿容量（kvar）；

$\tan\varphi_1$、$\tan\varphi_2$——补偿前、后平均功率因数角的正切；

P_p——全年中最大负荷月份的平均有功负荷（kW）。

当计算电容器容量时，应考虑实际运行电压与额定电压可能不同，电容器能补偿的实际容量将低于额定容量。

当电容器实际运行电压不等于额定电压时，应按下式进行换算：

$$Q'_C = Q_C\left(\frac{U}{U_e}\right)^2$$

式中 Q'_C——电容器在实际运行电压时的容量（kvar）；

Q_C——电容器的额定容量（kvar），指的是额定电压下的无功容量；

U_e——电容器的额定电压（kV）；

U——电容器的实际运行电压（kV）。

$\tan\varphi_1 - \tan\varphi_2 = q_c$ 称为补偿率，或者称为比补偿功率，可由表 12.8－1 查出。

表 12.8-1 比补偿功率 q_c(kvar/kW)值

补偿前 $\cos\varphi_1$	补偿后 $\cos\varphi_2$												
	0.7	0.75	0.80	0.82	0.84	0.86	0.88	0.90	0.92	0.94	0.96	0.98	1.00
0.30	2.16	2.30	2.42	2.48	2.53	2.59	2.65	2.70	2.76	2.82	2.89	2.98	3.18
0.35	1.66	1.80	1.93	1.98	2.03	2.08	2.14	2.19	2.25	2.31	2.38	2.47	2.68
0.40	1.27	1.41	1.54	1.60	1.65	1.70	1.76	1.81	1.87	1.93	2.00	2.09	2.29
0.45	0.97	1.11	1.24	1.29	1.34	1.40	1.45	1.50	1.56	1.62	1.69	1.78	1.99
0.50	0.71	0.85	0.98	1.04	1.09	1.14	1.20	1.25	1.31	1.37	1.44	1.53	1.73
0.52	0.62	0.76	0.89	0.95	1.00	1.05	1.11	1.16	1.22	1.28	1.35	1.44	1.64
0.54	0.54	0.68	0.81	0.86	0.92	0.97	1.02	1.08	1.14	1.20	1.27	1.36	1.56
0.56	0.46	0.60	0.73	0.78	0.84	0.89	0.94	1.00	1.05	1.12	1.19	1.28	1.48
0.58	0.39	0.52	0.66	0.71	0.76	0.81	0.87	0.92	0.98	1.04	1.11	1.20	1.41
0.60	0.31	0.45	0.58	0.64	0.69	0.74	0.80	0.85	0.91	0.97	1.04	1.13	1.33
0.62	0.25	0.39	0.52	0.57	0.62	0.67	0.73	0.78	0.84	0.90	0.98	1.06	1.27
0.64	0.18	0.32	0.45	0.51	0.56	0.61	0.67	0.72	0.78	0.84	0.91	1.00	1.20
0.66	0.12	0.26	0.39	0.45	0.49	0.55	0.60	0.66	0.71	0.78	0.85	0.94	1.14
0.68	0.06	0.14	0.33	0.38	0.43	0.49	0.54	0.60	0.65	0.72	0.79	0.88	1.08
0.70		0.08	0.27	0.33	0.38	0.43	0.49	0.54	0.60	0.66	0.73	0.82	1.02
0.72		0.03	0.22	0.27	0.32	0.37	0.43	0.48	0.54	0.60	0.67	0.76	0.97
0.74			0.16	0.21	0.26	0.32	0.37	0.43	0.48	0.55	0.62	0.71	0.91
0.76			0.11	0.16	0.21	0.26	0.32	0.37	0.43	0.50	0.56	0.65	0.86
0.78			0.05	0.11	0.16	0.21	0.27	0.32	0.38	0.44	0.51	0.60	0.80
0.80				0.05	0.10	0.16	0.21	0.27	0.33	0.39	0.46	0.55	0.75
0.82					0.05	0.10	0.16	0.22	0.27	0.33	0.40	0.49	0.70
0.84						0.05	0.11	0.16	0.22	0.28	0.35	0.44	0.65
0.86							0.66	0.11	0.17	0.23	0.30	0.39	0.59
0.88								0.06	0.11	0.17	0.25	0.33	0.54
0.90									0.06	0.12	0.19	0.28	0.48
0.92										0.06	0.13	0.22	0.43
0.94											0.07	0.16	0.36

(二）移相电容器的接线方法

移相电容器最理想是装在大型的电感性负载处，做到无功就地补偿。这样可以改善电压质量，减少输电导线截面和降低电能损耗。如果集中装在总电源处，虽然也能提高功率因数，但在功率因数低的负载线路上仍有很大的无功电流使线路损耗增大，导线截面也增大。因电容器是一种储能元件，在电网中电源虽经切断，电容器两端仍然带电，因此必须接入放电回路以保安全。因电压不同，其接线方法也不尽相同。如果电压在 1 000 V 以下，低压电容器组接线如图 12.8－1 所示。而电压在 1 000 V 以上高压电容器组接线方式如图 12.8－2 所示。

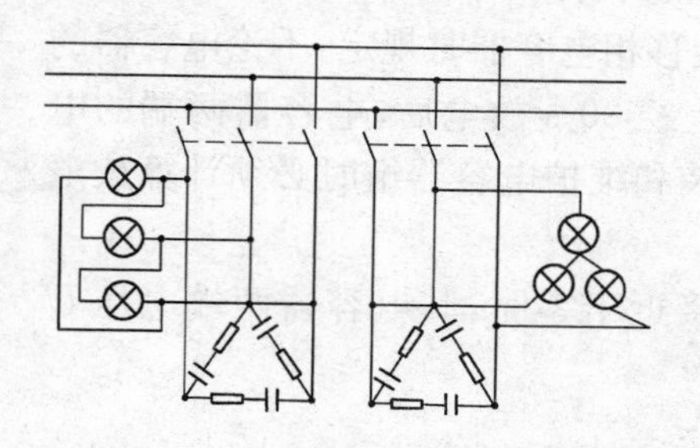

图 12.8－1　1 000 V 以下低压电容器组接线

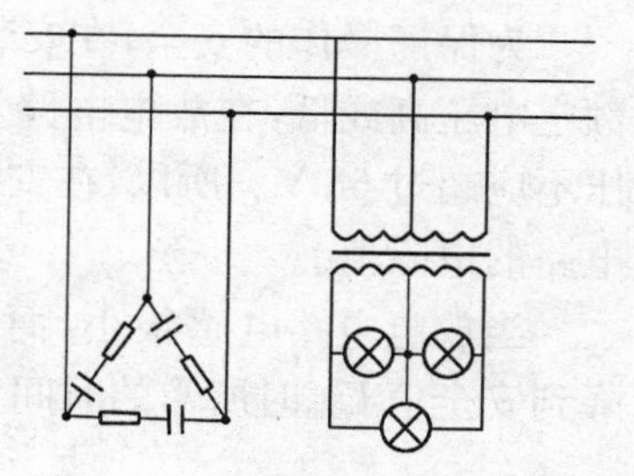

图 12.8－2　1 000 V 以上高压电容器组接线

对于低压电力电容器可选用 YY 型、YL 型、YY_3 型、YL_3 型进行组装，还可选用 BJ－1X、BJ－2X、BJ－3、BJF－3 等低压成套电容器柜进行组装。YY 型电力电容器的技术指标见表 12.8－2。

表 12.8－2　电力电容器的技术指标

型　号	额定电压 /kV	标称容量 /kvar	标称电容 /μF	额定频率 /Hz
YY0.23－4－3	0.23	4	240	50
YY0.23－4－1	0.23	4	240	50
YY0.4－10－3	0.4	10	200	50

（续表）

型　号	额定电压/kV	标称容量/kvar	标称电容/μF	额定频率/Hz
YY0.4-11-3	0.4	11	220	50
YY0.4-10-1	0.4	10	200	50
YY0.525-10-3	0.525	10	116	50
YY0.525-10-1	0.525	10	116	50
YY0.525-9-3	0.525	9	104	50
YY1.05-10-1	1.05	10	29	50
YY3.15-10-1	3.15	10	3.21	50

（三）移相电容器放电电阻的计算

为保证操作的安全，在安装移相电容器时规定：不论电容器的额定电压高或低，在放电电路上经 30 s 放电后，电容器两端的电压不应超过 65 V。所以，在安装和维护电容器组时必须计算放电电路的电阻值。

当放电电路电感很小，而接近于零时，其电容器两端电压 U 降到安全值 U_{aq} 时所需的时间为

$$t_{aq}=2.3RC\lg\frac{1.41}{U_{aq}}(\mathrm{s})$$

如果放电电流为振荡电流，则

$$t_{aq}=4.6\frac{L}{R}\lg\frac{1.41}{U_{aq}}(\mathrm{s})$$

式中　U——电源电压(V)；

U_{aq}——安全电压值(V)，采用 65 V；

R——放电电阻(Ω)；

C——每相的电容(F)；

L——放电电路电感(H)。

通常，380 V 以下的低压电容器组放电电路都采用白炽灯组

成，如图 12.8－3 所示，而 3～11 kV 的高压电容器组放电电路则多半采用接成 V 形的单相电压互感器或三相互感器，如图 12.8－4所示。

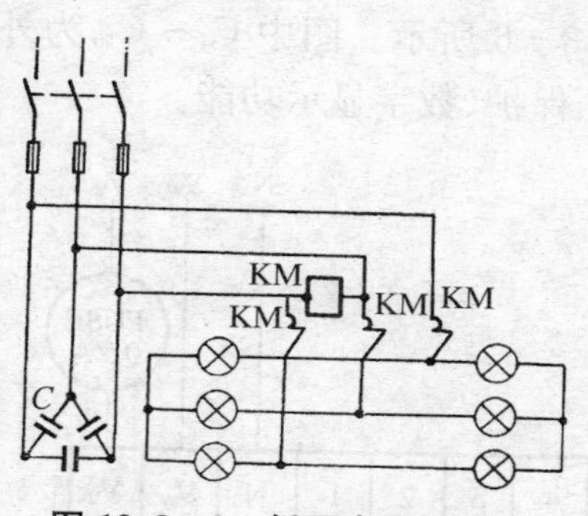

图 12.8－3 低压电容器组放电电路接线图

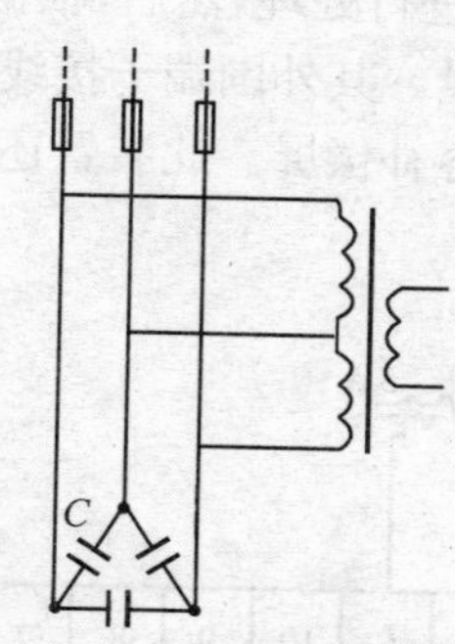

图 12.8－4 高压电容器组放电电路接线图

八、无功功率自动补偿控制器

无功功率自动补偿控制器是工矿企业、变电所或配电系统中采用的进行最佳无功补偿的装置。它能根据功率因数的变化，自动切换补偿电容器。JK12－10 型低压无功功率自动补偿装置的工作原理如图 12.8－5 所示。线路控制器的电压信号取自三相交

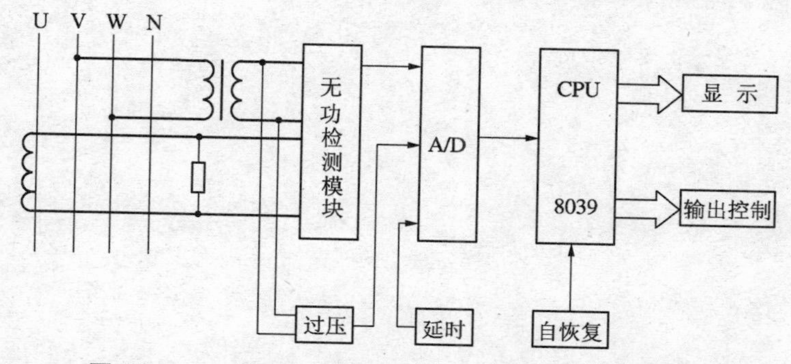

图 12.8－5 JKL2－10 型低压无功功率自动补偿器原理

流系统总进线中的 V、W 相线电压，电流信号取自 U 相电流互感器的副边，经无功检测模块转成直流电信号送 A/D 变换后到 CPU 进行处理，然后，根据负载的大小，自动接入或切断补偿电容器数量。其外围端子接线如图 12.8－6 所示。图中 C_1～C_{10} 为外接电容补偿屏。此装置还具有过压保护、数字显示功能。

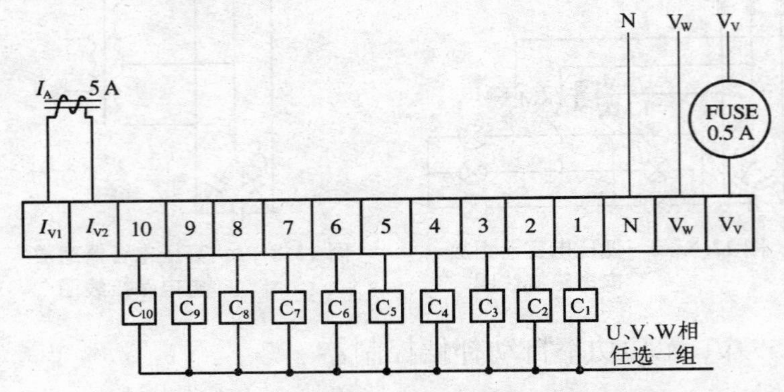

图 12.8－6　JKL2－10 型低压无功功率自动补偿器端子接线

主要参考文献

[1] 刘行川. 简明电工手册(第2版)[M]. 福州：福建科学技术出版社，2003.

[2] 陈小华. 简明电工实用手册[M]. 北京：人民邮电出版社，2002.

[3] 本手册编委会. 现代电工技术手册[M]. 北京：中国水利水电出版社，2003.

[4] 本手册编委会. 实用电工电子技术手册[M]. 北京：机械工业出版社，2003.

[5] 本手册编委会. 工厂常用电气设备手册(第2版)[M]. 北京：中国电力出版社，1997.

[6] 刘光源. 实用维修电工手册(第2版)[M]. 上海：上海科学技术出版社，2000.

[7] 周文森. 新编实用电工手册[M]. 北京：北京科学技术出版社，2000.

[8] 沙振舜. 电工实用技术手册[M]. 南京：江苏科学技术出版社，2002.

[9] 廖常初. PLC编程及应用(第2版)[M]. 北京：机械工业出版社，2005.

[10] 本手册编写组. 电气安全便携手册[M]. 北京：机械工业出版社，2006.

[11] 万英. 新维修电工手册[M]. 福州：福建科学技术出版社，2006.

[12] 金代中. 新编电工常用查算手册[M]. 北京：中国标准出版社，2005.

[13] 胡增涛. 变配电设备运行与维护[M]. 北京：高等教育出版社，1999.
[14] 李晓明. 微机继电保护实用培训教材[M]. 北京：中国电力出版社，2004.
[15] 周希章. 电气维修实用技术手册[M]. 北京：海洋出版社，1998.